Carol O'Connell

# Tödliche Kritiken

Roman

Aus dem Amerikanischen
von Walter Ahlers
und Peter E. Maier



GOLDMANN

Die Originalausgabe erschien 1996 unter dem Titel
«Killing Critics» bei Hutchinson, London

*Umwelthinweis:*
Alle bedruckten Materialien dieses Taschenbuches
sind chlorfrei und umweltschonend.

Der Goldmann Verlag ist ein Unternehmen der
Verlagsgruppe Bertelsmann GmbH

Taschenbuchausgabe 11/99

Umschlaggestaltung: Design Team München
Umschlagfoto: Photonica
Druck: Elsnerdruck, Berlin
Titelnummer: 44555
BR · Herstellung: Sebastian Strohmaier
Made in Germany
ISBN 3-442-44555-8

1 3 5 7 9 10 8 6 4 2

*Für meinen Vater*

Er war einer dieser stillen Helden, die arbeiten bis ans Ende ihrer Tage. Er war ein Mann, der ein Geschäft noch mit Handschlag besiegelte, unser erstes Haus hat er auf diese Weise gekauft. Und Leute, die ihn von Kindesbeinen an kannten, sagen, daß er in seinem ganzen Leben niemals gelogen hat. Die spärliche Freizeit, die er hatte, hat er für öffentliche Belange eingesetzt, das wenige Geld, das er übrig hatte, hat er verschenkt. Diesem bemerkenswerten Mann gaben Dutzende von Trauergästen das letzte Geleit, und der Planet war um einiges ärmer danach.

# PROLOG...

In allen Wänden waren Lautsprecher versteckt, deren Stoffabdeckungen man so oft überpinselt hatte, daß sie nicht mehr zu sehen waren, und die viele Farbe dämpfte den Klang von Jean Luc Pontys *Civilized Evil*. Der dunkle, süße Sound der Jazz-Violine, der Saiteninstrumente und des Schlagzeugs mußte schon den ganzen Abend als Untermalung für hundert dümmliche Gespräche herhalten. Die Töne, zu Akkorden aufgereiht, plätscherten unverstanden dahin, hüllten die Galeriebesucher in unsichtbare Klangschleier, die über ihrem Essen und dem Wein schwebten. Mit jedem Atemzug inhalierten die Leute Musik.

Dean Starr nickte kaum wahrnehmbar mit dem Kopf zum Rhythmus einer Trommel, die vergeblich an die Tür zu seinem Bewußtsein pochte. Überhaupt schien ihm an diesem Abend einiges zu entgehen. Er war nämlich gerade erstochen worden und hatte es noch gar nicht bemerkt.

Drogen und Wein hatten den kleinen Mann in der Telefonzentrale seines Gehirns außer Gefecht gesetzt. Alle internen Leitungen waren lahmgelegt, die Verletzung bekam keine Verbindung zum Schmerz. Er hatte die Berührung wohl gespürt, aber weil er nicht in sich hineinsehen konnte, begriff er nicht, was in ihn eingedrungen war und welchen Schaden der Eispfriem angerichtet hatte. Und jetzt lief ihm das Blut aus den Herzkammern. Kraftlos und ohne zu verstehen, glitt Dean Starr zu Boden; sachte, wie auf ein Kissen, sank sein Kopf auf das Parkett.

Ein Kärtchen segelte ihm auf die Brust. Er blinzelte hinüber zu dem kleinen weißen Rechteck, aber er konnte die Schrift nicht lesen und verspürte keinerlei Neigung mehr, den Kopf zu heben. Flüssige Wärme breitete sich unter ihm aus, sie sickerte aus dem winzigen Loch in seinem Rücken – der kleinen Hintertür zu seinem beschädigten Herzen.

Slipper aus Eidechsenleder und ein Paar kunstlederne Pumps näherten sich seinem hingestreckten Körper. Andere Schuhstile gesellten sich dazu, und er fand Gefallen an ihnen. Er ließ den müden Blick von paillettenbesetzten Schleifchen zu goldenen Schnallen wandern. Auch hinter sich hörte er Geräusche von Schuhen; das Schlurfen leichter Tanzschuhe mischte sich mit dem harten Klacken von Stöckelabsätzen, dem Klingeln der Champagnergläser, dem Geplapper sich öffnender und schließender Münder, deren Worte er nicht mehr verstand – falls er sie je verstanden hatte.

Eine behandschuhte Frauenhand hob das weiße Kärtchen auf. Als die Besitzerin des Handschuhs es auf seine Brust zurücklegte, drehte sie es ein wenig. Jetzt sah auch er, was darauf stand. *Tot.*

Was er dann auch war.

All die hübschen Schuhe waren längst in die Nacht hinaus gegangen, als zwei schwarze Herrenschuhe auf seine Leiche zukamen. Sie schauten unter den blauen Aufschlägen der Uniformhose des Wachmanns hervor, den die Galerie für den Abend engagiert hatte.

«Ach du Scheiße», sagte der Wachmann.

Damit verriet er nicht nur einen gewissen Mangel an Bildung und Lebensart, sondern auch absolute Ignoranz, was die schönen Künste betraf, denn er hatte mit einem Blick erkannt, daß das, was in der dunkelroten Blutlache lag, eine richtige Leiche war – das war keine Performance.

# 1

Aus allen Richtungen gleißten Scheinwerfer und blinkten Ampeln in den Hexenkessel des Times Square. Hoch über dem Lärm der Autohupen und obszönen Flüche blitzten Neonreklamen, schleuderten von jedem Quadratmeter verkaufter Werbefläche ihre grellen Botschaften herunter. Über das Leuchtband am alten Times-Gebäude liefen in hellen Buchstaben die Schlagzeilen des Tages. Darüber war eine riesige Leinwand montiert, über die im ständigen Wechsel knallbunte Werbespots flimmerten.

Zu ebener Erde trugen Sandwichmänner weit weniger elektrisierende Botschaften auf ihren Reklametafeln spazieren. Hunderte von Fußgängern hasteten auf unvorhersehbaren Bahnen durch die Rush-hour, wichen Leuten aus, die ihnen in den Weg traten, um ihnen bunte Werbezettel für umliegende Läden in die Hand zu drücken. Auch die Bettler taten ihre Arbeit in diesem Strom, trugen ihre Gebrechen zur Schau und versuchten mit flotten Sprüchen und breitem Grinsen ein paar Cents zu ergattern. Auf den Karren der Straßenhändler an jeder Ecke tobte ein Krieg der Gerüche, dufteten frische Brezeln mit gegrillten Körperteilen toter Tiere um die Wette.

Nur zwei Menschen, ein Mann und eine Frau, waren nicht in Bewegung, und die ganze Welt bewegte sich um sie herum.

Die Frau stand in der Nähe des Bordsteins, ließ strahlend weiße Zähne blitzen und streckte einen riesigen Busen vor. Ihr Beruf und das künstliche Rot ihrer Haare paßten in diese Atmosphäre von Werbung und Kundenfang. «Kleines Tänzchen gefällig?» rief sie jedem vorbeikommenden Fremden zu. Bis sie die elegante, einsame Gestalt in dem teuren Anzug bemerkte.

Mit Raubkatzenblick musterte sie den Mann, der nur ein paar Schritte entfernt stand. Der paßte hier nicht her. Sie hielt am Straßenrand Ausschau nach der Limousine, die zu so einem Mann gehörte, aber es war nirgends eine zu sehen.

Er starrte zum Dach des Gebäudes auf der anderen Straßenseite hinauf. Heute nachmittag hatte eine Stadtstreicherin schwankend am Rand des Dachs gestanden. Und dann hatte das Lumpenfräulein die mageren Arme in den Wind gebreitet und war heruntergesegelt, noch im Fallen leicht wie ein Vogel. Sie hatte nicht mehr als ein kurzes Stocken im Verkehrsfluß bewirkt, nicht länger, als es dauerte, bis der Strom der Fußgänger sich einen Weg um sie herum oder über sie hinweg gesucht hatte – ein paar waren sogar auf sie draufgetrampelt. Für diese Demütigung war die tote Frau mit zwei ruhmreichen Minuten in den Abendnachrichten entschädigt worden.

Und eben jenes Dachgesims schien den Mann im teuren Anzug in seinen Bann geschlagen zu haben. Die Frau schlenderte zu ihm hinüber und berührte ihn leicht am Ärmel, um seine Aufmerksamkeit zurück zur Erde und auf sich zu lenken.

«Wenn du auf den nächsten Mauersegler wartest, wirst du dir noch eine Weile die Zeit vertreiben müssen, Schätzchen.» Sie drückte die Schultern nach hinten und streckte die Brust heraus, ein unmißverständliches Angebot.

«Vielen Dank.» Er neigte den Kopf, und sie war sicher, er hätte den Hut gezogen, wenn er einen aufgehabt hätte. «Leider bin ich bereits verabredet.» Er behandelte sie wie eine Dame, nicht wie eine Nutte.

Silberne Fäden durchzogen sein dunkles Haar, der Schnurrbart konnte die Linie einer verblaßten Narbe nicht ganz verdecken. Die Narbe ließ ihn fast ein bißchen gefährlich erscheinen, und das gefiel ihr. Er hatte einen Zug um den Mund, der jede Frau neugierig darauf machte, wie er im Bett war. Sie wußte, daß sie hier ihre Zeit verschwendete. Trotzdem blieb sie stehen. Vielleicht lockten sie seine Augen, die im Schatten versteckt blieben.

Sie trat näher.

Die Scheinwerfer eines abbiegenden Autos beleuchteten sein Gesicht, tauchten die Schatten in grelles Licht. Unwillkürlich legte sie die Hände um die Schultern, obwohl es ein milder Frühlingsabend war. Nicht etwa eine Drohung in seinem Blick hatte das plötzliche Frösteln ausgelöst, nein, er war zweifellos mit diesen Augen auf die Welt gekommen.

*Nun stell dir bloß ein Kind mit solchen Augen vor.*

Gehorsam zauberte ihre Phantasie das Gesicht eines kleinen Jungen hervor – die Augen blau wie Eiswasser, die Pupillen wie zwei Raketen im rasenden Anflug.

*Kalt hier, was?*

Sie sah ihn an, und eine andere Frage ging ihr durch den Kopf. *Hat deine Mama gezittert, wenn sie dir die Brust gab?*

Und plötzlich wußte die Frau, die sich mit Männern auskannte, daß diese Augen, in denen sie nichts Menschliches fand, diese Augen wie Geschosse und Eis, sein ganzes Leben bestimmt hatten.

Sie vergaß ihre Absicht, ihm ihren Körper zu verkaufen. Schweigend trat sie zurück und sah zu, wie er sich umdrehte und den Gulag betrat. Die Glastür des Restaurants schloß sich hinter ihm.

Der Gulag war grell erleuchtet, so als wollte man jeden Hauch einer Atmosphäre verscheuchen, in der die Gäste sich länger als nötig mit dem Essen aufhalten könnten. *Friß und mach, daß du rauskommst!* lautete die Botschaft der Leuchtstoffröhren unter der Decke. Ein starker Kaffeeduft beherrschte den Raum, legte sich langsam über die abgestandenen Gerüche längst verzehrter Mahlzeiten.

J. L. Quinn suchte sich seinen Weg zwischen Tischen, an denen müde geplaudert wurde oder einsame Leser hockten. Vor seinen handgenähten Schuhen lief eine Kakerlake über das rissige Linoleum um ihr Leben. Quinn setzte sich an seinen angestammten Tisch, ein kleines Quadrat aus Resopal, an dem zwei Plastikstühle standen.

Nur wenige Leute wußten, daß er dieses Lokal häufig aufsuchte, und diese wenigen löcherten ihn ständig mit der Frage, warum, um alles in der Welt, jemand wie er in so einem Dreckloch aß. Darauf antwortete der gefeierte Kunstkritiker – ein Mann, der vier dicke Bücher über bildende Kunst geschrieben hatte, der sich die Anzüge von Topdesignern schneidern ließ und dem niemals auch nur ein Krümel im Schnauzbart hängenblieb – stets mit einem Loblied auf die Cheeseburger.

Er sah auf die Uhr. Sergeant Riker würde bald hiersein. Rikers dringliches Anliegen konnte nur mit dem Mord an diesem Kommerzkünstler zu tun haben. Er lächelte. Die Polizei hatte nicht ganz unrecht, einen Kunstkritiker zu verdächtigen. Auch Quinn hatte sich bereits als blutjunger

Volontär geschworen, schlechte Kunst auszumerzen, bevor sie sich breitmachen konnte.

Ein langer Tresen im hinteren Teil des Raums, nicht weit von seinem Tisch, war übersät mit stehengelassenen Tellern und zerknüllten Servietten, den Überresten des letzten Hochbetriebs. Zwei Männer saßen dort auf Barhockern, keine Stammgäste, und im Unterschied zu den anderen Gästen musterten sie ihn mit unverhohlener Abneigung. Wie auf Kommando strafften sie die Schultern, versuchten sich größer zu machen, als sie waren. Die Logos auf ihren T-Shirts wiesen sie als Arbeiter in einem nahe gelegenen Lagerhaus aus, und ihren Gesichtern sah er an, daß sie im Nebenberuf hirnlose Schläger waren.

Der Kunstkritiker legte aus Gewohnheit einen Finger auf die Narbe über dem Schnauzbart. Auf einmal verloren die beiden das Interesse an dem Mann, der nach Geld stank. Sie drehten auf ihren Barhockern ab, zeigten ihm ihre Rückseiten. Quinn spielte gerne mit der Vorstellung, daß seine Narbe magische Kräfte besaß – einer der wenigen versponnenen Gedanken, die dieser pragmatische Mann sich gestattete.

Die Bedienung stand am Nebentisch und stapelte schmutzige Teller auf ein Tablett. Als sie ihn bemerkte, kam sie an den Tisch, um die Bestellung aufzunehmen. Ihre Kleidung war voller Essensflecken – die Kampfspuren eines langen Arbeitstages. Die Beine der Jeans unter dem Saum ihrer Schürze waren mit Ölfarben in allen Schattierungen der Palette bekleckst.

«Ich warte auf jemanden, Sandy. Lassen Sie mir ein paar Minuten Zeit.»

«So lange Sie wollen, Mr. Quinn.»

Sie war sein Typ, attraktiv und intelligent, aber sie war

Malerin. Er ging grundsätzlich nicht mit Künstlerinnen ins Bett, auch wenn es an Angeboten nicht mangelte. Sein Berufsethos verbot ihm Abstecher in die Künstlerszene. Anderswo liefen genug Frauen herum, wenn er eine wollte.

Sandy balancierte das Tablett gekonnt auf einer Hand und warf im Vorbeigehen eine zweite Speisekarte auf seinen Tisch. «Für Ihren Bekannten», rief sie über die Schulter.

Er blickte zur Tür. Detective Sergeant Riker kam gerade herein.

Quinn erkannte ihn sofort an seiner krummen Haltung, obwohl seit ihrer letzten Begegnung über zehn Jahre vergangen waren und durch die schmutzige, verkratzte Scheibe nicht viel mehr zu sehen war als eine verschwommene Silhouette.

Sandy taxierte Riker bereits, als er die Tür aufstieß; ein herabgezogener Mundwinkel ließ erkennen, daß sie sich kein anständiges Trinkgeld von ihm versprach. Ihre großen Augen wurden noch ein wenig größer, als der Mann mit dem Zweitagebart zu Quinn an den Tisch trat und der Kunstkritiker sich erhob, um seinen Gast zu begrüßen.

Riker war fünfundfünfzig, nicht viel älter als er selber, aber Quinn fand, daß der Polizist sich nicht so gut gehalten hatte, und schon gar nicht mit soviel Stil.

Es hätte ihn nicht gewundert, wenn Riker denselben Anzug wie vor zwölf Jahren getragen hätte, als sie an ebendiesem Tisch gesessen und sich über einen Mordfall unterhalten hatten, der ihm persönlich sehr viel mehr zu schaffen gemacht hatte. Riker gab Quinn die Hand, und die Begrüßungsformeln «guten Tag» und «schön, Sie wiederzusehen» klangen beinahe nach einer Abbitte. Die braunen Augen des Polizisten blickten traurig, als er dem Kunstkritiker gegenüber Platz nahm.

Sergeant Rikers Anzug sah aus, als hätte er darin geschlafen. Hatte er aber nicht. Die Knitter ergaben sich aus der Art, wie die Kleidungsstücke auf irgendeinem Möbel oder, wenn er danebentraf, auf dem Boden landeten. Das Netz aus geplatzten Äderchen hätte jeden irregeführt, der nicht wußte, wie rot seine Augen erst waren, wenn er mal wieder zu tief ins Glas geguckt hatte. Heute abend zeigte er lediglich die Verschleißerscheinungen einer Nacht ohne Schlaf und der intensiven Lektüre alter Mordakten.

«Danke, daß Sie so schnell Zeit für mich hatten, Mr. Quinn.» Ihm fiel die Sonnenbräune des Kunstkritikers auf, einer der Nebeneffekte eines Sommerhauses in den Hamptons. Quinns strahlende Gesundheit und körperliche Fitneß bestätigten Riker einmal mehr, daß man sich mit Geld einfach alles kaufen konnte. Sein Blick fiel auf sein eigenes versoffenes Gesicht im Spiegel hinter der Theke, und er sah schnell weg.

«Ich vermute, Ihr Besuch hat mit dem Tod von Dean Starr zu tun», sagte Quinn. Seine kultivierte Stimme klang nach guter Kinderstube und privilegierter Ausbildung auf den besten Privatschulen der Ostküste.

«Stimmt, Sir», sagte Riker im rauhen New Yorker Tonfall, der bestenfalls nach Abendschule klang, finanziert mit harter Knochenarbeit. Der Polizist sah auf seine Hände. Die linke zierte die Narbe einer Schußwunde, und die rechte trug noch immer die Bißspuren eines Verrückten. Diese Hände würden niemals, nicht in tausend Jahren, die glatte, helle Haut solcher Frauen berühren, wie Quinn sie gewöhnt war.

Riker wußte genau, warum der Kunstkritiker den Gulag aufsuchte. Hier besorgte er sich seinen Nachschub an Frauen, den außergewöhnlichen, schönen und talentierten Geschöpfen, denen er den Vorzug gab. Er stellte ihnen in ihrer natürlichen Umgebung nach, einem Milieu der Bedürftigkeit, und dieses Restaurant war ein Preisparadies für mittellose Künstlerinnen, Schauspielerinnen und Schriftstellerinnen.

«Mr. Quinn, haben Sie gestern die Kolumne von Andrew Bliss gelesen?»

«Leider nicht.»

Riker zog ein zusammengefaltetes Stück Zeitungspapier aus der Innentasche. «Ich komme gleich zum besten Teil.» Er hielt das Blatt auf Armeslänge von sich und kniff die Augen zusammen wie alle Menschen, die eigentlich eine Lesebrille brauchten. «‹Die Neue Welle in der Kunst kündigte sich an, als der erste Graffiti-Künstler die Hauswände der Stadt verunstaltete – Künstler attackiert Architektur. Dann kam der zerstörungswütige Künstler, der die Werke von Kollegen verschandelte – Künstler attackiert Kunst. Und jetzt haben wir mit dem Performance-Mord an Dean Starr die nächste Stufe erreicht – Künstler attackiert Künstler. Damit hat die Neue Welle in der Kunst ihre volle Reife erlangt – den Kunstterrorismus.›» Riker strich den Zeitungsausschnitt auf dem Tisch glatt und sah Quinn an.

«Das ist natürlich barer Unsinn», meinte Quinn, «aber ganz interessant, wenn man Andrew kennt. Haben Sie ihn persönlich kennengelernt?»

«Nein, ich habe auf seinen Anrufbeantworter gesprochen, aber er hat nicht zurückgerufen. Ich hole es auf Starrs Beerdigung nach.»

Das markante Gesicht des Kunstkritikers war seit ihrem letzten Treffen kaum gealtert. Keine einzige Falte um die Augen deutete darauf hin, daß der Mann jemals herzlich gelacht hatte. Quinns zurückhaltendes Mienenspiel gab keine Gefühle preis; selbst sein Lächeln wirkte kühl und teilnahmslos. Möglicherweise war Riker der einzige Mensch auf der Welt, der ihn jemals hatte weinen sehen. Ein geisterhafter Anblick – Tränen, die aus leidenschaftslosen, eisblauen Augen liefen.

«Mr. Quinn, würden Sie einen Künstler mit dem Mord an Dean Starr in Zusammenhang bringen?»

*Und gibt es noch einen anderen, einen älteren Zusammenhang?*

«Eigentlich nicht», sagte Quinn. «Ich weiß nicht, ob man von Performance sprechen sollte, besonders originell war es jedenfalls nicht, die Leiche auf diese Weise zu etikettieren. Für so etwas muß man nicht auf die Akademie gehen.»

«Sie sagten, wenn ich Andrew kennen würde ...»

«Ja, es ist erstaunlich, daß Andrew Bliss etwas Bahnbrechendes auf eigene Faust tut. Normalerweise läuft er anderen Kritikern hinterher. Eine Neue Welle in der Kunst auszurufen – dazu gehört verdammt viel Mut. Wahrscheinlich das Mutigste, was er je getan hat, und wenn es noch so lächerlich ist.» Quinn deutete auf den Artikel. «Darf ich?»

Riker drehte den Ausschnitt um und schob ihn über den Tisch. Quinn las schnell, führte beim Lesen den Zeigefinger über die Zeilen. Riker meinte, seinem Gegenüber Erleichterung darüber anzumerken, daß gewisse Dinge *nicht* in Bliss' Kolumne standen.

«Von Wandalismus zu Mord», sagte Quinn, «das ist ein weiter Weg.»

Riker lehnte sich zurück. Er wurde die Erinnerung an die Nacht nicht los, in der J. L. Quinn geweint hatte. Riker hatte ihm auf dem Rücksitz eines Streifenwagens Zuflucht gewährt und war bei dem weinenden Mann geblieben, bis er sich wieder beruhigt hatte. Und jetzt fragte er sich, ob er Quinn schonend auf das vorbereiten sollte, was ihn erwartete. Konnte er sich das leisten?

Nein, das konnte er nicht.

Inspector Markowitz hätte es mit dem Kunstkritiker aufnehmen können, aber der Alte war tot, und Riker hatte zu viele seiner Gehirnzellen im Alkohol ertränkt. Um mit einem Mann wie Quinn fertig zu werden, mußte er einen Vorsprung haben. Er schob sein Mitgefühl beiseite und kehrte den Cop heraus.

«Würden Sie sich das hier mal ansehen?» Riker zog eine Klarsichthülle aus der Tasche und schob sie über den Tisch. Sie enthielt einen Brief, sauber getippt und ohne Unterschrift. «Nicht aus der Hülle nehmen – das ist Beweismaterial.»

Schweigend las Quinn den Text, den Riker längst auswendig kannte: «Der Mord an Dean Starr steht in direktem Zusammenhang mit dem Doppelmord an dem Künstler und der Tänzerin. Vor zwölf Jahren war Ihnen klar, daß Oren Watt ein falsches Geständnis abgelegt hatte.»

Riker streckte die Hand aus und tippte auf die Klarsichthülle. «Jemand hat Bliss' Kolumne ausgeschnitten und an das Sonderdezernat geschickt, zusammen mit diesem Brief.»

Nicht mit dem leisesten Wimpernzucken verriet Quinn, ob ihm diese Erinnerung an die Ermordung seiner Nichte naheging. «Ich dachte, das Bindeglied ist Koozeman. Schließlich sind alle drei Morde in seiner Galerie begangen worden. Nehmen Sie diesen Brief tatsächlich ernst?»

Riker nickte. «Er war an mich adressiert. Nicht viele Leute erinnern sich an den Namen eines Detectives, der vor zwölf Jahren einen Mordfall bearbeitet hat. Und der Briefschreiber hält Oren Watts Geständnis für falsch. Meinen Sie nicht, daß der Mann Bescheid weiß?»

Der Kunstkritiker steckte sich mit ruhiger Hand eine Zigarette an, ohne ein Zittern der Flamme. «Sie wollen den alten Fall wiederaufnehmen?»

«Offiziell ist er nie abgeschlossen worden.» Riker suchte in seinen Taschen nach einer Schachtel Zigaretten, dann überlegte er es sich anders. Seine Hände waren vor dem ersten Drink des Abends nicht ruhig genug. Das Frühstücksbier hatte er verschlafen und das Bier zum Lunch vor lauter Arbeit vergessen. «Markowitz hat nicht einen Moment lang geglaubt, daß Oren Watt der Mörder ist. Und Sie auch nicht, wenn ich mich recht erinnere.»

Quinn antwortete noch immer nicht. Ihn schien das alles zu langweilen. Was, zum Teufel, mochte hinter dieser Maske vorgehen?

«Könnte man nicht in beiden Fällen von Performance sprechen?» fragte Riker. «Ich meine, die Leichenteile ...»

«Die Leichenteile waren wie ein Kunstwerk arrangiert», sagte Quinn hinter einem Schleier bläulichen Qualms. «Ich sehe den Zusammenhang, aber er überzeugt mich nicht sonderlich.»

«Jeder Mörder hat seine persönliche Handschrift. Wir nennen das seinen *Modus operandi*. Und jetzt behauptet Andrew Bliss, Dean Starr sei von einem Künstler ermordet worden. Kann es sein, daß er recht hat? Verrät der Mord die Handschrift eines Künstlers?»

Quinns Blick folgte einer fedrig verzweigten Qualmwolke. «Die Mehrzahl der Künstler in dieser Stadt sind Dilettanten. Die wenigsten von ihnen haben eine Handschrift.»

«Stammt der Brief von Ihnen, Mr. Quinn? Sehen Sie, vor zwölf Jahren waren sich alle sicher, daß wir den richtigen

Mann hatten. Es war ein so ekelhafter Mord; jeder in dieser Stadt wollte daran glauben, daß Oren Watt ihn begangen hatte – bis auf Markowitz und Sie.»

«Da muß ich Sie enttäuschen, Sergeant. Ich habe den Brief nicht geschrieben.»

«Kennen Sie sonst noch jemand, der an Oren Watts Geständnis gezweifelt hat?»

«Vielleicht Aubrys Vater? Nein. Mein Schwager war von Oren Watts Schuld überzeugt. Er war verzweifelt, als Watts Psychiater mit den Fotos der Leichenteile seiner Tochter hausieren ging. Aber er ist darüber hinweggekommen. Als Watt letztes Jahr entlassen wurde, hat Gregor kein Wort darüber verloren.»

«Mr. Quinn, ich muß herauskriegen, wer da plötzlich mitmischt. Wer hat diesen Brief geschrieben? Was ist mit Aubrys Mutter? Sabra? Wissen Sie, wo ich sie finden kann?»

«Keine Ahnung. Ich habe meine Schwester seit Jahren nicht gesehen.» Sein Blick folgte nicht mehr dem Rauch. Er sah Riker in die Augen. Dann beugte er sich vor. «*Sie* waren doch davon überzeugt, daß Oren Watt meine Nichte ermordet hat. Haben Sie ihn wegen des Mordes an Dean Starr verhört?»

«Nein.»

«Das überrascht mich. Und Koozeman?»

«Ich hab noch nicht mal mit ihm gesprochen. Ich habe Anweisung, die Finger von den Hauptbeteiligten an der alten Mordsache zu lassen. Deshalb wäre ich Ihnen dankbar, wenn dieses Gespräch unter uns bleiben würde.»

«Verstanden, Sergeant.» Quinn lehnte sich zurück, ohne Riker aus seinem Blick zu entlassen, und es war klar, daß er in jeder Hinsicht verstanden hatte. Wenn nun der falsche

Mann im Knast gesessen hatte, wenn der Schlächter die ganze Zeit frei herumgelaufen war …

Riker senkte den Blick, um Quinn nicht länger in seinen Gedanken herumschnüffeln zu lassen. «Ich befolge nur Anweisungen, Sir. Ich bin nichts weiter als ein Polizist, der seine Arbeit tut.»

«Ich glaube, daß Sie wesentlich mehr leisten. Markowitz hat große Stücke auf Sie gehalten.»

Riker betrachtete seine Hände. Wenn Markowitz so viel von ihm gehalten hatte, warum hatte der alte Halunke ihm dann nicht mehr über diesen Fall erzählt? *Markowitz. Immer hat er etwas verschwiegen, sogar vor seinen eigenen Leuten.*

Riker nahm die Klarsichthülle mit dem Beweismittel vom Tisch und hielt sie Quinn vor die Nase. «Aus diesem Brief geht hervor, daß es eine Verbindung zwischen Starr und dem Doppelmord gibt. Ich muß wissen, von wem er stammt.»

Quinn schwieg; sein Blick schweifte gedankenverloren in die Ferne. Schließlich machte er mit einer kleinen Geste deutlich, daß auch er keine Antwort wußte.

Riker warf einen Blick auf seine Armbanduhr und stellte sie nach der Wanduhr. Dann zog er ein kleines Notizbuch und einen Kugelschreiber aus der Brusttasche. «Nur für den Bericht, Sir …» Jede Bewegung, jedes Wort verriet die müde Resignation kurz vor dem Schachmatt. Er senkte den Blick und ließ den Kugelschreiber über dem aufgeschlagenen Notizbuch schweben. Dann schaute er Quinn an, als wäre ihm gerade ein Gedanke gekommen. «Und wenn Oren Watt tatsächlich der falsche Mann war? Angenommen, Dean Starr hat Ihre Nichte abgeschlachtet. Anders kann man es doch gar nicht nennen, oder, Sir? Mein

Gott, wie er sie zugerichtet hat. Wer könnte es Ihnen verübeln, wenn Sie das perverse Schwein mit einem Eispickel erstochen hätten?»

Riker wartete auf eine Wirkung seiner Breitseite, einen Hinweis auf eine Gemütsbewegung. Hatte er auf Tränen gehofft? Nein, so etwas wollte er nie wieder erleben. Aber irgend etwas mußte er doch ausgelöst haben, Nervosität oder Zorn, wenn schon nicht Tränen – aber da war nichts. Er hatte diesen Mann mit der schrecklichsten Erinnerung seines Lebens traktiert – ohne sichtbaren Effekt.

Der Anflug eines Lächelns lag auf Quinns Gesicht, als wollte er sage, er habe verstanden und hege keinen Groll. Dann legte er abwesend einen Finger auf die Narbe über dem Schnurrbart.

Die Galerie Koozeman hatte die Ausmaße einer mittleren Turnhalle. Hohe, kahle Wände leuchteten im Glanz eines frischen Anstrichs. Die Böden waren gebohnert, hier und da perlte von Reportern verschütteter Wein auf dem Parkett.

Hinter Dean Starrs Sarg versorgten sich die Presseleute an dem kalten Bufett, das auf langen Tischen vor der Rückwand des Raums aufgebaut war, grell ausgeleuchtet von Halogenlampen, als könnte es den Journalisten Probleme bereiten, die Berge von Kaviar und Räucherlachs sowie das aufsehenerregende Arrangement von exotischen, aber eßbaren, auf Zahnstocher aufgespießten Dingen zu finden. Servicejungen in gestärkten Hemden mit Fliege und schwarzer Hose füllten Gläser nach. Mit Zauberflaschen, die nicht leer zu werden schienen, glitten sie durch die Trauben von Reportern. Allenthalben wurde fröhlich geplappert. Man hatte bereits gehörig getankt für die Show.

Die Hauptattraktion des Abends stand auf einem langen Sockel in der Mitte des großen Raums. Der weiße Sarg war mit schlüpfrigen Worten und obszönen Zeichnungen vollgekritzelt. Neben dem Sarg stand ein kleiner, magerer Mann an einem Stehpult. Er wirkte zu jung für Priestergewand und Kollar. Die Hornbrille ließ seine Augen größer erscheinen. Er hatte den Blick auf das leere Brett des Stehpults gerichtet und tat so, als sei dies selbst nach New Yorker Maßstäben keineswegs eine sonderbare und ungebührliche Begräbnisfeier.

Man hatte eine Tribüne aufgebaut wie bei einer Sportveranstaltung, was der Wirklichkeit ja auch recht nahe kam, wie J. L. Quinn zu Sergeant Riker bemerkte. Der Kunstkritiker und der Detective nickten dem kleinen Geistlichen zu, als sie an den Sarg traten.

«Du lieber Gott», murmelte Riker, während er die Kritzeleien auf dem schneeweißen Holz betrachtete. Er ging um den Sarg herum, um die Obszönitäten auf der anderen Seite zu lesen. «Verdammte Kindsköpfe.»

«Nein, nein», sagte der Kritiker. «Sie verstehen das falsch. Das ist Kunst. Sehen Sie?» Er deutete auf die untere rechte Seite des Sargs. «Die Signatur des Wandalen. Vielleicht erinnern Sie sich an den Namen aus Andrew Bliss' Kolumne. Später entsorgen sie Starrs Leiche in einem Fichtensarg, und dieser hier wird versteigert.»

«Sie wollen mich auf den Arm nehmen.»

«Wie sollte ich? Dazu fehlt es mir an Humor.»

Riker blickte hinunter auf die sterbliche Hülle von Dean Starr. «Den haben sie ja hübsch zugerichtet.»

Quinn beugte sich über den Sarg und betrachtete das pockennarbige, mit Muttermalen übersäte Gesicht, den aufgeblähten Leib, der die Knöpfe eines dunkelroten Lederjacketts abzusprengen drohte, die Schenkel, die eine grüne Lederhose so straff spannten, als wollten sie die Illusion von Leben unter toter Kuhhaut wecken.

«Lebendig hat er auch nicht viel anders ausgesehen», antwortete Quinn. «Ich hätte gedacht, daß eine Autopsie größeren Schaden anrichtet.»

«Der Chefpathologe war in Urlaub, deshalb haben wir die Discount-Version bekommen. Meine Partnerin ist bereits in den Papierkrieg gezogen, um eine zweite Autopsie zu beantragen. Dann war der Junge also schon immer so häßlich. Und die Frisur ist auch so gedacht?»

«Ja. Neo-Mohawk. Die Borsten mußten sie ein wenig kappen, damit er in den Sarg paßte. Das ging auf Kosten der Wirkung.»

«Ist der Knabe nicht ein bißchen alt für einen Punker?»

«Er ist zweiundfünfzig.»

Sie suchten sich zwei Plätze auf der Tribüne, vorderste Reihe, auf Höhe von Dean Starrs sterblichen Überresten. Hinter dem Sarg waren sechs Meter freier Raum und eine kahle weiße Wand. Ein paar Leute, ihre Einladungskarten mit Trauerrand in den Händen, defilierten an dem Verblichenen vorbei. Dann warfen sie einen kurzen Blick auf das Schlachtfeld des kalten Buffets. Sie fanden wohl, daß die aufgetürmten Köstlichkeiten das Getümmel nicht lohnten, und nahmen in den mittleren Reihen Platz.

Riker blickte sehnsüchtig der vorüberziehenden Weinflasche in der Hand eines Servicejungen nach. Als er den Blick wieder nach vorne richtete, stockte ihm der Atem. Vor der weißen Wand stand ein kahlköpfiger, stämmiger Mann im dunklen Anzug – Avril Koozeman, der Inhaber der Galerie.

*Wie zum Teufel …?*

Wie aus dem Nichts war Koozeman in dem leeren Raum hinter dem Sarg aufgetaucht.

*Wo kommt der Kerl her?*

Koozeman schritt so schwungvoll auf den Sarg zu, daß für Rikers benebeltes Gehirn der Eindruck entstand, er müsse geradewegs aus der Wand getreten sein. Einen Moment lang schwankte der Detective zwischen dem Vorsatz, mit dem Trinken aufzuhören, und dem dringlichen Wunsch nach einem dreifachen Whiskey, um die Hirngespinste zu verscheuchen.

Er studierte die zierlichen, gleichmäßigen Züge des Galeristen, als dieser auf sie zukam – ein Allerweltsgesicht, wären die buschigen schwarzen Brauen über den kleinen grauen Augen nicht gewesen. Der Mann trug seine Körperfülle wie ein Symbol des Wohlstands vor sich her, nicht wie den unerwünschten Preis für übermäßige Eßlust. Er beugte sich über den Sarg und betrachtete einen Moment lang den Toten. Sein Gesicht wirkte dabei unangemessen heiter.

Riker blätterte in seinem Notizbuch und lehnte sich zu Quinn hinüber. «Er war am Umsatz des toten Künstlers beteiligt, richtig?»

«Ja, mit fünfzig Prozent.»

Koozeman kam zur Tribüne und lächelte Quinn wohlwollend zu. Der Kritiker antwortete mit einem Kopfnicken. Der korpulente Mann schnipste mit den Fingern, und zwei Servicejungen kamen herbeigelaufen, die Tabletts voller Weingläser in den drei Lieblingsfarben des Detectives: Rot, Weiß und Rosé. Riker folgte Quinns Beispiel und wählte den Roten. Immer noch lächelnd, drehte Koozeman sich um und wandte sich dem Trubel am kalten Buffet zu.

Riker schüttelte den Kopf. «Ich versteh das nicht. Für Koozeman war Starr doch ein Goldesel, oder? Ein ganz heißes Eisen im Feuer.»

«Sein heißestes.» Quinn probierte den Wein und nickte anerkennend.

«Und warum freut er sich dann?»

«Na ja, er besitzt noch eine Menge Arbeiten von Starr und hat die Preise gleich mal um zweihundert Prozent erhöht. Er hat allen Grund zur Freude.»

Ein dünner Mann betrat den Raum, auf leisen Sohlen zwar, aber durch die Tür und nicht durch die Wand. Eine widerspenstige, hellbraune Haarsträhne hing ihm über das eine Auge, die Krawatte saß schief, aber sonst wies die stilvolle Kleidung ihn als Angehörigen derselben Spezies wie J. L. Quinn aus. Wie zufällig schlenderte er am Sarg vorbei, aber dann kam er wohl ein wenig durcheinander. Beim Anblick des kleinen Geistlichen seufzte er, und dem Toten winkte er freundlich zu.

Riker musterte den Mann und blätterte in seinem Notizbuch. «Müßte ich den Typen kennen?»

«Das ist Andrew Bliss», antwortete Quinn. «Der Kritiker, der den Nachruf auf Starr geschrieben hat.»

«Sie scheinen Ihren Kollegen nicht besonders zu schätzen?» Riker machte sich eine Notiz.

«Ach, eigentlich schreibt er gar nicht schlecht, aber er wartet immer erst, was die anderen schreiben, und dann hängt er sein Fähnchen nach dem Wind. Deshalb hat mich seine letzte Kolumne so erstaunt.»

Riker fand die biographischen Angaben in seinem Notizbuch. Dort stand, daß Bliss 48 Jahre alt war, aber das Gesicht, das Riker vor sich sah, war das eines Knaben mit großen blauen Augen und vollen Lippen. Riker verspürte ein Unbehagen. Alt gewordene Kinder paßten nicht in diese Welt.

«Und welche Gefühle hegte Mr. Bliss für den toten Künstler? War er ...»

Er brach mitten im Satz ab, weil ihm ein Servicejunge Wein nachschenkte. Verdutzt starrte er auf sein Glas. Quinn lächelte ihm zu.

«Das tut er, weil Sie neben einem Kritiker sitzen. Der Junge läßt es nicht so weit kommen, daß Ihr Glas auch nur halbleer ist. Es wäre ein Kündigungsgrund.»

Riker schaute in sein Weinglas und fragte sich, wie die Philosophie der Galerie sich in Einklang mit seiner eigenen Religion bringen ließ, nach der es eine Sünde war, sein Glas halbvoll zu lassen.

Er sah wieder hinunter zur zweiten Reihe, in der Andrew Bliss Platz genommen hatte. Jetzt erst bemerkte er, daß Bliss mehr graue als hellbraune Haare hatte. Und als er sich den Mann mit dem alten Haar und dem jungen Gesicht genauer betrachtete, bemerkte er die gerötete Nase. Geplatzte Äderchen? Der schlaffe Unterkiefer, der trübe Blick des Auges, das nicht von der Strähne verdeckt war – alles Anzeichen, die ihm vom morgendlichen Blick in den Rasierspiegel vertraut waren.

Andrew Bliss war ein Trinker.

«Wie sind Bliss und Starr miteinander ausgekommen?» Er kippte seinen Wein hinunter. Aus den Augenwinkeln sah er, wie der Servicejunge in Hab-Acht-Stellung ging.

«Schwer zu sagen», erwiderte Quinn. «Ich hab sie nur einmal zusammen gesehen. Und auf der Vernissage hat Andrew ein bißchen angespannt gewirkt.»

«Sie haben mir gar nicht erzählt, daß Sie an dem Abend auch in der Galerie waren.»

«Aber Sie haben es gewußt, stimmt's, Riker? Bei solchen Veranstaltungen stehe ich nicht wie ein Zaungast herum. Und jetzt wollen Sie wissen, ob ich dabei war, als er gestorben ist. Können Sie mir den genauen Zeitpunkt sagen?»

«Der Schwachkopf hat bei der Autopsie nicht mal den Mageninhalt untersucht. Wir wissen nur, daß er um halb sechs noch am Leben war, und um Viertel nach zehn hat der Wachmann die Leiche entdeckt.»

Der Servicejunge war bereits wieder neben Riker und gab seinem Glas neues Gewicht.

«Ich war bis gegen acht dort», sagte Quinn. «Und mir ist nichts Merkwürdiges aufgefallen, von den ausgestellten Kunstwerken einmal abgesehen.»

Riker trank das Glas in einem Zug leer, um Koozemans geisterhaften Auftritt zu vergessen. Daß er eine Lesebrille brauchte, wollte er nicht bestreiten, aber auf die Entfernung sah er noch ausgezeichnet. Und die hundert kurzsichtigen Gäste bei Dean Starrs Show? «Mir will einfach nicht in den Kopf, daß Starr in einem Raum voller Menschen erstochen wurde, und keiner hat's gesehen.»

«Ach, wissen Sie, Koozemans Kunden haben mit sich selber genug zu tun», meinte Quinn.

Avril Koozeman versuchte, die Journalisten vom Buffet fortzulocken. Die Servicejungen assistierten ihm mit Weinflaschen als Köder. Mit vollen Gläsern und schwer beladenen Papptellern suchten sich die Damen und Herren von der Presse freie Plätze in den Sitzreihen.

Ein besonders rüpelhafter Fotoreporter brüllte aus der letzten Reihe: «Dann laßt es mal krachen!»

Der Geistliche räusperte sich und tippte auf das Mikrofon am Stehpult.

So langsam spürte Riker die zehn Tassen Kaffee, die er vor dem Wein in sich hineingeschüttet hatte. Das bekannte Schildchen für die Männertoilette war nirgends zu entdecken. Er preßte die Beine zusammen, beugte sich zu Quinn hinüber und flüsterte: «Wo ist das Klo?»

Obwohl die Stimme des Geistlichen durch das Mikrofon verstärkt wurde, erzielte er damit wenig Wirkung bei den redseligen Zuhörern. «Leider weiß ich nicht viel über Mr. Starr. Man hat mir erzählt, daß er noch nicht lange Künstler war. Über sein Leben vor dieser Zeit kann ich nicht viel sagen. Vielleicht hilft mir jemand, diese Lücke zu füllen.»

Rikers Not war so groß geworden, daß er pausenlos die Beine übereinanderschlug.

Quinn neigte den Kopf zu ihm hinüber. «Wie bitte?»

«Wo hier das Klo ist?» Riker artikulierte die Worte so vorsichtig wie Ausländer oder Betrunkene, aber laut genug, daß man ihn trotz des Geistlichen hörte, der gerade einen zweiten Anlauf nahm.

Quinn deutete auf einen schmalen Flur, der vom Hauptraum abging. «Da drüben, erste Tür rechts.»

Quinn drehte sich zur zweiten Reihe um und nickte Andrew Bliss zu. Er tat es aus Höflichkeit, weil er ihn schon so lange kannte, nicht aus Sympathie. Bliss erschien ihm heute weniger nervös als gewöhnlich. Der Mann war so betrunken, daß ihn ganz offensichtlich nur die gute Erziehung daran hinderte, sich auf dem Fußboden auszustrecken.

«Hey, Bliss», rief einer der Journalisten aus der letzten Reihe. «Die Kolumne über Kunstterrorismus war echt geil. Aber warum kein Wort über Oren Watts Doppelmord?»

Bliss, von jeher ein Chamäleon, wechselte die Farbe von rosigem, versoffenem Rot zu verschwitztem Kalkweiß, vielleicht, um besser zu dem Verblichenen zu passen. Er nahm seine ganze Kraft zusammen, schnappte sich seinen Regenmantel und flüchtete erstaunlich schnellen Schrittes aus der Galerie.

Jetzt erst zeigte Quinn den Anflug einer Gemütsbewegung, auf den Riker im Restaurant vergeblich gewartet hatte.

Doch er hatte sich schnell wieder in der Gewalt und wandte seine Aufmerksamkeit anderen Dingen zu – den immer lauter werdenden Gästen und dem Geistlichen, der mahnend den Kopf schüttelte. Nach Quinns Auffassung nahm der kleine Mann das nachmittägliche Spektakel viel zu ernst.

Eine junge Frau betrat die Galerie und löste in der Kamera eines angetrunkenen, aber hellwachen Fotoreporters auf der Tribüne ein Blitzlicht aus. Die Light-Show breitete sich in einer Kette von Blitzen über die Reihen aus, begleitet von einem Konzert leiser, bewundernder Pfiffe.

Sie war groß, und es dauerte eine Weile, bis Quinn sie von oben bis unten in Augenschein genommen hatte. Die schwarzen Laufschuhe aus Leder waren der letzte Schrei. Die Gesäßtasche ihrer Jeans konnte er nicht sehen, aber er zweifelte nicht daran, daß der Name eines Designers darauf stand. Den langen schwarzen Trenchcoat hatte sie sich über die Schultern ihres Cashmere-Blazers gehängt, und das T-Shirt war aus reiner Seide. Er hätte ein Aktienpaket darauf verwettet, daß sie sich die Locken in einem der Salons an der 57ten Straße legen ließ, aber gefärbt wurden sie dort sicherlich nicht, denn sie war eines jener ganz seltenen Geschöpfe, deren Haar von Natur aus schimmerte wie poliertes Gold.

In jeder anderen Hinsicht ließ ihn seine Menschenkenntnis diesmal im Stich. Er hätte weder ihren Beruf noch ihren genauen Status in dieser Welt zu erraten vermocht. Mit Sicherheit wußte er nur, daß ihre Augen grün waren, und wenn die Augen das Fenster zur Seele waren, dann besaß diese Frau keine Seele.

Sie setzte sich neben ihn. Ihr Parfüm war unaufdringlich, aber teuer.

Er war ihr noch nicht begegnet; ein Gesicht wie ihres vergaß man nicht. Und doch kam sie ihm bekannt vor.

Riker kehrte von der Herrentoilette zurück und zupfte ihn am Ärmel: «Vor der müssen Sie sich in acht nehmen, die trägt einen gewaltigen Ballermann mit sich rum.»

Quinn lächelte nachsichtig.

«Gut, dann passen Sie mal auf.» Riker beugte sich über ihn und sagte zu der Frau: «He, Mallory. Hast du den Autopsiebefehl für die Leiche dabei?»

Sie langte in die Innentasche ihres Blazers. Das Ding war maßgeschneidert. Frauen, die ihre Kleidung von der Stange kauften, mußten auf Innentaschen verzichten. Als sie die zusammengefalteten Blätter herauszog, sah Quinn den riesigen Revolver im Schulterhalfter stecken. Sie ignorierte den berühmten Kritiker, reichte die Papiere über ihn hinweg, als sei er ein hinderlicher Gegenstand.

Und auf einmal konnte er sie einordnen, auch wenn es viele Jahre zurücklag. Sie war ein Kind des Sonderdezernats für außergewöhnliche Kriminalfälle.

Er war ihr in Inspektor Markowitz' Büro begegnet. Damals war es ihm seltsam vorgekommen, daß bei Markowitz ein kleines Mädchen ein- und ausging, während sie über einen Mordfall sprachen. Urplötzlich stand sie neben seinem Schreibtisch, drückte Markowitz einen Stapel Ausdrucke in die Hand und verschwand so leise, wie sie gekommen war. Als sie später noch einmal hereinkam, taxierte sie den Kunstkritiker mit einem raschen Blick, bevor sie Markowitz ein paar Cents für den Bonbonautomaten abluchste.

*«Das ist meine Kleine»*, sagte der Inspektor voller Stolz, als sie wieder draußen war. Es dauerte ein bißchen, bis Quinn realisierte, daß Markowitz nicht auf die Schönheit des Kindes stolz war, sondern auf die flinke Intelligenz hinter den leuchtenden Augen. Später erfuhr er, daß die Kleine nach der Schule häufig zu ihrem Stiefvater ins Büro kam, um seinen pannenträchtigen Computer in Gang zu bringen. Markowitz konnte es sich nicht verkneifen, damit anzugeben.

*«Kathy kann alles mit einem Computer»*, sagte er. *«Heute mittag hat sie ihm beigebracht, die Zeitung zu holen.»*

Zum Beweis zeigte er ihm den Artikel eines Kriminalreporters, brühwarme Neuigkeiten, die durch eine undichte Stelle im Police Department gesickert waren. Der Text strotzte vor Druck- und Schreibfehlern und konnte nur aus dem Computer des Lokalredakteurs stammen. An diese Demonstration hatte Markowitz die Bitte um Geheimhaltung und verdeckte Mitarbeit geknüpft. Am Beginn von Quinns konspirativer Zusammenarbeit mit dem Inspektor hatte also ein illegaler Datendiebstahl der minderjährigen Hackerin Kathy Mallory gestanden. Was das Mädchen sonst noch alles aus anderer Leute Computern hervorzauberte, hatte sie durch dunkle Gassen des Wahnsinns und auf luftige Höhen der Theorie geführt. Das Kind war eine eifrige Diebin.

«Inspector Markowitz' Tod ist mir sehr nahegegangen», sagte er zu der jungen Frau. «Ich habe Ihren Vater sehr gemocht.»

Es war die Wahrheit. Markowitz war ein anständiger und liebenswerter Mann gewesen, und daran hatte weder sein Übergewicht noch der schlechtsitzende Anzug etwas geändert.

Als Quinn durch die Zeitung von seinem Tod erfuhr, kam ihm die Welt ein Stück ärmer vor. Die Menschen, die solche Gefühle in ihm auslösten, konnte Quinn an drei Fingern abzählen.

«Ich bilde mir ein, daß ich Ihrem Vater damals eine Hilfe war. Wenn ich etwas für Sie tun kann, verfügen Sie jederzeit über mich.» Er reichte ihr seine Karte mit der Geheimnummer, die er nur wenigen Menschen auf dieser Welt gab.

«Ich muß mit Gregor Gilette sprechen», sagte sie. «Dabei könnten Sie mir behilflich sein. Wir dürfen den alten Fall eigentlich nicht noch einmal aufrollen. Sie könnten ihn auf die Vernehmung vorbereiten und ihm klarmachen, daß er die Sache für sich behalten muß.»

«Keine leichte Aufgabe. Er hat Jahre gebraucht, um über den Tod seiner Tochter wegzukommen. Er wird damit nichts mehr zu tun haben wollen.»

«Das läßt sich leider nicht vermeiden. Wir müssen noch einmal ganz von vorne anfangen.»

Ihre Sprechweise zeugte von Schulen, die für den Großteil der städtischen Angestellten unerschwinglich waren. Was es ihn auch an Opfern gekostet haben mochte, Markowitz hatte klug in seine Stieftochter investiert.

Ihr Ton ließ keinen Zweifel daran, wer hier das Sagen hatte, und als Quinn es mit der korrekten Form der Anrede versuchte, klärte sie ihn unmißverständlich darüber auf, daß sie weder mit Miss noch mit Mistress angeredet werden wollte, sondern nur mit *Mallory*.

«Unmöglich, einen Termin bei Gilette zu bekommen»,

sagte Quinn. «Er steckt mitten in den Vorbereitungen zur Einweihung seines neuen Gebäudes. Vielleicht ließe sich ein kurzes Treffen bei einer Abendgesellschaft arrangieren. Er kommt auf den Wohltätigkeitsball im Plaza. Meine Mutter ist dieses Jahr die Gastgeberin.»

Schon bevor sie antwortete, wußte er, daß er ihr nichts Neues erzählt hatte.

«Ich habe mir die Gästeliste angesehen», sagte sie.

«Ich könnte Ihnen eine Einladung verschaffen.»

«Ich hab schon eine.»

Offensichtlich brauchte sie ihn wirklich nicht, und wie zum Beweis dafür kehrte sie ihm den Rücken zu.

«Mallory, steht der Krankenwagen vor der Tür?» fragte Riker.

Sie nickte. Riker ging quer durch den Raum und drückte Koozeman die Papiere in die Hand. Als Quinn wieder in ihre Richtung schaute, ruhte Mallorys Blick auf ihm. Die langgeschnittenen, schmalen Augen waren schön und beunruhigend. Ihr Ausdruck war undurchdringlich, aber er spürte eine verwandte Kälte darin.

«Riker sagt, Sie würden aus Dean Starr und dem alten Doppelmord gerne einen Fall machen.»

«Das werde ich bestimmt nicht hier diskutieren.» Sie wandte sich dem Sarg zu. Er war wieder entlassen.

Keiner von beiden hatte den Journalisten in der Reihe hinter ihnen bemerkt, der den Kugelschreiber zückte und sich eifrig Notizen machte.

Riker kam zurück, ließ den Blick über die Sitzreihen schweifen und fragte: «Wo ist denn Bliss geblieben?»

«Er ist gegangen, als Sie auf der Toilette waren», erklärte Quinn. «Die Kollegen haben ihn wegen seiner Kolumne auf den Arm genommen.»

Plötzlich saß er alleine da; Riker und Mallory gingen quer durch den großen Raum auf den Eingang zu. Einer der Journalisten wäre beinahe über die eigenen Füße gestolpert, als er aufsprang und hinter Mallory herlief. Er versuchte ihr den Weg zu verstellen. Im nächsten Moment taumelte er rückwärts, dabei hätte Quinn schwören können, daß sie den Mann nicht berührt hatte.

Eine weit weniger attraktive Erscheinung setzte sich auf Mallorys Platz, ein Journalist mit schütterem Haar, Schmerbauch und nikotingelbem Grinsen.

«Mr. Quinn, ist dieser Todesfall ein großer Verlust für die Kunstszene?»

«Ich glaube kaum. In New York dürfte es ungefähr neunzigtausend Dilettanten geben, um die Lücke zu füllen.»

«Und Ihre persönliche Meinung zum Tod von Dean Starr?»

«Einer weniger. Bleiben noch neunundachtzigtausendneunhundertneunundneunzig. Sonst noch Fragen?»

«Ja. Finden Sie es nicht seltsam, daß Oren Watt nicht festgenommen wurde?»

Quinn wirkte abweisend und leicht gelangweilt, aber unter der Haut, wo sich bei allen Menschen die gleichen, wenig kultivierten Innereien verbergen, tobte ein schrecklicher Aufruhr von Gefühlen, die alle mit seiner Nichte und ihrem verstümmelten Körper zu tun hatten.

Emma Sue Hollaran, die Präsidentin des Komitees für Kunst im öffentlichen Raum, hatte ihn zu sich bestellt, und weil er sich so frei wie ein aufgespießter Schmetterling fühlte, hatte Andrew Bliss den Tag damit verbracht, sich volllaufen zu lassen. Emma Sue, der Grund für jedes seiner Besäufnisse, hatte wahrscheinlich keine Ahnung, daß er bei allen ihren Zusammenkünften betrunken war, weil sie ihn nie in einem anderen Zustand zu sehen bekam. Sie mußte annehmen, daß er über jedem Ohrensessel hing wie ein abgelegter Trenchcoat und daß sein Blick immer so trüb war.

Im Normalzustand war Andrew schneller als der Blitz. Seine Pupillen flitzten wie Flipperkugeln hin und her, angetrieben von einer magischen Energie. Im depressiven Stadium verdunkelten sie sich und bewegten sich im Schneckentempo. Heute abend aber war er ganz einfach sturzbetrunken und glotzte ins Nichts.

Auf unsicheren Beinen stelzte er zur Verandatür hinüber. Er atmete die frische Luft ein, blickte sehnsüchtig zum Terrassenrand.

*Wenn sie nicht die Klappe hält, spring ich runter.*

Aber es waren nur fünf Stockwerke. Womöglich wäre er nicht gleich tot. Er verabscheute solche degoutanten Szenen. Also saß er in der Falle – der übellaunigen Emma Sue auf Gedeih und Verderb ausgeliefert.

Mit ihrer gereizten, näselnden Stimme leierte sie einen Satz nach dem anderen herunter. Nur wenige ihrer Worte drangen durch seine Schädeldecke. Der Tonfall jedoch war unmißverständlich. Sie kochte vor Wut.

*Was ist es diesmal?*

Hat ihr die Kritik an ihrem Lieblingskünstler des Monats mißfallen? Es war ihm ein Rätsel, wie sie es schaffte, diese Typen in ihr Bett zu kriegen. Wer war so ehrgeizig und hatte soviel Kontrolle über sein Fleisch, daß es ihm nicht von den Knochen fiel, wenn sie es berührte?

So ein barmherziger Vollrausch hatte auch einen Nachteil: Das Reaktionsvermögen litt darunter. Als sie jetzt auf ihn zugetrampelt kam, war er nicht mehr flink genug, um den fliegenden Speicheltropfen auszuweichen.

Irgendwann in ihren einundfünfzig Lebensjahren mußte es Emma Sue doch aufgefallen sein, daß sich die Menschen ihr nicht auf Spuckweite näherten. Er schrieb ihre Entfremdung von allem, was das Menschsein schön machte, diesem verhängnisvollen Makel zu. Bei allem Talent für Selbstbetrug – wie konnte sie sich darüber hinwegtäuschen?

Die düsterste Möglichkeit: Sie hatte es noch gar nicht gemerkt.

Als persönlicher Spleen mochte das Spucken seinen Reiz haben. Aber diese Frau war kein langhaariger Motorradfreak. Sie war eine der Mächtigen in der Kunstszene, konnte auch die angesehensten Architekten dazu zwingen, in ihrem Budget die obligatorische Skulptur zu berücksichtigen, mit der jeder öffentliche Platz verschönert oder – was häufiger der Fall war – verschandelt wurde.

Die Reihe ihrer offensichtlichsten Schönheitsfehler begann bei einem Paar Fesseln, das jedem Ackergaul Ehre gemacht hätte. Von dort an aufwärts drängten sich dem Betrachter eine Vielzahl von Vergleichen mit anderen Haustieren auf, trotz jahrelanger schönheitschirurgischer Bemühungen. Seriöse Mediziner ließen tunlichst die Finger von ihr, denn welcher Chirurg kann schon einen Schweinerüssel in eine menschliche Nase oder Schweinsäuglein in richtige Augen verwandeln? Und so war sie an die Knochenklempner in der Fifth Avenue geraten, hatte ihre ganze Hoffnung in die gute Adresse gelegt.

Im Gesicht sah sie aus wie ein hastig zusammengeflicktes Frankenstein-Monster. Chemikalien hatten die Haut so sehr gestrafft, daß sämtliche Fettpolster und Blutgefäße darunter hervortraten. Dicke Schichten von Make-up waren nötig, um Narben und Verfärbungen zu verdecken. Und trotzdem flüsterte das Spieglein an der Wand ihr nach jeder Behandlung zu, sie sei noch schöner geworden.

An ihrer Garderobe gab es nichts auszusetzen – dafür durfte er sich selber auf die Schulter klopfen. Als ihrem persönlichen Berater fiel ihm die Aufgabe zu, sie ordentlich aufzumöbeln – was nicht wörtlich zu nehmen war. Der Austausch von Intimitäten blieb auf Speichel beschränkt.

Ihr Gesicht war noch verquollen vom letzten Liften, aber das Make-up war perfekt, und daran würde sich den Tag über auch nichts ändern. Ihre Boxenstops an den Kosmetiktheken bei Bloomingdale's hatte er gut getimet. Aus reiner Gewohnheit überprüfte er die Fingernägel. Vielleicht sollte er sie schnell noch mal zum Lackieren schicken. Das machte immer was her.

*Worüber ließ sie sich gerade aus?*

Ach, richtig, das Kunstwerk für die Plaza des neuen Gilette Buildings. Der gute alte Gregor hatte sich den Vorplatz seines neuen Hauses also nicht von ihr verunstalten lassen? Unglaublich! Ein Phänomen, der Mann – der erste Architekt in New York, der sich ihr erfolgreich widersetzte.

Der Alkoholschleier filterte ihre verbalen Absonderungen und desinfizierte sie gleichzeitig. Sein Rausch verhinderte, daß sie ihm einen Knoten in die Eingeweide quatschte, während sie von außen seine Haut benetzte.

*Und was noch?*

Ach so, das. Natürlich war er bei der Trauerfeier gewesen. Er war schließlich Kunstkritiker. Wenn es um seine Arbeit ging, konnte er auf ihren Knatsch mit Koozeman keine Rücksicht nehmen. Das durfte sie nicht von ihm verlangen. Er hatte nicht übel Lust, sie zu verlassen und niemals wiederzukommen. Dann wäre sie erledigt. Wer, wenn nicht er, sollte diese unkultivierte Schlampe darauf hinweisen, daß sie Lippenstift an den Zähnen hatte? Diese schändliche symbiotische Beziehung gereichte ihr mehr zum Vorteil als ihm.

*Was? Ach ja, richtig.*

Mit Bedauern sagte er der Wirkung des Weins Lebewohl, die sich langsam aus seinen Gehirnzellen zurückzog, um eisiger Nüchternheit Platz zu machen.

Die obere Hälfte der Bürowand war aus dickem Glas, ein breites Fenster auf das Großraumbüro des Sonderdezernats, in dem uniformierte Polizisten und Angestellte in Zivil in einem Labyrinth von Aktenschränken, Schreibtischen und Stühlen hin und her liefen. Etwa ein Dutzend Steuerzahler und Verdächtige saßen unter den hellen Lampen. Die Spätschicht war angetreten. An einem der Schreibtische im hinteren Teil des Raums saß eine Steuerzahlerin und weinte bitterlich mit offenem Mund und schmerzverzerrtem Gesicht.

Das Schluchzen der Frau drang nicht bis in Lieutenant Coffeys Büro. Auf seiner Seite der dicken Glasscheibe war es die Stille, die ihn nervös machte. Sein Nacken verspannte sich zusehends, während jede Sekunde des Schweigens die Atmosphäre im Raum auflud.

Detective Sergeant Mallory stand mit dem Rücken zu ihm und blickte auf die gläserne Wand. Ihr lockiges blondes Haar fiel über den Kragen eines langen, schwarzen Mantels. Unter dem Saum waren nur wenige Zentimeter Jeans sichtbar. Jetzt erst bemerkte Coffey, daß Mallory heute abend die schwarzen Laufschuhe trug – sie war noch für das Begräbnis zurechtgemacht.

Sergeant Riker hatte sich für den ermordeten Künstler nicht so groß in Schale geworfen. In sich zusammengesunken saß er auf einem Stuhl neben dem Schreibtisch und betrachtete seine verkratzten Schuhe. Coffey hatte gleich geahnt, daß es Ärger geben würde, weil Riker weder qualmte noch sein sarkastisches Gesicht machte. Der Mann ordnete sich seiner jüngeren Vorgesetzten unter, und das beunruhigte Coffey. Wieviel Porzellan mochten die beiden bereits zerschlagen haben?

«Wir konzentrieren uns auf den Mord an Dean Starr», sagte Coffey. «An dem alten Ariel-Gilette-Fall wird nicht gerührt. Ist das klar, Mallory?»

Hörte sie ihm überhaupt zu? Jack Coffey hatte nicht den Eindruck. Sein eigenes Spiegelbild geisterte hinter dem von Mallory über die Glasscheibe, das Bild eines Sechsunddreißigjährigen, nicht groß und nicht klein, die Haare nicht hell, aber auch nicht dunkel, ein durchschnittlicher Mann in jeder Hinsicht, wenn man von seinem Rang einmal absah. Früher hätte Coffey mindestens fünf Jahre länger in der Ausbildung verbracht, bevor er die Blechmarke bekommen hätte. Heutzutage hatten junge Ermittler auf den Polizeirevieren das Sagen. Doch Mallory mit ihren fünfundzwanzig Jahren war auch hier noch die Ausnahme. An dieser jungen Frau glaubte Coffey die Vorteile und auch die Nachteile des neuen Jugendkults im New Yorker Police Department festmachen zu können.

Lieutenant Coffeys Blick schweifte von ihr zu ihrem Partner. Riker war das geringere Problem. Gegen den Sergeant hatte er einiges in der Hand, nicht zuletzt die Weinfahne, die er sich während der Überstunden zugelegt hatte. Aber es machte Jack Coffey nun mal keinen Spaß, sich an Schwächeren zu vergreifen.

Also nahm er sich Mallory vor.

«Nun setz dich endlich hin, Mallory! Ich will dich sehen, wenn ich mit dir rede. Damit du hinterher nicht sagen kannst, ich hätte mich undeutlich ausgedrückt.»

Sie drehte sich um und schoß einen feindseligen Blick auf ihn ab. Mein lieber Schwan! Nicht von schlechten Eltern! Selbst Riker hob beeindruckt den traurigen Kopf.

«Ich will wissen, von wem diese Anweisungen stammen.» Sie bewegte sich am Rande des Ungehorsams. Und sie ritt diese blöde Tour, seit sie mit Riker zur Tür hereingekommen war. Coffey bewunderte ihre Taktik. Immer, wenn sie in der Patsche saß, ging sie zum Angriff über.

Sie wartete seine Antwort erst gar nicht ab; sie wollte ihren Schwung nicht verlieren. «Kein Jahr ist es her, seit sie Oren Watt aus der Klapsmühle entlassen haben, und schon wird uns die nächste Leiche als Kunstwerk präsentiert. Wir hätten den Kerl längst durch die Mangel drehen müssen. Kommt dir das nicht auch sonderbar vor, daß sie ihn in Watte packen?»

Ihr Sarkasmus blieb im grünen Bereich. Coffey konnte sie nicht zur Ordnung rufen, ohne sich lächerlich zu machen.

«Mallory hat recht, und Sie wissen es», sagte Riker. «Wir kriegen Ärger. Die Presse ist bereits nervös. Niemand wird verstehen, daß Watt nicht in die engere Auswahl kommt.»

«Es hat sich jemand für Oren Watt verbürgt», sagte Coffey. «Watt war nicht in der Galerie, als Dean Starr dran glauben mußte.»

«Wer hat sich für ihn verbürgt? Sein Klapsdoktor vielleicht?» Mallory sah zum Fenster hinüber. Sie untergrub seine Autorität, indem sie ihm wieder den Rücken zuwandte.

«Senator Berman hat sich für Watt verbürgt», antwortete Coffey. «Erinnerst du dich an Berman? Er war Polizeipräsident, da hast du noch in die Windeln gemacht.»

Riker mußte sich das Grinsen verkneifen, und Coffey wußte, er hatte ein paar Punkte gutgemacht, weil er Mallory auf Normalgröße zurechtgestutzt hatte. Er ging hinüber zum Fenster, tippte ihr auf die Schulter und sagte: «Und jetzt setzt du dich hin, Sergeant.»

Sie zog den Trenchcoat aus und legte ihn sich ordentlich gefaltet über den Arm. Dann erst, als wäre es ihr eigener Entschluß, rückte sie sich einen Sessel zurecht und setzte sich hinein. Sie streckte die langen Beine von sich, vermied es, ihn anzusehen – ein weiterer Hinweis auf bevorstehenden Ärger.

Er wandte sich an beide Detectives: «Senator Berman sagt, Oren Watt war nicht dort, und von den anderen Gästen hat ihn auch keiner gesehen. Oren Watts Performance war der größte und blutigste Fall in Bermans Zeit als Polizeipräsident. Watts Gesicht ist wochenlang in allen Zeitungen gewesen, der Senator dürfte also kaum vergessen haben, wie der Kerl aussieht. Niemand wird das je vergessen. Und wenn Berman sagt, der Mann war nicht dort, dann müssen wir ihm das glauben.»

«Hast du selber mit Berman gesprochen?» Ein leichter Zweifel schwang in der Frage mit. Volltreffer. Man hatte ihn nicht an den Senator herangelassen.

*Gut geraten, Mallory.* «Blakely hat ihn vernommen.»

«Das hab ich mir gedacht», sagte Mallory. «Der Chef hat einen guten Draht zu Politikern. Dann kommt das also alles aus Blakelys Büro, stimmt's? Vor zwölf Jahren war es auch Blakely, der Markowitz zwingen wollte, den Doppelmord zu den Akten zu legen.»

«Das ist doch Unsinn, Mallory! Es war das einzig Richtige, die Sache einzustellen. Watt war geisteskrank, er hätte den Prozeß niemals durchgestanden, und du weißt genau ...»

«Und der Galeriebesitzer?» Rikers Stimme klang verdächtig respektvoll an diesem Abend. «Dürfen wir mit Koozeman reden?»

«Nein», sagte Coffey. «Wir haben die Aussage, die er am Tatort gemacht hat.»

«Er müßte ganz oben auf der Liste der Verdächtigen stehen.» Mallory wandte sich an Riker. «Riechst du das viele Geld? Ich würde zu gern einen Blick in Koozemans Bücher werfen.»

«Du läßt die Finger von ihm!» Coffey verspürte ein schmerzhaftes Stechen im Bauch. Und dann begriff er, daß sie ihn aus reinem Vergnügen so quälte. *Jeder Schuß ein Treffer, Mallory.* «Entweder du hältst dich an meine Anordnungen, oder ich sperr dich zu deinen Computern, und du machst nie wieder Außendienst. Kapiert?»

*O nein, das gefiel ihr ganz und gar nicht.*

Er sah den Return-Volley kommen, ihre Drohung, den Polizeidienst zu quittieren. Sie schob das Kinn ein wenig vor, ein kleiner Hinweis auf die Tatsache, daß sie in der Privatwirtschaft das Dreifache verdienen konnte. Vielleicht würde sie ihre illegale, nicht genehmigte Nebenbeschäftigung ausbauen und mehr als nur stille Teilhaberin in Charles Butlers Consulting-Firma werden. Coffey richtete sich ein wenig auf, straffte die Schultern, stellte sich auf die unvermeidliche Auseinandersetzung ein. Sie sollte bloß versuchen, seine ...

«Du hast recht», sagte sie leise. «Es war keine gute Idee, auf Watt loszugehen. Und je weniger der Galeriebesitzer ahnt, desto besser.»

Was meinte sie wohl, was er mit dem überschüssigen Adrenalin machen sollte? Vielleicht hoffte sie, daß es ihm ein Loch in die Venen brannte.

Sie stand auf und setzte sich auf die Schreibtischkante, ließ eines ihrer langen Beine baumeln und lächelte ihn an. Der schwarze Laufschuh wippte auf und ab. Was hatte sie mit ihm vor? Die Boxkämpfe mit Mallory faszinierten ihn so sehr, er war für alle anderen Kampfsportarten verloren.

«Du denkst wohl, ich weiß nicht, in was für einer blöden Lage du bist?» sagte Mallory. «O doch, das weiß ich genau. Wenn Blakeley dahinterkommt, daß du seine Anordnungen nicht beachtest, macht er dich zur Schnecke. Und darum darfst du dich nicht zu weit aus dem Fenster lehnen.»

Er kaute noch an ihrer Anspielung auf seine Feigheit, als sie die Leinentasche vom Boden aufhob und einen Stoß Fotografien herauszog.

«Das sind Aufnahmen vom Begräbnis der Tänzerin.» Sie hielt ein Foto in die Höhe, auf dem zahlreiche Leute zu sehen waren. «Die Gilettes hatten Bodyguards angeheuert, um sich den ganzen Zirkus vom Leib zu halten. Nur Angehörige, Freunde und Polizei. Siehst du den hier, zwei Köpfe links von Markowitz?» Mallory tippte auf einen der Trauergäste, einen Hünen mit markanter Nase. «Das ist Charles.»

Charles Butler war einer der engsten Freunde ihres Stiefvaters gewesen. Obwohl Markowitz aus bescheidenen Verhältnissen stammte und Charles aus einer Park-Avenue-Familie, hatten die Gemeinsamkeiten die Unterschiede überwogen – auch Charles war ein liebenswerter Mann mit messerscharfem Verstand. Und nun stellte sich heraus, daß Charles und Markowitz zusammen auf einem Begräbnis gewesen waren, lange bevor sie sich gekannt hatten.

«Das ist Gold wert», sagte Mallory. «Ich habe meine eigenen Verbindungen zur Familie Gilette, und ich kann sie ganz unauffällig spielen lassen. Charles hat Verbindungen zur Upper Class und zur Kunstszene. Er hat ein Vermögen in Galerien gelassen. Du willst doch, daß die Sache diskret behandelt wird, oder? Kannst du dir jemand Diskreteren als Charles Butler vorstellen?»

Coffey wußte, daß sie ihn in die Falle locken wollte, aber er wußte noch nicht genau, was sie damit bezweckte.

«Riker und ich könnten unser Lager außerhalb des Departments aufschlagen, in Charles Butlers Geschäftshaus», schlug sie vor. «Das wäre ideal. Da gibt es keine Hausmeister, die sich herumliegende Papiere unter den Nagel reißen und an Revolverblätter verkaufen. Und wenn Blakely dich fragt, was los ist, dann weißt du von nichts.»

Hielt sie ihn tatsächlich für so dumm?

«Aber ich will doch wissen, was mit dir los ist, Mallory. Jede Minute am Tag.»

«Markowitz war da anders.»

Da hatte sie recht. Als Markowitz das Sonderdezernat leitete, war alles anders gewesen. Ständig hatten sie illegale Beutezüge in fremden Computern unternommen, um an Informationen zu kommen. Und Markowitz hatte gewußt, daß er sich jederzeit auf die Unwissenheit des Computeridioten herausreden konnte. Nein danke, Mallory, auch wenn er Markowitz' Job geerbt hatte, wollte er den Laden doch lieber auf seine Weise leiten.

Er nahm sein Sportjackett vom Haken an der Tür. «Das

wird eine saubere Ermittlung.» Er steckte einen Arm in das Jackett, ein Zeichen für seine Detectives, daß dieses Gespräch und damit der Arbeitstag beendet war. «Hier treffe ich die Entscheidungen, Mallory, und du hast dich danach zu richten. Mag sein, daß das neu für dich ist, aber du wirst dich daran gewöhnen.»

«Ich muß mich mit dem alten Fall befassen, wenn ich …»

*Langsam hatte er die Nase voll.*

«Der alte Fall ist tabu.» Er zog das Jackett wieder aus und klemmte es sich unter den Arm. «Tabu! Ich sag's dir nicht noch mal, Mallory.»

Ihr Körper straffte sich. Das Bein baumelte nicht mehr hin und her. Der Jogging-Schuh verharrte in gespannter Stellung. Coffey stand nach außen hin ruhig da, aber innerlich nahm er die Fäuste vors Gesicht, während sie sich anstarrten.

*Gut, dann raus damit. Jetzt gleich!*

«Vor zwölf Jahren», sagte sie, und ihre Stimme wurde lauter, «hat Markowitz nicht bloß geglaubt, daß Watts Geständnis falsch war – er hat es *gewußt*!»

«Markowitz arbeitet hier nicht mehr! Der Fall wurde zu den Akten gelegt!»

«Nicht offiziell! Markowitz hat ihn nicht zu den Akten gelegt!»

«Gut, dann tu ich es jetzt! Und falls du's vergessen haben solltest: Watt hat gestanden!» brüllte er noch lauter als sie.

«Markowitz hat aber nicht …»

«Zum Teufel mit Markowitz! Dein alter Herr hat mehr als einmal Scheiße gebaut!»

Riker warf ihm einen warnenden Blick zu. *Jetzt sind Sie zu weit gegangen,* sagte sein langsames Kopfschütteln. Den letzten Fehler, den ihr Vater gemacht hatte, den einzig wirklich gravierenden, an den man sich erinnerte, hatte er in Ausübung seines Dienstes mit dem Leben bezahlen müssen.

Coffey spürte, wie ihm das Blut in den Kopf schoß. Warum hatte er das gesagt? Markowitz war sein Förderer gewesen, hatte nach jedem seiner Anfängerfehler ohne viel Aufhebens die Scherben weggefegt. Coffey hatte von dem Alten mehr Chancen bekommen, als er verdiente. Und so dankte er es ihm nun.

*Verzeih mir.*

Zu spät. Mallory blickte ihn haßerfüllt an.

Sie glitt vom Schreibtisch herunter und kam auf ihn zu. Coffey erkannte den Gang des Boxers. Ihre Hände waren zu Fäusten geballt, jede Bewegung ihres Körpers eine Drohung. Aus dem Augenwinkel sah er, daß Riker, der offenbar denselben Eindruck hatte, sich von seinem Stuhl erhob – vielleicht um sie zurückzuhalten, bevor es zu spät war. Dann blieb sie plötzlich stehen, ihre Augen keinen halben Meter von seiner Nasenspitze entfernt.

«Okay», sagte sie, «vergiß Markowitz.»

Als könnte er das.

«Blakelys Einmischung stinkt zum Himmel», sagte sie. Sie spuckte die Worte aus. «Ich habe eine Verbindung zwischen dem Doppelmord und Dean Starr – einem taufrischen Mordfall. Und plötzlich will der Chef den alten Fall begraben.» Ihre Stimme wurde wieder lauter. «Und du sagst allen Ernstes, ich soll die Finger davon lassen. Versuch nicht, mich auf den Arm zu nehmen, Coffey. Ich bin kein kleines Mädchen mehr.»

Nicht einmal als kleines Mädchen hatte sie sich auf den Arm nehmen lassen. So sehr hatte sie sich im Lauf der

Jahre nicht verändert. Die Wut war schon immer dagewesen, unter der Tünche anerzogener Umgangsformen. Ihre Stiefmutter, Helen Markowitz, hatte Mallorys Persönlichkeit den Anstrich verpaßt, als sie zehn war. Jetzt noch, fünf Jahre nach ihrem Tod, hatte er Bestand. Nach Louis Markowitz' Tod hatte er Risse bekommen, durch die ein Lastzug fahren konnte, aber irgendwie blätterte er nicht ab.

Mallory sprach wieder leiser. «Ich soll bei meiner Arbeit auf die Politik des Departments Rücksicht nehmen? Okay. Laß mich den Fall auf meine Weise bearbeiten, und ich verspreche dir, dich aus der Schußlinie zu halten.»

Die Frau, die vor ihm stand, war weder eine hilflose noch eine bemitleidenswerte Waise. Und doch war unter der Oberfläche noch das zehnjährige Straßenkind zu ahnen, das sich als kleines Mädchen alles zusammengeklaut hatte, was es zum Leben brauchte, das jede ausgestreckte Hand weggebissen hatte.

Bis Markowitz gekommen war.

Sosehr er Louis Markowitz verehrt hatte, manchmal verfluchte er den Alten dafür, daß er gestorben war und sie alleine zurückgelassen hatte.

Mallory ging zum Schreibtisch und zog noch eine Fotografie aus ihrer Leinentasche. Sie kam zurück und drückte sie ihm in die Hand – ein Geschenk.

Es war eines der alten Tatortfotos von dem Künstler und der Tänzerin. Von diesem grausamen Spektakel hatte er nie wieder etwas hören oder sehen wollen, und jetzt konnte er den Blick nicht davon wenden. Erstaunlich, welche Faszination von den beiden jungen Toten mit den weit aufgerissenen Augen ausging. Er starrte in das Herz des Sonderdezernats für außergewöhnliche Kriminalfälle, den Hauptgrund für seine Schaffung – es war ein Blick in den Abgrund, und er wurde erwidert.

*Nur mal angenommen, Markowitz hatte recht. Wenn der Schlächter wirklich noch da draußen herumlief…*

Ihre Blicke trafen sich, und sie nahm ihm das Foto wieder aus der Hand. Ein paar endlose Sekunden lang starrten Lieutenant Coffey und Markowitz' Tochter sich in die Augen, trugen einen stummen Machtkampf aus. Dann verblüffte sie ihn, indem sie den Blick senkte, ihm den Sieg überließ, damit er vor Riker das Gesicht wahren konnte.

«Also gut, Mallory. Du und Riker, ihr bearbeitet den Fall auf eure Weise.»

Andrew Bliss wußte nicht, wie er es geschafft hatte, aus Emma Sue Hollarans Wohnung zu entkommen. Als Verstand und Sehvermögen wieder einigermaßen intakt waren, fand er sich bei Bloomingdale's auf der ersten Etage wieder.

Von allen Kaufhäusern dieser Welt hatte nur Bloomingdale's eine eigene Gemeinde, und Andrew war eines ihrer treuesten Mitglieder. Nichts, nicht einmal der Tod, erfüllte ihn mit solchem Grauen wie die Vorstellung, er könnte aus seinem Lieblingskaufhaus ausgesperrt werden. Es war ein psychedelischer Mutterschoß. Er fand seine *raison d'être* in diesem vielstöckigen Labyrinth aus Farben und Licht, diesem unermeßlichen Warenangebot, das auch routinierten Einkäufern die Synapsen lahmlegen konnte. Nicht weniger als fünf Restaurants gab es unter dem Dach von Bloomingdale's, wenn man die Espressobar mitzählte, aber Andrew gab dem Train Bleu den Vorzug, und dorthin war er gerade unterwegs.

Im Erdgeschoß hielten die Verkäuferinnen Duftfläschchen im Anschlag, um jedem anstößigen Geruch, der auf zwei Beinen ins Haus getragen wurde, auf der Stelle den Garaus zu machen. Andere Frauen mit perfektem Make-up und Klemmbrettern in der Hand versuchten, vorbeigehende Kundinnen davon zu überzeugen, daß ihre Gesichter einer kompletten Restaurierung bedurften.

In der Nähe der Rolltreppe wurde er Zeuge der Ratlosigkeit einer Novizin, und er wußte, daß die Frau nach dem klug verborgenen Aufgang zur ersten Etage suchte. Nicht einmal kampferprobte Veteraninnen fanden immer gleich die richtige Rolltreppe. Andrew fand sie immer, sogar wenn er sternhagelvoll war, und so auch diesmal.

Einer entschlossenen Kundin dauerte die Suche zu lange. Sie lief die Treppe hinauf, einer Busladung japanischer Touristen voran. «Sie können mir vertrauen», erklärte die Frau den fragenden Gesichtern der Leute, die der englischen Sprache offensichtlich nicht mächtig waren. «Ich weiß, wo wir es finden. Ich kenne ihr Sortiment besser als sie selber.» Ihre mandeläugigen Infanteristen lächelten und nickten eifrig mit den Köpfen. Irgendwie hatte sie ihr Produkt über alle Sprachbarrieren hinweg an Mann und Frau gebracht. Ja, das Produkt war alles. Es kannte keine Grenzen.

Im ersten Stock wechselte Andrew die Rolltreppe, fuhr weiter hinauf, dem letzten Weinaufruf im Train Bleu entgegen. Auf der Fahrt zum zweiten Stock bot sich ihm der faszinierende Anblick einer Schaufensterpuppe mit kohlrabenschwarzem Haar, die man in ein silbernes Ballkleid gesteckt hatte. Sie erinnerte ihn an Aubry Gilette, die junge Tänzerin, die mit dem Künstler Peter Ariel zusammen gestorben war. Auf der dritten Etage gingen zwei Arbeiter mit einer Schaufensterpuppe ohne Kopf und Hände vorbei. Auch das war Aubry.

Als er im vierten Stock zur nächsten Rolltreppe hinüberging, fiel sein Blick auf den Teppich unter seinen Füßen, dessen Farbe ihn stets an Rotwein erinnert hatte. Jetzt erinnerte sie ihn an Blut, ein Meer von Blut, das den ganzen Boden bedeckte, bis in den letzten Winkel. Fast wäre er ausgerutscht, so perfekt war die Illusion für sein schuldbewußtes Auge.

Im fünften Stock verließ er schließlich die mechanische Treppe und steuerte auf den Eingang des Train Bleu zu. Das Restaurant hatte heute länger geöffnet, denn es fand ein Abendessen für eine Gruppe von Modedesignern statt. Er ging zum Oberkellner und hielt ihm die Einladung unter die Nase. Der Mann lächelte seinen treuesten Stammgast an und führte ihn durch den Saal, der ganz im Stil des Orientexpreß gehalten war. Die Dimensionen des blaßgrünen Innenraums, die rechteckigen Fenster, das Interieur aus Messing, Holz und Kristall, alles entsprach originalgetreu dem legendären Zug. Gestärkte Servietten zierten Leinentischtücher, und grüne Plüschsessel rundeten die Atmosphäre eines noblen Speisewagens aus längst vergangener Zeit ab.

Seine persönliche Kundenberaterin Annie saß an seinem Tisch. Als er sich zu ihr setzte, waren alle anderen Gäste vergessen. Für Annie ließ er sein schönstes Lächeln erstrahlen. Sie war sein Herzblatt. Sie reservierte ihm den Tisch für das Mittag- oder das Abendessen, besorgte ihm ein Taxi, wenn er eines brauchte, kaufte für ihn ein und legte seine geschäftlichen Termine um, wenn sie sich mit besonderen Lieferungen oder Sonderverkäufen überschnitten.

«Annie?»

«Ja, Schatz?»

«Ich möchte mein Leben ändern.»

«Ja, Schatz.»

Annie pflegte ihren ganz eigenen Stil – den Minimalismus. Jeden Tag trug sie das gleiche Kleid, einen klassischen schwarzen Hänger, auf dem nie auch nur ein Fleck zu sehen war. Er hatte sich schon oft gefragt, ob sie es jeden Abend wusch oder den ganzen Schrank mit solchen Fummeln vollhängen hatte. Seit er sie kannte, war ihr Haar grau geworden. Die Fingernägel waren immer unlackiert, und im Kaufhaus trug sie stets Sandalen. Er tolerierte die Sandalen, er tolerierte sogar, daß die Dinger nie geputzt waren, denn er liebte sie nun mal.

«Weißt du, Annie, jeden Abend, wenn die Lichter ausgehen, mach ich mir Sorgen um euren Laden. Aber ich vermute, die Leute vom Sicherheitsdienst verstehen ihr Geschäft. Die lassen hier sicher die Hunde von der Leine.»

«Nein, die Wachmänner lassen sie nicht los. Es kommt vor, daß spät abends noch Angestellte im Haus sind.»

«Müssen die Angestellten oft Überstunden machen?»

«Nein, Schatz. Nur während der Ferien. Um diese Jahreszeit muß niemand Überstunden machen.»

«Annie, erzähl mir mehr über euren Sicherheitsdienst. Das Thema fasziniert mich.»

«Ja, Schatz.»

Riker drückte auf den Schalter an der Wand, und die langen Reihen stählerner Aktenschränke warfen das grelle Deckenlicht zurück. Zu dieser späten Stunde war im Archiv keiner mehr, der ihn an das Rauchverbot in öffentlichen Räumen hätte erinnern können. Die Anti-Raucher-Aktivisten setzten ihm jeden Tag heftiger zu – zu seinem eigenen Wohl, wie sie behaupteten. Doch obwohl er sich jede

Nacht in den Schlaf hustete und der Gestank nach abgestandenem Rauch sich fest in seinen Klamotten eingenistet hatte, war dieses scheußliche, ungesunde Laster ihm im Lauf der Jahre immer mehr ans Herz gewachsen. Inzwischen machte er sich buchstäblich einen Sport daraus, nach entlegenen Orten zu suchen, wo ihn niemand erwischte. Er kramte in den Hosentaschen nach den verbotenen Glimmstengeln.

Hinter ihm ging die Tür auf, und ehe er sich umdrehen konnte, legte sich eine Hand auf seine Schulter. Es war keine sanfte, liebevolle Berührung. Riker fuhr herum und blickte in das Gesicht eines wesentlich jüngeren Mannes mit widerspenstigen blonden Haaren und dem empörten Schmollmund eines zu groß geratenen Fünfjährigen mit Spitzbart. Dr. Daily war der neueste Mitarbeiter im Stab des Chefpathologen. Der junge Mann machte gar kein freundliches Gesicht. Riker blickte hinunter auf die Hand, die immer noch auf seiner Jacke lag, und der Blick sagte: *Pfote weg!*

Dailys Hand fiel herunter.

*Wichser.*

«Na, Daily, so spät noch bei der Arbeit?»

«Nun sagen Sie mir mal, Sergeant, was der ganze Scheiß soll? Warum will das Police Department, daß Slope noch eine Autopsie durchführt?»

«Nehmen Sie's nicht persönlich, Doc. Wir haben uns gefragt, wie man mit diesem Eispickel von hinten ein Loch in die Herzkammer machen kann. Dazu brauchten wir eine zweite Meinung. Weiter nichts.»

«Es war der Eispickel. Herrgott noch mal, ihr habt ihn doch neben der Leiche gefunden.»

«Es wird wohl ein Eispickel gewesen sein. Aber nicht

der, den wir neben dem Toten gefunden haben. Der gehört dem Barkeeper. Und es waren keinerlei Blutspuren dran.»

«Na und? Dann hat jemand das Blut abgewischt.»

«Nee. Heller hätte mit seinen Tinkturen und Pülverchen sicher Spuren gefunden. Er ist der beste Kriminaltechniker im Land. Das FBI versucht seit Jahren, ihn abzuwerben. Ach ja, und außerdem war der Eispickel des Barkeepers viel zu kurz.»

«Was spielt das für eine Rolle, ob es dieser Eispickel war oder ein anderer.»

«Wissen Sie, Daily, es ist immer gut, wenn man weiß, wie die Mordwaffe aussieht. Für den Fall, daß man bei einer Festnahme drüber stolpert.»

«Okay, und jetzt wissen Sie, daß es ein langer Eispickel war. Was hat das für einen ...»

«Außerdem wird der Fall gleich interessanter, wenn man weiß, daß die Mordwaffe mitgebracht wurde. Das sollten wir festhalten. Könnte ja sein, daß der Mörder Unzurechnungsfähigkeit oder Affekt geltend machen will. Es wäre auch ganz hübsch, ein paar Blutproben zu haben und etwas über den Mageninhalt zu wissen.»

«Daß er nicht vergiftet wurde, ist ja wohl klar. Will man mir etwa einen Strick daraus drehen, daß ich dem Steuerzahler Geld gespart habe? Das können Sie mir doch nicht im Ernst vorwerfen. Wissen Sie eigentlich, was solche Tests kosten?»

«Na ja, meine Partnerin hat ihre Freude an diesen kleinen Dingen.»

Riker lächelte. Er hatte eine hübsche Summe darauf gewettet, daß Slope den Burschen vor Ablauf der Probezeit feuern würde. In der Wettgemeinschaft seiner Dienststelle hatte er sich auf den allerfrühesten Kündigungstermin festgelegt, und jetzt bestand berechtigte Hoffnung, daß Dailys Autopsie ihm einen Haufen Dollars einbringen würde.

Mallory trat durch die Schwingtür, gefolgt vom Leiter der Pathologie, Dr. Edward Slope. Die beiden gingen zum anderen Ende des Archivs; Slope machte sich an einem der Aktenschränke zu schaffen und sagte leise etwas zu Mallory. Dann reichte er ihr einen braunen Umschlag und verschwand in einem der Gänge zwischen den Schränken. Riker hörte, wie irgendwo hinter zwei Reihen hoher Stahlschränke eine Schublade wütend zugedonnert wurde. Wie hatte Mallory es nur wieder fertiggebracht, Slope in derart blendende Laune zu versetzen?

Dr. Daily starrte sie an. Dann knuffte er Riker kumpelhaft in den Arm. Alle Animositäten schienen vergessen.

«Das wär mal was Hübsches, um einen wegzustecken», sagte er mit breitem Grinsen und stolzierte in Richtung Mallory davon. Riker bedauerte beinahe, daß ihm keine Zeit blieb, eine Wette auf Dailys Lebenserwartung abzuschließen.

Der junge Mann eröffnete den Balztanz, schlenderte vor Mallory auf und ab, nahm hier eine Akte zur Hand, zog dort eine Schublade heraus und sah auf einer Karteikarte nach. Als er schließlich neben ihr stehenblieb, war er mit seinen einsfünfundsiebzig keinen Zentimeter größer als sie, und Riker hätte jeden Eid geschworen, daß er den Hals reckte, um eindrucksvoller zu wirken.

Mallory war in die Betrachtung der Fotos vertieft. Sie steckte alle bis auf eines in ihre Leinentasche und sah auf die Uhr. Der Arzt spürte, daß ihm die Situation zu entgleiten drohte. Also blähte er die Brust und sein jugendliches Ego auf.

Riker zuckte zusammen. Er wußte genau, was nun kommen würde.

«Ich hab jetzt Feierabend, und da dachte ich, wir könnten zusammen was trinken gehen», sagte Daily, als sei sein Angebot ein außergewöhnliches Entgegenkommen.

«Und warum sollte ich dazu Lust haben?» Mallory sah ihn fast ein wenig ungläubig an.

«Wie bitte?»

*Fick dich doch ins Knie,* sagte ihr Blick, aber sie sprach es nicht aus. Ihre Stiefmutter hätte eine solche Redeweise verurteilt, und Mallory fügte sich Helen Markowitz' Wünschen auch über den Tod der alten Dame hinaus. Statt dessen begnügte sie sich mit einem Blick von solcher Kälte, daß Daily die Eier schrumpften und sich sein Schwanz im verzweifelten Verlangen nach Wärme und Barmherzigkeit in seiner Höhle zusammenrollte. Dann widmete sie sich wieder dem Studium des toten Körpers, den sie offenbar tausendmal anziehender fand.

Der junge Mediziner warf einen kurzen Blick auf Riker, der Mühe hatte, sich das Lachen zu verkneifen. Er drehte sich wieder zu Mallory um. «Ich dachte nur ...»

Er redete ins Leere. Die Tür schwang bereits hinter ihr zu.

Daily ging zurück zu Riker und deutete mit dem Daumen zur Tür. «Ist wohl frigide, die alte Zicke?»

«Nein», sagte Riker, «das ist sie nicht.»

«Was hat sie dann für Probleme?»

«Ach, Sie wissen gar nicht Bescheid über Mallory? Hat's Ihnen denn niemand erzählt?»

«Was erzählt?»

«Sie ist eine entlaufene Nonne», sagte Riker.

Der Chefpathologe Edward Slope kam hinter einer Wand

von Aktenschränken hervor und nahm direkt hinter dem jüngsten Mitglied seines Teams Aufstellung. Das Deckenlicht legte einen silbernen Glanz auf das graue Haar des älteren Arztes. Slope war ein hochgewachsener Mann, und sein steinernes Gesicht hätte besser zu einem General als zu einem Mediziner gepaßt. Als er sich räusperte, klang es, als hätte jemand eine Kanone abgefeuert.

Daily fuhr herum und blickte in das Gesicht seines Vorgesetzten. Er war verschüchtert wie ein kleiner Vogel. Vom starken Mann war nichts übrig.

«Mit Ihnen geht sie schon deshalb keinen trinken», sagte Dr. Slope mit gezügeltem Zorn, «weil ihrer Mutter Ihre Ausdrucksweise mißfallen hätte.» Er brachte sein Gesicht auf Dailys Augenhöhe, um jegliche Illusion von Vertrautheit zu zerstören. «Ihre Eltern waren meine ältesten und besten Freunde.»

Nachdem der junge Mann sich mit soviel Anstand, wie die Angst um seinen Job ihm gestattete, zurückgezogen hatte, wandte Slope sich an Riker.

«Was sollte der Blödsinn mit der entlaufenen Nonne? Der Teufel hält sich keine Nonnen.»

Eine ganze Reihe von Psychiatern hatte ihm versichert, daß eine Depression sich langsam anschleiche, auf so leisen Sohlen, daß keines ihrer Opfer sich auf den Augenblick oder auch nur das genaue Datum ihrer Ankunft festlegen könne. Aber das stimmte nicht. Andrew Bliss erinnerte sich ganz genau an den Augenblick, als die Stimme in seinem Hinterkopf ihm zum erstenmal zugeflüstert hatte: *Du bist Abschaum.*

Er hatte daran gedacht, seinen derzeitigen Psychiater aufzusuchen, aber der hätte ihn doch bloß mit Lithium vollgepumpt. Lithium machte einen friedlichen Ochsen mit lallender Stimme und zitternden Händen aus ihm, und er hatte schon vor längerem beschlossen, nicht auf die Epiphanie seiner euphorischen Hochs zu verzichten, nur um die dunklen Fallgruben der Depression zu umgehen. Deshalb gab er der Selbstmedikation mit Alkohol den Vorzug. Leider ließ das Glücksgefühl bereits nach, die beruhigende Wirkung löste sich auf.

Die Achterbahn in seinem Kopf kam wieder auf Touren. Der Schaffner seiner Stimmungen rief: *Alle Mann an Bord, Andrew, es geht los!* Seine Gedanken fuhren hinauf, immer höher hinauf, der Blick richtete sich empor zu den strahlenden Lichtern unter Bloomingdale's Decke. *Wir steigern das Tempo, Andrew. Was willst du mit dem Sicherheitsgurt, Junge?*

Er hastete die Rolltreppe hinauf. Zwei ältere Damen mit lavendelfarbenem Haar sprangen beinahe aus den Schienen, als er an ihnen vorbeirannte. Grob stieß er eine große Brünette zur Seite; sie war jung, ein echtes Kind New Yorks, aber ehe sie ihm das Knie zwischen die Beine rammen konnte, war Andrew schon vorbei. Er bewegte sich flink, sein Gehirn stand unter Hochspannung, als es auf der schmalen Laufschiene gen Himmel fuhr.

Zu nächtlicher Stunde, als das Kaufhaus von Kunden und Angestellten längst leergefegt war, trat Andrew aus dem Schatten hervor, in der Hand eine Einkaufsliste. Er sah auf die Uhr, dann in sein Notizbuch. Der Wachmann mit seinen Hunden mußte im ersten Stock sein.

Vorsichtig setzte er den Fuß auf die stehende Rolltreppe, um in die Teppichabteilung hinaufzugehen. Halt, er mußte unterwegs noch ein paar Regenmäntel von der Stange pflücken. Für ein ordentliches Dach benötigte er mindestens ein Dutzend. Aus dem Personal-Casino ließ er einen kleinen Kühlschrank mitgehen. Die Haushaltswaren-Abteilung stellte die Espressomaschine zur Verfügung. Er hakte weitere Posten auf seiner Liste ab: Bettücher aus Satin, zehn Daunendecken als Unterlage, Tulpengläser, einen Liegestuhl und eine Leselampe. Eine Stunde später lehnte er sich gegen die Möbelraupe, die er sich im Lager ausgeliehen hatte. Hebelkraft war alles. Er war nicht einmal ins Schwitzen gekommen.

Zwischen den Kleiderständern bewegte sich etwas, der Schatten einer anmutigen Tänzerin, jung und gertenschlank. *Halt, nein.* Das war keine Frau. Das war ein riesiger Köter. Er hatte die Runden der Wachmänner falsch berechnet. In Windeseile sprühte er sich von oben bis unten mit Parfüm ein, um so richtig nach Bloomingdale's zu riechen.

## 2

Durch das Kellerfenster blickte sie auf Höhe der Grasnarbe in den Garten mit seiner grünen Rasenfläche und den schattenspendenden Bäumen. Hier hatte Louis Markowitz sein Stück vom amerikanischen Traum verwirklicht.

Die Sprenganlage hatte Wasserflecken auf der Scheibe hinterlassen, und der Rasen war frisch gemäht. Mallory wußte, daß Robin Duffy dahintersteckte. Markowitz' alter Freund und Nachbar tat sein Bestes, um die Illusion zu erhalten, daß hier jemand wohnte. Der alte Anwalt harkte im Herbst das Laub zusammen, räumte im Winter den Schnee und brachte ihr Angebote von jungen Familien, die das Haus kaufen und wieder mit Leben erfüllen wollten. Doch zu Robin Duffys Leidwesen weigerte sich Mallory zu verkaufen, und sie nannte nicht einmal Gründe, warum sie an einem Haus festhielt, in dem sie nicht mehr wohnen wollte.

Wann war sie zum letztenmal hiergewesen?

Sie konnte sich nicht erinnern, ob es Wochen her war oder Monate. Sie langte hinauf und öffnete das Fenster. Ein frischer Wind wehte durch den Keller, vertrieb den modrigen Geruch nach Verlassenheit.

Als erste war Helen dem Haus abhanden gekommen, als sie unter dem Messer des Chirurgen gestorben war. Danach war Mallory aus Brooklyn fortgezogen, nach Manhattan in eine Eigentumswohnung, wo nichts sie an ihr Zuhause und ihre Trauer erinnerte. Markowitz hatte in seinen letzten Jahren viele Überstunden gemacht, um nicht nach Hause gehen zu müssen, in die unbewohnten Räume mit den unbenutzten Möbeln, wo in der Dunkelheit die vielen Erinnerungen an Helen lauerten. Seit sie ihren Vater beerdigt und seinen letzten Fall gelöst hatte, war Mallory nicht mehr oft in das alte Haus gekommen, auch wenn es ihr Zuhause war und immer bleiben würde.

Nein, sie würde das Haus nicht verkaufen und die Markowitz' oder das, was in Schränken, Kommoden und Schubladen vom Dachboden bis hinunter in den Keller von ihnen geblieben war, von diesem Ort vertreiben. Ein Leben nach dem Tode konnte sie sich für die beiden nicht vorstellen – wo also sollten sie sein, wenn nicht hier?

Heute hatte sie einen Teil der unerledigten Angelegenheiten ihres Vaters dabei, und sie war nach Hause gekommen, um zwischen den persönlichen Aufzeichnungen in den Kartons und Ordnern seines ungeordneten, nicht zu Ende geführten Lebens nach Antworten auf ihre Fragen zu suchen.

Sie fuhr mit dem Finger durch den Staub, der sich auf den Langspielplatten mit Swing-Musik und den Rolling-Stones-Kassetten gesammelt hatte. Es waren auch ein paar uralte Tonbandaufnahmen dabei, Markowitz' kostbare Sammlung seltener Mitschnitte von Radiosendungen der späten dreißiger und frühen vierziger Jahre. Noch mehr Staub pustete sie von dem hochkomplizierten Aufnahmegerät, das sie ein Jahr vor seinem Tod ins Haus gebracht hatte, damit er die wertvollsten Aufnahmen auf CD speichern konnte, bevor die altmodischen Tonbänder auf ihren Spulen unbrauchbar waren.

Markowitz hatte sich gefreut wie ein Kind, als sie ihm

erklärte, daß er die CDs so oft spielen konnte, wie er wollte, ohne daß sie sich abnutzten. Der Reihe nach öffnete sie die Plastikschachteln und mußte lächeln. Trotz ihrer Ordnungs- und Sauberkeitsmanie machte es sie glücklich, daß die CD-Etuis und die kleinen silbernen Scheiben kunterbunt durcheinandergewürfelt waren. In der Zeit, die ihm noch geblieben war, hatte er ausgiebigen Gebrauch von ihrem Geschenk gemacht.

Jetzt saß Riker in Markowitz' Lieblingssessel. Helen hatte ihn wegwerfen wollen. Der Alte hatte ihn eigenhändig hier herunter in sein Refugium geschafft, um ihn vor ihr zu retten. Er konnte nichts wegwerfen. Früher hatte Mallory ihn wegen dieser Unart gescholten, heute zählte sie darauf.

Riker beugte sich über einen offenen Pappkarton. «Das Karteisystem von deinem alten Herrn ist wirklich das letzte.» Er langte in den Kasten, wühlte mit den Fingern in dem Durcheinander aus Streichholzheftchen, Notizblättern, einer Cocktailserviette, drei normalen Tischservietten und anderen Materialien, auf denen sich Kritzeleien mit Bleistift oder Kugelschreiber unterbringen ließen. Er las ein paar der Notizen und schüttelte den Kopf. «Ich habe Markowitz eine Ewigkeit gekannt, aber seine Kurzschrift schafft mich immer noch. Es dauerte ein Jahr, das alles zu entziffern, und noch eins, bis wir uns einen Reim darauf gemacht haben.»

«Wir sortieren die relevanten Notizen einfach nach dem Datum aus. Er hat überall ein Datum draufgeschrieben.» Mallory zog sich den kleinen Holzstuhl heran, auf dem sie immer gesessen hatte, wenn sie und Markowitz an den verregneten Samstagen ihrer Kindheit im goldenen Zeitalter des Radios vor der Quatschkiste gehockt, Kakao geschlürft und den Eingangsworten zu den «Shadows» gelauscht hatten: *Wer kennt das Böse, das in den Herzen der Menschen lauert?*

Riker hielt eine vergilbte Papierserviette in die Höhe. «Das hier könnte brauchbar sein. Das Datum haut hin. Hör mal: ‹Gewicht dreizehn Pfund und fünfzehn Gramm mit Knochen. Beginn 0.05 Uhr. Ende 0.45 Uhr. Auszeit zum Ausruhen: 5 Minuten. Auszeit, um das Kind ins Bett zu schicken: 15 Minuten. Jetzt stumpf. Die nächste würde länger dauern.› Worum mag's da gehen?»

Sie nahm ihm die Serviette aus der Hand. Die Notiz war vier Tage nach dem Doppelmord an der Tänzerin und dem Künstler geschrieben worden. Wie alt war sie damals gewesen? Zwölf? Sie las die Tageszeit und den Hinweis auf das Kind. Sie selber? Unmöglich. So lange hatte sie niemals aufbleiben dürfen.

Und plötzlich wußte sie, wann Markowitz das geschrieben hatte. Sie blickte nach oben, als könnte sie durch die Kellerdecke in die Küche im Erdgeschoß sehen.

Damals war sie nachts aus dem Bett geklettert und die Treppe hinuntergeschlichen, auf Zehenspitzen, weil die Stufen so laut knarrten. Und dann war die kleine Kathy geradewegs in die Küche geschlichen, angelockt von einem halben Obstkuchen, den sie ganz hinten im Kühlschrank wußte. Mit Essen war im Hause Markowitz nie gegeizt worden. Essen bedeutete Liebe. Etwas anderes war es, während der Schulzeit so spät in der Nacht außerhalb des Bettes erwischt zu werden.

Aber als sie in die Küche kam, stand Markowitz mit dem Rücken zu ihr an Helens Hackblock und machte sich mit dem Tranchiermesser an einer Rinderkeule zu schaffen. Er war so auf seine Arbeit konzentriert, daß er die kleinen Kinderfüße auf den Fliesen gar nicht hörte. Sie huschte an die Schublade, nahm das batteriebetriebene elektrische Fleischmesser heraus – alles ohne einen Laut, bis sie auf den Knopf drückte, der Elektromotor surrend zum Leben erwachte und die gezackte Stahlklinge vor- und zurückschnellen ließ.

Markowitz wirbelte herum, erstaunlich grazil für einen Mann seines Alters, dem das Übergewicht – ein Tribut an Helens Kochkünste – in breiten Wülsten über den Gürtel hing. Er erschrak, als das Kind im Pyjama vor ihm stand. Er hatte Schweißflecken unter den Achseln, und sein Gesicht war rot von der ungewohnten Anstrengung.

*«Kathy, ich häng dir noch 'ne Glocke um den Hals.»*

Und dann warf er einen Blick auf die Küchenuhr, wischte sich die Hände an dem Geschirrtuch ab und kritzelte ein paar Worte auf eine weiße Papierserviette. Er lächelte sie an und fuhr ihr durch die Haare. Wenn er lächelte, mußte sie auch lächeln. Das war eine Art Reflex, selbst wenn sie zornig auf ihn war; und manchmal machte es sie wütend, daß er sie gegen ihren Willen dazu bringen konnte. Aber sie fand schnell zu feierlichem Ernst zurück und reichte ihm das Elektromesser.

Er bedankte sich und stimmte ihr zu, ja, mit dem Elektromesser ging es sicher schneller als mit dem Tranchiermesser. Dann zählte er zwei und zwei zusammen, holte den Obstkuchen aus dem Kühlschrank und stellte ihn auf den Küchentisch. Er schenkte ihnen beiden ein Glas Milch ein, sie setzten sich an den Tisch und verzehrten in konspirativem Schweigen ein paar Bissen.

*«Was willst du mit dem Fleisch?»* fragte das Kind mit mißtrauischem Seitenblick auf den Hackklotz. Abgesehen von diesem Stück Obsttorte wurde alles Eßbare im Haus von Helen verwaltet, nicht von ihm.

*«Du sollst nicht mit vollem Mund reden»*, antwortete er. Und als das Stück Kuchen bis auf den letzten Krümel verzehrt war, hatte Markowitz sie mit einem freundlichen Klaps auf das Hinterteil wieder ins Bett geschickt.

Jetzt saß Detective Sergeant Mallory unter der nackten Glühbirne im Keller, warf einen Blick auf die vergilbte Serviette und gab sie Riker zurück.

«Da hat der Alte sich notiert, wie lange es gedauert hat, das Fleisch und die Knochen von Peter Ariel und Aubry Gilette zu zerlegen.»

Der Morgen kam, und mit ihm ein grausam grelles Licht, das durch die zarte Membran seiner Lider drang. Als Andrew Bliss die Augen aufschlug, wunderte er sich, daß die Decke seines Schlafzimmers wie ein blauer, mit flauschigen Schäfchenwolken übersäter Himmel aussah. Er hielt das für absolut unmöglich und schloß die Augen wieder. Aber jetzt hörte er Autohupen durch sein Schlafzimmer dröhnen, und der Lärm hatte verheerende Auswirkungen auf die empfindlichen Nervenenden hinter den Augäpfeln, wo die Gehirnzellen noch im Wein vom gestrigen Abend gärten. Unerklärlicherweise taten ihm die Haare weh, aber darüber wollte er später nachdenken.

Er stieß die erste Schicht Daunendecken zur Seite, die er sofort am Aufnäher von Bloomingdale's Haushaltswarenabteilung identifizierte. Langsam kehrte die Erinnerung zurück. Er sah sich zwischen den vielen Kabeln und Leitungen um, den schwarzen Rohren und Luftschächten, den umliegenden Häusern und dem Berg von geklauten Sachen.

*Ach ja.*

Als Willkommensgruß für sein erwachendes Gedächtnis

schlug er sich mit der flachen Hand vor die Stirn. Ein böser Fehler. Andrew hielt sich den armen, frisch malträtierten Kopf und bat ihn murmelnd um Verzeihung, während er sich mühsam hochrappelte.

*Und nun aufgestanden, schön ein Bein nach dem anderen. Brav, mein Junge, du weißt ja noch, wie's geht.*

Er steckte in einem gestreiften Seidenpyjama. Der dazu passende Morgenrock lag auf einem Ohrensessel. Wie hatte er den schweren Ohrensessel bloß auf das Dach geschafft? Nun ja, in der manischen Phase war nichts unmöglich. Die Tür aufs Dach von Bloomingdale's befand sich in einem schmalen, gemauerten Schacht in zwei Metern Höhe. Sie war mit Industrieklebeband versiegelt und mit einer schweren Kette zugesperrt. Die eiserne Treppe, die von der Tür auf das Dach führte, war aus der Verankerung gerissen und ragte in den Morgenhimmel wie eine Gangway ins Nirgendwo. Ein zweiter Ausgang war in das Dach eingelassen wie die Falltür zu einem Sturmkeller. Sie war mit zwei Stahlträgern und sechs großen Holzkisten verbarrikadiert, auf denen ein Stapel Designer-Regenmäntel lag. Der Türgriff war frei, aber nutzlos.

*Tja, gründliche Arbeit. Aber wozu?*

Gottlob steckte der Stecker der Espresso-Maschine bereits in der Steckdose. Heute morgen hätte er sie bestimmt nicht gefunden, jedenfalls nicht vor der ersten Tasse Kaffee. Er schaltete das Gerät ein und lächelte müde, als das rote Lämpchen aufleuchtete.

Während die Espresso-Maschine ihre Arbeit tat, ließ er den Blick über sein neues Zuhause schweifen. Das Dach von Bloomingdale's war eine Insel, ein ganzer Häuserblock im Quadrat, auf jeder Seite begrenzt von einer verkehrsreichen Straßenschlucht. Ein richtiges kleines Paradies. Die

Topfpalme in der Ecke war wohl aus Reminiszenz an Inselexile in tropischeren Gefilden gedacht.

Die Espresso-Maschine hatte zu gluckern aufgehört. Als er hinsah, fiel ihm das Megaphon ins Auge, dessen Stromkabel an dieselbe Leitung angeschlossen war. Was hatte er damit vorgehabt? Und mit dem Fernglas? Oder war das bereits erledigt? Er nahm das Fernglas zur Hand, stellte es scharf und holte sich eine Taube von den Ausmaßen eines Godzilla vor die Linsen. Vor Schreck ließ er das Fernglas fallen. Soviel ungeschminkte Natur war er nicht gewöhnt. Er richtete das Glas auf die Straße, aber auch dieser Anblick war nicht weniger schockierend.

O nein, in was für Klamotten liefen die Menschen da unten herum? Wie schafften diese Idioten es bloß, sich mit einem einzigen Outfit so vieler krimineller Vergehen auf einmal schuldig zu machen? Hatten sie denn keine Augen im Kopf?

So langsam dämmerte es ihm.

*Richtig.*

Mit der freien Hand griff er zum Megaphon und räusperte sich. Der Schleim löste sich mit einem Donnergrollen. Das Ding funktionierte.

*Aber woher ...? Ach ja, richtig.*

Er war in das Büro des Wachdienstes eingebrochen. Es war eins der Megaphone, die sie bei Feuerschutzübungen benutzten.

Er richtete das Fernglas wieder auf den Gehsteig. Eine korpulente junge Frau schlenderte am Kaufhaus vorbei – an *seinem* Kaufhaus. O nein, das war zuviel. Er hob das Megaphon und holte tief Luft. «Tut mir leid, so geht das nicht!» Seine Stimme schallte so laut, daß sein Kater überrascht wurde und der Kopfschmerz erst nach einer Latenzzeit einsetzte. «He, Sie da unten! In dem schwarzweißen Kleid! Gute Frau, Sie müssen doch wissen, daß Sie für Querstreifen zu fett sind. Ihre Freundinnen werden es Ihnen oft genug gesagt haben. Zu Ihrer mediterranen Hautfarbe empfehle ich ein Rosenmuster.»

Die Frau, gefangen im Blickfeld der Doppellinse, bewegte hastig den Kopf hin und her. Ihre Kinnlade fiel herunter, sie beugte langsam den Nacken. Als sie sich vom Kaufhaus abwandte, fiel ihr die Zeitung aus der Hand und markierte die Stelle, an der Andrew seinen ersten Volltreffer gelandet hatte. Wie eine Greisin schlurfte die junge Frau in eine Nebenstraße, die nicht mehr Andrews Revier war und ihn nichts anging. Er hatte sich längst dem Kapitalverbrechen an Bushaltestellen zugewandt.

«Das darf ja wohl nicht wahr sein!» rief er. Die Latenzzeit war abgelaufen. Sein Hirn klopfte wie irrsinnig gegen die Schädeldecke, als wollte es sich aus seinem Kerker befreien. Mit leiserer Stimme und dem Pathos echten Schmerzes sagte er: «Sie wollen doch nicht im Ernst mit dieser hinreißenden Kreation in einen Omnibus steigen!»

Der Kapitalverbrecher im Armani-Anzug blickte erschrocken um sich.

»Ja, Sie sind gemeint. Sie wissen sehr gut, daß Sie im Begriff sind, etwas Falsches zu tun. Und nun reißen Sie sich zusammen und halten Sie ein Taxi an, um Himmels willen. Wir müssen uns unserer Garderobe würdig erweisen.»

Tatsächlich hob der Mann die Hand und winkte einem Taxi, damit es ihn so schnell wie möglich fortbrachte von diesem Ort.

Andrew kehrte zurück zu seinem Lager aus zwanzig Daunendecken und bettete den geschundenen Kopf auf einen Stapel Seidenkissen. Er ließ ihn von einer Seite zur anderen rollen, während er eine Inventur seines Nachtlagers machte. Zum Glück war ihm die Vorratskammer des Train Bleu eingefallen, und offenbar hatte er den gesamten Bestand an Premiumweinen mitgenommen. Die Kisten waren zu einer soliden Wand aus Champagner und Rotwein gestapelt. Überall lagen stangenweise ausländische Zigaretten herum.

*Verkauften die bei Bloomingdale's denn …? Ach ja, richtig.*

Er hatte den Spind eines Abteilungsleiters geplündert.

Aber dann fiel ihm ein Versäumnis ein. Er hätte eine tragbare Toilette auf das Dach schaffen müssen, bevor er die Zugänge zum Dach verrammelte.

*Und die Feuertreppe?*

Es gab keine. Sämtliche Notausgänge lagen innen. Er blickte hinüber zu der Eisentreppe, die zu keiner Tür mehr führte. Trostlos und übel verbogen ragte das eiserne Gerippe aus dem Mauerwerk. Hatte er das tatsächlich allein bewerkstelligt? Aber wie? Betrunkene waren ja manchmal zu genialen Leistungen fähig. Vielleicht sollte er sich wieder einen ansaufen, um herauszubekommen, wie er das alles geschafft hatte.

Was gab es sonst noch? War das etwa ein ganzer Jahresvorrat an Espressobohnen aus der Feinkostabteilung im Fünften? Es schien fast so.

*Welches Glück?*

Er öffnete den Minikühlschrank. Keine Sahne. Er war untröstlich. Dafür standen zwei Riesenflaschen Wein mit passenden Kelchgläsern kalt. Es strahlte wieder ein Licht in seiner Seele.

*Und zu essen?*

Nichts. Weder im Kühlschrank noch zwischen den Kisten und Kartons. Er zählte fünfzehn Smokingjacken, acht original Meißener Teetassen, neun Seidenpyjamas, zwei Topfpalmen – aber nichts zu essen.

Während des Besäufnisses, in der genialen Phase, hatte er das Problem der Entsorgung festen Abfalls gelöst: Einfach nichts Festes zu sich nehmen. Durchaus vernünftig. Flüssiger Abfall ließ sich über die Mauer pinkeln.

Er kehrte auf seinen Posten am Dachgesims zurück und steckte den Kopf durch den Trageriemen des Fernglases. Gerade rechtzeitig nahm er die Flüstertüte wieder zur Hand. Auf der Straße spielte sich bereits die nächste Schandtat ab. «Sie da unten – in dem unsäglichen malvenfarbenen Hosenanzug.»

Die Malvenfarbige blieb stehen und blickte überall hin, nur nicht in die richtige Richtung.

«Hier oben», flüsterte er ihr ein. «Ich bin hier oben bei Gott und den Tauben. Sehen Sie mich? Gut. Was haben Sie gegen mich? Wollen Sie, daß ich mich in die Tiefe stürze? Für solch einen Hosenanzug gibt es keine Entschuldigung, und das wissen Sie. Sie gehen jetzt in den ersten Stock und vertrauen sich Alice an. Die wird sich um Sie kümmern.»

Die Frau betrat das Kaufhaus. Bis jetzt zeigten die Passanten sich einsichtig gegenüber seinen kreativen Ratschlägen. Er hatte seine wahre Berufung gefunden – Modeterrorist.

Jetzt fehlte ihm nur noch seine persönliche Kundenberaterin zu seinem Glück. Er beugte sich über das Dachgesims und rief in das Megaphon: «Annie! Annie, wo bist du?»

Charles Butler zog den Dolch aus der Scheide und schlitzte den Umschlag auf. Für einen Augenblick ließ das Funkeln des Brieföffners ihn innehalten.

Mrs. Ortega hatte mal wieder seine Sachen poliert.

Mit etwas Patina gefiel ihm das antike Stück besser. Er legte keinerlei Wert darauf, ohne Vorwarnung mit seinem Spiegelbild konfrontiert zu werden, und sei es nur auf einer Messerklinge. Hin und wieder schien seine Haushälterin unbedingt mit Metallreinigern arbeiten zu müssen, von denen es auf der Welt so viele Sorten gab wie Metalle. Und dann konnte er eine Zeitlang in seinen eigenen vier Wänden nirgends hingehen, ohne auf eines der von Mrs. Ortega auf Hochglanz polierten Stücke zu treffen, in dem sich das Konterfei eines Mannes spiegelte, dessen Nase zu lang war und dessen Augen aussahen wie Hühnereier mit blassen blauen Regenbogenhäuten unter schweren Lidern.

Jetzt saß er still da und wartete darauf, daß seine Besucher klopften. Zweifellos kannte er die Leute, deren Schritte sich über den Flur näherten. Er hatte nicht auf den Türöffner gedrückt, also mußte einer von ihnen einen Schlüssel haben. Damit konnte es sich nur um einen seiner Mieter, seine Haushälterin oder seine Geschäftspartnerin handeln. Und da seine Bürosuite und die Wohnung auf der anderen Seite des Flurs das gesamte erste Stockwerk des Gebäudes in SoHo einnahm, mußten die Leute zu seiner Tür unterwegs sein.

Hinter dieser Tür befand sich der Empfangssalon der Firma Mallory & Butler Limited. Queen Anne und Ludwig Quinze hatten seinerzeit in stilvollen Möbeln mit anmutig geschwungenen Beinchen regiert, die beinahe zu tanzen schienen. Jeden Morgen setzte Charles sich an seinen antiken Sekretär, öffnete die Post in dem Licht, das durch ein Triptychon aus hohen Bogenfenstern fiel – und fragte sich, was wohl seine Geschäftspartnerin machte.

Sie ließ sich nur noch selten blicken. Er konnte sie verstehen.

Die Schritte verhallten im Flur. Diesmal wurde die Tür ohne das übliche Klopfen geöffnet. Das wagten nur zwei Menschen, Mrs. Ortega und Mallory. Aber seine Putzfrau pflegte nicht mit Gefolge zu reisen.

Als erste betrat Mallory das Zimmer. Sie trug einen riesigen, verstaubten Pappkarton vor sich her. Man hörte ihrer Stimme den Ärger an, als sie zu Riker sagte: «Ich muß dieses kleine Arschloch Bliss finden, und zwar schnell.»

Im sicheren Schutz seines eigenen Pappkartons brachte Riker mit einer Grimasse zum Ausdruck, daß er sie für ungezogen hielt. Hinter ihm kam ein junger uniformierter Polizist herein, ebenfalls mit ein paar Pappkartons beladen, die den Stempel des NYPD trugen. Die Parade marschierte an seinem Schreibtisch vorbei. «Hi, Charles», riefen Riker und Mallory ihm zu, bevor sich die Tür zu Mallorys Büro hinter den dreien schloß.

Ein paar Minuten später erschien der Uniformierte wieder, nickte Charles im Vorbeigehen zu und verschwand. Charles war nicht klüger als zuvor. Natürlich konnte er sich seinen Teil denken. Er hatte schließlich die Morgenzeitung gelesen. Aber die meisten Kartons hatten den Stempel der Asservatenkammer des NYPD getragen. Und das war ein Problem, denn woher stammten bei einem ganz neuen Fall, in dem es – wollte man den Zeitungen glauben – außer einem Eispickel weder Spuren noch Augenzeugen gab, fünf verstaubte Kartons mit Beweismaterial?

Riker trat aus Mallorys Büro. Die Tür ließ er offen.

«Charles, ich mach mir einen Kaffee. Möchten Sie auch einen?»

«O ja. Bitte.» Er hätte sich gern nach Rikers Befinden erkundigt, aber der Detective schlurfte bereits durch den kurzen Flur in Richtung Küche davon.

Charles lehnte sich über seinen Schreibtisch und spähte durch die offene Tür. Mallorys Büro hätte besser in ein anderes Gebäude in einem anderen Sonnensystem gepaßt, wo extreme Ordnung und High-Tech höher im Kurs standen als Behaglichkeit und Altertümelei.

Mallory saß im Schneidersitz auf dem Boden, mit dem Rücken zu ihm, und hob etwas Schweres aus einem der Kartons. Es war eine Axt, in Klarsichtfolie eingewickelt. Sie hatte einen kurzen Griff, die Klinge war nicht breiter als das Hackmesser in seiner Küche. Er ersparte es sich, über die Herkunft der dunklen Flecken nachzudenken, die man durch die Hülle erkennen konnte.

*Was hat eine Axt mit dem Eispickel-Mord zu tun?*

Mallory drehte blitzschnell den Kopf, ertappte ihn dabei, wie er sie beobachtete.

Von allen exzentrischen Begabungen, die er kennengelernt hatte, war Mallorys die komplexeste. Zusätzlich zu ihren Fähigkeiten am Computer besaß sie eine Hypersensibilität für ihre Umgebung, die ihm unbegreiflich erschien.

Keine andere Frau konnte so vieldeutig lächeln. Jetzt wollte sie damit sagen: *Ich hab dich erwischt.* Aber ihr Lächeln enthielt immer mehrere Botschaften, es hieß auch, *das wirst du mir büßen*, und das fand er nicht so toll. Sie lächelte so selten vor Freude. Er vermutete, daß es davon nicht viel in ihrem Leben gab. Er kannte sie schon so viele Jahre, aber sie war ihm noch immer ein Rätsel. Einmal hatte er Riker gefragt, was Mallory in ihrer Freizeit machte. Riker behauptete, daß sie nachts in einen Schrank ging und mit dem Kopf nach unten von der Stange hing wie eine Fledermaus.

Sie winkte ihn zu sich. Er verließ seine geliebten Antiquitäten und trat in eine hochtechnisierte Welt. Drei Computer beherrschten den Raum, metallische Zyklopen, jeder mit einem großen, grauen Monitorauge. Daneben standen noch andere Maschinen, und alle waren durch ein Gewirr von Kabeln miteinander verbunden. Die Möbel waren alle aus Stahl und hatten häßliche, scharfe Kanten. Auf funktionalen Regalen standen technische Handbücher ordentlich aufgereiht.

Die blutige Axt wirkte hier völlig deplaziert.

Mallory öffnete einen anderen Karton. Ein Durcheinander von Zetteln in allen Formen und Größen kam zum Vorschein. Charles erkannte Markowitz' Handschrift auf Servietten, Streichholzheftchen und Briefumschlägen. Mallory schob die Papiere zur Seite, holte eine alte Fotografie hervor und reichte sie ihm wortlos. Zuerst sprang Charles sein eigenes Abbild ins Auge, mit seinen einsfünfundneunzig überragte er alle, die um ihn herumstanden. Dann fiel sein Blick auf einen seiner liebsten Freunde, den verstorbenen Louis Markowitz. Das Bild zeigte eine jüngere Version des Mannes, es mochte zehn, zwölf Jahre alt sein. Louis' Haar fing gerade erst an, grau zu werden. Die vierzig Pfund Übergewicht waren bereits an Ort und Stelle, aber die Furchen im Gesicht waren noch nicht so tief.

«Das ist bei Aubry Gilettes Begräbnis aufgenommen worden», sagte Mallory.

Charles betrachtete erstaunt das Foto. Wäre er nur einen Platz weiter rechts gestanden, dann hätte er das Vergnügen von Louis Markowitz' Bekanntschaft womöglich schon ein paar Jahre früher gehabt, und sein Leben wäre jetzt um diese Jahre reicher. Er vermißte Louis sehr, jeden Tag aufs neue.

Und welche Wirkung hatte Louis' Tod auf sein einziges Kind gehabt? Äußerlich überhaupt keine. Manchmal fragte er sich, ob Kathleen Mallory sich Zeit zum Trauern nahm, wenn sie allein war. Er würde es nie erfahren. Sie war ein sehr verschlossener Mensch. Es gab Dinge, die man sie nicht fragen durfte, zum Beispiel, ob es immer noch weh tat.

Riker kam zurück, drei Kaffeetassen balancierend und die Zeitung unter den Arm geklemmt. Er gab Charles eine Tasse in die freie Hand und beugte sich hinunter, um Mallory eine zu geben. Dann trank er hastig, pumpte sich Koffein in die Venen, bis die Augen ganz offen waren.

«Ich fürchte, nach einem Geldmotiv suchst du vergeblich, Mädchen.» Er kauerte sich neben sie. «Auch wenn es dir einen Strich durch die Rechnung macht.»

«Vielleicht Rache», meinte Mallory. «Wär doch auch ganz hübsch.»

Riker hielt die Zeitung hoch und klappte die Seite auf, die Charles gelesen hatte. «Möchtest du deine Kritiken sehen?»

Die Überschrift lautete! POLIZEI JAGT KUNSTTERRORISTEN. Und darunter stand: «Verbindung zu Oren Watt?»

Riker grinste. «Ich glaube, sie haben deinen Stil getroffen, Mädchen. Hör mal: ‹Detective Sergeant Kathleen Mallory hätte den *Times*-Reporter umgerannt, wenn er nicht zur Seite gehechtet wäre.› »

«Und das Foto ist auch nicht schlecht.» Charles beugte sich über Rikers Schulter, um ihr Portrait zu bewundern. «Du solltest es rahmen lassen. Aber was hast du bloß mit dem armen Reporter gemacht?»

«Ich hab ihn nicht mal angerührt.»

«Sie hat zu ihm gesagt, aus dem Weg, oder ich schieß

dich über den Haufen.» Riker gab Mallory die Zeitung. «Du kannst von Glück sagen, daß der Mann Humor hatte. Noch mehr schlechte Presse können wir in dem Fall nicht gebrauchen.» Als Mallory die Zeitung in der Hand hielt, tippte Riker auf die Bildunterschrift. «‹Die bildhübsche blonde Polizistin mit den grünen Augen›. Gefällt mir.»

«Auf der nächsten Seite ist ein Interview mit dem FBI-Sprecher», sagte Charles. «Der Reporter hat ihn nach dem terroristischen Aspekt der Geschichte befragt – irgendein Kritiker muß wohl eine Kolumne über Kunstterrorismus geschrieben haben. Der FBI-Mann sagt, daß sie der Sache nachgehen werden.»

«Na wunderbar!» Riker schluckte den Rest Kaffee. «Andrew Bliss, dieser verfluchte Trottel. Jetzt haben wir das FBI im Haus. Commissioner Beale kriegt die Krätze. Eine Horde FBI-Leute mit Ouija-Tafeln.»

Mallory sagte nichts. Sie stopfte die Zeitung in den Papierkorb. Das war ihre Meinung. Dann zog sie vier Plastikbeutel aus dem Karton und las die Etiketten. «Was ist mit Haaren und Fasern? Sind die als Beweismittel registriert? Ich kann sie in den Unterlagen nirgends finden.»

«Da hab ich mich nicht drum gekümmert», erklärte Riker. «In so einer Galerie gehen viele Leute ein und aus. Die Beweismittel sind gesichert und beschriftet worden, aber das meiste davon war den Test nicht wert.»

«Klingt gar nicht nach Markowitz. Er war geradezu versessen auf jede Kleinigkeit.»

«Nach Oren Watts Geständnis konnten wir die teuren Laboruntersuchungen nicht mehr rechtfertigen. Blakely war drauf und dran, Markowitz Handschellen anlegen zu lassen. Der Chef wollte den Fall so schnell wie möglich zu den Akten legen.»

*Oren Watt?* Charles beugte sich über Mallorys Schreibtisch und betrachtete die Etiketten auf den anderen Plastiktüten. Überall stand Oren Watts Name drauf. «Was wollt ihr noch mit dem alten Mordfall? Sie haben den Mörder doch geschnappt. Schon vor zwölf Jahren.»

«Nein, haben sie nicht.» Mallory drehte sich um und zog eine Papiertüte aus dem Karton. Sie zerfiel bei der Berührung, und ein Fetzen fleckigen Stoffs segelte auf den Fußboden. «Sie haben einen Mann geschnappt, der die Strafe für den Doppelmord absitzen mußte. Das ist nicht ganz dasselbe. Watt war nicht der Täter.»

Riker senkte den Kopf und sah zum Fenster. Die kleine Geste war unmißverständlich. Riker war nicht ihrer Meinung.

«Was ist mit diesen Abdrücken?» Sie hielt einen Stapel Fotografien hoch. Das erste Bild zeigte einen roten Schuhabdruck auf einem Dielenboden. «Männerschuhe, Damenschuhe.» Sie ließ die Fotos durch die Finger gleiten wie ein Kartenspiel. «Die Hälfte ist nicht beschriftet.» Sie sagte es so, als sei Riker für das Versäumnis verantwortlich.

«Zeitverschwendung», erklärte er. «Jemand hatte der Presse einen Tip gegeben. Die Meute war fünf Minuten vor dem ersten Streifenwagen am Tatort. Als die Cops auftauchten, waren die Beweismittel nicht mehr zu gebrauchen. Von ein paar Reportern haben wir Fußabdrücke genommen, aber wir haben sie längst nicht alle erwischt.»

Er nahm ihr die Fotos aus der Hand, zog eines heraus und drehte es so, daß sie den Aufkleber sehen konnte. «Diese hier sind von Oren Watt. Das einzige Paar Abdrücke, das wir gleich identifizieren konnten. Das Blut klebte noch an seinen Schuhen, als sein Psychiater ihn der Polizei übergab.»

Charles hatte den Eindruck, daß Riker mit ihr Katz und Maus spielen wollte. Aber sie spielte nicht mit. Beiläufig, den Blick in den Karton gerichtet, sagte sie: «Hast du eine Ahnung, wer der Presse den Tip gegeben hat?»

«Oren Watt, vermute ich», antwortete Riker und trank seinen Kaffee aus. «Er wäre nicht der erste Psychopath, der geil auf Publicity ist.»

«Oren Watt ist nicht der Täter.» Diesmal war etwas Endgültiges in ihrer Stimme.

«Vielleicht habt ihr beide recht», sagte Charles und versuchte sich in der Rolle des Friedensstifters. «Kann ja sein, daß Watt die Presse angerufen hat, auch wenn er nicht der Mörder ist.»

Mallory nickte. Mit dem Gedanken konnte sie sich anfreunden. Riker wandte sich zur Tür und starrte in seine leere Tasse.

Charles trat zwischen die beiden. «Kann ich euch irgendwie helfen?»

«Du nimmst mich morgen mit auf den Ball», sagte Mallory.

«Auf den Wohltätigkeitsball, meinst du? Sag bloß, der ist schon morgen.»

«Ja, Charles.» Sie erhob sich und trat an ihren Schreibtisch.

«Aber da geht doch kein Mensch hin.»

«Du kaufst dir jedes Jahr eine Eintrittskarte.» Mallory zog die mittlere Schreibtischschublade auf und nahm die gedruckten Einladungen und Quittungen heraus. Sie hielt sie ihm unter die Nase, als hätte sie ihn gerade bei einer Lüge ertappt.

Sie mußte die Einladungen aus dem Papierkorb im Empfangssalon gefischt haben, wo er sie jedes Jahr entsorgte.

Und die Quittungen konnte sie nur in seinen privaten Unterlagen gefunden haben. Eines Tages würde er mit ihr ein ernstes Wort über Diskretion reden müssen, die ihm viel bedeutete und ihr offenbar gar nichts.

Für den Augenblick zuckte er nur mit den Achseln. «Ja, natürlich kaufe ich mir eine Karte. Es ist schließlich für einen guten Zweck. Und meine Mutter war eine gute Freundin von Mrs. Quinn. Wir haben jedes Jahr Karten gekauft, aber wer geht schon wirklich hin?»

«Der Bürgermeister geht hin», sagte Riker.

«Okay, der geht hin, aber ...» Beinahe hätte Charles gesagt, daß der Bürgermeister aus einer Familie stammte, die nicht im Social Register stand, daß er lediglich der mächtigste Mann der größten Stadt der Welt war. «Ja, die Leute, die in dieser Stadt das Sagen haben, werden wohl hingehen. Da magst du recht haben. Aber *ich* kenne keinen, der hingeht.»

«J. L. Quinn geht hin, und den kennst du.» Mallory drehte sich um. Die hintere Wand war mit Kork tapeziert und diente als riesige Pinnwand. «Du hast zur selben Zeit in Harvard studiert wie Quinn.»

Charles fragte sie nicht, woher sie das wußte. Er blickte auf ihre Computer, die ihr so manches Mal als Einbruchswerkzeuge in den Cyberspace dienten.

«Na ja, Quinn *muß* hingehen», sagte er fast so, als müßte er sich rechtfertigen. «Seine Mutter ist die Gastgeberin.»

«Und Aubrys Vater – der Architekt Gregor Gilette?» Sie pinnte die alte Fotografie von Aubrys Begräbnis an die Wand. «Der wird dort sein. Und den kennst du doch auch, oder?»

Als gäbe es noch irgend etwas in seinem Privatleben, über das sie nicht informiert war. «Gregor muß auch hingehen. Immerhin war er mit Mrs. Quinns Tochter verheiratet.»

«Sabra?» Mallory ging zurück zu dem Karton und sah die Bündel von Dokumenten durch, überflog von jedem die erste Seite. Sie wandte sich an Riker. «Immer nur dieser eine Name, wenn Aubrys Mutter erwähnt wird. Warum steht da nicht Sabra *Gilette*?»

Riker zuckte die Achseln. «Sie hieß nur Sabra, so stand es auch im Paß.»

Mallory sah Charles fragend an.

«Sabra wollte den Familiennamen nicht tragen und hat auf das Geld verzichtet. Und dann hatte sie selber großen Erfolg als Malerin. Sie war unglaublich talentiert. Später schaffte sie einen juristischen Präzedenzfall, als sie Gregor Gilette heiratete und sich weigerte, seinen Namen anzunehmen. Sie ...»

«Erinnerst du dich, ob du Sabra auf Aubrys Begräbnis gesehen hast?»

«Ja. Es war das letzte Mal, daß ich sie gesehen hab.»

Mallory hatte auf den Verhörmodus umgeschaltet. Das Sechs-Minuten-Limit für halbprivate Gespräche war überschritten. «Hat Sabra dir gefallen?»

«Ja, sehr sogar. Und ihre Arbeiten auch. Ich besitze eines ihrer frühen Gemälde.» Plötzlich bedauerte er, daß er es ihr verraten hatte. Jetzt würde sie genau wissen wollen –

«Wo ist es?»

Charles und Mallory gingen in seine Privatwohnung jenseits des Korridors. Hier sorgte eine Reihe hoher Fenster für freundliches, helles Licht, trotz der schweren, dunklen, von Schreinern aus vier verschiedenen Jahrhunderten angefertigten Möbel. Das einzig Zeitgenössische waren die Kunstwerke. Eigentlich war es unmöglich, aber irgendwie paßten sie zu den alten Möbelstücken. Die bunten Klecksereien eines jungen Wilden harmonierten gut mit den leuchtenden Mustern eines Perserteppichs und den Polstern eines Sessels aus der Zeit Georges III. Ein anderes abstraktes Gemälde nahm das Rokoko-Muster eines Belter-Sofas auf.

Sie gingen den breiten Flur entlang, wo Zeichnungen aus dem späten 20. Jahrhundert Seite an Seite mit gerahmten, illuminierten Autographen hingen. Am Ende des Flurs öffnete er eine Kleiderkammer und deutete auf ein gerahmtes Bild, das mit der Rückseite nach vorne an der Wand lehnte. Er hob es vorsichtig auf und gab es ihr. Das Gemälde hatte etwas Einsames, Melancholisches. Ein einzelnes, blasses Element krümmte sich in einem Strudel von kraftvollen, stürmischen Farben.

«Gefällt dir das Bild, Charles?»

«Sehr. Es ist eine ihrer zugänglichsten Arbeiten. Ich hab es vor ein paar Jahren bei Christie's ersteigert.»

«Und warum bewahrst du's dann in der Kleiderkammer auf?»

Er zierte sich, wollte ihr nicht antworten. Er bewahrte es im Wandschrank auf, weil das Bild seine Botschaft so offensichtlich, so unverschlüsselt mitteilte, daß sogar Mrs. Ortega, seine Putzfrau, sie ohne weiteres verstanden hatte. Mrs. Ortega hatte die High-School abgebrochen, liebte Baseball und hatte keinen blassen Schimmer von Kunst, aber sie hatte das Gemälde auf Anhieb richtig gedeutet – es war Charles zutiefst peinlich gewesen, wie sanftmütig diese sonst so grantige Frau geworden war, nachdem sie das Bild an der Wand seines vorderen Zimmers gesehen hatte. *So sieht es also in Ihrer Seele aus*, hatte Mrs. Ortega mit ganz untypischer Wärme zu ihm gesagt. *Sie Armer.*

Und jetzt fürchtete er, Mallory könnte zu demselben Schluß kommen.

«Charles, können wir das für eine Weile in meinem Büro aufhängen? Nur solange, bis der Fall abgeschlossen ist. Ach ja, und deine Sammlung von Ausstellungskatalogen. Hast du einen von Sabras Retrospektiven?»

Sie brachten das Gemälde und den Katalog in ihr Büro. Mallory lehnte das Bild gegen die Korkwand, an die Riker wahllos Zeitungsausschnitte, Fotos und Berichte heftete. Mallory folgte ihm, glättete jedes Blatt mit maschinenhafter Präzision. Schließlich schlug sie ihm auf die Hand und befahl ihm, die Pinnwand nicht mehr anzurühren.

Charles hatte sich an Mallorys Schreibtisch gesetzt. Riker sah ihm über die Schulter, während er im Ausstellungskatalog blätterte, auf der Suche nach Fotos der geheimnisvollen Sabra. Hin und wieder deutete Charles auf ein abgewandtes Gesicht, die Linie einer Wange, eine gegen das Auge der Kamera erhobene Hand.

«Was ist los mit der Frau?» fragte Riker. «Es gibt kein einziges deutliches Foto von ihr.»

«Sie hat es gehaßt, fotografiert zu werden», erklärte Charles. «Sabra lebte sehr zurückgezogen. Sie ließ sich nur selten in der Öffentlichkeit blicken. Ein Agent hat ihre Arbeiten über eine Galerie angeboten, und ich bin nicht einmal sicher, daß der Galerist sie je zu sehen gekriegt hat.»

Mallory unterbrach ihre Arbeit an der Korkwand. «War es Koozeman?»

«Nein, nein», sagte Charles. «Sabra galt als große Begabung. Sie hat in der besten Galerie in der 57ten Straße ausgestellt. Die Galerie Koozeman war damals eine kleine Klitsche im East Village – der Laden, in dem Sabras Tochter ermordet wurde.»

«Hier ist ein Foto von Sabras Tochter.» Riker deutete auf das Foto einer jungen Frau, die neben einem Gemälde stand. «Hübsches Kind. Haben Sie Aubry gut gekannt?»

«Nein», antwortete Charles. «Eigentlich nur vom Sehen. Das sind Leute, die mir bei Hochzeiten oder Begräbnissen über den Weg laufen. Von Taufen und Schulabschlußfeiern bin ich weitestgehend befreit. Aubry hab ich ein paarmal in der Galerie getroffen. Sabra hat sich auf ihren eigenen Vernissagen nur selten blicken lassen, aber Aubry und ihr Vater haben keine ausgelassen.»

Mallory hatte ein paar Einträge in einem Notizbuch überprüft. Jetzt ging sie zu Charles und legte ihm ein Kärtchen auf den Schreibtisch. «Ich hab dich beim Friseur angemeldet.»

«Wie bitte?»

«Du mußt dir die Haare schneiden lassen. Mein Stylist hat heute nachmittag Zeit für dich. Das ist deine Terminkarte.»

«Aber das ist doch ...»

«Ein Damen-Salon, ich weiß. Aber die kriegen üppige Trinkgelder von mir. Sie nehmen dich. Also was ist, Charles, haben wir eine Verabredung?»

«Für den Ball? Aber ja.»

*Mein Gott, ja und nochmals ja.*

Seit seiner Jugend träumte er davon, einmal mit einer schönen Frau am Arm durch einen Ballsaal zu schreiten. Als Kind war er sich immer wie Pinocchio vorgekommen, die Holzpuppe mit der langen Nase, die so gerne ein richtiger Junge sein wollte. Jetzt, mit vierzig Jahren, betrachtete er die junge Mallory und mußte feststellen, daß er zum Cyrano geworden war – auch so ein unglückseliger Tropf mit viel zu langer Nase, der sich verliebt hatte und dem sein einsames Leben immer trostloser vorkam.

Und was hielt Mallory von dieser seltsamen einseitigen Liebesgeschichte? Wahrscheinlich sah sie in ihm nichts als einen großen, gutmütigen, ein bißchen schäbigen Straßenköter im dreiteiligen Anzug.

Wie als Antwort auf seine geheimsten Gedanken tätschelte sie ihm den Kopf und forderte ihn auf, ihren Schreibtischstuhl zu räumen.

Er hatte nur für eine Sekunde die Augen geschlossen, und schon war er fest eingeschlafen. Im nächsten Moment explodierte ihm der Kopf.

«ANDREW!» rief ihn die Stimme aus der tiefsten Hölle.

*Emma Sue?*

O nein! Sie hatte ihr eigenes Megaphon mitgebracht! Wenn es denn in New York City einen Gott gab, wie konnte ER es dann zulassen, daß es neben IHM eine Emma Sue Hollaran in dieser Stadt gab? Schon wenn sie mit normaler Stimme sprach, klang es wie eine Katze auf einer glühenden Ofenplatte. Und nun war sie elektrisch verstärkt zu grauenhafter Lautstärke. Zum erstenmal in all den Jahren fühlte er sich dieser Stimme nicht mehr gewachsen. Er war stocknüchtern und ganz schwach im Bauch.

Mit schwappendem Hirn kroch er auf allen vieren zum niedrigen Dachgesims, ganz vorsichtig, um den Schmerz zu vermeiden.

«GUTEN MORGEN, ANDREW!»

Sein ganzer Körper zuckte zurück, als wäre in seinem Kopf gerade eine Handgranate explodiert. Er riskierte einen Blick über den Rand. Eine andere Frau nahm Emma Sue das Megaphon aus der Hand.

*Oh, danke, verbindlichsten Dank, wer immer Sie sind.*

Die Dame konnte eigentlich nur von der *Haute-Coutu-*

*re*-Polizei sein, denn Emma Sue trug einen grauenhaften Fetzen am Leib. Vermutlich ein Relikt aus der Zeit, als sie ihre Garderobe noch ohne seinen Rat auswählte. Wenn das kein Beweis für seine Unentbehrlichkeit war. Das Kleid sah aus wie ein grelles Plakat, das ihr jemand auf den fetten Leib gekleistert hatte, ein rosafarbenes Werbeplakat für feinste Schweinelende und schwabbeligen Bauchspeck. Was wollte sie hier eigentlich? Er hatte sie lediglich gebeten, eine kurze Mitteilung an die Presse zu geben.

Er nahm das Megaphon zur Hand und legte es wie ein Schießeisen auf sie an. Ach, wäre es doch eins. «Emma Sue, geh rein und laß dich neu einkleiden. Los, bevor dich jemand sieht.»

Sie ging tatsächlich hinein. Und so schnell würde sie sich nicht wieder rauswagen. War er nicht ein Genie? Ha, sicher schäumte sie vor Wut. Ob die Zugänge zum Dach auch fest genug verrammelt waren?

«Mr. Bliss», richtete die höflichere Dame, die sich des Megaphons bemächtigt hatte, das Wort an ihn, «ich bin Harriet Marcan. Von *Women's Wear.*»

«Sie dürfen mich Andrew nennen. Was kann ich für Sie tun?»

«Ich würde gerne ein Interview mit Ihnen machen, Andrew. Darf ich raufkommen?»

«Ich fürchte, das geht nicht. Ich habe die Treppe aus der Verankerung gerissen, und die Dachluke ist verbarrikadiert. Es führt kein Weg zu mir.» Annie war zu der Journalistin auf dem Gehsteig getreten. «Aber gegen ein Interview habe ich nichts einzuwenden.»

«Ein bißchen schwierig, meinen Sie nicht?» Mit einer Handbewegung deutete Miss Marcan an, daß sie sich auf den Arm genommen fühlte.

«Das kriegen wir schon hin», sagte Andrew. «Annie, laß aus der Möbelabteilung im vierten Stock einen Ohrensessel und einen kleinen Tisch herunterbringen. Und dann servierst du unserer Miss Marcan ein kleines Champagnerfrühstück.»

Bei gefüllten Champagnergläsern setzte Andrew der Redakteurin von *Women's Wear* in einem Duell der Megaphone seinen *Modus operandi* auseinander. Modeterrorismus war das einzige Mittel. Das sah sie doch ein, oder nicht? Schließlich war Terrorismus eine verdammt wirksame Methode. Und wer wüßte nach täglicher Lektüre der *Times* nicht längst, daß er auf einer soliden Grundlage aus aufrichtigem, gerechtem Zorn am besten funktionierte? Die Leute mochten für solche Vorgehensweisen nicht viel übrig haben, aber sie horchten immerhin auf und machten sich gegen ihren kollektiven Willen klar, wo überall Unrecht geschah.

Endlich gab es eine Heimat für all die schönen Menschen. Nichts Aufsehenerregendes, nur der quadratische Block von Bloomingdale's. Und morgen? Die gesamte Halbinsel Manhattan.

«Tut mir leid, ich schweife ab. Terrorismus ist im Kommen. Sie werden sehen.»

J. L. Quinn wartete ein paar Minuten, bevor er ihr in die Galerie Koozeman folgte. Es dauerte eine weitere Minute, bis er Detective Mallory in dem Durcheinander von Kunsthändlern, einer Reisegruppe und einem Fernsehteam entdeckt hatte.

Mallory stand an der Tür zum Hauptraum der Galerie und entfernte die gelben Plastikbänder, mit denen der Tatort abgesperrt war. Kaum war das letzte Band abgerissen, drängten die Fernsehleute in den Raum, und sie trat zur Seite.

Oren Watt, geständiger Mörder im schwarzen Anzug, führte die Parade von Kameramännern, Frauen mit Klemmbrettern und Männern mit Tonbandgeräten und Scheinwerfern an. Durch Watts braune Haarstoppel schimmerte die Kopfhaut. Eine dunkle Brille verbarg kleine, gewöhnliche Äuglein, ohne sie wirklich verstecken zu können. Sein auffälligstes Merkmal war der breite Mund, eine lange, schmallippige Linie, als hätte sie jemand nachlässig mit einem Stift gezogen. Auch die kleinen Ohren sahen merkwürdig aus, wirkten halbfertig in den Details. Als hätte seine Mutter ihn aus ihrem Leib verstoßen, bevor ihr Werk vollendet war. Watts kindliches Stupsnäschen paßte zu dieser Theorie.

Als das Hin- und Hergelaufe sich gelegt hatte, mußte Watt bestimmen, wo sein Kunstwerk aufgehängt werden sollte. Eine junge Frau in der Uniform der Kunsthändlerinnen, schwarzer Pulli und schwarze Jeans, hielt die stümperhafte Zeichnung eines abgetrennten Fußes gegen die Wand, mal rechts, mal links, mal höher, mal tiefer. Der geständige Mörder schüttelte den Kopf und dirigierte das Bild mittels Handbewegungen ein Stück weiter und noch etwas höher. Die Kunsthändlerin folgte beflissen seinen Anweisungen. Der Mann war schließlich das Monster von Manhattan. Die Frau war noch so jung – gut möglich, daß Oren Watt der schwarze Mann ihrer kindlichen Alpträume war.

Mallory schien die einzige im Raum zu sein, die sich nicht für Watt interessierte. Quinn sah, daß sie dem Monster von Manhattan den Rücken zuwandte und an der gegenüberliegenden Wand entlangging, vor der die Zeichnungen aufgereiht standen und darauf warteten, aufgehängt zu werden. Ihr Gesicht verriet nicht, was ihr beim Betrachten der Kunstwerke durch den Kopf ging. Vielleicht dachte sie darüber nach, welche Körperteile zu seiner Nichte, der Tänzerin, gehörten und welche zu dem jungen Künstler, Peter Ariel, der mit Aubry zusammen gestorben war. Die Zeichnungen waren so kläglich, daß sie sich keinem Geschlecht zuordnen ließen.

Die Reisegruppe versammelte sich am Eingang. Zwei Leute machten Fotos. Ihr Führer mußte ihnen nicht erst erklären, daß es sich um Oren Watt handelte. Ein Mann flüsterte einem anderen zu, daß Watt in Wirklichkeit noch häßlicher aussehe als im Fernsehen. Die ganze Gruppe begaffte den seltsamen Mann wie ein seltenes Tier im Zoo, was – wie Quinn fand – der Wahrheit recht nahe kam.

Mallory schlenderte aus der Hauptgalerie weiter in den kleineren Raum, in dem richtige Kunst an der Wand hing. Quinn folgte ihr und überlegte, was er sagen sollte, um das Zusammentreffen zufällig erscheinen zu lassen.

Die Reisegruppe wurde vom Schauspiel des Monsters abgezogen und von ihrem Führer, der kunstsinnige Banalitäten von sich gab, in den kleinen Raum geführt. Zwölf Paar Füße kamen auf die Zeichnung zumarschiert, die Mallory betrachtete. Das Getuschel wurde leiser, als der Kunstexperte sich über die Linienführung der Arbeit ausließ, die Struktur des Papiers und die Intentionen des Künstlers – als hätte er davon eine Ahnung.

Quinn stellte sich auf die andere Seite der Gruppe, ein Stück entfernt, aus Respekt vor dem Vortrag. Mit keinem Blick gab er zu erkennen, daß er sich Mallorys Anwesenheit bewußt war. Die Spannung zwischen den beiden knisterte über dem Schwall der Worte und dem Dutzend kunstinteressierter Touristenköpfe.

Er beobachtete sie, wie sie die minimalistischen Arbeiten an der Galeriewand betrachtete. Drei feine, in das Blatt gaufrierte Linien fesselten ihre Aufmerksamkeit. Die Striche waren exquisit weiblich, wie die Konturen des verträumten Frauenaktes. Das Bild hatte keinen Rahmen. Es war mit vier Stecknadeln an der Wand befestigt. Die Prägung auf dem elfenbeinfarbenen Untergrund war nur im Gegenlicht zu erkennen, so zart war das Relief der Linien. Er würde später noch einmal herkommen und das Bild kaufen. Um es dann in seiner schwarzen Mappe verschwinden zu lassen, weil es ihn zu sehr an Mallory erinnerte.

Ganz leicht wandte sie den Kopf, und ein paar Sekunden lang spielten sie das kindliche Spiel verstohlener Blicke. Ihr Gespräch hatte begonnen, bevor das erste Wort gefallen war.

Emma Sue Hollaran nahm das Ballkleid aus dem Schrank. Den Bügel auf Armeslänge von sich haltend, betrachtete sie den schlank geschnittenen Schlauch, der keinen ausladenderen Tanzschritt als den Box Step erlaubte. Noch vor der Anprobe ahnte sie, daß der lange Reißverschluß über Schenkeln und Pobacken arg strapaziert werden würde.

Die Ahnung sollte sie nicht trügen.

Eine Gesamtansicht ihres Körpers erforderte den großen Wandspiegel mit ausklappbaren Seitenflügeln. Der Reißverschluß hielt der Belastung stand, aber was, um Himmels willen, mußte er alles zusammenhalten! Der Stoff spannte sich über gewaltigen Schwellungen und Wülsten.

Sie langte zum Telefon und wählte die Nummer der Klinik, die sie auswendig kannte. Nach einem kurzen, wütenden Wortwechsel mit der Sprechstundenhilfe, die keinen Termin für sie hatte, brüllte sie in den Hörer: «Entweder er behandelt mich, oder ich zeig ihn an! Ich hau den Kerl in die Pfanne!»

Tatsächlich hätte sie ihren Schönheitschirurgen ins Gefängnis bringen können. Er hatte an ihr herumgedoktert, obwohl vier andere Kollegen eine Behandlung abgelehnt hatten. Einmal hätte er sie fast umgebracht – wenn auch nur, weil sie darauf bestanden hatte. Er hatte ihr in einer einzigen Sitzung mit seinem High-Tech-Staubsauger mehr Fett aus Pobacken, Bauch, Armen und Doppelkinn gesogen, als ihr Körper entbehren konnte.

Nur die Schenkel waren nicht mehr drangekommen, so eilig hatte der Doktor es plötzlich gehabt, ihrer bläulich angelaufenen Haut einen weniger leichenhaften Farbton zu verleihen. Nachdem sie dem Tod gerade noch von der Schippe gesprungen war, hatte sie auf das Absaugen der Oberschenkel verzichtet, aber jetzt blieb ihr keine Wahl mehr. Und auch das Gesäß war wieder auf seine früheren, beträchtlichen Ausmaße angewachsen. Wenn das kein Vertragsbruch war. Liposuktion versprach ewige Schlankheit – eine glatte Lüge.

Als die Sprechstundenhilfe wieder ans Telefon kam, hatte sich im Terminkalender des Doktors auf wundersame Weise eine Lücke aufgetan.

«Wo ist Mallory?» fragte Charles. Er hatte frisch geschnittene und gestylte Haare und strahlte über das ganze Gesicht.

Riker saß am Schreibtisch in Mallorys Büro. «Ausgegangen.» Jetzt blickte er auf und pfiff leise. «Ein phantastischer Schnitt, Charles.»

Der Meinung war Charles auch. Er war heute außerordentlich zufrieden mit sich. Mallorys Friseur hatte ihn davon überzeugt, daß mehr Fülle im Haar von der langen Nase ablenken würde. Der Mann hatte ihm die Locken mit der Kunstfertigkeit eines Bildhauers gestutzt, und der Effekt war umwerfend. Eigentlich glaubte Charles nicht daran, daß ein Fön eine Nase verkleinern konnte, aber es war ihm gelungen, sich auf dem ganzen Weg von der 57ten Straße bis nach SoHo dieser Illusion hinzugeben. Und es gab noch einen Grund für seine Hochstimmung. Er konnte selber etwas zu Mallorys Ermittlungen beisteuern.

«Wo steckt sie? Ich habe gute Neuigkeiten.»

«In der Galerie Koozeman.» Riker nahm eine Pappschachtel vom Schreibtisch und stellte sie auf den Boden. «Anweisung von der Stadtverwaltung. Wir müssen den Tatort wieder zugänglich machen. Die Streifen waren den Fernsehteams im Weg. Wehe dem, der mit lächerlichen Ermittlungen in einem Mordfall den Zeitplan von Fernsehleuten durcheinanderbringt. Die drehen dort nämlich eine Dokumentation über den Doppelmord, mit Oren Watt als technischem Berater. Sie wollen den Mord in der Galerie nachstellen.»

«Ziemlich gespenstisches Timing.» Charles betrachtete die Korkwand. Seltsam, dieser Kontrast von Mallorys ultrapedantischer Anordnung und Markowitz' schlampiger Handschrift, dazwischen die Fotos von blutigen Fußabdrücken und Kleidungsstücken. Das Ganze sah aus wie ein Schachbrett.

«Tja, diese Fernsehgeier verlieren keine Zeit», meinte Riker.

«Aber sie sind in der falschen Galerie. Die Morde sind in dem alten Laden im East Village passiert.»

«Ach, Charles, es ist doch nur Fernsehen. Kein Mensch erwartet Tatsachen. Und was gibt es für gute Neuigkeiten?»

«Ich habe Andrew Bliss gefunden.»

«Alle Achtung. Wo steckte er?»

«Bei Bloomingdale's.»

«Meinen Sie, er bleibt dort noch ein Weilchen?»

»Ich bin sogar sicher.»

Riker wollte schon aufstehen, aber Charles winkte ab. «Nein, es hat keine Eile. Er hat sich dort eingerichtet. Der Freund von meinem Friseur – Mallorys Friseur – ist Bühnenbildner an einem der Off-Broadway-Theater, und er hat einen Bruder, der Abteilungsleiter bei Bloomingdale's ist. Sie haben sich über sein Lautsprechertelefon unterhalten, während er mir die Haare geschnitten hat. Der Bruder von dem Bloomingdale's-Mann hat dem Friseur erzählt, daß Andrew Bliss sich das Dach von Bloomingdale's zu einem Luxus-Campingplatz ausgebaut hat. Die Vorsitzende des Komitees für Kunst im öffentlichen Raum hat daraufhin offenbar eine Erklärung an die Presse gegeben und Andrew Bliss als Kunstwerk bezeichnet. Und ein Anwalt der Civil Liberties Union verhandelt bereits mit der Rechtsabteilung von Bloomingdale's über Schadenersatzforderungen und das Recht auf Redefreiheit. Bliss hat sein erstes Interview gegeben. Er ist jetzt ganz offiziell ein Performance-Künstler.»

«Na wunderbar. Noch ein Performance-Künstler.» Riker tippte eine Nummer in die Tasten des Telefons. «Mal sehen, was wir über das kleine Arschloch haben.»

Während Riker mit dem Diensthabenden im East-Side-Revier sprach, wandte Charles sich wieder der Korkwand zu. Der Großteil der Fotos und Berichte hatte mit dem Doppelmord an der Tänzerin und dem Künstler zu tun. Charles kam der Gedanke, daß auf dieser Wand das Gehirn des Vaters mit dem der Tochter fusionierte. Louis Markowitz' Manie für Details behauptete sich neben Mallorys zwanghafter Ordnungsliebe. Sämtliche Papiere waren im gleichen Abstand aufgehängt, auch solche, die eigentlich Mallorys Verachtung für unwichtigen Kleinkram zum Opfer hätten fallen müssen. Was sie nicht gebrauchen konnte, wanderte bei ihr in den Papierkorb.

Riker, der sich den Hörer unters Kinn geklemmt hatte, wippte mit dem Fuß und spielte mit dem Kugelschreiber – man ließ ihn offenbar warten.

Charles ging die Pinnwand entlang. Ein Stück weiter war der Kleinkram bereits aussortiert. Louis Markowitz' Einfluß wurde schwächer. Die meisten von Louis' Unterlagen hatten mit der Tänzerin zu tun gehabt. Charles' Blick fiel auf eine Autogramm-Postkarte mit dem lächelnden Gesicht Peter Ariels. Neben dem Foto hing der Bericht des amtlichen Leichenbeschauers.

Nach einem mehrminütigen Gespräch knallte Riker ziemlich unsanft den Hörer auf die Gabel. «Wir sollen Andrew Bliss in Ruhe lassen. Keine Vernehmungen, gar nichts. Bliss' persönliche Kundenbetreuerin hat ihm einen Kredit über den Wert der geklauten Ware verschafft. Und den Schaden an der Treppe zum Dach hat sein Anwalt mit einem Scheck beglichen.»

«Was ändert das am Tatbestand des unerlaubten Eindringens?»

«Das Kaufhaus verzichtet auf eine Anzeige. Die scheinen den kleinen Kerl zu mögen. Er ist ihr treuester Kunde. Und für fünf Minuten kostenlose Werbung in den Abendnachrichten ist er allemal gut.» Riker legte die Füße auf den

Schreibtisch und lehnte sich in seinen Sessel zurück. «Ich versteh das nicht, Charles. Ich dachte immer, der Kerl ist Kunstkritiker von Beruf, und plötzlich soll er ein verfluchter Performance-Künstler sein.»

«Ach, solche Überschneidungen sind im Kunstbetrieb durchaus üblich. Künstler schreiben Kunstkritiken, Autoren besprechen die Bücher von anderen Autoren. Warum sollte da ein Kritiker nicht Kunst machen?»

«Aber führt das nicht zu Interessenskonflikten?»

«Kann schon sein, aber es ist allgemeine Praxis. Nehmen Sie unser jüngstes Mordopfer, Dean Starr. Der ist ja auch nicht mit diesem Namen auf die Welt gekommen. Sein ...»

«Das ist ein Pseudonym?» Riker zog Kugelschreiber und Notizbuch heraus und blätterte die erste Seite auf. «Alle Identifizierungen der Leiche lauteten auf den Namen Dean Starr.»

«Tut mir leid, ich dachte, Sie wüßten es.» Charles zog die Zeitung wieder aus dem Papierkorb und schlug die amtlichen Todesanzeigen auf. Er tippte auf den Eintrag für den Kunstkritiker Dean Strvnytchlk. «So hieß er. Unter seinem richtigen Namen hat er ein miserables Käseblatt mit Beiträgen zur lokalen Kunstszene herausgegeben. Er war der Chefkritiker. Er hat auch Artikel für ein paar Boulevardzeitungen geschrieben.»

Riker blickte auf die Todesanzeige. «Wie spricht man das aus?»

«Fragen Sie mich was Leichteres. Zu viele Konsonanten.» Charles zog eine Schreibtischschublade auf und nahm eine Schere heraus. «Wenn Sie die Nachrichten aus der Kunstszene lesen würden, hätten Sie auf eine Rezension seiner eigenen Vernissage stoßen können, veröffentlicht unter seinem richtigen Namen.»

«Das Arschloch hat sich selber rezensiert? Sie machen Witze.»

«Keineswegs. Es gibt dafür historische Vorbilder – Walt Whitman hat sein eigenes Werk auch einmal anonym rezensiert.» Vorsichtig schnitt Charles die Todesanzeige aus; er achtete sorgfältig auf schnurgerade Kanten, um Mallory nicht zu verärgern. «Starrs Galerist, Koozeman, ist auch Kritiker. Er schreibt regelmäßig eine Kolumne für ein internationales Kunstmagazin. Ja, ja, so geht das.»

Charles heftete die Todesanzeige unter dem vorläufigen Bericht des Pathologen über Dean Starrs Tod an die Korkwand. Jetzt erst bemerkte er, daß daneben ein leeres Blatt hing. Bei näherer Untersuchung stellte er fest, daß das Blatt eine Fotografie bedeckte. Er drehte sich zu Riker um. «Was hat das zu bedeuten?»

«Das hat Mallory Ihnen zuliebe getan. Ein Tatortfoto von dem Doppelmord. Sie hat es verdeckt, weil Sie Aubry gekannt haben.»

Charles und Riker wechselten einen stummen Blick. Keiner von beiden hätte Mallory eines solchen Zartgefühls für fähig gehalten.

Mallory blieb neben den Utensilien der Fernsehleute stehen. Quinn sah, wie sie sich flink ein Klemmbrett schnappte. Niemand hätte bezweifelt, daß es ihr gehörte, als sie auf dem Weg zum Ausgang die Eintragungen studierte.

Auf dem Gehsteig vor der Galerie holte er sie ein. «Hallo.»

Mit einem Kopfnicken räumte sie immerhin ein, daß sie ihn erkannte, ohne sich erfreut über die Begegnung zu zeigen. Sie wandte sich ab und setzte ihren Weg fort.

«Ich würde Sie gerne etwas fragen.» Er folgte ihr, paßte

seinen Schritt ihrem Tempo an. «Diese Zeichnungen von den Leichenteilen. Seit Jahren handelt Oren Watt mit dem Zeug. Wieso erlaubt man ihm, materiellen Nutzen aus einem Mord zu ziehen.»

«Das Gesetz trifft auf ihn nicht zu, weil er nicht vor Gericht gestellt wurde.» Mit einer Hand schirmte sie die Augen gegen die Mittagssonne ab, als sie zu ihm hochblickte. «Aber das hätte Ihnen auch Ihr Anwalt sagen können.»

Der Vorwurf, er plappere belangloses Zeug, war kaum zu überhören. Und sie hatte recht.

Eine leuchtende, seidene Fahne bauschte sich über ihren Köpfen; die ganze Straße entlang hingen solche Fahnen vor den Galerien und Trendboutiquen, und jetzt hob sich eine nach der anderen und flatterte in der warmen Brise.

Er ging schneller, um mit ihr Schritt zu halten, und zerbrach sich den Kopf nach einem weniger törichten Gesprächsthema, mit dem er ihre Aufmerksamkeit gewinnen konnte.

Schließlich brach Mallory das Schweigen. «Wußten Sie, daß Koozeman schon wieder eine Ausstellung von Dean Starrs Werken vorbereitet?»

«Ja. Ich dachte, sie wird heute schon eröffnet. Ich war ganz erstaunt über die Zeichnungen von Oren Watt.»

Ihr Blick verriet, daß sie ihm sein Erstaunen nicht abkaufte, und auch damit hatte sie recht. Sie beschleunigte den Schritt, gewann einen kleinen Vorsprung. Er holte sie wieder ein.

«Koozeman hat Oren Watt noch nie ausgestellt», verteidigte er sich. «Deshalb hab ich mich gewundert.»

«Koozeman sagt, er stellt Watt nicht aus.» Im Gehen warf sie einen Blick auf das geklaute Klemmbrett. Auf dem obersten Blatt, unter dem Logo des Senders, war eine Tabelle mit Terminen und Ortsangaben. «Er sagt, es ist eine vorübergehende Installation für die Leute vom Fernsehen. Der Sender hat den Raum für den ganzen Tag gemietet.» Sie machte sich ein Zeichen neben Koozemans Galerie und notierte das heutige Datum. «Dean Starrs Ausstellung wird in drei Tagen eröffnet. Haben Sie eine Ahnung, warum Koozeman es so eilig hat, schon wieder Arbeiten von ihm zu zeigen?»

«Er will die Publicity des Mordfalls nutzen. Außerdem will er die Sachen so schnell wie möglich loswerden. Das Zeug ist ein solcher Schrott, das strapaziert sogar die Ignoranz von Amateursammlern.»

«Und der Künstler, der mit Aubry zusammen ermordet wurde? War der gut?»

«Peter Ariel? Na ja, für einen toten Junkie und drittklassigen Pinselkleckser hat er auf dem Sekundärmarkt ganz ordentlich abgeräumt. Was die Kritiker über ihn sagen, steht auf einem anderen Blatt.»

«Drücken Sie sich deutlicher aus.» Das war ein Befehl.

Er gehorchte. «Heutzutage hört kein Sammler mehr auf die Kritiker. Er hört auf seinen Buchhalter, der ihm sagt, wie die Aktien des Künstlers auf dem Primärmarkt stehen. Danach lassen sich Hochrechnungen auf einen dauerhaften Erfolg auf dem Sekundärmarkt machen.»

«Was heißt das, Quinn? Reden wir hier über Kunst oder über Börsengeschäfte?»

«Das ist dasselbe. Die Kunst als solche spielt im finanziellen Gesamtrahmen eine untergeordnete Rolle. Die Erstkäufer haben für Peter Ariels Skulpturen nicht viel bezahlen müssen. Nach seiner Ermordung war sein Werk auf dem Wiederverkaufsmarkt ein kleines Vermögen wert. Als erste haben sich die Leichenfledderer eingedeckt, die auf

Souvenirs von einem abscheulichen Mord aus waren. Die Amateursammler haben sich verschätzt. Sie kauften die Arbeiten zu überhöhten Preisen und stießen sie nicht rechtzeitig wieder ab. Nachdem die Sensationslust befriedigt war, haben die Preise nicht einmal mehr die Materialkosten des Künstlers gedeckt.»

Sie blieb stehen, er auch. Ihr bloßes Dastehen reichte aus, um ihn auf ihrer Gehwegplatte festzuhalten. «Mit Markowitz haben Sie nie über so etwas gesprochen, oder?»

Wie schaffte sie es bloß, aus einer einfachen Frage eine Anklage zu machen? «Nein. Es ist immer nur um Aubry gegangen, nie um Peter Ariel.»

Sie ging zielstrebig weiter, er versuchte Schritt zu halten wie ein Hund an der Leine. «In Bliss' Kolumne wird noch ein Künstler erwähnt – Gillian, der Wandale. Was wissen Sie über ihn?»

«In der Galerie an der nächsten Ecke sind Fotografien von ihm ausgestellt. Vielleicht finden Sie sie unterhaltsam.»

«Fotografien? Ich dachte, Wandalismus ist seine Richtung.»

«Warten Sie, bis Sie die Fotos gesehen haben, Mallory.»

Die Galerie in der Greene Street erreichten sie über eine schmale Treppe zum ersten Stock. Eine schmucklose Stahltür führte in einen großen, weißgetünchten Raum, in den durch eine Reihe von Deckenfenstern auf der Straßenseite helles Tageslicht fiel. Leute liefen herum, einige betrachteten die Fotografien an den Wänden. Ein Mann stand neben einem Schreibtisch und hielt Klarsichtblätter mit Dias gegen das Licht. Wenn er mit einem Blatt fertig war, ließ er es auf einen Haufen zu seinen Füßen fallen und nahm das nächste zur Hand.

Quinn deutete auf den Mann. «Viele Künstler arbeiten bis zu hundert Stunden an einem einzigen Gemälde, und die Galeristen nehmen sich für zwanzig Dias von ihren Werken eine Minute Zeit. Manchmal stoppe ich mit. Ein Hobby von mir. Der hier liegt ungefähr im Durchschnitt – eine Minute pro Künstler.»

Sie schlenderte hinüber zu den Fotos an der vorderen Wand. Es waren die Arbeiten eines Amateurs, schlecht ausgeleuchtet, ohne Blick für die Bildkomposition. Die erste war eine Aufnahme von einem tiefen Riß in einer alten Statue. In die frische Wunde hatte Gillian seinen Stempel gedrückt. Die übrigen Fotos waren ähnlich, es waren nur andere Statuen. Jedes der Kunstwerke hatte einen Riß oder eine abgesprungene Stelle, die die Signatur des Sachbeschädigers trugen.

Mallory blickte einen Moment lang entgeistert, aber sie faßte sich schnell. «Ist es das, wonach es aussieht?»

«Mutwillige Zerstörung unbezahlbarer Kunstwerke? Ja. Die Ausstellung nebenan ist noch aufschlußreicher.» Er nahm sie am Arm und führte sie in den Nebenraum.

«Wenigstens stinkt das Zeug nicht», sagte Mallory und zählte die umgeworfenen Mülltonnen. Es waren zwölf, und ihr Inhalt war über den ganzen Boden verteilt. Er führte sie durch eine schmale abfallfreie Gasse. «Sie müssen wissen, daß es echter Abfall ist, kein künstlich angerichteter. Der Künstler ist Purist. Ein höchst integrer Mann.»

«Sie machen Witze.»

«Ja, und trotzdem ist es wahr.»

Andere Besucher standen allein oder paarweise herum, inspizierten den Abfall. Ein junger Mann, unschwer an den aus unerfindlichen Gründen an beiden Knien aufgeschlitzten Jeans als Kunststudent zu erkennen, stand in der Ecke und machte sich Notizen zu einem halbverzehrten Ratatouille, das er in dem Unrat auf dem Boden entdeckt hatte und an dem er offenbar besonderen Gefallen fand.

«Und warum stinkt es nicht?» wollte Mallory wissen.

«Der Galerist hatte Angst, es könnte die zahlende Kundschaft abschrecken. Er hat alles mit Kunstharz überziehen lassen. Dem Künstler war das gar nicht recht. Er hätte es lieber vor sich hin gammeln lassen.»

«Klar, er ist ja Purist.»

«Sie haben's begriffen, Mallory.»

«Und die Ausstellung im vorderen Raum, der Wandalismus?»

«Die Statuen gehören zur griechischen Sammlung eines der großen Museen. Dort will natürlich niemand zu weiteren Heldentaten ermutigen. Der Museumsdirektor gibt keinen Kommentar, aber ich habe gesehen, daß die betroffenen Statuen aussortiert wurden. Wenn sie wieder gezeigt werden, wird man keinen Kratzer mehr sehen.»

«Ich nehme an, die haben die ganze Ausstellung hier aufgekauft.»

Er nickte. «So ist es. Die Ausstellung wird abgebaut, sobald der Scheck auf dem Konto gutgeschrieben ist. Sie waren willige Erpressungsopfer. Sogar die Negative haben sie ausgelöst.»

«Unglaublich», sagte sie.

«New York. Was ist da schon unglaublich?»

Zwanzig Minuten Später trank Quinn unter der grünen Markise eines Straßencafés in der Bleecker Street seinen Espresso und versuchte etwas über Mallorys Kunstgeschmack zu erfahren. Wie es schien, mochte sie nichts außer Minimal art, und auch die nur, weil es ein klarer, ordentlicher Stil war, kein Sammelsurium aus Zeitgeist, modischen Metaphern und schlechter Malerei. Mit überflüssigen Linien oder Formen konnte sie nichts anfangen.

Als sie fertig war, sagte er: «Gut, warum nehmen wir nicht einfach einen Rotstift und streichen bei James Joyce alle Sätze raus, die die Handlung nicht weiterbringen? Die meisten Leute kapieren die Metaphern sowieso nicht. Auf diese Weise ließe sich aus dem *Ulysses* eine handliche Kurzgeschichte machen.»

Er lächelte, weil *sie* lächelte und er gar nicht anders konnte. Wo hatte sie diesen unwiderstehlichen Trick gelernt? Seine Erinnerung half ihm auf die Sprünge: Sie imitierte das Lächeln des verstorbenen Louis Markowitz.

Er redete weiter, als wenn nichts wäre und er nicht gerade einen Geist gesehen hätte. «Dann haben wir eine Literatur, die auch minderbegabte Dreizehnjährige verstehen. Warum sollen die Menschen sich nach der Kunst strecken müssen, wenn sie auf der Straße liegt?»

Sie hob die Hand: *Schon gut, ich habe verstanden.* Er redete trotzdem weiter. Und so bekam Mallory ihre erste Vorlesung über die andere Sprache, die Subjektivität der Metaphern, den Symbolismus der Objekte, die Poesie der Farben und Formen, der Strukturen und Linien, über die Unmittelbarkeit eines heftigen Pinselstrichs oder einer zarten Bleistiftschattierung.

Dann fragte sie ihn: «Und wo steckt die Metapher im Müll oder im Wandalismus?»

«Na gut, Sie haben gewonnen.» Er spürte, daß ihr nichts wichtiger war, als zu gewinnen, daß hier der Schlüssel zu ihrer Persönlichkeit lag. «Haben Sie immer noch vor, morgen auf den Ball zu gehen?»

«Ja, weil ich immer noch Gregor Gilette vernehmen will.

Sie haben sich doch darum gekümmert, oder? Er behält es für sich?»

Sein Lächeln mußte ihr als positive Antwort genügen. «Aber lassen Sie mich Ihnen bei etwas anderem behilflich sein. Für die Vernissage der nächsten Dean-Starr-Ausstellung braucht man eine Einladung. Ich könnte Koozeman bitten, Ihnen eine zu schicken.»

«Ich brauche keine Einladung – ich bin Polizistin. Riker sagt, Sie hatten gar nicht die Absicht, eine Rezension über Dean Starrs erste Ausstellung zu schreiben. Ich frage mich, was Sie an dem Abend dort gesucht haben?»

Wie Riker hatte sie sich die entscheidende Frage bis zum Schluß aufgehoben. Aber ihr Stil unterschied sich von dem ihres Partners – keine plumpe Beschuldigung, sondern eine Falle. Jetzt blickte sie ihn nur an, eine Aufforderung, sie anzulügen und sich herauszureden.

«Riker hat recht, ich schreibe keine Rezensionen über schlechte Künstler. Eine schlechte Kritik ist kontraproduktiv. In New York bedeutet schon die Nennung eines Namens Ruhm und Ehre. Ich bin hingegangen, weil es bei Koozeman gutes Essen und guten Wein gibt. Heutzutage servieren nur noch wenige Galerien ein Hors d'œuvre.»

«Im Ernst?»

«Im Ernst, Mallory. Sie glauben doch nicht, daß ich mich an der Kunst erbauen wollte.»

Die Frau war stehengeblieben. Erschöpft lehnte sie sich auf die Griffstange ihres Einkaufswagens, den sie teilweise mit einer Plane abgedeckt hatte, und blickte hinüber zu dem Kunstkritiker, der in Begleitung einer jungen blonden Frau das Straßencafé in der Bleecker Street verließ. Er hielt seiner Begleiterin die Fahrertür eines kleinen braunen Autos auf. Die Frau stieg ein und fuhr davon. J. L. Quinn überquerte die Bleecker Street und näherte sich der Alten mit dem Einkaufswagen. Er blickte ihr in die Augen, einen wolkenverhangenen Winterhimmel hinter einer trüben Iris. Dann nickte er ihr zu, und im Vorbeigehen wechselte ein Stück Papier von seiner Hand in ihre.

Die knotigen Hände der Frau ruckten an dem Wagen. Mit zitternden Fingern zog sie die Plane zurück, suchte mit Blicken die Teedose. Dichtes Schneetreiben herrschte in ihrem Kopf; sie hatte sich verlaufen, sie wußte nicht mehr, wo sie war und warum sie hier war. Das Gehirn des toten Kindes half ihr, sich zu erinnern. «Geh weiter», drängte die Stimme aus der Teedose. Die Frau nickte und ging weiter die Bleecker Street entlang.

Sie sah aus wie wahllos aus der Altkleidersammlung ausstaffiert. Vier Röcke übereinander raschelten lautstark, schleiften tote Blätter über den Gehsteig, bis sie an der Lafayette Avenue vom Wind erfaßt und Richtung Süden davongetrieben wurden. Der Kopf mit dem eisgrauen Haarschopf wackelte auf einem dürren Vogelhals. Sie überquerte die breite Houston Avenue, die freie Hand versteckt, der Arm wie ein nutzloser Flügel, verkümmert oder gebrochen.

Am Randstein stolperte sie, der Wagen geriet ins Kippen, die Teedose fiel heraus, als der Wagen in einem Gullydeckel steckenblieb. Sie legte die Dose zurück zu den übrigen. Aus einem vor Dreck starrenden Rucksack ergoß sich ein glitzernder Strom von Kronkorken, abgebrochenen Anstecknadeln, versilbertem Blechbesteck und anderen Fundsachen – hübsch anzusehen, aber zu nichts mehr nutze.

Die Frau zog den Wagen auf den Gehsteig, schob ihn in östlicher Richtung die Houston Avenue entlang. Ein paar

Minuten später – längst hatte sie vergessen, daß das Gehirn des toten Kindes jemals zu ihr gesprochen hatte – bog sie in die Essex Street ein. Hier schienen die Mülltonnen wie die Pilze aus dem Boden zu schießen. Mit Kennerblick taxierte sie die Reichtümer, die sich vor ihr auftaten. Etwas Metallenes funkelte im Sonnenlicht. Auf einer Mülltonne lag ein Messer. Die Klinge war schartig, der Griff abgebrochen, aber es taugte allemal, um Fleisch damit zu schneiden. Sie starrte darauf, bis die Stimme aus der Teedose sie mahnte: «Vergiß.»

Doch die wahnwitzige Beharrlichkeit der Erinnerung war stärker. Die Frau begann zu zittern. Eine kalte Angst legte sich ihr auf die Schultern, zwang sie auf die Knie, auf den Boden. Ihre Hände krallten sich in ihr Haar, die Bilder der Vergangenheit trieben ihr die Augen aus den Höhlen – sie schluchzte, zitterte, schrie, bis die Schreie zu leiser Klage verebbten, als der Geist des toten Kindes den barmherzigen Schnee des Vergessens beschwor.

Emma Sue Hollaran war bereits ruhiggestellt, als man sie auf den Operationstisch legte. Die Krankenschwester breitete ihr ein grünes Laken über Brust und Schultern. Die nackten Oberschenkel waren mit schwarzem Farbstift in Sektionen aufgeteilt wie die Kühe auf den Schaubildern im Fleischerladen.

Schläfrig ließ sie den Blick über den kleinen Operationssaal, die Kittel des Chirurgen und der Krankenschwester schweifen. Auch der Anästhesist war ihr längst vertraut. Der Mann sprach kein Wort Englisch, und sie war davon überzeugt, daß er in diesem Land keine Arbeitserlaubnis als Arzt hatte. Sie durfte also annehmen, daß er billig war, und beschwerte sich nicht.

Das Gesicht des Schönheitschirurgen tauchte für einen Moment über ihr auf, dann fielen ihr die Augen zu, und ihre Gedanken versanken im narkotischen Strudel. Als das Skalpell den ersten Schnitt in ihr Fleisch machte, war sie schon ganz weit fort.

Ein langer Schlauch wurde durch die blutige Öffnung in ihrem linken Schenkel geschoben. Die Ouvertüre zur Symphonie von Jugend und Schönheit bildeten schmatzende Sauggeräusche und das stoische Brummen des überdimensionalen Staubsaugers, der ihr das Fett aus dem Körper sog. Was aus ihr herauskam, sah aus wie ein Brei aus gelbem Hühnerfett, Schmiermittel und Blut. Auf der Innenseite des Schenkels wurde noch ein Loch gemacht, und die üblen Absonderungen ihres Körpers füllten nach und nach ein gläsernes Gefäß am Ende des Schlauchs. Das nächste Loch wurde in ihre Haut geschnitten, dann eines in das andere Bein – und immer mehr breiige Batzen klatschten in das Gefäß. Im Traum sagte eine Stimme zu ihr: «Höchste Zeit, daß wir die Würste rollen.»

Selbst die Kniekehlen wurden angestochen. Die lange Sonde bewegte sich unter ihrer Haut, orientierte sich an den schwarzen Linien des Fleischdiagramms. Ohne Pause schlürfte der Staubsauger Fett in sich hinein, entriß ihr mit gierigen Sauggeräuschen Teile ihres Körpers.

Zwei Stunden später schlug sie die Augen wieder auf. Der Chirurg beugte sich über sie und gab ihr auf höfliche Weise zu verstehen, daß er sie für total übergeschnappt hielt. Wörtlich sagte er: «Auf Ihr Drängen habe ich mehr Fett entnommen als gut ist. Sie müssen mindestens drei Tage absolute Ruhe halten, wenn nicht länger. Kein Strekken, kein Bücken, kein Treppenlaufen. Ein Ballbesuch ist vollkommen ausgeschlossen.»

«Reden Sie keinen Quatsch!»

Der Manhattan Charities Ball war das Medienereignis des Jahres. Alle Mächtigen der Stadt würden dort sein. Aber vor allem: Gregor Gilette würde dort sein. Und nun war sie fast bereit für ihn. Das Dreifachkinn war auf zwei Etagen reduziert. Und ihre Beine würden geradezu grazil aussehen unter einem hautengen Ballkleid, das nicht fürs Tanzen gedacht war und schon gar nicht für eine Frau vom Format Emma Sue Hollarans.

«Und wie geht's Doris?»

Dr. Edward Slope schob die Gesichtsmaske aus Plexiglas nach oben und sah sie fragend an.

Kathy Mallory war eine der wenigen Polizistinnen, mit der man über dem geöffneten Brustkasten eines toten Mannes über Belangloses plaudern konnte. Leider hatte sie selten Lust zu plaudern.

Die lästige Pflicht, alle entnommenen Organe in Plastikbeutel zu stecken und wieder in den geöffneten Brustkorb zu legen, überließ er seinem Assistenten. Er streifte die Handschuhe ab, zog den Kittel aus und folgte Mallory zum Ausgang. «Doris geht's gut.» Die blutigen Kleidungsstücke warf er in einen Behälter. «Sie läßt fragen, warum du nicht mal zum Essen kommst.»

«Und Fay?»

«Ach, du weißt, wie Kinder sind. Letzte Woche wollte sie noch Tierärztin werden, aber jetzt hat sie beschlossen, sie wird Musikerin. Ich seh die Rechnungen der Juilliard School schon ins Haus flattern.»

«Macht sie Schwierigkeiten?»

«Wir werden damit fertig.»

«Dann wollt ihr sie also behalten?»

«Sie ist ein kleines Mädchen. Das gibt man nicht einfach zurück ins Heim wie einen unartigen Hund. Doris freut sich jetzt schon auf die Enkelkinder. Nein, die Sache ist abgemacht. Sag mal, man kann ja richtig mit dir reden. Helen wäre stolz auf dich, Kathy.»

«Mallory», verbesserte sie ihn. «Können wir jetzt über innere Organe reden?»

«Sicher.» Er nahm einen Ordner vom Regal und hielt ihr die Tür auf. Im Korridor war die Luft wärmer, und ein aseptischer Chlorgeruch ersetzte den Gestank des Todes.

In seinem Büro auf demselben Flur roch es nach abgestandenem Zigarrenrauch und dem Aftershave, mit dem er sich seiner Frau zuliebe das Gesicht einrieb. «Der Galerist von deinem Lucky Starr hat sich das Geld fürs Einbalsamieren gespart.» Er setzte sich an seinen mit Papieren übersäten Schreibtisch und bot ihr einen ledernen Ohrensessel an. «Also, was willst du als erstes wissen? Markowitz hätte gefragt, was er zum Frühstück gegessen hat.»

«War er auf der Stelle tot?»

«Nein, dem Blutfluß nach zu urteilen hat er noch eine volle Minute gelebt.»

«Mich interessiert, warum er nicht geschrien hat. Er war gerade erstochen worden. Das muß doch höllisch weh getan haben.»

«Nicht unbedingt. Der Wein und die Drogen hätten als Narkose für einen größeren chirurgischen Eingriff gereicht. Und der Rücken ist nicht gerade die schmerzempfindlichste Körperpartie. Du würdest dich wundern, wie viele Leute gar nicht merken, daß man sie in den Rücken gestochen hat. Sie spüren, daß etwas passiert ist, einen lokalisierten Schmerz, aber nicht, daß etwas eingedrungen ist. Es gibt übrigens Hinweise auf langjährigen Drogenkonsum.»

«Wie bei Peter Ariel.»

Sie reichte ihm eine Kopie seines eigenen Autopsieberichts über Ariel. Er überflog die Zeilen, fand den gesuchten Eintrag und nickte. «Beide Künstler haben eine ähnliche Kombination von Drogen genommen. Ein Heroincocktail mit ein paar interessanten Zusätzen. Warum gräbst du diesen alten Fall wieder aus? Er ist seit zwölf Jahren abgeschlossen.»

«Ich habe ihn wiedereröffnet ... in aller Stille. Dieses Gespräch bleibt unter uns, okay? Du meinst also, der Heroincocktail könnte eine Verbindung zu Peter Ariel sein?»

«Nein, nicht unbedingt. Kaum anzunehmen, daß es genau dieselbe Kombination ist. Heutzutage gibt es dafür richtige Markennamen. Selbst wenn es eine ähnliche Kombination ist, wird jeder Anwalt behaupten, daß der Zusammenhang nicht größer ist als bei zwei Leuten, die dieselbe Zigarettenmarke rauchen oder denselben Kaffee trinken.»

«Und die Tatwaffe?»

«Da stimme ich der ersten Obduktion zu. Wahrscheinlich ein Eispickel. Aber du hast recht, es war nicht der, den sie neben dem Toten gefunden haben. Er muß mindestens zwanzig Zentimeter lang gewesen sein. Ich nehme an, die Spitze ist abgefeilt worden. Sie war dünner als bei einem normalen Eispickel und messerscharf. Kein Riß beim Eintritt. Sehr glatt, sehr sauber. Ihr findet garantiert keine Blutspritzer auf der Kleidung des Mörders. Die perfekte Waffe für einen Mord in der Menge.»

«Ich brauche noch eine Verbindung zu dem alten Mord.»

«Ehrlich gesagt, abgesehen von den Drogen kann ich

überhaupt keine Ähnlichkeiten erkennen. Der erste Mord war eine brutale Wahnsinnstat, Kathy, ich verstehe nicht ...»

«*Mallory*», verbesserte sie ihn wie jedesmal. Die ganzen fünf Jahre, seit sie bei der Polizei war, spielten sie dieses Spiel jetzt schon.

«Für mich bist du immer noch Kathy. Ich kenne dich, seit du zehn bist.»

«Elf», verbesserte sie ihn erneut.

«*Zehn.* Das Extrajahr hast du zu deinem Alter dazugemogelt. Helen Markowitz hat es geglaubt, aber mich führst du nicht an der Nase herum. Ich kann dich nicht wie einen Cop behandeln, wenn ich jedesmal das zehnjährige Gör vor mir sehe. Und so sehr hast du dich gar nicht verändert, *Kathy.*»

«*Mallory.*»

«Meinetwegen. Und was willst du sonst noch von mir?»

«Ich will wissen, womit Markowitz hinterm Berg gehalten hat.»

«Ich weiß nicht, wovon du sprichst. Nach der Autopsie haben wir nie wieder über den Fall gesprochen. Markowitz war nicht davon überzeugt, daß Oren Watt der Täter war, aber ich schon.»

«Ich weiß, daß der Alte etwas für sich behalten hat. Das hat er immer getan. Es gab etwas, das nicht einmal seine eigenen Leute wissen durften. In dem Jahr hat es eine Menge undichte Stellen im Department gegeben. Jede Einzelheit der Ermittlungen konnte man am nächsten Tag in der Boulevardpresse nachlesen. Markowitz hat gewußt, daß Oren Watts Geständnis falsch war. Er hatte etwas in der Hand, mit dem er Oren Watt überführen konnte. Es hatte etwas mit den Leichen zu tun, stimmt's?»

«Das ist zwölf Jahre her. Ich hab seitdem eine Menge Leichen aufgeschnitten.»

«Es war der brutalste Mord, mit dem du je zu tun hattest. Sag bloß nicht, du hättest die Einzelheiten einfach vergessen. Willst du wissen, was ich von diesem Jahr behalten habe?»

«Du warst ein kleines Mädchen und hast nichts als Computer im Kopf gehabt. Erzähl mir nicht, daß Markowitz mit dir über den Fall gesprochen hat. Das hätte er nie getan.»

Damit hatte Slope recht. Der alte Mann hatte ihr lediglich Listen gegeben, Einkaufslisten von Dingen, die er aus anderer Leute Computer benötigte. Und Mallory hatte nicht lange gefragt, wozu er die Informationen brauchte. Sie hatte sich in die neue Aufgabe gestürzt; eine wunderbare Aufgabe, in einem Polizeirevier vor einem Monitor zu sitzen und den Cyberspace nach allen Dingen abzugrasen, die nicht niet- und nagelfest waren, nach Herzenslust Daten zu klauen, bis man des Klauens überdrüssig war. Ohne dafür bestraft zu werden. Das war das Beste daran – die Lizenz zum Klauen. Es war ein großartiges Jahr gewesen.

«Ich will dir sagen, was ich behalten habe», sagte sie. «Ihr habt euch einmal in der Woche zum Pokern getroffen. Und in dem Jahr hast du drei Abende hintereinander gefehlt. Alle wußten, daß du Krach mit Markowitz hattest. Aber ich bin die einzige, die den Grund kennt. Du hast es ihm lange nicht verziehen, daß du ihm zuliebe zum Gesetzesbrecher geworden bist und Fakten zurückgehalten hast.»

«Alles heiße Luft, junge Frau.»

Slope war der versierteste Pokerspieler unter Markowitz' alten Freunden. Seine Miene war ein Bild des Gleichmuts; nicht einmal der liebe Gott hätte erraten, welche Karten er auf der Hand hatte.

Sie langte in die Tasche ihres Blazers und zog einen Stoß vergilbter Blätter heraus, die den Stempel und die Unterschrift des Chefpathologen Edward Slope trugen. Sie legte die Papiere vor ihm auf den Schreibtisch und tippte mit einem langen roten Fingernagel darauf. «Das ist der *erste* Autopsiebericht über Aubry Gilette. Er wurde zwei Tage vor dem Bericht angefertigt, der bei den Akten liegt.»

«Woher hast du den?»

Slope streckte die Hand nach den Papieren aus. Mallory war schneller, nahm den Bericht vom Tisch und hielt ihn beiläufig in der Hand.

«Hab ich im Keller gefunden, in Brooklyn. Wo Markowitz persönliche Notizen zu seinen Fällen aufbewahrt hat.»

Sie blätterte in den Papieren. «Ist viel interessanter als dein frisierter Bericht. Das Gewicht von Aubry Gilettes Gehirn erscheint mir ein bißchen niedrig. Für Peter Ariels Gehirn hab ich hier etwas über drei Pfund – das ist Standard. Aber von Aubry Gilettes Gehirn waren noch ganze hundertsiebzig Gramm übrig. In deinem *zweiten* Bericht, dem offiziellen Bericht, ist von einem fehlenden Organ nichts vermerkt.» So beiläufig, als wollte sie sich nach der Uhrzeit erkundigen, sagte sie: «Fälschung eines Autopsieberichts in einem Mordfall – das ist ein schweres Delikt, oder?»

Edward Slope starrte auf die Blätter in ihrer Hand; er schüttelte ganz langsam den Kopf. «Warum in aller Welt hat Louis das aufbewahrt?»

«Vielleicht wollte er dich schützen. Wenn etwas schiefgegangen wäre, hätte er das Original mit dem Bericht in den Akten vertauschen können. Nur das unterschriebene Exemplar könnte gegen dich verwendet werden. Duplikate werden vor Gericht nicht zugelassen.»

Das Entsetzen stand Slope ins Gesicht geschrieben. Kein Wunder: In ihren Händen hielt sie den vernichtenden Beweis für das schlimmste Vergehen in seinem Metier – die Zusammenarbeit zwischen Polizei und amtlichem Leichenbeschauer zum Zwecke der Fälschung und Unterdrückung von Beweisen. «Sollten dir noch irgendwelche anderen Unregelmäßigkeiten zu dem alten Fall einfallen, ruf mich bitte an.»

Sie schob die Papiere wieder in die Tasche.

«Ich denke, du kannst mir in dieser Sache vertrauen», sagte sie leise und fast ohne Sarkasmus. «Du weißt, wie gut ich schmutzige Geheimnisse für mich behalten kann. Ich würde dich nicht verpfeifen, und wenn du hundert Gesetze gebrochen hättest.» Sie runzelte die Stirn, weil der dritte Grund für sein Vertrauen ihr nicht gleich einfallen wollte. «Ach ja, und außerdem bin ich ein Cop.»

Die Nacht kam, und mit ihr die Dunkelheit. Andrew Bliss machte es sich mit einer neuen Flasche bequem und blickte hinauf in den Nachthimmel. Es waren nicht viele Sterne zu sehen. Er mußte sie mit dem Fernglas suchen. Sie wirkten blaß und jämmerlich; vor den glitzernden Lichtern der Großstadt waren sie kaum mehr als winzige Löcher im Himmelsgewölbe. Sämtliche Hymnen an die Sterne gehörten dem Lichtermeer der Großstadt gewidmet. Der endlose Strom der Scheinwerfer, der Wechsel der Verkehrsampeln, all das spielte sich im Rhythmus klassischer Symphonien ab. Wolkenkratzer ragten wie leuchtende, im Beton verankerte Riesen in den Nachthimmel. Jeder sinnlich erfahrbare Eindruck war gleichzeitig poetische Metapher. Eine Aureole aus Licht krönte die Stadt.

Hier war Gott zu Hause. Mochte der Kitsch von der endlosen Weite des westlichen Himmels der Teufel holen. Was waren bloße Sterne gegen diesen Anblick?

3

Emma Sue Hollaran war auf einem Schmerzensbett erwacht. Sie lag splitternackt unter einem Himmel von rotem Samt, passend zur rot-goldenen Velourstapete. Teppiche und Vorhänge waren violett, die Bettwäsche aus schockrosa Seide, und jeden dunkelroten Lampenschirm säumte eine Borte mit schwarzen Fransen. Fehlte nur noch der Klavierspieler, und der Puff aus der Bürgerkriegsepoche wäre komplett gewesen.

Während der Schönheitschirurg Emma Sues geschwollene Schenkel untersuchte, ging ihr aktuelles Hausmädchen im Schlafzimmer auf und ab, den Blick zur Decke gerichtet, und murmelte Stoßgebete oder Verwünschungen in einer Sprache, die ihre Arbeitgeberin noch nicht identifiziert hatte. Emma Sue engagierte ausnahmslos illegale Ausländerinnen, weil sich keine billigeren Arbeitskräfte finden ließen. Manche hielten es nicht länger als einen Tag in dieser Hölle aus, andere, wie diese hier, hielten Emma Sue vierzehn Tage lang die Treue. Emma Sue hatte keine Lust, sich von Tag zu Tag, von Woche zu Woche neue Namen zu merken, also nannte sie alle der Einfachheit halber Chica.

«Chica, hör mit dem verdammten Herumgelaufe auf!» schrie sie.

Ihre Chica der Woche trat dienstbeflissen ans Bett. Sie hatte aus dem kurzen Satz ihren neuen Namen herausgehört. Nach einem Blick auf Emma Sues hüllenlosen Körper wandte sie sich angewidert ab und ging wieder murmelnd auf und ab.

Von der Hüfte bis zu den Knien war Emma Sue übersät mit roten Flecken. Die Schwellungen ließen ihre Schenkel doppelt so dick erscheinen wie vor dem Absaugen des Fetts. Sie starrte auf ihre abstoßenden Gliedmaßen.

«Holen Sie das Scheißzeug da raus!» Sie schrie mehr vor Wut als vor Schmerz.

«Ich habe Sie gewarnt», erwiderte der Chirurg. «Das war entschieden zu viel für …»

«Holen Sie's raus!»

«Wissen Sie nicht mehr, wie ich Ihnen den Bauch und das Gesäß gemacht habe? Da waren Sie hinterher auch angeschwollen.»

«Mein Bauch und mein Hintern waren angeschwollen, weil Sie mich beinahe umgebracht hätten! Das haben Sie wohl vergessen? Damals haben Sie's abfließen lassen. Also los.»

«Damals hab ich die Entzündung abfließen lassen. Diesmal haben wir es mit einer ganz gewöhnlichen postoperativen Schwellung zu tun.» Er kritzelte etwas auf seinen Rezeptblock, reichte ihr den Zettel. «Nehmen Sie das. In zwei bis drei Wochen geht die Schwellung zurück. Versuchen Sie …»

«Wochen? Ich hab nicht mal zwei bis drei *Tage*, Sie Vollidiot! Der Ball ist heute abend.»

«Heute abend können Sie nirgends hingehen.»

«Das wollen wir doch mal sehen.»

Nach einer Stunde war sie an die Apparatur angeschlossen. Der Anblick der Flüssigkeit, der ihr aus einem durchsichtigen, an einem hohen Ständer befestigten Plastikbeutel in die Vene hineinlief, schien sie ebensowenig zu beeindrucken wie die andere Flüssigkeit, die durch mehrere Schläuche aus ihren Beinen herausfloß. Das Mädchen flüchtete aus dem Zimmer, als der Arzt das Cortison verabreichte. Ein ekelhafter Gestank breitete sich aus. Das Gesicht des Arztes nahm die blaßgrüne Färbung von Erbrochenem an, dann verließ auch er fluchtartig das Zimmer, um die Toilette aufzusuchen.

Die stümperhaften Zeichnungen abgetrennter Körperteile hatte man wieder abgenommen, der Lärm und die Stimmen der Fernsehleute und Touristen waren verhallt, das letzte Kamerakabel war aus der Steckdose gezogen und eingerollt worden.

Sergeant Riker stand mit dem Rücken zur Tür, allein mit der leeren Stille der hohen, weißen Wände. Die Form des Raums kam ihm bekannt vor, eine lange, rechteckige Schachtel; die parallelen Linien schienen sich in der Perspektive zu nähern wie die Kanten eines Sargs. Obwohl es ein großer Raum war, fühlte er sich beengt zwischen den Wänden, als könnte der Sargdeckel jeden Moment über ihm zuschlagen. Koozemans neue Filiale war vornehm, teuerstes SoHo, und doch war es nur eine geräumigere Version der alten Galerie im East Village, dem Schauplatz eines so brutalen Verbrechens, daß niemand gewagt hatte, die Fotos vom Tatort zu veröffentlichen.

Vor zwölf Jahren, angesichts des Gemetzels und des vielen Blutes, hatte Riker geglaubt, dem Verständnis moderner Kunst nahegekommen zu sein. Noch nie hatte ihn etwas so fasziniert. Den Anblick der Leichen würde er bis an sein Ende nicht vergessen.

In jener Nacht vor vielen Jahren war er am Tatort eingetroffen, hatte sich einen Weg durch die Menschenmenge gebahnt, vorbei an den Polizisten, die den Eingang bewachten. Zwei junge Uniformierte hatten bei den Leichen gestanden wie die Ölgötzen, still und stumm vor Entsetzen. Dann war das Blitzlichtgewitter losgebrochen. Die dunklen, schemenhaften Körper, Stoff, aus dem Alpträume sind, hatten im grellen Licht der Blitze eine grauenhaft reale und doch phantastische Deutlichkeit bekommen.

Die Kriminaltechniker hatten ihre nächtliche Arbeit überwiegend schweigend verrichtet, nur das Nötigste gesagt. Leise wie in der Kirche waren Anweisungen gegeben worden, und niemand hätte es gewagt, Kostproben seines schwarzen Humors zum besten zu geben. Wie erstarrt hatte der jüngste Polizist der toten Tänzerin in das blutige Gesicht geblickt, Tränen waren ihm über die Wangen gelaufen. Riker hatte sie ihm abgewischt und den Jungen nach Hause geschickt.

Er erwachte aus seinem Tagtraum. Mallory stand plötzlich neben ihm.

«Koozemans alte Galerie im East End war kleiner», sagte Riker, «aber vom Grundriß her ähnlich. Der Mörder hat sie nicht gleichzeitig getötet. Peter Ariel ist vor ihr gestorben. Markowitz war der Ansicht, daß der Täter Aubry aufgelauert hat.»

Mallory ging in die Mitte des Raums. Sie studierte ein vergilbtes Blatt Papier. «Quinn hatte Blut an den Schuhen.»

«Ja, wir hatten alle Blut an den Schuhen», sagte Riker und zog eine Zigarette aus der Tasche, als wollte er den Phantomgeruch von Blut, totem Fleisch, Urin und Fäkalien ausmerzen. «Man muß dabeigewesen sein, um sich das vorstellen zu können. Berichte und Fotos helfen einem wenig. Irgendwann ist Aubrys Vater aufgetaucht. Er hatte drei Straßen von hier in einem Café auf sie gewartet. Vergeblich. Aubry war seit Stunden überfällig. Ihr Vater hat alle ihre Bekannten angerufen, um sie ausfindig zu machen. Am frühen Abend war sie mit Quinn in der Galerie verabredet gewesen.»

Das plötzliche Erscheinen von Gregor Gilette war das letzte tragische Ereignis an dem Abend gewesen. Peter Ariel lag bereits in einen Plastikbeutel verpackt im Krankenwagen. Die Körperteile der Tänzerin hatte man in einen anderen Sack gesteckt und auf eine Bahre gelegt. Als Riker sich vom Krankenwagen abwandte, bot sich ihm ein aberwitziger Anblick: Ein Mann kam auf ihn zugestolpert, der überall rote Rosen verstreute. Die Bahre wurde in den Krankenwagen geschoben. Die Türen waren gerade zugeklappt worden, als Gregor Gilette das Fahrzeug erreichte; er hämmerte gegen die Türen, wollte zu seiner Tochter. «Aubry!» schrie er. «Aubry, Aubry!» Markowitz zog den Mann schließlich weg und hielt ihn an den Armen fest. Und dann versuchte sich Edward Slope zur Abwechslung einmal an einem lebenden Patienten und gab dem Vater eine Spritze, um seinen Schmerz zu lindern.

Mallory war kaum älter als der blutjunge Polizist, der um Aubry Gilette geweint hatte. Was würde Markowitz sagen, wenn er wüßte, daß sein Mädchen jetzt wieder in das dunkle Loch steigen wollte, um seine Arbeit zu beenden?

«Ich will nach wie vor mit Andrew Bliss sprechen», sagte Mallory. «Wie wär's mit Verstoß gegen die Feuerschutzbestimmungen? Er hat die Treppe zum Dach demoliert – das ist ein Notausgang.»

«Daran hab ich auch schon gedacht. Irgendein hohes

Tier hat den Chef der Feuerwehr vom Gegenteil überzeugt. Und ein Anwalt des Komitees für Kunst im öffentlichen Raum ist damit beauftragt, jegliche Beschränkung seines Rechts auf freie Meinungsäußerung zu verhindern. Wir kriegen ihn da nicht runter. Und wir können auch nicht mit dem Hubschrauber auf dem Dach landen. Dann wüßte Blakely, daß wir an dem alten Fall arbeiten.»

«Abwarten. Wir finden schon einen Weg.» Sie sah auf die Uhr. «In einer Stunde fängt diese verfluchte Pressekonferenz an. Bist du mit Sabra weitergekommen? Irgendeine Ahnung, wo sie stecken könnte?»

Die Frau lag in einem verlassenen Gebäude an der Essex Street unter einer Decke aus alten Zeitungen. Am Abend zuvor war sie durch ein Kellerfenster eingestiegen, und nun träumte sie in den hellichten Tag hinein. Dabei hätte es ebensogut tiefe Nacht sein können, denn es drang kein Tageslicht durch das Fenster, nachdem sie die Bretter wieder eingesetzt und die Nägel in die Löcher gesteckt hatte. Die Kerze war bis auf den Docht heruntergebrannt.

In ihrem Traum stand ihr Kind auf den Spitzen seidener Ballettschuhe und streckte die Hand nach etwas aus, das golden über ihren Fingerspitzen schimmerte. Plötzlich formte der weiche rote Mund einen Schrei. Die Dämonen tanzten an ihrer Seite. Gierige Mäuler mit gelben Zähnen sogen die Atemluft aus ihr heraus. Das Kind drehte sich, irrte herum, eine Hand auf die Lippen gelegt, griff in die vergiftete Luft. Beim Laufen hörte es hinter sich klatschende Füße auf nacktem Boden und noch ekelhaftere Geräusche, den höllischen Chor verschleimter Stimmen. Jetzt tanzten sie um sie herum, Geister mit zugenähten Augen, die Hände zusammengewachsen zu ewigem Gebet. Ihre

Mäuler bewegten sich im Takt, stießen fauligen Atem aus und obszöne Worte. Das Kind verlor seine Schuhe, und durch einen Schleier von Tränen sah es, daß es keine Beine mehr hatte.

Die Mutter des Kindes schlug in dem stickigen, stockfinsteren Raum die Augen auf, glaubte sich blind. Sie krallte die Hände vor der Brust zusammen und stieß finstere Verwünschungen aus, verfluchte Gott und all seine Lakaien, bis das Gehirn des toten Kindes zu ihr sprach: «Psst, sei still, es ist doch nur ein Traum.»

Langsam erkannte sie die Umrisse der Teedose oben auf dem Einkaufswagen. Das Gehirn des toten Kindes versuchte weiter, sie zu trösten. «Es ist nicht wirklich, du hast geträumt.»

Auf wackligen Beinen erhob sich Sabra aus den nächtlichen Gerüchen von schmutzigem Leinen und getrocknetem Urin.

Harry Blakely, der Chef der Kriminalpolizei, steckte sich in dem engen Flur eine Zigarre an. Seine talgigen weißen Backen schwabbelten, als er die Zigarre von einem Mundwinkel in den anderen rollen ließ. Hängendes Fleisch verschloß die Augen zu schmalen Schießscharten, und die Wülste des Doppelkinns verdeckten den Schlipsknoten. «Der Commissioner hat heute verflucht schlechte Laune, Jack.»

Lieutenant Jack Coffey fand das keineswegs verwunderlich. Er blickte durch die Glastür in den Presseraum. «Ich glaub's einfach nicht, daß dieser Typ vom FBI hier ist. Beale kann die Feds nicht ausstehen.»

«Sie wissen, wie das ist, Jack», sagte Blakely. «Die Jungs brauchen mal wieder eine gute Presse, nachdem ihnen die letzte Geiselnahme um die Ohren geflogen ist. Also lassen wir sie ihren Zirkus für die Journalisten aufführen. Die Medien stehen auf Täterprofile und diesen ganzen Psychoquatsch.»

«Das Profil eines Psychopathen, was? Ich seh die Schlagzeilen schon vor mir: ‹Wahnsinniger Killer läuft in Manhattan frei herum›. Die blasen die Geschichte viel zu sehr auf, das wissen Sie doch auch. Ich dachte, Sie wollten eine leise Untersuchung.»

«Das ist jetzt egal.»

Blakely stieß eine Rauchwolke aus, und Coffey wich an die Wand zurück, seine übliche Position, wenn er mit diesem Mann zu tun hatte. Er war völlig eingenebelt, der Qualm kroch ihm in die Kleidung, in die Haare, sogar in die Haut. Für den Rest des Tages würde er nach Blakeleys Zigarren riechen.

«Ich denke, wir sollten dem FBI den Fall überlassen», meinte Blakely. «Die sind ganz versessen drauf, und wir haben noch genug Leichen im Keller. Die Feds sind so begeistert von ihrem Profil, sie behaupten, sie haben den Fall in zwei Wochen gelöst.»

«Warum geben Sie nicht lieber Ihren Leuten zwei Wochen Zeit? Das FBI ist doch gar nicht zuständig.»

«Nein, offiziell bleibt der Fall beim NYPD. Ich dachte, ich betraue Harriman mit der Sache und lasse ihn mit dem FBI zusammenarbeiten.»

«Harriman ist ein unfähiger Trottel, der nur noch auf seine Pensionierung wartet.» Coffey versuchte sich die Enttäuschung nicht anmerken zu lassen.

«Na und?» Blakelys Lächeln war beunruhigend. «Er muß sich doch bloß bei der Festnahme und der abschließenden Pressekonferenz blicken lassen. Die Feds haben mir versichert, daß sie die Oren-Watt-Connection zu den Akten legen. Also hab ich einen kleinen Deal mit ihnen gemacht. Ich setze Mallory auf eine andere Sache an.»

«Auf Beales Mist ist das nicht gewachsen», sagte Jack Coffey. «Er haßt die Feds aus tiefstem Herzen.»

«Commissioner Beale hat den politischen Verstand einer Zwölfjährigen. Wollen Sie allen Ernstes vorschlagen, daß wir ihn sein Department selber leiten lassen?»

«Er hat Mallory ausdrücklich zu dieser Pressekonferenz gebeten. Er will, daß sie den Fall bearbeitet. Was wird er sagen, wenn er dahinterkommt, daß Sie mit dem FBI ins Bett gegangen sind?»

«Wie sollte er dahinterkommen, Jack? Von seinem Police Department weiß er bloß, was in der Zeitung steht und was er von mir erfährt. Beale hat mir versprochen, heute lieb zu den Feds zu sein, weil ich ihm klargemacht habe, daß er der Stadt Schadensersatz-Prozesse über ein paar Millionen Dollar erspart, wenn sie Oren Watt aus der Schußlinie nehmen.»

«Und wie wollen Sie Beale erklären, daß wir den ganzen Fall an das FBI abgeben?»

«Keine Sorge, ich weiß, wie man mit ihm umgehen muß. Wir haben gerade einen neuen Fall, bei dem wir Mallory brauchen – Computer-Betrug. In Boston kann sie sich über einen ähnlich gelagerten Fall informieren. Sie soll ihre Sachen packen und mir die Unterlagen zum Mordfall morgen früh auf den Schreibtisch legen. Sagen Sie ihr das.»

«Ich möchte, daß Mallory weiter an dem Mordfall arbeitet.»

«Sie sind ein Dickschädel, Jack. Soviel ich weiß, bin ich Ihnen diese Woche nichts mehr schuldig. Ah, wenn man vom Teufel spricht ... Sagen Sie es ihr aber bitte erst nach der Pressekonferenz.»

Als Mallory neben Coffey trat, hatte Blakely sich bereits umgedreht und bewegte sich schneller als gewöhnlich durch den Korridor davon. Sie blickte seiner massigen Gestalt nach. «Ich wette, er ist stinksauer wegen dem Artikel gestern.»

«Nein, die Sache ist aus der Welt. Blakely weiß, wie es dazu gekommen ist. Er ist nicht das erste Mal falsch zitiert worden.» Er deutete auf die Glastür zum Presseraum. «Siehst du den Typ am Ende des Podiums? Der ist vom FBI. Das wird eine gemeinsame Pressekonferenz.»

«Was haben denn die Feds für ein Interesse an der Sache?»

«Die Kunstszene gibt aufregende Schlagzeilen ab. Außerdem will Blakely von ihnen Schützenhilfe für seine These, daß Oren Watt nichts mit dem Mord zu tun hat. Das FBI war einverstanden, also hat Blakely eingeschlagen.»

Sie wandte sich vom Fenster ab. «Das gefällt mir nicht.»

«Commissioner Beale würde es auch nicht gefallen, wenn er eine Ahnung davon hätte.» Er blickte durch die Glasscheibe auf die kleine Tür hinter dem Podium. «Wenn die Feds erst einen Zipfel von dem Fall zu fassen kriegen, dann bringen sie ihn auf ihre Weise zu Ende. Sie schnappen sich sämtliche Verrückten in der Gegend und krallen sich den, der kein Alibi hat.» Die kleine Tür ging auf, und Commissioner Beale samt Gefolge betrat den Presseraum. «Es wird Zeit, Mallory.»

Sie stießen die Tür auf und traten in den Lärm des Presseraums, der bis zur Kapazitätsgrenze mit Fernsehleuten, Fotografen und Zeitungsreportern gefüllt war. Der lange Tisch, der die ganze Breite des Podiums einnahm, stand im grellen Scheinwerferlicht. Vor jedem der drei Stühle ragten Sträuße von Mikrofonen aus einem Gewirr von Kabeln hervor. Der kleine grauhaarige Commissioner stieg die zwei Stufen zum Podium hinauf und ging auf den mittleren Stuhl zu, während die Fotografen ihre Blitzlichter auf ihn abschossen.

Coffey zog sie zu sich heran. «Mallory, es ist mir egal, wie du es anstellst, aber du gehst jetzt da rauf und lügst, was das Zeug hält. Zieh sämtliche Register, um Beale und das Department ins rechte Licht zu rücken. Die New Yorker Polizei hat den Fall im Griff. Verstanden?»

«Okay.»

«Kein Wort über den Doppelmord. Du beschränkst dich auf den neuen Mordfall. Beale ist stinkwütend, daß die Feds sich eingemischt haben. Du mußt versuchen, ihn auf deine Seite zu bringen, also mach sie fertig.»

Ihr Lächeln beunruhigte ihn. Aber die wäßrigen grauen Äuglein des Commissioners leuchteten auf, als Mallory die Stufen hinaufstieg und sich neben ihn setzte. Sie blickte auf ein Meer von Gesichtern, aus jedem Winkel des Raums flackerten grelle Blitze.

Bei der Vorstellung wies Commissioner Beale nachdrücklich darauf hin, daß Detective Sergeant Kathleen Mallory im Zeitalter des Computers nicht ihresgleichen hatte. Und auch sonst ließ er keinen Zweifel daran, daß sie Wasser in Wein verwandeln konnte. Mit weitaus kargeren Worten stellte Beale den Spezialagenten des FBI vor, den er offensichtlich für weit weniger begabt hielt.

Special Agent Cartland, der dabei war, seine Unterlagen zu sortieren, blickte kurz auf und lächelte mit der einstudierten Nonchalance eines Dressmans in die Kameras. Er war ein Prachtexemplar, ein wandelndes Argument für Eugenik – ein Mann von strahlender Jugend mit hellbraunem Haar und kräftigem weißen Gebiß.

Coffey stellte sich in den Hintergrund und beobachtete Mallory, die links vom Präsidenten saß. Plötzlich verstand er, warum Beale Mallory neben sich haben wollte. Harry Blakely hatte den kleinen Mann im grauen Anzug unterschätzt. Commissioner Beale verstand etwas von wirksamer Öffentlichkeitsarbeit. Die hochgewachsene, perfekt gebaute Mallory konnte es mit dem Knaben vom FBI allemal aufnehmen. Selbst wenn sie nur dort oben gesessen und den Mund nicht aufgemacht hätte, wäre jeder im Saal davon überzeugt gewesen, daß Gott es mit dem Department hielt und nicht mit dem FBI.

Ein Mann von der Presse hob den Arm. «Agent Cartland, welches Interesse hat das FBI an dem Fall? Die Terrorismus-Schiene, die in Bliss' Kolumne anklingt?»

Der FBI-Mann beugte sich in seinen Strauß von Mikrofonen, von denen jedes das Logo eines anderen Senders trug. «Sollte der Fall sich in Richtung Terrorismus entwickeln, dann hätten wir natürlich ein sehr massives Interesse. Terrorismus ist eine Sache, die man Experten überlassen sollte.»

*He, so hatten wir nicht gewettet.*

Beale war alles andere als erfreut über diese Bemerkung, das konnte Coffey ihm ansehen. Der Commissioner wandte den Kopf nach rechts wie ein Lehrer, der einen Schüler zur Räson bringen will.

«Eine offizielle Beteiligung des FBI an diesem Fall ist nicht vorgesehen», sagte Beale in sein eigenes Bündel von Mikrofonen. «Die Presse hat eine durch nichts begründete, an reiner Sensationslust orientierte Verbindung zu dem lange zurückliegenden Doppelmord an Peter Ariel und Aubry Gilette hergestellt. Und nun hat das FBI, wie ich von Special Agent Cartland erfahre, ein Persönlichkeitsprofil des Täters erstellt, womit diesen Spekulationen ein Ende gemacht werden könnte. Sie dürfen fortfahren, junger Mann.» Der junge Mann, wollte er damit sagen, sollte seine Worte gefälligst sorgfältiger wählen.

«Das FBI ist jederzeit bereit, der örtlichen Strafverfolgungsbehörde bei der Erstellung von Täterprofilen unter die Arme zu greifen», sagte Agent Cartland lächelnd. Anscheinend konnte ihn so schnell nichts aus der Fassung bringen. «Mit Hilfe der am Tatort gesicherten Beweismittel sind wir in der Lage, ihnen ein sehr detailliertes Bild des Täters zu geben.»

«Wer sagt Ihnen, daß es ein Mann ist?» rief ein weiblicher Heckenschütze aus den hinteren Reihen.

«Die überwältigende Mehrheit psychopathischer Straftäter ist männlichen Geschlechts.»

In der ersten Reihe erhob sich ein Journalist. Coffey erkannte den kugelförmigen, dunkelhäutigen Kopf von hinten. Er gehörte McGrath, einem alten Haudegen, der in seinem Blatt jahrzehntelang Lügen über Markowitz verbreitet hatte. McGrath wurde von Beale mit einem Kopfnicken aufgefordert.

«Wir suchen also nach einem geisteskranken Täter?» McGrath richtete die Frage an den FBI-Agenten. «Sagen wir – nur als Beispiel – nach einem Mann wie *Oren Watt*?»

Mit einer Hand, an der die Knöchel weiß hervortraten, umklammerte Beale das mittlere Mikrofon, als wollte er dem unschuldigen Ding den Hals umdrehen. Für einen Moment hielt er Cartlands Blick fest, bevor der junge Mann auf McGraths Frage antwortete.

«Nun, es gibt Übereinstimmungen», sagte der FBI-Agent, und Beale hob die Hand vor das Gesicht. Der Agent fuhr fort: «Bei dem Mord an dem Künstler und der Tänzerin benutzte der Täter eine Feueraxt, die er am Tatort gefunden hatte. Der Mörder von Dean Starr hat einen Eispickel verwendet, ebenfalls eine Waffe, die er am Tatort vorgefunden hat. Und auf der Rückseite einer Einladungskarte der Galerie stand das Wort ‹tot›. Sowohl bei den alten Morden als auch bei dem neuen deutet nichts auf einen Vorsatz hin. Beide Verbrechen waren spontane Handlungen gestörter Persönlichkeiten.»

McGrath blieb stehen und ergriff wieder das Wort: «Oren Watt hatte die Leichenteile als Kunstwerk arrangiert. Der Mörder von Dean Starr hat aus der Leiche ein Kunstwerk gemacht. Meinen Sie, so etwas geht ganz ohne Planung?»

Der FBI-Mann lächelte milde. *Ich will dich aus deiner Unwissenheit herausführen*, sagte sein Tonfall. «Das alles ist erst anschließend geschehen. Die Tat selber war nicht geplant. Keiner der beiden Täter hatte eine Waffe mit zum Tatort gebracht. Und was die Leichen betrifft, so neigen viele Psychopathen zur rituellen Verstümmelung ihrer Opfer, oder sie bringen durch Schrift oder Veränderungen an der Leiche persönliche Themen zum Ausdruck. Aber diesmal ist Oren Watt nicht der Täter. Der Mord ist sauberer durchgeführt worden, schneller, weniger gewaltsam. Beim zweiten Mord desselben Täters eskaliert die Brutalität. Sie nimmt niemals ab.»

«Wir haben es also mit einem jungen Oren Watt zu tun, der erst noch dazulernen muß?»

«Er paßt in dasselbe Profil wie Watt. Er hat spontan gehandelt, ohne Angst vor Entdeckung. Der Auslöser für die Tat dürfte ein traumatisches Erlebnis in jüngster Vergangenheit gewesen sein. Vielleicht hat er seinen Job verloren. Wir suchen nach einem Mann weißer Hautfarbe, zwischen fünfundzwanzig und fünfunddreißig Jahre alt, ohne feste Freunde, ohne feste Beziehungen zu Frauen, ohne soziale Bindungen. Als er noch sehr jung war, ist der Vater gestorben oder hat die Familie verlassen. Er lebt allein oder bei der Mutter. Er achtet nicht besonders auf sich, kleidet sich nachlässig. Schäbige Kleidung fällt in SoHo nicht besonders auf, im Gegenteil, vielleicht hat sie es ihm sogar erleichtert, sich unter die Besucher der Vernissage zu mischen.»

«He, Mallory», rief ein altgedienter Polizeireporter aus dem Hintergrund, «sehen Sie das auch so?»

Commissioner Beale richtete einen hoffnungsvollen Blick zu Mallory, die in ihren eigenen Strauß von Mikrofonen sprach. «Nein, aber sämtliche Irrtümer des FBI sind verständlich.»

Dem FBI-Agenten gefror das Public-Relations-Lächeln im Gesicht, während Commissioner Beale ihn vergnügt und mit unverhohlener Boshaftigkeit angrinste.

«Das FBI hat lediglich die Tatortfotos und den vorläufigen Bericht des amtlichen Leichenbeschauers angefordert», fuhr Mallory fort. «Man hat uns ausdrücklich gebeten, keine eigenen Ermittlungsergebnisse zu schicken. Damit wir ihnen das Profil nicht *verwässern*, wurde uns gesagt.» Sie nahm ein Schriftstück zur Hand und überflog es, als würde sie den Inhalt nicht in- und auswendig kennen. «Nach dem vorläufigen Bericht des Pathologen paßt die tödliche Verletzung zu dem Eispickel, der am Tatort gefunden wurde. Offensichtlich war das FBI damit zufrieden.»

Sie knüllte das Dokument zusammen und warf es über die Schulter. Dann lehnte sie sich zurück, suchte hinter Beales Rücken den Blick des FBI-Manns und bedachte ihn mit diesem ganz besonders nachsichtigen Lächeln, das Mütter ihren unbesonnenen Kindern schenken. Um so sachlicher wandte sie sich wieder an den Journalisten.

«Das New Yorker Police Department hatte dagegen große Schwierigkeiten mit einem fünfzehn Zentimeter langen Eispickel, der durch eine zwanzig Zentimeter dicke Schicht aus Fett und Muskelgewebe gedrungen sein soll, um von hinten das Herz zu verletzen. Deshalb haben wir eine zweite, gründlichere Autopsie durchführen lassen. Jetzt wissen wir, daß die Mordwaffe ein ganzes Stück länger ist. Da am Tatort keine solche Waffe gefunden wurde, vermuten wir, daß der Täter sie in die Galerie mitgebracht und auch wieder mitgenommen hat.»

Agent Cartland hatte es so eilig, ihr zu widersprechen, daß er sich zu hastig vorbeugte und mit seinem strahlenden Gebiß gegen die Schaumstoffhülle eines der Mikrofone stieß. «Es könnte sich als Fehler erweisen ...» Das Mikrofon protestierte mit einem kreischenden Rückkopplungston gegen die überraschende Zudringlichkeit.

Mallory erhob sich und glitt geschmeidig hinter dem Rücken des Commissioners vorbei, um Cartland das Mikrofon wieder einzurichten. Die Journalistenschar grinste sich eins, als Mallory dem FBI-Agenten den gebührenden Abstand zu den Mikrofonen demonstrierte.

Der Agent, dessen Selbstsicherheit beim Teufel war, wartete, bis sie wieder Platz genommen hatte. «Es wäre ein Fehler anzunehmen, nur weil die Tatwaffe nicht gefunden wurde ...»

«Oh, nein, das ist kein Fehler.» *Gib's auf, du Trottel*, besagte ihr Lächeln. «Ein weiterer Beweis für den Vorsatz ist die Karte, die bei dem Toten gefunden wurde. Sicher, das Wort ‹tot› zu schreiben dauert nicht lange, aber die Buchstaben sind mit Hilfe einer geraden Kante geschrieben worden, vielleicht einem Lineal, um eine Handschriftenanalyse unmöglich zu machen. Und es waren auch keine Fingerabdrücke auf der Karte. Entweder trug der Täter Handschuhe, oder er hat die Karte nur am Rand angefaßt. Wir nehmen an, daß er sie mitgebracht hat. Die Karte hatte den Zweck, den Mord zu tarnen und dem Mörder Zeit zu geben, den Tatort unbehelligt zu verlassen. Der Mörder hat sich die perfekte Waffe für einen Raum voller Menschen ausgesucht – kein einziger Blutspritzer. Es steckt eine Menge Planung in diesem Verbrechen.»

«Glauben Sie, daß der Täter ein Mann war?» fragte McGrath.

«Es könnte auch eine Frau gewesen sein», antwortete Mallory.

«Es gehört eine gewisse Körperkraft dazu, einen ...», setzte Cartland an.

«*Ich* könnte es getan haben», unterbrach ihn Mallory. »Die Tatwaffe mußte nur leichtes Gewebe durchdringen, mehr Fett als Muskelfleisch. Es war ein sauberer Stoß, zwischen zwei Rippen hindurch und vorbei an der Wirbelsäule. Die Waffe war deutlich feiner als ein gewöhnlicher Eispickel und wahrscheinlich spitz wie eine Stecknadel.» Sie nickte einem Journalisten in der letzten Reihe zu.

«Mallory, werden Sie vom FBI ein überarbeitetes Profil anfordern?»

«Wozu? Wenn wir wissen, warum er ermordet wurde, dann wissen wir auch, wer es getan hat.»

«Sie halten also nichts von der Psychopathentheorie?»

«Vielleicht war es ein gut organisierter Psychopath. Oder es steckt ein Geldmotiv dahinter. Rache ist auch nicht schlecht – dafür hatte ich schon immer ein Faible. Bei der zweiten Autopsie haben wir Hinweise auf gewohnheitsmäßigen Drogenkonsum gefunden, es könnte also auch Rauschgift im Spiel sein.»

Ein noch breiteres Grinsen hätte Beale zweifellos Schmerzen verursacht.

«Was ist mit Oren Watt?» brüllte ein anderer Journalist.

«Er ist nicht der Mörder.»

«Sind Sie ganz sicher, Mallory?» fragte McGrath.

«Todsicher.»

«Weil es ein *ordentlicher* und *sauberer* Mord war?»

«Nein, es ist viel simpler, McGrath. Sie und ich, wir wissen beide, daß es für Oren Watt unmöglich wäre, sich irgendwo unerkannt blicken zu lassen. Er ist berühmter als ein Rockstar. Der Raum war voller Menschen an dem Abend. Und nicht einer von ihnen hat Watt dort gesehen.»

«Können Sie uns etwas über den Mörder sagen?»

«Er oder sie war gut gekleidet. Es war keine der üblichen Vernissagen. Schwarze Krawatte und persönliche Einladung waren Pflicht, und es waren Leute mit Geld eingeladen. Koozeman schätzt, daß zehn Prozent der Besucher keine Einladung hatten, aber in schäbigem Aufzug wäre man an der Tür zurückgewiesen worden. Schon deshalb haben wir wenig Interesse an dem arbeitslosen, verwahrlosten Psychopathen des FBI-Täterprofils.»

«Glauben Sie, daß der Täter Künstler ist?»

«Na ja, war doch ein verdammt kreativer Einfall, oder? Es war sicher jemand, der mit Kunst zu tun hat, aber es könnte auch ein Sammler gewesen sein.»

Noch jemand hob die Hand, und Coffey registrierte, daß schon seit einer Weile alle Fragen an Mallory gerichtet wurden. Mit kurzem Kopfnicken forderte sie die Frau in der ersten Reihe auf.

«Was ist mit der Terrorismus-Schiene, Mallory?»

«Das halte ich für Unfug. Bis jetzt hat nur der Verrückte auf dem Dach von Bloomingdale's diese Verbindung hergestellt. Und wenn ich mich recht entsinne, hat auch Agent Cartland davon gesprochen.»

«Sie wollen damit sagen, das FBI liegt in allen Punkten voll daneben?»

«Aber wir sind natürlich für jede Hilfe dankbar», versicherte Mallory süffisant.

Aus reiner Höflichkeit begnügten sich die Presseleute mit leisem Kichern und durch geschlossene Lippen gedämpften Heiterkeitsbekundungen. Von der Arroganz des FBI-Agenten war nichts übrig geblieben; zusammengesunken saß er auf seinem Stuhl. Beales Augen leuchteten vor Vergnügen. Als Mallory sich von ihrem Platz auf dem Podium erhob und zu Coffey in den hinteren Teil des Raums ging, wurde ihr vereinzelt applaudiert.

Coffey legte ihr eine Hand auf die Schulter und trat mit ihr durch die Glastür in den stillen Korridor. «Ich hab Beale noch nie so glücklich gesehen. Nach dieser Vorstellung könntest du einen Mord begehen, und er würde dir die Stange halten.»

«Meinst du?»

Für einen kurzen panischen Moment schoß Coffey der Gedanke durch den Kopf, sie könnte das als Freibrief für einen Mord nehmen. Der Moment ging vorüber, die Panik machte der Zuversicht Platz, daß Markowitz ihr beigebracht hatte, die gröbsten antisozialen Impulse zu unterdrücken. Aber wie mochten die Profilfreaks vom FBI Mallorys Psyche einschätzen? Er würde sich ihre Berichte bringen lassen und die kompromittierendsten Zeilen streichen. Sein politischer Instinkt war intakt, und falls bei diesem Fall etwas schieflief, wollte er sich nicht vor dem Disziplinarausschuß dafür rechtfertigen müssen, daß bei der New Yorker Kriminalpolizei eine Psychopathin auf der Gehaltsliste stand.

Ein hochgewachsener Mann wartete im Korridor. Als sie näher kamen, erkannte er J.L. Quinn, obwohl er ihn nur zwei- oder dreimal gesehen hatte. Die verblüffenden blauen Augen faszinierten Coffey, auch wenn ihre Kälte ihn abstieß. Der Kunstkritiker war ein attraktiver, irgendwie alterslos wirkender Mann. Der Blick der eisblauen Augen war auf Mallory gerichtet, und plötzlich regte sich in Coffey der Beschützerinstinkt. Ob Mallory wußte, welche politischen Verbindungen Quinns Familie hatte? Interessierte es sie überhaupt?

Quinn entließ Coffey mit einem kurzen Nicken aus seinem unmittelbaren Universum. Er richtete seine ganze Aufmerksamkeit auf Mallory, als wäre er mit ihr allein. «Ich habe im Sonderdezernat vorbeigeschaut. Man hat mir gesagt, daß ich Sie hier finde. Wir könnten zusammen etwas essen. Und bei der Gelegenheit reden wir darüber, wie ich Ihnen bei Ihren Ermittlungen behilflich sein kann.»

«Ich dachte, das hätten wir geklärt, Quinn.» Sie wollte an ihm vorbeigehen.

Er hielt sie am Arm fest. Sie blickte auf seine Hand, und er zog sie zurück, als hätte er sich verbrannt.

Coffey wünschte, sie wäre vorsichtiger. Dieser Mann hatte alles – Geld, Einfluß und Macht.

«Es muß doch andere Möglichkeiten geben, behilflich zu sein», sagte Quinn mit Beharrlichkeit und jenem Selbstvertrauen, das sich aus der Sicherheit eines großen Vermögens speist – und der Gewißheit, sie fertigmachen zu können, wenn er nur wollte. Er würde sich nicht so leicht abwimmeln lassen, auch wenn sie genau das vorzuhaben schien.

Jack Coffey war plötzlich sehr wachsam. Irgend etwas stimmte nicht mit dem Mann. Sein Instinkt sagte ihm, daß hier ein Tatverdächtiger versuchte, seine Nase in die Ermittlungen zu stecken. Aber vielleicht war Mallorys hübsche Nase das einzige, was ihn an dem Fall interessierte.

Sie sah den Mann an, als wäre er gerade aus der Gosse gekrochen. «Quinn, ich bin davon überzeugt, daß Sie mir alles erzählt haben, was Sie wissen.»

Im Klartext hieß das: *Was könnten Sie mir schon nützen?*

«Nun, ich denke, Sie werden den Fall in eine andere Richtung lenken», erwiderte Quinn. «Da könnten sich neue Fragen ergeben. Ich stehe zu Ihrer Verfügung. Fragen Sie mich, was Sie wollen.»

«Gut», sagte Mallory. «Ich möchte wissen, wer die Freunde Ihrer Schwester waren. Nennen Sie mir alle Lokale, in denen Sabra vor ihrem Verschwinden verkehrte.»

Coffey glaubte, das Bedauern in Quinns Augen zu erkennen. Damit hatte der Mann nicht gerechnet. Vor zwölf Jahren hatte er alle Hebel in Bewegung gesetzt, um seiner Familie die Polizei vom Hals zu halten. Und eben hatte er Mallory eine Blankovollmacht gegeben. Wie kam er da wieder heraus?

Überhaupt nicht.

Plötzlich begriff Coffey, daß Mallory die letzten Minuten damit verbracht hatte, eine tiefe Grube für Quinn zu graben und sie mit Ästen und Blättern zu tarnen. Und jetzt saß er drin. Das war der Stil des Alten. Markowitz wäre stolz auf sie gewesen.

Was haben wir denn da? Karierte Hosen? Mit *Schlag*? Andrew Bliss beugte sich über die Mauer, das Megaphon am Mund, sein Opfer im Visier.

«He, Sie da unten, ja, Sie, mit dem karierten Clownsanzug!»

Der Mann blieb stehen.

«Ja, *Sie* sind gemeint! Die Sechziger sind Geschichte, mein Freund. Kehren Sie unter die Lebenden zurück. Herrenabteilung, Erdgeschoß, und sputen Sie sich!»

Es war Nachmittag, als er unten auf dem Gehsteig Annie erblickte. Sie lächelte zu ihm herauf und machte mit Daumen und Zeigefinger das Okay-Zeichen. Lieb von Annie, daß sie sich zu diesem Anlaß schwarze Pumps angezogen hatte. Jetzte deutete sie auf das mobile Nachrichtenteam, dessen Wagen am Randstein hielt. Noch mehr Publicity und Halleluja! Mit einer ausladenden Handbewegung machte sie ihn noch einmal auf die kleine Menschenmenge aufmerksam, die sich vor dem Gebäude versammelt hatte, dann warf sie ihm eine Kußhand zu.

Den ganzen Tag über versammelten sich Gruppen von Schaulustigen und lösten sich wieder auf, wenn er sich von Zeit zu Zeit mit seiner Flasche zurückzog, um den Schmerz der vielen Flaschen der vergangenen Nacht zu betäuben.

Ein kleiner Schrecken war ihm heute, am zweiten Tag hier oben, in die Glieder gefahren: Er hatte weder Shampoo noch einen Deostift oder ein Stück Seife, keins von diesen netten kleinen Dingen. Und nun war ihm auch noch das Designer-Tafelwasser für den morgendlichen Espresso ausgegangen. Er hatte zwei eingetopfte Bäume hier heraufgewuchtet, aber weder Zahnpasta noch Zahnbürste. Obwohl er ständig die Kleidung wechselte, fing er langsam an zu stinken. Sein Haar war fettig und stumpf. Mit dem Versuch, sich die Haare mit Champagner zu waschen, hatte er sich eine Fliegenplage eingehandelt. Was blieb ihm also übrig, als sich zu betrinken, bis er die Fliegen nicht mehr spürte, die barfuß über seine Kopfhaut spazierten?

Ein fetter Wassertropfen klatschte ihm auf die Nase und lenkte seine Aufmerksamkeit auf den Himmel und den bevorstehenden Schauer. Er wühlte zwischen Bergen von Kleidern, Bettlaken und Seidenpyjamas nach dem Seil, an dem er seinen Baldachin aus Regenmänteln aufspannen wollte. Als er bei der Suche auf eine Frauenhand stieß, schreckte er ein bißchen zu hastig zurück, verlor den Halt und landete verdutzt auf dem Hinterteil. Auf allen vieren kroch er auf die Hand zu, die aus dem Kleiderberg ragte. Es war natürlich eine Schaufensterpuppe, aber weshalb um alles in der Welt hatte er sie auf das Dach geschafft?

Er schaufelte die Puppenfrau frei. Sie hatte rabenschwarzes Haar, trug ein silbernes Kleid und Tanzschuhe. Er schleppte sie an das andere Ende des Dachs und deckte sie mit einem Laken zu. Dann kam er zurück, setzte sich, lehnte sich mit dem Rücken gegen die Mauer, umfaßte die Knie mit den Händen und begann langsam zu schaukeln. Jetzt, wo die Schaufensterpuppe dort drüben lag, zugedeckt wie eine Leiche, fürchtete er sich noch mehr vor ihr.

Ein kleines Glöckchen klingelte über der Tür, als Mallory und Quinn durch das bernsteinfarbene Licht der Tiffanylampe gingen. «Die Lampe ist Anfang der fünfziger Jahre angeschafft worden», sagte Quinn. «Alles hier drin stammt aus den Fünfzigern. Es war Sabras Lieblingslokal.»

Sie setzten sich an das Ende der Bar. Die Hocker entlang der Theke aus Mahagoniholz waren fast alle besetzt. Mallory nahm eine Serviette aus dem Ständer und betrachtete das Logo der HildaGodd Bar. «Ich dachte, der Laden heißt Godd's Bar?»

«Mike Godd hat vor zwanzig Jahren das Zeitliche gesegnet. Hilda Winkler ist noch am Leben, wenn auch mehr als ihr eigener Geist. Ihr Name ist aus der Mode gekommen. Sehen Sie die alte Frau da drüben? Nicht mal der Barkeeper weiß, daß es Hilda ist, seine Chefin.»

Eine alte Frau saß ganz in der Ecke und kippte ein Glas Sherry, in den finstersten Winkel des Etablissements verkrochen wie ein Gespenst.

«Selbst Stammgäste, die seit zehn Jahren hierherkommen, haben keine Ahnung, wer die Alte ist. Und der Barkeeper weiß nur, daß sie Sherry trinkt und nie ihre Zeche zahlt. Sie sitzt schon da, wenn er nachmittags zur Arbeit kommt, und wenn er den Laden zusperrt und nach Hause geht, sitzt sie immer noch da.»

Das Telefon klingelte, und der Barkeeper ging zum anderen Ende der Bar.

«Beobachten Sie mal die Alte», sagte Quinn.

Der Barkeeper nahm den Hörer ab und sagte: «Godd's Bar hier, was gibt's?» Die alte Frau erschauerte, als er das sagte, als glaube sie selbst, daß sie der Geist war und nicht ihr verstorbener Partner, dessen Name weiterlebte.

Quinn betrachtete die Gäste an der Bar, dann sah er sich unter den verstreut an den polierten Tischen sitzenden Lokalbesuchern um. «Fast alle diese Leute sind Maler oder Fotografen.»

Ein junger Mann warf eine Münze in die Jukebox, ein kunstvoll gearbeitetes Stück Art déco mit vielen Zick-Zack-Linien und geschwungenen, kunterbunten Leuchtstoffröhren als Verzierungen. Aus dem Lautsprecher schallte der Big-Band-Sound einer vergangenen Zeit, als die alte Frau noch jünger und hübscher gewesen war, lebendiger als all die anderen Einrichtungsgegenstände in Godd's Bar. Mallory kannte die Musik von Markowitz' Plattensammlung im Keller des alten Hauses in Brooklyn.

Markowitz hatte die alten Platten für sie gespielt, als sie klein war, hatte ihr das Swing-Tanzen beigebracht, nach der Musik der Big-Bands, die den Kellerraum mit dem Sound eines fünfzigköpfigen Orchesters gefüllt hatten. Die Tanzstunden hatten mit langsamem Walzer begonnen, dann war der Bebop an die Reihe gekommen und schließlich der Rock'n'Roll – die wahre Leidenschaft des alten Mannes. Aber sie vermutete, daß Markowitz sich eine ganz besondere Zuneigung zu den frühen Fünfzigern bewahrt hatte. Er hätte sich in dieser Bar wohl gefühlt.

Den Blick auf den Rücken des Barkeepers gerichtet, wartete sie darauf, daß der Mann sich umdrehte. Als es schließlich soweit war, las er ihr die Bestellung von den Lippen ab – einen Scotch mit Soda. Er lächelte, nickte ihr zu, warf in zwei andere Unterhaltungen an der Bar ein paar passende Worte ein, mixte ein ganzes Tablett voller Drinks für die Cocktail-Kellnerin und schenkte Mallory ohne überflüssige Bewegung und ohne einen Tropfen zu verschütten Scotch in ihr Glas. Es war ein magischer Akt. Im Rhythmus der Musik aus der Jukebox schlenderte er die ganze Länge der Bar entlang. Mit einer Hand steckte er eine geschlitzte Zitronenscheibe auf den Rand des Glases, während er die Serviette an ihren Platz auf der Theke schob. Das Glas schien sich aus eigenem Antrieb darauf niederzulassen, so flink setzte er es ab. Langes dunkles Haar fiel ihm bis auf die Schultern. Seine Bewegungen waren so geschmeidig, als hätte er keine Knochen im Leib. Jetzt holte er eine Flasche Whiskey aus dem Regal und schenkte Quinn unaufgefordert einen kräftigen Schluck ein. Quinn stellte ihn Mallory als Kerry vor.

«Nochmals vielen Dank für den Gig bei Koozeman», sagte Kerry zu Quinn. «Die Vernissage wird ein großer Abend. Er hat 'n Haufen Geldsäcke eingeladen. Das reinste Medienspektakel.»

«Keine Ursache», sagte Quinn. «Es war reiner Egoismus.» Und an Mallory gewandt, fuhr er fort: «Kerry ist eine meiner besten Quellen für Neuigkeiten aus dem Kunstbetrieb.»

Kerry deutete auf einen Gast, der allein am anderen Ende der Bar saß. «Er hat gerade den Auftrag gekriegt, die Plaza vor Gilettes neuem Hochhaus zu fotografieren. Gilette läßt die hölzernen Außenverkleidungen abnehmen, damit die Fotos gemacht werden können, bevor die Plastik aufgestellt wird.»

Quinn wandte sich an Mallory. «Die Stadt kann nach eigenem Gutdünken vor jedem neuen Geschäftsgebäude Plastiken aufstellen lassen, ohne daß der Architekt sich dagegen wehren kann. Meistens sind das ziemlich scheußliche Teile. Viele Architekten lassen die Fotos vorher anfertigen, als Erinnerung daran, wie das Ganze ursprünglich gedacht war.»

*Stil, dein Name ist Kerry.* Sie sah den Barkeeper davonschweben, um einem anderen Gast nachzuschenken. Ohne Quinn anzuschauen, sagte sie: «Warum waren Sie am Abend des Doppelmords in der Galerie im East Village?»

«Schalten Sie den Verhörton niemals aus? Ich hab's Markowitz erklärt. Ich bin sicher, er hat ...»

«Es ist mir egal, was Sie ihm erklärt haben. Zweimal ist in Koozemans Galerie jemand ermordet worden, und beide Male waren Sie dort. Da muß ich doch neugierig werden. Erklären Sie's mir.»

«Ich sollte mich dort mit Aubry treffen. Jemand hatte in

der Redaktion eine Nachricht für mich hinterlassen. Später ist mir klargeworden, daß ich benutzt worden bin. Der Mörder wollte, daß ich eine Kritik über seine Performance schreibe. Das war zumindest die Ansicht Ihres Vaters.»

«Tatsächlich? Ich glaube kaum, daß Markowitz' Ansicht Sie interessiert hat.»

«Wie bitte?»

«Ich glaube, Sie wollten den alten Mann nur in die Richtung lenken, in der Sie ihn haben wollten. Ich glaube, Sie waren besessen von Ihren eigenen Theorien.»

«Jetzt verhören Sie mich, stimmt's?»

«Das haben Cops so an sich.»

«Zählen Sie mich etwa zu den Verdächtigen? Glauben Sie, ich hätte Starr getötet? Lächerlich. Ein Kritiker kann nur einen guten Künstler töten. Mittelmäßigkeit ist unausrottbar. Man kann auf ihr herumtrampeln, man kann sie sogar ins Klo hinunterspülen – sie überlebt nicht nur, sie blüht in der Scheiße sogar noch auf.»

Während sie schweigend über die Klo-Metapher nachdachte, bestellte er bei Kerry noch eine Runde.

Die Jukebox spielte eine Melodie aus den späten Vierzigern. Die Platten waren noch aus empfindlichem Vinyl, und die Nadel fuhr in einer Rille entlang. Mallory konnte sich gut vorstellen, was es kostete, diese Sammlerstücke aufzutreiben, sie zu spielen, bis sie abgenutzt waren, und sie dann durch neue zu ersetzen.

Sie lauschte den klaren, sanften Tönen der Sängerin und fragte sich, wer das sein mochte. Es war eine unverwechselbare Stimme, die sie aus Markowitz' Sammlung nicht kannte. Sie kletterte von ihrem Barhocker und ging zur Jukebox. Der Song war zu Ende, die Platte lief langsamer und blieb stehen. Der Name der Sängerin stand in winzig kleinen Buchstaben unter dem Namen der Band – Hildy Winkler, die Barbesitzerin. Das war Quinn also entgangen, sonst hätte er es garantiert in seinem Einführungsvortrag erwähnt. Was mochte ihm noch alles entgangen sein?

Hilda Winkler schüttelte langsam den Kopf und winkte mit einer Hand zu dem breiten Fenster hinaus. Mallory bekam die Bewegung aus dem Augenwinkel mit. Dann wandte die Alte das Gesicht wieder der Bar zu, und überrascht bemerkte sie Mallorys Blick. Es war etwas Schuldbewußtes in ihrer Überraschung, das Mallory nur zu gut kannte. Sie lächelte der alten Barbesitzerin zu, ein Lächeln, das besagte: *Was führst du im Schilde, alte Frau?*

Als sie zum Fenster blickte, sah sie gerade noch den Rücken der alten Stadtstreicherin, die einen Einkaufswagen über den Gehsteig schob.

Darum ging es also. Das Gesindel verscheuchen. *Zieh Leine*, hatte die alte Frau drinnen der alten Frau auf der Straße zu verstehen geben wollen. *Vor meiner Tür wird nicht herumgelungert.*

Charles drückte ein zweites Mal auf die Klingel. Pünktlichkeit war Mallory heilig. Er war erstaunt, daß sie nicht zu Hause war. Sie waren für acht Uhr verabredet, und jetzt war es zehn vor acht.

Während er vor ihrer Wohnungstür stand, kamen ein paar Leute vorbei, die zu einer Party in einer Wohnung am Ende des Flurs unterwegs waren. Jeder der Vorbeikommenden betrachtete den Mann im Smoking mit dem Blumenstrauß und dem blöden Lächeln. Er war so gläsern in seiner Verliebtheit, sie konnten das Schild mit Mallorys Apartmentnummer durch das Fenster seiner Seele lesen.

Mit metallischem Glockenton kündigte sich der Fahrstuhl an. Die Türen sprangen auf, Mallory trat heraus, kam mit großen Schritten den Flur entlang, die Leinentasche über der Schulter. «Hi, Charles.»

«Du bist noch nicht umgezogen.»

«Du hattest gesagt, um acht.» Sie sah auf die Uhr. «Es ist erst zehn vor.»

Er folgte ihr durch die Wohnungstür; sie ließ die Tasche auf den Teppich fallen und verschwand im Schlafzimmer. «Stopp die Zeit», rief sie ihm zu, bevor die Tür hinter ihr zuklappte.

Er ließ sich in einen großen Ohrensessel fallen. Wäre nur jedes Möbelstück so geeignet für seine überdimensionale Gestalt. Sämtliche Gegenstände in diesem Raum waren nach funktionalen Gesichtspunkten ausgewählt. Wenn er nicht gewußt hätte, daß es Mallorys Wohnung war – er hätte keinen Hinweis auf irgendwelche Eigenheiten eines Bewohners gefunden. Hier herrschte eine Un-Atmosphäre, nüchtern, ohne den Stempel einer Lebensgeschichte, einer Persönlichkeit. Die Möbel waren allesamt teuer, aber kein Stück war wegen seines Aussehens gekauft worden. Die nackten weißen Wände, an denen persönliche Fotos oder Bilder hängen sollten, hatten etwas Spartanisches. Nicht ein einziges Bücherregal zeugte davon, daß Mallory auch ein geistiges Leben führte. Ihren Lesestoff bewahrte sie in ihrem Büro bei Mallory & Butler Limited auf – ausschließlich Handbücher für Maschinen, nichts, was wenigstens auf ein oberflächliches Interesse an menschlichen Wesen hingedeutet hätte. Er sah sich noch einmal um. Ja, man hätte glauben können, daß hier eine Maschine lebte.

Die Umhängetasche lag auf der Seite, und ein Stoß Fotografien war auf den Teppich gerutscht. Charles starrte auf den abgetrennten Kopf eines Mannes. Er mußte den Blick abwenden. Das konnte nur ein Foto von dem Künstler sein, der vor zwölf Jahren ermordet worden war. Obwohl man die Fotos nie veröffentlicht hatte, war keinem erwachsenen New Yorker auch nur ein einziges der schrecklichen Details des Doppelmords in der Galerie Koozeman erspart geblieben. Er wollte das Foto nicht sehen, aber er konnte nicht anders.

Als sein Blick erneut darauf fiel, war ein Teil des blutigen Gesichts von einem seidigen, lindgrünen Tanzschuh verdeckt.

Schönheit triumphierte über blutige Gewalt. Er hob den Kopf, und es bot sich ihm der überwältigende Anblick von Mallory – grüne Augen, fließende grüne Seide, Wellen von goldenem Haar, das in Locken auf nackte, weiße Schultern fiel. Er hätte jeden Betrag gewettet, daß keine andere Frau in Manhattan das in weniger als einer Stunde vollbracht hätte. Mallory hatte nicht einmal fünf Minuten dazu gebraucht. Aber sie war auch in Bluejeans eine Schönheit. Es reichte ein Lippenstift, der zu ihren makellosen roten Fingernägeln paßte. Mehr wäre weniger gewesen.

Der Ball war schon immer *das* gesellschaftliche Ereignis des Jahres gewesen und hatte in dieser Hinsicht auch Erfolge verbuchen können. Der wohltätige Zweck jedoch war regelmäßig auf der Strecke geblieben. Die aufwendigste Gala des New Yorker Gesellschaftslebens wurde durch Spenden der Familien des Social Register und so manchem der fünfhundert reichsten und mächtigsten Männer dieser Stadt finanziert, aber für die Schatullen einer guten Sache war nur selten etwas übriggeblieben. In den meisten Jahren hatte der Ball rote Zahlen geschrieben, und auch dieses Jahr wurden kaum die Kosten gedeckt.

Vor den versammelten Kameras überreichte die Alterspräsidentin Ellen Quinn dem Kurator der Stiftung für behinderte Kinder einen Umschlag. Es stehe allerdings, flüsterte die Präsidentin dem Kurator eilig zu, nur ein sehr geringer Betrag auf dem Scheck, und mehr sei auch nicht zu erwarten. Und so standen dem Kurator der Schreck und die Enttäuschung ins Gesicht geschrieben, als die Fotografen auf die Auslöser drückten.

Charles hielt mit Mallory Einzug. Sie betraten durch das Portal eine Wunderwelt unter kirchenhohen Decken und den tausend Lichtern eines gewaltigen Kronleuchters, die schimmernde Seide, glitzernde Pailletten, Brillanten und das feierliche Schwarz der Smokings beschienen. Die Musiker auf der Bühne trugen Fliege. Der Klang war phantastisch. Musik drang in jede Ecke des Saals, und auf der Tanzfläche wehten die Düfte der kostbaren Parfüms an ihnen vorbei. Mallory ging ganz dicht neben ihm, die Hand auf seinen Arm gelegt, um die Verwirrung seiner Sinne vollständig zu machen.

Überall im Saal drehten sich Köpfe nach ihnen um, als Charles und Mallory durch die Menge schritten, jeder Kopf machte den nachfolgenden aufmerksam. Der offizielle Ballfotograf schoß eine Serie von Mallory; die Blitze explodierten keine zwei Meter vor ihren Augen. Der stehengelassene Präsident von New Yorks größtem Bankhaus stand noch immer in Pose und lächelte mit seiner Gattin ins Nichts.

Andere Frauen im Saal waren aufwendig frisiert, und selbst ein Orkan der Stärke elf hätte nicht ein einziges Haar aus der Fasson gebracht. Mallorys Locken fielen in natürlichem Fluß, blonde Seide auf grüne Seide, bewegten sich im Rhythmus ihrer Schritte. In ihrem Blick lag ein bezauberndes Erstaunen, das vor allem auf die blendenden Blitzlichter zurückzuführen war. Fortwährend starrten Leute – manche ganz dreist, andere eher verstohlen – die junge Frau in dem meergrünen Seidenkleid an.

Charles durfte den ersten Tanz mit ihr tanzen, dann mußte er sie an andere Partner abgeben. Die Tänzer standen Schlange. Ihr Ballkleid führte ein Eigenleben, fing die Lichter ein, integrierte sie in seine Struktur. Mallory drehte sich in einem Feuerwerk aus leuchtendem Grün und schien dabei zu schweben.

J. L. Quinn forderte sie zu einem Walzer auf. Sie gaben ein umwerfendes Paar ab, dunkel und blond, kreiselnd, wirbelnd. Die anderen Paare tanzten langsamer, manche blieben sogar stehen und sahen den beiden zu. Frauen mit verkniffenem Gesicht und zuwenig Fleisch auf den Knochen, Männer mit roter Nase und zuviel Fleisch auf den Knochen, flachbrüstige Debütantinnen und schlaksige, bartlose Jünglinge, bei ihnen allen siegte die Faszination der Schönheit über Neid und Mißgunst.

Charles stand einsam und verlassen da, tanzte nicht und mochte nicht hinsehen.

Quinn hielt sie auf Armeslänge von sich, um sie zu bewundern, dann zog er sie zu sich heran und tanzte mit ihr in die Mitte des Saals. «Das muß doch die reinste Hölle gewesen sein, mit solch einem Gesicht aufzuwachsen.»

«Ich sag's Ihnen nicht noch mal, Quinn», erwiderte Mallory. «Sie tanzen jetzt mit mir zu Gregor Gilette hinüber, und dann tauschen Sie mit ihm die Partnerin.»

«Ich soll Sie aufgeben? Lieber lasse ich mich auf der Stelle erschießen.»

«Ich bin Polizistin, ich kann das arrangieren.»

In offener Verweigerung des Befehls führte Quinn sie nicht zu Gregor Gilette, sondern absichtlich von ihm fort. Sie bedauerte bereits, daß sie ihre Dienstwaffe zu Hause gelassen hatte.

«Es besteht wirklich keine Notwendigkeit, Gregor zu behelligen», sagte Quinn. «Ich kann Ihnen alles erzählen, was Sie wissen müssen.»

Vermutlich konnte er das, aber würde er es tun? Wahrscheinlich nicht, oder nur mit vorgehaltener Pistole, und vielleicht nicht einmal dann. «Hatte Ihr Schwager vor zwölf Jahren irgendwelche Feinde?»

«Sicher. Er ist ein außergewöhnlich begabter Architekt. In jeder Ausgabe des *Architectural Digest* können Sie eine Liste seiner Feinde finden.«

«Und in der Kunstszene?»

«Er und Sabra hatten die üblichen Feinde. Ich denke, Emma Sue Hollaran würde auf der Liste ganz oben stehen. Die Rache der Frauen – Sie kennen das Lied.»

«Sie hatte etwas mit Gregor Gilette?»

«Nur in ihren Träumen.»

«Aber sie war eifersüchtig auf Sabra.»

«Ja. Und sie machte keinen Hehl aus ihrer Abneigung. Die Hollaran war Kritikerin bei einer elitären Kunstzeitschrift, die inzwischen eingegangen ist. Der Chefredakteur fand, daß ihr rustikaler Stil ein hübscher Kontrast zur Eloquenz der anderen Artikel war. In ihrer Kolumne hat sie versucht, Sabra fertigzumachen. Aber Sabras Arbeiten waren über jede Kritik erhaben. Inzwischen ist die Hollaran Präsidentin des Komitees für Kunst im öffentlichen Raum, und in dieser Eigenschaft kann sie Gregor Gilette wesentlich wirksamer in die Suppe spucken.»

Mallory sah, daß sie Gregor Gilette wieder näher kamen.

«Haben Sie Gilette überhaupt gesagt, daß ich mit ihm sprechen will? Haben Sie ihn gefragt, ob er bereit ist, mir zu helfen?»

«Er darf diesen Horror nicht noch einmal durchleben. Lassen Sie ihn in Ruhe.»

«Ist das seine Entscheidung oder Ihre?»

«Das spielt keine Rolle.»

«Sie haben also nicht mit ihm gesprochen. Ich dachte, Sie wollen mir helfen.»

«Das will ich auch, Mallory. Aber es gibt nichts, das Gregor Ihnen sagen könnte.»

«Vor zwölf Jahren haben Sie die Polizei davon abgehalten, Ihre Familie zu vernehmen. Das wird Ihnen nicht noch einmal gelingen.»

«O doch. Er hat genug durchmachen müssen. Einmal muß Schluß sein.»

Quinns alte Mutter tanzte in den Armen eines jungen Mannes an ihnen vorbei. Die alte Dame war eine anmutige Tänzerin, aber Mallory sah sie zusammenzucken, als ihr Partner bei einer Drehung ihre Hand drückte. Vermutlich litt Mrs. Quinn unter Arthritis, auch wenn sie den Schmerz gut zu verbergen wußte.

Die alte Dame war also gebrechlich. Um so besser.

«Wissen Sie, Quinn, ich habe so eine Ahnung, daß noch niemand darauf gekommen ist, Ihre Mutter zu vernehmen. Wenn mich nicht alles täuscht, ist sie über achtzig.»

Quinn schob sie von sich, als hätte sie ihn gebissen, und zwar kräftig. «Es gab für die Polizei nicht den geringsten Grund, mit meiner Mutter zu sprechen. Kein Mensch ist auch nur auf die Idee gekommen.»

«Ich kann mit Gregor Gilette sprechen. Oder mit Ihrer Mutter. Sie haben die Wahl.»

Auf einmal waren sie mitten im Saal zum Stillstand gekommen, und alle anderen Paare wirbelten um sie herum.

«Sie wissen, daß ich ...»

«Daß Sie mich rauswerfen lassen können? Und Sie glauben wahrscheinlich, daß auch Markowitz Angst um seinen Job hatte. Hatte er nicht! Markowitz hat Ihnen vieles durchgehen lassen, weil er dachte, daß er Sie braucht. Sie waren sein Führer durch die Kunstszene. Dabei hätten Sie ihm viel nützlicher sein können. Ich glaube, Sie haben meinem Vater etwas verschwiegen. Und mir verschweigen Sie auch etwas.»

«Sie glauben doch wohl nicht ...?»

«Ach, denken Sie sich nichts dabei. Wir machen's alle so. Wer läßt schon gerne in einer Mordermittlung die Hosen runter? Wenn Sie es auf meine Dienstmarke abgesehen haben, bitte. Aber wenn Sie sie haben, muß ich es Ihnen heimzahlen, oder? Auf Rache versteh ich mich. Ich stelle Ihr Leben auf den Kopf, und ich weiß, wie ich das anfangen muß. Auf Wiedersehen im Fegefeuer der Revolverblätter. Wissen Sie, was das heißt, die Hosen runterlassen? Sie glauben ja gar nicht, was ich mit einer alten Frau wie Ihrer Mutter alles anstellen kann. Ich dreh sie mit geschlossenen Augen durch die Mangel. So, und jetzt tauschen Sie mit Gilette die Partnerin.»

Emma Sue Hollaran machte sich auf ihren qualvollen Passionsweg über die Tanzfläche. Sie bewegte sich langsam, lächelnd trotz Schmerzen und Brechreiz. Ihre geschwollenen, geschundenen Beine hatte sie in den engsten und längsten Hüfthalter gezwängt, der je hergestellt wurde. In dieser grotesken Parodie auf die kleine Meerjungfrau, der sich bei jedem Schritt auf menschlichen Füßen Klingen in die

Fußsohlen bohrten, bedeutete schon die kleinste Bewegung Höllenqualen. Emma Sue hatte jetzt ständig Schmerzen, aber nach langen Jahren chirurgischer Eingriffe war sie daran gewöhnt.

In der vollen Pracht ihres buntschillernden Designer-Abendkleids verkürzte sie die Distanz zwischen sich und Gregor Gilette. Dieser Mann erregte alle ihre Sinne und die unteren Regionen ihres Körpers, wo selbst die Schmerzen es noch nicht vermocht hatten, das banale Verlangen, die ruchlosen Begierden abzutöten, die niemals Ruhe geben wollten. Früher hatte sie ihm täglich Liebesbriefe geschickt. Nicht einen einzigen hatte er beantwortet. Eine Antwort, falls man es so nennen konnte, hatte sie schließlich von Sabra erhalten.

Aber Sabra war verschwunden, und Gregor war aus seinem langen Exil in Europa zurückgekehrt.

Emma Sue Hollaran verbannte Sabra aus ihren Gedanken und zurück in die Hölle, wo sie hingehörte, denn gerade eben hatte Gregor Gilette sich umgedreht. Jeden Augenblick mußte sein Blick auf sie fallen, auf ihren neugeformten Körper und ihr restauriertes Gesicht.

Sie war fast bei ihm, beinahe konnte sie ihn berühren. Und jetzt sah sie ihm in die hinreißenden Augen, deren Blick ihr durch die Fassade drang, zu ihren geheimsten Wünschen, den Stellen, wo das Verlangen saß, die Sexualität, ihren weichen Stellen. Sie spürte, wie sie in ihn hineingezogen wurde, als hätte ihr Körper nicht mehr Substanz als das Licht. Diesen einen, atemberaubenden Augenblick lang war sie wieder jung, und alle Wege standen ihr offen.

Sie schlug die Hand vor die Brust, um den Aufruhr des Blutes zu zügeln, das ihr unkontrolliert durch die Adern schoß, angetrieben von einem rasenden, immer schneller pumpenden Herzen, das ihren Körper mit Wärme füllte und ihr Gesicht mit leuchtender Röte überflutete. Jeder Schritt auf ihn zu war ein Messerstich, aber für diesen einen Moment des Triumphes hätte sie noch viel mehr ertragen. Sie hatte so lange gewartet.

Und jetzt.

Er runzelte die Stirn, als er sie erkannte – und Abscheu trat in seine Augen.

Gleich darauf wandte er den Blick von ihr, weil ihm eine junge Frau in einem grünen Seidenkleid vorgestellt wurde. Und nun wirbelten Gregor und diese Frau im Kreis herum, glitten Arm in Arm über die Tanzfläche davon, anmutig und geschwind.

Er war ihr entkommen.

Zitternd wandte sie sich von dem tanzenden Paar ab, irrte ziellos durch den Saal, überwältigt von körperlichen Qualen und dem noch viel grausameren Schmerz der Demütigung. Bis sie schließlich ein Taxi bestellte und sich heimfahren ließ, nach Hause in ein Bett, das für sie allein zu groß war.

Trotz seiner achtundfünfzig Jahre war Gregor Gilette noch lange kein alter Mann. Sein weißes Haar wollte nicht recht zu dem breiten Brustkasten und den geschmeidigen Bewegungen passen. Die goldbraunen Augen wirkten erstaunlich jung, und auch die kantigen Konturen seines Gesichts zeugten von jugendlicher Kraft. Es war ein Gesicht voller Widersprüche, grotesk und doch attraktiv, sinnlich, aber dabei von scharfer Intelligenz.

«Mir gefällt Ihr Entwurf», sagte Mallory. «Ich bin ja mal gespannt, was für eine Skulptur sie Ihnen auf den Vorplatz stellen. Soviel ich weiß, ist die Präsidentin des Komitees für Kunst im öffentlichen Raum eine alte Feindin von Ihnen. Beunruhigt Sie das?»

Gilette lachte. «Emma Sue Hollaran? Die hat nicht das Format zu einer Feindin. Sie ist ein ordinäres Miststück. Nicht der Rede wert.»

Sie glaubte einen leichten ausländischen Akzent zu erkennen, nicht den des französischen Vaters, eher einen nachwirkenden Einfluß der ungarischen Mutter. Nach Mallorys Informationen war er als Siebzehnjähriger mit seiner Mutter zusammen eingewandert. Sein märchenhafter Aufstieg aus Armut und Anonymität machte ihn zum Paradebeispiel für den amerikanischen Traum. Und seine Tochter war zum amerikanischen Alptraum geworden, das Mordopfer mit dem größten Medienrummel.

«Dieses Gebäude war Ihr erster amerikanischer Auftrag seit vielen Jahren, stimmt's?»

«Sie scheinen gut über meine Arbeit Bescheid zu wissen. Ja, der Bau ist mein Schwanengesang. Der letzte Auftrag, den ich angenommen habe. Ich möchte auf dem Höhepunkt meines Schaffens aufhören.»

«Ich nehme an, Sie sind so lange in Europa geblieben, weil so vieles hier Sie an Ihre Tochter erinnert hätte.»

«Nein, nicht deshalb. Die Erinnerung an Aubry nehme ich überall mit hin. Ich habe wohl hundert Fotos von ihr. Nein, im Gegenteil. Hier in New York hat niemand mehr über sie gesprochen. Freunde und Verwandte haben ihren Namen nicht erwähnt, um mir nicht weh zu tun. Und mit jedem Tag, an dem nicht von ihr gesprochen wurde, ist sie mir ein Stück weiter entschwunden.»

Charles traute seinen Augen nicht, als er Mallory zusammen mit Gregor Gilette aufbrechen sah. In der Tür drehte sie sich um, fand sein Gesicht in der Menge und winkte ihm zu. Sie zuckte die leuchtenden Schultern, als wollte sie sagen: *Nicht zu ändern.*

Er neigte den Kopf zu der Frage: *Warum nicht?* Aber die Türen schlossen sich bereits hinter ihr. Die schmale Linie seiner Lippen erzitterte in einem törichten, verschämten Lächeln.

Die Musik hatte wieder zu spielen begonnen, und die Paare wirbelten über die Tanzfläche, Kreisel aus rauschenden Stoffen, die ein wehendes Gemisch der verschiedensten Düfte entfachten, ein buntes Kaleidoskop aus Farben und Bewegung, an dessen Rand ein einsamer Mann mit traurigem Gesicht stand und auf seine Schuhe starrte.

Gerade als Andrew Bliss seinen Baldachin aus Regenmänteln über das Netz loser Schnüre gelegt hatte, hörte es auf zu regnen. So war das Leben. Jetzt strich ein feuchter Wind durch die Ritzen seines Designer-Regendachs. Nur noch gelegentlich drangen Verkehrsgeräusche herauf. Es war halb elf, eine kühle, finstere Nacht. Ein schwerer Laster rauschte durch die regennasse Straße, gefolgt von Personenwagen. Irgendwo in der Ferne heulte eine Polizeisirene. Unten auf dem Gehsteig duellierten sich zwei Ghettoblaster mit Rap und Heavy Metal.

Erschöpft ließ sich Andrew auf sein Lager aus Steppdecken sinken, fiel in einen unruhigen Schlaf, verwurstelte seidene Bettücher zu einer schweißnassen Kordel. Sein Traum zerbarst in einem Feuerwerk von leuchtendroten Blitzen. Er krallte die Hände in die Nachtluft, versuchte im Schlaf nach explodierten Farbteilchen zu greifen.

Seine Lippen formten einen stummen Schrei, und er preßte die Hände gegen den Unterleib, während er sich, von Krämpfen geschüttelt, langsam zur Form eines Embryos zusammenkrümmte. Der Traum glitt von ihm ab, der Schmerz ließ nach, sein Körper entspannte sich, und er schwebte allmählich und sanft hinüber in den Tiefschlaf.

«Nein, ich träume nicht», hatte er immer gesagt, wenn die Sprache auf das Thema Traum kam. Davon war er ernsthaft überzeugt. Er konnte sich nie an seine Träume erinnern, dabei hatte er diesen beinahe jede Nacht geträumt.

Sein Gesicht war jetzt ruhig, die Haut wieder glatt. Er war achtundvierzig, eigentlich hätte er wenigstens eine Charakterlinie und ein paar Lachfältchen um Augen und Mund haben müssen, aber es war nichts dergleichen zu entdecken. Nicht einmal eine alte Narbe zeugte von einer Vergangenheit. Wäre die Körpergröße nicht gewesen, hätte man ihn für ein Kind halten können.

In dem Traum war er so klein wie ein Kind, und die Welt in seinem Kopf war grell wie der Tag und heiß, ein Hauch von Hölle am Nachmittag. Er rollte lautlos dahin, im Einkaufswagen einer Stadtstreicherin versteckt, auf einen blauen Mantel ohne Knöpfe gebettet, den sie gerade in einer Mülltonne gefunden hatte. Ein salziger Tropfen Schweiß lief ihm über das zugedeckte Gesicht. Er lag mucksmäuschenstill, damit sie ihn nicht entdeckte und aus dem Wagen scheuchte. In New York gab es keine Freifahrten. Zwischen dem Gerümpel in dem rollenden Drahtkorb fand er einen chinesischen Fächer, zwar rissig und mit einem großen Loch, aber immer noch brauchbar und kühlend. Dann ertastete seine Hand die feuchte, rote Axt. Er stieß einen Schrei aus, aber zu hören war nur ein leises Quieken, kaum lauter als das Quietschen der Karrenräder.

Die alte Frau blieb stehen. «Raus! Sofort raus hier!» brüllte sie und entblößte zahnloses rosa Zahnfleisch. «In New York gibt's keine Freifahrten.»

Er kletterte auf den Gehsteig und blickte ihr nach, wie sie ihren Einkaufswagen mit schwerem Schritt die feuchtwarme Straße entlangschob.

Ein paar Erwachsene beugten sich über ihn, deuteten zornig auf die junge Frau, die zu seinen Füßen lag. Ihr Gesicht war eine blutige Fratze, aber sie wollte und wollte nicht sterben. Er kehrte ihr den Rücken zu, lauschte ihrem Todeskampf. Was hielt sie am Leben? Er wandte den Kopf, sah noch einmal hin. Eine Messerklinge drang in ihren Hals, erstickte den Schrei in ihrer Kehle. Dann stach das Messer auf die ausgestreckte Hand ein, schnitt sie in Fetzen. Er schlug die Hände vors Gesicht und drehte sich weg. Die Geräusche verrieten ihm, was sich hinter seinem Rükken abspielte. Er hörte das Blut in ihrer Kehle gluckern, hörte das leise Schmatzen der Klinge, die ihr ein um das andere Mal ins Fleisch fuhr. Ein blutrotes Rinnsal lief ihm über die Schuhe, schwoll an zu einem stetigen Strom, und das heftig klopfende Herz stieß immer mehr Blut aus, um den Strom zu speisen.

Er erwachte schreiend. Es hatte wieder zu regnen begonnen.

Die Plaza war mit Gerüsten und einem Bretterzaun abgesperrt. Gilette gab ihr den Regenschirm und forderte sie mit einer Handbewegung auf, ein Stück zurückzutreten, bevor er eins der Bretter aus dem Zaun riß. Dann schlüpften sie durch die Lücke und traten auf die dunkle Plaza. Er führte sie über den mit Steinplatten gepflasterten Platz, erklärte ihr in allen Einzelheiten, wie er Emma Sue Hollarans

Pläne für diesen architektonischen Raum zu durchkreuzen gedachte.

«Sie hat Ihre Frau gehaßt wie die Pest, stimmt's?»

«Ja. Aber jemand mußte Emma Sue Paroli bieten. Sabra hielt die Frau für verrückt und wollte sie nicht in Aubrys Nähe lassen.»

«Für verrückt und gefährlich?»

«Möglich. Emma Sue hat auf Zeit gespielt. Täglich hat sie angerufen und mir Briefe geschickt. Wir mußten laufend unsere Telefonnummer ändern, aber das hat nicht viel genützt. Sie wollte nicht begreifen, daß sie mir völlig egal war. Sabra hat ihre Briefe einem Journalisten gegeben. Statt sie in seinem Blatt abzudrucken, hat der Kerl sie an Emma Sue verkauft. Daraufhin war Schluß mit den Belästigungen. Dafür hat sie angefangen, in ihrer Kolumne über Sabra herzuziehen. Als sie auch damit nichts ausrichten konnte, hat sie uns endlich in Ruhe gelassen.»

«Bis heute.»

«Ja, aber ich glaube, wir können den Schaden auf ein Minimum begrenzen.»

Die Plaza gefiel Mallory. Ihr Mittelpunkt war ein Brunnen, um den herum großzügige, von Sitzbänken gesäumte Wege führten. Ihr Blick für vollkommene Symmetrie konnte beim besten Willen keine geeignete Stelle für ein weiteres Objekt finden.

«Sie haben einfach keinen Platz für eine große Plastik gelassen.»

«So ist es. Was immer sie aufstellen, es muß sehr klein sein.»

Die Plaza selber war ein Werk absoluter Ausgewogenheit, nirgendwo war Raum für ein weiteres Gestaltungselement. Junge Bäume säumten die Fläche und duldeten nichts anderes als Vögel zwischen sich. Die Bänke waren fest im Pflaster verankert. Sie ließen sich nicht zur Seite rücken. Und jedes Objekt in der Nähe des Brunnens hätte unweigerlich einen der mit Bedacht angelegten Wege versperrt.

Sie hakte Gilette unter und führte ihn zu einer Bank neben dem Brunnen. Das Plätschern des Wassers vermischte sich mit vereinzelten Verkehrsgeräuschen und dem Rascheln der Blätter im warmen Wind.

«Ich würde gerne über die Nacht sprechen, in der Aubry gestorben ist.»

«Und jetzt fragen Sie sich, ob Sie mir das zumuten dürfen? Lieber würde ich über die Zeit reden, als sie noch am Leben war, aber – doch, es wirft mich schon nicht um.»

«Lassen Sie mich ein Szenario von Aubrys Tod entwerfen. Und Sie sagen mir, ob es Ihnen plausibel erscheint. Mal angenommen, sie sollte gar nicht das Opfer sein. Vielleicht ist sie dem Mörder bei seiner Tat in die Quere gekommen.»

Er nickte. «Durchaus möglich. Wenn sie Hilferufe gehört hätte, wäre sie hingelaufen. Sie war körperlich in bester Verfassung, und Angst war ihr unbekannt. Sie glauben ja nicht, welche Risiken sie beim Tanzen einging. Jeder Schritt hätte das Ende ihrer Karriere bedeuten können. Ja, das ist denkbar.»

«Sie war körperlich fit. Wenn sie einen Mörder auf frischer Tat ertappt hätte, dann hätte der Kerl sie erst einmal kriegen müssen, um sie zu töten. Wenn es so gewesen ist. Man kann also annehmen, daß er groß oder sehr durchtrainiert war.»

«Ja. Mir war immer schleierhaft, wie Oren Watt das fertiggebracht haben soll, es sei denn, er ist von hinten auf sie losgegangen. Der Kerl war doch ein Junkie, oder? Vielleicht hatte er Helfer.»

«Sie zweifeln also auch an Watts Schuld? Und ich dachte, Sie wären davon überzeugt.»

«Oh, ich bin sicher, er war dabei. Er hat gestanden. Jamie gibt sich die Schuld. Mein armer Schwager glaubt, jemand wollte ihm eine Falle stellen und hat Aubry als Köder genommen. Oren Watt war Künstler. Er hätte gut in ein solches Szenario gepaßt.»

«Künstler ist Oren Watt erst nach seinem Geständnis geworden. Vorher war er Junkie, hat Pizzas ausgeliefert und dabei gelegentlich mit Drogen gedealt. Ich bin nicht sicher, ob er überhaupt wußte, daß Quinn Kunstkritiker ist und etwas mit Aubry zu tun hatte.»

Trotz der Dunkelheit konnte sie sehen, daß er daran zu kauen hatte. Das war ihm neu. Hatte man ihn belogen, oder wollte man ihn nur schützen? «Wie gut haben Sie den Galeristen Avril Koozeman gekannt?» wollte Mallory wissen.

«Wir sind uns gelegentlich über den Weg gelaufen. Bei ein paar Auktionen haben wir gegeneinander geboten, meist für wohltätige Zwecke.»

«Und wie gut hat Sabra ihn gekannt?»

«Als sie beide jung waren, kannten sie sich recht gut. Sie haben in derselben Galerie ausgestellt.»

«Koozeman war Künstler?»

«Ja, und kein schlechter.»

«Das heißt, er war Galerist, Kritiker *und* Künstler?»

«Das ist nicht so ungewöhnlich. Viele Leute springen zwischen verwandten Tätigkeiten hin und her. Aus einem Polizisten wird ja auch schnell ein Experte für Sicherheit oder sogar ein Krimineller.»

«Soll schon vorgekommen sein», sagte Mallory. «Sie meinen also, Koozeman war ein guter Künstler. Und wie hat Sabra darüber gedacht?»

«Sie hat sehr viel von seinen Arbeiten gehalten. Sie fand, daß eine Art dunkles Genie darin zum Ausdruck kommt. Aber Koozeman mochte sich nicht quälen und hat sein Genie lieber darauf verwandt, die Arbeiten anderer zu unterstützen. Er wollte auch Sabra in seinen Stall locken, aber sie hatte schon einen Namen und war ein paar Nummern zu groß für ihn.»

«Hat er sich darüber geärgert?»

«Nein, ich glaube nicht. Er war immer ein rastloser Mensch, zu sehr auf sein eigenes Leben fixiert. In den letzten zehn Jahren hat er seine Galerie recht erfolgreich betrieben.»

Mallory blickte sich auf der Plaza um. «Schade, daß Ihre Frau das nicht sehen kann.»

«Ja. Sabra ist ziemlich bald nach Aubrys Tod verschwunden. Ich mache mir große Vorwürfe deswegen. Ich war so in meiner Trauer gefangen, daß ich gar nicht gemerkt habe, wie sie sich veränderte. Bis sie sich plötzlich ihr wundervolles Haar abgeschnitten hat. Und dann ist sie gegangen. Einfach so. Sie hat nicht einmal eine Tasche gepackt. Ihre schönen Locken lagen im Schlafzimmer auf dem Fußboden. Die hat sie auch nicht mitgenommen.»

«Haben Sie nach ihr gesucht?»

«Natürlich.»

«Aber Sie haben sie nie wiedergesehen.»

«Nein.»

Sie war sich nicht sicher, ob sie dem Mann alles glauben konnte. Und Quinn? Quinn benahm sich, als hätte er einen Grund zu lügen. Aber welchen? Wen wollte Quinn decken? Sicher nicht Gilette.

«Und Sie haben nicht die geringste Ahnung, wo sie stecken könnte?»

«Nein. Wenn ich es wüßte, wäre ich jetzt bei ihr. Ich liebe meine Frau noch immer sehr.»

Jetzt sagte er die Wahrheit. Sein Blick war in die Vergangenheit gerichtet, auf eine geliebte Erinnerung. Dann kehrte er zurück in die Gegenwart, wach und voller Neugier. «Was interessiert Sie so an Sabra? Glauben Sie, daß sie Ihnen etwas über die Mordnacht erzählen könnte?»

«Vielleicht. Ich weiß es nicht. Die Polizei durfte sie nach Aubrys Tod nicht vernehmen.»

«Sie war damals nicht belastbar.»

«Vielleicht wäre sie es heute. Ich würde mich gerne mit ihr unterhalten, aber ich kann sie auf meinem Radarschirm nirgends entdecken. Entweder lebt sie unter einem Pseudonym, oder sie ist ...»

«Tot? Ja, daran hab ich auch schon gedacht, aber sie würde niemals Selbstmord begehen. Ihre Religion verbietet es. Hilft es Ihnen weiter, wenn ich Ihnen sage, daß sie ein paar Jahre lang in einer Anstalt war? Sie ist freiwillig dorthin gegangen.»

«In was für eine Anstalt?»

«Wenn ich es wüßte, hätte ich die Rechnung bezahlt. Auf unsere gemeinsame Versicherung hat sie nie zurückgegriffen. Wahrscheinlich war sie unter falschem Namen dort. Meine Detektive haben sie nicht gefunden.»

«Und woher wissen Sie, daß sie in einer Klinik war?»

«Das darf ich nicht verraten. Es war eine vertrauliche Mitteilung, und vertrauliche Mitteilungen sind mir heilig.» Er wandte den Blick ab, und als er sie wieder ansah, lächelte er und wechselte das Thema.

«Der Mann, mit dem Sie auf dem Ball waren – Charles Butler. Ich kann nicht sagen, daß ich ihn besonders gut kenne. Wir sind uns auf Familienfesten begegnet, aber ich habe ihn von Hochzeit zu Hochzeit, von Beerdigung zu Beerdigung größer werden sehen. Wahrscheinlich erinnere ich mich besser an ihn als er sich an mich. Er ist in jeder Gesellschaft aufgefallen – und dabei denke ich nicht an seine eindrucksvolle Nase. Er ist wohl kein besonders enger Freund von Ihnen?»

«Er ist ein sehr enger Freund.» Er war ihr einziger Freund. «Wieso fragen Sie?»

«Na, dann ist er jetzt sicher am Boden zerstört. Bestimmt nicht angenehm, so abserviert zu werden.»

«Charles? Er hat verstanden, daß ich gehen mußte.»

«Sie haben ihn wie einen Trottel dastehen lassen. Vor aller Augen. Das soll er verstanden haben?»

Mit erhobener Hand hielt er sie davon ab zu widersprechen.

«Schon als kleiner Junge hat Charles sich durch seinen skurrilen Intellekt von allen anderen Kindern unterschieden. Er war immer ein Sonderling. Und die sogenannten normalen Kinder haben keine Gelegenheit ausgelassen, ihn zu quälen. Aber Sie sind kein Kind mehr, und Sie wollen seine Freundin sein?»

«Ich *bin* seine Freundin.»

«Das bezweifle ich, Mallory. Hätte er sie auch so stehenlassen?»

«Es war nicht so, wie Sie denken.»

«Und ob es so war. Es war genau wie früher, auf jeder Hochzeit, jedem Begräbnis. Seine Mutter hat ihn immer zu den anderen Kindern geschickt. Die kleinen Ungeheuer haben ihn eine Zeitlang gequält, bis sie irgendwann weggelaufen sind. Und dann ist er dagestanden, ganz still, mit diesem erstaunten Ausdruck im Gesicht. Ich glaube, irgendwie hat er die Grausamkeiten nicht wahrhaben wollen. Und heute abend, als wir zusammen den Ball verlassen haben, hat er genau so ein Gesicht gemacht. Er hat es nicht verstanden.»

Gregor Gilette blickte sie forschend an. Er schien erstaunt über das, was er in ihren Augen fand. «Mallory, Sie begreifen kein Wort von dem, was ich sage, stimmt's?» Er schob das Gesicht näher an sie heran. «Ich sehe es Ihnen an.»

Mallory sah auf die Uhr. «Ich muß gehen – ich habe noch zu arbeiten. Ich würde mich gerne weiter mit Ihnen unterhalten. Darf ich Sie anrufen?»

«Jederzeit.» Er zog einen Kugelschreiber und eine Visitenkarte aus der Tasche und schrieb eine Telefonnummer auf die Rückseite. «Ich freue mich drauf.»

Charles schlief unruhig. Mitten in der Nacht weckte ihn ein knirschendes Geräusch, als würden Kieselsteine über Glas gerollt. Unmutig drehte er sich um und drückte das Gesicht in die Kissen. Das Klirren riß ihn jäh aus dem Schlummer, und als er die Augen aufschlug, flog ein dunkler Gegenstand durch den Raum und landete in einem Schauer von glitzernden Scherben auf dem Teppich.

Jetzt war er hellwach. Mit einem Satz sprang er aus dem Bett, riß das Fenster auf und aktivierte, um die Angst zu vertreiben, den kleinen Vorrat an Ausdrücken, den Riker ihm für solche Fälle beigebracht hatte. Er lehnte sich hinaus, bereit, den Steinwerfer mit Verunglimpfungen zu überschütten.

Gegenüber auf dem Gehsteig stand eine wunderschöne Frau in einem leuchtendgrünen Ballkleid. Sie stand dort unten im Nieselregen und blickte zu ihm hinauf. Die Tropfen tupften Flecken von dunklerem Grün auf ihr Kleid. Auf ihrer hellen Haut glänzte ein nasser Schleier. Das Haar glitzerte im Licht der Straßenlaterne. Sie warf ihm eine Kußhand zu, drehte sich um und eilte durch den schmalen Durchgang auf die hellen Lichter und das geschäftige Treiben der Houston Avenue zu. Er beugte sich weit aus dem Fenster und blickte ihr so lange nach, bis auch der letzte Zipfel ihres grünen Abendkleids in einem gelben Taxi verschwunden war.

Als er schließlich vom Fenster zurücktrat, trug er das albernste Lächeln im Gesicht, das man sich bei einem Menschen außerhalb der Mauern einer geschlossenen Anstalt überhaupt vorstellen konnte. Sein Haar war triefnaß, und erst jetzt spürte er, daß er auf Scherben stand. Während er noch feststellte, daß seine Fußsohlen blutig waren, fiel ihm der Gegenstand ins Auge, der vor seinen Füßen lag, ein herausgebrochenes Stück Mauerwerk – er hoffte inständig, daß es nicht aus seinem Haus stammte. Ein Zettel war mit einem Bindfaden daran befestigt. Er kniete nieder, öffnete den nassen Knoten und faltete das schlaffe Stück Papier so sorgfältig auseinander, als wäre es eine kostbare Reliquie. Dann hielt er die Botschaft vor das Fenster. Im schwachen Lichtschein las er die Worte: «Es tut mir leid.»

Wenn er an die Frau dachte, die diese Worte geschrieben hatte, erschienen sie ihm beinahe wie Poesie. Und er hatte ihr vorgeworfen, sie habe nicht einen Funken romantisches Empfinden in der Seele, ja, eigentlich habe sie überhaupt keine Seele. Aber wer außer Mallory wäre schon auf den Gedanken gekommen, die Bitte um Verzeihung um einen Felsbrocken zu wickeln?

In seiner ursprünglichen Form war der Zeitungsausschnitt das offizielle Hochzeitsfoto von Sabra und Gregor Gilette auf den Klatschseiten der Tageszeitungen gewesen. Vom Gesicht der Braut war nur ein kleiner Teil zu sehen gewesen, kaum mehr als das eine Auge, das der Brautstrauß nicht verdeckte. Die Hälfte dieses Fotos blickte Emma Sue Hollaran jeden Abend aus dem verschnörkelten Bilderrahmen auf ihrem Nachttisch an. Wie eine eifersüchtige Liebhaberin hatte sie Sabra einfach weggeschnitten. Wie hatte sie Gregors Frau gehaßt. Es war beinahe pervers, daß ihr kostbarster Besitz ausgerechnet eines von Sabras Gemälden war.

In jungen Jahren, bevor sie eine große Macherin in der New Yorker Kunstszene wurde, hatte Emma Sue Hollaran ihren Kunstgeschmack mit Reproduktionen amerikanischer Idyllen eines berühmten Malers aus Maine befriedigt, Arbeiten von der Aussagekraft eines Tapetenmusters, Darstellungen von Dorfleuten, friedlichen Landschaften eines anderen Amerika, in dem sie nie gelebt hatte, Orte der Phantasie, an denen sie abends noch ein paar Augenblicke verweilen konnte, bevor sie das Licht ausknipste.

Als sie vor vielen Jahren zum erstenmal eines von Sabras Bildern gesehen hatte, war sie beinahe körperlich davor zurückgeschreckt – ein Schock wie eiskaltes Wasser, die Benommenheit der jäh aus ihren Träumen gerissenen Schlafwandlerin. Dann hatte das Bild sie erregt. Sabra hatte einen Ort gemalt, den Emma Sue aus ihren Tagträumen kannte. Das Bild war in kräftigen Rottönen gehalten: die obere Hälfte zerrissen, zornig, gewalttätig, die untere Hälfte von sanft dahingleitender, gefühlvoller Passivität. Sie hatte das Bild angestarrt, für einen Augenblick hatte sie sogar geglaubt, es buchstäblich betreten zu können.

Ihr von abstrakter Malerei unbeleckter Verstand hatte seine eigenen Vorstellungen auf die Leinwand projiziert und dort eine Atmosphäre brutaler Sexualität ausgemacht, deren Gewalt sich in einem stürmischen, feuerroten Himmel über einer sanft gewellten Erde entlud. Über die roten Ebenen raste ein wirbelnder Sturm des Blutes heran. Auch das war ein anderes, ein junges und leidenschaftliches Land. Sie kannte es aus den dunklen Zimmern, in denen sie alleine gesessen und sich Männer zurechtphantasiert hatte, die sie aufrichtig liebten.

Das Gemälde hing seit ewigen Zeiten in ihrem Schlafzimmer. Selbst als sie Sabra längst zutiefst haßte, brachte Emma Sue es nicht über sich, das Bild zu zerstören. Und noch nach all den Jahren lag sie manchmal stundenlang im Bett, den Kopf in den Kissen, die zögernde Hand am Schalter der Nachttischlampe, und betrachtete es, wartete darauf, daß der leidenschaftliche Sturm des Bluts wieder einsetzte, gab sich der Illusion hin, daß er noch längst nicht an ihr vorübergezogen war.

Sie knipste das Licht aus und schmiedete Pläne.

*Es würde Gregor noch leid tun. Sehr leid.*

Mallory hatte sich des gelben Taxis und des grünen Ballkleids entledigt. Weit nach Mitternacht war aus ihr wieder ein Cop in Bluejeans geworden, und sie eilte mit einer großkalibrigen Waffe im Schulterhalfter über das Dach eines Gebäudes auf der East Side von Manhattan, zehn Stockwerke hoch über der Straße.

Riker winkte ihr mit einer Hand zu. Mit der anderen richtete er sein Fernglas auf das Dach des gegenüberliegenden Gebäudes, dem Kaufhaus Bloomingdale's. Scharf gestellt hatte er es auf das Ding unter dem Baldachin aus Regenmänteln. Der Wind ergriff das provisorische Regendach, ein Mantel klappte hoch und gab den Blick auf die

Schaufensterpuppe im silbernen Ballkleid frei. Andrew Bliss war gerade damit beschäftigt, die Plastikfigur liebevoll in einen der Regenmäntel zu hüllen, als hätte er Angst, sie könnte sich erkälten.

«Seltsamer kleiner Kerl», sagte Riker.

«Was macht er?»

«So wie es aussieht, hebt er eine neue Religion aus der Taufe. Er zündet gerade eine Kerze vor einer riesigen Barbiepuppe an.»

Mallory nahm das Fernglas und sah, wie Andrew die schlanken, festlichen Kerzen in einem silbernen Kandelaber anzündete, der vor der Schaufensterpuppe auf einem Tisch stand. «Sieht aus wie'n richtiger Altar.»

Sie war mit zwei Religionen groß geworden, der jüdischen und der katholischen. In beiden wurden Kerzen entzündet, aber Andrews kleines Ritual stand der Kirche näher als der Synagoge. Jetzt bekreuzigte er sich. Aus dieser unbewußten Geste der kleinen Kathy hatte Helen Markowitz auf die Religion ihrer leiblichen Mutter geschlossen und sich daraufhin verpflichtet gefühlt, sie zu vier Jahren Bibelschule zu verurteilen.

«Was meinst du, Riker, wie viele Fressalien hat er in dem kleinen Kühlschrank gebunkert?»

«Überhaupt keine. In dem Kühlschrank sind Wein und eine Flasche Wasser. Von Fressalien ist nirgends was zu sehen.»

«Hau ab, Riker. Leg dich eine Weile aufs Ohr.»

«Gute Nacht, Mallory.»

Nachdem die Falltür über Riker zugeklappt war, schloß Mallory das Richtmikrofon an, dann suchte sie das Dach gegenüber mit dem Fernglas ab, zählte die leeren Weinflaschen. Als sie Andrew wieder ins Visier nahm, stolperte er gerade auf sein Bett aus Daunendecken zu. Er mußte todmüde sein bei den Unmengen, die er trank, ohne etwas zu essen. Aber sein Schlaf war unruhig. Seinen Schreien nach zu urteilen hatte er Alpträume. Das erinnerte Mallory an ihre Kindheit, in der sie Nacht für Nacht von ihren eigenen Schreien aufgewacht war, genau wie jetzt Andrew, immer wieder, bis die Kerzen zu Stummeln heruntergebrannt und verloschen waren.

Als er eine Stunde vor Tagesanbruch wieder einmal erwachte und sah, daß keine Kerze mehr brannte, bekam er einen Koller. Wie ein Verrückter wühlte er in seinen Beständen herum, bis er eine Kerze gefunden hatte, und erst nachdem er sie angezündet hatte, legte er sich wieder schlafen.

*Seltsam.*

Angst vor Dunkelheit konnte es nicht sein, denn überall auf dem Dach brannte elektrisches Licht. Sie zählte zehn Lampen, verbunden durch ein Netz von Verlängerungskabeln. Die Kerzen mußten eine andere Bedeutung für ihn haben.

Kurz vor Sonnenaufgang fiel er in einen tiefen, erschöpften Schlaf ohne Schreie, aus dem er noch nicht wieder erwacht war, als Mallory ihren Posten verließ.

Gregor Gilette blieb bis zur Sperrstunde in Godd's Bar. Dann setzte er sich noch in eine Nachtbar und dachte bis zum Morgengrauen über die Perspektiven eines dunklen Genies nach.

Als er schließlich in seiner Wohnung in der Fifth Avenue stand, war er in mehrfacher Hinsicht müde. Er ging in die große Küche ganz am Ende des Flurs. Dort nahm er eine Flasche Rotwein aus dem Regal und drehte beim Gehen behutsam den Korkenzieher in den Korken.

Er schloß die Tür zu seinem Refugium auf, dem einzigen Raum in der Wohnung, zu dem seine Haushälterin keinen Zutritt hatte, und nahm direkt vor dem überlebensgroßen Foto eines abgetrennten Kopfes Platz. Gedankenverloren kramte er in einer Schublade nach dem Zigarrenabschneider. Aubrys totes Gesicht, in Farbe und mit starren, offenen Augen, schien ihm über die Sessellehne dabei zuzusehen, wie er ein Streichholz an die Havanna hielt und sich anschließend ein Glas Wein einschenkte.

Er wandte sich nach links, suchte nach einem Aschenbecher. Er war so gewöhnt an den Wandschmuck auf dieser Seite des Zimmers, daß er gar nicht mehr hinschaute. Von der Bodenleiste bis zur Zierleiste unter der Zimmerdecke war die Wand bedeckt mit einer Collage aus Fotografien und vergilbten Zeitungsausschnitten, die er mit kleinen Stahlnägeln im Putz befestigt hatte. Bei vier der Bilder handelte es sich um riesengroße, farbige Hochglanzabzüge, und die vorherrschende Farbe war Blutrot.

In den Zeitungsausschnitten darunter war die junge Frau noch als menschliches Wesen zu erkennen. Die Artikel erzählten alle dieselbe Geschichte. In nahezu gleichlautenden Worten berichteten sie von einer unglaublich talentierten Tänzerin, die unter Garantie ihren Weg machen würde.

In den Zeitungsartikeln ganz unten an der Wand wurde das alles wieder zurückgenommen; in schreienden Schlagzeilen kündeten die Boulevardblätter von ihrem Irrtum: Die junge Frau war tot, ihr Weg würde nirgendwohin mehr führen.

# 4

Am besten gefiel es Riker bei der Firma Mallory & Butler Limited in der hellen, geräumigen Küche, einer richtigen Wohnküche. Hier kam er mit Leuten zusammen, die ihm wichtig waren, hier gab es die besten Gespräche und immer erstklassigen Kaffee.

Riker hing auf seinem Stuhl und stellte sich auf den frühen Morgen ein. Sein normaler Tagesablauf war völlig durcheinandergeraten. Nicht einmal mehr auf den allmorgendlichen Kater war Verlaß. Mallory hatte die Spätschicht auf dem Dach übernommen und sah trotzdem taufrisch aus. Wann schlief die Frau eigentlich?

Sie stellte eine Platte mit Croissants und mehreren Sorten Käse auf den Tisch und ihm zuliebe auch noch einen Teller mit Doughnuts.

Charles beugte sich zur Leuchtanzeige der Kaffeemaschine hinunter. Drüben in seiner Wohnung stand eine alte Kaffeemühle in der Küche. Dort mahlte Charles die Bohnen von Hand, brühte auf und ließ den Kaffee langsam in die Kanne tröpfeln. Hier wurde computergesteuert gemahlen, aufgebrüht, für die volle Entfaltung des Aromas gesorgt und gemeldet, daß der Kaffee fertig war. Fehlte nur noch, daß die Maschine auch die Tassen aus dem Schrank holte.

Die Küche war die neutrale Zone zwischen der Sphäre

des Antiquitätenliebhabers Charles und Mallorys hochgradig technisiertem Bereich.

Jetzt erst fiel Riker auf, daß neuerdings ein Mikrowellenherd neben dem kleinen Fernseher und dem Radio mit CD-Player auf der Arbeitsplatte stand. Mit jeder neuen Anschaffung holte Mallory Charles ein Stück weiter ins 20. Jahrhundert.

«Ich halte Oren Watt immer noch für den Hauptverdächtigen», sagte Charles.

«Niemand hat ihn in der Galerie gesehen.» Mallory legte Besteck auf den Tisch.

Das Sonnenlicht fiel schräg durch den karierten Küchenvorhang und zeichnete ein Schachbrettmuster auf das glänzende Parkett. Die Putzfrau hatte den Boden gebohnert, es roch intensiv nach Putzmitteln. Der Geruch hing immer noch einen Tag in der Luft, wenn Mrs. Ortega dagewesen war. Riker beneidete Charles um Mrs. Ortega. Der Staub in seiner Wohnung war seit seinem Einzug vor vielen Jahren weitgehend unbehelligt geblieben.

Charles schenkte in die großen Kaffeetassen ein und sagte zu Mallory: «Du interessierst dich eben nicht besonders für Kunst. Wenn du hin und wieder zu einer Vernissage gehen würdest, wüßtest du, daß da keiner mitkriegt, was in der Galerie vorgeht. Man plaudert in kleinen Grüppchen. Man sieht sich nicht etwa um, und kein Mensch interessiert sich für die ausgestellten Kunstobjekte. Oren Watt kann also durchaus dortgewesen sein.»

«Nein, Charles.»

Riker hatte den Eindruck, daß sie mit Charles wie mit einem Haustier umging, das zur Sauberkeit erzogen werden mußte. Ihre Stimme wurde milder: «Ich habe ihn bei der Kunst-Installation für diesen Fernsehfilm im Auge behalten. Sobald er irgendwo auftaucht, starren ihn alle an. Der Mann hat markante Gesichtszüge. Und jeder wußte, wer er ist, obwohl er jetzt kurze Haare hat und eine Sonnenbrille trug. Es war richtig unheimlich. Den hätte jeder bemerkt, selbst wenn es nur so von Leuten gewimmelt hat, die alle mit sich selbst beschäftigt waren.»

«Wollen wir wetten?» Charles kam mit den Tassen zum Tisch. «Wenn ich dir beweise, daß es Oren Watt gewesen sein könnte, lädst du mich zum Lunch ein.»

Riker grinste. «Ich wußte gar nicht, daß du'n Spieler bist, Charles.»

«Charles geht die Sache wissenschaftlich an.» Mallory setzte sich an den Tisch und suchte sich ein besonders schönes, goldbraunes Croissant aus. «Er wüßte zu gern, warum er beim Pokern nie gewinnt, und deshalb experimentiert er herum, bis er es herausgefunden hat.»

«Was gibt's da herauszufinden?» Riker nahm einen Doughnut und betrachtete ihn skeptisch. Er war sich nicht sicher, ob er ihn hinunterbrachte, wenn er nicht mit Bier nachspülen konnte. «Du pokerst mit Profis, Charles. Doc Slope ist schon mit einem Pokerface zur Welt gekommen, Rabbi Kaplan kennt die Menschen wie seine Westentasche, und Duffy ist ein ausgekochter Anwalt. Bei den Brüdern hilft dir dein IQ wenig.»

«Riker hat recht», sagte Mallory. «Spielt ihr heute abend?»

«Ja. Bei mir.» Mit einem strahlenden Lächeln setzte sich Charles an den Frühstückstisch. «Ich habe übrigens schon herausgefunden, wie man beim Pokern gewinnt. Heute abend werde ich kräftig absahnen – und gegen dich gewinne ich schon heute morgen, Mallory. Was ist mit der Wette?»

«Die gilt.»

«Ach ja, die Unterlagen, die du durchsehen wolltest.» Charles legte einen Stoß Fotokopien neben Mallorys Kaffeetasse. «Eine Auswahl von Kritiken, die Dean Starr unter eigenem Namen veröffentlicht hat. Eine Geistesgröße war er nicht gerade, und schreiben konnte er auch nicht.» Er legte einen zweiten Stapel Kopien auf den ersten. «Und hier habe ich sämtliche Zeitungsartikel, die nach Watts Geständnis erschienen sind. Die ersten fünfzehn berichten über die Affäre zwischen Peter Ariel und Aubry Gilette.»

Als Mallory die ersten zwei Seiten überflogen hatte, sagte sie zu Riker: «Markowitz hat sich dazu nur Quinns Aussage notiert, und danach gab es keine persönliche Beziehung zwischen dem Künstler und der Tänzerin. Ist das alles? Ist diesen Zeitungsberichten niemand nachgegangen?»

«Doch, ich bin ihnen nachgegangen», sagte Riker. «Quinn hat immer für die ganze Familie gesprochen. Er hat gesagt, daß die Eltern von der angeblichen Beziehung erst aus der Zeitung erfahren haben. Ich habe mit allen gesprochen, die von den Journalisten zitiert worden sind. Ich hatte den Eindruck, die kannten Aubry gar nicht. So was gibt's. Jeder will gerne mal in der Zeitung stehen.»

«Soll das heißen, außer diesen Artikeln haben wir nichts über ihre Beziehung zu dem Maler?»

«Quinn hat gesagt, daß keiner, der sie kannte, etwas von einer Beziehung wußte.»

Sie gab ihm eine der Kopien. «Aber Andrew Bliss hat davon gewußt. Der hat sie gekannt, und er mußte seinen Namen wirklich nicht mit Gewalt in die Zeitung bringen. Er hatte schließlich eine eigene Kolumne.»

Riker überflog das kurze Interview mit Bliss und wußte sofort, daß er es zum erstenmal las. «Verdammt.» Er schaute auf das Erscheinungsdatum. Da war der Fall offiziell schon seit einem Monat abgeschlossen, aber Markowitz hatte noch daran gearbeitet. Das war ihnen also entgangen.

Sie riß ihm das Blatt Papier aus der Hand. «Hat Aubry denn keine Freunde gehabt, die euch sagen konnten, ob an der Sache was dran ist?»

«Nein. Aubry war eine Einzelgängerin. Sie hatte keine Freunde.»

Mallory zog ein altes, abgewetztes Notizbuch aus der Tasche und schlug es auf. Auch von der anderen Seite des Tisches erkannte Riker Markowitz' Klaue. Sie blätterte drei Seiten weiter und tippte mit dem Finger auf einen Eintrag. «Aubry war zwanzig und schon seit sechs Jahren in derselben Ballettschule.»

«Man hat die Mädchen vernommen, die zusammen mit ihr Ballettstunden hatten. Privat hat keine von ihnen Kontakt mit ihr gehabt.»

Mallory überflog die zwei nächsten Seiten. «Und was ist mit Madame Burnstien? Hier steht, daß Aubry die ganzen sechs Jahre bei ihr Unterricht hatte.»

«Von dieser Burnstien haben wir keine Aussage. Die ist steinalt, aber wieselflink. Als Markowitz zum ersten Mal mit ihr reden wollte, hat sie ihm drei Minuten Zeit gelassen, und als er es zum zweiten Mal versucht hat, ist sie ihm entwischt. Ich glaube, da hatte Quinn seine Finger im Spiel. An Informationen aus dem Kreis der Familie sind wir nur über ihn gekommen, und mit persönlichen Sachen war er sehr zurückhaltend. Vielleicht ist die alte Dame eine Freundin der Familie.»

«Ich will mit ihr reden.»

«Viel Glück, Mädchen. Markowitz konnte Schlangen

becircen, aber aus der hat er nichts herausgebracht. Was meinst du wohl, wie weit du kommst? Ich wette fünf Dollar, daß sie dich gar nicht vorläßt.»

«Abgemacht.»

Blakely hatte Coffey eine volle Minute lang vor dem Schreibtisch stehen lassen, bis er ihm den Lederohrensessel angeboten hatte. Nun sah Coffey mit starrem Blick am Kopf seines Gegenübers vorbei aus dem Fenster. Es war jedesmal das gleiche Ritual. Er wurde ignoriert und mit der Nase darauf gestoßen, wie tief er unter dem Polizeichef stand, der weiß Gott Wichtigeres zu tun hatte, als Jack Coffey zu empfangen. Zumindest bildete Blakely sich das ein. Bei seinen seltenen Besuchen im Sonderdezernat wuchtete er seine massige Gestalt durch die Räume, als gehöre jeder Quadratzentimeter ihm.

Coffey betrachtete den Mann hinter dem Schreibtisch. Er hatte die teigige Haut eines Kranken. Seine Fettmassen füllten den ganzen Sessel aus und quollen auch noch über die Lehnen. Ein Hauch von Luxus lag über dem Büro, was Coffey jedesmal mißtrauisch machte. Die Teppiche gehörten nicht zur Standardausstattung städtischer Büros, und der Schreibtisch war ein paar Nummern zu groß. Die Wände waren mit Erinnerungsfotos tapeziert, die seine Macht unter Beweis stellten. Auf allen war Blakely mit mächtigen und berühmten Leuten abgebildet, und jedes stand für irgendeine Mauschelei.

Vor zwei Jahren war Coffey zu Markowitz ins Büro gerufen worden. Man hatte ihm einen Platz angeboten, und ein FBI-Mann hatte ihn gefragt, ob er es für möglich hielt, daß sich Blakely mit der Mafia eingelassen hatte. Coffey hatte die Frage verneint und nichts von den Gerüchten gesagt, die das Gegenteil behaupteten. Hinter dem Rücken des FBI-Mannes hatte Markowitz zustimmend genickt. Häßliches Gerede trug man besser nicht nach draußen, und mehr als Gerede war es nicht gewesen. Doch jetzt hätte es Coffey nicht überrascht, auf einem der Fotos Blakely beim freundschaftlichen Händedruck mit einem Mafia-Boß zu entdecken.

Blakely las Zeitung und ließ ihn immer noch warten. Auch über den Schreibtisch hinüber sah Coffey das Foto, auf dem Mallory im Ballkleid mit einem weißhaarigen Mann tanzte. In das Aroma des Kaffees neben Blakelys Hand mischte sich leichter Modergeruch. Vor den Fußleisten waren ein paar Bretter morsch, aber Coffey konnte sich des Gedankens nicht erwehren, daß der Geruch von Blakely ausging.

Der Polizeichef faltete die Zeitung so zusammen, daß nur noch das Foto zu sehen war, und hielt es Coffey unter die Nase. «Haben Sie das Bild von Mallory und Gregor Gilette gesehen?»

«Ja, Sir. Sie war mit Charles Butler auf dem Ball, einem alten Freund von Markowitz. Er verkehrt in denselben Kreisen wie die Familie Gilette. Da ist es ganz normal, daß sie mit dem Mann getanzt hat. Wahrscheinlich hat sie mit vielen Männern getanzt.»

«Wenn ich mich recht entsinne, habe ich gesagt, Sie sollen sie nach Boston schicken.»

«Das war vor der Pressekonferenz.»

«Es bleibt dabei, Jack. Sie geht nach Boston.»

«Und was sagt der Commissioner? Er hat es unheimlich genossen, wie sie den FBI-Mann öffentlich in die Pfanne gehauen hat.»

«Sie fährt noch heute. Dann kann sie in Boston das FBI

in Verlegenheit bringen. Wer hat sie denn bei der Pressekonferenz auf diesen armen Hund gehetzt? Auf diesen Cartland? Das waren doch Sie! Ich weiß schon, was Sie damit erreichen wollten, und eine Weile hat es ja auch funktioniert. Beale meint, sie kann Wunder vollbringen. Aber jetzt gibt sie den Fall ab. Wir überlassen den Mordfall Starr den Leuten vom FBI.»

«Und die vermasseln alles.»

«Und halten den Kopf dafür hin. Diesmal tun Sie, was ich Ihnen sage.»

«Und warum wird Mallory wirklich abgeschoben?»

«Ich muß das nicht begründen, Jack. Insubordination macht sich in der Personalakte jedenfalls nicht gut, wenn man mit aller Gewalt Captain werden will.»

«Und von wem stammt die Idee? Vom Staatsanwalt? Hat er so große Angst vor einer Klage dieses verrückten Künstlers? Oder fürchtet er den Druck der Familie Quinn? Oder stammt sie von Senator Berman? Es wirft jedenfalls kein gutes Licht auf den früheren Polizeipräsidenten, wenn sich herausstellt, daß Watt nicht der Täter war und Markowitz das nicht beweisen konnte, weil man ihm die Hände gebunden hatte.»

«Denken Sie an Ihre Position, Jack. Und an Ihre Pension. Im übrigen haben Sie Ihre Beförderung fast schon in der Tasche. Halten Sie die Klappe und verschwinden Sie aus meinem Büro, solange Sie sich die Zukunft noch nicht verbaut haben.»

Andrew Bliss wußte, was es hieß, für seine Kunst zu leiden. Er beugte sich über die Stützmauer und zog den Kopf gleich wieder zurück, weil ihm schwindlig wurde. Er hätte gern gewußt, wie hoch der Vitamingehalt von Wein war. Von

Stunde zu Stunde wurde er schwächer, und immer wieder krampfte sich sein Magen zusammen. Seit einer Weile war die Avenue von Leuten bevölkert, die nur bei Woolworth entsprungen sein konnten. Dieser Tyrannei mußte ein Ende gesetzt werden, koste es, was es wolle. Er hatte keine Zeit, sich Gedanken über die moralische Vertretbarkeit des Terrorismus zu machen. Er mußte eine Mission erfüllen. Jeden Passanten, der Anstoß erregte, würde er schonungslos niedermachen.

Er war diesem Vorsatz treu geblieben und hatte seinen Kreislauf jeden Morgen mit Kaffee auf Touren gebracht. Und mit russischen Zigaretten, auch wenn die gar nicht in Rußland, sondern in New Jersey hergestellt wurden. Der Hubschrauber vom Verkehrsfunk flog vorbei. Auf das fröhliche Gewinke antwortete Andrew Bliss mit einem gnadenlosen Verriß des billigen, geschmacklosen Polyesteroveralls der Reporterin. Der Helikopter drehte ab.

Und jedem zerlumpten Bettler rief er zu: *«Such dir 'nen Job, dann kriegst du auch 'ne Kreditkarte!»*

Nach einer Weile verstummte Andrews Megaphon. Grünhaarige Kids aus SoHo und Touristen aus Iowa durften unbehelligt auf der Avenue herumspazieren.

Kein Lebenszeichen war zu erkennen. Nichts rührte sich mehr unter dem Baldachin aus Regenmänteln und hinter den welken Kübelpflanzen, die Andrew sorgsam mit Wein gegossen hatte.

In der Galerie Koozeman war es heute ganz still. Die Wände waren kahl. Der Assistent hatte sie in den Hauptraum geführt und allein gelassen. Hier war Starr gestorben. Zu Charles' Enttäuschung deutete nichts auf eine Tragödie hin. Nicht einmal eine Kreidezeichnung markierte die Stelle, an der der Tote gelegen hatte. «Wo hat Dean Starr gestanden, als er erstochen wurde?»

Mallory ging zur Mitte der rechten Wand und machte von dort vier Schritte in den Raum hinein. «Hier. Slope sagt, er hat noch eine Minute gelebt. Vielleicht hat er noch ein paar Schritte gemacht, aber hier ist er zusammengebrochen.»

«Er könnte also näher bei der Wand gestanden haben.» Er strich hinter ihrem Rücken prüfend über die glatte Fläche und lächelte. «Wetten, daß ich mich von hinten an dich heranschleichen und zustechen könnte?»

«Aber gewiß.»

Ihre spöttische Antwort kam nicht von ungefähr. Es war *ihre* Spezialität, urplötzlich hinter einem zu stehen, wenn man sie meilenweit entfernt wähnte. Wie oft hatte sie ihn damit schon zu Tode erschreckt. Um so mehr freute er sich darauf, den Spieß umzudrehen. «Wir wetten um das Mittagessen, ja?»

«Okay. Dann mal los, Charles.»

«Bin gleich wieder da. Rühr dich nicht von der Stelle.» Charles verschwand durch einen Nebenausgang.

Drei Minuten später öffnete er hinter ihr eine Geheimtür und sagte: «Du bist tot, Mallory. Und du schuldest mir einen Lunch.»

Mallory drehte sich langsam um. Er war ein wenig enttäuscht, daß sie überhaupt nicht zusammengezuckt war. Ob es wohl schon mal jemandem gelungen war, sie zu erschrecken?

Sie untersuchte die Geheimtür. Der Rahmen und die Tür waren am Rand abgeschrägt und fügten sich fast nahtlos ineinander. «Maßarbeit.»

Als sie die Tür ein Stück weiter öffnete, kam ein weißer

Vorhang zum Vorschein, mit dem die Öffnung verhängt war. Sie blickte zu den Strahlern an der Decke hinauf, die den Vorhang beleuchteten und den dunklen Flur dahinter ausblendeten. Dem Auge wurde auch dann noch eine glatte Wand vorgetäuscht, wenn die Tür einen Spalt offenstand. «Genial.» Sie schloß die Tür, und die Wand war wieder eine plane Fläche. Ein leichter Druck, und die Tür sprang wieder auf. «Ein Druckschnappschloß. Perfekt.»

«Wie seine Ausstellungen. Man sieht immer nur die Kunstobjekte und sonst nichts. Angenommen, du interessierst dich für einen Künstler, von dem nichts ausgestellt ist. Koozeman stellt sich mit dir so vor diese Wand, daß du ihr den Rücken zukehrst. Wenn ihm dann ein Assistent das gewünschte Bild reicht, kommt es dir so vor, als hätte es sich soeben hinter deinem Rücken materialisiert. Koozeman war schon immer ein Gaukler. Deshalb gehe ich zu seinen Vernissagen – wegen der Magie.»

Drei Assistenten brachten Farbkübel, Pinsel und eine Leiter herein, etwas abseits rollte ein vierter das Kabel einer großen Bohnermaschine ab.

«Koozeman hat doch erst für die Trauerfeier weißeln und bohnern lassen», sagte Mallory. «Warum jetzt schon wieder?»

«Das ist so üblich. Du hast doch gesagt, daß für die Dreharbeiten Bilder an den Wänden gehangen haben. Jetzt spachteln sie die Löcher zu, streichen darüber, und dann wird gebohnert.»

«Der läßt das jedesmal machen?»

«Ja.»

«Bist du auch mal bei einer von seinen Ausstellungen im East Village gewesen?»

«Ja, ein paarmal. Wo essen wir zu Mittag?»

«Wurde das in der alten Galerie auch schon gemacht?»

«Gestrichen und gebohnert? Ja. Das ist üblich.»

«Danke, Charles. Und jetzt sage ich dir, warum Oren Watt nicht durch diese Tür zugestochen hat. Wenn Koozeman einen seiner Kunden mit seinem kleinen Zaubertrick überraschen will, muß er das vorher arrangieren, weil man hinter der Geheimtür nicht sieht, wer davorsteht. Ein Komplize hätte das Opfer an Ort und Stelle bringen und das Zeichen zum Zustechen geben müssen. Bei seinem Geständnis hat Watt gesagt, daß er immer allein arbeitet und nicht groß plant.»

«Also gut, ich zahle das Essen. Wohin gehen wir?»

Sie hörte gar nicht zu. Er folgte ihrem Blick und sah J. L. Quinn in der Tür stehen. Wie lange hatte er dort schon gestanden?

«Schon das zweite Mal, daß du ihn bei Koozeman triffst. Das ist kein Zufall, Mallory. Der schleicht dir nach.»

«Oder er hat häufig bei Koozeman zu tun. Laß uns das Essen auf morgen verschieben, Charles.»

«Ich hätte gedacht, wir essen im Gulag», sagte Mallory und sah sich im Tavern on the Green um. Es gefiel ihr, daß die Fenster, die zum Central Park hinausgingen, blitzblank waren; die bunten Tulpen vor dem Fenster, deren offene Mäuler zur Sonne hinaufschrien, beachtete sie gar nicht.

Quinn studierte die Weinkarte. «Falls Sie keinen bestimmten Wein im Auge haben, würde ich ...»

«Einen 90er Frogs Leap Cabernet Sauvignon», sagte Mallory. «Der Jahrgang steht nicht auf der Karte, von dem haben sie nur noch ein paar Flaschen. Vielleicht müssen Sie dem Kellner etwas dafür geben, daß er sich auf die Suche macht.»

Quinn legte die Weinkarte auf den Tisch. Ein wenig schien es ihn immerhin zu irritieren, daß der Besuch dieses sündhaft teuren Restaurants für sie anscheinend nichts Außergewöhnliches war.

Sie lehnte sich zurück, betrachtete ihn mit halb geschlossenen Lidern und überlegte sich, womit sie ihn sonst noch ein bißchen aus der Ruhe bringen konnte.

Als er den Wein und das Essen bestellt hatte, verschränkte er die Arme und beugte sich zu ihr hinüber. «Worüber wollen wir reden? Über Kunst?»

«Über ihre Vermarktung.»

«Das ist ein und dasselbe.»

«Nach dem Mord an Peter Ariel hat Koozeman viel Geld verdient, aber nur wenig ist auf seinem Bankkonto oder in seinem Wertpapierdepot hängengeblieben.» Daß das Geld in seinen Steuererklärungen erst gar nicht aufgetaucht war, behielt sie für sich. Sie mußte Quinn nicht auf die Nase binden, daß sie sich durch eine Hintertür Zugang zum Computer des Finanzamts verschafft hatte.

«Ein Teil der Einnahmen wird an seine Geldgeber gegangen sein. Koozeman war zu der Zeit noch ein kleiner Fisch. Ohne eine kräftige Geldspritze hätte er Peter Ariel wohl kaum groß herausbringen können. Ich nehme an, Sie kennen seine alte Galerie im East Village.»

Sie nickte, obwohl sie sich nur im Cyberspace informiert hatte. Sie hatte die Galerie auf einem Stadtplan lokalisiert, einen Grundriß betrachtet, die Mietabrechnungen und die gesamte Buchführung eingesehen. Vielleicht sollte sie doch noch ins East Village fahren und sich die Galerie in den realen raumzeitlichen Koordinaten ansehen.

Wie von Zauberhand stand ein Teller mit Appetithäppchen auf dem Tisch.

«Die Ausstellung der Arbeiten Peter Ariels hat nichts abgeworfen», sagte sie. «Jedenfalls wurde kein Gewinn verbucht. Aber Ariel war noch keine drei Monate tot, da hat Koozeman für seine neue Galerie in SoHo schon das Zehnfache an Miete auf den Tisch gelegt. Haben das vielleicht auch seine Geldgeber finanziert, obwohl er noch gar keine Käufer für die Kunstobjekte hatte?»

«Die Geldgeber *waren* die Käufer.» Der Wein kam, und nach der Zeremonie des Servierens und Probierens sprach Quinn weiter. «Es ist nicht einfach, einem Künstler auf dem Primärmarkt zum Durchbruch zu verhelfen. Schon gar nicht einem untalentierten Bildhauer wie Ariel. Da muß der Händler künstlich Nachfrage erzeugen.»

«Der Primärmarkt? Den Begriff haben Sie schon einmal gebraucht.»

«Beim ersten Verkauf bietet man das Objekt auf dem Primärmarkt an, beim Wiederverkauf auf dem Sekundärmarkt. Um das Geschäft anzukurbeln, muß man für möglichst viel Publicity sorgen. Dann kann man für die Käufer früherer Arbeiten gegen eine Gewinnbeteiligung Wiederverkäufe vermitteln.»

Salatteller wurden diskret serviert und verschwanden wieder, bevor der Hauptgang aufgetragen wurde. Zwischen Blattsalat und rosa gebratenem Fleisch wurde ihr genau beschrieben, wie man sich in der Welt der Kunst den Erfolg erschwindelt. Man zahlt Jurys für eindrucksvolle Formulierungen «Provisionen», plaziert seine Werbegelder nur dort, wo man auch rezensiert wird, und sogar die Rezensenten erhalten ein Honorar.

«Koozeman kann ich zu dem alten Fall nicht befragen», sagte sie. «Wie finde ich ohne ihn heraus, wer am Verkauf von Ariels Arbeiten beteiligt war?»

«Gar nicht.» Quinn gab dem Kellner ein Zeichen und bestellte mit Lippensprache Kaffee. «Und Koozeman würde es Ihnen nicht verraten. Die Namen dieser Leute sind sein bestgehütetes Geheimnis.»

«Weil er nicht will, daß die Polizei seine Kunden belästigt?»

«Weil manche von ihnen wahrscheinlich weder Kapitalertragssteuer noch Umsatzsteuer gezahlt haben.»

«Dann geht es also um Steuerhinterziehung?»

Quinn wartete mit seiner Antwort, bis der Kaffee eingeschenkt und der Kellner wieder gegangen war.

«Ich stelle nur Vermutungen an. Sie haben doch gesagt, daß für die letzte Ariel-Ausstellung kein Gewinn verbucht worden ist. Angenommen, am Abend des Mordes haben die meisten Käufer von Ariels Arbeiten gemeldet, daß die Kunstobjekte beschädigt bei ihnen eingetroffen sind. Bei einer etwaigen Steuerprüfung genügt es, wenn Koozeman den Polizeibericht und Bestätigungen der Käufer dafür vorlegen kann, daß er ihnen den Kaufpreis für die beschädigt gelieferte Ware zurückerstattet hat. Tatsächlich behalten die Käufer die Objekte, und Koozeman zahlt ihnen das Geld nicht zurück.»

«Mit den angeblichen Rückerstattungen in bar schafft er die Überweisungen der Käufer sozusagen aus der Welt, und das Geld verschwindet in einem Bankschließfach.»

«Falls es wirklich so gewesen ist, können die neuen Besitzer die Objekte weiterverkaufen und einen satten steuerfreien Gewinn einstreichen. Die Käufer zahlen keine Umsatzsteuer und Koozemann spart die Einkommenssteuer.»

«Könnte er auf die gleiche Tour auch die Arbeiten von Dean Starr verkaufen?»

«Wohl kaum. Ein paar Sachen hat er ja an dem Abend

verkauft, an dem Starr ermordet wurde. Aber die Kunstwerke sind ein solcher Schrott, daß die A-Klasse sie nicht einmal mit Handschuhen anfassen würde. Das Zeug haben ungeladene Ignoranten gekauft. Bei der zweiten Ausstellung hat Koozeman vermutlich gleich die Dilettanten im Auge.»

«Die A-Klasse ist also der Primärmarkt.»

«Genau. Das sind nicht etwa Kunstliebhaber. Das sind Geldleute auf der Suche nach lukrativen Anlagemöglichkeiten, und ein Künstler, der durch die Umstände seines Todes zu trauriger Berühmtheit gelangt, beschert ihnen einen unerwarteten Profit. Die Kunst besteht dann darin, die Objekte zum richtigen Zeitpunkt abzustoßen, bevor die Preise wieder sinken.»

«Die A-Klasse stößt die Objekte also an die Trottel von der B-Klasse ab.»

«Und die werden sie vielleicht sogar an die C-Klasse los, also an die Volltrottel, die endgültig darauf sitzenbleiben. Die C-Klasse, das sind Banken und andere Unternehmen, die sich Kunstsammlungen zulegen. Die merken nur in den seltensten Fällen, daß man sie übers Ohr gehauen hat, weil sie den Kaufpreis des Kunstwerks einfach als seinen Wert ansetzen und dem Betriebsvermögen zuschlagen. Daß das ein wertloser Aktivposten, also eigentlich ein versteckter Verlust ist, fällt auch bei den Buchprüfungen nicht auf. Das ist eigentlich schon alles, was Sie über Kunst wissen müssen.»

«Aber ich weiß noch nichts über Aubrys Mutter. Warum gibt es keine Fotos von Sabra?» Sie hatte mit einer unwillkürlichen Reaktion gerechnet, aber er blieb völlig gelassen.

«Daran ist mein Vater schuld.» Er beugte sich zu ihr hinüber. «Meine Mutter war genauso schön wie Sie, Mallory. Deshalb hat mein Vater sie geheiratet.»

Bei einer weiteren Tasse Kaffee erfuhr sie, daß Quinns Vater nach der Hochzeit bald gemerkt hatte, wie schrecklich das Leben mit einer Frau war, die nicht von ihren Spiegeln loskam. Als Sabra zwölf war, sagte ihr Vater eines Abends zu ihr: «Es ist jammerschade, daß du so schön bist. Wenn du häßlich oder wenigstens unscheinbar wärst, hättest du vielleicht etwas aus deinem Verstand gemacht.» Er war zwar betrunken, als er das sagte, aber es war ihm ernst. Er machte sich Sorgen um seine Tochter.

Sie polterte die Treppe hinauf und zerschlug alle Spiegel in ihrem Zimmer. Dann fiel ihren Eltern auf, daß sich Sabra nach und nach aus sämtlichen Familienfotos herausschnitt. Sie zerstörte alle Bilder von sich. Sie wollte ihr Gesicht nie wieder sehen.

«Das kommt Ihnen wahrscheinlich völlig verrückt vor, aber ich fand es großartig. Es verhalf ihr zu einer immensen Konzentrationsfähigkeit. Sie machte etwas aus ihrem Verstand, und dazu kam noch ihr Genius. Daran ist mein Vater dann vermutlich auch schuld.»

«Sie ist dann aber tatsächlich verrückt geworden.»

«Nach dem Tod ihres Kindes ist es ihr sehr schlecht gegangen.»

«Ihr Mann sagt, daß sie den Verstand verloren hat. Sie war ja auch eine Zeitlang in einer Anstalt.»

«Hat Gregor das gesagt? Wissen Sie, nach New Yorker Begriffen war sie schon immer verrückt. Sie hat von ihrer Familie nie Geld genommen. Wenn das nicht verrückt ist. Ohne jede Unterstützung hat sie Karriere gemacht. Ihre Werkschau war in Museen auf der ganzen Welt zu sehen. Nach dem Mord hat sie dann ärztliche Hilfe gebraucht.»

«Sabra war doch eine starke Frau. Ich frage mich, was sie umgeworfen hat.»

«Sabra hat Aubry über alles geliebt.»

«Das allein kann es nicht gewesen sein. Wir verlieren alle irgendwann einmal einen Menschen. Und wie lebt sie jetzt? Sie malt nicht mehr, und Krankenhäuser sind teuer. Gregor sagt, sie hat nie ihre gemeinsame Krankenversicherung in Anspruch genommen. Ihre Reserven müssen irgendwann aufgebraucht gewesen sein. Würde sie sich dann nicht an ihren Mann oder ihre Familie wenden? Auch nicht, wenn sie Geld zum Leben braucht?»

«Ich wünschte, sie hätte es getan.»

Mallory spürte, daß er log, sagte aber nichts. *Laß sie lügen*, hatte Markowitz gesagt. *Wenn sie lügen, verraten sie dir mehr, als wenn sie die Wahrheit sagen.*

Sie nippte an ihrem Kaffee und blickte aus dem Fenster. «Wenn man Leute auf der Straße nach den Namen des Künstlers und der Tänzerin fragt, fällt ihnen nur Peter Ariel ein.»

«Na klar. Dahinter steckt die sentimentale Geschichte vom Künstler, der zeitlebens gedarbt hat und erst nach seinem Tod entdeckt worden ist.»

«Wenn man Polizisten fragt, erinnern sie sich nur an Aubrys Namen. Dahinter steckt Ihr Einfluß, Quinn. Sie haben bei den Ermittlungen immer wieder Aubry in den Vordergrund gerückt, obwohl der Täter zuerst wohl eher Peter Ariel im Visier hatte.»

«Meinen Sie? Und warum war der Chefpathologe derselben Ansicht wie ich? Er hat gesagt, daß der Anschlag in erster Linie Aubry gegolten hat.»

Sie stand neben einem umgekippten Mülleimer und beobachtete Quinn und die junge Frau. Die Gerüche von Fisch und faulem Obst, in die sich der Gestank von Hundekot mischte, nahm sie gar nicht wahr, und die junge Frau machte sie kein bißchen neugierig. Im Augenblick gab es eben nichts anderes zu sehen als Quinn und diese Frau beim Verlassen des Restaurants am Central Park.

Die Frau mit dem Einkaufswagen war nicht so alt, wie sie aussah. Mit Geld läßt sich der Alterungsprozeß eine Weile aufhalten, ohne Geld beschleunigt er sich. Wenn man kein Dach über dem Kopf hat, um sich gegen die Elemente zu schützen, leidet nicht nur die Haut; auch der Geist wird vorzeitig runzlig. Sie hatte breite Lücken zwischen den wenigen Zähnen, die ihr geblieben waren. Ihre bleigrauen Haare waren nicht mehr gewaschen worden, seit sie vor mehreren Monaten in ein Obdachlosenasyl getrieben, ausgezogen, entlaust worden war – unter den wachsamen Augen der Wärterinnen, die in der Tür des Duschraums standen.

Nun sprach sie mit der Teedose auf dem Einkaufswagen, nickte ihr zu und zog den Wagen hinter sich her. Die schmerzenden Füße mit den geschwollenen Knöcheln schlurften über den Kiesweg, und die kleinen Räder quietschten. In ihren kranken Lungen pfiff es. Es bereitete ihr Mühe, den Wagen zu ziehen, der mit jedem Jahr auf den Straßen von New York schwerer geworden war.

Coffey lehnte sich auf seinem Stuhl zurück und hielt den Hörer ein wenig vom Ohr weg. Commissioner Beale hatte eine schrille Stimme und schrie immer noch gern so laut in die Sprechmuschel wie der kleine Junge, der sich ein Telefon aus einer Blechdose und einem Stück Draht gebastelt hatte.

«Ja, Sir», sagte Coffey. «Ich kann Ihr Lob noch an Mallory weitergeben, bevor sie nach Boston abreist ... Ja, Sir, nach Boston. Blakely zieht sie von dem Fall ab und schickt sie ...»

Coffey hielt den Hörer noch weiter vom Ohr weg. «Nach Ansicht Blakelys könnte der Fall zu hohe Wellen schlagen, wenn Mallory ... Ja, Sir, das Foto von dem Ball ... Da bringen Sie mich in eine schwierige Lage, Sir. Blakely hat mir befohlen, sie nach Boston zu schicken, und ich will natürlich auf keinen Fall ... Nein, Sir, es würde mir nichts ausmachen, wenn Sie mit ihm reden, aber vielleicht erwähnen Sie meinen Namen dabei nicht. Sonst meint er noch, ich versuche hinter seinem Rücken, Mallory weiterhin an den Ermittlungen zu beteiligen ... Vielen Dank, Sir.»

Coffey legte auf. In der Glaswand betrachtete er sein Spiegelbild. Er glaubte ein Lächeln zu sehen, wie er es von Mallory kannte.

Das sonnenhelle Arbeitszimmer des Rabbis mit all seinen Büchern und Papieren war ganz in Holz gehalten. Der Schreibtisch stand in der Mitte des Raums, und durch das offene Fenster bauschte jeder Windhauch die weißen Vorhänge.

Rabbi David Kaplan war eine elegante Erscheinung. Er war groß, trug einen dunklen Anzug und einen kurzgeschnittenen, graumelierten Bart, der die Magerkeit seines Gesichts durchaus nicht kaschieren sollte. Seine Augen ließen an eine friedlich dösende Katze denken, aber das täuschte. Wenn er mit Kathy Mallory sprach, war er hellwach. Man mußte schnell denken, wenn man mit ihr zu tun hatte. Sein alter Freund, Pfarrer Brenner, hatte das nur mühsam und erst viel zu spät gelernt.

Helen Markowitz hatte ihr Pflegekind zu den Katholiken geschickt. Sie hielt das für ihre Pflicht gegenüber der leiblichen Mutter, wenn sie ihr auch nie begegnet war und Kathy nie von ihr sprach. Den einzigen Hinweis lieferte die Tatsache, daß Kathy wußte, wie man sich bekreuzigt. Protestanten bekreuzigten sich nicht, folglich sollte Kathy ursprünglich katholisch erzogen werden, und diese Absicht respektierte Helen. Bis zu dem Tag, an dem das Experiment übel scheiterte.

Kathy wurde zurückgeschickt und brachte fortan Rabbi Kaplan zur Verzweiflung, bis man ihre religiöse Bildung für abgeschlossen hielt. Den Rabbi enttäuschte am meisten, daß es ihm nicht gelang, die geistigen Gaben seiner intelligentesten Schülerin von ihren noch größeren Talenten als Diebin und begnadete Lügnerin abzukoppeln.

Als Heranwachsende durfte sie sich für eine Religion entscheiden, und sie entschied sich für die jüdische, weil die Juden keinen Ort namens Hölle kannten.

Somit konnte der Rabbi den bescheidenen Erfolg verbuchen, sie vor den Flammen der katholischen Hölle bewahrt zu haben, aber Gott hatte er sie kein bißchen näher gebracht. Sie sah in den Gottheiten aller Religionen nur Märchenfiguren für Lernschwache. Aber aus irgendeinem Grund war der Teufel der christlichen Religion sehr real für sie. Dem mußte sie irgendwo auf der Straße begegnet sein, in den ersten zehn Jahren ihres Lebens, über die sie mit niemandem sprach.

Er hatte ihr oft Fallen gestellt und alle möglichen Köder ausgelegt und doch nur sehr wenig über ihre Herkunft erfahren. Auch später hatte er immer wieder Vorstöße unternommen, die sie stets geschickt abwehrte. Ihr Verhältnis hatte von Anfang an eine gewisse Ähnlichkeit mit einem Badmintonmatch gehabt.

Der Rabbi legte den Hörer auf die Gabel seines schwarzen Telefons und betrachtete das Kind, das er so innig liebte wie sein eigenes. «Du hast einen Termin bei Madame Burnstien. ‹Ich werde sie mir anschauen›, hat sie gesagt.»

«Anschauen?»

«Offenbar meint sie, daß ich eine Tänzerin zu ihr schikken will. Sie hatte schon aufgelegt, als ich das Mißverständnis aufklären wollte. Vielleicht ist es besser so. Das Ballett ist Madame Burnstiens Leben, sagt meine Frau, und wer mit diesem Leben nichts zu tun hat, den gibt es eigentlich gar nicht. Mich hat sie nur angehört, weil Annas Wohltätigkeitsverein ihr immer wieder Geld für Stipendiaten der Ballettschule zukommen läßt.»

«Markowitz hat bei ihr nichts erreicht. Was meinen Sie? Was hat er falsch gemacht?»

«Nun ja, die wirksamste Waffe deines Vaters war sein Charme. Er hat sogar die Ganoven für sich eingenommen.»

«Jetzt wissen wir wenigstens, daß man bei der alten Dame mit Charme nichts erreicht.»

Bei der Vorstellung, daß Kathy Mallory es mit Charme versuchen könnte, mußte der Rabbi lächeln.

«Daß du mir höflich bist. Du mußt sie mit *Madame* anreden. Helen hat dir Respekt vor älteren Menschen beigebracht. Aber Madame Burnstien ist natürlich viel zäher als du.»

«Madame Burnstien?» Damit konnte er sie wirklich nicht schrecken. «Ich habe sie auf einem Foto von Aubrys Beerdigung gesehen. Sie muß an die neunzig sein. Sie geht am Stock.»

«Wie ich von meiner Frau höre, frißt Madame Tänzerinnen schon zum Frühstück.»

«Trotzdem würde ich mir zutrauen, sie auf die Matte zu legen.»

«Und ihren Stock weiß sie sehr geschickt zu handhaben. Einmal habe ich es mit eigenen Augen gesehen und bin entsetzt gewesen.» Sein Lächeln verblaßte, und er beugte sich mit ernstem Gesicht vor. «Madame Burnstien ist wirklich sehr zäh. Sie hat zwei Jahre in einem Konzentrationslager der Nazis überlebt. Ich kann mir nicht vorstellen, daß es in deiner Lebensgeschichte etwas gibt, was diesem Grauen gleichkommt.»

«*Vier* Jahre im Mädchenpensionat der Nonnen.»

«Mußt du immer alles zu übertrumpfen versuchen?»

«Wie gehe ich denn nun am besten mit ihr um?»

«Madame Burnstien wird erst zugänglich, wenn sie dich respektiert. Versuch es. Aber bitte ohne Blutvergießen.»

Mallory stand auf dem Gehweg und sah an der Ballettschule hinauf, die als die beste des Landes galt. Aus allen acht Geschossen des braunen Gebäudes, das einmal ein Lagerhaus gewesen war, hatte man Tanzsäle und Klassenzimmer gemacht. Auf der Feuertreppe lümmelten Mädchen und junge Frauen und ließen die Beine baumeln, die in poppigen Stutzen steckten. Einige rauchten eine verbotene Zigarette, andere drehten das Gesicht in die frühe Frühjahrssonne, um ein paar Sonnenstrahlen aufzusaugen.

Anna Kaplan, die Frau des Rabbis, hatte Mallory darauf vorbereitet, daß heute mindestens hundert Kinder in der Ballettschule sein würden. Durch die Eingangstür kam sie in einen großen, hohen Raum, in dem die Hölle los war. Überall kleine Mädchen und ein paar Jungen, Pappschilder mit Nummern um den Hals, und ihre Mütter, die ihnen nicht von der Seite wichen, ständig an ihren Stutzen und Trikots herumzupften, schon vor dem Vortanzen völlig mit den Nerven fertig waren.

Vor der Anmeldung herrschte lautes Gedrängel. Ein Mann mit Kopfhörer im Ohr sprach mit vier Leuten gleichzeitig. Über den Köpfen rief ein Lautsprecher Nummern aus, Kinder wurden von ihren Müttern getrennt und nahmen auf einer Seite Aufstellung.

Hinter den kleinen Tänzern stand eine junge Frau in Mallorys Alter. Sie blickten einander an. Das Gesicht der jungen Frau verriet, daß sie Mallory weder zu den Müttern noch zu den Neulingen zählte, sondern als Kollegin vom Ballett betrachtete. Sie lächelte und zuckte die Achseln: *Ist das nicht schrecklich?* Dann legte sie den Kopf schräg. Sie hatte gemerkt, daß Mallory nicht dazugehörte. Als Mallory auf sie zukam, wurde ihre Neugier noch größer, da die Kinder wie auf Befehl auseinandertraten und Platz machten. Viele kleine Körper reagierten auf den Impuls eines Geistes.

«Wo finde ich Madame Burnstien?»

«Zweiter Stock. Die Treppe rauf geht's schneller. Der Lift braucht eine Ewigkeit.» Die junge Frau zeigte auf die schmale Treppe. Dann rief sie Mallory noch eine Warnung nach. «Wenn Sie nicht angemeldet sind, reißt sie Ihnen den Kopf ab.»

Hundert kleine Tänzer sahen sie mit großen Augen an.

«Ich werde schon mit ihr fertig», sagte Mallory. «Ich habe ein katholisches Internat überstanden.» *Mit der geisteskranken Nonne konnte es die alte Burnstien bestimmt nicht aufnehmen.*

Mallory war stolz auf ihre Feinde. Auf Schwester Ursula ganz besonders.

Sie ging in den zweiten Stock hinauf und blieb vor der offenen Tür eines Tanzsaals stehen. Es waren auch noch andere Eleven da, sie lehnten an der Wand oder saßen im

Schneidersitz auf dem Boden, aber Mallory sah nur ein Mädchen. Es flog durch die Luft, umwogt von stürmischer Musik, wölbte den Körper, setzte ganz leicht auf und stand. Die Strumpfhose und das Trikot leuchteten lila, die Beine waren von den Knöcheln bis zu den Waden von orangefarben glitzernder Wolle umhüllt. Nun drehte sie sich vor der verspiegelten Wand auf den Spitzen im Kreis. Der junge, schweißglänzende Körper wirbelte herum wie ein Derwisch, der lange Zopf sauste schwarz schimmernd durch die Luft, sie drehte sich irrsinnig, drehte sich zauberhaft. Und dann stand sie ganz ruhig vor einer weißhaarigen Frau in einem weinroten Kleid, die einen Stock in der Hand hatte.

Die Alte runzelte nur die Stirn; statt eines Kommentars schüttelte sie langsam den Kopf. Dann verschwand sie durch eine rote Tür und schlug sie hinter sich zu.

Die junge Tänzerin senkte den Kopf. Ihre Kraft und ihr Selbstvertrauen waren wie weggeblasen.

Mallory beobachtete sie eine Weile, begriff aber nicht, was in ihr vorging. Wie war es möglich, daß sie überhaupt nicht zu wissen schien, wie wunderbar sie tanzte?

Markowitz hätte die Ballerina verstanden. Er hatte die Gabe, in die Haut wildfremder Menschen zu schlüpfen, die ihm am Schreibtisch gegenübersaßen. Und dann wußte er, wo er sie packen konnte. Empathie hatte er das genannt.

Sie wußte, daß ihr jedes Einfühlungsvermögen abging. In die Haut eines Mörders konnte sie vielleicht noch ganz gut schlüpfen, aber bei einer Ballerina würde ihr das nie gelingen.

Sie ging an der abgewiesenen Tänzerin vorbei und klopfte an die rote Tür. Es dauerte eine Minute, bis die Tür einen Spalt aufging.

«Ja?» sagte die alte Frau und sah sie grimmig an. Madame Burnstien war klein und zierlich und flößte Mallory nicht unbedingt Furcht ein. Ihr weißes Haar trug sie in einem Knoten, und durch ihre Haut zogen sich kreuz und quer unzählige Fältchen. Durch den Türspalt sah Mallory die Gichtknoten der Hand, die den Stock hielt.

«Ich heiße Mallory. Wir sind verabredet.»

«Sie sind die junge Bekannte von Rabbi Kaplan?»

Mallory konnte den Akzent der alten Frau nicht auf Anhieb einordnen, aber schließlich hatte Anna Kaplan gesagt, daß Madame Burnstien aus so vielen Ländern kam, daß sie nicht zu sagen wußte, welches ihre Heimat war. In ihrer Jugend hatte sie für die ganze Welt getanzt. Mallory konnte kaum glauben, daß dieses alte Weib einmal jung gewesen war.

«Rabbi Kaplan hat gesagt, daß ich Sie sprechen kann.»

«Ich werde Sie mir anschauen, habe ich gesagt, und das ist bereits geschehen. Sie sind ein schönes Kind, aber Sie sind zu groß. Und jetzt gehen Sie.»

Mallory stellte rasch den Fuß in die Tür. Mit einem boshaften Lächeln hielt Madame Burnstien den Stock hoch und zeigte Mallory den Wolfskopf mit den scharfen Fängen.

«Nehmen Sie den Fuß aus der Tür, meine Liebe, sonst tanzen Sie nie wieder.»

Sie hob den Stock, um kräftig zustoßen zu können.

«Sie meinen wohl, ich vergreife mich nicht an alten Frauen?» Das Lächeln verschwand. Die alten Augen funkelten böse und die Brauen zogen sich blitzartig zusammen, aber sie ließ den Stock sinken. Übertrieben mißmutig krächzte sie: «Ich weiß Entschlossenheit zu schätzen, Kind, aber Sie stehlen mir die Zeit. Sie sind nun mal zu groß.»

Mallory hielt ihr die Dienstmarke unter die Nase. «Ich will mit Ihnen über Aubry Gilette sprechen.»

«Ich habe viele Schülerinnen. Seit Aubry sind es bestimmt tausend gewesen. Was meinen Sie, was ich da von den einzelnen Mädchen im Gedächtnis behalte?»

«An Aubry erinnern Sie sich sicher besser als an die meisten anderen. Sehen Sie sich vor, sonst zeige ich Ihnen die Fotos von der Autopsie. In Ihrem Alter wäre das vermutlich tödlich.»

«Sie haben eine rege Phantasie, mein Kind.» Das boshafte Lächeln war wieder da, und die Tür öffnete sich.

Das geräumige Büro verriet, daß Madame wie Charles Butler eine Vorliebe für Antiquitäten hatte. Durch das Eckfenster flutete das Licht über einen alten, reichverzierten Schreibtisch, auf dem sich großformatige, broschierte Bücher, alte, schön beschriebene Blätter und Noten stapelten. Die Polsterstühle hatten einen Brokatbezug und waren, bis auf einen, mit Trikots bepackt. Signierte Fotos und Zeichnungen von Tänzern in Bewegung bedeckten eine ganze Wand. Nur ein kleines Gemälde hinter dem Schreibtisch, ein Stilleben, Blumen, hatte nichts mit Ballett zu tun. Mallory war lange genug aufs Barnard College gegangen, um einen Monet zu erkennen. Das mußte ein Original sein. Schließlich hatte sie sich davon überzeugen können, daß die alte Frau sich nicht mit halben Sachen begnügte. Mallory betrachtete ein größeres Gemälde an der anderen Wand. Es war nicht signiert, aber sie erkannte es als cin Bild von Sabra.

«Sie haben Aubrys Mutter wohl ziemlich gut gekannt, Madame Burnstien?»

«Richtig, mein Kind. Das ist übrigens ein Porträt von Aubry.»

Das Bild stellte eine Tänzerin dar. Obwohl die Malerin ihr Thema abstrakt behandelt hatte, sah man eine schimmernde Gestalt durch die Weite des Raums fliegen. Bewegte Striche gaben ihr Leben, und um sie herum pulsierten Farben. Ein dunkles Grün und mehrere helle Grüntöne machten einander den Vordergrund streitig und schufen eine Raumtiefe, die allen Gesetzen der Perspektive widersprach. Die schwungvollen Farbbewegungen und Tupfer hatten den Rhythmus und die Phrasierung von Musik. Als Mallory den Blick abwandte, hatte sie ein ganzes Ballett mitsamt der Partitur vor ihrem geistigen Auge.

«Wissen Sie, was mit Sabra ist?»

Die alte Frau setzte sich und sah an Mallory vorbei. «Ist ihr etwas zugestoßen?» Die gichtige Hand fuhr zur Brust.

«Keine Ahnung. Aber sie ist seit Jahren verschollen. Wissen Sie, wohin sie gegangen ist, als sie die Anstalt verlassen hat?»

«Nein.»

Sie sagte offensichtlich die Wahrheit. Kein Zögern, kein verräterisches Zucken im Gesicht, keine fahrige Bewegung. Aber ihr Blick hatte auch nichts Fragendes und verriet keine Spur von Verwunderung. Die alte Frau stand der Familie nahe genug, um von Sabras Jahren in der Anstalt zu wissen.

«Ich habe Sie auf einem Foto von Aubrys Beerdigung gesehen. Wie ist es Sabra am Tag der Beisetzung gegangen? War sie da schon verrückt?»

Die alte Frau schüttelte den Kopf. Dann runzelte sie die Stirn und wischte die anstößige Frage weg. Mallory machte einen Schritt auf sie zu, beugte sich zu ihr hinab und schaute ihr direkt in die Augen. «Vielleicht hätte ich fragen sollen, ob Sie Sabra in letzter Zeit gesehen haben?»

Madame Burnstien schwieg, da sie diese Frage nicht mit irgendeiner Floskel parieren konnte. Irreführender Äußerungen mochte sie sich bedienen, glatte Lügen waren nicht ihr Stil. Sabra lebte also noch. Mallory trat wieder ein paar Schritte zurück.

«Gut, dann erzählen Sie mir von Aubry und dem Künstler, der mit ihr gestorben ist. Ist Peter Ariel wirklich ihr Freund gewesen? Oder gab es jemand anderen?»

«Sie hat nie einen Freund gehabt.»

«Sie ist eine sehr attraktive Frau gewesen, und mit zwanzig ist man heutzutage schon eine ziemlich alte Jungfrau.»

«Die Welt hat sich verändert, das Ballett nicht. Der Beruf der Tänzerin ist ungeheuer anstrengend, und Aubry war sehr ehrgeizig. Da blieb keine Zeit für Freunde oder Liebhaber. *Das* hat sie geliebt.» Madame Burnstien zeigte auf ein großes Foto, auf dem die zerschundenen Füße einer Tänzerin zu sehen waren, halb verheilte, wundgescheuerte Stellen und offene Wunden – das Martyrium der unbarmherzigen Schuhe. «Wenn Aubry nicht mit der Truppe unterwegs war, hat sie hier geübt. Für eine Tänzerin hört das Training nie auf.»

«Sie ist in einer Kunstgalerie gestorben. Es hat in ihrem Leben also nicht nur das Ballett gegeben. Vielleicht hat sie sich nach den Übungsstunden und den Auftritten mit ihrem Freund getroffen.»

«Hat sie nicht!» Der Stock schlug auf den Teppich und hinterließ einen runden Abdruck.

«Wieso sind Sie da so sicher?» Mallory lehnte sich an die rote Tür. «Sie ist doch nicht den ganzen Tag und die ganze Nacht hiergewesen.» Sie wollte die alte Frau aus der Reserve locken und hatte in dieser Hinsicht viel vom Rabbi gelernt. «Sie sind nur ihre Lehrerin gewesen. Aubry kann hundert Freunde gehabt haben.»

Die alte Frau richtete den Oberkörper auf, hob das Kinn

und wehrte sich. «Sie hätte es nicht vor mir verbergen können, wenn sie eine Affäre gehabt hätte. Zum Tanzen braucht man ungeheuer viel Kraft. Da darf man keinen Raubbau mit seiner Gesundheit treiben. Mich hat man zu hart trainieren lassen. Ich hatte bereits Arthritis, als ich nur wenig älter als Aubry war. Eine Tänzerin braucht Ruhe, mehr als alles andere. Aubry ist immer gleich nach der Vorstellung ins Bett gegangen, hatte nie dunkle Ringe unter den Augen und war jeden Morgen pünktlich beim Unterricht. Aubry hat nur getanzt!» Leiser und mit weniger Emphase fügte sie hinzu: «Sie hatte kein Privatleben.»

Mallory verschränkte die Arme und gab sich so skeptisch wie der Rabbi, wenn er den Verdacht hatte, daß sie ihn anlog.

Madame Burnstien stand auf und versuchte sich ihre Schmerzen nicht anmerken zu lassen. Ganz gelang ihr das jedoch nicht. Mallory entging nicht, daß die Gicht den ganzen Körper der Primaballerina befallen hatte.

Die alte Frau ging zum Fenster und blickte hinaus. «Von den hundert Kindern, die Sie da unten gesehen haben, schafft es höchstens eins. Und alle, die es nicht schaffen, haben noch einmal Glück gehabt.»

Mallory trat so leise hinter sie, daß Madame Burnstien erschrak, als sie sagte: «In den Zeitungsberichten steht, daß Aubry und der Künstler eine Affäre hatten. Der Kunstkritiker Andrew Bliss hat gesagt ...»

«Lügengeschichten!»

«Gemeinsame Bekannte der beiden haben gesagt ...»

«Erstunken und erlogen!»

«Es wäre aber auch möglich, daß *Sie* mich anlügen», sagte Mallory, dabei wußte sie genau, daß Madame Burnstien die Wahrheit sagte. Ihre nächsten Worte waren weder

Rechtfertigung noch Anklage, nur ein einfaches Resümee von Aubrys Zeit auf Erden.

«Sie hat nur getanzt. Sie hat gar nicht richtig gelebt. Und dann ist sie gestorben.»

«Willst du mich schon wieder erpressen, Mallory?» Edward Slope machte noch zwei Eintragungen auf einer Karte und legte sie neben den ausgeweideten Kadaver eines ehemaligen Steuerzahlers auf den Tisch. «Was willst du diesmal? Mein Auto?»

Er streifte die Handschuhe ab und klatschte sie auf den Toten, der nun wirklich nichts für seinen Ärger konnte. Auf Mallory machte er damit keinen Eindruck. Sie ließ keinerlei Gefühlsregung erkennen. Das irritierte ihn immer wieder maßlos. Er hatte den Verdacht, daß sie ihn mit ihrer unterkühlten Art provozieren wollte.

«Nur ein paar Fragen», sagte sie. «Wollte Markowitz wissen, wie lange es dauert, zwei Leichen zu zerlegen?»

Woher wußte sie das? Er wandte sich ab und zog seinen blutigen Chirurgenkittel aus. «Ja, das hat er gefragt. Aber ich war damals sauer auf ihn. ‹Kauf dir einen Rinderschlegel und probier's aus›, hab ich gesagt.»

«Genau das hat er getan.» Sie zog eine gelbe Serviette aus der Tasche. «Und er hat verdammt lange gebraucht, um den Schlegel durchzusäbeln. Er konnte das im zeitlichen Rahmen des Verbrechens gar nicht unterbringen. Einer allein kann das gar nicht geschafft haben. Deshalb wollte er den Fall nicht zu den Akten legen. Das hat einfach nicht ins Bild gepaßt.»

Er nahm ihr die Serviette aus der Hand, auf der sich Markowitz den Zeitaufwand der einzelnen Arbeitsschritte beim Zerlegen des Fleisches und beim Zersägen der Knochen notiert hatte. «Armer Kerl. Ein paar Tips hätte ich ihm schon geben können. Aber zu der Zeit waren wir eben nicht gut aufeinander zu sprechen.» Er gab ihr die Serviette zurück. «Der Mörder hat die Gliedmaßen an den Gelenken abgetrennt. Da geht es natürlich leichter. Wieviel Zeit er dadurch gespart hat, kann ich dir auch nicht sagen.»

«Fällt dir sonst noch etwas ein, was mir weiterhelfen könnte?»

«Das Abtrennen an den Gelenken ist eher untypisch. Das hätte ich ihm sagen müssen. Meistens trennen Mörder die Beine unterhalb vom Rumpf ab. Dazu müssen die Idioten die Knochen durchsägen. In diesem Fall war das anders, aber in meinem Bericht hab ich auf Spuren von Axthieben hingewiesen. Vielleicht hat er das falsch verstanden. Und mit meinem Rinderschlegel habe ich ihn ja wohl auf die falsche Fährte geführt.»

«Spricht das Abtrennen an den Gelenken für gewisse Kenntnisse der menschlichen Anatomie? Wie sie an Kunstakademien vermittelt werden?»

«Schon möglich.»

«Oren Watt hat keine Kunstakademie von innen gesehen.»

Das klang ihm eine Spur zu selbstgefällig. So nicht! Nicht mit ihm. «Vielleicht hatte der Mörder auch nur eine gewisse Erfahrung im Tranchieren von Truthähnen. Da säbelt auch kein Mensch die Keule durch. Aber bei Helen gab's am Thanksgiving Day ja immer einen Braten und keinen Truthahn. Es wundert mich also nicht, daß du darauf nicht selber gekommen bist. Aber du bist so was von stur. Ich frage mich wirklich, was du sonst noch alles übersiehst. Du kannst einfach nicht zugeben, daß Oren Watt ...»

«Eine Frage noch. Warum hast du Quinn in seiner Ansicht bestärkt? Du hast zu ihm gesagt, daß es der Täter wahrscheinlich auf Aubry abgesehen hatte.»

«Stimmt. Und ich habe ihm auch gesagt, daß ich Oren Watt für den Mörder halte. Ich glaube immer noch, daß es der Kerl gewesen ist. Warum mußt du diesen Fall unbedingt noch einmal aufrollen?»

«Wieso glaubst du, daß der Täter in erster Linie das Mädchen im Visier hatte?»

«Weil nur sie leiden mußte. Der Junge war schon tot, als er zerstückelt wurde. Ich weiß, du hast den Bericht gelesen, und vermutlich hast du ihn sogar Wort für Wort im Kopf. Aber das sind nur die Fakten. Versuch dir das mal vorzustellen. Sie kriecht quer durch den ganzen Raum, und der Täter geht ihr nach und schlägt immer wieder zu. Markowitz hat das schwer zu schaffen gemacht. Der Täter muß das Mädchen abgrundtief gehaßt haben.»

«Es ist wirklich schade, daß ihr zu der Zeit nicht miteinander geredet habt. Markowitz hat nämlich beim Verhör herausgefunden, daß Watt überhaupt nichts über Aubry wußte. Der hat sie gar nicht gekannt.»

«Na und? Dann hat er sie eben nicht gekannt. Vielleicht hat er alle Frauen gehaßt. Es war die Tat eines Verrückten. In meinem ersten Bericht kannst du nachlesen, was für ein hübsches Andenken er sich mitgenommen hat. Ihr Gehirn!»

«Hast du es immer noch nicht begriffen? Anhand des fehlenden Gehirns hat Markowitz Watts Geständnis widerlegt.»

«Woher willst du das wissen?» Er wußte, daß sie bluffte. Manchmal vergaß Kathy, daß er ein Leben lang gepokert hatte. «Du rätst doch nur ins Blaue hinein.»

«Stimmt, aber darin bin ich große Klasse. Eine Naturbegabung, wenn du so willst. Und ich weiß, wie Markowitz gearbeitet hat. Du hast nicht mit ihm geredet. Weil du eine Stinkwut auf ihn hattest. Und später habt ihr kein Wort mehr über den Fall verloren. Ein heikles Thema, nach dem, was er von dir verlangt hatte. Mal angenommen, der Mörder hatte es vor allem auf Peter Ariel abgesehen. Was dann? Wenn Markowitz jetzt hier vor dir stehen würde, würdest du ihm dann etwas anderes sagen? Würde dein Bericht heute anders ausfallen?»

Irgendwie war Markowitz gar nicht richtig tot. Wenn Kathy in der Nähe war, hatte Slope immer das Gefühl, daß auch Markowitz nicht weit sein konnte. Sie weckte Erinnerungen an eine lebenslange Freundschaft. Markowitz ließ Kathy auch nach seinem Tod nicht im Stich. Er zwang jeden, der ihn gemocht hatte, auch seine Tochter zu mögen.

«Nein, Kathy, er würde nicht anders ausfallen.»

«*Mallory*», sagte sie mit Nachdruck.

«*Kathy*», wiederholte er. «Irgendwann sind alle Freunde deines Vaters tot. Dann gibt es niemand mehr, der dich Kathy nennt. Wenn ich daran denke, habe ich Angst um dich. Geliebt zu werden ist schon eine arge Zumutung, nicht? Du hast das Gefühl, das verpflichtet dich, und das kotzt dich an. Mir soll's recht sein.»

Jetzt wurde sie wütend, und das war gut so. Außer Zorn konnte er ihr sowieso keine Gefühlsregung entlocken. Sie erwiderte sein breites Lächeln mit eisigem Blick, baute sich drohend vor ihm auf und holte aus.

Als sie gegangen war und der hydraulische Türstopper die Tür langsam ins Schloß zog, murmelte er: «Perverses kleines Monster.» Ganz sanft hatte sie sein Gesicht berührt und ihn auf die Wange geküßt. Völlig verwirrt stand er da und mußte sich mühsam sammeln. Das hatte sie absichtlich gemacht – ganz bestimmt! Sie legte es immer darauf an, ihn zu verwirren.

Der Fotograf stellte das Stativ auf den Bürgersteig und richtete die Kamera auf den Platz vor dem neuen Bauwerk von Gregor Gilette. Handwerker trugen soeben die letzte Sperrholzplatte weg, und dahinter kam der schlanke Torbogen zum Vorschein, der die gleiche Form wie die unteren Fenster des Gebäudes hatte.

Wenn der Fotograf seine Aufnahmen gemacht hatte, würden die Handwerker den Bauzaun noch einmal aufstellen. Erst wenn die Skulptur stand, würde er für die feierliche Eröffnung endgültig abgerissen.

Emma Sue Hollaran stand mit verkniffenem Gesicht und hochrotem Kopf neben den aufgestapelten Sperrholzplatten und beschimpfte die Arbeiter, aber die zuckten nur die Achseln und beriefen sich auf ihre Anweisungen. Die Macherin vom Komitee für Kunst im öffentlichen Raum drehte sich zu dem jungen Fotografen um. Sie schnaubte wie ein junger Stier, aber als sie auf ihn losging, wirkte sie eher wie ein Trampeltier.

«Ich habe das nicht genehmigt!» schrie sie.

Der Fotograf machte sich mit eingezogenem Kopf an seiner Kamera zu schaffen. Er schraubte einen Filter auf das Objektiv und hoffte, daß sie weitergehen würde. Eine naive Hoffnung. Beim Blick auf die Kamera sah er ihre Beine, die wie zwei Hydranten fest im Pflaster verankert waren.

«Ich spreche mit Ihnen, junger Mann!»

Gilette winkte den Fotografen zur Seite und baute sich vor Emma Sue auf. Er lächelte ihr in das wutverzerrte Gesicht, und sie trat unwillkürlich einen Schritt zurück. «Der Fotograf bekommt seine Anweisungen von mir.»

Sie hatte sich etwas für ihn zurechtgelegt. Was war das noch? Sie starrte ihn an. Ihr Kopf war leer.

Ihr liebender Vater hatte sie vor ihrem eigenen Abbild in Schutz genommen und ihr versichert, wie schön sie sei. Sein Geld und seine Ländereien hatten das ihrige getan, um sie bei Schulbällen vor dem Schicksal des Mauerblümchens zu bewahren. Eine solche Partie stand bei Farmern mit heiratsfähigen Söhnen hoch im Kurs. Emma Sue hatte keinen Tanz ausgelassen und war den hübschen Burschen, die ihre kupplerischen Väter fürchteten, nach Herzenslust auf die Füße getreten.

Mit einer großzügigen Spende für eine Eliteuniversität wurde ihre geistige Beschränktheit wettgemacht. Geld half immer und schützte gegen alles. Viel Geld verwandelte Schwarz in Weiß und ein blökendes Schaf in eine der führenden Frauen der Kunstszene in der wichtigsten Kunstmetropole der Welt.

Und doch, trotz ihres Schutzpanzers war sie aufgespießt wie ein Käfer. Sie konnte Gregor nur anstarren. Was für ein Mann. Sein Blick nahm ihr den Atem. Sie sah etwas, was sie nicht kaufen konnte.

Es war Sex, was sich hier am hellichten Tag und vor aller Augen abspielte, schamloser, brutaler Sex, und sie konnte ihn nur anstarren. *Möchtest du tanzen, Gregor?*

*Nein*, sagten seine Augen. *Mit dir nicht.*

Sie wandte sich um, ein häßliches, dummes Entlein, und watschelte mit schweren Schritten davon. Das Klappern ihrer Quadratlatschen verlor sich im Verkehrslärm von Manhattan.

Leute kamen durch den Torbogen hereinspaziert. Sie setzten sich auf Bänken in die Sonne oder suchten den Schatten der Eschen am Rand des Platzes. Zwei Kinder tauchten die Hand in den Brunnen. Ein Polizist fragte Gilette, ob er den Platz räumen solle. Gilette schüttelte den Kopf.

«Nein, lassen Sie nur.»

Er ging zu der Kamera das Fotografen, blickte durch das Objektiv und stellte es auf den Brunnen scharf. Ein junger spanischer Künstler, dem es gelungen war, den Marmor wie Wasser fließen zu lassen, hatte mit seinem Entwurf einen internationalen Wettbewerb gewonnen. Die Linien führten das Auge behutsam über die weichen Formen des Brunnens, die dem Material die Härte nahmen und mit den Formen des Gebäudes korrespondierten.

Das Sonnenlicht spiegelte sich im Wasser und glitzerte auf den Gesichtern von zwei Jungen – und der Kameraauslöser klickte.

Ein alter Mann warf den dürren Arm über die körpergerecht geschwungene Lehne der Bank. Mit einem friedlichen Lächeln hielt er das Gesicht in die Sonne, und der Auslöser klickte. Eine junge Frau in einem gelben Kleid stand versunken im üppigen, schattigen Grün der jungen Baumreihe und schreckte hoch, als sich ein Vogelschwarm auf den Ästen über ihrem Kopf niederließ.

Ein Stadtstreicher stand zögernd im Torbogen und ging dann ungefähr in die Richtung, in der Gilette stand. Sein ungewaschenes Gesicht mit Fünftagebart sah in dem glänzenden Licht auf einmal ganz frisch aus, und der Auslöser klickte.

Das Fernsehteam lud die Ausrüstung von den großen LKWs. In einem Stimmengewirr aus Anweisungen und Fragen liefen Leute hektisch hin und her, verlegten Kabel, stellten die Tontechnik und die Kameras ein.

Oren Watt stand am Rande des Tumults. Vielleicht war sie wie aus dem Nichts aufgetaucht, weil ihm die Sonne ins Gesicht schien. Eben war die andere Straßenseite noch leer gewesen, und jetzt stand sie da drüben und lächelte ihn an. Er hatte sie bei den Filmaufnahmen in Koozemans Galerie gesehen, als sie den versiegelten Raum öffnete, in dem Dean Starr gestorben war. Auch dort hatte die junge Frau ihn angelächelt – oder hatte sie ihm die Zähne gezeigt?

Nun zog sie eine schwarze Brieftasche aus ihrem Blazer, klappte ihre Dienstmarke auf. Das Sonnenlicht spiegelte sich in dem goldenen Metall und blendete ihn. Ein Lastwagen rumpelte vorbei. Als er die Sicht wieder freigab, war die Frau verschwunden.

«Hat man Sie nicht als Berater engagiert, Oren?»

Er fuhr herum. Sie stand hinter ihm und blickte auf ein Klemmbrett.

«Haben Sie denen nicht gesagt, daß sie am falschen Ort drehen?»

«Was wollen Sie von mir?»

«Genau das habe ich mal eine Nonne gefragt. Wissen Sie, was sie geantwortet hat? ‹Ich will deine Seele.›» Sie ließ ihn stehen und machte im Gehen auf ihrem Klemmbrett noch ein Häkchen.

«Großartig», sagte Charles. Er begutachtete den Inhalt der Einkaufstüte auf Mallorys Schreibtisch. Ein Senfglas zog er heraus, weil er diese Marke noch nie gesehen hatte. Ganz unten fand er ausländisches Bier.

«Tut mir leid, daß aus unserem Mittagessen nichts geworden ist», sagte Mallory. Sie saß an einem der drei Computerterminals in ihrem Büro.

«Hast du dir mal überlegt, wieso Quinn wußte, daß er

dich heute in der Galerie trifft? In New York wimmelt es von Galerien. Höchst unwahrscheinlich, daß er zufällig vorbeigekommen ist. Er schleicht hinter dir her. Gefährlich ist er natürlich nicht, aber ...»

«Vielleicht fürchtet er, daß ich etwas über ihn und das finanzielle Motiv für die alten Morde entdecke, was ihm nicht gefällt.»

«Da bist du schief gewickelt, Mallory. Wenn es um Geld ginge, hätte man nicht Quinn an den Tatort bestellt.»

«Und warum nicht? Man hat die Leichen einem renommierten Kunstkritiker vorgeführt. Das paßt verdammt gut zu einem finanziellen Motiv.»

«Nein, Mallory. Das paßt überhaupt nicht zusammen. Der Kritiker eines Revolverblatts hätte für viel mehr Publicity gesorgt.»

«Eine Kritik von Quinn ist Gold wert.»

«Wenn der Künstler nichts kann, bestimmt nicht. Außerdem sind die Zeiten vorbei, in denen ein Kritiker einem Künstler zum Erfolg verhelfen konnte. Man schafft den Durchbruch nicht mehr mit Rezensionen, sondern mit Medienrummel und Werbegags. Nur ein sehr talentierter Künstler könnte ein Interesse daran haben, Quinn den Mord als Kunstwerk zu präsentieren. Aber in diese Kategorie fällt weder Peter Ariel noch Dean Starr noch Oren Watt. Nein, nur als Racheakt an Quinn ergeben die Morde einen Sinn. Du wirst akzeptieren müssen, daß der Täter vor allem Aubry im Visier hatte. Sonst kommt eigentlich nur noch eine blindwütige Wahnsinnstat in Frage.»

«Es gibt jede Menge Leute, die an diesen Morden verdient haben. Ich bin überhaupt nicht schief gewickelt!»

«Warum muß es unbedingt um Geld gegangen sein?»

«Weil ich sonst im Mordfall Starr überhaupt nichts in

der Hand habe. Bei einem blindwütigen Gewaltakt verschwindet der Täter spurlos in der Menge.»

Sie konzentrierte sich ganz auf den Monitor und schien ihn vergessen zu haben.

«Was machst du da eigentlich?»

«Ich breche in ein Netzwerk für Künstler ein», sagte sie und blickte auf.

Ihr Lächeln war ihm wohl nicht ganz geheuer. Er verließ das Zimmer und machte die Tür leise zu, denn mit Einbruch wollte er nichts zu tun haben.

Seit ein paar Tagen interessierte sie sich sehr für Netzwerke von Künstlern. Sie ging sofort zum Forum «Bliss» und übersprang die Kommentare der letzten beiden Tage, die sie schon kannte. Ein paar Leute plauderten. Zwei Teilnehmer klinkten sich aus und zogen sich in einen *private room* zurück. Mallory ging in die Datenbank, fischte sich die Kennwörter heraus, knackte das Cyberspace-Schloß und folgte ihnen. Ohne auf dem Monitor der beiden anderen in Erscheinung zu treten, konnte sie auf ihrem Bildschirm deren Privatgespräch mitverfolgen. Dabei erfuhr sie, daß Andrew Bliss zwei Jahre lang in einem Priesterseminar gewesen war.

Robin Duffy saß in Charles' Spielzimmer am Kartentisch. Vor ihm lag ein Häuflein Münzen auf dem grünen Filz, und daneben stand auf einem Untersetzer ein Bier. Die Deckenlampe überzeichnete seine Hängebacken und gab ihm das Aussehen einer Bulldogge. Duffy schüttete gerade Rabbi David Kaplan sein Herz aus. Er war zwar ein frommer Katholik, aber dieser Mann war sein Rabbi.

«Heute hat sich wieder jemand für Markowitz' Haus interessiert. Warum will das Mädchen nicht verkaufen?

Es hat doch keinen Sinn, das Haus leerstehen zu lassen.»

«Es ist Kathys Zuhause», sagte der Rabbi mit einem heiteren Lächeln. Er hatte die Ellbogen auf den Tisch gestützt, um seine Karten zu studieren. «Das alte Haus ist alles, was ihr von Helen und Louis geblieben ist.»

«Also, ich weiß nicht. Sie ist fast nie dort und bleibt nie über Nacht. Eine nette Familie mit ein paar Kindern könnte wieder Leben in das Haus bringen.»

«Ich war noch keine zwanzig, als meine Eltern gestorben sind», sagte Charles und senkte den Blick auf seine Karten. «Es mußten noch einmal zwanzig Jahre vergehen, bis ich ihre Wohnung verkaufen konnte.»

«Mir ist schon klar, daß Siebzehn-Zimmer-Wohnungen nicht von heute auf morgen weggehen», sagte Edward Slope. «Aber zwanzig Jahre?»

«Es war mein Zuhause, obwohl ich die meiste Zeit gar nicht dort gewohnt habe. Als meine Eltern noch lebten, war ich im Internat. Aber dort bin ich zu Hause gewesen.»

«Kathy braucht ein richtiges Zuhause», sagte Duffy. «Einen Mann und Kinder. Viele Kinder.»

Edward Slope legte seine Karten verdeckt auf den Tisch und blickte in die Ferne. «Ich versuche mir gerade eine Welt vorzustellen, in der viele kleine Bösewichter herumlaufen, die alle wie Kathy aussehen.»

Sie hatten eine Stunde gespielt, und Edward Slope hatte am meisten gewonnen. Vor dem Rabbi und Robin Duffy lagen kleinere, aber auch noch ganz respektable Häufchen Münzen. Wie jedesmal war Charles Butler der große Verlierer. Am Anfang hatte er Kopf und Kragen riskiert, und nun mußte er mit seinen wenigen Zehn- und Fünfundzwanzig-Cent-Stücken haushalten. Der Rabbi teilte die Karten aus. Jeder bekam fünf, vier verdeckt und eine aufgedeckt. Charles Butler bekam die höchste offene Karte, ein As.

«Laß die Karten liegen», sagte jemand hinter ihm. Die Köpfe seiner Mitspieler fuhren hoch.

«Vertrau mir, Charles», sagte Mallory. «Laß die Karten liegen. Geh ruhig mit.»

Drei Vierteldollar lagen bereits in der Mitte des Tisches. Ohne zu wissen, was er für Karten hatte, legte er seinen dazu und betrachtete seine Freunde. Der Argwohn, mit dem alle drei das Mädchen musterten, das sie schon als Kind gekannt hatten, flößte ihm Vertrauen zu ihr ein.

«Hol dir einen Stuhl und steig richtig ein, wenn du mitspielen willst», sagte Edward Slope.

«Um Leichtgewichte wie euch zu schlagen, muß ich mich nicht hinsetzen.»

Alle legten einen Vierteldollar nach, und als Charles an der Reihe war, nickte sie ihm zu. «Du gehst mit und erhöhst um einen Vierteldollar.»

Dieses Wettritual wiederholte sich immer wieder, bis der Pott ziemlich gut gefüllt war und Charles nur noch drei Vierteldollar nebst ein paar Fünf- und Zehn-Cent-Münzen vor sich liegen hatte. Nach ihren eigenen Regeln schied man aus, wenn man sein Tischgeld verspielt hatte. Nun zweifelte er doch an Mallory. Der Spieler mit dem meisten Geld, Edward, konnte ihm seine paar Kröten doch problemlos abknöpfen.

«Ich passe», sagte der Rabbi und warf seine Karten weg.

Robin Duffy war an der Reihe. «Laßt mir mal ein bißchen Zeit, ja?» sagte der Anwalt, der in Harvard studiert hatte. Er stellte seine Karten um, was auf mindestens zwei Paare hindeuten sollte, warf einen Blick auf das aufgedeckte As von Charles und mußte sich noch einmal gut überlegen, ob er wirklich noch einen Vierteldollar wagen wollte.

«Darf ich Ihnen eine Frage stellen, Herr Doktor?»

Charles fragte sich, was Mallory von Slope wollte, wenn sie sich dermaßen förmlich an ihn wandte. Die beiden stritten sich ständig.

«Wie lange kann ein Mensch ohne feste Nahrung nur von Flüssigkeit leben?»

«Kommt auf die Flüssigkeit an», sagte Edward. «Von Wasser vielleicht zehn, zwölf Tage. Von Fruchtsäften mit Vitaminzusätzen viel länger. Damit haben Leute schon monatelang Trinkkuren durchgehalten.»

«Und wenn einer nur Wein trinkt?»

«Dann kannst du ihn vergessen. Schon nach ein paar Tagen ohne feste Nahrung ist er völlig entkräftet und fängt an zu halluzinieren. Und dann dauert es nicht mehr lange, bis er an Dehydration stirbt. Alkohol ist ein Diuretikum. Ein harntreibendes Mittel.»

Robin Duffy legte seinen Vierteldollar nun doch in den Pott. Slope erhöhte um zehn Cent.

«Du erhöhst um einen Vierteldollar, Charles.»

«Sollte ich vorher nicht doch einen Blick auf meine Karten werfen? Ich bin praktisch blank.»

«Das ist keine gute Idee, Charles. Laß die Karten liegen.»

Er gehorchte. Robin Duffy warf einen Blick auf Charles' As und paßte.

Mallory stellte sich neben Edward Slope. «Angenommen, einer macht seit drei Tagen eine Weinkur, und er hat eine Flasche Wasser. Was setzt du dem sonst noch auf den Diätplan, wenn du erreichen willst, daß er ansprechbar bleibt und nicht kollabiert?»

«Kräcker oder Weißbrot. Das kann der Körper schnell umsetzen.»

Edward warf seinen Vierteldollar in den Pott. Diesmal erhöhte er nur um fünf Cent.

«Du gehst mit und erhöhst um einen Vierteldollar, Charles.»

«Dann habe ich nur noch fünfzehn Cent.»

«Nun mach schon.»

Charles legte seinen letzten Vierteldollar in den Pott. Und nun paßte auch Edward Slope. Der Arzt und Mallory fixierten einander mit einer Mischung aus Zorn und Bewunderung. Charles' Blicke irrten zwischen den beiden hin und her.

«Du hast gewußt, daß er paßt.»

«Ja, Charles.»

«Wie konntest du das wissen?»

«Dr. Slope ist ein Gentleman der alten Schule.» Sie redete mit Charles, hatte den Blick aber immer noch auf den Arzt geheftet. «Das hat Markowitz jedenfalls behauptet. Der hat ihn oft mit diesem Trick drangekriegt. Wenn sie bei uns gepokert haben und Markowitz relativ früh am Abend gegen Dr. Slope das ganze Tischgeld gesetzt hat, ist ihm jedesmal der Pott zugefallen.»

Charles konnte nicht recht folgen. «Aber was hat das ...»

«Du bist der Gastgeber, Charles, und der Abend hat erst angefangen. Er läßt dich nicht verlieren, weil du sonst bis zum Schluß dabeisitzen und Däumchen drehen mußt. Markowitz hat sich seine Karten natürlich angesehen, aber bei dir wäre es dann bestimmt schiefgegangen. Du kannst nicht bluffen. Du könntest es auch dann nicht, wenn dein Leben davon abhinge. Mit deinem Gesicht geht das einfach nicht.»

Unübersehbar stand ihm nun maßlose Enttäuschung im Gesicht geschrieben. «Dann habe ich Edward übervorteilt. Wie stehe ich denn nun da?»

Seine drei Mitspieler hoben den Blick zur Decke und mußten sich beherrschen, um nicht in schallendes Gelächter auszubrechen.

«Stimmt», sagte Mallory. «Jetzt hast du's endlich begriffen. Und verlier nicht gleich wieder alles, hörst du?»

Edward zeigte auf Charles' Karten. «Na, dann laß mal sehen, was du gehabt hast.»

Blitzschnell griff sich Mallory Charles' Blatt und die abgeworfenen Karten und mischte wie eine alte Zockerin.

Edward Slope senkte den Blick und würgte seine Bierflasche. «Du willst uns wohl unbedingt zur Weißglut treiben!»

Robin Duffy beugte sich zu dem Arzt hinüber. «Und du hast ihr immer allen Humor abgesprochen.»

Mallory stellte sich hinter den Rabbi. «Ich habe noch eine Frage zu einem religiösen Thema.»

Slope teilte das nächste Blatt aus. «Wenn dir meine Freundschaft und Wertschätzung etwas bedeutet, schickst du sie zum Teufel, Rabbi.»

Auch der traurige Blick des Rabbis konnte dem Stapel Karten in Slopes Hand nun nicht mehr entlocken, mit welchem Blatt Charles gewonnen hatte. «Edward hat recht. Erst tust du so etwas, und dann bittest du mich um Hilfe.»

«Sie sind mein Rabbi. Sie dürfen mich nicht abweisen.»

«In Gottes Namen. Was möchtest du wissen?»

«Was muß man anstellen, damit man aus einem katholischen Priesterseminar fliegt.»

«Kathy, wenn ich mich recht erinnere, hat Helen dich vier Jahre lang auf eine teure katholische Schule geschickt.

Frag Pfarrer Brenner. Er ist eigentlich im Ruhestand, aber soweit ich weiß, macht er diese Woche Urlaubsvertretung in St. Judes's.»

«Ich verstehe mich nicht besonders gut mit Pfarrer Brenner. Könnten Sie ihn vielleicht fragen?»

«Wie lange ist das jetzt her? Zehn Jahre? Pfarrer Brenner ist nicht nachtragend. Du hast der Nonne das Bein ja nicht gebrochen.»

Nachdem Mallory gegangen war, herrschte erwartungsvolles Schweigen. Alle Augen ruhten auf dem Rabbi. Aber der ließ sich kein Sterbenswörtchen über Kathy Mallory und die Nonne entlocken und schenkte nur einem nach dem anderen sein schönstes Lächeln, was ihm um so leichter fiel, als er das beste Blatt des Abends in der Hand hatte. Auch als man ihm geraume Zeit Bier und Sandwiches vorenthielt, rückte er nicht mit der Sprache heraus.

Gregor Gilette stand ohne Hut im Nieselregen vor der Kirche, zu der er als Pilger gekommen war.

Er stieg die großen, grauen Stufen zum Portal hinauf. Er war auf der Suche nach seiner Frau. Das war Sabras Kirche.

Als Junge war er einmal zufällig in eine katholische Kirche geraten. Das flackernde Kerzenlicht und die Buntglasfenster mit Bildern des Himmels und der Hölle hatten ihn fasziniert. Mit großen Augen hatte er über dem Altar die gemarterte Gestalt am Kreuz betrachtet und den Blick nach oben schweifen lassen, bis zum Schnitzwerk der Balken unter der himmelhohen Decke. Der magische Ort hatte ihn mit Ehrfurcht erfüllt.

Er war zwölf gewesen, genau im richtigen Alter. Schon ein Jahr später hatte er nichts mehr für Magie übrig, weil er sich nicht dem Spott der Gleichaltrigen aussetzen wollte. Zusammen mit seinen Comics und seinen Spielsachen hatte der Junge diese Empfindung weggepackt und vergessen, wo er sie gelassen hatte.

Der Mann erinnerte sich jetzt wieder daran. Deshalb war er hier.

Ein Ungläubiger mit stoppelbärtigem Kinn, der an diesem heiligen Ort Sabra suchte, von der ihn wohl nicht nur Meilen, sondern Welten trennten. Bestimmt saß sie irgendwo und wiegte ihre Gedanken, wie man ein Kind auf dem Schoß wiegt.

Magische Kräfte schienen sie fortgetragen zu haben. Er zündete eine Kerze an. Wo war sie? Seit dem Tag, an dem Aubry gestorben war, hatte sie sich von ihm fortbewegt. Ihr Denken und Fühlen war ganz allmählich davongetrieben, und auf einmal war sie ganz verschwunden.

Früher einmal war Sabras Leben voll herrlicher Farben gewesen. Überall um sie herum Farben, leuchtende Schals, Strümpfe, Sommerkleider, unmögliche Kombinationen von Lila und Grün. Als sie noch allein lebte, war ihre Wohnung ein elektrisierendes, buntscheckiges Tohuwabohu aus Vorhängen, Teppichen und allerlei Krimskrams gewesen.

Das gehörte zum wilden Charme dieser faszinierenden Frau. Er sagte ihr, daß er sie so liebe, wie sie ist, und begann sie nach ihrer Hochzeit doch zu verändern. Das Kind, das in ihr heranwuchs, veränderte ihren Körper, und Gregor gestaltete ihre Umgebung neu. Nur den schweren Schaukelstuhl, den sie von ihrer Mutter hatte, ließ er gelten. Die grellen Teppiche und Gardinen, den ganzen Flitterkram und den buntscheckigen Mantel bekam der Trödler.

Er stand in der vollkommenen Stille der Kirche und blickte zu den Buntglasfenstern hinauf. Plötzlich hatte er wieder vor Augen, wie der Karren mit dem chaotischen Farbenhaufen durch die Bleecker Street rumpelte, wie Sabra ihm nachrannte, wie sie dem Trödler mit den Fäusten drohte und im Triumph mit dem buntschillernden Mantel zurückkehrte.

Merkwürdigerweise hatte er nie die Frau mittleren Alters vor Augen, die um die Hüften herum etwas fülliger geworden war, sondern immer die wilde Sabra mit den leuchtenden Farben und der pechschwarzen Mähne.

Und dann war mit Aubrys Tod der Wahnsinn ins Haus gekommen.

Sabra kam spätnachts noch einmal die Treppe herunter und setzte sich in den Schaukelstuhl ihrer Mutter. Er saß im Dunkeln und trauerte um Aubry. Zuerst dachte er, daß sie ihm Gesellschaft leisten wolle, doch dann sah er in dem matten Lichtschein, der von der Straße ins Zimmer fiel, ihre Gestalt deutlicher. Ihre schwarze Haarpracht war verschwunden. Wie Stacheln standen die abgeschnittenen Haare vom Schädel ab, und an ein paar kahlgeschorenen Stellen schimmerte die weiße Kopfhaut. Zuerst schaukelte sie langsam, dann immer schneller, immer wütender, und schließlich kippte sie mit dem Lachen eines wahnsinnigen Kindes auf den Boden und krabbelte zur Treppe.

Seitdem waren zwölf Jahre vergangen. Gregor Gilette zündete für seine Frau eine Kerze an und zündete auch die zweite und die dritte Kerze an und ging zur nächsten Statue und zur nächsten und zündete sämtliche Kerzen an. Und einen nach dem anderen flehte er die Heiligen über den Flammen an, ihm zu sagen, wo Sabra war, welchen Weg sie gegangen war, ob es einen Rückweg für sie gab.

Der arme protestantische Atheist, der Verstandesmensch, brach zusammen wie ein verlassenes Kind, als sich die

Steinfiguren nicht erweichen ließen, keine Antwort gaben.

Und dieses Vieh da drüben, das ständig zuckte und sich zwanghaft die Pfoten rieb? War das etwa eine Maus? Natürlich nicht. Es war so groß wie eine Katze. Mäuse waren süße Tierchen, die in Zeichentrickfilmen vorkamen. Das Viech da drüben war widerlich.

Einmal war es heute abend ganz nahe herangekommen. Er hätte es naß spritzen können, aber weil ihm der Schampus zu schade war, hatte er nur schnell ein Kreuz in die Luft gezeichnet, bevor er das räudige Vieh auf den Namen Emma Sue taufte. Dann wollte er es mit einer leeren Flasche ins Jenseits befördern, aber er war zu langsam und die Flasche zu schwer.

Andrew ließ sich nach hinten fallen und schaute in den leer gefegten Himmel. Den *leer gefegten* Himmel? Er war zu erschöpft, um zum Rand des Dachs zu kriechen, wo das Fernglas lag. Es fröstelte ihn, er zog die Beine an und schlang die Arme um die Knie. Dann ließ er den Blick langsam über den Himmel wandern und suchte mit bloßem Auge nach Sternen.

Sie waren verschwunden. Er fiel in leichten Schlaf, bis ein dumpfer Aufschlag ihn weckte.

Langsam drehte er sich um und erblickte einen kleinen Brotlaib in einer aufgeplatzten Papiertüte.

Ein Wunder.

Er stürzte sich darauf, riß die Plastikfolie auf, brach den Laib durch und sog den Geruch ein. Dann schlang er das Brot gierig in sich hinein. Es war weich, weiß, süßlich. Herrlich. Ein Geschenk des Himmels.

Es gab also doch einen Gott.

Riker wurde heiß und kalt, als Mallory vom Dach des Kaufhauses Bloomingdale's auf den schmalen Sims vor einem Fenster im obersten Stock sprang. Er hielt die Luft an und ließ sie erst entströmen, als alles gutgegangen und Mallory in dem Gebäude verschwunden war. Er richtete das Fernglas auf Andrew Bliss und schaute zu, wie er den Brotlaib vertilgte.

Dann schwenkte er mit dem Fernglas zu den umliegenden Gebäuden und dann zum nächtlichen Verkehr hinunter. Ach ja! New York! Die Stadt trug ihre Lichter wie Pailletten auf einem Festgewand. Alles an ihr war strahlender Glanz und elegante Bewegung. Er kannte sie auch in grellerem Licht und wußte, daß sie in Wirklichkeit eine Hure war, aber auch das hatte seinen Reiz.

Riker hätte eigentlich nicht gedacht, daß sie so lange brauchen würde, um von Bloomingdale's über die Straße und hier im Haus die zehn Treppen bis zum Dach herauf zu kommen. Er drehte sich um – und stellte fest, daß sie längst neben ihm stand und zu Andrew Bliss hinunterschaute.

«Den muß man doch auch anders mit Futter versorgen können, Mallory. Dieser Sims ist gefährlich schmal.»

«Ach was. Nicht mal 'ne alte Frau mit Krückstock hätte ein Problem damit. Da drüben würde es längst vor Journalisten wimmeln, wenn die nicht befürchten müßten, daß ihre Story dann im Eimer ist. Vor wem auch immer Andrew sich da oben verkriecht, der kriegt ihn irgendwann doch.»

«Hat Markowitz dir nicht gesagt, daß man Steuerzahler nicht als Köder auslegen darf?»

«Doch, ich glaube, er hat mal so was erwähnt.» Sie überprüfte das Schloß ihres Sturmgewehrs und zielte auf das

Dach von Bloomingdale's, um das Nachtsichtgerät zu testen. «Charles meint, daß Quinn mir nachschleicht.»

«Quinn hat eben einen guten Geschmack. Der macht sich nur an Klassefrauen ran. Du bist sein Typ, Mädchen.»

«Aubry war auch sein Typ.»

«Jetzt hör aber auf, Mallory. Aubry war seine Nichte.»

«Ach, richtig, und Mörder achten auf Anstand und Moral. Wie konnte ich das vergessen?»

Sie ließ ihn stehen und sah vom anderen Ende des Daches aus zu, wie ihr Lieblingsmäuschen Andrew am Brot knabberte.

«Das kann ich mir nicht vorstellen, Mädchen.» Er hatte den Verdacht, daß sie selber nicht dran glaubte und nur auf einen kleinen Schlagabtausch aus war. Er suchte mit dem Fernglas alle dunklen Ecken des niedrigen Dachs ab.

«Aber der Mord an Dean Starr würde gut zu ihm passen», sagte eine spukhafte Stimme direkt in sein Ohr. Urplötzlich stand sie wieder neben ihm und führte den zweiten Schlag. «Quinn ist mal Olympiasieger im Fechten gewesen. Er weiß sehr genau, wo man hinstechen muß, wenn man jemand um die Ecke bringen will. Überhaupt hat sich da einer seiner Aufgabe sehr elegant entledigt. Ganz ohne Dreck. Das paßt auch zu ihm.»

«Also doch ein Racheakt?» Riker setzte das Fernglas ab und schüttelte den Kopf. «Quinn als einsamer Rächer? Nee, ist nicht sein Stil.»

«Quinn hat Markowitz nicht alles gesagt und uns auch nicht. Er kennt die Zusammenhänge. Dean Starr ist in den alten Mordfall verwickelt gewesen. Aber da ist er garantiert nicht der einzige.»

«Du meinst doch nicht im Ernst, das arme Schwein da unten könnte jemanden mit der Axt erschlagen?»

«Andrew? Auf jeden Fall weiß er einiges. Und Quinn auch. Das war nicht die Tat eines Einzeltäters.»

«Warum nicht?»

«Allein wäre Starr nicht mit den beiden fertig geworden.»

«Peter Ariel war an dem Abend zugeknallt bis unter die Mütze. Mit dem wäre ein Zwölfjähriger fertig geworden.»

«Starr war auch Junkie. Und die Tänzerin? Aubry war in Topform. Erstklassige Reflexe. Kräftige Muskeln.»

Mit Mallory wäre er nicht fertig geworden, das war klar, aber Aubry war ein behütetes junges Mädchen gewesen und keine Mallory. Die sah nur die Muskeln und die Reflexe der Tänzerin, konnte sich aber nicht in sie hineinversetzen.

Sie ging hinter ihm auf und ab. «Quinn könnte uns vermutlich sagen, wer den Brief an das Sonderdezernat geschrieben hat. Aber er tut's nicht. Er hat Starr den Tod gewünscht. Auch wenn er's nicht selber war, irgendwie hat er bei dem Mord die Finger im Spiel.»

«Ich glaube nach wie vor, daß Oren Watt den Künstler und die Tänzerin umgebracht hat. Aber nehmen wir mal an, jemand hat ihm geholfen, vielleicht Dean Starr. Wenn sich dafür jetzt jemand an ihm gerächt hat, dann hat er meinen Segen. Du weißt nicht, wie es damals am Tatort ausgesehen hat. Die Fotos und Berichte können das gar nicht vermitteln. Wenn Starr daran beteiligt gewesen ist, bin ich heilfroh, daß er nicht mehr lebt, und wenn Quinn an seiner Tötung beteiligt war, würde ich ihm eher einen Orden anstecken als Handschellen anlegen.»

«Wenn ich den Täter dingfest machen kann, ist er dran. Wer das ist und was er für ein Motiv hatte, tut nichts zur Sache. So sind nun mal die Regeln.»

Im ersten Moment war er völlig verblüfft. Als kleines Mädchen hatte sie in ihren Malbüchern immer über den Rand gemalt. Manchmal vergaß er völlig, daß es auch für sie Regeln gab. Markowitz hatte sie ihr eingetrichtert. Es waren die Spielregeln des Sports. Markowitz hatte sich ständig neue Spiele für sie ausgedacht, um sie bei der Stange zu halten, um ein normales Kind aus ihr zu machen. Sie war die geborene Wettkämpferin, und nur über ihren sportlichen Ehrgeiz war er an sie herangekommen.

Und nun tat ihm der namenlose Verbrecher, der es mit Mallorys Sportsgeist zu tun bekam, schon beinahe leid.

Er beobachtete Andrew beim Aufsammeln der letzten Brotkrümel. Dann trat er vom Rand des Dachs zurück und gab Mallory das Fernglas. «Wenn du mich fragst, hat der Kerl einen Sprung in der Schüssel.»

«Nein, hat er nicht. Das kommt vom vielen Alkohol», belehrte Mallory den Alkoholiker Riker. «Und vom schlechten Gewissen. Aha, er hat also doch noch eine Kerze gefunden. Was will er bloß mit den Kerzen? Was meinst du?»

«Irgend 'n religiöser Fimmel», sagte Riker. «Bei seinem Altar mit der Schaufensterpuppe läuft's mir kalt über den Rücken. Ich sag ja, der Bursche ist übergeschnappt, aber ich kann mir nicht vorstellen, daß er Leichen zerstückelt oder Starr einen Eispickel in den Rücken bohrt.»

«Aber irgendwas *hat* er getan.»

# 5

Gregor Gilette trug seine dampfende Kaffeetasse zum Küchentisch und stellte sie neben die Morgenzeitung. Er zog die Jalousie ein Stückchen herunter und ließ sämtliche Hochhäuser hinter den Baumkronen des Central Parks verschwinden. Vier Stockwerke über dem Verkehr der Fifth Avenue konnte man jetzt fast glauben, gar nicht in Manhattan zu sein.

Er blickte über den Tisch auf den leeren Platz, an dem jetzt vielleicht Sabra sitzen würde, wenn ihr einziges Kind nicht bestialisch ermordet worden wäre. Im Lauf der letzten zehn Jahre hatte er es sich zur Gewohnheit gemacht, jeden Morgen ganz bewußt Sabras Abwesenheit zur Kenntnis zu nehmen. Auch heute mußte er sich wieder allein an den Frühstückstisch setzen.

Als er die Zeitung aufschlug, blitzte der blaue Edelstein an seinem Ring auf. Es war ein billiger Stein. Er trug ihn, weil er die Farbe von Sabras Augen hatte. Es klingelte. Detective Mallory war pünktlich auf die Minute.

Gregor führte die junge Frau in die Küche und schenkte ihr Kaffee ein. In Jeans war sie nicht weniger attraktiv als im Abendkleid, aber heute begegnete sie ihm kühler und ihre Begrüßungsformeln «Guten Tag, Sir» und «Entschuldigen Sie bitte die Störung am frühen Morgen» wirkten mechanisch. Offensichtlich hatte sie kein Problem, ihn zu früher Stunde zu stören, und als der Höflichkeit Genüge getan war, kam sie zur Sache.

«Ich brauche detailliertere Angaben über den Abend, an dem Ihre Tochter gestorben ist.» Sie stellte ihren Laptop neben ihre Tasse auf den Küchentisch und klappte ihn auf. Dann zog sie einen kleinen Apparat mit einer Kugel in der Mitte aus ihrem Blazer und stöpselte ihn in den Mikrocomputer. «Sie hatten sich an dem Abend mit Aubry zum Essen verabredet?»

«Ja. Wir wollten uns in einem Café im West Village treffen.» Er fühlte sich unbehaglich. In der Ballnacht hatten sie sich unterhalten; jetzt wurde er kalt und unpersönlich vernommen.

«Sie haben ihr Rosen mitgebracht», stellte sie fest. Dabei sah sie ihn nicht an, sondern begann zu tippen.

«Ja. Rote Rosen.»

«Gab es einen besonderen Anlaß?» Jetzt sah sie ihn an, allerdings wie einen leeren Stuhl und nicht wie einen Mann, mit dem sie gerade Kaffee trank.

«Nein. Die Blumen sollten Farbe in Aubrys Wohnung bringen – ein Geschenk ihrer Mutter. Sabra war eine sehr farbenfrohe Frau, Aubry war sehr nüchtern. Meine Frau hatte immer ein farbiges Mitbringsel für unsere Tochter dabei. Mal einen Schal, mal eine bunte Tonschale. Sie hat Aubry mit Farbe versorgt, weil sie davon überzeugt war, daß man an Farbmangel sterben kann.»

«Wo war Ihre Frau am Abend des Mordes?»

«Sie hat ihre Mutter besucht. Ellen Quinn.»

Sie warf ihm einen skeptischen Blick zu, sagte dann aber nur beiläufig: «Ich dachte, Sabra hat sich mit der Familie nicht verstanden.»

«Das stimmt. Aber meine Schwiegermutter war nicht

mehr die Jüngste. Sabra konnte der einsamen alten Frau nicht mehr böse sein. Dafür besaß sie zuviel menschliches Format.»

«Wissen Sie, warum sich Aubry mit Quinn in der Galerie treffen wollte?»

«Das ist nicht ganz richtig, Detective. Es war Jamies Idee. Aubry hat angerufen und gesagt, sie kann erst etwas später kommen, weil Onkel Jamie sich noch mit ihr treffen will.»

Es irritierte ihn, daß sie ihn ansah, als hätte sie ihn bei einer Lüge ertappt, aber der Argwohn verschwand gleich wieder aus ihrem Blick.

«Sind Sie sicher, daß es nicht umgekehrt gewesen ist?»

«Ja. Sie hat gesagt: ‹Jamie möchte, daß ich in die Galerie komme›.»

«Hat sie ihn persönlich gesprochen?»

«Nein. Er hat in der Ballettschule eine Nachricht für sie hinterlassen. Dann hat Aubry aus Madame Burnstiens Büro in der Redaktion angerufen, weil die Nachricht nicht verständlich war – so viele Einzelheiten, daß die Sekretärin mit Schreiben gar nicht nachgekommen war. Bei der Zeitung hat ihr dann eine Sekretärin gesagt, daß sie sich mit ihrem Onkel in der Galerie treffen soll. Das habe ich erfahren, weil ich mich an Madame Burnstien wandte, als ich Jamie nicht erreichte.»

«Haben Sie darüber mit Quinn gesprochen?»

«Das weiß ich wirklich nicht mehr. Da ist so viel auf mich eingestürmt. Mein einziges Kind war tot. Meine Frau wurde nicht damit fertig. Die Beerdigung mußte vorbereitet werden.»

«Wer hat es Sabra gesagt?»

«Jamie. Er hat sich um alles gekümmert. Auch um die

Beerdigung und um den Sicherheitsdienst, der die Leute von uns ferngehalten hat. Sabra ist am Tod ihres Kindes zerbrochen. Sie hat mich verlassen und ist in eine Anstalt gegangen, aber das habe ich Ihnen ja schon gesagt.»

«Und dann sind Sie nach Europa gegangen?»

«Ungefähr neun Monate später. Nachdem eindeutig feststand, daß Sabra mich nicht mehr sehen wollte. Wenn zwei Menschen ihr Kind verlieren, zerbricht daran häufig ihre Ehe. Ich war erst ein Jahr in Paris, als sie die Anstalt verlassen hat und spurlos verschwunden ist. Ich habe getan, was ich konnte, aber ich habe sie nicht gefunden.»

«Ich könnte Sabra aufspüren, wenn Sie wollen.» Sie blickte von ihrem Computer auf.

«Sie wird nach wie vor von den besten Privatdetektiven New Yorks gesucht. Ich habe nie aufgegeben. Aber vielen Dank für Ihr ...»

«Die besten Privatdetektive sind Ex-Polizisten. Ihre Erkenntnisse beziehen sie zum größten Teil von den alten Kollegen bei der Polizei. Ich bin besser als die besten Leute, die Sie engagiert haben, und arbeite sogar ohne Honorar.»

Er fand Arroganz durchaus sympathisch, traute jedoch der Jugend nicht viel zu.

«Meine Leute arbeiten seit Jahren an dem Fall und ...»

«... ich wette, Sie konnten ihnen nicht einmal ein brauchbares Foto geben.»

«Stimmt, das konnte ich nicht.» Bei der Erinnerung an ihre exzentrische Abneigung gegen Fotoapparate mußte er lächeln. «Ich habe ihnen ein Bild von meiner Tochter gegeben. Aubry und ihre Mutter sahen einander sehr ähnlich.»

«Sabra war Mitte Vierzig, als sie verschwunden ist, und

das ist zwölf Jahre her. Ihre Privatdetektive suchen nach einer Frau, die einem zwanzigjährigen Mädchen ähnlich sieht.» Sie gab mit dem langen roten Fingernagel einen Befehl ein und drehte den Laptop ein Stück zu ihm hin, damit auch er auf den Monitor sah. «Damit kann man Phantombilder zeichnen.»

Er beugte sich vor. Auf dem Monitor war ein Foto von Aubry. «Sie hat große Ähnlichkeit mit Sabra.»

«Aber die Tochter war keine exakte Kopie der Mutter, oder?»

«Nein. Aubry war sehr hübsch. Sabra war eine glänzende Erscheinung. Sie hatte eine ungeheure Ausstrahlung ... Aber am Tag der Beerdigung sah sie klein und müde aus. Das Unglück hatte ihr Gesicht um Jahre altern lassen. Solch ein Schmerz hinterläßt seine Spuren.»

Mallory begann an der Kugel des Apparats herumzudrehen, den sie an ihren Laptop angeschlossen hatte. «Jetzt lasse ich Aubry altern.» Nach einer Weile sagte sie: «Hier, sehen Sie sich das an.»

Er stand auf und stellte sich hinter ihren Stuhl. So wie die Frau auf dem Bildschirm hätte seine Tochter jetzt aussehen können. Mallory machte gerade Falten in ihre Stirn. Unbarmherzig und doch faszinierend schritt der Alterungsprozeß voran. Aubrys Haut war nicht mehr zart, ihre Nase war etwas größer geworden, sie hatte Falten um die Augen und um den Mund. Durch die schwarzen Haare zogen sich graue Fäden.

«Das ist sehr gut», sagte Gilette. «Sabra hatte ein wenig größere und ausdrucksvollere Augen.»

Mallory machte die Augen größer.

«Und einen traurigeren Blick», sagte Gilette.

Sie zog die Augenwinkel etwas herunter.

«Der Mund war breiter, das Kinn ein bißchen stärker ausgeprägt.»

Nachdem sie die Korrekturen an Mund und Kinn vorgenommen hatte, sagte er: «So hat Sabra am Tag der Beerdigung ausgesehen.»

Mallory klappte ihren Laptop zu und wollte gehen, aber dann legte sie die Autoschlüssel, die sie schon in der Hand hatte, noch einmal hin. «Eine Frage noch. Wie gut hat Andrew Bliss Ihre Tochter gekannt? In einem alten Zeitungsbericht wird er als guter Freund bezeichnet.»

«Andrew? Sie sind sich bei Sabras Vernissagen begegnet. Als sie noch klein war, hatte er einen Narren an ihr gefressen, und später ist er immer in die Ballettschule gegangen, wenn es Schüleraufführungen gab. Ich war ihm dankbar dafür. Meine Tochter war ein einsames kleines Mädchen, und irgend etwas in Andrews Wesen hat sie angesprochen. Es war eine sehr kindliche Zuneigung.»

«Sie waren jedesmal dabei, wenn sie sich getroffen haben?»

«Er war ein großzügiger Förderer der Ballettschule, und wenn es sich ergeben hat, hat er Aubry manchmal vom Unterricht abgeholt. Als sie noch klein war, hat er immer darauf bestanden, daß sie uns anruft und sagt, daß sie später nach Hause kommt.»

Mallorys Augen wurden zu schmalen Schlitzen. «Er hat sich allein mit ihr getroffen, als sie noch ein Kind war?»

Gilette mochte die junge Frau an sich sehr gern, aber jetzt hätte er ihr am liebsten eine runtergehauen. «Er hat nach dem Unterricht in Madame Burnstiens Büro mit ihr Tee getrunken. Klingt das in Ihren Ohren nach einem Stelldichein mit einem Pädophilen?»

Offenbar klang es für sie so. Mit skeptischer Miene lehnte sie sich zurück, als wollte sie sagen: Gelegenheit macht Diebe. Er fand, daß sie viel zu jung war, um so streng mit der Welt ins Gericht zu gehen.

«Andrew war einfach nett zu meiner Tochter, mehr nicht. Vielleicht ist er sogar ihr einziger guter Freund gewesen. Es war eine unschuldige, fast schon spirituelle Freundschaft. Meine Frau hat in Aubry und Andrew zwei einsame Mönche gesehen, die zu völlig verschiedenen Dingen berufen waren.»

«Andrew Bliss ist nichts weiter als ein geldgieriger Mistkerl», sagte sie ganz ruhig. «In allen Zeitungen macht er Schlagzeilen als Modeterrorist von New York. Was würde Sabra heute sagen? Meinen Sie nicht, daß sie jetzt auch auf Pädophilie tippen würde?»

«Nein!» rief er und schlug mit der flachen Hand auf den Tisch. «Das ist absurd!»

Wollte sie ihn provozieren? Ja, man sah es ihr an. Sie hatte ihn aus der Reserve gelockt, egal, was sie damit anrichtete. Jetzt begriff er, warum Jamie Quinn damals Himmel und Hölle in Bewegung gesetzt hatte, um ihm Vernehmungen zu ersparen. Mit ihren Fragen und Unterstellungen schändete Mallory das Andenken seiner Tochter.

«Andrew war Aubry in aller Unschuld ein guter Freund. Niemand kann mir etwas anderes erzählen.» Er erhob sich, forderte sie wortlos zum Gehen auf. «Spekulationen über Sexgeschichten in Aubrys Kindheit sind unerträglich. Sie können sich wohl gar nicht vorstellen, was ich für mein Kind empfinde?»

«Ich stelle mir vor, daß Sie den Mörder töten wollen.»

Auf seinem Kaffee schwamm zwischen den Fettaugen der Sahne eine tote Kakerlake. Kopfschüttelnd stellte er die

Tasse auf den Nachttisch. Sie konnte nur in dem Topf gewesen sein, in dem er das Kaffeewasser aufgesetzt hatte. Die schmutziggrauen Gardinen und eine dicke Nikotinschicht auf den Fensterscheiben ließen sein ausgemergeltes Gesicht in gnädigerem Licht erscheinen.

Er schob die Gardine beiseite und sah Mary Margaret, mit Einkaufstüten schwer beladen, an der Spitze ihrer vierköpfigen Kinderschar um die Ecke biegen. Sie war ein bißchen dicker geworden, hatte aber noch die gleichen karottenroten Haare, mit denen sie auf die Welt gekommen war, und lachte mit ihren vier rothaarigen Kindern um die Wette.

Wenn sie von ihm ein Kind bekommen hätte, wäre sie vielleicht bei ihm geblieben.

*Ach was. Daran hatte es nicht gelegen.*

Sein Suff hatte sie vertrieben, nicht die Kinderlosigkeit. Aber sie hatte sowieso einen besseren Mann verdient als ihn, und ein Jahr später lernte sie ihn kennen. Riker sah sie praktisch jeden Tag, und manchmal lief er direkt an ihr vorbei, aber in all den Jahren hatte er nie mehr gewagt, sie anzusprechen. Wenn sie wenigstens aus dem Viertel weggezogen wäre, nachdem sie ihn verlassen hatte. Für sie wäre das leicht gewesen. Er war nur geblieben, weil sie geblieben war.

Dabei gab es ihm jedesmal einen Stich, wenn er sie mit ihrem zweiten Mann und ihren Kindern am Fenster vorbeigehen sah. In den Kindern, die im Gänsemarsch hinter Mary Margaret herwatschelten, sah er Generationen von Nachkommen, die er nicht haben würde. Mit dem zweiten Mann hatte es anstandslos geklappt. Kein zeugungsunfähiger Säufer wie der erste.

Vielleicht hätte er sich mit seiner angeschwollenen Säuferleber schon vor Jahren zum Sterben in irgendeinen Winkel verkriechen sollen. Warum lebte er eigentlich weiter? Er setzte sich auf die Bettkante und zog die Nachttischschublade auf. Ganz hinten ertastete er zwischen allerhand unnützem Zeug das Kuvert mit seinem Ehering und der Kugel, in die sein Name eingraviert war. Die Kugel für trübe Tage.

Er machte den Umschlag nur ganz selten auf. Die Magie war größer, wenn er nicht hineinsah und das Kuvert nur in der Hand wog. Das Gewicht des Ringes und der Kugel gaben ihm die Gewißheit, daß es noch einen Ort gab, wenn er es hier nicht mehr aushielt.

Auf dem Weg ins Bad trat Riker gegen eine leere Pizzaschachtel. Kakerlaken flohen aus dem flachen Pappkarton und suchten in einem Schälchen bei ein paar übriggebliebenen Nudeln und Reiskörnern Zuflucht. Im Spiegel über dem kleinen Waschbecken, wo er sich rasierte, wenn er sich rasierte, inspizierte er seine Augen. Er sah ein dichtes Straßennetz aus roten Adern mit ein paar braunen Flekken, wo die Pupillen durchschimmerten.

Um neun Uhr markierten Papierschnipsel mit roten Punkten in der Mitte die Stellen, wo er sich geschnitten hatte.

*Eigentlich dürften sich Säufer nur elektrisch rasieren.*

Als es nicht mehr blutete und die Schnipsel entfernt waren, zog er den am wenigsten abgetragenen Anzug an.

«Ich habe ein Zeichen des Himmels erhalten. Gott ist auf meiner Seite», verkündete Andrew der Welt durch das Megaphon. Mit einem gütigen Lächeln blickte er auf die schlechtgekleideten Leute hinab, die sich unten auf dem Gehsteig versammelt hatten. Sie waren seine Gemeinde, die ameisengroßen Schafe seiner Herde.

«Gott will, daß ihr euch Seiner Schöpfung würdig erweist. Was meint ihr, warum Er Bloomingdale's und Bergdorf's erschaffen hat? Sünder! Seht ihr nicht, daß sich auch in Tiffany's die Größe des Herrn offenbart?»

Die Menschenmenge wurde größer.

*Ich danke dir, o Herr, für die neuen Opfer!*

Er musterte sie durch das Fernglas und konnte die Flüstertüte nicht schnell genug vor den Mund reißen.

«He, du da unten in dem gelben Sack, in dem deine Haut wie Käse aussieht. Die meisten von uns müssen sich extra in einen Waschsalon setzen, wenn sie so ein Polyestergelb sehen wollen. Geh in den ersten Stock, Sünderin, da findest du die Kostüme.» Und noch eine. «Du da, mit der scheußlichen lila Strumpfhose! Was meinst du, wie man sich fühlt, wenn man nur von Champagner und Zigaretten lebt? Kannst du dir vorstellen, was man seinem Körper damit antut? Ich sterbe für eure Sünden! Also los, ab in den zweiten Stock. Freizeitbekleidung für Damen!»

Nun wandte er sich an die ganze Gemeinde. «Vergeßt nicht, daß wir alle Seine Geschöpfe sind! Wir müssen uns seiner würdig erweisen! Antragsformulare für Kreditkarten gibt's im Erdgeschoß. Dort könnt ihr auch einem glücklosen Mitmenschen als Mitunterzeichner helfen.»

Er legte Fernglas und Megaphon zur Seite, ließ einen Korken knallen und schlürfte sein Mittagessen gleich aus der Flasche. Gläser gab es keine mehr. Anscheinend war er gestern abend so voll gewesen, daß er jedes geleerte Glas gleich an die Wand geknallt hatte. Er ließ den Blick über seinen luxuriös ausgestatteten Adlerhorst schweifen. Über Glassplitter und leere Flaschen sah er großzügig hinweg. Und wenn er noch so besoffen war, auf seinen Geschmack konnte er sich verlassen!

Und nun ließ er sich auf sein Bett aus Daunendecken fallen und wandte keinen Blick mehr von der Schaufensterpuppe hinter dem Altar. Hatte Gott Aubry nur geschaffen, um sie auf solch grausame Art zu töten? Alles, was geschah, war Gottes Wille? Alles.

Die jungfräuliche Aubry. Das vollkommene Opfer. Eine Heilige.

*Ach, wunderschöne Aubry. Gott kann ja so ein Bastard sein.*

Coffey stand vor Blakelys Schreibtisch, bis sich der Polizeichef endlich räusperte und auf den Sessel zeigte.

Dann geruhte der große Mann sogar den Kopf zu heben. Er sah Coffey mit seinen Schweinsäuglein an, als versuche er sich zu erinnern, was der Leiter des Sonderdezernats in seinem Büro verloren hatte.

«Ach ja, Jack, ich soll Sie von Commissioner Beale grüßen. Zur Zeit ist er Mallorys glühendster Verehrer, was uns ihre Abberufung vom Mordfall Dean Starr natürlich nicht leichter macht.»

«Wollen Sie das nicht doch noch einmal überdenken?»

«Nein, Jack. Aber ich will, daß Sie Beale anrufen. Sagen Sie ihm, daß es Ihre Idee war, Mallory und Riker abzuziehen. Im Grunde ist es ihm doch piepegal, wer den Fall bearbeitet, und wenn's der Hausmeister wäre. Solange nur das FBI nicht in Erscheinung tritt.»

«Mallory und Riker sind gut aufeinander eingespielt. Ich halte nichts von einer Umbesetzung.»

«Sie sollten sich zur Zeit nicht zu weit aus dem Fenster lehnen. Die Unterlagen für Ihre Beförderung liegen auf meinem Schreibtisch. Soll ich sie wieder in die Schublade legen?»

Coffey saß da und sagte nichts. Das hatte er von Markowitz gelernt. *Laß ihn auf die Pauke hauen und warte, bis ihm die Luft ausgeht. Dann bist du noch frisch und stopfst ihm das Maul.*

«Sie wären übrigens der jüngste Captain der New Yorker Polizei. Der jüngste aller Zeiten ist Riker gewesen. Das wußten Sie nicht? Na ja, kein Wunder. Er ist es nicht lange geblieben. Dabei hat er nur seine Arbeit getan – und seine Sache gut gemacht. Das war übrigens vor meiner Zeit, nicht daß Sie meinen ... Jedenfalls hat ihm dann ein zwölfjähriger Junge bei der Vernehmung die Autonummer einer Limousine und eine sehr genaue Personenbeschreibung gegeben. Als guter Polizist hat Riker den Täter identifiziert und einen Bericht geschrieben. Ein Kirchenfürst hatte den Jungen vergewaltigt.»

«Ach, das war Riker? Man hat mir die Geschichte erzählt, aber ich dachte, das ist auch so ein Märchen wie die Geschichten von Riesenkrokodilen in der Kanalisation. Von einer Verhaftung steht jedenfalls nichts ...»

«Sie haben nach dem Bericht gesucht, stimmt's? Das machen alle Neuen. Ja, Rikers Bericht war spurlos verschwunden, und alles sprach dafür, daß der Kardinal immer noch in den Park ging und kleine Jungs vergewaltigte. Riker wollte das nicht hinnehmen. Mein Vorgänger hat ihm die Leviten gelesen, und dann ist er zum Captain befördert worden. Man hat gedacht, jetzt wird er es ja wohl kapiert haben, aber was macht der verdammte Idiot? Er ist noch keine fünf Tage Captain, da ertappt er den Kardinal auf frischer Tat mit einem Jungen und läßt ihn in Handschellen abführen. Sie können sich denken, was dann passiert ist.»

«Man hat ihn zum Sergeant degradiert.»

«Zuerst zum Lieutenant. Und erst als er immer noch keine Ruhe gegeben hat, zum Sergeant. Da hatte ihn seine Frau schon verlassen. Er fing an zu saufen und war zu nichts mehr zu gebrauchen. Über kurz oder lang wäre er aus dem Polizeidienst entfernt worden, wenn Markowitz ihn nicht ins Sonderdezernat geholt und erst mal zur Entziehungskur geschickt hätte. Markowitz hatte hier mehr zu sagen als der liebe Gott. Außer ihm hätte Riker keiner mehr helfen können. Als Riker aus der Kur zurückkam, war schon ein neuer Kardinal in Amt und Würden.»

«Hat sich Riker nicht um Unterstützung von außerhalb bemüht?»

«Nein. Um nichts in der Welt hätte Riker das Department in Mißkredit gebracht. Polizist in der dritten Generation. Wie Markowitz. Und an wen hätte er sich wenden sollen? An die Polizei? Oder vielleicht an die Presse? In dieser Stadt ist die katholische Kirche eine mächtige Institution. Riker konnte nichts beweisen, und der Junge war verschwunden.»

«Was ist aus dem Jungen geworden?»

«Keine Ahnung. Wen interessiert das schon? Sie haben eine große Zukunft vor sich, Jack. Sie sollten aus Rikers Fehlern lernen.»

«Verglichen mit Rikers Fall ist meiner doch nicht der Rede wert.»

«Die Ermittlungen könnten Leute in sehr hohen Positionen in Verlegenheit bringen, Jack.»

«Einen Senator zum Beispiel? Und den ehemaligen Bürgermeister? Der will doch Gouverneur werden, oder?»

«Riker ist nicht gegen das System angekommen. Was rechnen Sie sich dann für Chancen aus? Nehmen Sie Mallory den Fall aus der Hand.»

«Sie selber würden Mallory nicht anrühren, was?»

«Ach, wissen Sie, mein Werdegang war eng mit dem ihres Vaters verbunden. Es ist fast, als ob sie meine eigene ...»

«Sie können es sich nicht leisten, stimmt's? Markowitz hat sie doch nicht schutzlos in diesem Haifischbecken zurückgelassen. Er hat ihr alles, was er wußte, erzählt. Sie weiß, wer Leichen im Keller hat und wo sie liegen.»

«Seien Sie vorsichtig, Lieutenant. Sie bewegen sich hart an der Grenze zur Insubordination.»

«Vielleicht ist es damals gar nicht so sehr darum gegangen, wie am Ende der Amtsperiode des Bürgermeisters und des Commissioners die Mordkommission dagestanden hat.» Er stand langsam auf. «Vielleicht hatten die Angst, daß sie sich an dem Fall die Finger verbrennen könnten, weil ein ganz Mächtiger dahintersteckte.» Er kehrte Blakely den Rücken zu und ging zur Tür.

«Jetzt reichts!» Blakely schlug mit der Faust auf den Tisch. «Sie kommen sofort her und setzen sich, Lieutenant!»

«Sie können ruhig Sergeant sagen», sagte Coffey und schloß die Tür hinter sich.

Das Sanatorium Orwelhouse war elf Jahre lang Oren Watts Zuhause gewesen. Bei kunstsinnigen Verrückten war diese New Yorker Nervenheilanstalt groß in Mode.

Mallory betrachtete die Innenausstattung. An den Wänden im Empfangsbereich hing schlechte Kunst in teuren Rahmen. Das Mobiliar war scheußlich schick und paßte zum aufdringlichen geometrischen Teppichmuster.

Vielleicht brauchte die Welt einen Modeterroristen.

In ihrer Tasche steckte die entmutigend lange Liste mit Nervenkliniken in und um New York, die Charles für sie angefertigt hatte. Charles hatte Orwelhouse ganz an den Schluß gesetzt, weil er glaubte, daß Sabra sich bestimmt nicht ausgerechnet die Klinik ausgesucht hatte, in der Oren Watt der Star unter den Patienten war.

*Danke, Charles.*

Mallory hatte Orwelhouse auf den ersten Platz gesetzt. Sie wußte, wie es war, wenn einen Wut, Besessenheit und Rachedurst umtrieben.

Die Frau am Empfang stieg hastig aus dem Internet aus und löschte den Bildschirm, aber Mallory hatte noch Zeit genug, sich das persönliche Kennwort und den Namen des Erotikdienstes zu merken, den sie, vermutlich ohne Genehmigung ihres Arbeitgebers, abonniert hatte.

Die Brünette mit dem verkniffenen Gesicht musterte Mallory von den teuren Laufschuhen bis zur Designersonnenbrille. Als Mallory eine Platinkreditkarte zückte, wurde sie sofort als Mitglied der Geldaristokratie eingeordnet und mit einem strahlenden Lächeln bedacht.

«Kann mich jemand durchs Haus führen?» fragte Mallory. «Den Papierkram habe ich erledigt, aber ich möchte mir das Haus noch genauer ansehen. Meine Mutter ist eine vermögende Frau. Ich muß mich darauf verlassen können, daß sie hier sicher ist.»

Umgehend nahm sich ihrer ein Mann an, der wie ein Gebrauchtwagenhändler lächelte und zweifellos bei einem Schneider in der Savile Row arbeiten ließ. Bei ihrem Rundgang durch den Gebäudekomplex prüfte Mallory die elektronischen Türschlösser, erkundigte sich nach dem Front-end-System der Computer und begutachtete die Überwachungskameras an den Wänden. Beeindrucken konnte sie das alles nicht. Die machten es ihr fast ein bißchen zu leicht. Fehlte nur noch, daß er ihr zum Abschied einen Generalschlüssel in die Hand drückte und das Kennwort für die Patientenkartei nannte. Am lehrreichsten war die Besichtigung des Untergeschosses gewesen, die auch am zentralen Telefonkabel vorbeiführte.

Nun stand sie vor der Sekretärin im Vorzimmer des Klinikchefs und schaltete das elektronische Chiffriergerät in ihrer Tasche ein. Der Monitor der Chefsekretärin spielte verrückt und machte aus allen Buchstaben mathematische Zeichen.

«Ach, du Scheiße», sagte die Sekretärin.

Sie schaltete den Computer aus, um den Datensalat loszuwerden. Als der Bildschirm wieder hell wurde, war auch der Datensalat wieder da. «Scheiße», sagte die Sekretärin immer wieder, bis sie aufgab und mit der Hand auf den Schreibtisch schlug.

«Das macht meiner auch manchmal», sagte Mallory. «Soll ich es in Ordnung bringen?»

«Oh, ich wäre Ihnen unendlich dankbar», sagte die Frau mit den müden Augen. Sie stand auf und zog ihren Bürostuhl für Mallory etwas nach hinten. «Sie sind ein Schatz. Möchten Sie einen Kaffee?»

«Gern. Schwarz. Kein Zucker.» Mallory setzte sich an den Computer. Als die Frau außer Sichtweite war, schaltete sie das Chiffriergerät aus und stellte den Text wieder her. Dann ging sie ins Hauptmenü und richtete eine Hintertür ein, durch die man an allen Sicherheitsvorkehrungen vorbei ins System gelangte. Als sie das Textverarbeitungssystem wieder aufrief, stellte die Sekretärin den Kaffee neben die Tastatur.

Am späten Nachmittag saß sie dann wieder an ihrem eigenen Computer im Büro von Mallory & Butler Limited. Ein gelbes Licht zeigte an, daß die Verbindung hergestellt war. Aus dem geschlossenen Computersystem der Anstalt war ein System mit einer offenen Hintertür geworden, die man über das Internet und das Modem der Empfangssekretärin erreichte.

Prompt geriet sie in eine Sexszene. Die Empfangssekretärin des Sanatoriums Orwelhouse hatte sich in einen Internet-Service für Erotik-Hungrige eingeklinkt. Mit dem entwendeten Kennwort rief Mallory die Personalakte der Frau auf. Sie hieß Sylvia Ulner und hatte die High-School absolviert. Im anonymen Internet gab sie sich als Psychiaterin aus. Sie hatte sich mit ihrem Partner in ein virtuelles *Chambre séparée* zurückgezogen und tippte ihm gerade eine aufreizende Beschreibung ihrer Körperformen auf den Bildschirm. Aber im Cyberspace gab es keine Privatsphäre. Jeder mittelmäßige Hacker wußte, daß kein System einbruchssicher war. Sylvia und ihr Gigolo verschwendeten jedoch keine Gedanken an Einbrecher und fielen mit Hilfe der Tastatur übereinander her.

*Willkommen im Glashaus.*

Mallory schlich an dem Liebespaar vorbei in das Computersystem der Klinik und ging in der Kartei die Patienten durch, die vor zwölf Jahren in Behandlung waren. Bei Oren Watt und den anderen abgedrehten Künstlern waren in den Krankenblättern gar keine Medikamente aufgeführt. Und ihre Rechnungen zahlten sie nicht. Diese Leute mußten als Verlust verbucht werden, obwohl durch den Verkauf irrsinniger Kunstwerke viel Geld auf ihre Treuhandkonten floß. Dagegen überwiesen die Krankenversicherungen für die Behandlung und die Medikamente der normalen Kranken Riesensummen. Von Gilette wußte sie, daß seine Frau nie auf ihre gemeinsame Krankenversicherung zurückgegriffen hatte, und Mallory fand nur eine Frau in Sabras Alter, die weder Versicherungsleistungen noch eine Künstlerbeihilfe bezog. Vielleicht war sie das.

Die Frau wurde in der Patientenkartei unter dem Namen Sarah geführt. Bei ihr waren sämtliche Beratungsgespräche und Antidepressiva einzeln aufgeführt. Mallory rief die Akte im Vollformat auf und hatte ein Foto der Patientin vor sich, ein verwischtes Gesicht, das dem Objektiv auszuweichen versuchte, nur zu identifizieren an der Kamerascheu, Sabras Markenzeichen. Die Behandlungskosten wurden von ihrem ausländischen Nummernkonto abgebucht. Nach zwei Jahren war nichts mehr drauf, und noch im selben Monat war sie entlassen worden. Keine Nachsendeadresse.

*Haben dir die Schweine wenigstens Geld für den Bus gegeben, Sabra?*

Während die Empfangssekretärin und ihr Liebhaber sich im Cyberspace gegenseitig die Höschen auszogen, speicherte Mallory die ganze Patientenkartei auf ihrem Computer. Als die beiden immer ekstatischer wurden, zog sich Mallory aus dem Computersystem der Klinik zurück und machte leise die Hintertür zu.

JA, JA, MACH WEITER, japste Sylvia in ihre Tastatur.

Nun hatte Mallory Sabras Akte auf ihrer Festplatte und las sie noch einmal in aller Ruhe. Aus einer Unzahl von Kurvenblättern war nur zu ersehen, daß gegen Sabras abgrundtiefe Traurigkeit kein Medikament und kein therapeutisches Gespräch geholfen hatte. Der persönlicheren Anmerkung einer Krankenschwester war zu entnehmen, daß Sabra nur einen wirklichen Freund unter den Mitpatienten gefunden hatte: Sabra und Oren Watt waren unzertrennlich gewesen.

Riker betrat ohne anzuklopfen Coffeys Büro und blieb mit dem Blick an der Flasche hängen, die auf dem Schreibtisch stand. Kein gutes Zeichen, daß Coffey nicht einmal versuchte, sie zu verstecken. Riker zog einen Stuhl an den Schreibtisch und setzte sich. Es war erst recht kein gutes Zeichen, daß der Lieutenant seinem Blick auswich.

«Zehn Dollar, daß ich weiß, was mit Ihnen los ist.» Riker legte einen Zehner direkt neben Coffeys leeres Glas.

Coffey lächelte wider Willen. Er zog seinen Geldbeutel aus der Gesäßtasche und legte seinen Zehner neben den von Riker: «Na, dann mal los.»

«Sie sind noch keine zehn Minuten hier, und Ihr Glas ist schon leer. Das ist geradezu kriminell. Einen Whiskey von dieser Qualität muß man Schlückchen für Schlückchen genießen. Ihre Knöchel sind ganz weiß, und Sie machen ein Gesicht wie ein Mann, dem man besser keine geladene Pistole in die Hand drückt. Ich würde sagen, Blakely spuckt Ihnen in die Suppe.»

Coffey schob beide Zehner zu Riker hinüber. «Stimmt. Ich soll Mallory von dem Fall abziehen. Er besteht darauf.»

«Und hat Sie massiv unter Druck gesetzt.»

Coffey nickte und holte ein zweites Glas aus seiner Schreibtischschublade. Er hielt es fragend hoch, als könnte der Sergeant zu einem Whiskey nein sagen.

«Ich finde, daß er übertreibt», sagte Riker und leerte das Glas in einem Zug. «Da sind schon ganz andere Sachen vertuscht worden. Das ist doch relativ harmlos.»

«Blakely nimmt es sehr ernst.»

«Und natürlich nimmt er es wieder mal persönlich. Schließlich hat er Markowitz damals angewiesen, die Ermittlungen einzustellen.»

«Aber Markowitz hat darauf gepfiffen. Überhaupt hat Blakely Markowitz mit Samthandschuhen angefaßt.»

«Markowitz hat wohl so einiges gegen ihn in der Hand gehabt. Sonst hätte er sich nicht so viel erlauben können. Soll ich Ihnen sagen, warum Sie soviel Ärger haben, Lieutenant? Weil Sie sich Ihre Beförderungen redlich verdient haben. Wenn Sie über Beziehungen hochgekommen wären, hätten Sie selber genug Dreck am Stecken. Sie erinnern mich an meinen Vater. Und das ist ein dickes Lob, der hat sich nämlich nie was zuschulden kommen lassen.»

«Sagen Sie mal, Riker, warum sind Sie nach Ihrer Degradierung nicht aus dem Dienst ausgeschieden?»

«Na ja, mein Vater war Polizist, mein Großvater war Polizist, und ich wollte auch nie etwas anderes werden. Aber angenommen, ich wäre ausgeschieden. Was hätte ich dann anfangen sollen? Schnüffler werden und meine Nase in fremde Unterwäsche stecken? Nein, danke.»

«Sie sind fünfundfünfzig, sie könnten sich mit einer hübschen Pension zur Ruhe setzen und ...»

«... mir eine Knarre in den Mund stecken, wenn sich der Reiz des Neuen verliert? Nein, erst muß ich noch Markowitz' Kleine großziehen. Die läßt sich zwar nichts sagen, weil sie meint, sie weiß schon alles, aber das macht den Lernprozeß um so schmerzhafter. Jemand sollte mit Verbandszeug bereitstehen, wenn sie sich weh tut.»

In der Galerie begegneten sich ganz normale Menschen im Anzug oder Abendkleid und Freaks der Anti-Mode-Fraktion aus SoHo. Unter den vornehm Gekleideten gab es viele eindeutige Fälle von zweitklassigen Schönheitsreparaturen. Mit seinem unbestechlichen Sinn für Ästhetik erriet Charles mühelos, wer sich seine Nase oder sein Kinn im Katalog ausgesucht hatte.

Charles nahm Mallorys Arm und machte mit ihr einen

Bogen um einen kleinen Mann mit anzüglichem Grinsen, bei dem man nicht wußte, was er unter seinem Pelz verbarg. Für Spinner aller Art hatte Charles ein feines Gespür. Er hatte aber auch viel Erfahrung mit ihnen. Sowie er in der Öffentlichkeit lächelte, zog er sie unweigerlich an, weil sie ihn für einen der ihren hielten. Alle seine Begegnungen der wahnwitzigen Art auf den Straßen New Yorks führte er auf sein blödes Lächeln zurück.

«Das ist ein anderes Publikum als bei der letzten Dean-Starr-Vernissage, Mallory. Nicht die A-Klasse, sondern die C-Klasse. Sammler ohne jeden Kunstverstand.»

«Woran siehst du das?»

«Koozeman hat die Zirkusclowns aufgeboten, um sie bei Laune zu halten. Damit sie zu Hause erzählen können, sie hätten den Abend mit berühmten Künstlern verbracht. Die Freaks versuchen sich gegenseitig zu übertreffen. Echte Künstler sind meist ganz normale Leute.»

In ein ernstes Gespräch vertieft, schlenderten eine junge Frau mit halbseitig kahlrasiertem Schädel und ein Mann im Nadelstreifenanzug vorbei.

«Koozeman versucht die Restbestände also schnell loszuschlagen», sagte Mallory. «Das paßt ins Bild. Er hat beide Galerien zum ...»

«Was sagst du zu meiner Krone?» Der kleine Mann im Pelzmantel war ihnen gefolgt und trat Mallory in den Weg. Plötzlich reckte er ihr den aufgerissenen Mund entgegen und zeigte mit seinem schmutzigen Finger hinein. Sie blickte in eine Miniatur ihres Gesichts. Zwischen den gelben unregelmäßigen Zähnen saß auf einer Metallkrone ein winziger Spiegel. Sie fuhr zurück und betrachtete den schweißnassen Igelkopf über dem Pelzkragen mit einem Goldring in jedem Nasenflügel.

Der Sabber lief ihm fast schon aus den Mundwinkeln, als er sie dreckig angrinste und mit den Augen auszog.

«Willst du die Sicherheitsnadel in meinem Schwanz sehen? Die ist mit Edelsteinen besetzt.»

Charles zog Mallory fort, solange ihre Faszination noch nicht dem Impuls gewichen war, dem Kerl eine blutige Nase zu verpassen.

Koozeman kam lächelnd zu ihnen her. Während er Charles die Hand entgegenstreckte, begutachtete er unverhohlen Mallorys schwarzes Seidenkleid. «Wie schön, daß Sie gekommen sind, Mr. Butler.»

«Tag, Koozeman. Ich glaube, Sie sind Mallory schon einmal begegnet.»

«Wer würde dieses Gesicht vergessen! Ich konnte ja nicht ahnen, daß Sie kommen, meine Teuerste, sonst hätte ich Sammler mit Format auf die Gästeliste gesetzt.»

Charles deutete mit dem Kopf in die Ecke. «Immerhin ist Quinn da.»

«Stimmt.» Koozemans Stimme klang, als könne er sich das auch nicht erklären.

Mallory ließ den Blick über die Wände wandern, an die nur mit Nadeln kleine rote Zettel geheftet waren. «Wo ist denn die Kunst?»

«Die Kunst?» Man hätte fast meinen können, es sei ihm unbegreiflich, wie jemand in seiner Galerie Kunst vermuten könnte. «Ach so! Sehen Sie die Zettel an den Wänden? Da stehen Nummern drauf. Dean Starr hat mit Nummern gearbeitet.»

«Mit Nummern?» fragte Charles. Dabei war ihm völlig klar, daß er besser nicht nachgefragt hätte.

«Mit Nummern. Sehen Sie.» Koozeman schwenkte eine kleine rote Tasche hin und her und lächelte so geheimnisvoll wie ein Zauberkünstler. Dann öffnete er sie mit einer schwungvollen Bewegung und hielt sie Mallory hin. Die Tasche war mit ebensolchen Zetteln gefüllt, wie sie an der Wand hingen.

«Jede Nummer steht für eine Idee. Genau wie bei den Zetteln an der Wand. Bitte sehr, nehmen Sie einen.»

Sie griff mit ihrer weißen Hand in die Tasche und zog einen roten Zettel heraus. Sie erwischte die Zweiundzwanzig.

«Dann wollen wir mal sehen, was Starr zu Nummer zweiundzwanzig eingefallen ist.» Er zog ein zusammengefaltetes Blatt aus der Tasche. «Ah ja. Bei zweiundzwanzig hat er an einen Stahlträger gedacht, der eine halbe Meile hoch senkrecht in den Himmel ragt.»

Mallory sah ihn skeptisch an. «Und wozu soll das gut sein?»

«Der Künstler möchte Sie verstören. Die Verankerung im Boden sieht man nicht, er steht da, als müßte er jeden Moment umfallen. Sie sollen sich bedroht fühlen. Zugegeben, es ist nicht seine originellste Idee. Die Vorarbeit hat ein Bildhauer geleistet, der die Fassade eines Behördenneubaus demoliert hat, als ihm seine Skulptur umgefallen ist.»

«Ein Stahlträger, der eine halbe Meile hoch ist. Ein ziemlich ehrgeiziges Projekt», sagte Charles, weil er kein Spielverderber sein wollte. «Wie wollten Sie das finanzieren? Mit Zeichnungen? Wie Christo?»

«Aber nein. Diese Kunst sollte nie realisiert werden. Dean hat sie nur erdacht.»

Mallory legte den Kopf schräg und sagte: «Aber natürlich. Er hat sie nur erdacht.»

Koozeman entging ihr Sarkasmus. Er nahm ihre Hand und hauchte einen Kuß darauf. «Sie verstehen mich. Ich verkaufe die Gedanken des Künstlers. Seine lauteren Intentionen.» Er reichte Charles eine Preisliste.

Charles überflog die vier- und fünfstelligen Preise. «Und wie läuft das Geschäft?»

«In der letzten halben Stunde habe ich vier verkauft.»

«Sie verkaufen die Gedanken des Künstlers.» Mallory betonte jede Silbe.

«So ist es. Ich sitze da drüben.» Koozeman zeigte auf einen Sessel, der an der Wand auf einem Podest stand. «Wenn Sie eine Zahl sehen, die Ihnen gefällt, kommen Sie zu mir, und ich sage Ihnen, was Dean Starr zu dieser Nummer erdacht hat. Ganz einfach, nicht?»

Charles sah J.L. Quinn auf sie zukommen. Der Mann hatte nicht nur Charisma, er bewegte sich auch ungeheuer geschmeidig, war im Einklang mit seinem Körper, wie es eigentlich nur Tiere sind. Das ist die wahre Kunst, dachte er, als er spürte, wie schnell es diesem Mann gelang, ihm die Befangenheit zu nehmen. Bis er merkte, daß er bestohlen worden war. Mallory ging mit dem Kunsthistoriker davon.

Der Matrone mit dem Perlenkollier blieb die Luft weg, als sie die Erscheinung erblickte.

Eine zerlumpte Stadtstreicherin drückte sich die Nase an der Scheibe platt, hielt sich dabei eine Teedose an den Kopf und starrte zu Quinn und Mallory hinüber. Ihr zahnloser Mund klappte auf und zu, als sie sich langsam in die dunkle Nacht zurückzog.

Die Matrone mit dem Perlenkollier leerte ihr volles Weinglas in einem Zug. Sie mußte der Obdachlosenhilfe unbedingt einen Scheck schicken. Was für ein Gespenst das gewesen war auf der anderen Seite des Fensters, wollte sie gar nicht so genau wissen, aber sie konnte sich gut vorstellen, daß es direkt aus der Hölle kam und sich dort eigentlich ganz wohl fühlte.

Mallory stand vor dem Zettel mit der Zahl vierunddreißig, der in Augenhöhe an der Wand hing. «Wie war das noch gleich? Metaphorik? Poesie von Form und Farbe?»

«Da habe ich über Kunst geredet», sagte Quinn.

«Und was ist das hier?»

«Die Entmystifizierung der Kunst.»

«Aha.»

«Verstehen Sie mich nicht falsch, ich bin beeindruckt.» Quinn ließ sich von einem Servicejungen zwei Gläser Wein geben und reichte eins an Mallory weiter. «Wenn Dean Starr nicht strohdumm gewesen wäre, müßte man ihm postum zu einer gelungenen Parodie gratulieren. Gehen Sie zu einer x-beliebigen Verkaufsausstellung. Da kaufen Leute, die mit Blindheit geschlagen sind, dutzendfach Schnapsideen, die stümperhaft umgesetzt sind. Starr geht noch einen Schritt weiter und macht sich erst gar nicht die Mühe, seine Schnapsidee umzusetzen. Wenn ich es mir recht überlege, kann das gar nicht auf Starrs Mist gewachsen sein.»

«Gregor Gilette hat gesagt, daß Koozeman früher auch Künstler war.»

«Richtig. Koozeman könnte sich das ausgedacht haben.»

«Warum sind Sie überhaupt hier, Quinn? Ich dachte, Sie besprechen keine Dilettanten. Und ich hatte das Gefühl, daß Koozeman über Ihr Erscheinen ehrlich erstaunt war.»

«Starr interessiert mich nicht, aber ich will einen längeren Artikel über Koozeman schreiben. Der Mann hat etwas von einem Zauberkünstler. Deshalb bin ich hier.»

«Und wie wollen Sie ihn darstellen?»

«Als Genie. Genauer gesagt, als Werbegenie. Die Werbung ist die Kunstform der Epoche, falls Sie das noch nicht wußten. Der Mann ist auf der Höhe der Zeit. Na ja, die Sache ist es eigentlich nicht wert, daß ich sie zu Papier bringe. Den Artikel kann ich am Telefon diktieren.»

«Und wer merkt, daß Sie sich lustig machen?»

«Niemand.»

«Was haben Sie von Koozeman als Künstler gehalten?»

«Ich fand ihn sehr gut.»

«Ihr Schwager sagt, daß Sabra in Koozeman ein Genie gesehen hat.»

«Das war er wohl auch. Er hat eine Reihe von brillanten Werken geschaffen. Jetzt bringt er Nichtskönner groß raus. In dieser Stadt ist ja jeder Dritte ein Künstler. Koozeman kann aus jedem einen Star machen, der noch eine Spraydose in der Garage rumliegen hat.»

«Die Leute, die wirklich was können, finden das vermutlich zum Kotzen.»

«New York City», sagte Quinn, als sei mit diesen drei Wörtern alles gesagt. «New York», erklärte er, «ist für alle Künstler ein sehr hartes Pflaster. Am Anfang haben sie den Eindruck, daß New York sie gar nicht zur Kenntnis nimmt, gar nicht merkt, daß es sie gibt. Aber wenn ein Künstler auf dem Gehweg stolpert und hinfällt, kann es passieren, daß New York ihm auf die Hand tritt und alle Finger bricht. Jetzt hat New York ihn bemerkt. Und dann trampelt New York ihm gleich noch im Gesicht herum, sozusagen zur Begrüßung. Man kann es Koozeman also nicht verübeln, daß er lieber Geld scheffelt, als mit Ach und Krach das Geld für die Miete zusammenzukratzen.»

Koozeman kam mit vollen Weingläsern zu ihnen herüber und brachte einen Servierjungen mit, der ihnen die leeren abnahm. «Sie dürfen den Stargast des Abends nicht einfach in Beschlag nehmen», sagte er zu Quinn und verbeugte sich galant vor Mallory. «Es war hinreißend, wie Sie das FBI erledigt haben. Dann ist mit diesen Täterprofilen also rein gar nichts anzufangen?»

«Doch, schon. Man muß sie nur richtig erstellen. Ich verrate Ihnen, wie mein Täterprofil aussieht. Der Mörder ist ein reicher Erfolgsmensch. Er stinkt nach Geld. Ich rieche es, sooft ich an den Fall denke. Und er hat die Seele einer Kakerlake. Oder eines Werbemanagers.»

Koozeman blickte in sein Weinglas und sagte: «Dann glauben Sie also nicht, daß der Mörder von Dean Starr ...»

«Ach, entschuldigen Sie, ich war beim falschen Mord. Manchmal kann ich die Fälle schon gar nicht mehr auseinanderhalten. Aber wie ich höre, sind Sie auch mal Künstler gewesen?»

«Das ist schon sehr lange her», sagte er stockend.

«Was für Kunst haben Sie denn gemacht?»

«Nichts von Bedeutung.» Koozeman nippte an seinem Wein und sah Mallory über den Rand der Brille hinweg forschend an.

«Da ist man aber allgemein ganz anderer Ansicht», sagte Mallory. «Dauernd fällt das Wort ‹Genie›. Aber lassen Sie mich raten. Sie waren Bildhauer, stimmt's?»

Koozeman verschüttete ein paar Tropfen Wein.

Mallory wartete nicht auf eine Antwort. Sie drehte sich um und schlenderte zum Tisch mit den Getränken hinüber. Quinn sah ihr nach und wandte sich dann Koozeman zu.

Wie vom Donner gerührt stand Koozeman da. Seine Lippen waren leicht geöffnet, und nicht nur sein Kinn, sondern auch sein gesamtes Gesichtsfleisch schien immer schwerer zu werden. Er starrte auf den Fußboden, als könnte ihm dieser jeden Moment entgegenkommen.

Mallory stand vor dem langen Tisch und blickte von Flasche zu Flasche.

«Können Sie sich nicht entscheiden?»

Sie hob den Blick und schaute in das lächelnde Gesicht von Kerry, dem Barmann von Godd's Bar.

«Aber es ist ja auch von großer Bedeutung, welches Getränk man bei einer Vernissage wählt.» Kerry wandte sich nicht nur an Mallory, sondern an alle Umstehenden. «Das Getränk verrät die politische Einstellung.»

Köpfe drehten sich ihm zu. «Bei den bedeutenderen Vernissagen gibt es Champagner, Wein und Mineralwasser.» Zur Veranschaulichung seines Vortrags hielt er eine Flasche Schampus hoch. «Champagner zeugt angesichts des Zustands, in dem sich die Welt befindet, von schlechtem Geschmack. Champagner bedeutet: Ja, ja, die Menschen in der Dritten Welt hungern und werden unterdrückt, aber was geht das mich an?»

Emma Sue Hollaran trug eine Seidenbluse, die dank Kinderarbeit in der Dritten Welt spottbillig gewesen war. Sie nippte an ihrem Champagner und merkte reichlich spät, daß sie gedankenverloren nickte.

«Mit Weißwein hält man sich raus. Weißwein bedeutet: Ich habe keine politischen Überzeugungen, aber verraten Sie mir doch Ihre, dann bin ich ganz Ihrer Meinung.»

Der Journalist des Wochenblatts *StreetLevel*, der gerade eine Weißweinflasche vom Tisch nehmen wollte, zog die Hand zurück, als hätte man ihm auf die Finger geklopft.

«Und wie wär's mit einem schönen Glas Wasser?» fragte jemand.

«Damit treffen Sie die allerschlechteste Wahl», sagte Kerry. «Wasser bedeutet: ‹Ich habe so tiefes Mitgefühl mit den Obdachlosen, daß ich dir am liebsten die Fresse polieren würde, du Faschistenschwein.› Wasser ist viel zu brisant. Das dürfte es hier eigentlich gar nicht geben.»

«Was bleibt dann noch?»

«Mein Lieblingsgetränk.» Er hielt eine dunkle Flasche hoch. «Rotwein bedeutet nur: Wenn ich mir das Zeug über den Anzug schütte, ist das auch nicht weiter tragisch.»

Der miesepetrige junge Mann vom *StreetLevel* stellte sein Mineralwasser hin und schob sich in Richtung Rotwein, aber dann holte er doch wieder sein Wasserglas und machte sich auf die Suche nach einer hübschen reichen Szenegängerin, die er anquatschen konnte. Vielleicht war ihm noch rechtzeitig eingefallen, wieviel die Reinigung seines einzigen guten Anzugs kostete.

Als Emma Sue Hollaran mit ihrem Champagner dem Getränketisch den Rücken kehrte, wurde sie von Kerry pantomimisch erschossen. Er nahm dazu den Mittelfinger und kombinierte den Schuß mit einer obszönen Geste.

Mallory nahm sich ein Glas Rotwein. «Hatten Sie mit der mal Schwierigkeiten?»

«Ich habe so meine Schwierigkeiten mit Kunstkritikern im allgemeinen. Natürlich nicht mit guten wie Quinn, aber die sind rar.»

«Ich dachte, Emma Sue Hollaran ist jetzt im Komitee für Kunst im öffentlichen Raum.»

«Trotzdem schreibt sie noch für Kunstmagazine», sagte Kerry. «Sie will die Daumenschrauben nicht aus der Hand geben. Aber der werden schon noch selber welche angelegt. Soll ich Ihnen sagen, was New Yorker Kunstkritikern blüht, wenn sie sterben?»

«Feuer und Schwefel und so?»

«Nein. Die fressen sich selber bei lebendigem Leib auf. Die Hölle für Kritiker hat große Ähnlichkeit mit New

York, aber es gibt dort keine Künstler. Der Kritiker muß selber Kunst produzieren und sein eigenes Werk besprechen. Dabei verbeißt er sich naturgemäß in den eigenen Hintern, und wie Kritiker nun mal sind, hat er sich bald bis zum Hals durchgefressen und ...»

*Jeder sinnt auf Rache.*

Kerry erging sich in weiteren Einzelheiten über das Leben der Kritiker nach dem Tode, und Mallory beobachtete derweil J. L. Quinn, der sich mit Emma Sue Hollaran unterhielt. Plötzlich bekam Quinns höfliche Maske Risse, und eine fast schon menschliche Bestürzung spiegelte sich in seinem Gesicht. Als die Hollaran davonging, leerte er sein Glas in einem Zug. Das war überhaupt nicht sein Stil. Was hatte sie ihm gesagt?

Als er sah, daß Mallory ihn anschaute, ging er zu ihr. Er stellte sein Glas auf den Tisch und bestellte mit einem Kopfnicken bei Kerry ein neues.

«Hier, nehmen Sie», sagte Mallory und reichte ihm ihres. «Man könnte meinen, daß Ihr Aktiendepot soeben den Bach runtergegangen ist.»

«Ich habe soeben erfahren, wer bei Gregor Gilettes neuem Gebäude den Zuschlag für die Kunst am Bau bekommen hat.»

«Ist es so schlimm?»

«Könnte gar nicht schlimmer sein.»

Kerry brachte Mallory ein Glas Rotwein. Sie dankte ihm mit einem Kopfnicken und wandte sich wieder Quinn zu. «Hat sie gesagt, was der Künstler vor das Gebäude stellen will?»

«Nein. Hollaran kämpft grundsätzlich nicht mit offenem Visier. Aber klein fällt das Teil bestimmt nicht aus. Hoffentlich läßt es sich ohne allzu großen Aufwand entfernen.»

«Sie können es entfernen lassen? Ich dachte, rein rechtlich ...»

«Rein rechtlich? Ach, wissen Sie, ich habe mir das Recht gekauft, es entfernen zu lassen. Ich kann nicht verhindern, daß sie ein häßliches Monstrum auf den Platz stellen läßt, aber ich kann es wenigstens wieder abräumen lassen. Die Genehmigung liegt schon auf meinem Schreibtisch.»

«Sie haben das Recht *gekauft*?»

«In New York kann man alles kaufen, Mallory.»

«Ich stehe im Dienste des Rechts!»

«Was Sie nicht sagen. Bitte, Mallory, wir sind doch erwachsene Menschen. Diese Stadt ist korrupt, und sie war es schon immer. Gibt es etwas, was man hier nicht kaufen kann? Man kann Männer und Frauen und Kinder kaufen. Als Sexobjekte oder als Ersatzteillager für Organe. Was nicht heißen soll, daß alles immer nur schlimmer wird. Als die Medizintechnik noch nicht soweit war, wurden aus Körperteilen Schrumpfköpfe und andere Souvenirs gemacht.»

«Und Kunstwerke.» Sie fixierte sein Gesicht. «Wie sind Sie zu Ihrer Narbe gekommen? War das eine Frau?»

«Das war Charles Butler.»

Nahm er sie jetzt auf den Arm? Nein, er hatte es ernst gemeint. «Warum?»

«Das müssen Sie ihn selber fragen.»

Der Kurator der Kunstsammlung einer Bank in New Jersey blickte etwas ratlos auf seinen roten Zettel und fragte den Softwarekönig: «Hätten Sie vielleicht Interesse an einem Tausch? Meine großen weißen Haie in einem Football-Stadion voller Marmelade gegen Ihre meilenlange Reihe flachbrüstiger Blondinen mit Sex-Appeal?»

Sie ließ Quinn stehen, und er schaute ihr nach. Das schien zur Gewohnheit zu werden. Sie ging an einem Junkie vorbei, der ein paar Vorstädtern die Aufbereitung von Drogen vorführte, eine strafbare Handlung, die sie gar nicht zur Kenntnis nahm.

Einer der adrett gekleideten Leute war so freundlich, das Feuerzeug unter den Löffel zu halten, während der Junkie den verflüssigten Stoff auf die Spritze zog. Dann band er sich gekonnt ein elastisches Band um den Oberarm, damit die Adern hervortraten, und setzte sich den Schuß. Die Zuschauer sahen ihn davonschweben ins Land der Träume und des schleichenden Todes.

Das war nicht der erste Junkie, den Quinn abheben sah. An dem Abend, an dem Aubry gestorben war, hatte er vor der Galerie Oren Watt gesehen. Zuerst allerdings nur seine Sonnenbrille und seinen absonderlichen Mund, weil die grellen Scheinwerfer von drei Polizeiautos die Gesichtszüge verschluckten. Seine Gliedmaßen zuckten im Takt einer nur für ihn hörbaren Musik, der die Hälfte der Töne abhanden gekommen war. Zwischen den Lippen fuhr im Rhythmus der Zuckungen immer wieder die Zunge hervor wie eine rosarote Maus, während die Füße die Morsezeichen des Schmerzes auf das Pflaster steppten. Er stürzte, kam aber wieder auf die Beine.

«*Ein zäher Klepper!*» rief ein Polizist.

«*Zugabe!*» grölte ein anderer.

Und Oren Watt legte erneut los.

Quinn blieb stehen und machte Markowitz und Riker auf den Drogensüchtigen aufmerksam, der für seine uniformierten Kritiker eine Vorstellung gab, Markowitz schüttelte den Kopf und sagte: «*Zuwenig Blut an den Klamotten.*»

Quinn hatte in dieser Nacht an seiner Kleidung hinuntergesehen. Seine Schuhe und Hosenbeine waren voller Blut, und auch alle anderen, die Polizisten und die Kriminaltechniker, die aus der Galerie herauskamen, hatten Blut an der Kleidung.

Als er ihre Stimme hörte, fuhr er hoch wie eine Ratte im Laborversuch. Mallory mußte lächeln. Nicht einmal zwanzig Minuten hatte sie gebraucht, um Koozeman diesen Reflex anzutrainieren.

«Miss Mallory», lächelte er tapfer.

«Einfach nur Mallory, ja? Ihr nächstes Projekt ist vermutlich die Oren-Watt-Ausstellung?»

«Nein. Es bleibt dabei, mit denen gebe ich mich nicht ab. Ich habe den Leuten vom Fernsehen meine Galerieräume für Filmaufnahmen vermietet. Das war ein Geschäft. Mit Kunst hatte das nichts zu tun.» Es wurde Koozeman gar nicht bewußt, daß seine Hand den Krawattenknoten lokkerte.

*Kommst du langsam ins Schwitzen, Koozeman?*

«Dann halten Sie Oren Watt nicht für ein Genie?»

«Natürlich nicht», sagte Koozeman. «Watt hat doch keinen Schimmer von Kunst. Der hat mit seinen makabren Souvenirs eine Marktnische gefunden. Sonst wäre er ein hoffnungsloser Fall. Die Zeichnungen sind hundsmiserabel. Wenn Sie Geld anlegen wollen ...»

«Nein, nein, aber mein Interesse an Kunst wird mit jedem Tag größer», sagte Mallory. «Das faszinierendste Kunstwerk, das ich je gesehen habe, stammt aus Ihrer Galerie im East Village.»

«Da müssen Sie noch ein Kind gewesen sein.»

«Stimmt. Aber ich habe Fotos, auf denen der Künstler

und die Tänzerin zu sehen sind, nachdem der Schlächter mit ihnen fertig war. Die studiere ich jeden Tag. Ich kann mich kaum von den Bildern losreißen. Die Komposition der Körper zeugt von einem dunklen Genius. Finden Sie nicht auch?»

«Im Kontext des Verbrechens könnte man das vielleicht ...»

«Aber Oren Watt ist kein Genie, oder?»

Auf Koozemans Stirn standen Schweißperlen. Mallory ließ ihn stehen. Sie wollte ihren angriffslustigen Schwung nicht verpuffen lassen und sah sich nach Charles Butler um, an den sie auch noch ein paar Fragen hatte.

«Die Narbe? Hat dir Quinn davon erzählt?»

«Er sagt, die hat er von dir.»

Charles nahm Mallorys Arm und ging mit ihr in die einzige Ecke, in der keine Zettel hingen und keine Käufer herumstanden.

«Das erzähle ich dir ein andermal, ja?» Er überreichte ihr einen roten Zettel. «Ein Souvenir.»

Mallory betrachtete den Zettel. «Hast du dir *dafür* gutes Geld abknöpfen lassen?»

«Nein, nein. Koozeman wird sich hüten, mich über den Tisch zu ziehen. Ich habe einen fast schon unanständigen Rabatt bekommen. Vermutlich will er mich für die A-Klasse ködern. Hoffentlich gefällt es dir. Dean Starr hat sich ein Elefantenmuseum ausgedacht, in dem sämtliche Elefantenwitze mit toten Elefanten nachgestellt werden sollten. Alles richtig echt, aber tot.»

«Charles!»

«Mach nicht so ein Gesicht. Ist doch alles nur Spaß.»

«Also doch keine von seinen durchnumerierten Ideen?»

«Doch, doch, sogar eine seiner besten.»

Sie lächelte ihn an – nicht hintergründig und nicht boshaft, sondern einfach nur vergnügt. Ein kostbarer Moment. Und mehr als eines Elefantenwitzes hatte es dazu nicht bedurft. Der kostbare Augenblick war vorbei. Das Lächeln war verschwunden. «Quinn hält das mit den Zetteln für Koozemans Idee.»

«Wenn alles ein Jux gewesen wäre, könnte ich mir das gut vorstellen. Koozeman war schon immer extrem. Aber er …»

«Vielleicht *war* es ein Jux. Bestimmt war Koozeman am ersten Abend ganz baff, als tatsächlich Zettel gekauft wurden. Wetten, daß es so war?»

«Lieber nicht, Mallory. Du hast bestimmt recht. Das ist Koozemans Humor. Laß mich raten. Du schließt daraus, daß Koozeman Dean Starr in aller Öffentlichkeit bis auf die Knochen blamieren wollte.»

Sie nickte, und er fuhr fort: «Was Starr als Kritiker von sich gegeben hat, läßt auf mangelnde Intelligenz schließen. Der hätte das vermutlich nicht durchschaut. Koozeman wollte ihn also reinlegen. Das spricht für Animositäten, für ein …»

«… Zerwürfnis zwischen zwei Mördern?»

«Das ist ein bißchen weit hergeholt.»

«Finde ich nicht. Die alte Galerie im East Village gehört Koozeman auch noch. Bisher hat sie ein Makler für ihn vermietet, und von dem habe ich erfahren, daß Koozeman heute beide Galerien zum Verkauf angeboten hat. Der will sein Geld einsacken und verduften.»

«Mit dieser These liegst du falsch», sagte Charles. «Schau dir doch den Immobilienmarkt an. Da ist auf die Schnelle nichts zu machen.»

«Der Mann ist geldgierig. Er will weg, aber er bringt's nicht fertig, Geld in den Wind zu schreiben. Die roten Zettel sind viel wert, aber nur, wenn er sie schnell verkauft. Es geht immer ums Geld, bei den alten Morden genauso wie bei dem neuen.»

Sie hatte sich in Koozeman hineinversetzt und schien sich in seiner Haut so wohl zu fühlen, daß er es beinahe bedauerte, sie auf den schwachen Punkt in ihrer Argumentation hinweisen zu müssen, einen grundsätzlichen Fehler in ihrer Denkweise. «Du willst immer mit aller Gewalt auf ein finanzielles Motiv hinaus. Das hast du von deinem Vater. Der hat auch immer angenommen, daß es ums Geld geht. Aber alle anderen waren vor zwölf Jahren davon überzeugt, daß nur ein Psychopath so ein Gemetzel anrichten kann.»

«Quinn nicht. Er hat nicht geglaubt, daß es ein Psychopath war. Gibt dir das nicht zu denken?»

Als J. L. Quinn auf sie zukam, drehte Mallory sich um und ging davon. Der Kritiker blieb stehen und sah ihr nach. Dann lächelte er Charles zu. «Hat sie dich nach der Narbe gefragt?»

«Ja, aber ich bin nicht darauf eingegangen.»

«Du mußt mir erzählen, wie du das angestellt hast. Mallory ist die hartnäckigste Person, die mir je begegnet ist.»

«Mit einem alten Zaubertrick.» Charles zog eine Münze aus der Tasche und präsentierte sie Quinn auf der flachen Hand. Dann machte er eine Faust. «Man lenkt sein Gegenüber ab und vertauscht eins mit dem andern.» Als er die Faust wieder öffnete, war aus der Münze ein Zwanzigdollarschein geworden.

«Ich stehe in deiner Schuld, Charles.»

«Schön. Dann kannst du mir jetzt vielleicht etwas erklären. Mallory hat mir erzählt, daß du Koozeman für den Erfinder der roten Zettel hältst. Das hat mir sofort eingeleuchtet. Es paßt zu Koozeman. Aber das erklärt noch nicht, warum die Leute solche Zettel kaufen. Das sind doch alles erwachsene Menschen. Einen Vierjährigen kann ich nirgends entdecken.»

Während ihrer Unterhaltung über das große Geschäft mit den kleinen Zetteln konnte Charles in aller Ruhe den Mann studieren, der Mallory nachstieg. Jamie Quinn war immer schon ein unterkühlter Mensch gewesen, mit besten Umgangsformen und Augen, die einen frösteln ließen. Wie er Charles als Kind in die Kunst des Fechtens eingeführt hatte, so führte er ihn nun durch das Labyrinth des Kunstmarkts.

«Dann ist das also nur ein Geschäft? Wenn man keine künstlerische Begabung hat, behilft man sich eben mit Geschäftssinn. Hab ich recht?»

«Ja, Charles.» Quinn zog eine Zigarettenschachtel aus der Tasche. «Aber könnte man nicht noch einen Schritt weitergehen?»

«Man hat es mit Produzenten, Verkäufern und Käufern zu tun.»

«Richtig. Und?» Quinn kümmerte sich nicht um das Rauchverbot in öffentlichen Räumen und zündete sich eine Zigarette an.

«Und die Verkäufer und Käufer finden, daß der lästige Dritte entbehrlich ist. Sie schalten den Künstler aus.»

«Und so entsteht eine neue Ordnung. Künstlerische Begabung wird durch unternehmerischen Sachverstand ersetzt. Großartig, Charles. Du hast wie immer glänzend argumentiert.»

Die Geheimtür in der Wand öffnete sich einen Spalt, und

eine Hand stellte einen Stehaschenbecher neben Quinn, der in die andere Richtung blickte. Als er den Ascher bemerkte, hatte sich die Tür schon wieder geschlossen. Er wunderte sich jedoch nicht darüber, sondern klopfte ungerührt die Asche ab. Quinn wußte also von der Geheimtür, hatte es aber nicht für nötig gehalten, Mallory darauf hinzuweisen.

«Wenn sich diese Tendenz durchsetzen sollte, was wird dann aus den richtigen Künstlern?»

«Du meinst die Künstler der alten Ordnung», sagte Quinn.

Charles spürte, daß Quinn nicht nur Konversation machte, sondern innerlich an dem Thema beteiligt war. Womöglich hielt er die Farce schon längst für traurige Wirklichkeit.

«Die einen gehen unter, und die anderen stellen sich um», sagte Quinn.

«Sag mal, die Frau da drüben, die nuckelt doch nicht etwa an einer Ratte?»

«Doch.»

Während die Performancekünstlerin am Ohr ihrer Ratte knabberte, konnte sie sich drei Sekunden lang in der Aufmerksamkeit J. L. Quinns sonnen, der sich umdrehte, um Charles zu bestätigen, daß die Frau an Ungeziefer nuckelte. Dann stopfte sie die Ratte wieder in ihren Ärmel und wünschte ihr den Erstickungstod. Ekelhaftes Vieh. Da konnte einem ja schlecht werden.

Sie wandte sich wieder dem blinden Porträtmaler zu. Da er seinen Stock verloren hatte, konnte momentan nur sie ihm zu einem Drink verhelfen. Aber er war ein griesgrämiger Kerl. Das genaue Gegenteil des gutgelaunten Vorzeigeblinden, mit dem sie gerechnet hatte.

«Ich finde es sehr mutig von Ihnen, daß Sie Porträtmaler geworden sind, obwohl Sie das Modell gar nicht sehen.» Sie schob mit der Fußspitze seinen Stock an die Wand. «Ich meine, mit Farben zu arbeiten, die man gar nicht sieht, das ist nun wirklich künstlerisches Neuland.»

«Würden Sie mir den Weg zur Bar zeigen?» bettelte er mit klagender Stimme.

«Insofern ist es sogar ein Plus, daß Sie blind sind.»

«Es ist zum Kotzen, daß ich blind bin. Könnten Sie ...»

«Und was für Unternehmen Sie als Sponsoren gewonnen haben! Ich habe mich oft gefragt, wie Sie bei denen das Geld lockermachen. Wissen Sie, ich habe eine beidseitige Brustamputation hinter mir. Meinen Sie, damit ließe sich vielleicht ...»

«Jetzt zeigen Sie mir schon, wie ich zur Bar komme, Sie dumme Kuh.»

Sie drehte ihn ganz behutsam in Richtung Wand und gab ihm einen Schubs. Der blinde Porträtmaler setzte sich in Bewegung und knallte dagegen.

Koozeman lehnte an der Wand, und sein Blick ruhte versonnen auf Mallorys Profil. Was vor zwölf Jahren begonnen hatte, endete nun mit einer Bruchlandung. Wenn sie doch nur herschauen würde. Dann könnte sie sehen, was sie ihm angetan hatte.

Er setzte sich wieder auf das Podest. Eine Frau stand vor seinem Stuhl und fragte nach einer Nummer.

«Nummer vierzehn? Einen Augenblick.» Koozeman warf einen Blick auf die Liste und taxierte nebenbei den Wert ihres Diamantenarmbands. «Ah ja. Zu Vierzehn hat Mr. Starr ein großes rotes Rad erdacht. Es hat einen Durchmesser von einer Viertelmeile und hängt an einem Zeppelin in der Luft. Es ist vollkommen nutzlos, es gibt keinen Grund dafür, daß es da hängt. Und doch hängt es da!»

Mallory kam ganz langsam auf ihn zu und sah natürlich, daß er schwitzte wie ein Affe. Was für schöne grüne Augen. Die Augen eines Attentäters. Angst schnürte ihm die Kehle zu. Doch Mallory schlug einen leichten Plauderton an. «Sie schreiben nebenbei Kunstkritiken, nicht wahr? Charles rechnet es Ihnen hoch an, daß Sie grundsätzlich keine Künstler aus Ihrem eigenen Stall besprechen.»

«Das wäre zu plump.»

«Ach ja, der Künstler, der mit Aubry Gilette gestorben ist. Peter Ariel? Den haben Sie mal rezensiert, als er noch keiner von Ihren Künstlern war. Ich habe die Kritik gelesen. Ein übler Verriß.»

«Ein Jahr später waren Peters Arbeiten schon erheblich besser.»

«Dann muß man ja von Glück sagen, daß Sie ihn nicht vorher schon massakriert hatten.»

«Wie bitte?»

«Quinn findet, daß Ihre Stärke als Kritiker eher im Vernichten als im Ermutigen junger Talente liegt. Es ist bestimmt nicht verkehrt, wenn Sie bei dem bleiben, was Sie am besten können. Beim Massakrieren.»

Sie sah auf ihre leere Hand. Dann drehte sie sich um und ging, den Blick auf den Boden geheftet.

In Schweiß gebadet erhob sich Koozeman von seinem Stuhl, ging zur Rückseite des Podestes und drückte gegen die Wand. Die Geheimtür ging auf.

Er schloß sie hinter sich, und eine Minute später hörte man, durch die Wand gedämpft, zwei zornige Stimmen.

Mallory hatte die Augen immer noch auf den Boden gerichtet und suchte überall nach dem roten Zettel von Charles. Wenn sie so achtlos mit seinem Geschenk umging, mußte er annehmen, daß es ihr nicht viel bedeutete. Womit er recht hätte.

Ein Blinder hielt einem Stützpfeiler einen Vortrag. Ein paar Leute, unter ihnen Charles, standen um ihn herum und hörten ihm höflich zu.

«Was Sie da sagen, zeugt von Ignoranz, Mr. Butler», sagte der Blinde zu dem Pfeiler. «Man hat Sabra gewaltig überschätzt. In der Kunst werden Frauen nie über eine Nebenrolle hinauskommen. Frauen können gar keine Kunst von Bedeutung schaffen. Dazu fehlt es ihnen an Persönlichkeit.»

Mallory machte auf dem Absatz kehrt und suchte die tote Fliege, die sie ein Stück weiter hinten auf dem Boden entdeckt hatte. Sie hob sie auf, warf sie dem Blinden in den Wein und setzte ihre Suche nach dem roten Zettel fort.

Die Zuhörer des Blinden wußten nicht recht, ob es nicht unhöflich oder gar politisch unkorrekt wäre, den Mann auf die tote Fliege hinzuweisen. Würde man damit nicht die Aufmerksamkeit auf die Blindheit des Mannes lenken?

Oje, zu spät.

Ein paar Leute standen um das Podest herum und wollten Zettel kaufen, aber Koozeman reagierte nicht auf ihre Fragen. Er hatte einen roten Zettel im Mund stecken. Die Nummer konnte man gerade noch lesen. Die korpulente Dame aus Ridgewood, New Jersey, sah in der Liste auf Koozemans Schoß nach, was der Künstler sich zu dieser Zahl ausgedacht hatte. Sämtliche Elefantenwitze sollten mit toten Elefanten nachgestellt werden. Wie lustig. Merkwürdig nur, daß die Beschreibung bis auf das Wort ‹tot› durchgestrichen war.

*Tot?*

Sie starrte Avril Koozeman lange in die blicklosen Augen. Dann wanderte ihr Blick langsam an ihm hinunter. Als sie den kleinen Blutfleck auf seiner Brust sah, begann sie zu schreien. Vier Servicejungen stürzten auf sie zu in der irrigen Annahme, ihr sei der Wein ausgegangen.

Die korpulente Dame zitterte so heftig, daß ihr das Glas beinahe aus der Hand gefallen wäre. Sie wandte sich von dem Toten ab – und sah ein blondes Mädchen durch eine feste, weiße Wand verschwinden. Die korpulente Dame stellte ihr Glas auf dem Boden ab und setzte sich gleich daneben.

Hinter der Wand lief Mallory durch einen schmalen Korridor und rannte aus Versehen einen Servicejungen um, der im Weg stand. «Ist hier jemand vorbeigekommen?»

«Nein, Madam.» Er krabbelte auf allen vieren hinter einer davonrollenden Weinflasche her. «Ich habe niemand gesehen.»

«Kann es sein, daß du jemand übersehen hast?»

«Ich weiß nicht, Madam.» Er rappelte sich auf und klopfte sich den Staub von der schwarzen Hose. «Ich bin gerade erst reingekommen.» Er inspizierte die Weinflasche. «Verdammt! Das Etikett hat einen Fleck!»

Mallory machte kehrt und lief zurück. Die Geheimtür bestand an der Rückseite aus rohen Brettern. Mallory bemerkte einen hellen Punkt. Es war ein Spion, durch den man die Leute sah, die in der Nähe der Wand standen.

«Was ist denn das?» fragte sie den Jungen, der inzwischen neben ihr stand.

«Das Guckloch. Damit wir keinem Gast das Glas aus der Hand schlagen. Das wäre ein Kündigungsgrund.»

Sie trat durch die Geheimtür, riß einem Kunstsammler das Handy vom Ohr, unterbrach sein Gespräch und gab der Dame in der Vermittlung ein paar knappe Anweisungen, während sie auf die Leiche zuging. Der Zettel, der Koozeman im Mund steckte, trug die Zahl vierundvierzig. Ihr Zettel.

Als Koozeman die Galerie in einem Leichensack mit zugezogenem Reißverschluß verließ, standen Jack Coffey und Mallory bei Heller und seinen Leuten von der Spurensicherung an der Rückwand des Ausstellungsraums.

«Der Mann ist von vorne erstochen worden», sagte Heller. «Das heißt in der Regel, daß das Opfer den Täter gekannt hat. Aber unter den gegebenen Umständen wäre wohl jeder nahe genug an ihn rangekommen.»

Charles Butler stellte sich zu ihnen. «Es könnte aber auch …»

Mallory nahm ihn am Arm und führte ihn weg. «Charles ist ein bißchen beschwipst», sagte sie über die Schulter. «Bin gleich wieder da.»

«Du weißt genau, daß ich nicht betrunken bin. Ich wollte bloß …»

«Du wolltest von der Geheimtür erzählen. Aber das läßt du hübsch bleiben.»

«Aber es könnte doch Oren Watt gewesen sein.»

«Nein, Charles. Mach bitte keinen Zirkus, ja? Du gehst jetzt am besten nach Hause. Es dauert noch Stunden, bis wir alles aufgenommen haben.»

«Aber du mußt doch …»

«Gute Nacht, Charles.»

Diesmal hörte Riker sie schon von weitem, weil sie auf hohen Absätzen über das Dach stöckelte. Seine Partnerin in einem schwarzen Seidenkleid war ein seltener Anblick. Ein paar Verse aus Schülertagen von einem Tiger, der aus Nacht und Wäldern hervorblitzt, kamen ihm in den Sinn.

Er lächelte. «Zu dumm, daß ich in der Schule nicht mehr Gedichte gelernt habe. Man wird dir nicht gerecht, wenn man einfach nur sagt, du bist 'ne Wucht.»

Mallory überhörte sein Kompliment. Er wußte, daß sie äußerst mißtrauisch auf alle Komplimente über ihr Aussehen reagierte. Hätte Markowitz die kleine Kathy doch gefunden, bevor ihr etwas ganz Schlimmes zugestoßen war. Was für ein verzerrtes Bild mochte Mallory vor sich haben, wenn sie morgens in den Spiegel sah?

Mallory warf einen Blick über den Rand des Dachs und zog den Kopf schnell wieder zurück. Andrew Bliss schaute in die Luft und drehte sich dabei im Kreis.

Sie sah Riker an. «Hattest du einen ruhigen Abend?»

«Einen ruhigeren als du. Hat Coffey dich zusammengestaucht?»

«Nein. Er hatte sogar Mitleid, als er hörte, daß Koozeman vor meiner Nase umgebracht worden ist.» Sie schien fast ein wenig enttäuscht von Coffey.

«Das kann sich noch ändern. Warte erst mal ab, bis die Zeitungen raus sind.» Er mußte Coffey sagen, daß er Mallory nicht mit Samthandschuhen anfassen durfte, wenn er nicht in ihrer Achtung sinken wollte. «Zu dumm, daß du so fotogen bist. Die Zeitungen bringen natürlich ein Bild von dir.»

«Dann zieht er mich vermutlich von dem Fall ab, wenn er morgen früh die Zeitung gelesen hat.»

«Das glaube ich eigentlich nicht. Wenn er von oben

Druck kriegt, läßt er einfach durchblicken, daß du der Sache auf der Spur gewesen bist und dein Besuch in der Galerie von einem guten Riecher zeugt. Coffey kann mit den Vorgesetzten und der Presse umgehen.» Das schien sie kein bißchen aufzumuntern. «Du brauchst dir keine Sorgen zu machen, Mallory. Leg dich erst mal schlafen.»

«Nein, ich übernehme die Nachtschicht», sagte sie. «Ich geh nur schnell nach Hause und zieh mich um, ja?»

«Laß dir Zeit, Mädchen. Andrew läuft uns nicht weg. Ach ja, die Kerzen sind ihm schon wieder ausgegangen. Und ich habe recht gehabt – der Mann hebt eine neue Religion aus der Taufe.»

Riker zeigte auf die Spätausgabe der Zeitung, die vor ihm auf dem Boden lag und unter der sein Gewehr hervorschaute. «Die Presse spricht nicht mehr vom Modeterroristen, sondern vom Messias von Bloomingdale's. Paßt doch prima zu seinem Altar, nicht? Aber die Schaufensterpuppe macht mich ganz krank.»

«Was meinst du, was sie mit Andrew macht?»

Darüber wollte er lieber nicht nachdenken. Er machte sich auch so schon genug Sorgen um den kleinen Mann auf dem Dach, der allmählich körperlich und geistig verfiel.

Und was machte der Fall mit Mallory? «Die Leute vom FBI werden ihre helle Freude an dem Mord haben. Jetzt haben wir's mit einem Serienkiller zu tun, und dafür sind sie Spezialisten. Behaupten sie jedenfalls immer bei Interviews. Wir müssen schleunigst ein eigenes Täterprofil erstellen, sonst haben wir diesen dämlichen Cartland auf dem Hals. Fällt dir dazu was ein?»

«Das war nicht wie beim letzten Mal», sagte sie. «Ich glaube nicht, daß die Tat geplant war. Diesmal hat der Mörder den Eispickel von der Bar genommen. Der weist

Blutspuren auf. Für einen Stich ins Herz war er allerdings zu kurz. Slope geht davon aus, daß der Täter mit seinem Angriff einen schweren Herzinfarkt verursacht hat. Koozeman war herzkrank. Als Slope den Brustkorb geöffnet hat, ist eine Herzklappe zum Vorschein gekommen ...»

«Moment, Mallory, Slope hat die Autopsie gleich heute abend gemacht? Wie hast du das denn hingekriegt?»

«Er war mir noch was schuldig.»

«Möglich, daß er Markowitz noch was schuldig war. Aber dir doch nicht, Mädchen. Oder erpreßt du ihn etwa?»

Wie war er darauf gekommen? Slope war einer der letzten anständigen Menschen in New York. Was könnte sie gegen ihn in der Hand haben? Vielleicht war er darauf gekommen, weil es Mallory durchaus zuzutrauen wäre.

Sie wich seinem Blick aus. «In der Galerie ist etwas passiert, das den Täter nervös gemacht hat. Ich hab Slope klargemacht, daß ich nicht bis morgen warten kann – sonst kommt uns womöglich noch jemand abhanden. Der erste Mord war minutiös geplant. Wenn der Täter diesmal im Affekt gehandelt hat ...»

«... könnte es auch ein Nachahmungstäter gewesen sein.»

«Nein, wir haben es mit demselben Täter zu tun.»

Er verkniff sich den Hinweis auf den Unterschied zwischen Wissen und Wunschdenken. Für Mallory war das allerdings ein und dasselbe. Sie ging über das Dach davon, drehte sich aber noch einmal um. «Das ist übrigens der dritte Mord, bei dem Quinn am Tatort gewesen ist.»

Mallory schloß die Wohnungstür ab. Den Reißverschluß ihres Kleides machte sie schon auf dem Weg ins Schlafzimmer auf. Dann ließ sie es fallen und zog die Strumpfhose aus. Sie öffnete die Schublade ihrer Frisierkommode, in der stapelweise die gleichen teuren Jeans lagen. Die T-Shirts in der nächsten Schublade waren teils aus Baumwolle, teils aus Seide. Sie hatten unterschiedliche Farben, aber den gleichen Schnitt. Bei der Alltagskleidung kam es ihr auf Effizienz an. Sie wollte sich nicht lange überlegen, was sie anziehen sollte. Tagsüber trug sie weiße Laufschuhe, schwarze bei förmlicheren Anlässen. Nie brauchte sie länger als drei Minuten zum Umziehen – bis auf heute abend.

Sie schlüpfte in die Jeans, zog den Reißverschluß aber nicht zu. Die Eile war vergessen, als ihr Blick auf die Kerze auf dem Nachttisch fiel.

Als zehnjähriges Kind hatte sie Helen Markowitz um Kerzen gebeten. Damit sie sich im Dunkeln nicht fürchtete, hatte ihr Helen ein Nachtlicht gekauft. Aber Kathy wollte Kerzen, und Helen kaufte ihr Kerzen in allen Farben und einen Kerzenständer für jede Fläche, auf die man einen stellen konnte. Wenn das Kind zwischen Wachen und Träumen im Bett lag, kam Helen auf Zehenspitzen in ihr Zimmer und blies die Kerzen aus. Auf diese Weise war ihre Pflegemutter in ihr allabendliches Kerzenritual einbezogen worden.

Seither konnte Mallory keine Kerze anzünden, ohne an sie zu denken. Aber sie hatte schon lange bevor sie zu Helen und Louis Markowitz gekommen war, Kerzen angezündet. Den Grund dafür hatte sie irgendwo auf der Straße vergessen.

Am Anfang hatte Helen noch versucht, etwas über Kathys Vergangenheit in Erfahrung zu bringen. Sie fragte sehr behutsam, aber das Kind verschloß sich sofort. *Nicht dran rühren*, sagten ihre Augen und ihre Körperhaltung. *Das tut weh*. Jede Erinnerung hatte ihr weh getan.

Mallory setzte sich auf das Bett und zündete eine Kerze an. Das machte sie jeden Abend. Sie blickte in die Flamme und versuchte sich zu erinnern; aber sie hatte Angst davor, sich zu konzentrieren, weil sie nicht wußte, aus welcher Ecke die Erinnerung sie anspringen würde.

«Du mußt dich deinen Dämonen stellen», hatte ihr der Priester geraten, als sie vierzehn war. Sie hatte seinen Rat beherzigt, war durch die Gänge des Mädchenpensionats geschlichen und hatte die Nonne gesucht. Kurz darauf hatte Schwester Ursula laut geschrien. Der Priester war fassungslos, als sie ihm erklärte, sie habe nur seinen Rat befolgt.

Seither hatte sie Pfarrer Brenner nicht mehr gesehen. Die Kerze war schon ein Stück heruntergebrannt, als sie Helens altes Adreßbuch aus dem Holzkästchen ganz hinten im Wandschrank zog. Sie war nie dazu gekommen, die alten Dinge, an denen sie so sehr hing, aus dem Haus in Brooklyn auszuräumen. Wozu auch? Es blieb schließlich ihr Zuhause, und sie konnte jederzeit hingehen. Sie war dort zu Hause, wo alles sie an Helen und Louis Markowitz erinnerte, von der Plattensammlung im Keller bis zu den katholischen Schuluniformen auf dem Speicher.

Nur ein paar ganz persönliche Dinge hob sie in dem Holzkästchen auf. Brisante Papiere von Markowitz, kleine Andenken an Helen – ihre Lesebrille, einen Fingerhut. Und ihr Adreßbuch, das eine Verbindung zu den Menschen und Ereignissen von früher darstellte. Mallory schlug die Seite ‹B› auf, fand den gesuchten Namen und wählte die Nummer. Als nach dem dritten Klingeln abgehoben wurde, hatte sie sich schon vollends angezogen.

«Hallo», sagte der alte Priester schlaftrunken. «Hallo? Wer ist da?»

«Kathy», sagte sie in der vermessenen Annahme, daß er sie an ihrem Vornamen und ihrer Stimme unter all den Schülerinnen erkannte, die das Pensionat durchlaufen hatten.

Nach einer kurzen Pause sagte Pfarrer Brenner: «Schwester Ursula hat Sehnsucht nach dir. Sie sagt, daß ihr bei Regenwetter immer noch das Schienbein weh tut. Und dann zündet sie eine Kerze für dich an.»

«Warum macht sie das?»

«Sie betet wohl vor allem dafür, daß du dich in Zukunft besser zu benehmen weißt ... Kathy? Bist du noch am Apparat?»

*Warum zünde ich Kerzen an?*

«Ja, ich bin noch da.»

Und für wen betete Andrew? Für das tote Mädchen? Für Aubry? Unter den Lebenden gab es niemanden, der ihm etwas bedeutete. Er hatte nie Eltern gehabt. Für seine Erziehung war ein Treuhandkonto zuständig gewesen. Für wen betete Andrew? Oder um wessen Gnade?

«Kann ich Schwester Ursula berichten, daß ihre Kerzen einen guten Einfluß auf dich hatten?»

«Warum zündet man Kerzen an? Wenn man Schuldgefühle hat? Damit einem die Sünden vergeben werden?»

«Nein, dafür gibt es die Beichte. Von was für einer Sünde redest du?»

«Angenommen, man verschweigt, daß man Zeuge eines Mordes geworden ist. Ist das eine Todsünde oder eine läßliche Sünde?»

«Wie schön, daß du dich an die Begriffe erinnerst. Zeuge bei was für einem Mord, Kathy?»

«Beim Mord an einer Frau. Sagen wir mal, bei meiner Mutter.»

«Ach nein, Kathy. Nimm Helen nicht als Beispiel.»

«An meiner ersten Mutter. Was habe ich davon, wenn ich es sage, und was muß ich befürchten, wenn ich es verschweige?»

«Das ist die Lebensphilosophie deiner Kindheit. Ich glaube, von diesen beiden Fragen hast du dich leiten lassen, als du bei uns gewesen bist.»

«Und wie lautet die Antwort?»

«Der Lohn besteht letztlich darin, daß dir vergeben wird und du mit reiner Seele stirbst. Aber nur, wenn du deine Sünden beichtest und ernsthaft bereust, und wenn du dir fest vornimmst, sie nicht mehr zu begehen.»

«Haben Sie als Kind auch Kerzen angezündet?»

«Ich? Ja, für meinen Vater. Er ist gestorben, als ich noch klein war. Ich zünde heute noch Kerzen für ihn an.»

«Damit er Ihnen nicht verlorengeht?»

«Ja, so kann man das sagen. Mit der Zeit gehen einem Menschen verloren. Die Bilder und die Erinnerungen verblassen. Aber ich glaube, als ich noch klein war, habe ich die Kerzen angezündet, damit *ich* nicht verlorengehe ... Kathy? ... Kathy?»

Sie starrte in die Kerzenflamme. Eine Erinnerung an die Hölle hielt sie in Bann. Der alte Priester versuchte vergeblich, sie über die Leitungen einer irdischen Telefongesellschaft zu erreichen.

Andrew ließ den Blick über die Wolken wandern. Hin und wieder blinzelte ein Stern durch ein Loch im verhangenen Himmel, verschwand aber gleich wieder. Es war eine kühle Nacht. Ohne den Blick vom Himmel zu wenden, zog er die Decken enger um sich.

Es war fast wie das Warten auf den Weihnachtsmann,

der immer erst kam, wenn alle Kinder im Haus fest schliefen. Andrew blieb ruhig auf dem Rücken liegen, kniff die Augen zu und stellte sich schlafend.

Gleich darauf knallte etwas auf das Dach. Drei Opferkerzen rollten aus einer braunen Papiertüte. In der ein kleiner Laib Brot steckte. Er drehte den Kopf auf die andere Seite und sah noch, wie die goldenen Locken seiner Retterin im Abgrund hinter dem Dachgesims verschwanden.

Mühsam schleppte er sich zum Rand. Ihm graute vor dem Anblick, der sich ihm bieten würde.

Niemand zu sehen.

Er kniete nieder, zündete die Kerzen an und lag nach einer Stunde immer noch auf den Knien.

# 6

Aber die Zahl der Mordopfer ist doch gesunken.»

«Das liegt daran, daß es ein Wahljahr ist. Der Bürgermeister gestattet uns nicht, den East River abzusuchen», sagte Riker über den Rand seiner Kaffeetasse. «Keine Sorge, Charles. Wenn wir nächstes Jahr die ganzen Leichen aus dem Wasser ziehen, steigen die Zahlen wieder.»

Riker las in einer von Charles' Zeitschriften, in der das Hohelied des herausgeputzten neuen New York gesungen wurde. «Hör dir das an, Mallory: ‹Die New Yorker High-Society schwärmt für die U-Bahn.›»

«Das kann da nicht stehen», sagte Mallory.

«Und ob das da steht.» Riker knallte das Magazin neben ihrem Teller auf den Küchentisch.

Mallory stellte ihre Kaffeetasse ab, blätterte das Magazin durch und runzelte die Stirn. «Warum liest du eigentlich so einen Mist, Charles?» fragte sie in einem Ton, als hätte sie ihn mit einem Pornoheft und nicht mit einem Hochglanzmagazin für betuchte New Yorker erwischt.

«Ich bin wirklich mal U-Bahn gefahren», sagte Charles, als sei das eine bemerkenswerte Leistung. «Aber wenn ich mir's recht überlege, war es sehr unerquicklich. Ich bin in einen ganz normalen U-Bahn-Zug gestiegen, aber auf einmal hat er sich in einen Expreßzug verwandelt, und ich bin ganz woanders gelandet.»

Mallory beugte sich zu Riker hinüber. «Hat Markowitz das Märchen wirklich geglaubt, daß Quinn zu spät in die Galerie gekommen ist, weil er die U-Bahn genommen hat?»

«Zuerst nicht», sagte Riker. «Aber Quinns Wagen hat den ganzen Abend in der Garage gestanden. Das hat der Parkwächter überprüft, während Quinn noch verhört wurde. Er hatte keine Möglichkeit, den Mann zu bestechen. Und eine Taxifahrt ist nur für die Tänzerin registriert. Wenn Quinn spät dran war, könnte er schon die U-Bahn genommen haben, weil er befürchtete, mit dem Taxi im Verkehr steckenzubleiben. Er wollte bestimmt nicht, daß seine Nichte in dieser finsteren Gegend auf ihn warten mußte, und die U-Bahn ist nun mal am schnellsten.»

«Stimmt.»

«Aus dem gleichen Grund habe ich die U-Bahn genommen», sagte Charles. «Ich hatte es eilig, und ...»

«Und Charles hat sich auch verfahren», sagte Riker.

Mallory überflog den Artikel mit der Überschrift «Gilettes letztes Gebäude» und erfuhr, daß Emma Sue Hollaran die Enthüllung der Plastik vor dem Gebäude auf übermorgen angesetzt hatte. «Was wissen wir über Emma Sue Hollaran, Riker?»

«Der Name sagt mir nichts.»

«Sie ist die Vorsitzende des Komitees für Kunst im öffentlichen Raum», sagte Charles. «Das ist der Verein, der aus Andrew Bliss einen ehrbaren Ladendieb gemacht hat.»

«Und Hollaran ist mit Gilette verfeindet», sagte Mallory. «Das weiß ich von Quinn.»

«Die kannst du vergessen», sagte Riker. «Den Doppelmord kann keine Frau verübt haben.»

«Bin ich keine Frau?»

«Na schön, setzen wir sie eben auf die Liste.» Riker zog sein Notizbuch aus der Tasche und kritzelte Hollarans Initialen hinein, damit Mallory zufrieden war.

«Ich dachte eher daran, daß sie ein gutes Opfer abgeben würde. Zwei tote Kritiker haben wir schon. Vielleicht sollten wir sie überwachen lassen.» Sie klappte das Magazin zu und legte es mit dem Titelblatt nach unten auf den Tisch. «Ach ja, wo wir schon bei Kritikern sind. Quinn hat doch eine Narbe direkt über seinem Schnauzbart. Er behauptet, daß er die von Charles hat.»

Riker war auf einmal ganz Ohr, und die Hand mit der Tasse blieb in der Luft hängen.

«Es war ein Fechtunfall», erklärte Charles.

Rikers Tasse knallte auf die Untertasse, und Mallory beugte sich mit leuchtenden Augen vor: «Du hast ihn mit einem Säbel verletzt?»

«Ach, das ist eine lange Geschichte.»

Riker und Mallory schauten auf die Uhr. «Wie wär's mit einer Kurzfassung?» fragte Mallory.

«Es hat damit angefangen, daß ich einen Studienplatz in Harvard bekommen habe. Ich wollte da nicht hin.» Er sah keinen Grund, darauf hinzuweisen, daß er damals erst zehn war. «Meine Mutter hat Jamie Quinn gebeten, mal mit mir zu reden. Er war dort und hatte nur noch ein Jahr bis zum Abschluß. Sie dachte, er könnte mich vielleicht davon überzeugen, daß es mir in Harvard gefallen würde.»

Jamie Quinn hatte sofort begriffen, daß es für ein Kind nicht so einfach war, die Geborgenheit einer Schule für Hochbegabte aufzugeben und mit großen Leuten von normaler Intelligenz an die Uni zu gehen.

«Er hat mir eine Fechtstunde gegeben, weil er fand, das wäre ein guter Sport für mich, der mein Selbstbewußtsein stärken könnte.» Und auf die subtileren Gefechte vorbereiten könnte, die einem Kind mit einem unverschämt hohen Intelligenzquotienten bevorstehen, wenn es sich unter lauter älteren Studenten behaupten muß.

«Wir sind also in der Wohnung seiner Eltern auf die Terrasse gegangen. Jamie hat mir den Säbel gegeben, mit dem er als Kind geübt hatte. Aber an der alten Maske entdeckte er Rost und bestand darauf, daß ich die neue Maske nahm.»

Mallory hatte auf dem College ein bißchen gefochten, aber Riker bestimmt nicht, deshalb beschrieb Charles die Maske. «Sie sitzt wie eine Art Korb auf dem Kopf. Um das Gesicht herum ist sie gepolstert, und am Hals hat sie eine latzartige Wattierung, um ...»

«Könnten wir zum interessanten Teil kommen, Charles?» Riker schenkte sich noch eine Tasse Kaffee ein und sah auf die Uhr. «Ich will hier nicht alt werden.»

«Ja, natürlich. Entschuldige. Es war ein irrwitziger Zufall. Eigentlich ein Zusammentreffen mehrerer Zufälle. Mein Säbel ist mindestens zehn Jahre alt gewesen und hat ...»

«Säbel? Wie bei der Kavallerie?» Riker hieb ein Z in die Luft.

«Ja. Das heißt, nein. Ich habe zwei alte Kavalleriesäbel. Mit denen hat so ein Sportsäbel nur eine entfernte Ähnlichkeit. Die Klinge ist stumpf, und er hat ein Metallkügelchen auf der Spitze. Wenn man keine Waffe nimmt, die für den Wettkampf elektronisch ausgerüstet ist, und dann ist die Spitze natürlich ...» Er sah den müden Blick in Rikers Augen.

«Tut mir leid. So eine Sportwaffe ist kein Kavalleriesäbel, aber man führt die gleichen Hiebe und Stöße damit aus, als ob sie eine scharfe Klinge und eine Spitze hätte. Jedenfalls habe ich Quinns alten Säbel gehabt. Er schien in gutem Zustand zu sein, aber wie soll man Materialermüdung mit bloßem Auge erkennen. Jamie wollte ihn mir schenken, damit ich ...»

Riker machte Drehbewegungen mit der Hand, um die Erzählung anzukurbeln.

«Beim Fechten ist das Stahlkügelchen abgebrochen, und nun hatte meine Waffe eine schartige Spitze. Ich hab das gar nicht gemerkt. Ich hatte zum ersten Mal einen Degen in der Hand und hab mich ziemlich ungeschickt angestellt. Dann hab ich ihm einen regelwidrigen Hieb versetzt und die Maske ausgerechnet an der rostigen Stelle getroffen – so habe ich ihn verletzt.»

«Der war bestimmt stinksauer.»

«Absolut nicht. Als der Arzt die Wunde genäht hatte, wollte ich mich entschuldigen, aber er hat abgewinkt. Er hat gesagt, er betrachte es als Ehre und fände die Narbe ziemlich gut. Sogar bedankt hat er sich. Er ist eben der Inbegriff des Gentleman.»

«Da warst du ja noch ein Kind», sagte Mallory. «Er kann kein besonders guter Fechter gewesen sein.»

«Hast du eine Ahnung. Er war bei der Olympiade. Mit neunzehn hat er seine erste Goldmedaille geholt.»

«Aber wenn ihn ein kleiner Junge besiegen kann», sagte Mallory, «muß er einen schwachen Punkt haben.»

«Ich habe ihn nicht besiegt. Ich habe regelwidrig gekämpft.» Er wandte sich an Riker. «Wenn ein Punkt ausgefochten ist, geht man auseinander. Das wußte ich aber nicht. Ich habe zugeschlagen, als er nicht darauf gefaßt war.»

«Der Mann rechnet nicht mit Überraschungsangriffen

und hat übermäßig gute Manieren.» Mallory wandte sich an Riker. «Fünfzig Dollar, daß ich ihn besiegen kann.»

«Mit dem Degen?» Charles sah sie entgeistert an. «Das kann nicht dein Ernst sein. Wie willst du mit deinen paar Fechtstunden auf dem College einen Olympiasieger schlagen? Das ist völlig unmöglich.»

«Wollen Sie ihre Wette annehmen?» fragte Riker. «Dann steige ich auf ihrer Seite ein. Darf ich Ihnen einen Schuldschein geben, Charles? Ich bin diese Woche knapp bei Kasse.»

«Ich will Ihnen das Geld nicht aus der Tasche ziehen, Riker. Sie kann gar nicht gewinnen.»

«Warum wettest du dann nicht, Charles?» fragte Mallory. «Ich dachte, du willst auch mal gewinnen. Beim Pokern klappt's ja nie.»

«Das ist doch grotesk. Quinn ficht seit seiner Kindheit, und du hast auf dem College mal ein Semester lang trainiert.»

«Sie ist halb so alt wie er», sagte Riker, «und sie schreckt vor keinem fiesen Trick zurück. Ich würde sagen, sie wird mit ihm fertig.»

Rikers Handy piepte. Er zog die Antenne heraus, und während er aufmerksam zuhörte, schlossen sich seine Finger zur Faust. Als er das Gespräch beendet und das Handy weggesteckt hatte, sah er Mallory an: «Das war ein alter Freund von mir, der in Blakelys Dienststelle arbeitet. Hoffentlich hast du dir gestern alles geholt, was du aus Koozemans Computer brauchst. Blakelys Jungs haben ihn beschlagnahmt und die Bücher dazu.»

«Wie will er das begründen?»

«Muß er nicht. Es ist nicht mehr unser Fall. Blakely hat einen drittklassigen Detective damit beauftragt, und das

FBI unterstützt ihn dabei. Sie stellen sich gerade gemeinsam der Presse. Special Agent Cartland spricht von der Tötung einer Fremdperson.»

«Von was?»

Riker leerte seine Tasse. «Ein Mord ohne Motiv, Charles. Der Täter kennt das Opfer gar nicht. Bei solchen Verbrechen ist das FBI ganz groß. Cartland ist bloß der Trottel für die Öffentlichkeitsarbeit. Ihr Team in Quantico ist erstklassig.»

«Aber das ist doch kein Mord an einer Fremdperson», sagte Charles. «Und da hat Coffey mitgespielt?»

«Coffey hat ausgespielt. Das ist das Schlimmste an der Sache», sagte Riker. «Sie sägen ihn ab, weil er nicht mitgezogen hat. Er wird wegen Insubordination degradiert, weil er einem dienstlichen Befehl nicht nachgekommen ist. Das Verfahren ist bereits eingeleitet. Und dann hat man sich auch noch alle möglichen anderen Anschuldigungen aus den Fingern gesogen. Vielleicht muß er sogar den Dienst quittieren.»

«Coffey kann man nichts anhängen», meinte Mallory. «Der hält sich strikt an die Vorschriften.» Charles hörte ihr an, daß sie das für einen von Coffeys schwachen Punkten hielt.

«Blakely kann mit Coffey umspringen, wie er will», sagte Riker resigniert. «Der Disziplinarausschuß hat aus dem Dowd-Fiasko nichts gelernt. Coffey wird degradiert. Glaub's mir, Mädchen.»

«Nein. Ich kann die Sache abbiegen. Eine Menge Leute auf Koozemans Liste haben hohe Ämter – der Bürgermeister, der frühere Polizeipräsident, der Vizegouverneur …»

«Das läßt du schön bleiben, Mädchen. Laß die Finger von diesen Leuten. Du überschätzt deine Möglichkeiten gewaltig. Du kannst doch die Spitze der Stadtverwaltung nicht erpressen, nicht einmal, um Coffeys Hals zu retten. Man kann dem Recht nicht zur Geltung verhelfen, indem man es mit Füßen tritt.»

«Der Zweck heiligt also nicht die Mittel? Du hörst dich an wie Charles.»

Charles wußte nicht recht, ob er gekränkt sein sollte oder nicht.

«Ich habe immer gehofft, daß *du* dich eines Tages ein bißchen mehr wie Charles anhörst. Aber damit ist wohl nicht zu rechnen.» Rikers Miene wurde immer düsterer. «Laß die Finger von Blakely. Der macht dich fertig. Du hast nicht nur diesen alten Sack gegen dich, sondern den ganzen Apparat. Du hast Talent, aber so hundsgemein wie die bist nicht einmal du. Dazu bist du noch zu jung. Markowitz würde dir auch nichts anderes sagen. Du kannst Coffey nicht helfen. Der ist erledigt. Laß dich nicht auch noch abservieren.»

«Ich dachte eigentlich, auf deine komische Art magst du Coffey.»

«Ich habe großen Respekt vor ihm. Aber auf dich muß man aufpassen. Weil du dich für unschlagbar hältst. Aber man macht nie Jagd auf einen Polizisten! Klar? Und auf einen führenden Polizisten schon gar nicht. Du bildest dir ein, daß du die Hand voller Trümpfe hast ...»

«Hab ich auch. Mit dem Material aus Koozemans Computer und den alten Aufzeichnungen von Markowitz kann ich Blakely da treffen, wo es ihm weh tut.»

«Laß das bleiben, Mallory. Sag bloß niemandem, daß du diese Aufzeichnungen hast! Das ist gerichtsverwertbares Beweismaterial. Versuche ja nicht, Blakely in die Enge zu treiben.»

«Markowitz hätte Coffey nicht im Regen stehenlassen.»

«Stimmt. Aber du bist nicht Markowitz, Mädchen. Er hatte taktisches Geschick. Du arbeitest mit dem Holzhammer.»

Mallory ließ sich unaufgefordert in den Sessel vor dem Schreibtisch des Chefs gleiten und schlug ein Bein über das andere. Als Sergeant bekam man von Blakely nur selten einen Platz angeboten, und sie dachte gar nicht daran, in strammer Haltung vor seinem Schreibtisch zu warten. Er blickte nicht auf. Nur ein Rascheln des Blatts in seinen Händen deutete darauf hin, daß sie ihn verärgert hatte. «Sie sollten noch mal drüber nachdenken, ob Sie uns den Starr-Fall entziehen.» Ihr Ton hatte nichts Bittendes.

Das Blatt Papier flog zusammengeknüllt in den Papierkorb. «Es ist mein letztes Wort. Und jetzt verschwinden Sie. Sonst könnte ich vergessen, wie gern ich Ihren Vater hatte.»

Sie machte keinerlei Anstalten sich zu erheben, sondern lehnte sich zurück.

«Machen Sie, daß Sie rauskommen, sonst geht es Ihnen wie Ihrem Vorgesetzten.»

«Das glaube ich kaum, Blakely», sagte sie lächelnd.

«Sie kennen die Vorschriften, Mallory. Sie haben mich mit ‹Sir› anzureden.»

«Jetzt fragen Sie sich sicher, was ich gegen Sie in der Hand habe. Wie Sie zu Ihrer Position gekommen sind, möchte ich gar nicht zur Sprache bringen.»

«Vorsichtig, Mallory.»

«Ich wette, Sie wären heilfroh, wenn der frühere Commissioner sein Schmiergeld nicht so leichtsinnig ausgegeben hätte. Ist der nicht inzwischen Senator? Das muß Ihnen schwer im Magen liegen.»

«Sie machen einen schweren Fehler, Mallory.»

«Daß Sie die Bestechungssumme in einem Mafialokal abgezockt haben – also das war mutig, das hat mir imponiert. Ich hab mich nur gefragt, was Sie den Leuten alles nachweisen konnten, daß die das Geld rausgerückt haben.»

Blakely erhob sich aus seinem Sessel.

«Ich habe ein bißchen in Markowitz' privaten Aufzeichnungen geblättert», sagte sie. «Und da bin ich auf die Vernehmung eines Dealers gestoßen, der in dieser Bodega seine Operationsbasis hatte.»

Er ließ sich langsam wieder auf den Stuhl nieder. Mallory fuhr fort: «In dem Laden ist ja immer viel losgewesen. Ein Drogendeal nach dem anderen. Die Kuriere haben drei Staaten abgedeckt, nicht?»

Der Drehsessel quietschte, und Blakely sah zum Fenster hinaus. «Und was wollen Sie mit diesem ganzen Zeug anfangen?» Er klopfte mit den Fingern sachte auf das rote Polster.

«Gar nichts. Das FBI würde sich bestimmt sehr dafür interessieren, daß Sie einen Ring von Rauschgifthändlern gedeckt haben, der in mehreren Staaten tätig gewesen ist. Aber ich bin dem FBI nichts schuldig.» Sie betrachtete ihre roten Fingernägel. «Das sind olle Kamellen. Sprechen wir lieber über Lieutenant Coffey. Wissen Sie, wenn Sie dem aufs Dach steigen, steigt er mir aufs Dach. Und das kann ich überhaupt nicht haben. Sie lassen ihn also in Ruhe. Nicht wahr, *Sir?* Sie können Coffey vertrauen. Er weiß, wem er die Ermittlungen übertragen kann.»

«Sonst noch Wünsche?»

Der Mann blieb viel zu ruhig. Aber wenn er sich nicht zur Wehr setzte, war doch alles bestens, oder? «Vielleicht sollten Sie die schlechte Beurteilung und die Verweise wieder aus Coffeys Personalakte herausnehmen. ‹Wie man in den Wald hineinruft, so schallt es heraus›, hat Markowitz immer gesagt.»

Sie hörte es den Alten sagen, aber er sagte es zu *ihr* – eine unangenehme Mahnung aus ihrem Hinterkopf.

Blakely blieb stumm. Wenn sie ihm wenigstens ins Gesicht sehen könnte, aber er blickte stur aus dem Fenster. Außer dem Klopfen seiner dicken Finger auf der Armlehne des roten Ledersessels war in dem Zimmer nichts zu hören.

Was hatte sie erwartet? Seine Unterschrift unter einen Vertrag? Sie hatten sich geeinigt. Es gab nichts mehr zu sagen. Und doch stand sie mit dem unguten Gefühl auf, daß die Angelegenheit noch längst nicht erledigt war.

Mallory war bereits draußen, als sie das Quietschen des Drehsessels hörte.

Riker saß in Mallorys privatem Büro am Schreibtisch. Er hielt den Telefonhörer ans Ohr und machte sich hin und wieder eine Notiz.

Charles setzte sich auf den Stahlrohrstuhl vor dem Schreibtisch. Er fand die Einrichtung dieses Zimmers grauenhaft, und er hätte Mallory liebend gern mit ein paar Orientteppichen und einem Schreibtisch aus dem letzten Jahrhundert versorgt, aber er wußte, daß sie sich in dieser kargen Schlichtheit wohler fühlte.

«Was hat Blakely mit dem Inventarverzeichnis von Markowitz' Haus zu schaffen?» fragte Riker. Dann hörte er wieder zu und geriet zunehmend in Rage. «Robin Duffy ist der Anwalt der Familie. Er hat per Gerichtsentscheid feststellen lassen, daß die persönlichen Unterlagen Markowitz' Privateigentum gewesen sind. Folglich gehört das jetzt alles Mallory. Da kommt Blakely nicht ran.» Er legte die Hand über die Muschel und fragte Charles: «Können Sie mir sagen, wo Duffy zu erreichen ist?»

«Der ist zum Angeln nach Kanada gefahren. Er müßte in ein paar Tagen zurück sein, aber wenn es dringend ist, kann ich ihn ausfindig machen.»

Riker schüttelte den Kopf und sprach wieder in die Muschel. «Duffy ist verreist. Wenn er wieder da ist, sage ich ihm, er soll in Blakelys Büro anrufen … Okay.»

Riker legte den Hörer auf die Gabel von Mallorys High-Tech-Telefonanlage, die ihre Fühler zu verschiedenen Bürogeräten ausstreckte, von denen Charles auf Anhieb nur das Fax und den Kassettenrecorder identifizieren konnte.

Riker machte ein unglückliches Gesicht. «Das war Coffey. Blakely will sich Markowitz' persönliche Unterlagen unter den Nagel reißen. Angeblich sind sie für laufende Ermittlungen von Belang. Er hat schon einen Antrag bei der Staatsanwaltschaft gestellt. Und mir hat er einen Verweis wegen Verschleuderung von Polizeieigentum in die Personalakte setzen lassen. Mein Name steht unter dem Inventarverzeichnis für das alte Haus in Brooklyn.»

«Das klingt aber gar nicht gut. Vielleicht sollte ich Robin doch ausfindig machen. Der kann das sicher mit einem Anruf in Ordnung bringen.»

«Nicht einmal ein Anruf vom lieben Gott könnte das, es sei denn, er kann Blakely ein paar ganz üble Schweinereien nachweisen.»

Die ehemalige Galerie Koozeman lag im East Village, genauer gesagt am Anfang einer schmalen Seitenstraße in Alphabet City, wo zu der Zeit, als Koozeman hier ausstellte, noch zehn Straßenräuber auf einen Steuerzahler kamen.

Zu Fuß waren hier damals nur die Künstler und Nutten unterwegs, die hier wohnten; Yuppies kamen in Taxis und Limousinen angefahren, um den gefährlichen Chic dieser Gegend zu genießen. Nachdem dieser Nervenkitzel aus der Mode gekommen war, hatten die Galerien SoHo mit seinem unproblematischeren Appeal und seiner gehobeneren Klasse von Kriminellen entdeckt.

«Zu vermieten» stand auf Schildern in den Schaufenstern. Mallory blickte nach rechts und nach links und sah in der ganzen Straße nur dunkle Fenster. Eine gute Gegend für einen Mord ohne Zeugen. Aber auch schon vor zwölf Jahren wäre dem Künstler und der Tänzerin niemand zu Hilfe gekommen, und wenn sie die ganze Nacht geschrien hätten. Das waren Alltagsgeräusche – wie das Zirpen der Grillen für die Leute auf dem Lande.

Sie hatte bemerkt, daß ein schlanker Mann auf sie zukam, aber sie drehte sich nicht nach ihm um. Als er langsamer wurde, war ihr klar, daß er es auf sie abgesehen hatte. Aus den Augenwinkeln registrierte sie seine schlaksigen, ruckartigen Bewegungen. Ein Crackfreak. Er kam näher. Vermutlich gratulierte der Kerl sich schon zu seinem Glück – eine Frau allein in dieser Gegend, wo allenfalls das Clubhaus der Hell's Angels zwei Straßen weiter die Staatsgewalt vertrat. Heute mußte er nicht Schlange stehen, um irgendeinen Trottel an einem Geldautomaten auszunehmen. Ob er sie anspringen würde? Nein. Er würde warten, bis sie in Panik geriet, um leichtes Spiel zu haben. Er kam langsam näher und war schon ganz aufgeregt. Wahrscheinlich spürte er ihr Geld schon durch seine Adern schießen oder als weiße Wolke seine Nase hinaufschweben.

Mallory betrachtete immer noch das Gebäude auf der anderen Straßenseite. Sie würdigte ihn keines Blicks, was ihn vermutlich maßlos irritierte. Er mußte wissen, ob sie ihn bemerkt hatte. Deshalb ging er in einem Bogen um sie herum, und jetzt hatte sie ihn in seiner ganzen Herrlichkeit vor sich: Die entzündeten Augen tränten, das Gesicht war mit wunden Stellen übersät, und er stank infernalisch, weil er sich beim Erbrechen und beim Verrichten der Notdurft die Kleider verschmutzt hatte.

Wollte sie sich an so etwas die Hände schmutzig machen?

*Bestimmt nicht.*

Hinter seinem Rücken streifte sie sich ihre Ziegenlederhandschuhe über.

Er belauerte sie grinsend, eine Hand in der Jackentasche. Da hatte er also das Rasiermesser oder den Dolch stecken. Eine Pistole hätte die Tasche stärker ausgebeult. Er zog die Hand langsam aus der Tasche. Als ihr Arm vorschnellte und sein Rasiermesser in den Rinnstein flog, sah er sie mit ungläubigem Staunen an. Und als er mit höllischen Schmerzen in den Hoden auf dem Gehweg kniete und auf den großen Revolver starrte, den sie ihm in den Mund gedrückt hatte, wußte er nicht mehr, wie ihm geschah. Der Pistolenlauf steckte zwischen den fauligen Zähnen eines Greisengebisses, dabei war er höchstens einundzwanzig.

Ein Polizeiauto glitt leise an den Bordstein. Sie wandte keinen Blick von dem zitternden Mann, auch dann nicht, als sie Hellers tiefe Stimme hörte.

«Du kennst die Regeln, Mallory. Du mußt die Tiere anständig behandeln, sonst darfst du nicht mit ihnen spielen.»

Nachdem ein zweites Polizeiauto eingetroffen war und man das Häufchen Elend grob auf den Rücksitz befördert hatte, standen Mallory und Heller allein vor den leerstehenden Galerieräumen.

«Arme Schweine», sagte Heller und sah dem Auto nach. «Bis zum Ende ihrer Schicht stinkt ihr Wagen nach dem Junkie.»

Als er sich umdrehte, sah er, daß sich Mallory mit einem Draht an der Tür zu schaffen machte. Das Schloß sprang auf. Heller zog sie am Arm von der Tür weg. Dann griff er mit der Hand um die Tür herum zum inneren Knauf, drückte auf den Schließknopf und zog die Tür wieder zu. Mallory sah ihn an, als hätte er den Verstand verloren.

«Das hast du nicht bei Markowitz gelernt», sagte Heller. «Oder hast du einen Durchsuchungsbefehl?»

«Woher soll ich den nehmen? Ich darf mich eigentlich gar nicht mit dem alten Fall beschäftigen.»

Heller sagte kein Wort. Er sah sie nur an wie Markowitz, wenn er eine bessere Erklärung ihrer neuesten Missetat hören wollte.

«Ich verletze niemanden in seinen Bürgerrechten. Koozeman hat die Galerie vor seinem Tod zum Verkauf ausgeschrieben. Wenn's unbedingt sein muß, kann ich natürlich zum Makler gehen. Aber das dauert, und ...»

«Ja, tu das. Ich warte hier.»

«Heller ...»

«Hol den Schlüssel beim Makler. Dann hat alles seine Ordnung.»

Er war ein Bär von einem Mann. Bären gaben nicht nach. Warum sollten sie auch?

Zwanzig Minuten später war sie wieder da. Sie hatte fünfzig Dollar als Pfand hinterlegt und war ganz legal in den Besitz des Schlüssels gelangt. Heller stand in lässiger Haltung vor der Tür und paffte gemütlich eine Zigarre.

«Es war eine traurige Geschichte», sagte Heller, als sie in

den kleinen Empfangsbereich traten. Er drückte auf den Schalter an der Wand. Eine lange Reihe von Leuchtstoffröhren fing an zu surren und tauchte den leeren Hauptraum der Galerie in helles Licht.

«Wir haben den Künstler und die Tänzerin da drüben gefunden.» Er zeigte zur Mitte der Rückwand.

Mallory zog einen Grundriß aus der Tasche. Der Ausstellungsraum war zwanzig Meter lang und neun Meter breit, hinter einer Längswand lief ein zwei Meter breiter Gang entlang, der als Magazin genutzt werden konnte.

«Wir haben lange gebraucht, bis wir die Körperteile herausgelöst hatten», sagte Heller. «Die Köpfe waren auf die Stangen gespießt und die Körper mit Draht umwickelt.» Heller öffnete seine Aktenmappe und blätterte in seinen Papieren herum, bis er die Klarsichthülle mit den Dias fand. «So hat Ariels Skulptur ausgesehen, bevor er selber zu einem Teil davon geworden ist. Der Metallklumpen war mal ein Auto.»

Sie hielt die Plastikhülle ins Deckenlicht und betrachtete das Dia von der verrosteten Metallskulptur: Zwei Eisenstangen ragten senkrecht aus der Mitte eines Autos, das auf die Größe eines Überseekoffers zusammengepreßt worden war. Mallory ging an der Wand entlang, bis sie die Rille in der Fußleiste fand, und winkte Heller zu sich. «Warte hier. Bin gleich wieder da.» Sie zählte ihre Schritte bis zu der Tür, die ganz hinten in das schlauchartige Magazin führte. Dann machte sie es Charles nach. Sie trat durch die Geheimtür und tippte Heller auf die Schulter. Er fuhr blitzschnell herum.

«Herrgott! Mach das ja nie…» Als er die offene Geheimtür sah, verschlug es ihm die Sprache. Langsam wanderten seine Augen über das Holz an der Innenseite. «Das gibt's doch nicht. Den Gang habe ich selber überprüft. Ich muß die Tür übersehen haben.»

«Das ist nicht verwunderlich. Die Tür schließt perfekt. Keine Naht, kein Knauf.» Sie schloß die Tür und ließ sie wieder aufspringen. «Ein Druckschnappschloß. Man muß genau auf die richtige Stelle drücken. Siehst du die Rille in der Fußleiste? In Koozemans neuer Galerie in SoHo gibt es auch so eine Geheimtür.»

Heller sah die Rille erst, als er sich bückte. «Der Mörder könnte sich also da hinten versteckt haben ...»

«... und dann ist er herausgeschlüpft und hat sich unter die Leute gemischt, bevor die Galerie geräumt wurde.»

«Scheiße! So könnte es gewesen sein. Markowitz ist davon ausgegangen, daß sich der Täter das Blut abgewaschen hat und aus der Galerie verschwunden ist. Auf der Toilette haben wir bei zwei Waschbecken Blut im Siphon gefunden. Aber vielleicht ist er gar nicht abgehauen.»

Mallory hielt den Grundriß an die Wand und zeichnete die Geheimtür ein. «Ist Markowitz von Anfang an davon ausgegangen, daß der Täter es auf das Mädchen abgesehen hatte?»

«Nein», sagte Heller. «Aber nachdem ich mit der Rekonstruktion des Tathergangs angefangen hatte, ist der vorläufige Befund von der Gerichtsmedizin gekommen. Die Blutgruppe hat Aufschluß darüber gegeben, daß der Täter vor allem Aubry gequält hat.»

«Ihr habt den Tathergang rekonstruiert?» Der Teufel sollte Markowitz und seine Revolverblattparanoia holen. Wie viele Teilstücke der Ermittlungen würden sich noch im Gedächtnis oder in den Aufzeichnungen von diversen Leuten finden? «Ich dachte, die Journalisten haben alle Spuren verwischt.»

«Oh, dieser Sauhaufen!» Er schüttelte den Kopf, und man sah ihm an, daß seine Wut auch nach all den Jahren nicht verraucht war. «Die haben das Blut mit ihren Schuhen überallhin getrampelt. Das hat die Rekonstruktion ungeheuer schwierig und zeitraubend gemacht. Und dann legt der Trottel ein Geständnis ab, und die ganze Arbeit war umsonst.»

«Habt ihr Haar- und Faserfunde ausgewertet? Ich habe lauter Plastiktüten, aber keine ...»

«Nein. Nach Watts Geständnis gab's kein Geld mehr für Untersuchungen. Aber die Tests hätten sowieso nichts gebracht. In einer Galerie gehen so viele Leute ein und aus, daß man nicht sagen kann, wann da jemand was verloren hat. Haare oder Fasern wären vor Gericht nicht als Beweismittel zugelassen worden, nicht einmal, wenn es uns gelungen wäre, die Journalisten auszusortieren. Mit den Fingerabdrücken ist es dasselbe.»

«Aber Markowitz, der alte Detailfreak, hat euch doch bestimmt dazu überredet, trotzdem Tests zu machen.»

«Nein. Tut mir leid, Mallory. Ich habe ihm gesagt, was sich nach einer oberflächlichen Untersuchung sagen ließ, etwas über die Farbe von einzelnen Haaren und ein paar Vermutungen über Textilfasern. Mehr nicht. Damit kannst du jetzt auch nicht mehr anfangen als Markowitz damals.»

«Kommen wir noch einmal zum Anfang.» Mallory blickte zum Eingang. «Watt bringt die Pizza in die Galerie und geht noch mal ins Restaurant, um sich seinen Lohn auszahlen zu lassen. Peter Ariel nimmt ihm die Pizza ab, und dann wird er ja wohl wieder abgeschlossen haben. Seid ihr nicht auf die Idee gekommen, daß der nächste Besucher der Galerie vermutlich einen Schlüssel hatte?»

«Nein. Dr. Slope hat gesagt, daß Ariel mit Drogen vollgepumpt war. Ich glaub kaum, daß der noch ans Abschließen gedacht hat.»

Mallory zog ein Notizbuch aus der Tasche und blätterte im Gekritzel ihres Vaters herum. «Nach Ansicht Slopes hat der Mörder zuerst den Künstler getötet und dann das Mädchen zu Tode gefoltert.» Jetzt hatte sie die richtige Seite. Markowitz hatte *gefoltert* unterstrichen und drei Fragezeichen an den Rand gemacht. «Hat Markowitz das angezweifelt?»

«Ja. Der Täter hat jedesmal verdammt hart zugeschlagen. Er wollte Aubry wohl eher mit jedem seiner Schläge umbringen, als sie langsam zu Tode quälen. Es hat weniger nach Folter ausgesehen als nach einem vermurksten Mord. Aubry hat sich einfach nicht in ihr Schicksal ergeben. Sie hat ungeheuer zäh um ihr Leben gekämpft. Das hat Markowitz schwer zu schaffen gemacht. Und die paar Sommersprossen um ihre Nase herum. Die haben ihm den Rest gegeben.»

Mallory streckte ihm das Notizbuch hin und tippte auf das Wort ‹Kavallerie›, das mit einem Fragezeichen versehen war. «Hast du eine Ahnung, was das bedeutet?»

«Markowitz hat vermutet, daß Aubry mit alten Western aufgewachsen ist», sagte Heller lächelnd. «Demnach hat sie ausgehalten, weil sie bis zum Schluß darauf gewartet hat, daß das Hornsignal ertönt und die Kavallerie hinter dem Hügel auftaucht, um sie zu retten.»

Sie schaute in das Notizbuch. «Koozeman hat gesagt: ‹Als ich in die Galerie gekommen bin, hat es von Reportern gewimmelt.› In dem Gewimmel kann er aber genausogut durch die Wand gekommen sein.»

«Oren Watt aber auch. Er ist am Tatort gewesen. Wir

haben seine Fußabdrücke gefunden, und er hat Blut an den Schuhen gehabt.»

«Alle hatten Blut an den Schuhen. Zu seiner Pizzeria waren es von der Galerie aus sechs Blocks Richtung Westen, zu seiner Wohnung drei Blocks Richtung Osten. Mit dem Lohn in der Tasche hat er sich wahrscheinlich erst mal irgendwo Stoff besorgt, und eine Stunde später ist er auf dem Heimweg wieder vorbeigekommen. Große Aufregung, jede Menge Leute. Ist doch klar, daß er reingegangen ist.» Sie zog ein Schaubild aus ihrer Tasche. «Markowitz hatte Probleme mit dem zeitlichen Ablauf des Verbrechens. Erinnerst du dich an eure Rekonstruktion des Tathergangs?»

«Die werde ich nie vergessen. Sie verfolgt mich noch bis in meine Träume.» Heller ging vor der Rückwand in die Hocke und richtete den Blick auf den Boden. Mallory kniete sich neben ihn. Er zog eine Stablampe aus der Tasche und suchte den Boden ab. «Wenn du genau hinschaust, siehst du in den Dielen noch Kerben von der Axt. Hier ist die Leiche des Künstlers zerstückelt worden. Als er damit angefangen hat, ist Ariel bereits tot gewesen. Es ist zwar Blut ausgetreten, aber wenn das Herz noch geschlagen hätte, wäre es ganz anders geströmt. Anhand des verspritzten Bluts und der Blutgruppe ließ sich feststellen, daß die Abschlachtung des Künstlers ausschließlich an dieser Stelle stattgefunden hat. Das Mädchen ist in der Nähe der Tür getötet worden. Dann hat er sie nach hinten geschleift und einen Meter neben den Künstler gelegt.»

Heller watschelte in der Hocke ein Stück nach rechts und wischte mit der Hand den Staub vom Boden. Im Strahl seiner Taschenlampe sah man die Kerben. «Hier ist die Tänzerin zerstückelt worden. Auch sie war bereits tot. Ein schwacher Trost, was? Das Blut des Künstlers hat noch die

Ritze zwischen diesen beiden Dielen gefüllt, und das war dann die Grenze zwischen seiner und Aubrys Blutlache. Ich konnte eine Blutspur von der Leiche des Künstlers bis zu der Stelle verfolgen, wo die Tänzerin der erste Axthieb traf.»

Mallory zeichnete die Axtkerben in ihre Skizze ein. Dann zog sie einen Stapel Fotos aus ihrer Tasche und sah sich eines nach dem anderen an. Es waren Aufnahmen des Fußbodens, die Dielen waren voller Blut: Lachen, Spritzer, Flecken, Fußabdrücke. «Und da willst du eine Fußspur verfolgt haben? Wie denn?»

«Keine Fußspur. Eine Linie aus Blutstropfen. Die Reporter haben die Tropfen zum Teil verschmiert, aber ich konnte eindeutig eine Linie nachzeichnen. Es war Peter Ariels Blut. So bin ich draufgekommen, daß der Täter mit der Leiche des Künstlers beschäftigt gewesen ist, als die Tänzerin den Raum betreten hat. Als er durch den Raum gelaufen ist, um sich auf sie zu stürzen, ist Blut von der Axt getropft.»

Heller stand auf und ging mit Mallory in die Mitte des langgestreckten Raums. «Daß der Täter schnell gelaufen ist, sieht man daran, daß die Tropfen länglich sind. Und hier hat er sie mit einem wuchtigen Schlag gegen den Hals niedergeschlagen, aber sie ist weggekrochen.» Er ging weiter nach vorne. «Die blutigen Abdrücke ihrer Hände haben auf die Tür zugeführt. Dann ist sie zurückgetrieben worden.» Er ging wieder Richtung Raummitte. «Hier waren zwei Abdrücke von ihren Schuhen. Weiß der Himmel, wie sie sich noch einmal aufrichten konnte. Aber er hat sie gleich wieder niedergeschlagen.»

Mallory zeichnete die Stelle ein. Heller nahm ihr den Grundriß und den Stift aus der Hand. «Ich will dir ein Berufsgeheimnis verraten, Mädchen.» Er machte Striche in ihre Skizze. «Deswegen wußte ich, wie oft der Täter zugeschlagen hat, bis Aubry tot war. Ich mußte mir dafür noch nicht mal die Leiche ansehen. Slope hat mein Ergebnis bestätigt.»

Er gab ihr den Grundriß zurück. In ihrer Skizze führten kurze Striche auf die Tür zu und wieder ein Stück zurück. «Jedesmal, wenn der Angreifer zum Schlag ausgeholt hat, ist Blut von der Axt auf den Boden und an die Wand gespritzt. Daran kann man ablesen, wo er zugeschlagen hat und in welche Richtung er gegangen ist.» Er zeigte auf die Stelle, wo sich die Richtung der Striche noch einmal änderte. «Hier hat sie noch einmal versucht, zur Tür zu kommen. Und hier hat der Mörder den tödlichen Schlag geführt. An dieser Stelle habe ich zwischen den Dielen Splitter vom Schädelknochen gefunden. Dann ist die Leiche nach hinten geschleift worden.»

Mallory ging zu der Stelle, wo das erste Mal zugeschlagen worden war. «Irgendwas stimmt da nicht. Sie hat doch nicht erst hier gesehen, was mit Peter Ariel passiert war. Sie hätte doch schon viel früher kehrtgemacht und wäre davongelaufen.»

«Vielleicht ist sie in Ohnmacht gefallen oder vor Entsetzen erstarrt ...»

«Aubry war doch kein hilfloses Häschen. Sie war eine Ballettänzerin mit guten Reflexen. Kurzsichtig war sie auch nicht. Und am Leben hat sie genauso gehangen wie wir alle. Aber vielleicht waren es ja zwei Täter.»

«Markowitz war nicht dieser Ansicht», sagte Heller skeptisch.

«Woher willst du das wissen? Er hat nie alle Karten auf den Tisch gelegt. Bei allen anderen nicht, und bei dir vermutlich auch nicht. Aber bei diesem Fall hat er die Geheimniskrämerei übertrieben. Jeder hat nur erfahren, was er unbedingt wissen mußte. Hätte Quinn von euren Schwierigkeiten gewußt, hätte er euch vielleicht erzählt, daß die ganze Galerie vor jeder neuen Ausstellung frisch getüncht und gebohnert wird. Peter Ariels Vernissage war auf den folgenden Tag angesetzt.»

«O Gott! Dann waren ja alle ...»

«Genau. Wäre euch das bekannt gewesen, hättet ihr die Abdrücke und die Haare und die Fasern vielleicht doch auswerten können. Koozeman hat das natürlich verschwiegen. Und von der Geheimtür hat er euch auch nichts erzählt. Aber das ist nicht deine Schuld, Heller.»

Doch Heller war anderer Ansicht. Kopfschüttelnd hob er den Blick zur Decke. Sein Gesichtsausdruck schwankte zwischen Zorn und Zerknirschung. «Was schließt du daraus, Mallory?»

«Na ja, Starr und Koozeman wären doch ein hübsches Team.»

«Dann wäre das Tatmotiv bei beiden Morden Rache?»

«Möglich. Aber als Dean Starr noch Kritiker war, hat er Peter Ariels Kunst in zwei Besprechungen bejubelt. Es könnte doch sein, daß nicht nur Koozeman finanziell an dem Künstler beteiligt war.»

«Ich kann die Tests mit dem alten Material auch jetzt noch machen, wenn dir das weiterhilft.»

«Ich kann dir keine Genehmigung verschaffen. Offiziell arbeite ich nicht an dem Fall.»

«Ich kann das unter der Hand machen. Die Kosten werden gleichmäßig auf die anderen Ermittlungen verteilt.»

«Ich darf nicht in eine leerstehende Galerie einbrechen, und du riskierst deinen Job mit unerlaubten Tests?»

«Ich verletze Vorschriften nur aus triftigen Gründen. Dir macht es einfach nur Spaß, daß du ungeschoren davonkommst. Für dich ist das ein Spiel. Du solltest allmählich erwachsen werden, Mädchen.»

«Mensch, Heller! Was soll ...»

«Oder tu wenigstens so, als ob du erwachsen wärst. Sonst meint man, Markowitz hätte dich nicht richtig erzogen.»

Blakely parkte in der Mott Street und schraubte mit ungeschickten Fingern die kindersichere Kappe von seinem Arzneifläschchen. Er würgte die Tablette trocken hinunter und betrachtete die drei Limousinen, die ein Stück weiter vorne am Straßenrand standen. Junge Männer mit Sonnenbrillen und dunklen Anzügen liefen mit Kaffee in Deckelbechern und Zetteln zwischen den Wagen hin und her. Blakely ging zur mittleren der drei Limousinen. Der Mann mit den Chauffeurhandschuhen wechselte durch einen Spalt in der getönten Trennscheibe ein paar Worte mit dem Mann im Fond. Die hintere Tür sprang auf. Blakely schob seine massige Gestalt in den sehr geräumigen Fond und setzte sich neben einen alten Mann mit gelben Zähnen und müden schwarzen Augen. In dem Wagen roch es wie in einem Krankenzimmer.

Blakely begann sich durch seinen Bericht zu schwitzen, aber schon nach ein paar Minuten brach der alte Mann in schallendes Gelächter aus.

«Nun scheiß dir doch nicht in die Hosen aus lauter Angst vor dem Mädchen», gluckste er und mußte husten. Er hielt sich ein weißes Taschentuch vor den Mund, das kleine blutrote Flecken bekam, und ließ es in der großen Pranke mit den stark hervortretenden blauen Adern und der kreppartigen Haut verschwinden, die sich mit einem kümmerlichen Rest Kraft zur Faust schloß.

«Markowitz hat das Mädchen gut erzogen. Ich habe den alten Halunken immer gern gemocht. Sogar zu seiner Beerdigung bin ich gegangen.»

«Sie weiß über die Bodega Bescheid», sagte Blakely und erschrak über den verzweifelten Unterton in seiner Stimme. «Sie kann uns große Schwierigkeiten machen. Auch dir.»

«Macht sie aber nicht. Allem Anschein nach hat sie den gleichen Stil wie Markowitz. Der hat sich damals leider nicht kaufen lassen, sonst wäre er Polizeichef geworden und nicht du.»

«Aber später hat er dann doch einen Deal mit dir gemacht. Bei der ...»

«Davon machst du dir falsche Vorstellungen, Blakely, da ist kein Geld geflossen. Warum wundert es mich nicht einmal, daß du darüber nicht im Bilde bist? Was weißt du denn eigentlich von den Vorgängen in deinem Laden?»

«Jedenfalls hat er einen Rückzieher gemacht ...»

«Wie du zu deinem Posten gekommen bist, hat ihn nicht interessiert. Er hatte überhaupt keine Beweise, aber das wußte ich damals nicht. Er hat nur geblufft, und er hat gewonnen. Aber um Geld ist es dabei niemals gegangen. Er wollte nur endlich das perverse Arschloch dingfest machen, das die ganzen Penner abgemurkst hat. Du hast ihm die nötige Verstärkung nicht bewilligt, und deswegen hat er einen Deal mit mir gemacht. Ich habe an drei Tagen und drei Nächten eine kleine Armee auf den Straßen patrouillieren lassen. Und dann hat einer von meinen Jungs den Perversen ohne eine Schramme frei Haus ins Sonderdezernat geliefert. Wir haben saubere Arbeit geleistet, und damit war der Fall erledigt.»

«Vielleicht hat Markowitz damals nichts in der Hand gehabt, aber das Mädchen kann Beweise vorlegen.»

«Macht sie aber nicht. Der Vater hat einen Deal gemacht, und die Tochter respektiert das.»

«Mallory hat vor nichts Respekt. Die ist gar nicht mehr zurechnungsfähig. Ich kenne sie doch.»

«*Sie* ist nicht zurechnungsfähig? Ich glaube, da bringst du was durcheinander, Blakely. Schau dich doch an! Du schwitzt wie ein Schwein. Du stehst am Rande eines Herzinfarkts. Wenn's bei dir brennt, kommst du zu mir gelaufen! Du hast deine Leute eben nicht im Griff. Und weißt du, warum? Weil sie keine Angst vor dir haben.»

«Es geht nicht nur um die Sache mit der Bodega. Mallory rollt den Fall Oren Watt noch einmal auf.»

«Was geht das mich an?»

«Senator Berman hat Kunstwerke von diesem Leichenschänder gesammelt. Er ist einer von den ...»

«Der Senator? Dieser Dummkopf überlebt die nächsten Wahlen sowieso nicht. Vielleicht bist du ihm etwas schuldig, ich jedenfalls nicht. Der Kerl war immer ein Verlustgeschäft. Höchste Zeit für einen Schlußstrich.» Er mußte wieder husten. «Weißt du, ich überlege mir ernsthaft, ob ich nicht aus der Politik aussteigen soll. Es ist nicht mehr so wie früher. Wenn du heute einen Politiker kaufen willst, mußt du erst einmal alle Interessengruppen überbieten, und das werden immer mehr. Wie Krebszellen. Mit dieser Stadt geht's bergab. Sie ist ein einziger Flohmarkt für käufliche Seelen.»

Der alte Mafioso drehte den Kopf rasch zur Seite. Was er durch die Scheibe sah, erregte seinen Zorn, aber er ergab sich mit einem Stoßseufzer in sein Schicksal. «Denkst du auch manchmal an den Ruhestand? Nein? Das wäre vielleicht ratsam. Sieh dir das mal an.» Er richtete den gichtgekrümmten Zeigefinger auf die andere Straßenseite hinüber.

Dort näherte sich betont lässig ein junger Latino an der Spitze seiner Leute. Es war ein milder Tag, aber alle trugen Pelzmäntel. Die Edelsteine in ihren Ohrringen und der Goldschmuck, den sie um den Hals trugen, funkelten in der Sonne.

«Verdammte Idioten», sagte der alte Mann angewidert. «Die dürften sich heute auf keinen Fall hier blicken lassen. Aber für die ist Angst ein Fremdwort. Das macht sie so gefährlich. Und jetzt paß auf, wie meine Leute reagieren.»

Zwei junge Männer in eleganten dunklen Anzügen hielten sich bereit. Sie hatten den Blick starr auf den Feind gerichtet und drehten langsam den Kopf. Wie auf Kommando setzten sie sich in Bewegung und schlenderten auf die Pelzmäntel zu. Deren Träger lächelten den Anzügen entgegen und ließen die weißen Zähne und goldenen Kronen aufblitzen.

«Wenn ich meine Jungs nicht zurückpfeife, siehst du hier gleich die Rasiermesser und Pistolen», sagte der alte Mann. «Ich will kein Blutvergießen in meinem Viertel. Und dieses haitianische Arschloch, das vorneweg marschiert, weiß das ganz genau. Er tanzt uns auf der Nase rum. Aber er weiß nicht, daß ich bald sterbe. Eines nicht allzu fernen Tages werde ich meine Jungs nicht mehr zurückpfeifen.»

Er ließ die Scheibe runter und bellte den Männern in den Anzügen ein paar Befehle zu. Dann zeigte er den Pelzmänteln den Mittelfinger, und das Seitenfenster schloß sich wieder. Die Anzüge zogen sich zurück und nahmen neben den Limousinen Aufstellung. Mit breitem Grinsen und obszönen Gesten zog die Parade der Pelzmäntel unbehelligt weiter.

«Der Haitianer – das ist deine Zukunft, Blakely. Ein Verrückter, dumm und hitzköpfig. Das macht ihn gefährlich. Wenn er meint, daß du ihm dumm kommst, holt er sein Rasiermesser raus und schneidet dir die Nase ab. Oder das Ohr. Und dann mußt du ihm die Schuhe küssen – und du läßt dich nicht zweimal bitten. Wenn ich nicht mehr lebe, wachst du jeden Morgen, der dir noch vergönnt ist, schweißgebadet auf. Du wirst ja nicht mal mit 'nem kleinen Mädchen fertig. Was willst du gegen den Haitianer ausrichten?»

«Den Fall krieg ich in den Griff.»

«Kriegst du nicht. Laß Senator Berman fallen. Früher oder später muß er sowieso dran glauben – dann schon lieber bei etwas, womit ich nichts zu tun habe. Wenn er über diese Geschichte stolpert, fliegt er aus dem Senat, aber er landet nicht im Gefängnis. Also muß er auch keinen Kuhhandel mit dem FBI machen. Gefällt mir sehr gut. Und laß Jack Coffey in Ruhe. Dir fehlt es an Feingefühl. Nachher macht man mich noch dafür verantwortlich. Laß ihn in Ruhe. Mallory hat dir ein Geschäft angeboten. Es liegt in meinem Interesse, daß du darauf eingehst.»

«Coffey hat einen dienstlichen Befehl nicht befolgt. Der Scheißer hat sich auf die Hinterbeine gestellt, und dann wollte er mich noch hintergehen.»

«Na und? Markowitz' Tochter hat dir viel mehr zugemutet. Sie hat dich Dreck fressen lassen. Wer weiß, vielleicht rettet sie dich eines Tages noch vor dem Wichser im Pelzmantel. Aber dann mußt du ihr womöglich parieren wie ein Köter. Der verdammte Markowitz hat unverschämtes Glück gehabt. Mallory hätte mein Kind sein sollen.»

«Ich kann ihr das nicht durchgehen lassen.»

«Da hast du recht. Man darf sich von seinen Leuten nicht auf der Nase herumtanzen lassen. Aber du hast genug korrupte Polizisten, die ihr einen Denkzettel verpassen können. Du willst doch nur, daß ich es erledige, damit du aus dem Schneider bist. Vermutlich könntest du aber auch hinter meinem Rücken einen von diesen jungen Wilden engagieren.» Er deutete auf den Mann, der neben dem Auto stand. «Die haben keinen Respekt vor den alten Gepflogenheiten. Das sind Rotznasen, kein Stil, keine Ehre, und keiner in der ganzen Meute hat Grips. Vielleicht erledigt einer von ihnen den Job für dich, weil er meint, ich komme nicht dahinter. Da könnte er sich täuschen. Mir entgeht wenig. Wenn sich einer von denen an Markowitz' Tochter vergreift, könnten wir eine Menge Ärger kriegen. Das könnte ich dir nicht durchgehen lassen.»

«Ich brauche deine ...»

«Wenn du Mallory nicht selber zur Räson bringen kannst, habe ich vielleicht doch den Falschen gekauft. Ich gebe dir jetzt meinen Rat, und dann verlieren wir nie wieder ein Wort über dieses Thema, klar?»

Blakely nickte, und der alte Mann fuhr fort: «Angst wirkt Wunder. Du krümmst ihr kein Haar, daß das klar ist, aber du mußt ihr Angst einjagen. Zeig, daß du wenigstens dazu Manns genug bist.»

Heller war längst gegangen. Mallory saß auf dem staubigen Boden und hatte die Fotos und die Skizzen vom Tatort vor sich ausgebreitet. In ihrer Phantasie putzte sie den Ausstellungsraum. Dann tünchte sie die Wände und bohnerte den Fußboden, bis er nur so blitzte. Sie betrachtete das imaginäre Ergebnis dieser Aktivitäten und stellte sich dann der mühsamen Aufgabe, in dem Raum durch reine Geisteskraft das Blutbad der Mordnacht nachzustellen.

Sie betrachtete die Skizze vom Tatort. Wo man die Kerben im Boden gefunden hatte, war der Künstler eine halbe Stunde nach seinem Tod mit der Axt zerstückelt worden.

Sie ließ den Deckel ihrer goldenen Taschenuhr aufspringen, die auch eine Stoppuhr war. In die goldene Einfassung des Zifferblatts war «Mallory» eingraviert. Der Name ging auf Markowitz' Großvater zurück.

Vor ihrem geistigen Auge sah sie Peter Ariel auf dem Boden liegen. Sie stellte die Uhr auf den von Slope geschätzten Zeitpunkt seines Todes und setzte das Uhrwerk in Bewegung. Von seinem Tod bis zum ersten postmortalen Hieb war eine halbe Stunde vergangen.

Was ist in diesem Zeitraum passiert? Was hat der Mörder gemacht? Was hat er geredet? War mehr als eine Person im Raum? Hat er mit jemandem gesprochen? Mallory stand auf und ging zwischen der imaginären Leiche des Künstlers und der imaginären Skulptur aus zwei Eisenstangen und einem zusammengepreßten Schrottauto hin und her. Sie ging in den Raum, in dem der Draht zum Aufhängen der Bilder aufbewahrt wurde, und brachte ein paar imaginäre Rollen in den Hauptraum.

Sie sah auf die Uhr und ließ noch etwas Zeit verstreichen, da sich der Mörder vielleicht ausgezogen und die Kleider ein Stückchen entfernt von seinem behelfsmäßigen Schlachthof abgelegt hatte. Es war noch nicht viel Zeit vergangen. Was hatte der Mörder eine halbe Stunde lang getan?

Mallory stellte die Uhr vor, kniete sich neben die nicht vorhandene Leiche und machte sich daran, sie mit einer imaginären Axt zu zerstückeln. Pro Hand und pro Fuß genügten ein paar gezielte Schläge. Der Kopf machte schon ein bißchen mehr Arbeit. Die Schneide wurde mit jedem Hieb stumpfer, schnitt nicht mehr glatt durch das Fleisch, sondern glitt an Muskelfasern ab. Und dann kam die Schwerarbeit. Jetzt mußte sie den Rumpf in zwei Teile zerlegen, also die Wirbelsäule und das ganze Fleisch durchhacken. Ohne regelmäßige Verschnaufpausen war das nicht zu machen.

Sie gönnte sich ein paar Minuten Pause, dann machte sie weiter. Als es Zeit war, die Tänzerin auftreten zu lassen, hatte sie noch nicht einmal die Hälfte geschafft.

Mallory richtete den Blick auf den Eingang der Galerie und ließ ein Phantasiebild von Aubry Gilette hereinschreiten.

*«Einen Augenblick, Kathy.»*

Sie unterbrach ihr Gedankenspiel und hörte zu.

*«So kann das nicht gewesen sein»*, sagte Markowitz. Obwohl er schon lange unter der Erde war, saß er jetzt neben ihr im Staub auf dem Boden. *«Das ist ein wichtiger Augenblick. Was denkt und fühlt Aubry, wenn sie zur Tür hereinkommt?»*

«Das weiß ich nicht», flüsterte Mallory. «Ich kann nicht in die Ballerina hineinschlüpfen.»

*«Doch, Kind, du kannst. Herrgott, das kann sich auch ein aufgeweckter Schimpanse vorstellen. Denk nach. Ein junges Mädchen in einer fremden Gegend nach Einbruch der Dunkelheit. Nicht wie du mit Pistole. Du mußt sie vorsichtig hereinkommen lassen, angespannt, aufmerksam. Sie befürchtet bereits, daß da etwas nicht stimmt. In der Nachricht war ja von einem Notfall die Rede. Aubry macht sich Sorgen. Sie geht schneller und rechnet mit dem Schlimmsten.»*

Mallory stellte die Uhr ein paar Minuten zurück und machte noch einen Versuch. Die zwanzigjährige Tänzerin kam jetzt aufmerksamer und schneller herein. Wenn Madame Burnstien die Wahrheit gesagt hatte, war Aubry hier fremd und schon deshalb vorsichtig. Mallory ließ sie den kleinen Empfangsbereich durchqueren. Dann sprang sie auf und bewegte sich mit hoch erhobener Axt auf sie zu. Die imaginäre Aubry drehte sich um und lief davon.

*«Stopp!»* rief Markowitz. Mallory drückte auf die Stoppuhr.

*«Sie hat plötzlich eine zerstückelte Leiche vor sich, an der sich immer noch jemand zu schaffen macht. Du mußt ihr Zeit lassen, das zu begreifen, zu erkennen, daß es nicht ihr Onkel ist. Dann kommen die erstklassigen Reflexe zur Geltung, und die nackte Angst jagt ihr das Adrenalin ins Blut und macht sie enorm schnell.»*

Mallory stellte die Uhr ein paar Minuten zurück. Sie schlug noch einmal auf den Rumpf von Peter Ariel ein, blickte auf zu Aubry und ließ ihr Zeit, bis aus dem Schock nackte Todesangst geworden war. Als sie sich umdrehte, ging Mallory schon auf sie los und war doch nicht schnell genug, um eine durchtrainierte Tänzerin mit einem Vorsprung von mindestens sieben Metern einzuholen. Nein, Aubry wäre längst zur Tür hinausgelaufen und auf der Straße verschwunden.

Mallory drehte die Zeit noch einmal zurück. Sie stellte einen Komplizen in die Nähe der Tür, bevor sie wieder auf Aubry zulief. Diesmal wurde die Tänzerin von dem Phantom gepackt und in den Raum hineingezerrt, als sie davonlaufen wollte. Zwischen Peter Ariels Leiche und der Stelle, wo der erste Schlag gegen Aubry geführt wurde, lagen zehn Meter. Jetzt hatte Mallory die Stelle fast erreicht. Sie holte aus und schlug der Tänzerin die Axt in den Hals.

Aubry schrie natürlich, also zielte Mallory mit dem zweiten Schlag auf den Kehlkopf. Es mußte dieser Schlag gewesen sein, der ihr so viel Blut in den Hals strömen ließ, daß sie kaum noch Luft bekam. Aubry lag auf dem Boden, aber sie stützte sich auf den Ellbogen und starrte Mallory mit verzerrtem Gesicht an. Sie riß die Hände hoch, um den nächsten Schlag abzuwehren. Davon hatte sie die Wunden an den Händen.

Mallory schwang die Axt immer wieder. Ihr Opfer kroch auf die Tür zu, wurde ein ums andere Mal von der Axt getroffen. Mallory folgte Aubry durch den ganzen Raum und schlug im Rhythmus ihrer Schritte auf sie ein.

Wie konnte Aubry so lange weiterkriechen? Sie erstickte fast an ihrem Blut, und jeder Schlag hinterließ eine tödliche Wunde.

«Warum stirbst du nicht?» fragte Mallory, als sie erneut zum Schlag ausholte.

*«Sie glaubt, daß Hilfe unterwegs ist»*, sagte Markowitz.

In der Nähe der Tür, wo man die Splitter vom Schädelknochen gefunden hatte, holte Mallory aus und schlug Aubry die Axt in den Kopf. Gehirnmasse klatschte auf den Boden.

Jetzt erst gab Aubry den Kampf auf und blieb tot liegen. Mallory bückte sich, griff der Tänzerin unter die Achseln und hob sie hoch. Sie schleifte die imaginäre Leiche über den Holzboden und legte sie einen Meter neben die zerstückelte Leiche von Peter Ariel, an die Stelle, wo in den Dielen die Kerben der Axthiebe zu sehen waren.

Hier schlug sie noch ein letztes Mal auf die tote Aubry

ein und brachte ihr die einzige postmortale Wunde bei. Es war ein lustloser Schlag, der eine eher symbolische Wunde hinterließ. Vielleicht war auch das ein Hinweis auf eine zweite Person, einen zurückhaltenden Komplizen, der nicht im Blutrausch war.

Beim Zerlegen der weiblichen Leiche hatte sie bereits eine gewisse Routine; die gleichen zielsicheren Schläge, die gleichen Verschnaufpausen. Die Stoffetzen, die von der Kleidung herumlagen, ließen sich leicht entfernen. Dafür brauchte Mallory nur wenig Zeit zu veranschlagen.

Jetzt konnte sie die Plastik aus Körperteilen schaffen. Sie spießte den abgeschlagenen Kopf von Peter Ariel auf eine der beiden verrosteten Stangen. Auf das Auto, das auf die Höhe einer Sitzbank zusammengepreßt war, setzte sie den männlichen Unterleib und band ihn mit Draht an der Stange fest. Dann vervollständigte sie den Torso mit Aubrys Oberkörper und band ihn sorgfältig fest. Sie hatte ein Wesen mit männlichem Kopf, weiblichen Brüsten und Penis geschaffen. Die Plastik hatte große Ähnlichkeit mit einem ägyptischen Gott.

Sie fügte den zweiten Torso zusammen und spießte Aubrys Kopf obendrauf. Hier ging die männliche Brust in einen weiblichen Unterleib über. Um die falschen Beine mit dem Unterleib zu verbinden, brauchte sie keinen Draht. Sie legte sie einfach auf die Bank und verschränkte sie. Dann setzte sie Peters Füße unter die blutigen Stümpfe von Aubrys kräftigen Beinen. Auf den Füßen der Tänzerin ruhten die haarigen Beine des Künstlers. Die Arme bereiteten mehr Mühe. Es war nicht so einfach, sie an die blutigen Stümpfe zu setzen, ineinander zu verschlingen und in dieser Stellung mit Draht zu fixieren, der tief in die blutige Haut einschnitt. Zuletzt band sie noch seine Hände an ihren Armen fest und ihre an seinen. Die Gesichter zeigten nach vorne und starrten Mallory an.

Im Geiste trat sie ein paar Schritte zurück und betrachtete ihr Kunstwerk, die unheimliche Umarmung zweier Verbrechen wider die Natur. Sie war hundertmal intimer als jeder Geschlechtsverkehr. Alles war voller Blut. Und nun stellte sie sich auch noch den Gestank der Exkremente und der vermischten Körpersäfte vor.

Es war ungeheuerlich. Das grausamste Verbrechen, das Entsetzlichste, was man sich vorstellen konnte. Ohne Zweifel, hier war ein dunkler Genius am Werk gewesen. Koozeman hätte es eigentlich auch gleich signieren können.

Außerdem war es so spektakulär, daß es mit Sicherheit die Zeitungsauflagen in die Höhe trieb. Ein Händchen für Public Relations hatte Koozeman schon immer gehabt.

Sie sah auf die Uhr. Schon vor einer Stunde wäre Quinn aufgetaucht und hätte die Morde entdeckt. Der Tathergang paßte nur dann in den zeitlichen Rahmen, wenn sich zwei Personen die Arbeit geteilt hatten. Einer allein hätte es niemals geschafft. Sie drehte sich um und blickte auf das Phantom, das Aubry in den Raum gezerrt hatte. Es nahm die Gestalt und die Züge von Dean Starr an.

Sie überschlug, wieviel Zeit durch den Helfer gespart worden war, und stellte die Uhr zurück. Dann ließ sie den beiden noch Zeit, etwas aufzuräumen, bevor sie hinter der Geheimtür verschwanden. Auch für zwei Personen war die Zeit knapp bemessen. Ob es mehr als zwei gewesen waren? Sie richtete den Blick auf die Tür. Jetzt kam Quinn. Sie ließ ihn langsam eintreten.

«*Kathy*», mahnte Markowitz.

«Du hast recht.» Quinn hatte sich verspätet. Er hatte Angst, daß seiner Nichte etwas passiert sein könnte.

Sie stellte die Uhr ein paar Sekunden zurück und ließ ihren imaginären Kunstkritiker nicht direkt laufen, aber doch mit schnellen Schritten hereinkommen. Als er das Horrorbild erblickte, erstarrte er vor Entsetzen.

Sie betrachtete ihn einen Augenblick.

«Weißt du, was du da anstarrst, Quinn?»

Da alles voller Blut war, hatte er seine Nichte wohl nicht gleich erkannt. Mallory ließ ihn langsam näher kommen. Er glaubte nicht, was er sah, aber schließlich erkannte er auf der rechten Stange den Kopf seiner Nichte. Und jetzt hatte er Blut an den Schuhen.

Sie stand auf und ging zu ihm hin. «Was denkst du?» Sie stand neben ihm und beobachtete ihn. Er hob ruckartig das Kinn, weil ihm durch den Kopf schoß, daß er sich verspätet hatte. Wenn er pünktlich gewesen wäre ...

Er konnte ja nicht wissen, daß seine Nichte viel zu früh gekommen war. Das erfuhr er erst später vom Gerichtsmediziner.

Am rätselhaftesten blieb für Mallory, wie lange die Tötung der Tänzerin gedauert hatte. Wieso hatte Aubry nach dem ersten Axthieb noch so lange gelebt?

*«Sie hat auf die Kavallerie gewartet»*, sagte Markowitz.

Mallory nickte. Das war durchaus möglich. Aubry war ein behütetes Kind gewesen. Sie rechnete fest damit, daß ihr jemand zu Hilfe kommen würde. Onkel Jamie mußte doch jeden Augenblick dasein. Ein Straßenkind hätte viel früher aufgegeben, weil es wußte, daß die Kavallerie nie kam.

Quinn brauchte mehrere Minuten, um das Grauen zu erfassen. Schließlich konnte sein Verstand nicht mehr leugnen, was er mit eigenen Augen sah. Und nun? Fiel er jetzt auf die Knie? Nein. Im Polizeibericht stand, daß nur an den

Schuhen Blut klebte. Er blieb also stehen. Sein Herz war tödlich getroffen, aber er konnte nicht tot umfallen. Es gab kein Entkommen.

«Was für ein Schmerz.» Sie senkte den Kopf.

Markowitz stand in dem Blut und dem Gestank und lächelte. Es war Mallorys längste Unterrichtsstunde gewesen, und sie hatte das Lernziel erreicht – die Fähigkeit, sich in einen anderen Menschen einzufühlen.

In dem Raum war es so still, daß sie die Taschenuhr ticken hörte. Quinn war seit fünf Minuten in der Galerie und würde erst in fünfundzwanzig Minuten die Polizei anrufen. Was machte er bis dahin?

Sie stellte sich vor ihn hin und schaute ihm tief in die Augen. «Haben Sie geweint?» flüsterte sie.

Sie konnte sich nicht vorstellen, daß in diesen Augen eine Empfindung zum Ausdruck kam. Sie ließ ihn stehen. Nein, er hatte nicht geweint. Aber was hatte er dann gemacht? Wenn noch jemand in der Galerie gewesen wäre, sähe die Sache anders aus. Dann hätten sie zu zweit überlegen können, was zu tun war.

Aber er war allein gewesen. Das hatte er jedenfalls zu Markowitz gesagt.

«Es wäre nicht das einzige Mal, daß Sie gelogen haben. Hab ich recht, Quinn?»

Sie dachte sich wieder ein Phantom aus und stellte es neben ihn. Wer könnte das gewesen sein? Warum deckte Quinn die Person, die ihn in die Galerie begleitet hatte? Mit aller Kraft stellte sie sich diese zweite Phantomgestalt vor. *Wer bist du?*

Und auf einmal wußte sie es.

Jetzt blickte sie der Schattengestalt in die Augen. «Habe ich dein Gesicht nicht schon einmal gesehen?»

Der Schatten wurde Sabras Gesicht, wie Mallory es auf den Monitor gezeichnet hatte.

Angenommen, der Sohn und die Tochter hatten die Mutter gemeinsam besucht und waren anschließend zusammen zur Galerie gefahren. Dann hatte Sabra nicht die Nachricht von dem bestialischen Mord um den Verstand gebracht, sondern der Anblick ihres einzigen Kindes als Teil dieses grauenhaften Kunstwerks. Womöglich war es Sabras Schuld gewesen, daß sie sich verspätet hatten. Dann hätte ihr Verstand erst recht nachgegeben. Vielleicht war das die Erklärung für Quinns Geschichte von der U-Bahn-Fahrt. Sie waren in Sabras Wagen gekommen, und Sabra war allein weggefahren.

Mallory schloß die Augen und beendete die blutige Vorstellung. Endlich hatte sie das Verbrechen begriffen. Es waren zwei ganz verschiedene Morde, aus unterschiedlichen Motiven, die sich erst miteinander verbanden, als die blutigen Körperteile des Künstlers und der Tänzerin zu einer einzigen Plastik zusammengesetzt wurden.

In dem alten Haus in Brooklyn war niemand zu Hause. Es hörte also auch niemand das Knarren der Kellertreppe, die leisen Schritte auf dem Linoleumboden in der Küche, das Zuschlagen der Hintertür.

Es fing im Keller an. Die Plattenhüllen von Markowitz' Rock-'n'-Roll-Sammlung wurden braun und fingen Feuer, die Platten zerschmolzen. Auch seine alten Aufnahmen von Shadow und anderen Superstars aus der großen Zeit des Radios verbrannten.

Der Rauch quoll die Treppe hinauf und drang in die Küche, in der Helen Markowitz für die kleine Familie gekocht hatte. Die Flammen erfaßten Helens Nähkorb und stürmten die Treppe hinauf in Kathys Zimmer, das Markowitz nie verändert hatte. Sie züngelten durch den Flur in Markowitz' Arbeitszimmer, fraßen sich durch seine Briefe und Bücher, vernichteten in der unteren Schreibtischschublade die Fotos von Kathy Mallory – Bilder vom Heranwachsen eines Kindes zu einer schönen Frau.

Als Mallory den Gulag betrat, lehnte Sandy an der Theke und sah auf die Wanduhr. Die Bedienung wartete vermutlich nur noch auf das Ende ihrer Schicht. Sie warf Mallory einen ungnädigen Blick zu. *«Zieh Leine»*, sagten ihre Augen.

Quinn erhob sich von einem der hinteren Tische und winkte Mallory zu. Auf einmal war die Bedienung die Freundlichkeit in Person. Schwungvoll nahm sie eine Speisekarte aus der Ablage auf der Theke und reichte sie Mallory mit einem liebenswürdigen Lächeln im abgespannten Gesicht.

Quinn freute sich sehr, daß Mallory gekommen war, aber nicht einmal seine Mutter hätte an seiner Miene ablesen können, ob er entzückt oder gerade in Hundedreck getreten war. Er machte sich keine Illusionen über sein unterentwickeltes Mienenspiel.

Den Cheeseburger, den sie sich empfehlen ließ, nahm sie gar nicht zur Kenntnis, als er serviert wurde. Statt dessen sah sie Quinn unverwandt an. Es brachte ihn etwas aus der Fassung, aber er konnte sich wenigstens darauf verlassen, daß man es ihm nicht ansah.

«Eines schönen Morgens beschließt irgend so ein kleiner Scheißer, ein berühmter Künstler zu werden, und prompt macht eine bedeutende Galerie eine Einzelausstellung mit seinen Arbeiten. Können Sie mir das erklären?»

«Das kommt nicht ganz von ungefähr», sagte Quinn. «Dean Starr war ein ausgebuffter Werbefachmann. Er hat sich sehr geschickt vermarktet und ist zur richtigen Zeit gekommen. Seine Zielgruppe war die Generation, die sich ihre Gesprächsthemen aus dem Werbefernsehen holt.»

«Ich bin davon überzeugt, daß er Koozeman erpressen konnte. Mit einer ganz üblen Geschichte. Dem Mord an Peter Ariel und Ihrer Nichte. Ich glaube, er war an dem Abend dabei. Nach den Morden hat Starr einen Haufen Geld verdient, aber das meiste dürfte er sich in die Venen gejagt haben. Es mußte ein neuer Knüller her. Also ist er zu Koozeman gegangen. Zum Werbegenie Koozeman. So haben Sie ihn doch genannt, nicht?»

«Klingt plausibel. Aber jetzt sind beide tot. Es wird sich also kaum klären lassen. Wenn Sie davon überzeugt sind, daß Koozeman der Mörder war, dann haben Sie den Fall Ihres Vaters ja aufgeklärt, oder?»

«Bis auf eine Kleinigkeit. Wer hat die Mörder umgebracht? Oder haben Sie gedacht, daß mir das egal ist? Wenn ich beweisen kann, daß Sie etwas damit zu tun haben, sind Sie fällig, Quinn.»

«Und wie kann ich Ihnen dabei behilflich sein?»

«Ich weiß zuwenig über Emma Sue Hollaran. Was ist sie für eine Kritikerin gewesen?»

«Sehen Sie in ihr das nächste Opfer? Mir ist nicht entgangen, wie viele Kritiker mit dem Fall zu tun haben, aber ich glaube, da verschwenden Sie Ihre Zeit.»

«Vielleicht ist der alte Fall noch nicht ganz geklärt?»

«Suchen Sie etwa noch einen Mörder?»

Mallory blickte auf. Die neue Bedienung schenkte Kaffee nach und verschwand wieder. «Die hat ja das gleiche Namensschild wie ihre Vorgängerin. Heißen die hier alle

Sandy? Und warum leistet sich so eine Spelunke goldene Namensschildchen?»

«Sie haben recht, die sind echt. Der Eigentümer hat sie billig vom Konkursverwalter eines bankrotten Juweliergeschäfts bekommen, weil sie schon graviert waren.»

Quinn erzählte ihr die Geschichte einer Prostituierten namens Sandy, die Namensschildchen als exquisite Visitenkarten in Auftrag gegeben und im voraus bezahlt, dann aber nicht abgeholt hatte, weil sie einem Asthmaanfall erlegen war. Ihre neunjährige Tochter hatte eine Stunde lang auf den Krankenwagen gewartet, weil sie nicht glauben wollte, daß keiner kommen würde. Dann rief sie die Feuerwehr an. Die war in drei Minuten zur Stelle, aber da war es schon zu spät. «Und dann hat man eben auf die Rückseite, wo die Nummer von Sandys Vermittlungsservice eingraviert war, Anstecknadeln geklebt, und seither heißen alle Bedienungen Sandy.»

«Es hat doch sicher ziemlich viel Mühe gemacht, das alles in Erfahrung zu bringen.»

«Stimmt.»

«Sie erinnern mich an Charles. Wenn der sich eine Frage stellt, läßt er nicht locker, bis er die Antwort weiß. Es fällt mir schwer zu glauben, daß Sie je aufgehört haben, Sabra zu suchen – und den Mann, der Ihre Nichte ermordet hat. Das hätte Ihnen doch keine Ruhe gelassen. Sie hätten auf jeden Fall weitergesucht, bis Sie Sabra gefunden hätten.»

«Ich habe nicht gesagt ...»

«Im Leichenschauhaus habe ich erfahren, daß Sie der erste waren, der die Leiche einer Obdachlosen sehen wollte, die von einem Haus am Times Square gesprungen ist. Fürchteten Sie, es könnte Sabra sein?»

Er senkte den Blick. Bei seiner eingeschränkten Mimik kam das einem Eingeständnis gleich.

«Und noch etwas», sagte sie mit einem schneidenden Unterton. «Am Abend des Mordes ist Sabra mit Ihnen in der Galerie gewesen, stimmt's?»

Er hob den Blick und fand heraus, daß seine mimischen Möglichkeiten doch nicht so beschränkt waren. Mallory nickte, als ob er laut und vernehmlich ja gesagt hätte. Anscheinend sah sie auch seinen Schmerz, denn ihre Stimme war sanfter, als sie ihm eine gute Nacht wünschte.

Auf der Schlafzimmerkommode stand ein Hochzeitsfoto in einem silbernen Wechselrahmen. Louis und Helen Markowitz mußten mit ihren strahlenden, jungen Augen mit ansehen, wie die Flammen auf sie zurasten und all die unersetzlichen Andenken an ihr Zuhause und ihre Familie zerstörten – bis sich das Glas mit Ruß und Asche überzog und ihnen den Anblick ersparte.

Mallory stand im Wohnungseingang und betrachtete die herausgerissenen Schubladen, die umgestürzten Tische, die heruntergerissenen Lampen und die Splitter der Glühbirnen. Der Portier folgte ihr ins Wohnzimmer. «Ich weiß wirklich nicht, wie er an mir vorbeigekommen ist, Miss.»

«Vermutlich ist er hinter einem Mieter hereingeschlichen. Wenn einer unbedingt will, kommt er auch rein. In dieser Stadt gibt es keine sicheren Orte.»

Sie stand zwischen dem zerschlagenen Geschirr in der Küche. Der Einbrecher hatte alle Tassen und Teller von den Regalen gefegt. Er hatte den gesamten Inhalt des Kühlschranks auf den Boden geworfen, die Mehldose ausgekippt und den Zucker drübergeschüttet.

*Ein gründlicher kleiner Scheißkerl.*

Ihr Arbeitszimmer war glimpflicher davongekommen. Sie nutzte es nur noch als Abstellraum, seit ihre EDV-Anlage in ihrem Büro bei Charles stand. Kleider lagen auf dem Boden und hingen aus ihrem Schrankkoffer. Die paar Computer-Handbücher, die noch herumgelegen hatten, waren zerfetzt.

*Mehr als ein schlichter Einbruch.*

Sie hob ein Wollkleid auf. Es war der Länge nach zerrissen. Im Schlafzimmer lagen herausgerissene Schubladen und ein ganzes Sortiment von Laufschuhen, Jeans und Blazer, Nylonstrümpfen und Bettwäsche heillos durcheinander. Die Matratze war aufgeschlitzt und die Füllung über das ganze Zimmer verteilt. Überall flogen Bettfedern herum. Die Seidenblusen waren zerrissen.

Der Portier stand unruhig neben ihr.

«Keine Sorge, Frank. Das übernimmt die Versicherung. Und jetzt sagen Sie mir alles, was Sie wissen. Wer hat Ihnen gesagt, daß eingebrochen worden ist?»

«Eine Mieterin. Mrs. Simpson. Sie ist runtergekommen und hat gesagt, daß mich oben ein Polizist sprechen will. Er hat vor Ihrer Wohnungstür auf mich gewartet.»

«Sind Sie sicher, daß es ein Polizist war?»

«Ja, Miss. Er hat mir die Dienstmarke und den Ausweis gezeigt. Und das hat er mir gegeben.» Der Portier reichte ihr eine weiße Visitenkarte. «Er meldet sich dann bei Ihnen wegen einer Liste mit allem, was weggekommen ist. Sie brauchen keinen Bericht schreiben, hat er gesagt. Das macht er.»

Es war das Kärtchen von Blakelys Schläger. Wie du mir, so ich dir? Sie ging zum Wandschrank im Schlafzimmer und nahm die Seitenwand heraus. Dahinter war alles unberührt. Das Versteck für ihre wertvollen Sachen hatte er nicht entdeckt.

«Danke, Frank. Ich brauche Sie nicht mehr.»

«Es tut mir leid, Miss.»

Die Angst um den Arbeitsplatz stand ihm ins Gesicht geschrieben. Sie wollte sich nicht mit einem neuen Portier herumschlagen, der von Tuten und Blasen keine Ahnung hatte. «Die Hausverwaltung wird davon nichts erfahren, Frank. Ich rede mit Mrs. Simpson. Okay?»

«Vielen Dank, Miss.»

Zwanzig Minuten später wußte sie, daß nichts weggekommen war. Eine reine Strafaktion? Nein. Auch eine Suchaktion. Ob Blakely etwas von ihrem Büro bei Charles wußte?

Die Flammen hatten bereits den Speicher erreicht und schlugen durch die Dachsparren, als Sirenen durch die Straße heulten. Auf dem Dachboden hatte Helen Markowitz die Fotoalben, Kathys Schuluniformen und ihren Baseballhandschuh aufgehoben. Die Familienfotos von fünf Generationen brannten lichterloh, nur das obere Album glimmte, bis es schließlich auch Feuer fing und sämtliche Fotos vom Heranwachsen eines zehnjährigen Kindes zu einer siebzehnjährigen jungen Frau ein Raub der Flammen wurden. Als die Sirenen vor dem Haus angekommen waren, hatte der Qualm bereits alles verschluckt, was an die Kindheit und Jugend von Kathy Mallory erinnerte.

Sie schloß die Eingangstür von Charles' Haus auf. Er schlief bestimmt längst. Mit gezogener Waffe ging sie langsam die Treppe hinauf und horchte auf Geräusche, die mitten in der Nacht nicht in ein ruhiges Wohnhaus gehörten.

Sie hörte nichts Ungewöhnliches. Im ersten Stock schlich sie durch den Flur zu Mallory & Butler Limited und schloß ganz leise auf.

Im Vorraum war alles unverändert. Sie öffnete die Tür zu Charles' Büro. Alles in Ordnung. In ihrem Büro auch. Sie setzte sich an den Schreibtisch und wartete im Dunkeln. Wenn Blakely von diesem Büro wußte, würde sein Mann für heikle Aufträge als nächstes hier auftauchen. Aber das konnte dauern.

Sie griff zum Hörer und wählte die Nummer des Priesters. Sie hörte ihm an, daß sie ihn geweckt hatte.

*Pech.*

«Pfarrer Brenner? Welche Strafe sieht die Kirche für Leichenfledderei vor?»

«Deshalb holst du mich aus dem Schlaf?»

«Es geht um die Leiche meiner Mutter. Ich sage Ihnen das unter dem Siegel des Beichtgeheimnisses.»

«O Gott. Ja, wenn das dein Wunsch ist. Du machst mir doch nichts vor, Kathy?»

«O nein, Herr Pfarrer. Bestimmt nicht. Vielleicht habe ich den Verstand verloren, weil alles voller Blut war und weil ich mit ansehen mußte, *wie* sie gestorben ist. Ich konnte mich nicht losreißen, aber ich durfte auch nicht bleiben. Ich war in großer Gefahr. Ich mußte gehen. Ich mußte weglaufen. So schnell wie möglich. Da habe ich eben ein Stück von ihr mitgenommen – das Gehirn.»

Sie untersuchte ihre lackierten Fingernägel auf Absplitterungen. «Welche Strafe steht darauf, Herr Pfarrer?»

«Wie alt warst du damals, Kathy?»

«Fast sieben.»

«Von einem kleinen Kind, das vor Angst halb wahnsinnig ist, erwartet die Kirche nicht, daß es die moralische Vertretbarkeit seines Tuns überdenkt. Du mußt doch ...»

«Und wenn ich kein Kind gewesen wäre? Angenommen, ich wäre für mein Tun verantwortlich gewesen?»

«Na schön, lassen wir unsere Phantasie spielen.»

Seine Ironie verriet, daß er ihr nicht mehr recht glaubte.

«Rabbi Kaplan ist bestimmt nicht begeistert, wenn er herausfindet, daß Sie seinen Part spielen.»

«Er klaut mir meine Witze. Das heißt, wir lachen gemeinsam darüber. Über dich haben wir uns früher gemeinsam Sorgen gemacht. Und die Arbeit haben wir uns geteilt. Jeder hat die Hälfte der Gebete übernommen. Das fand ich sehr angenehm.»

*Und jetzt kommt ein kleiner Abstecher in die Hölle, Herr Pfarrer.*

«Der Mörder hat mit der Axt auf meine Mutter eingeschlagen. Immer wieder. Alles war voller Blut. Wie in einem Schlachthaus. Ich habe den Geruch des Bluts noch immer in der Nase. Sie ist auf mich zugekrochen und hat die Hand ausgestreckt, weil sie dachte, daß ich sie rette. Aber ich habe ihr nicht geholfen. Ich bin weggelaufen.»

«Du warst noch ein Kind.»

Seine Stimme war voller Mitgefühl. Er kaufte es ihr ab. Jedes Wort.

«Was steht darauf für eine Strafe?»

Das Handy in ihrer Tasche piepte. Sie legte grußlos auf und zog ihr Handy heraus. «Mallory», meldete sie sich, aber vom anderen Ende der Leitung kam nur eisiges Schweigen.

Dann zischte jemand: «Mallory. Dein Haus brennt.»

Es war nur eine Flüsterstimme, aber Mallory erkannte sie. *Blakely.*

Sie stand vor dem alten Haus und sah den Feuerwehrleuten beim Löschen zu. Das Wasser prasselte auf die qualmenden und dampfenden Dachsparren, die wie verkohlte Rippen aussahen.

«Das war Brandstiftung», stellte der Leiter des Feuerwehrtrupps fest. Sie konnte ihn nur sehr schlecht hören. «Der Kerl hat nicht mal versucht, seine Spuren zu verwischen. Wir haben die Benzinkanister im Hof gefunden. Haben Sie eine Ahnung, wer das gewesen ist?»

«Nein», log sie.

«Verkaufen Sie mich nicht für dumm, Mallory. Das Ganze sieht verdammt nach einem Denkzettel aus. Hat das etwas mit einem laufenden Ermittlungsverfahren zu tun?»

Mallory gab keine Antwort und schien ihn gar nicht mehr wahrzunehmen. Sie starrte auf das abgebrannte Haus. Auf ihr Zuhause, das es nun nicht mehr gab.

Der Feuerwehrmann beugte sich vor und bewegte seine Hand vor ihren Augen hin und her. Sie zeigte keine Reaktion. Er drehte sich zu dem Mann um, der neben ihm stand. «Drei Häuser weiter wohnt ein Arzt. Holen Sie ihn.»

Mallory stand allein auf dem Rasen. Die Feuerwehrleute machten einen Bogen um sie. Sie starrte auf die verkohlten Reste und schwankte vor und zurück, gefangen in einem Käfig aus Haß, abgrundtiefem Haß auf etwas, für das sie noch keinen Namen hatte.

In ihrem Rücken heulte noch eine Sirene auf das Haus zu. Eine Autotür schlug zu, dann hörte sie eilige Schritte.

Das Haus hatte ihr einen festen Halt auf der Erde gegeben. Jetzt war sie federleicht und drohte mit dem Rauch davonzufliegen. Riker legte die Arme um sie und hielt sie auf der Erde fest; er hüllte sie in seinen rauhen Tweed und die vertrauten Gerüche nach Zigaretten und Bier.

«Du hast dich also doch mit Blakely angelegt», sagte Riker. Er drückte sie an sich und blickte in die Rauchsäule.

Charles öffnete ihnen die Tür. Mallory ging an ihm vorbei und durch die Diele direkt auf die Wohnzimmercouch zu. Charles wandte sich an Riker. «Wie geht es ihr? Braucht sie einen Arzt? Henrietta wohnt direkt über mir.»

«Nein, es geht schon wieder. Ich wollte sie nur nicht allein in ihre Wohnung gehen lassen. Irgendein Drecksack hat sie verwüstet. Behalt sie heute nacht hier und stell ihr keine Fragen. Sonst fängt sie womöglich an zu weinen. Das würde sie dir nie verzeihen.» Riker gab ihm Mallorys Leinentasche. «Ich muß gehen, Charles. Einer muß sich auch um Andrew Bliss kümmern.»

«Und was kann ich noch tun?»

«Wenn du wirklich etwas für Mallory tun willst, solltest du Mrs. Ortega ihre Wohnung aufräumen lassen, bevor sie nach Hause geht.»

«Weißt du, im Grunde ist das alte Haus in Brooklyn ihr Zuhause gewesen.»

«Jetzt hat sie nur noch ihre Wohnung. Gute Nacht, Charles.»

Mallory saß auf der Couch, als er ins Wohnzimmer kam. Er stellte den Matchbeutel vor sie hin. «Ich habe das Bett im Gästezimmer bezogen.»

Erst nach ein paar Sekunden registrierte sie, daß er etwas zu ihr gesagt hatte. Sie schaute hinunter auf ihre Tasche, als hätte ein Geist sie dort abgestellt.

«Alles in Ordnung?»

Sie nickte.

Aber natürlich war nicht alles in Ordnung. Er sah ihren Augen an, daß sie noch unter Schock stand. Ihr Blick war nach innen gerichtet, und es schien ihr nicht zu gefallen, was sie dort sah. Er kauerte vor ihr und drehte ihr Gesicht sanft zu sich.

«Soll ich Henrietta Ramsharan holen?»

«Ich brauche keinen Seelenklempner.»

«Henrietta ist auch Allgemeinärztin. Sie könnte dir ein Schlafmittel geben.»

«Ich brauche sie nicht.»

Sie drehte den Kopf zur Seite und gab ihm damit zu verstehen, daß sie auch ihn nicht brauchte. Aber als er ihren Arm nahm, ließ sie sich immerhin beim Aufstehen helfen. Er ging ihr mit der Tasche voraus und öffnete die Tür. Die Möbel aus Kirsche und Eichenholz und sogar die Patchworkdecke und die schweren Samtgardinen stammten nachweislich aus dem frühen 19. Jahrhundert. Das antike Himmelbett war aufgedeckt und wartete auf ein Kind des späten 20. Jahrhunderts.

Sie sah so müde und erschöpft aus. Ohne Energie und Lebensmut wirkte sie kleiner, und auch das machte ihm Sorgen.

Na ja, vielleicht würde sie wieder wachsen, wenn sie sich richtig ausruhte.

Auf der Upper East Side wälzte sich ein Priester schlaflos im Bett. Immer wieder stützte er sich auf den Ellbogen und starrte das Telefon an, das auf dem Nachttisch stand und einfach nicht klingeln wollte. Wo mochte sie stecken? Wie ging es ihr? Schließlich gab Pfarrer Brenner den Versuch auf, das Telefon durch reine Willenskraft zum Klingeln zu bringen. Er wickelte sich fester in seine Decke, und es dauerte nicht mehr lange, bis der Schlaf ihn forttrug ins Land der Träume.

Im Morgengrauen klingelte ihn das Telefon aus dem Schlaf. Das konnte nur sie sein. Wer sonst würde zu einer solchen Zeit bei einem alten Priester anrufen? Zuerst empfand er Erleichterung, doch dann beschloß er, ihr barsch zu begegnen. Seine Augen waren vom Schlaf verklebt. Er ließ sie geschlossen und tastete nach dem Hörer.

«Was ist nun schon wieder los?»

Ein Schluchzen, leise wie der Flügelschlag einer Motte, klang an sein Ohr. In dem eigenartigen Schwebezustand zwischen Schlaf und Wachen, noch nicht ganz befreit aus seinen Träumen, glaubte er das Geräusch fließender Tränen zu hören.

Und jetzt flüsterte eine ganz kleine Stimme den uralten Wunsch des verlassenen Kindes: «Ich will nach Hause.»

# 7

Henrietta Ramsharan arbeitete in einer psychiatrischen Klinik, aber heute war ihr freier Tag. Sie trug zu ihren ausgebleichten Jeans einen rosaroten Pullover und war barfuß. Das volle dunkle Haar mit den silbernen Fäden fiel ihr offen über die Schultern. Sie saß mit ihrem Freund und Vermieter am Küchentisch. Charles Butler trug heute morgen keine Krawatte zu seinem Anzug, war für seine Begriffe also ebenfalls salopp gekleidet.

Während sich Henrietta noch eine Tasse Kaffee einschenkte, fragte sie sich, warum sie sich bei der Einrichtung ihres Wohnzimmers soviel Mühe gegeben hatte. Wichtige Gespräche fanden immer in Küchen statt. «Du hättest mir gleich Bescheid sagen sollen.»

«Mallory wollte keinen Arzt. Sie wollte keinen Menschen sehen. Und es war ja auch schon spät.»

«Wir sind doch Freunde, Charles. Das nächste Mal rufst du mich an. Ganz egal, wie spät es ist. Wo ist Mallory jetzt?»

«Ich hab ihr noch einen Kaffee gemacht. Jetzt ist sie verschwunden.» Er sagte das, als hätte sie sich in Luft aufgelöst. «Sie hat so getan, wie wenn nichts gewesen wäre. Aber ich weiß doch, wie sehr sie an dem Haus gehangen hat. Erst recht, seit ihr Vater tot ist. Wieviel Schläge kann sie noch einstecken, bis sie daran zerbricht? Irgendwann zerreißt ihr das Herz.»

Henrietta fragte sich, ob nicht vor allem Charles viel eingesteckt hatte. Mallory kam schon wieder auf die Beine. Charles vergaß immer, daß Mallory kein Herz hatte. Deshalb konnte sie mehr einstecken als alle anderen.

«Was meinst du, Henrietta, wird sie jetzt vielleicht leichtsinniger und geht noch größere Risiken ein? Sie sollte wirklich eine Zeitlang vom Dienst freigestellt werden.»

«Das schlägst du ihr besser nicht vor, Charles. Sie faßt das als Kritik auf, und du weißt, wie sie darauf reagiert.»

Henrietta lehnte sich zurück. Charles starrte auf die Rühreier, die er nicht angerührt hatte, und ließ auch den Kaffee kalt werden. Ein Bild des Jammers. Ein Mann, der aus ganzem Herzen liebte. Das weibliche Gegenstück dazu kannte sie aus dem Spiegel.

«Noch etwas Kaffee, Charles? Nein?» *Ach ja, hab ich dir schon gesagt, daß ich dich liebe?*

Als sie sich vor etwas mehr als einem Jahr kennengelernt hatten, war er ihr so aufrichtig und offen begegnet, daß sie bald viel von ihm wußte. Er hatte sein sicheres edles Penthouse verlassen und war nach SoHo gezogen, weil die Gebäude hier ein menschlicheres Maß hatten. Er war ein warmherziger Mann, der die Menschen wirklich liebte.

«Hier», sagte sie und reichte ihm ein Stück Brot aus dem Toaster, der zwischen ihnen auf dem Tisch stand. «Du mußt etwas essen.» *Und ich werde dich lieben, solange ich lebe.*

Nachdem sie Mallory zum erstenmal begegnet war, hatte sie Charles besser verstanden. Charles liebte Mallory, und Mallory liebte niemanden. Henrietta hatte keine Hoffnung. Für keinen von ihnen.

*O Gott! Es ist bei mir im Bett!*

Andrew Bliss saß kerzengerade auf seinem Lager und riß die Augen auf. Das Herz schlug ihm gegen die Rippen. In panischer Angst kämpfte er mit seinen Federbetten. Die braune Ratte huschte unter der Decke hervor und sauste davon.

Erschöpft und schweißnaß ließ er sich auf sein Kissen zurückfallen und blieb still liegen, bis sich seine Atmung normalisiert hatte. Dann fuhr er sich hastig mit der Hand durch die Haare, um die Fliegen daraus zu vertreiben.

Vielleicht hatte ihn die Ratte für tot gehalten. Für ein gefundenes Fressen.

Und war er nicht wirklich so gut wie tot? Er hatte schon fast eine Woche lang weder gebadet noch die Zähne geputzt. So schmackhaft duftete nicht einmal ein überfahrener Köter.

Und da er sich gerade sowieso vor sich selber ekelte, brachte er am besten gleich noch ein widerwärtiges, aber unvermeidliches Übel hinter sich. Er kauerte sich in den hintersten Winkel des Dachs und verrichtete seine Notdurft – mit der Scham eines stubenreinen Hundes, der es einfach nicht mehr halten kann. Das war der Preis für das Manna, das vom Himmel fiel.

Und ausgerechnet jetzt tauchte der verdammte Hubschrauber vom Verkehrsfunk auf und blieb über dem Haus in der Luft stehen. Die Rotorblätter wirbelten eine kegelförmige Staubwolke auf nebst allem, was nicht niet- und nagelfest war. Der Luftwirbel zerrte an den Regenmänteln von Armani und an den Seilen, die den Baldachin zusammenhielten.

Andrew schloß den Bademantel und erhob sich aus der

Hocke, als die Frau im Hubschrauber ihr Megaphon auf ihn richtete.

«Guten Morgen, Mr. Bliss! Wie geht es Ihnen?»

Gegen alle Turbulenzen kämpfte sich Andrew zu seiner Flüstertüte. Er hob sie auf und richtete sie in den Himmel. Die Frau hatte ihr Mikrophon weggelegt und filmte ihn mit einer Videokamera, machte ein Porträt von Andrew Bliss mit verfilzten Haaren und Stoppelbart. Er quittierte das mit der passenden obszönen Geste, dann pißte er einen goldenen Bogen in die Luft.

Sie ließ die Kamera sinken.

«Dieser blaue Strampelanzug ist ja noch schlimmer als dein letzter, Schätzchen!» rief Andrew und ließ sich erschöpft im Schneidersitz nieder. «Bist du bei Woolworth groß geworden? Soll der Zorn Gottes deinen Hubschrauber treffen? Einen Hüfthalter kriegst du im dritten Stock, Dessous. Was hältst du davon, wenn wir vorher noch über die dummchenblonde Wolle auf deinem Kopf reden? Solange du noch Gelegenheit zu tätiger Reue hast?»

Gar nichts. Der Hubschrauber drehte ab. Das Megaphon fiel ihm aus der Hand und rollte davon, der Kopf sank ihm auf die Brust. Dann hob er das Kinn wieder ein wenig, weil er aus den Augenwinkeln etwas über das Dach huschen sah.

Die Ratte war wieder da.

Das Tier wurde immer dreister. Jetzt kam es schon am hellichten Tag aus seinem Loch. Es trippelte auf ihn zu und schnupperte an seinen gespreizten Fingern, als wollte es prüfen, ob er noch Lebenszeichen von sich gab. Andrew riß die Hand an die Brust, aber die Ratte lief nicht weg. Sie blieb einfach sitzen und sah ihn an. Während sie um sein Knie herumtrippelte, schien sie zu wachsen. Sie stellte sich vor ihn hin und setzte sich langsam auf die Hinterbeine.

War das der Teufel? War er gekommen, um sich eine Weile zu ihm zu setzen? Wenn das Wesen mit dem Mondesglanz im Haar, das ihm sein Brot brachte und wieder davonflog, ein Engel war, dann mußte es auch einen Teufel geben. Und der hatte schließlich einen langen Schwanz.

Wo sein Schutzengel nur blieb? Er hob den Blick zum Himmel. Die Sonne brannte ihm in die Augen, aber er spürte keine Schmerzen mehr.

Wo blieb denn nur sein Engel?

Mallory stand neben den Fernsehkameras, den Galgen mit den Mikrophonen, den Scheinwerfern auf stählernen Stativen. Jedem Ausrüstungsgegenstand war ein Techniker zugeteilt. Andere kümmerten sich um die Vernetzung. Die Schaulustigen standen hinter den Seilen, mit denen die Straße vor der alten Galerie im East Village abgesperrt war. Oren Watt drehte immer wieder ruckartig den Kopf und sah sich verstohlen nach Mallory um, als könne er nicht glauben, daß sie immer noch da war und ihn nicht in Ruhe ließ.

Den Part des Oren Watt spielte ein Schauspieler, dessen Kleider von Technicolor-Blut trieften. Auf ein Zeichen des Regisseurs hin stürzte er aus der Galerie und rannte davon.

«Du bist ein lausiger Berater, Oren», sagte sie plötzlich direkt hinter ihm. Vor einer Sekunde hatte sie doch noch bei Zuschauern gestanden. «So schnell kann ein Junkie doch gar nicht laufen. Und noch etwas stimmt nicht. Als du die Galerie verlassen hast, war nur noch Blut an deinen Schuhen. Wie hast du das Blut von deinen Kleidern abgewaschen, Oren?»

Watt stand ganz starr und versuchte sie zu ignorieren, aber bei jedem verbalen Keulenschlag zuckte sein Kopf oder eine Schulter. Seine Finger schlossen sich immer wieder krampfartig zu Fäusten.

Sie wandte sich von ihm ab und ließ die Augen über die Zuschauer wandern, um zu sehen, was diese Neuinszenierung des spektakulärsten New Yorker Verbrechens sonst noch für Leute angezogen hatte. Ihre Augen blieben an einer alten Frau hängen, die ihre schäbigen Kleider in mehreren Schichten übereinander trug. Die Alte wiegte eine Teedose wie ein Baby in den Armen, dann beugte sie den ergrauten Kopf, befestigte die Dose mit einem Gummiband an ihrem Einkaufswagen und sprach mit ihr.

*Völlig verrückt und sehr alt.*

Oder vielleicht doch nicht so alt, wie sie aussah? Obdachlose alterten in New York sehr rasch. Im Durchschnitt starben sie nach zwölf Jahren auf der Straße.

Mallory zog die Frau mit den Augen aus, zog ein paar Jahre von dem gebeugten Körper ab, dachte sich die grauen Haarsträhnen weg und versuchte das Gesicht hinter den tiefen Furchen zu erfassen. Die Frau wandte ihr den ergrauten Kopf zu, und Mallory blickte in ihre großen, ausdrucksvollen Augen, die ihr sehr bekannt vorkamen.

*Sabra?*

Die Frau zog ihren Einkaufswagen rückwärts durch die Menge, die sich bereitwillig teilte, weil den Leuten vor Kopfläusen und dem Gestank von Obdachlosen graute. Mallory ging ihr rasch nach, stieg mit ihren langen Beinen mühelos über das Absperrseil und bahnte sich einen Weg durch die Menge.

Ein Mann packte sie am Arm. «Für wen hältst du dich, Schwester. Drängle nicht so.»

Sie öffnete den Blazer, um ihre Dienstmarke und ihren Ausweis zu zücken. Der Mann ließ ihren Arm sofort los – nicht wegen der Dienstmarke, sondern weil er ihre Pistole gesehen hatte. Es war eine sehr große Pistole.

Mallory schob sich geschickt zwischen den Leuten durch und sah Sabra gerade noch in der nächsten Seitenstraße verschwinden. Sie folgte ihr in einiger Entfernung. Sabra überquerte die Houston Street und ging weiter bis zur Essex Street. Dort schob sie ihren Einkaufswagen vor eine Hauswand mit vernagelten Fenstern und entfernte die Bretter vor einem Kellerfenster. Ohne zu zögern, ließ sie ihren Einkaufswagen in das schwarze Loch hinunter und stieg mit geübten Bewegungen hinterher.

*Das war also ihr Zuhause. Nun gut.*

Es war wohl am besten, wenn sie sich auf Sabras Terrain mit ihr traf. Einschüchtern ließ sich die Frau, nach allem, was sie von ihr gehört hatte, sowieso nicht. Mallory mußte sich an Sabras Spielregeln halten, sonst erfuhr sie gar nichts.

Sabras Hände tauchten im Fenster auf. Sie nahm die beiseite gelegten Bretter und paßte die Nägel in die Löcher ein.

Mallory ließ ihr vier Minuten Vorsprung. Dann kniete sie sich auf den Boden, zog vorsichtig und leise ein Brett heraus und blickte in den finsteren Raum, in den jetzt von der Straße ein fahles Lichtrechteck fiel. Sie entfernte auch die anderen Bretter und stieg hinunter.

Ihre Laufschuhe berührten eine ebene Fläche, die für den Kellerboden viel zu hoch lag. Ihre Augen gewöhnten sich an die Dunkelheit, aber viel gab es nicht zu sehen: Sie stand auf einer Versandkiste vor einer Sperrholzwand. Rechts von ihr führte eine Treppe aus Holzkisten um eine Ecke herum in die totale Finsternis.

Mallory paßte die Bretter wieder ein, schloß sozusagen höflich die Tür hinter sich. Als sie den letzten Streifen Licht ausgesperrt hatte, waren ihre Augen zu nichts mehr nütze – sie war blind.

*Willkommen daheim, Kathy Mallory*, sagte die Dunkelheit und erdrückte sie fast mit ihrer Umarmung wie eine gute alte Bekannte. *Wo bist du all die Jahre gewesen?*

Mallory legte die Hand auf die Pistole im Halfter, um etwas Hartes, Reales zu spüren. Als sie ihre Hand wegnahm, stürzte sie noch einmal ins Bodenlose – kein Oben, kein Unten, kein Bezugspunkt. Sie stieg langsam die Treppe aus Kisten hinunter und tastete sich an der rauhen Wand entlang. Die Wand ging um die Ecke, und der Boden wurde glatt und hart wie Zement. Sie stand in einem Raum, der klein wie ein Wandschrank oder groß wie ein Football-Stadion sein konnte. Vorsichtig setzte sie einen Fuß vor den anderen und folgte mit den Fingerspitzen der Wand, bis sie in einen wuselnden Haufen faßte. Etwas kroch ihr am Arm hinauf. Mit einer ruckartigen Bewegung des Handgelenks schüttelte sie es ab.

Sie hatte im Dunkeln schon in schlimmere Sachen gefaßt als in ein Kakerlakennest. Als zehnjähriges Mädchen war sie in einer mondlosen Nacht unter einem Brückenpfeiler gegen etwas Weiches gestoßen. Nachtblind und neugierig, wie sie war, ertastete sie die Umrisse des Hindernisses und fuhr mit der Hand über die langen Haare und das kalte, tote Gesicht eines anderen Kindes. Ganz benommen war sie neben der Leiche sitzen geblieben und hatte sich stundenlang nicht vom Fleck gerührt. Aber bevor die Dämmerung der Leiche Konturen verleihen konnte, war sie davongeschlichen, um sich nicht mit eigenen Augen von der Existenz des toten Kindes überzeugen zu müssen. Was war denn schon geschehen? Gar nichts. Was im Dunkeln passierte, das zählte nicht. Das war kein Beweis dafür, daß auch Kinder sterben konnten. Sie würde man jedenfalls nicht einfach töten und irgendwo hinwerfen.

Sie würde am Leben bleiben.

Und dann hatte Markowitz sie gefunden, und sie war zu ihm und Helen in das alte Haus in Brooklyn gezogen. Seither lebte sie ihr Leben weitgehend im Licht.

Aber jetzt war sie stockblind, mußte sich mit den Fingern an der Wand durch die Dunkelheit tasten und hätte bei jedem Schritt in ein tiefes Loch fallen können. Ihre Blindheit schärfte die übrigen Sinne. Es roch nach Staub und Kakerlaken, nach Urin und verfaulten Lebensmitteln. Sie wußte, daß die bröckelnden Geräusche in den Wänden von kleinen Füßen verursacht wurden. Eine Ratte huschte vorbei. Piepsend und fiepend verständigte sich das Ungeziefer.

Und Sabra?

Mallory hörte nichts, was auf einen Menschen hinwies. War Sabra gar nicht mehr im Keller? Mallory stand lautlos in der Finsternis, bis sie ihren Körper nicht mehr spürte. Langsam ging sie weiter und horchte auf das Getrippel der Ratten und das Tröpfeln einer undichten Wasserleitung. Dann spürte sie Wasser an der Wand herunterrinnen und hatte den metallischen Geruch des durchgerosteten Rohrs in der Nase.

Die Wand machte einen Knick und bestand nicht mehr aus Stein, sondern vermutlich aus Sperrholz. Sie streckte die andere Hand aus und berührte eine zweite Trennwand aus dem gleichen leichten Baumaterial. Offenbar stand sie in einem Durchgang. Sie inspizierte die Sperrholzwand mit den Fingerspitzen. Das mußte ein Türrahmen sein. Und da war auch der Knauf. Sie legte das Ohr an das Holz. Hinter dieser Tür gab es bestimmt keine größeren Lebewesen als die Kakerlaken, deren modrige Ausdünstungen allgegenwärtig waren. An der Trennwand gegenüber fand sie ebenfalls eine Tür. Aber auch hier war niemand zu Hause.

Sie blieb stehen und horchte, als müßte es möglich sein, den Herzschlag eines Menschen aus den Lebensäußerungen der Ratten und Insekten herauszuhören.

Die Frau war noch da. Mallory spürte, daß sie auf der Lauer lag. Sie tastete sich an weiteren Türen vorbei durch den Gang. Vermutlich bestand der ganze Keller aus nicht mehr vermieteten Kellerabteilen. Sie bog um eine Ecke und stand wieder in einem Gang mit Türen auf beiden Seiten.

«Was wollen Sie von mir?» fragte eine Frauenstimme aus der undurchdringlichen Finsternis.

Mallory wußte nicht, woher die Stimme kam. Die Frau stand nicht neben ihr, konnte aber auch nicht weit weg sein.

Sie drehte sich langsam im Kreis.

«Was wollen Sie?» fragte die Stimme.

Diesmal kam die Stimme von hinten. Mallory drehte sich um. «Mein Name ist Mallory.»

«Ich weiß, wer Sie sind, Detective. Ich habe gefragt, was Sie wollen.»

Die Frau stand nicht mehr an derselben Stelle.

«Ich möchte mit Ihnen reden», sagte Mallory. *Und ich frage mich, ob Sie Zeitung lesen, Sabra. Oder hat Ihnen jemand gesagt, wie ich heiße und welchen Dienstgrad ich habe?*

Sie ging in die Richtung, aus der die Stimme gekommen war. Eine Ratte huschte ihr über den Fuß und quiekte, als sie nach ihr trat. «Bleiben Sie, wo Sie sind, Mallory. Kommen Sie ja nicht näher. Es nützt Ihnen nichts, daß Sie jünger sind. Ich kenne mich hier aus.»

«Ist gut, Sabra. Ich richte mich nach Ihnen», rief sie in das Dunkel und ging doch weiter, jetzt allerdings leiser als jedes andere Lebewesen im Keller.

«Sie haben keine Kinder, oder, Detective Mallory?»

«Nein, Sabra. Keine Kinder. Keine Angehörigen.»

«Dann können Sie sich nicht vorstellen, wie es ist, wenn das eigene Kind abgeschlachtet wird.»

«Ich habe die Fotos vom Tatort gesehen.» *Und was hatte Sabra gesehen? Die wirklichen Leichen?*

«Auf Fotos sieht man nicht einmal die Hälfte. Die unsäglichen Schmerzen kann man nicht nachvollziehen und die panische Angst schon gar nicht. Haben Sie je etwas erlebt, das Ihnen eine Ahnung davon gibt, wie das ist?»

*Du bist wie der Priester und der Rabbi. Jeder von euch will ein Stück von mir. Gut, ich spiele mit.*

«Ich weiß, wie das ist. Ich habe gesehen, wie meine Mutter abgeschlachtet wurde. Da war ich nicht einmal sieben.»

Sie blieb stehen und wartete auf Sabras Stimme, um sich wieder an ihr auszurichten.

«Es tut mir leid. Verzeihen Sie.» Nun sprach Sabra sanft, mit der Stimme einer Mutter. «Es ist völlig unbegreiflich, nicht wahr. Man versteht nicht, daß man den geliebten Menschen nie wieder sehen soll. Es kann doch nicht sein, daß es ihn einfach nicht mehr gibt! Wie war es für Sie, als Sie dann doch begriffen hatten, daß Sie nie mehr einen Kuß von Ihrer Mutter bekommen würden?»

Kam die Stimme jetzt aus größerer Entfernung? Mallory tastete sich lautlos weiter. «Das habe ich am meisten vermißt – ihren Kuß. Es hat lange gedauert, bis ich ohne ihren Kuß einschlafen konnte. Ich habe mich im Dunkeln immer sehr unwohl gefühlt, Sabra. Die dunkle Nacht ohne Mutter. Ich fürchte mich heute noch vor der Dunkelheit. Können wir nicht an einem hellen Ort miteinander reden? Bitte!» Jetzt war sie ein Kind, das sich etwas von seiner Mutter wünscht.

«Vielleicht.» Sabras Stimme stahl sich davon.

Mallory schlich ihr nach.

«Erzählen Sie mir von Ihrer Mutter», sagte Sabra.

*Du und der Priester und der Rabbi.*

«Ich glaube, ich sehe meiner Mutter sehr ähnlich», sagte Mallory. «Ich bin fast wahnsinnig geworden, als meine Erinnerung an ihr Gesicht immer mehr verblaßt ist. Und eines Tages hat sie plötzlich vor mir gestanden, als ich in den Spiegel geschaut habe. Aber da hatte ich schon eine andere Mutter – Helen Markowitz. Eine wunderbare Frau. Ich habe sie sehr geliebt. Und dann ist auch Helen gestorben. Vor ein paar Jahren. Ich habe es ihr übelgenommen. Finden Sie es sonderbar, daß man jemandem das Sterben übelnehmen kann?»

Sie wartete vergeblich auf Sabras Antwort.

Sabra hatte sie im Stich gelassen. Mallory hatte in den leeren Raum gesprochen.

Mallory lief ihr nach und stolperte über eine Kiste. Ihr Schienbein schmerzte höllisch, aber sie unterdrückte den Schrei. Sie tastete sich weiter, vorbei an Türen, die in leere Räume führten. Dann blieb sie stehen und horchte auf ein Geräusch: Die Bretter wurden vom Fenster entfernt und auf den Gehweg gelegt. Mallory lief weiter, stieß gegen eine Wand. Eine Sackgasse. Sie drehte sich um, schneller jetzt, denn hier war sie schon einmal gegangen. Sie bog um eine Ecke, ging um eine Reihe von Spinden herum, bog um die nächste Ecke und merkte erst reichlich spät, daß sie die

Orientierung verloren hatte und immer tiefer in den Keller hineingeraten war.

Sabra war sicher längst weg, in einer Seitenstraße verschwunden, geschützt durch die Tarnkappe der Armut. Niemand würde Mallory Auskunft geben können, denn wer nahm schon eine Stadtstreicherin zur Kenntnis?

Im nächsten Gang sah Mallory einen Lichtschein unter einer Tür. Sie ging eilig darauf zu. Schon bevor sie die Tür aufstieß, wußte sie, daß niemand in dem Raum war. Ein Kellerabteil, in dem Kerzen brannten. An einer Wand hingen Zeitungsausschnitte mit Schwarzweißfotos von Oren Watt, an der anderen Farbfotos von einem Kind. In einer Ecke war angeschlagenes Geschirr ordentlich aufeinandergestellt. Das alles kam ihr nur zu vertraut vor.

In dem kleinen Raum war es stickig. Dagegen waren die Fotos von dem Kind in luftigen Räumen aufgenommen und kündeten von einem eleganten Lebensstil und einer glücklicheren Zeit in Sabras Leben. In der drangvollen Enge dieses Raums zeugte alles von Sabras Besessenheit. Allem Anschein nach hatte sie sämtliche Zeitungsartikel gesammelt, die jemals über die Morde erschienen waren. Besessenheit konnte Mallory gut verstehen. Besessenheit war etwas Elementares. Irgendwohin mußte man mit seinem Haß. Sie konnte es gut verstehen, aber das änderte nichts.

*Ich muß die Presse abwimmeln und das FBI hinausdrängen, sonst verliere ich meinen Fall.*

Sabras Bett bestand aus einer löchrigen Decke und einer Unterlage aus alten Kleidern und Zeitungen. Auf dem abgewetzten Kissen lag ein Foto von Aubry als Tänzerin. Wie schön sie war. Mallory sah es sich ganz genau an. Dann legte sie es verkehrt herum wieder hin.

*Wer meine Ermittlungen sabotiert, macht einen schweren Fehler, Sabra.*

Sie drehte sich um und sah an der Wand ein Foto, das sie verblüffte: Sabra hatte Aubry auf dem Schoß und lächelte in die Kamera. Mutter und Tochter sahen einander wirklich sehr ähnlich. Sie hatte doch Aufnahmen von sich sonst immer strikt abgelehnt. Vielleicht war das die einzige Ausnahme und das einzige Foto, das es von ihr gab. Es mußte ihr viel bedeutet haben. Und es mußte ihr sehr schwergefallen sein, das Bild zurückzulassen.

*Du ziehst den kürzeren, Sabra!*

Die Wände schienen sich in dem flackernden Licht zu bewegen. Überall standen Kerzen. Mallory vollzog ein altvertrautes Ritual, als sie durch den Raum ging und alle Kerzen ausblies. Bis auf eine, deren Schein auf Mutter und Kind fiel. Auf dem Bild war Aubry vielleicht vier Jahre alt. Sabra drückte ihr einen Kuß auf die Backe. Das Mädchen versuchte sich loszumachen und streckte eine Hand nach der Kamera aus. Beide lachten vergnügt.

Der Kuß.

Sabra konnte ihrem Kind keinen Kuß mehr geben.

Mallory verstand Sabra. *Das kenne ich. Ich weiß, was du denkst, was du fühlst. Ich erinnere mich an den Kuß.*

Sie setzte sich langsam auf den Boden, zog die Knie an, senkte den Kopf und war wieder das Kind, das mehrere Wintertage lang in einem leeren Kühlschrankkarton gehaust hatte. Damals war ihr Schatten auch auf eine Sperrholzwand gefallen, wenn sie eine Kerze angezündet hatte. Die Kerzen hatte sie immer in Kirchen geklaut und jeden Tag eine angezündet. Kerzen spendeten Licht und dienten auch noch einem anderen Zweck, an den sie sich nur ganz dunkel erinnerte.

Wenn Kathy ihr Essen aus den Taschen zog, richtete sie es immer auf ihrem Teller an, und das Sodawasser schenkte sie in eine Tasse ein. Das war ihr wichtig. Hatte sie wieder einmal Hals über Kopf davonlaufen und ihre paar Habseligkeiten zurücklassen müssen, organisierte sie sich als erstes einen Teller und eine Tasse.

Und nach dem Essen wischte sie sich mit einem trokkenen Lappen das Gesicht – das Überbleibsel eines längst vergessenen Rituals vor dem Schlafengehen. An diesen schlichten Gewohnheiten suchte Kathy Halt, um nicht den Verstand zu verlieren. Und zuletzt blies sie die Kerze aus und hüllte sich in ihre Decke aus Zeitungen.

Auf den Gutenachtkuß mußte das Kind verzichten. Es mußte auf so vieles verzichten, aber das war ihm keine Träne mehr wert. Es hatte eine harte Schale und war stolz darauf, nicht zu weinen. Ein mächtiger Zorn hatte alles Weiche und Kindliche verhärtet.

Dann kam der Abend, an dem Helen Markowitz das Kind in ihre Obhut nahm. Nach dem Essen badete sie es und zog ihm einen Schlafanzug an, gab ihm eine Zahnbürste in die Hand und flocht ihm die Haare. Und dann kam noch etwas sehr Vertrautes, längst Vergessenes: Helen löschte das Licht und gab Kathy einen Kuß.

Als die liebe Frau das Zimmer verlassen hatte, drehte sich Kathy zur Wand und weinte. Sie gab keinen Laut von sich. Die Tränen liefen ihr in unheimlicher Stille über die Wangen. Helens Kuß, ein richtiger Gutenachtkuß, wie ihn überall auf der Welt Mütter ihren Kindern geben, hatte sie überwältigt.

Die Buntglasfenster leuchteten in der Sonne, und das Gewölbe ragte in den Himmel. Der Priester hatte sich in das

Mysterium der Wandlung von Brot und Wein in den Leib und das Blut Christi vertieft. Dann teilte er die Kommunion aus. Die Gläubigen knieten sich auf die Stufen vor dem Altarraum, und der Priester ging von einem zum andern und reichte jedem mit den Worten «der Leib Christi» eine Hostie aus dem Kelch. Auf einmal stockte der alte Priester, weil er hinten in der Kirche Kathy Mallory stehen sah. Doch gleich darauf sprach er wieder seine Worte und setzte seine heilige Handlung fort, und niemand merkte, daß er mit den Gedanken nicht mehr bei der Sache war.

Pfarrer Brenner sah Kathy zur Statue der heiligen Judith gehen, vor der mindestens zwanzig Kerzen brannten. Zehn Jahre waren vergangen, seit er sie zuletzt gesehen hatte, doch er hatte sie sofort erkannt. Gott hatte ihr ein schönes Gesicht geschenkt und obendrein einen anmutigen Gang, während Schwester Ursula noch immer hinkte, wenn es regnete.

Kathy war in das Haus Gottes gekommen. Es geschahen noch Zeichen und Wunder. Zumindest konnte er einer alten Nonne berichten, daß ihre Gebete für das verirrte Schaf erhört worden waren.

Die verlorene Tochter nahm eine Handvoll Kerzen vom Altar und schlüpfte wieder zur Tür hinaus.

Gewisse Dinge änderten sich eben nie.

Charles konnte es nicht fassen. Mallory strich sich in aller Seelenruhe Senf auf ihr Sandwich, als hätte sie ihm gerade mitgeteilt, daß die Mayonnaise nicht mehr gut sei. Er mußte sich erst einmal setzen. Hatte er richtig gehört?

«Sabra lebt auf der Straße?»

«Ja», sagte sie. «Gib mir doch mal die Käseplatte.»

*Übrigens, Sabra ist obdachlos. Gibst du mir die Käse-*

*platte?* Früher einmal war sein Leben berechenbar, beschaulich und eher eintönig verlaufen. Dann tauchte Mallory auf, und seine Welt geriet aus den Fugen. Die Gesetze der Logik galten nur noch, wenn sie ihr in den Kram paßten, Menschlichkeit war allenfalls eine Schwäche, die man einem Tölpel wie ihm nachsehen mußte.

Sabra lebte auf der Straße, und Mallory schmierte sich ein dreistöckiges Sandwich.

«Du mußt sie suchen lassen. Kannst du nicht eine Suchmeldung oder irgendwas herausgeben?»

Sie langte über den Tisch und holte sich die Käseplatte selber. «Wieso? Sabra hat sich nicht strafbar gemacht.»

«Kannst du dir keinen plausiblen Grund für eine Suchaktion ausdenken?»

«Das wäre gegen die Spielregeln, Charles.» Sie entschied sich für Schweizer Käse.

«Aber unter den gegebenen Umständen ...»

«... heiligt der Zweck auch nicht die Mittel.» Sie schlug ihm seine eigenen Maximen um die Ohren. «Und angenommen, einer von Blakelys Jungs findet sie vor mir?» Sie teilte ihr Sandwich diagonal in zwei Hälften und betrachtete es zufrieden. «Dann darf ich nicht mal mit ihr reden. Die sperren sie einfach weg. Wie fändest du das? Und was meinst du, was Sabra davon halten würde?»

«Sabra ist nicht bei klarem Verstand, Mallory.»

«Woher willst du das wissen?»

Das hätte er besser nicht gesagt. Es war nicht ratsam, sie mit der Nase auf etwas zu stoßen, das auf der Hand lag. Trotzdem tat er es gleich noch mal: «Ihre Familie hat Geld wie Heu, und Sabra lebt im Dreck. Ist das für dich normal?»

«*Du* hast mir doch erzählt, daß sie sich noch nie was aus

Geld gemacht hat. Ihr Kind ist tot, und sie ist verrückt vor Haß. Es ist ihr egal, in was für einer Umgebung sie lebt.»

«Eben. Sie ist verrückt.»

«Schon möglich, aber ich kann das gut verstehen.»

Nun war sie ungehalten, aber er gab nicht nach. «Du mußt sie finden und in eine Klinik bringen.»

«Ich werde sie finden. Aber das dauert eine Weile.» Ihr Ton wurde kühler.

«Du mußt sie sofort finden, Mallory. Es ist deine Pflicht. Die arme Frau ...»

«Jetzt reicht's aber», sagte sie in einem Ton, der ihn dermaßen erschreckte, daß er den Faden verlor. Sein Gesicht war nur noch ein großes Fragezeichen. Sie erhob sich und stützte sich auf den Tisch, um ihn aus nächster Nähe abkanzeln zu können wie einen dummen Jungen von einem anderen Stern.

«Im Gegensatz zu dir stehe ich mit beiden Beinen auf der Erde. Ich muß mich auf den Mordfall Dean Starr konzentrieren. Und bei der Gelegenheit kann ich viel über den Tod des Künstlers und der Tänzerin in Erfahrung bringen. Diesen Doppelmord wollen aber alle unter den Teppich kehren. Der Commissioner genauso wie der Bürgermeister und die Staatsanwaltschaft und der Polizeichef. Das ist schmutzige Wäsche, da muß man mit peinlichen Enthüllungen und womöglich mit endlosen Prozessen rechnen.»

«Aber Sabra hat keinem etwas getan. Es ist eine Frage der Gerechtigkeit ...»

«Es gibt keine Gerechtigkeit.» Sie machte eine Pause und überließ es ihm, sie mit dem unausgesprochenen Zusatz «du Trottel» zu füllen. «Als New Yorker Polizistin werde ich dafür bezahlt, daß die Stadt nicht völlig verlottert und verludert. Von Gerechtigkeit steht nichts in meiner Tätigkeitsbeschreibung. Hat Sabra denn Gerechtigkeit für Aubry bekommen?»

«Aber du könntest der Frau helfen, wenn du ...»

«Nein, Charles, kann ich nicht. Ich kann die Zeit nicht zurückdrehen, bis alles wieder so wie früher ist. Ihr Kind kommt nie mehr nach Hause. Aber Sabra kann *mir* helfen. Die wollen doch alles im Sand verlaufen lassen, Charles. Findest du es in Ordnung, wenn Leute ungeschoren davonkommen, die so etwas getan haben?»

«Es ist deine Aufgabe ...»

«Mensch, hör auf!»

Er hörte auf, stand auf und wollte gehen, aber sie stand schon in der Tür.

«Ich weiß, was ich zu tun habe», fauchte sie. «Was Sabra macht, ist ihre Sache.»

Mallory stürmte durch den Flur davon, und das Knallen der Tür machte noch einmal unmißverständlich klar, daß ihr nichts an seiner Kritik lag. Gar nichts.

Charles zog sich die Decke um die Schultern und behielt das Dach von Bloomingdale's im Auge. Er tat Buße dafür, daß er Mallory verärgert hatte. Um sie zu besänftigen, mußte er viele Stunden auf diesem Dach absitzen. Er hatte gefragt, wie er sich nützlich machen konnte, und ehe er sich's versah, war er mit einer Decke, einem Hausschlüssel, einem Fernglas und einem Handy ausgerüstet und mußte den irrsinnigen Andrew Bliss hüten.

Er drehte sich Henrietta Ramsharan zu. Sie war eine gute Freundin, eine Frau, mit der man Pferde stehlen konnte. Sie hatte heute abend vermutlich was Besseres vorgehabt, aber sie war gekommen, als er angerufen hatte. «Was meinst du?»

«Psychoanalytische Ferndiagnosen habe ich nicht in meiner Trickkiste, Charles.» Henrietta setzte das Fernglas ab. «Aber mir scheint, du hast untertrieben. Der Mann verliert nicht den Verstand, er hat ihn längst verloren.»

«Vielleicht sollte ich versuchen, Mallory davon zu überzeugen, daß sie ihn von dem Dach runterholen muß.»

«Hast du dir mal überlegt, ob Mallory womöglich seinen Geisteszustand zu verantworten hat?»

«Nein, ich nehme an, er ist schon in diesem Zustand auf das Dach gekommen. Wie schwer ist der Schaden?» Und wie schwer war der Schaden bei Mallory? Im Grunde war das die Frage, die er stellen wollte, aber die Antwort wollte er lieber nicht hören.

«Es ist kein gutes Zeichen, daß er mit der Schaufensterpuppe spricht.» Sie schaute wieder durch das Fernglas. «Auf dem ganzen Dach liegen Weinflaschen rum, aber nichts deutet auf feste Nahrung hin. Wer fastet und viel trinkt, bekommt schnell Wahnvorstellungen. Wenn das der Grund für sein anormales Verhalten ist, hat er wohl noch keine irreversiblen Schäden davongetragen. Aber er rührt sich kaum noch. Er ist in sehr schlechter körperlicher Verfassung.»

Er dankte ihr fürs Kommen und brachte sie zum Treppenhaus. Sie hätte ihn hier lieber nicht allein gelassen. Er wollte sie auf keinen Fall länger in Anspruch nehmen. Sie gab seinem galanten Drängen nach. Es war der erste Erfolg, den er heute verbuchen konnte.

Dann kehrte er auf seinen einsamen Posten zurück und richtete das Fernglas auf den armen Andrew. Der konnte wenigstens mit seiner Schaufensterpuppe sprechen. Eine Stunde später hörte er Schritte und drehte sich um.

«Hallo, Charles.» Riker lehnte sein Gewehr an die Stützmauer und warf einen Blick auf das andere Dach. «Haben Sie sich von Mallory zum Wacheschieben verdonnern lassen?» fragte er und stellte seine Papiertüte ab. «Ich komme Sie ablösen. Sie können nach Hause gehen.»

«Nein, ich bleibe. Mallory löst mich ab. Sie sollen sich schlafen legen, hat sie gesagt.»

«Oh, danke. Es ist bestimmt nicht verkehrt, wenn ich mal wieder eine Nacht durchschlafe.» Er drückte Charles eine Papiertüte in die Hand. «Sandwiches und Bier. Kann ich sonst noch was tun?»

«Passen Sie auf Mallory auf!»

Riker mußte lächeln. «Die läßt sich schon nicht unterkriegen. Mallory kennt die Spielregeln. Bei Blakely ist sie zu weit gegangen. Sie hat Coffey vor dem Rausschmiß bewahrt, aber das hat sie ihr Haus gekostet.»

«Ihr Haus? Sie glauben, daß Blakely hinter der Brandstiftung steckt?»

«Ich glaube es nicht nur, ich weiß es. Heller hat zwei Fingerabdrücke gefunden, einen an dem Benzinkanister und einen im Haus. Wir haben den Brandstifter kassiert. Es ist einer von Blakelys Leuten. Wir können den Kerl zweiundsiebzig Stunden festhalten, bevor wir Anklage erheben müssen. Das macht Blakely natürlich nervös. Vielleicht so nervös, daß er auf Robin Duffys Angebot eingeht.»

«Robin? Der steckt auch ...»

«Duffy hat Mallory schon als Küken gekannt. Wir konnten ihn nicht aus der Geschichte heraushalten. Das Haus war nicht gegen Brandstiftung versichert. Duffy hat sich für eine schonungslose Aufklärung des Verbrechens stark gemacht, weil er sonst nicht auf Schadensersatz klagen kann. Wir mußten ihn einweihen, sonst hätten wir das Ding gar nicht drehen können.»

«Ihr dreht ein Ding?»

«Ja, Charles. Und was für eins!» Riker hockte sich neben Charles. Er nahm ihm die Papiertüte wieder weg und zog zwei Sandwiches und einen Sechserpack Bier heraus. «Blakely hat ein Schmiergeldkonto im Ausland. Auf dem Konto ist mehr als genug, um Mallory für ihr Haus zu entschädigen ...»

«Moment! Ein Anwalt und ein paar Polizisten erpressen vom Polizeichef aus seinem Schmiergeldtopf Schadensersatz für eine Brandstiftung. Hab ich das richtig verstanden?»

Riker nickte, machte eine Bierdose auf und gab sie Charles. Der konnte jetzt ein Bier gebrauchen.

«Es kommt noch besser.» Riker nahm einen kräftigen Schluck und grinste Charles an. «Wenn alles gutgeht, tritt Blakely zurück. Ohne Pensionsanspruch. Er muß nicht in den Knast, aber er ist erledigt. Mallory muß ihm nur ein paar Tage aus dem Weg gehen. Bis er begriffen hat, daß er keine Chance mehr hat.»

Charles nahm einen Schluck aus der Flasche. «Sie meinen, daß er sie noch mal ins Visier nehmen könnte?»

«Sie hat ihn in die Enge getrieben, und er schlägt um sich.»

«Mallory steckt also auch mit drin?»

«Charles, wer sonst könnte sich solch einen Plan ausdenken?»

Natürlich. Wo war er nur mit seinen Gedanken gewesen? «Und auf saubere, legale Weise hätte sich das nicht regeln lassen?»

«Nein, das klappt fast nie.» Riker setzte sich neben Charles, zog eine Decke aus Mallorys Leinentasche und legte sie sich um die Schultern. Nun saßen sie im Schneidersitz nebeneinander – wie zwei kleine Jungen am Lagerfeuer. Riker kramte eine Packung Zigaretten aus seiner Papiertüte hervor und begann seine Geschichte mit einer Metapher, die wenig mit Lagerfeuerromantik zu tun hatte. «Sie müssen sich die Korruption mal als wuchernde Krebsgeschwulst in einem Organismus vorstellen. Vor ungefähr vierzig Jahren ist der Krebs in den Organismus New York City eingedrungen, und inzwischen *ist* er der Organismus.»

Riker zündete sich eine Zigarette an.

«Die Stadt bestiehlt sogar die Kinder. Wenn das Kindergeld den Verwaltungsapparat durchlaufen hat, ist nicht mehr viel davon übrig. Babys bestehlen ist doch wohl das letzte, oder?» Er tat einen kräftigen Zug, und dann schauten sie zu, wie sich der Rauch in den Himmel ringelte.

«Einfach phantastisch, diese Stadt», sagte Riker mindestens so sehr zu sich selber wie zu Charles. «Und jetzt verrate ich Ihnen, was mir wirklich angst macht. Mallory paßt nur zu gut in dieses System. Sie beherrscht die Klaviatur der Korruption virtuos. Coffey hat es ihr zu verdanken, daß er von Blakely in Ruhe gelassen wird. Und zum Captain befördert wird er auch noch! Diesen Monat noch. Die Formalitäten sind schon fast erledigt. Da fragt man sich doch, was sie gegen Blakely in der Hand hat, womit sie das hingekriegt hat.»

«Na, das Schmiergeldkonto ...»

«Ach, wissen Sie, es ist ein offenes Geheimnis, daß Blakely korrupt ist. Nein, das kann es nicht sein. Von Mallory erfahren wir es nicht. Die hält sich an ihre Abmachung mit Blakely. Coffey tippt auf Beziehungen zur Mafia. Aber ob das stimmt, weiß nur Mallory. Wer ihr in die Quere kommt, ist ein armes Schwein. Wetten, daß sie bei jedem rauskriegt, was er verbrochen hat. Wenn Quinn ihr was Wichtiges verschwiegen hat, tut er mir jetzt schon leid.»

«Bei Quinn findet sie nichts.»

«Mallory kommt jedem auf die Schliche, Charles.»

«Quinn ist ein grundanständiger Mensch. Er hat sein Geld geerbt und mit geschickten Börsengeschäften vermehrt. Er stiehlt nicht und betrügt nicht und lügt nicht. Ich kenne ihn gut.»

«Wetten, daß er mehr Ähnlichkeit mit Mallory hat, als Sie sich träumen lassen? Wenn Sie schon nicht wetten wollen, daß sie ihn mit einem Schwert pieken kann.»

«Also, ich bin fest davon überzeugt, daß auch Mallory Ehrgefühl besitzt. Es ist ein bißchen verdreht, aber ...»

«Darum geht's mir gar nicht, Charles. Ist ja auch egal.»

«Nein, sagen Sie doch.»

«Vor zwölf Jahren hat Quinn seine Beziehungen zu Politikern spielen lassen, um die Angehörigen vor den Ermittlungen abzuschirmen.»

«Die Familie war doch völlig am Ende. Die hätten das gar nicht durchgestanden.»

«Ermittlungen in Mordfällen sind für die Angehörigen immer eine Tortur. Da geht viel zu Bruch. Aber es muß sein. Wir konnten uns allerdings gar nicht an die Arbeit machen, weil Quinn Leute in hohen Positionen mobilisiert hat, die ihm etwas schuldig waren. Verdunklung in einem Mordfall ist eine schwerwiegende Straftat. Wer damit durchkommt, hat die richtigen Leute im Rücken. Deshalb hat Markowitz Quinn in den Fall mit einbezogen und an den Ermittlungen beteiligt. So funktioniert das nämlich.»

Charles schüttelte den Kopf. «Die korrekte ...»

«Die korrekte Vorgehensweise hätte Markowitz seinen Job gekostet. Denn dann hätte er Quinn und seine Politikerfreunde der Verdunklung bezichtigen müssen. Da hat er Quinn schon lieber mitsamt seinen Beziehungen für sich eingespannt. Ganz schön raffiniert, finden Sie nicht? Mallory hat viel von ihrem Vater gelernt, und außerdem ist sie ein Naturtalent. Sie wird mit der Bagage noch besser fertig als ihr Vater. Sie mußte ihr Haus verlieren, um zu begreifen, wie weit sie gehen kann, aber jetzt ist sie die Größte.»

Riker verabschiedete sich und schlenderte davon. An der Tür drehte er sich noch einmal zu Charles um. «Das Mädchen ist jetzt richtig erwachsen. Kommt mir fast so vor, als hätte ich meinen Job verloren.»

Charles lächelte, Riker nicht.

Charles blieb noch eine Stunde sitzen, die Decke um die Schultern gelegt, und beobachtete durch das Fernglas den Wahnsinnigen auf dem Dach von Bloomingdale's. Er sah auf die Uhr. In weniger als einer Minute war seine Schicht vorbei, und Mallory kam nie zu spät.

«Hallo, Mallory», sagte er ins Blaue hinein, denn er hatte weder die Tür noch Schritte gehört und spürte auch sonst in keiner Weise, daß sie da war.

«Wie geht's, Charles?» Sie stellte eine Einkaufstüte neben ihm auf das Dach.

Sie schien ein bißchen enttäuscht zu sein, weil er ihr die Möglichkeit genommen hatte, sich anzuschleichen und ihn zu erschrecken. Er fand es ziemlich störend, daß sie ständig auf die eine oder andere Art Punkte machen wollte, aber er kam ihr allmählich auf die Schliche.

Er ließ das Fernglas sinken. «Ich könnte mir vorstellen, daß Andrew nicht mehr lange lebt.»

Sie nahm ihm das Fernglas aus der Hand und richtete es auf die abgemagerte Gestalt, die reglos in den Federbetten lag. «Ach was, dem fehlt nichts. Ich habe ihn gerade zukken sehen. Gute Nacht, Charles. Danke fürs Wacheschieben.»

Er riskierte einen zweiten Anlauf. «Der Mann ist doch nicht mehr bei Verstand.»

«Der Mann hat sich vor einem Killer verkrochen. Ich finde, er verfolgt eine ziemlich vernünftige Strategie.»

«Ausgerechnet auf dem Dach von Bloomingdale's? Wo er Schlagzeilen macht und von morgens bis abends von Journalisten umschwirrt wird? Ein tolles Versteck. Was soll daran vernünftig sein?»

*Ach so.*

Bei genauerem Nachdenken war es wirklich vernünftig. Sogar ganz schön raffiniert. Andrew konnte sicher sein, daß hinter tausend Fenstern, von denen man auf sein Dach hinuntersah, mindestens hundert Gaffer standen. Ein Killer, der noch bei Verstand war, was Mallory offensichtlich unterstellte, konnte eigentlich gar nicht so blöd sein, Andrew ohne jede Deckung anzugreifen. Trotzdem wurde Charles den Gedanken nicht los, daß der arme Irre auf dem Dach für Mallory nur ein mageres Stück Fleisch war, ein schmackhafter Köder für einen Serienkiller.

Zögernd ging er über das Dach zur Tür. Er ließ diesen hilflosen Mitmenschen nur ungern in Mallorys Gewalt zurück. Während er die Treppen hinunterstieg, ging ihm ein anderer Gedanke durch den Kopf: Mallory betrachtete alle «Zivilisten» als dumme, wehrlose Schafe, aber sie würde trotzdem für jeden von ihnen, ohne zu zögern, ihr Leben in die Waagschale werfen. Sie war eben ein Cop.

Ob Gott Andrews Gebete hörte, stand in den Sternen. Mallory hörte sie, aber langsam hatte sie die Nase voll von dem schleppenden, monotonen Singsang. Sie legte das Richtmikrophon weg, nahm ihr Handy und wählte die Nummer des Priesters.

Bevor sie einen Ton von sich geben konnte, sagte der alte Mann: «Ja, Kathy?»

«Ich möchte beichten, aber ich weiß nicht mehr, was man da sagen muß.»

«Das wundert mich nicht, Kathy. Du hast noch nie gebeichtet. Weder im Beichtstuhl noch woanders.»

«Was muß ich sagen?»

«Kannst du dich an unser letztes Gespräch über die Beichte erinnern? In meinem Studierzimmer? Ich weiß noch, was du gesagt hast: ‹Entweder Sie erwischen mich, oder ich habe es nicht getan. Es ist mein gutes Recht, den Mund zu halten. Rufen Sie Markowitz an, der wird es Ihnen sagen. Ich muß überhaupt nichts beichten.›»

«Haben Sie Markowitz angerufen?»

«Ja, Kathy.»

«Und?»

«Er hat gesagt: ‹Das Kind hat recht›, und dann hat er aufgelegt.»

«Was muß ich bei der Beichte sagen? Ich will zur Kommunion gehen. Das kann ich aber erst, wenn ich meine Sünden gebeichtet habe. Und dazu muß ich wissen, was man da sagt.»

«Die Kirche ist nicht mehr so streng wie zu der Zeit, als du bei uns gewesen bist. Du kannst auch zur Kommunion gehen, wenn du ...»

«Nein, ich will es richtig machen.»

«Wollen wir nicht erst einmal so darüber reden?»

«Sie dürfen es trotzdem nicht weitererzählen? Es fällt auch so unter das Beichtgeheimnis, oder?»

«Ja. Du warst noch sehr klein, als deine Mutter gestorben ist. Du hast dich gefürchtet und bist weggelaufen. So machen das kleine Kinder. Damit hast du dich nicht schuldig gemacht. Wenn du doch als Kind schon zu mir gekommen wärst. Dann hättest du diese Last nicht allein ...»

«Sie hätten es den anderen erzählt.»

«Du bist ja noch genauso vertrauensvoll wie früher.»

«Sarkasmus steht einem Priester nicht an. Mir scheint, Sie sind zu oft mit Rabbi Kaplan zusammen.»

«Bei einer Pokerrunde hin und wieder.»

«Hab ich's doch gewußt. Sie hätten es bestimmt nicht für sich behalten. Allen hätten Sie es erzählt.»

«Nein, das hätte ich nicht getan. Aber warum durfte es niemand wissen? Helen wollte dich adoptieren. Vielleicht wäre das möglich gewesen, wenn deine Mutter tot war. Hat dein Vater noch gelebt?»

«Hier geht es nicht um meinen Vater.»

«Du hast gesehen, wie deine Mutter ermordet wurde?»

«Ich habe sie gesehen, nachdem der Mörder sie liegenlassen hatte, weil er sie für tot hielt. Sie kroch blutüberströmt auf mich zu. Jede ihrer Wunden war tödlich. Wissen Sie, warum sie nicht aufgegeben hat? Sie dachte, daß ich ihr das Leben rette.»

«Nein, Kathy. Deine Mutter wollte dich noch einmal berühren, sie wollte Lebewohl sagen. Deinetwegen hat sie nicht aufgegeben. Sie hat dich mehr geliebt als ihr eigenes Leben.»

«Nein. Sie hat gehofft, daß ich ihr das Leben rette. Aber ich bin weggelaufen.»

«Und du bist am Leben geblieben. Sie hat diese entsetzlichen Qualen nicht umsonst erduldet. Weißt du, wer sie ermordet hat?»

«Nein. Ich habe den Mörder nicht gesehen.»

«Und du hast nie mit jemandem darüber gesprochen.»

«Nein.»

«Das dürfte vieles erklären.»

«Die Blutergüsse an Schwester Ursulas Schienbein? Die hat sie verdient.»

«Das lassen wir lieber auf sich beruhen. Aber weißt du, im Irrsinn liegt eine Art Unschuld. Ursula würde immer noch zu gern wissen, was du im Schilde führst. Wenn sie wüßte, was mit deiner Mutter geschehen ist, würde sie jeden Abend unzählige Kerzen anzünden. Du gehst ihr nicht aus dem Sinn. Und so scheint es den meisten Leuten zu gehen.»

«Sie dürfen es ihr nicht erzählen. Und auch sonst niemandem.»

«Natürlich nicht. Warum erzählst du es mir jetzt?»

«Ich will Ihnen nichts erzählen. Das war eine Beichte. Und was soll ich jetzt mit meiner Schuld anfangen? Was geschieht jetzt?»

«Du warst noch ein Kind. Dich trifft keine Schuld.»

«Diesen Unsinn will ich nicht hören, Herr Pfarrer. Ich habe Schuld auf mich geladen, und ich habe gebeichtet. Was nun?»

«Gott vergibt dir.»

«Und das ist schon alles?»

«Ja.»

«Aha», sagte sie und legte auf.

Um nicht davonzuschweben, während er auf dem Dach herumging, mußte er sich immer wieder am Tisch oder sonst einem massiven Gegenstand festhalten. Er hob eine Weinflasche auf und stellte sie gleich wieder hin. Leer. Wenn er an den Rand des Dachs geriet, blickte er starr auf die edlen Teppiche, die auf der Teerpappe lagen, und an dem aparten Art-déco-Spiegel schlich er mit einem Schauder des Entsetzens vorbei. Als er das letzte Mal hineingesehen hatte, war ihm gewesen, als betrachte er die Leiche eines alten Bekannten.

Seine Augen!

Auf dem Tisch lagen zwei Fliegen, die in der Sonne vertrocknet und so leicht geworden waren, daß der nächste Windhauch sie mitnahm. Andrew wandte den Blick ab und schob mit der Hand seine Lider über die Augen, wie man es bei einem Toten macht.

Dann ließ er sich auf die Teerpappe nieder und sagte zu dem Sessel: «Ich hätte es nicht verhindern können.»

Der Sessel gab keine Antwort.

«Ich hätte gar nichts dagegen tun können.»

Er nahm das gelassene Schweigen des Sessels als Zustimmung und schlug die Augen auf, um sich hinüberzubeugen und den Arm zutraulich auf die Brokatlehne zu legen. Seine monotone Stimme wurde lauter: «Und wer hätte etwas davon gehabt, wenn ich den Mund nicht gehalten hätte?»

Wie ein Kind ging er zweimal um den Sessel herum, beschrieb einen magischen Kreis, in dem er Zuflucht suchte. Dann stellte er sich neben den Sessel und legte ihm den Arm um den Rücken. «Wer hätte etwas davon gehabt?» sagte er laut und erschrak über seine schrille, hysterische Stimme. «Es ist verrückt! Total verrückt!»

Er fuhr mit den Fingern hektisch durch seine verfilzten Haare. «Schreie ich?» schrie er. «Höre ich mich fiebrig an?» Doch der Sessel hüllte sich in Schweigen. Andrew wandte sich von ihm ab und ließ seinen Tränen freien Lauf.

Als er sich wieder umdrehte, saß in dem Sessel eine wunderschöne Frau. Er erkannte sie am Mondesglanz in ihrem Haar, der im hellen Schein der Stehlampe an blankgeputztes Messing erinnerte. Sie hatte große, grüne Mandelaugen und trug einen exzellent gearbeiteten Blazer. Sein Engel.

«Guten Abend, Andrew», sagte der Engel mit seidenweicher Stimme.

«Guten Abend.» Jetzt bereute er, daß er nicht besser aufgepaßt hatte, als die Nonnen ihnen die Chöre der Engel, die Cherubim und Seraphim und all die anderen himmlischen Heerscharen erklärt hatten.

«Hattest du nicht um ein Zeichen des Himmels gebeten?» Sie studierte die Etiketten der Weinflaschen auf dem Beistelltisch und fand einen Roten, der ihr zusagte. «Ich mache mir Sorgen um dich, Andrew. Du bist hier oben doch mutterseelenallein.» Ein langer roter Fingernagel schlitzte die durchsichtige Haut, die den Korken überzog. «Hier kann dir jeder ans Leder. Das ist doch der reinste Präsentierteller hier oben.»

Sie hatte ein kleines silbernes Ding in der Hand. Lächelnd klappte sie es auf, und eine schreckliche stählerne Spirale kam zum Vorschein. Andrew hielt den Atem an. Sie stieß zu – und drehte die Spirale in den Korken hinein.

Plötzlich stand ein Silberkelch auf dem Tischchen. Als sie sich vorbeugte, um einzugießen, öffnete sich ihr Blazer und ließ ein Schulterhalfter mit einer Pistole sehen. Oh, das war faszinierend!

Aber jetzt hatte er Angst.

Das war gar nicht sein Schutzengel, das war ein Racheengel. Er hatte es wohl nicht anders verdient. «Sie tragen ja eine Waffe.»

Zwischen ihren Augenbrauen zeichnete sich eine steile Falte ab. Andrew schlug seine törichten Augen nieder und stellte erstaunt fest, daß sie ziemlich teure Laufschuhe trug. «Es überrascht mich, daß Sie eine Pistole haben. Ich hätte eher ein großes, blitzendes Schwert erwartet.»

«Das war einmal, Andrew.» Sie drehte den Korken in die Flasche. «Jetzt tragen wir Revolver.»

«Es bleibt sich vermutlich gleich, ob man das Schwert oder den Revolver nimmt. Rache bleibt Rache.»

«So ist es.»

«Wie darf ich Sie anreden?»

«Sag einfach Mallory. Das genügt.» Sie zog eine Handvoll Hostien aus der Tasche und legte sie neben den Kelch und ihr Handy auf das Tischchen.

«Mallory? Aus der Ordnung der Malakim?»

Wenn sie wirklich ein Engel aus der Ordnung der Kräfte war, konnte er aufatmen. Soweit er sich erinnerte, waren sie allen Menschen zugetan und töteten niemanden.

«Einfach nur Mallory.»

«Davon habe ich noch nie gehört. Ich möchte nicht respektlos erscheinen, aber was ist das für ein Rang?»

«Mach mich nicht wütend, Andrew.»

«O nein! Daran würde ich nicht im Traum denken. Das ist ohne Zweifel ein sehr hoher Rang, ganz oben bei den Erzengeln.»

«Da hast du verdammt recht. Ich bin ein Engel.» Sie nahm eine Hostie und reichte sie ihm mit den Worten: «Der Leib Christi.» In die andere Hand gab sie ihm den Kelch und sagte: «Das Blut Christi.» Als er die Hostie und den Kelch eine Zeitlang angeschaut hatte, hob er furchtsam den Blick und sah Mallory todtraurig an. «Ich kann nicht kommunizieren. Ich habe nicht gebeichtet. Ich kann mich nicht einmal daran erinnern, wann ich zum letzten Mal gebeichtet habe.»

«Das ist natürlich ein Problem.»

«Würden Sie mir die Beichte abnehmen, Mallory?»

«Klar.»

Er sprach leise und undeutlich, erzählte ihr von Sünden, mit denen sie nichts anfangen konnte, bis er mitten in der Beichte einschlief und nur noch regelmäßige Schnarchtöne von sich gab.

Der Engel schlug mit der Faust so heftig auf die Armlehne, daß es im hölzernen Rahmen knackte.

Der reuige Sünder schlief weiter.

# 8

Er wachte auf und blickte in rote Äuglein. Der Engel war gegangen, die Ratte war noch da. Sie saß keinen halben Meter vor seinem Gesicht. Er machte matte Bewegungen mit der Hand, aber die Ratte rührte sich nicht. Andrew fühlte sich heute schwächer als gestern. Würde er mit der Ratte fertig werden, falls sie Ernst machte?

Neben seiner Hand lag ein Brotlaib. Den mußte der Engel ihm dagelassen haben. Er wollte gerade danach greifen, als er ein Trillern hörte und auf dem Tischchen neben dem Sessel ein Handy liegen sah. Das hatte der Engel also auch dagelassen. Aber warum? Er nahm das Handy und zog die Antenne heraus. «Hallo?»

«Ist Mallory da?» fragte eine ungeduldige Männerstimme.

«Der Erzengel Mallory?»

«Wie bitte?»

Jetzt gab der Mann eine Zahlenfolge durch, und Andrew bestätigte ihm, daß diese Telefonnummer auf dem Handy stand. «Aber sie ist nicht da. Kann ich ihr etwas ausrichten?»

«Ja. Mein Name ist Coffey. Sagen Sie Ihrem Engelchen, es soll für ein paar Tage verschwinden. Die Verhandlungen sind festgefahren. Der Chef hat seine Uniformierten losgeschickt, um sie zu suchen. Richten Sie ihr das aus.»

Pfarrer Brenner trug kein Kollar. Er hatte den Vormittag über im Garten gearbeitet und war noch immer in seinem Flanellhemd und den alten Hosen. Er ging an den Krankenschwestern, die am Eingang wachten und am Empfang saßen, vorbei ohne den Schutz des priesterlichen Gewandes, vor dem sie sich stets von ihrer besten Seite zeigten. Heute war er ein Mann wie jeder andere und hatte das dumme Gefühl, sich etwas herauszunehmen. Einen schuldbewußten Augenblick lang fragte er sich, ob er seine Soutane zu Hause gelassen hatte, um Schwester Ursula zu ärgern.

Sie saß mit ungefähr vierzig anderen Leuten im Aufenthaltsraum, aber er sah sie sofort. Er sah den zornigen Blick in ihren dunklen Augen, bevor ihm auffiel, daß sie noch den Nonnenschleier trug. Der entzog alles außer dem Gesicht den Blicken der anderen Erdenbürger, von denen sie die meisten bereits der ewigen Verdammnis überantwortet hatte. Sie war ganz in Weiß gekleidet, wie am Tag ihrer Vermählung in der Kirche. Und so sah sie auch aus in ihrem wallenden weißen Gewand und den Hausschuhen, wie eine ältliche Himmelsbraut.

Weißes Gewand und Hausschuhe?

Hatte er sich im Tag geirrt? Er kam in ein Alter, in dem man dergleichen zu gewärtigen hatte. Aber er hätte schwören können, daß sie sich auf heute geeinigt hatten. Er wollte sie in der Klinik abholen und in das Pfarrhaus in Manhattan chauffieren, zu einem anständigen Essen und einem längeren Beisammensein mit ihm, ihrem einzigen Kontakt zur Außenwelt. «Sie sind noch nicht ausgehfertig», sagte der Priester, als er sich zu ihr setzte.

«Sie auch nicht.» Unzufrieden musterte sie ihn von oben bis unten. In den meisten Dingen wich sie kein Jota von den

Regeln ab, aber den Blick züchtig niederzuschlagen, das war ihr einfach nicht gegeben. Jetzt schaute sie ihm voller Mißbilligung in die Augen.

«Sie kommen diesmal zu früh. Das haben Sie bisher noch nie gemacht.» Er wurde deutlich darauf hingewiesen, daß er es auch nie wieder machen sollte. Ursula konnte Unpünktlichkeit auf den Tod nicht ausstehen. «Jetzt müssen wir warten, bis mir so ein Kindlein meine Kleider gibt.»

Sie hatten erst ein paar Minuten über das Wetter, seinen Blumengarten und die Hölle geplaudert, als besagtes Kindlein in Schwesterntracht Ursula mitnahm, um sie anzukleiden. In so einer Einrichtung war das wohl eine vernünftige Vorsichtsmaßnahme. Es ging nicht an, daß die Insassen ohne Begleitung, aber ausgehfertig in die nichtsahnende Welt hinausspazierten.

Für eine Nonne in traditioneller Tracht kam sie nach ein paar Minuten mit erstaunlich schnellen Schritten durch den Korridor. Sie hatte nichts von einer modernen, modebewußten Ordensfrau mit kurzem Rock und Lippenstift, sie war eine Nonne alten Schlages, ein großes, schwarzes Schlachtschiff unter vollen Segeln mit einem schweren Kruzifix, das hin und her schwang.

Pfarrer Brenner versuchte sie aus dem Blickwinkel eines Kindes zu betrachten und konnte nur noch die Augen schließen.

Erst als sie im Auto saßen und sich der Skyline von New York City näherten, brach Ursula ihr beharrliches Schweigen. «Kathy hat also die sonderbare Angewohnheit angenommen, Kerzen aus Kirchen zu stehlen. Was sie wohl diesmal im Schilde führt?»

Pfarrer Brenner zuckte zusammen. Er hätte ihr das natürlich nicht erzählen dürfen, aber wie die Dinge lagen, war der Kerzendiebstahl das einzig Erheiternde gewesen, was er zu berichten wußte – und sagen durfte. Und das Mädchen hatte ja nichts mehr von Schwester Ursula zu befürchten. Alle Kinder waren vor ihr sicher.

Er hatte diese Frau nie gemocht, aber sie war seine letzte Verbindung zu den alten Zeiten und stand für eine gewisse Kontinuität. Er vermutete allerdings, daß sie sich früher oder später Gedanken darüber machen würde, ob seine unsterbliche Seele hinauf- oder hinabfahren würde.

«Sie sehen erfreulich gut aus», sagte er aus tiefstem Herzen.

«Freut mich, daß Sie das sagen, Herr Pfarrer. Aber erzählen Sie von Kathy.»

«Immerhin hat sie noch gewußt, wo die Kerzen aufbewahrt werden. Mehr kann ich Ihnen leider nicht berichten, Schwester Ursula. Sie wollte nicht mit mir plaudern und ist gleich wieder verschwunden.»

«Was meinen Sie? Wie oft hat sie das schon getan?»

Vielleicht war der Polizeidienst die wahre Berufung der Schwester Ursula. Verhöre waren schon immer ihre Stärke gewesen.

«Erwischt habe ich sie nur einmal, aber schon eine ganze Weile verschwinden jeden Tag Kerzen. Sie scheint also tatsächlich regelmäßig in die Kirche zu gehen. Das wird Schwester Ursula freuen, hab ich mir gedacht.»

«Opferkerzen kann man für ein paar Dollar in jedem Supermarkt und jeder Bodega kaufen, aber sie stiehlt sie in der Kirche. Gibt Ihnen das nicht zu denken? Fragt man sich da nicht unwillkürlich, für welche Ruchlosigkeiten die Kerzen herhalten müssen?»

Jetzt war völlig klar, daß er einen schweren Fehler begangen hatte. Er hatte ihr einen neuen Floh ins Ohr gesetzt, und nun konnte sie sich die schauerlichsten Verschwörungen ausmalen. Warum hatte er erst nach so vielen Jahren erkannt, daß sie nicht exzentrisch war, sondern wahnsinnig?

«Ach, ich bin mir ziemlich sicher, daß sie die Kerzen nicht auf dem Schwarzmarkt verscherbelt.»

Die Nonne strafte ihn für seine Leichtfertigkeit mit einem bösen Blick. «Man kann sicher nicht gutheißen, was sie mit den Kerzen anstellt. Zur Ehre Gottes werden sie bestimmt nicht angezündet.»

Der Priester seufzte. Ursula verschonte letztlich niemanden, der nicht in der Minute nach der Taufe gestorben war, mit ihren zwanghaften Verdächtigungen. So war sie schon als junge Frau gewesen.

Nein, wenn er es sich recht überlegte, war sie nie jung gewesen. Schon mit frischem Teint und glatter Haut war sie schrecklich verknöchert gewesen, eine humorlose Frau, die keinen Pardon kannte und im Geiste Kinder zur Hölle fahren ließ, weil sie die Sünde des Jungseins und der Schönheit begingen und weil ihr klar war, welchen Gebrauch sie von diesen Eigenschaften in späteren Jahren machen würden.

Am unnachsichtigsten hatte sie Kathy Mallory verfolgt, die nicht nur temperamentvoll und anmutig, sondern auch außerordentlich intelligent war. Der schlimmste Frevel des Kindes war jedoch ihr schönes Gesicht. Wäre es nach Ursula gegangen, hätte man so ein Kind vor der Welt versteckt, damit es nicht jeden Mann in Versuchung führen konnte.

Dieses schöne Mädchen hatte die bittere Wahrheit ans Licht gebracht – Ursula war verrückt. Ganze Generationen hatten das Pensionat durchlaufen. Nur Kathy Mallory hatte zurückgeschlagen.

«Wie kann man nur Kerzen aus der Kirche stehlen! Aber

das wundert mich nicht. Die hat schon immer gestohlen. Ich habe sie nur nie auf frischer Tat ertappt.»

«Immerhin haben Sie die Pokerrunde auffliegen lassen. Das war doch ein schöner Erfolg.»

«Aber die anderen Mädchen haben sie auch dann noch gedeckt, als ich ihnen mit der ewigen Verdammnis gedroht habe. Das war kein klarer Sieg. Sie war nur ein Kind – und doch die würdigste Gegnerin, die ich je hatte.»

Im Gegensatz zu Schwester Ursula, deren Frömmigkeit außer Zweifel stand und die auch unter der Folter keine Lüge über die Lippen gebracht hätte, war die junge Kathy eine begnadete Lügnerin und Diebin, eine Sünderin, eine amoralische Person, wie nur ein Nietzsche sie lieben konnte. Das einzige Gebot ihres schlichten kindlichen Ehrenkodex hatte gelautet: «Du sollst nicht petzen.»

Und doch würde es ihn nicht wundern, würde Gott am Jüngsten Tag, wenn die Erde all ihre Geheimnisse preisgab und keine Frage ohne Antwort blieb, Mallory mehr lieben – und sei es nur, weil sie die Nonne nicht verpetzt hatte.

Das Kind hatte sich gerächt. Den gebrochenen Arm gegen den Körper gepreßt, hatte es der Nonne so fest gegen das Schienbein getreten, daß sie zu Boden gestürzt war und vor Schmerzen geschrien hatte. Dann war Kathy davonstolziert, und weder er noch Helen und Louis Markowitz hatten auf ihre Fragen eine Antwort bekommen. Sie hatte ihr Schweigen nie gebrochen. Ihre Rache hatte sie mit tiefer Befriedigung erfüllt, und damit war die Angelegenheit für sie erledigt.

Jetzt saß Kathys alte Widersacherin neben ihm, ein in die Jahre gekommenes Ungeheuer, das aus Generationen von Kindern möglichst viel Lebenskraft gesogen hatte, ein fanatischer Vampir im Dienste Gottes.

«Vielen Dank für die neuen Informationen von Kathy, Herr Pfarrer.»

«Wozu hat man Freunde?»

Von Freundschaft konnte natürlich keine Rede sein. Er vermutete, daß sie ihn nicht ausstehen konnte, und ihn hatte Wahnsinn in seiner nächsten Umgebung schon immer nervös gemacht. Aber was immer ihre Beziehung ausmachte, sie würde erhalten bleiben, bis einer von ihnen den Geist aufgab.

*Es ist eine Bußübung.*

Er nickte zur Bekräftigung dieser Einsicht.

Erst als sie sicher war, daß in keinem der Autos in der Nähe ihres Hauses Beschatter saßen, trat sie auf die Straße und steuerte auf den Eingang zu. Eine große, schwarze Limousine hielt vor ihr, eine Scheibe senkte sich, und sie blickte in ein bekanntes Gesicht. Mit einer Kopfbewegung schickte der Mann sie zurück auf den Gehsteig. Der Wagen rollte an den Bordstein, die Tür ging auf, und Mallory setzte sich neben den alten Mafiaboß in den Fond.

Sein Lächeln entblößte rosiges, weit zurückgetretenes Zahnfleisch und breite Lücken zwischen schiefen, abgebrochenen Zähnen. Leute wie er waren stolz darauf, nur eigene Zähne im Mund zu haben, und wenn sie noch so verfault waren. Es war ihm vermutlich nicht bewußt, daß ihm sein Gebiß das Aussehen eines altersschwachen Köters gab, der nicht einmal mehr kauen kann.

Zu allem Überfluß stank er auch noch aus dem Mund. «Ich hoffe, daß du mit den ausländischen Kontonummern etwas anfangen konntest», sagte er.

Sie nickte.

Er beugte sich zu ihr hinüber und schlug einen vertraulicheren Ton an. «Hast du dir schon mal überlegt, dich beruflich zu verändern, Mallory?»

«Nein, mir gefällt es bei der Polizei. Die Arbeit liegt mir.»

«Du schlägst Markowitz nach.» Seine knotige Pranke näherte sich ihrer Hand. Sie ballte die Finger zur Faust. Er zog die Hand zurück und lächelte, als fände er ihre Drohgebärde ganz reizend.

«Du hast sicher viel gelernt von deinem Vater.»

Sie nickte. «Und deshalb sollten Sie sich zur Ruhe setzen, alter Mann. Je früher, desto besser.»

Die aufgeplatzten Lippen spannten sich über das gelbe Gebiß. Das Lachen rüttelte den geschwächten Mann durch und ging in einen Hustenanfall über. Er kramte in der Bar herum, die in den Rücksitz der Limousine eingelassen war. Dort, wo gewöhnlich Alkoholika stehen, waren nur eine Karaffe Wasser und eine Hausapotheke. Er fingerte an einer Maske herum, die mit einer Sauerstoffflasche verbunden war, stülpte sie sich über Mund und Nase und atmete tief durch.

*Ist das Leben nicht schön, alter Mann?*

Mallory warf einen Blick auf die Uhr. Sie wartete noch eine Weile, bis er sich einigermaßen von seinem Hustenanfall erholt zu haben schien. «Ich habe nicht den ganzen Tag Zeit», sagte sie. «Was wollen Sie?»

Er nahm die Sauerstoffmaske vom Gesicht. «Ich will dich warnen.» Jeder Atemzug war ein mühseliges Rasseln. Er hob die Hand und nahm noch eine Auszeit. Eine Minute später ging es dann wieder. «Blakely wollte einen von meinen Jungs engagieren und auf dich ansetzen. Ich habe ihm einen Strich durch die Rechnung gemacht.»

«Dann kann ich ja beruhigt sein.» Sie tippte an die Trennscheibe zwischen den Vorder- und den Rücksitzen.

«Kugelsicher?»

«Kugelsicher und schalldicht. Wir sind völlig ungestört. Ich wickle alle Geschäfte in diesem Wagen ab. Mein Chauffeur überprüft ihn jeden Morgen auf Wanzen.»

Von dem Mann hinterm Steuer sah sie nur die dunklen Haare. Er blickte nur nach vorn. «Und wer überprüft den Chauffeur?»

«Der gehört zur Familie. Der jüngste Sohn meines Neffen. Zufrieden? Jetzt hör mal zu, Mallory. Du darfst Blakely nicht unterschätzen. Der Mann kann vor lauter Angst nicht mehr klar denken. Jetzt setzt er eben einen von *seinen* Leuten auf dich an. Er ist abgetaucht. Es könnte eine Weile dauern, bis ich ihn finde. Aber ich kann dir einen guten Leibwächter ...»

«Ich brauche Ihren Leibwächter nicht. Und Sie lassen die Finger von Blakely, verstanden? Sie können nicht alle Ihre Fehlgriffe ins Jenseits befördern. Blakely kommt wegen Steuerhinterziehung dran, nicht wegen Kontakten zur Mafia. Da wird es keine Ermittlungen geben. Ich halte mich an meine Zusagen. Halten Sie sich gefälligst an Ihre.»

Der Chauffeur drehte den Kopf leicht zur Seite und begegnete im Rückspiegel Mallorys Blick. Er schaute schnell weg, als fühlte er sich ertappt.

*Was hatte das zu bedeuten?*

«Ich möchte, daß du den Leibwächter nimmst.» Der alte Mafioso sprach mit Nachdruck, aber seine Stimme klang nicht mehr so zuversichtlich. «Ich gebe dir einen Mann, dem ich auch mein Leben anvertrauen würde.»

«Sie befürchten also immer noch, daß man Sie für alles verantwortlich machen könnte.» Falls sie die Nacht nicht überleben sollte, würde man in der Tat ihn dafür verantwortlich machen. Es war ein schwerwiegender Fehler gewesen, Blakely zu kaufen, und die Schmiergelder für den Senator hatten den alten Mafioso verwundbar gemacht. Es war nur noch eine Frage der Zeit, bis auch seine Leute merkten, daß er zum Problemfall geworden war.

Sie erhaschte im Rückspiegel einen Blick des jungen Chauffeurs. War der Mann plötzlich auch beunruhigt?

«Polizisten brauchen keine Leibwächter.» Sie suchte die luxuriöse Innenausstattung mit den Augen nach irgendeiner Unregelmäßigkeit ab.

«Polizisten werden normalerweise nicht von Killern verfolgt», sagte er, als ob er einem Kind eine Binsenwahrheit nahebringen müßte.

«Und ob sie von Killern verfolgt werden. Sobald sie auf die Straße treten.» Ihr Blick blieb in der Nähe der Trennscheibe an einem untypischen Knopf in der Polsterung hängen. Sie beugte sich vor. Der Knopf hatte drei kleine Löcher, war aus Plastik, statt aus Leder – und ließ sich ganz leicht herausziehen. Mallory hielt den kleinen Sender vor den Mund und pfiff hinein.

Der Mann auf der anderen Seite der Trennscheibe legte die Hand auf das Ohr, in dem offensichtlich der Empfänger versteckt war, und blickte in den Rückspiegel. An seinen Augen konnte man seine Schmerzen ablesen.

Der alte Mann starrte entsetzt auf den Chauffeur und auf die Wanze in Mallorys Hand. Dann schüttelte er langsam den Kopf, als könnte er damit den unfaßbaren Verrat ungeschehen machen.

Mallory konnte sich vorstellen, wie es in ihm aussah: Das konnte gar nicht wahr sein, das konnte *ihm* doch nicht passieren, und ein Mitglied der eigenen Familie konnte es ihm schon gar nicht antun.

«Schalldicht und wanzenfrei? Wem dein Chauffeur wohl

Bericht erstattet?» Mallory drückte auf den Knopf für die Trennscheibe. «Fragen wir ihn doch.»

Der Mann am Lenkrad fuhr herum und zog unter dem Mantel die Pistole aus dem Schulterhalfter. Aber Mallorys Revolver zeigte schon auf sein Gesicht, und die kugelsichere Scheibe senkte sich rasch.

Der Chauffeur sprang aus dem Wagen und rannte davon. Frank, der Portier, schaute schnell weg, als er den Mann mit der Waffe in der Faust vorbeilaufen sah. Frank war ein guter New Yorker. Wenn er nichts gesehen hatte, brauchte er nicht als Zeuge vor Gericht zu erscheinen und büßte keinen Tagesverdienst ein.

Als der Chauffeur verschwunden war, steckte Mallory die Pistole ins Halfter und wandte sich wieder dem alten Mafioso zu. «War das einer von deinen großartigen Leibwächtern?»

Der alte Mann kochte vor Wut und streckte die Hand nach dem Telefon aus. «Der Kerl ist so gut wie tot.» Mallory hielt ihn am Handgelenk fest, was keinerlei Kraftanstrengung erforderte. «Wen willst du denn anrufen? Einen Kollegen von diesem Kerl? Noch ein Kind deines Neffen?» Sie blieb ruhig neben ihm sitzen und ließ ihn erst los, als er kapiert hatte, daß *er* so gut wie tot war.

Dann öffnete sie die Wagentür und stieg aus. «Ruf lieber ein Taxi und fahr zum Flughafen.» Sie schloß die Tür bis auf einen Spalt. «Und bleib nie lange am gleichen Ort. Aber das weißt du ja, alter Mann.»

Mallory ging über die Straße. Frank hielt ihr lächelnd die Tür auf. «Zwei Polizisten waren da, Miss.» Er folgte ihr in die Eingangshalle. «Sie haben mir ihre Dienstmarken unter die Nase gehalten und verlangt, daß ich sie in Ihre Wohnung lasse.» Er drückte auf den Knopf für den Aufzug.

«Sie hatten aber keinen Durchsuchungsbefehl, also habe ich sie zum Teufel geschickt. Hoffentlich war das richtig?»

Sie sagte ihm mit zwei Zwanzig-Dollar-Scheinen, die sie ihm in die Manteltasche steckte, daß das goldrichtig gewesen war.

Als die Lifttüren aufgingen, warf sie zuerst einen Blick in den Spiegel, der ganz oben an der Rückwand angebracht war, und sah eine verzerrte, aber leere Kabine. Als sie in ihrem Stockwerk aus dem Lift trat, hatte sie die Pistole in der Hand. Mit der Waffe im Anschlag betrat sie ihre Wohnung, ging durch alle Zimmer und sah in allen Schränken nach. Dann kramte sie in ihrer Leinentasche nach dem Handy. Es war verschwunden. *Aber wo …?*

Sie warf einen Blick auf die Uhr, ging zum normalen Telefon und wählte die Nummer von Pfarrer Brenner.

*Wo hab ich bloß das verdammte Handy?*

Während sie mit dem Priester sprach, suchte sie vergeblich in der Tischschublade. Nach dem Einbruch hatte die unvergleichliche Mrs. Ortega ihre Wohnung aufgeräumt. Die Wahrscheinlichkeit, daß irgend etwas nicht an seinem Platz lag, war also sehr gering. Wo hatte sie das verdammte Ding bloß liegenlassen?

«Ich möchte, daß Sie eine Messe für sie lesen», sagte sie zu Pfarrer Brenner.

«Natürlich, Kathy. Wie hat deine Mutter geheißen?»

«Der Name tut nichts zur Sache. Sie sagen einfach, daß die Messe für eine Frau gehalten wird, die brutal ermordet worden ist. Und mich lassen Sie aus dem Spiel.»

Sie warf einen Blick auf den Anrufbeantworter, der eine ganze Menge Nachrichten anzeigte.

«Kathy?»

«Mehr erfahren Sie nicht. Das reicht doch, oder?»

«Ja. Ich lese die Messe gleich morgen.»

«Nein, heute. Es muß heute noch sein.»

«Gut. Heute noch. Und du? Möchtest du keinen geistlichen Zuspruch?»

«Nein. Beglücken Sie damit Ihre gläubigen Hohlköpfe.»

«Zündest du noch Kerzen an, Kathy?»

Mallory legte auf.

Sie leerte die Leinentasche auf dem Couchtisch aus. Notizbücher und Akten. Kein Handy. Aber in dieser Tasche hatte sie es doch zum letzten Mal gesehen. Falsch. Gestern abend hatte sie es in ihren Blazer gesteckt. Sie ignorierte den blinkenden Anrufbeantworter und wählte die Nummer ihres Handys.

«Hallo?»

Das war Andrews Stimme. Sie hatte es also auf dem Dach liegenlassen. «Hallo, Andrew. Wie geht's?»

«Ah, Mallory! Ich habe gehofft, daß Sie anrufen. Soll ich gleich die Nachrichten durchgeben, die man für Sie hinterlassen hat?»

«Ja.»

«Jack Coffey läßt ausrichten, daß der Chef Sie von seinen Uniformierten suchen läßt. Und J. L. Quinn hat nach Ihnen gefragt, aber keine Nachricht hinterlassen.»

«Hat er irgendwas gesagt?»

«O ja, wir haben uns angeregt unterhalten, aber ich brauche Ihnen nichts auszurichten, weil er sicher ist, daß er Sie im Laufe des Tages noch erreicht.»

«Danke, Andrew.»

Als nächstes mußte sie im Büro ihr Ersatzhandy holen. Es versprach ein turbulenter Tag zu werden. Sie zog ihr Notizbuch aus der Tasche und machte eine Liste, was sie aus der Wohnung brauchen würde.

Über das Haustelefon meldete der Portier J. L. Quinn. Eigentlich sollte sie ihn wegschicken. Jede Minute war kostbar. Was er wohl von ihr wollte? Vielleicht hatte er nach seinem Plauderstündchen mit Andrew ein paar Fragen an sie.

«Schick ihn rauf, Frank.»

Quinn trat mit einem höflichen Lächeln ein. Allmählich lernte sie an minimalen Veränderungen seines undurchdringlichen Gesichts abzulesen, was er gerade für eine Miene machte. Er sah sich ungeniert um, als ob er etwas suchte.

Sie blieb stehen und verschränkte die Arme, um deutlich zu machen, daß er nur kurz hiersein würde.

Er wandte sich wieder ihr zu und wollte sich entschuldigen. Sie sah es an den leicht hochgezogenen Augenbrauen.

«Entschuldigen Sie, daß ich einfach hereinschneie, aber vielleicht erinnern Sie sich, daß Sie mir nur die Nummer Ihres Handys gegeben haben, und das scheint bei Andrew Bliss gelandet zu sein.»

Sie übersah geflissentlich, daß er zu der Ledercouch hinüberblickte und vermutlich darauf wartete, daß sie ihm einen Platz anbot.

«Wie ich höre, haben Sie sich angeregt mit Andrew unterhalten, Quinn.»

«Ja, er hat von seiner Beichte bei einem grünäugigen Engel erzählt. Es überrascht mich, daß Sie ihn nicht verhaftet haben.»

«Andrews Beichte ist ein endloses Gebrabbel gewesen. Wir sind nur bis zu den Sünden der Pubertät gekommen. Was wollen Sie, Quinn?»

Er betrachtete die Wände, die völlig kahl waren bis auf eine Uhr im minimalistischen Design, Punkte statt Ziffern. Sie hatte ihre Wohnung teuer, aber neutral eingerichtet, um nichts von sich preiszugeben. Aber sie sah an seinem Gesicht und einem angedeuteten Kopfnicken, daß sich seine Erwartung vollauf bestätigt hatte.

«Hätten Sie Lust, morgen abend mit mir essen zu gehen? Und anschließend vielleicht ins Theater?»

Jetzt schaute *sie* sich in ihrem Wohnzimmer um, als hätte sie es gerade zum erstenmal betreten. Was sah Quinn in diesem Raum? Vielleicht war wichtiger, was er alles nicht sah. Kein Andenken an einen anderen Menschen, kein Stäubchen, nicht die geringste Unordnung, nichts an den Wänden, was auf ein Interesse an etwas anderem als an der Zeit schließen ließ. Die große Wanduhr war der einzige Blickfang. Die Möbel waren symmetrisch angeordnet.

Und jetzt begriff sie es.

Mit ihrer peinlich genauen Ordnung hatte sie nicht, wie beabsichtigt, eine falsche Fassade errichtet, im Gegenteil, sie hatte sich nahezu völlig entblößt. Ihre Wohnung zeugte von dem Versuch, das Gefühl der Vergewaltigung abzuschütteln.

«Ich habe morgen noch nichts vor», sagte sie. «Aber vielleicht könnten wir ein bißchen was Spannenderes machen, als ins Restaurant und ins Theater zu gehen?»

«Was immer Sie wollen.» Mit einer eleganten Handbewegung legte er ihr die ganze Welt zu Füßen.

«Wie wär's mit 'nem Fechtkampf.»

Sein Lächeln war wieder da, allerdings nur für einen kurzen Augenblick.

«Charles hat Ihnen also doch erzählt, woher ich die Narbe habe.» Er trat hinter die Couch und fuhr mit der Hand über die Lehne. Vielleicht fragte er sich, wie Mallory mit ihrem Polizistengehalt zu so einem edlen Ledersofa kam. «Sie haben recht. Ein Fechtkampf klingt unterhaltsamer.»

Sie setzte sich in einen Sessel und bot ihm die Couch an. «Sind Sie noch aktiv? Sind Sie Mitglied in einem Fechtclub?»

«Ja, ich bin aktives Mitglied in einem Club.» Er setzte sich auf das elegante Sofa und schlug die Beine übereinander. «Und wie sind Sie zum Fechten gekommen?»

«Ich habe im Studium ein Semester Fechtunterricht gehabt. Das ist alles, aber ich kann Sie besiegen.»

Es war vorhersehbar gewesen, daß er sich kein Lächeln gestatten würde. Er war zu höflich, um anzudeuten, daß sie Unsinn daherredete.

«Jugendliche Behendigkeit ist natürlich ein großer Vorteil, aber sie ist nicht alles. Sie werden mich nicht so ohne weiteres besiegen.»

«Wetten, daß ich gewinne?»

Er schüttelte den Kopf. «Geld sollten wir aus dem Spiel lassen.»

«Nicht um Geld. Der Sieger kann fordern, was er will.»

«Das ist ein wahnsinnig hoher Einsatz, Mallory. Ich werde das nicht ausnützen. Keine Wette.»

*Wie berechenbar der Mann doch war.*

«Sie brauchen sich nicht zu zieren. Oder haben Sie Angst vor einer Niederlage?» Sie schaute auf die Uhr. Sie konnte nicht mehr lange hierbleiben.

«Sie können nicht gewinnen. Dazu haben Sie viel zu wenig Erfahrung. Eine Wette wäre unfair.»

«Das macht mir keine Angst. Falls Sie gewinnen, verlangen Sie bestimmt nichts von mir, was ich nicht leicht erfüllen kann.»

«Sind Sie sicher?»

*Ich kenne dich doch.*

«Dazu wären Sie gar nicht imstande, Quinn. Für Charles

sind Sie der Inbegriff des Gentleman. Mit Leuten dieses Schlages kenne ich mich aus.»

«Sie haben recht. Ich würde natürlich nichts verlangen, was Sie mir nicht ohne weiteres geben könnten. Ich muß zugeben, daß Sie mich gut kennen.» Er stand auf und schaute auf die Wanduhr. «Über Sie ist hingegen nur sehr wenig bekannt. Selbst die Menschen, die Ihnen am nächsten standen, wußten nicht viel über Sie.»

Er ging zum Fenster und richtete den Blick nach draußen. «Ihre Herkunft liegt völlig im dunkeln. Helen und Louis Markowitz wollten Sie adoptieren, aber Sie haben ihnen die erforderlichen Angaben vorenthalten. Die Jugendfürsorge hat trotz umfassender Nachforschungen nicht herausgefunden, wo Sie herkommen. Aus den Akten des Jugendgerichts geht hervor, daß Sie zweimal festgenommen wurden, einmal mit acht und einmal mit neun Jahren. Ihr Name ließ sich allerdings nicht ermitteln, und mehr als ein paar Tage konnte man Sie ohnehin nicht halten. ‹Sehr begabtes Kind› steht in einer Akte neben Ihrem Foto.»

Quinn wandte sich ihr zu, um zu sehen, welche Wirkung er mit seinen Worten erzielt hatte. Er schien zufrieden zu sein. «Ich habe erstklassige Privatdetektive, aber die können mir auch nicht sagen, wo Sie herkommen. Angenommen, Sie müßten mir alles erzählen, was ich über Sie und Ihre Herkunft wissen will. Könnten Sie das?»

Sie hatte ihn unterschätzt.

«Ich hab sie da drin.» Charles trat zur Seite und ließ sie vorausgehen. Mallory war noch nie in seinem Schlafzimmer gewesen. Sie geriet nicht gerade aus dem Häuschen, als sie das handgeschnitzte Bett und die schwere Kommode aus dem 17. Jahrhundert sah. Wahrscheinlich sah für sie eine Antiquität wie die andere aus. Sie hatte nur Augen für die Vitrine mit den zwei gekreuzten Schwertern, die über der Kommode an der Wand hing.

«Die sind toll, Charles. Das ist schon was anderes als die Dinger an der Uni.»

«Ihr habt mit stumpfen Degen geübt, nicht?» Charles holte einen langen braunen Lederbeutel aus dem Wandschrank, zog den Reißverschluß auf und nahm vorsichtig zwei Schwerter heraus. «Mit so einem Sportdegen kämpfst du gegen Quinn. Die Treffer werden von einem Gerät registriert, das ...»

Mallory hörte gar nicht zu. Sie war schon mit einem Knie auf der handgeschnitzten Kommode und streckte den Arm zu der Vitrine hinauf, als sie Charles anschaute, um seine Erlaubnis einzuholen. Er nickte. Sie öffnete die Glastür, nahm ein Schwert aus der Halterung, stieg von der Kommode, stellte sich in die Mitte des großen Raums und wog das Schwert in der rechten Hand. Sie warf es in die Luft und fing es mit der Linken, als sei es weder schwer noch scharf. Sie hielt es hoch, um die Schneide zu begutachten.

*Das ist eine Waffe!*

«Der Säbel ist verdammt spitz.» Sie prüfte mit dem Finger die Schneide. «Ein kleines bißchen könnte man es schleifen, aber viel fehlt nicht.»

«Das ist ja auch ein echter Kavalleriesäbel. Viel schwerer als die Waffe, die du gewöhnt bist.»

«Nein. Ungefähr gleich schwer.»

Wie bitte? Ach so. Sie verglich das Schwert mit ihrer Pistole.

«Das sind eigentlich Erbstücke der Familie Quinn. Ich

habe Jamie eine Narbe verpaßt, und er hat mir diese kostbaren alten Schwerter geschenkt. Eine sehr erstaunliche Geste. Ich glaube, er hat sie mir gegeben, damit mich der Zwischenfall nicht vom Fechten abbringt.»

«Ein richtiger Gentleman, was?»

«Der Inbegriff des Gentleman und der beste Fechter, den ich kenne.»

«Aber du hast ihm eine Narbe verpaßt.»

«Das war ein Mißgeschick.» Halt, das mußte er in Mallorys Sprache übersetzen: «Reiner Zufall. Dusel.» Er hielt den Sportdegen hoch. «Das ist eine sehr gute Waffe. Eine Fechtmaske kann ich dir auch geben, und meine alte Fechtjacke könnte dir auch passen. Dann brauchst du noch die Metallweste und das Rollenkabel, aber das stellt der Club, das brauchst du nicht zu kaufen.»

Sie betrachtete das Schwert, das sie in der Hand hielt. «Ich würde viel lieber mit dem kämpfen.»

«Das geht nicht. Das ist kein Sportdegen. Quinn würde auf keinen Fall riskieren, dich zu verletzen. Mallory, du kannst ihn nicht besiegen.»

«Ich muß ihn besiegen. Der Einsatz ist enorm hoch.»

«Ich kenne den Mann gut. Er läßt die Wette fallen. Bestimmt wollte er sie eigentlich gar nicht abschließen.»

«Ich muß gewinnen.»

«Du machst dir völlig falsche Vorstellungen. Der Mann ist Olympiasieger gewesen. Du respektierst deine Gegner nicht, und das wird dich noch teuer zu stehen kommen.»

Er nahm ihr den Kavalleriesäbel weg und drückte ihr den Sportdegen in die Hand. Dann gab er ihr die weiße Fechtjacke, die er als Kind getragen hatte – als ziemlich groß geratenes Kind. «Probier die mal an.»

Sie zog den Reißverschluß zu und schloß den hohen Kragen. Die Jacke paßte, nur in den Schultern war sie zu breit. Er langte zwei weiße Fechtmasken mit dunklem Stahlgeflecht vom obersten Fach des Wandschranks und warf ihr eine zu. Sie schob den Riemen hinter den Kopf und zog den korbartigen Gesichtsschutz vor das Kinn. Charles sah sie nicht gerne mit der Maske, die aus ihrem Gesicht ein nahezu schwarzes Oval machte. Sie sah aus wie ein unfertiger Android.

Er schob die paar Möbelstücke, die im Weg standen, an die Wand, trat in die Mitte des Raums und nahm Fechtstellung ein. Sie folgte ihm und ging ebenfalls *en garde*: die Füße im rechten Winkel zueinander, das Gewicht gleichmäßig zwischen den Fersen ausbalanciert.

Mallory übersprang den formellen Gruß mit dem Schwert und machte sofort einen Ausfall gegen den Bauch ihres Gegners, ohne jede Vorwarnung und erstaunlich schnell, aber trotzdem erfolglos. Charles parierte mühelos, und ihr Stoß ging ins Leere.

«Wenn du auf den Überraschungseffekt setzt, bist du schon nach dem ersten Stoß geliefert. Ohne Taktik geht gar nichts.»

Er täuschte einen Ausfall gegen ihre linke Seite an, riß die Klinge in einem Bogen herum und führte den Stoß gegen ihre rechte Seite. Eine Stunde später konnte er sie mit diesem Trick nicht mehr überlisten, aber sie hatte kaum Treffer erzielt und jeden Kampf verloren.

Nach dem letzten Kampf nahm er die Maske ab, um mit dem Schwert zu grüßen. Sie folgte seinem Beispiel, führte den Degen also mit dem Griff an die Lippen und dann nach unten, wobei die Klinge senkrecht nach oben zeigte.

Er setzte sich in einen Sessel an der Wand, sie setzte sich auf sein Bett.

«Ohne Taktik kommst du nicht weit, aber mit deinem bißchen Erfahrung kannst du gar nicht taktisch kämpfen. Er durchschaut immer gleich, was du vorhast. Daß du fünfundzwanzig Jahre jünger und reaktionsschneller bist, macht er spielend dadurch wett, daß er dir immer ein paar Züge voraus ist.»

Sie schien ihm nicht zu glauben.

Er seufzte. «Das ist so ähnlich wie bei einer Partie Schach, aber dieses Spiel wolltest du dir ja nicht beibringen lassen. Jetzt tut's dir vermutlich leid, aber jetzt ist es zu spät.» Anscheinend tat es ihr überhaupt nicht leid. Sie hatte nur Augen für die Schwertspitze.

Er ging zu ihr und bog das Schwert sachte nach unten, um ihre Aufmerksamkeit davon zu lösen. «Wenn du den Degen anwinkelst, weiß er schon, wo du hinzielst. Siehst du?» Sie sah nichts als das Schwert in ihrer Hand.

«Du kannst nicht gegen mich gewinnen und ich nicht gegen ihn. Du bist doch logisch veranlagt. Es kann dir also nicht verborgen bleiben, daß du keine Chance hast.»

Riker blickte auf, als sie in ihr Büro trat, und musterte den langen Lederbeutel, den sie umgehängt hatte.

«Was ist denn da drin, Mallory?»

«Ein Schwert und eine Fechtmaske.»

«Läufst du zur Gegenseite über? Als maskierte Räuberin mit Schwert? Das wär doch was.»

«Die Sachen sind für den Fechtkampf gegen Quinn. Aber vielleicht schlage ich mich wirklich eine Weile auf die andere Seite. Coffey sagt, daß Blakely hinter mir her ist. Der will anscheinend zurückschlagen.»

«Das sieht ihm ähnlich. Der Saftsack kann natürlich keinen ordentlichen Abgang machen.»

«Ich brauche eine Unterkunft, in der mich Blakely bestimmt nicht suchen läßt. Ein Hotelzimmer zu nehmen wäre wohl nicht sehr klug, und bei Charles kann ich mich nicht noch mal einquartieren. Sonst hängt der auch mit drin, falls es schiefgeht.»

«Na ja, ich hab heute Nachtschicht bei Andrew. Du kannst dich bei mir einquartieren. Kein Mensch kommt auf die Idee, daß du dich in einem stinkenden Aschenbecher verkriechen könntest. Aber vielleicht paßt dir meine Wohnungsausstattung nicht.»

«Ausstattung? Die Spinnweben in allen Ecken und der Abfallhaufen in der Küche und die zweiundvierzig fast durchweg leeren Pizzaschachteln? Meinst du das mit Ausstattung?»

«Ja.»

«Soweit ich mich erinnere, fand ich nur deinen Plastikjesus absolut scheußlich. So ein kitschiges Nachtlicht. Das fliegt raus. Danke, Riker.»

«Moment! Du mußt schließlich irgendwie reinkommen.»

«Du meinst, ich brauch 'nen Schlüssel?»

«Ach, Verzeihung. Manchmal vergesse ich ganz, mit wem ich rede.» Und nun umfaßte er ihr Handgelenk und drückte ihr den Schlüssel in die Hand. «Schließ damit auf, ja? Wo willst du denn jetzt hin?»

«Das weißt du doch.»

Der Hauptraum der Galerie im East Village war in grelles Scheinwerferlicht getaucht. Das Scriptgirl machte ihn noch wahnsinnig mit ihrer Fragerei. Sie hatte an jedem Detail seiner Darstellung etwas auszusetzen, weil sie aus dem mörderischen Geschehen nicht recht schlau wurde. «Mr.

Watt, nur noch eine Frage. Wie kann das so gewesen sein, wenn Sie doch …»

«Was weiß ich!» schrie er.

Sie wich zurück, ihre Pupillen weiteten sich. Vielleicht war ihr plötzlich wieder eingefallen, daß der Mann, der sie anschrie, das Monster von Manhattan war.

«Ich weiß es nicht! Geh mir aus den Augen!» Er schubste sie beiseite. Das Mädchen rannte durch die Eingangshalle davon. Der Regisseur ließ eine Pause machen. Die Filmleute verzogen sich ans andere Ende des langen Raums, um eine Zigarette zu rauchen und sich in kleinen Grüppchen zum Plaudern auf den Boden zu hocken. Nur die Polizistin blieb bei Oren stehen.

Er gab Detective Mallory die Schuld an seinem Ausbruch. Sie raubte ihm den letzten Nerv.

«Lügen haben kurze Beine, Oren. Ihre Story liest sich gar nicht schlecht, aber wenn man sie nachspielen will, stimmt sie vorn und hinten nicht. Aber erzählen Sie mir doch, wie Senator Berman in den Mord verwickelt ist.»

«Das weiß ich nicht.»

Mallory stand neben ihm und schob sich immer näher an ihn heran. «Man weiß viel mehr, als man meint, wie mein Vater zu sagen pflegte.»

Was bei dem Scriptgirl geholfen hatte, half vielleicht auch bei der Polizistin. Er packte sie an den Schultern und stieß sie mit dem Rücken an die Wand. Sie wehrte sich nicht, schien aber auch keine Angst zu haben. Und jetzt lächelte sie ihn auch noch an. An seiner eigenen geistigen Gesundheit hatte er nie gezweifelt. Er war nicht verrückt, aber wie stand es mit dieser Frau?

«Warum erzählen Sie denen nicht von dem Schwindel mit den abgedrehten Künstlern, Oren? Klangvolle Namen.

Genau der richtige Skandal für die Abendnachrichten. Würde Ihnen viel Publicity einbringen, wenn Sie Senator Berman auffliegen lassen.»

*Hör endlich auf, du Schlampe!*

Er legte die Hand direkt neben ihren Kopf an die Wand. «Hör mal zu, Schätzchen ...»

Oren hörte ein metallisches Klicken und sah eine Handschelle an seinem Arm baumeln. Sie riß ihn herum und schleuderte ihn auf den Boden. Sein Backenknochen wurde auf den Dielenboden gepreßt, und ein zweites Klicken kettete seine Linke an seine Rechte.

Was dann geschah, begriff er gar nicht richtig. Er wurde hochgerissen und stolperte auf eine weit entfernte Tür zu. Sie riß ihn so schnell vorwärts, daß er das Gleichgewicht verlor. Er wollte nicht noch mal auf sein Gesicht fallen und starrte ängstlich auf den Boden. Jetzt war er auf dem Gehsteig. Sie drückte ihm den Kopf nach unten und quetschte ihn auf den Rücksitz eines kleinen braunen Autos, das gleich darauf davonjagte, Stoppschilder und rote Ampeln ignorierte, haarscharf an einem Bus vorbeiquietschte.

Er war schweißnaß, als das Auto irgendwo in SoHo am Straßenrand anhielt. Sie zerrte ihn in ein Haus und in einen Fahrstuhl, bugsierte ihn durch einen Korridor in einen antik möblierten Raum und dann durch einen kurzen Flur in ein sehr modern eingerichtetes Zimmer mit mehreren Computern und einem Gesicht, das er kannte, aber seit Jahren nicht gesehen hatte. Wie hieß der Polizist?

«Hallo, Riker», sagte sie und beantwortete seine Frage.

Riker sah sie erstaunt an.

«Ich will meinen Anwalt sprechen», sagte Oren Watt.

«Ganz wie du willst, Oren», sagte Mallory und drückte ihn unsanft auf einen Stuhl. «Aber wenn wir deinen Anwalt anrufen, müssen wir aufs Revier, wo uns ein Haufen Papierkram erwartet. Und dann hast du eine Anklage wegen tätlichen Angriffs auf eine Polizistin am Hals.»

«Ich bin nicht tätlich geworden!»

«Wie lange warst du eingesperrt? Elf Jahre? Wir leben nicht mehr in der Welt von damals, Oren. Heutzutage meinen sehr viele Leute, man müßte dich allein schon dafür einsperren, daß du mich Schätzchen genannt hast. Glaub mir, die Anklage wegen eines tätlichen Angriffs geht durch. Vier Leute haben gesehen, wie ich mich ausgewiesen habe, als noch gedreht wurde. Und ein paar alte Anklagepunkte kriege ich auch noch durch.»

«Das ist alles verjährt ...»

«Ach, das glaubst du doch nicht wirklich, du Idiot?» Sie ging mit ihrem Gesicht ganz nahe an ihn heran. «Einen Mord wird man nie los. Du hast ihn zwar nicht begangen, aber du giltst als Täter. Es könnte sein, daß du Polizeischutz brauchst, also benimm dich.»

«Polizeischutz?»

«Der ganze Schwindel fliegt auf. Koozeman und Starr sind schon tot. Ich würde sagen, du bist der nächste auf der Liste. Wird dir das nicht zu gefährlich?» Sie bückte sich und kramte in einem Pappkarton herum. Als sie sich wieder aufrichtete, hatte sie eine Axt in der Hand. «Deine letzte Chance, Oren.»

«Das ist verrückt!»

«Nicht wahr? Eine Art Horrortrip durchs Wunderland.» Sie knallte die Axt auf den Tisch, Oren Watt erstarrte. «Na, komm schon, kleine Alice. Es wird Zeit, daß du dein Geständnis widerrufst. Nein? Ob der Killer wieder eine Axt nimmt? Beim letzten Mord hat er sich ja was Originelleres einfallen lassen. Koozeman hat Kunst gefressen, als er gestorben ist – und der konnte den Hals ja wirklich nicht vollkriegen. Aber du verkaufst Zeichnungen von Leichenteilen. Ich würde sagen, da greift der Killer wieder zur Axt. Paßt doch prima, nicht?»

«Wenn ich aussage, lande ich im Gefängnis. Sie haben selber gesagt, daß auf Verdunklung ...»

«Sei nicht so rabiat, Mallory.» Riker schlug einen moderaten, beinahe freundlichen Ton an. «Wissen Sie, wie das läuft, Sir? Wer sich am längsten gegen eine Zusammenarbeit sträubt, ist erledigt. Der bekommt keine Straffreiheit mehr.»

«Sieben Jahre in der Zelle, Oren», sagte Mallory. «Oder noch 'ne dreimonatige Stippvisite in deiner Klapsmühle, wo du den ganzen Tag fernsehen kannst. Das könnte ich vermutlich schon deichseln, wenn du dich kooperativ verhältst. Deinen Seelenklempner kaufe ich mir auf jeden Fall, auch wenn du dein Geständnis nicht widerrufst. Und weißt du, was dann passiert? Der wirft dich dem Staatsanwalt zum Fraß vor und läßt sich dafür Straffreiheit zusichern. Du wanderst in den Knast, und er kommt ungeschoren davon.»

«Das reicht, Mallory, laß ihn in Ruhe», sagte Riker. «Sie sollten es sich wirklich überlegen, Sir. Aber reden Sie nicht mit Ihrem Analytiker. Da hat sie völlig recht. Der läßt Sie fallen wie eine heiße Kartoffel. Dem ist egal, was aus Ihnen wird. Der ist in erster Linie Profitgeier und dann erst ein Arzt. Wenn überhaupt. Ich traue diesen Brüdern sowieso nicht über den Weg.»

«Ihr tickt alle beide nicht richtig.»

Sie beugte sich vor und sah ihm direkt in die Augen. «Bei deinem geistigen Werdegang darf man das wohl als dickes Lob verstehen. Markowitz hat dich damals gefragt, ob du ein Andenken an die Morde mitgenommen hast, womöglich einen Körperteil. Was hast du geantwortet?»

«Weiß ich nicht mehr. Da war ich voll bis obenhin. Ich kann mich wirklich nicht daran erinnern, worüber wir geredet haben.»

«Ich gebe dir jetzt noch eine Chance. Du sagst mir, welcher Körperteil gefehlt hat, und wenn du diesmal richtig rätst, laß ich dich in Ruhe.»

«Ihr Herz.»

«Viel zu poetisch. Pech gehabt.»

Sie stand auf, ging um den Tisch herum und stellte sich hinter ihn. «Wie wär's mit einem kleinen Experiment?» Sie zog ihm den Stuhl so ruckartig weg, daß er auf den Boden fiel.

«Mallory!» Riker stand auf und ging auf sie zu.

Ihr Blick sagte: *Halt dich raus, sonst bist du als nächster dran.*

Oren beobachtete, wie sie um den Schreibtisch herumging und mit geballten Fäusten auf ihn zukam. Er kam mit dem Oberkörper hoch und schlängelte sich mit den Beinen und dem Hintern wie ein Mehlwurm in den hintersten Winkel, wo er den Kopf gegen die Schläge schützte, die bestimmt gleich auf ihn niederprasseln würden. Sie folgte ihm auf Katzenpfoten, langsam und lautlos. Die Hand mit der Axt kam hinter ihrem Rücken hervor und hob sich. Oren schrie.

Riker trat hinter Mallory und nahm ihr die Axt weg. Er drehte ihr den Arm auf den Rücken und schleifte sie aus dem Zimmer in den Vorraum. Die Tür blieb weit genug offen, daß Oren verfolgen konnte, wie der Polizist Mallory an die Wand stieß und anschrie.

«Was soll der Scheiß, Mallory!» Riker griff in ihren Blazer

und zog den Revolver heraus. «Du weißt doch, daß er es nicht getan hat.» Er schlug ihr ins Gesicht. «Du tickst nicht mehr richtig, Mädchen. Das ist der reinste Amoklauf.»

Auf einmal wußte Riker nicht mehr, wie ihm geschah. Er wurde hochgehoben, flog durch die Luft, landete als Knäuel aus Armen und Beinen auf der Couch, und als er aufblickte, sah er Charles mit langsamen, aber sehr entschlossenen Schritten auf sich zukommen, während Mallory schnell in die andere Richtung ging und die Tür zu ihrem Büro schloß.

Der sanfte Riese, der Riker so sympathisch war, hatte den Mund zu einem dünnen Strich zusammengepreßt und schnaubte vor Wut. So hatte ihn Riker noch nie gesehen. Der Mann konnte ihn mit einem Schlag ins Jenseits befördern, und allem Anschein nach hatte er genau das vor. Riker hatte immer noch Mallorys Pistole in der Hand. Das mißfiel Charles sehr, weil auch Mallory in der Nähe war. Selber hatte er keine Angst vor der Waffe.

«Bleiben Sie stehen, Charles», sagte Riker. Charles ging unbeirrt weiter, aber Mallory trat zwischen die beiden.

«Halt dich da raus, Charles», zischte sie.

Er blieb stehen, aber in seinem Gesicht spiegelte sich noch immer ein mörderischer Zorn. Mallory hielt den Riesen nur an einem dünnen Faden zurück.

Riker entknotete seine Beine und stellte sie auf den Boden. «Charles, wir spielen guter Bulle, böser Bulle.»

Riker sah geradezu, wie das Hirn seines Gegenübers die Information verarbeitete und die Stimmung von Zorn in tiefe Traurigkeit umschlug. Charles drehte sich um, ging langsam in sein Büro und zog die Tür hinter sich zu.

«Höchste Zeit», sagte Mallory und deutete auf ihr Büro.

Riker ging hinein. Oren Watt saß auf dem Boden und

schlotterte immer noch am ganzen Leib. Riker durchquerte den Raum und kniete sich neben ihn. Watt preßte sich noch mehr in seine Ecke hinein.

«Tut mir leid, Oren», sagte Riker freundlich. «Ich wollte ihr die Pistole abnehmen, aber sie hat mich in die Eier getreten. Versucht hab ich's. Ich möchte, daß Sie das wissen, egal was passiert.»

«Kommt sie zurück? Und der Riese? Kommt der auch?»

«Ja, leider. Wissen Sie, die Frau sagt mir nie, was Sache ist. Ich habe keine Ahnung, was sie von Ihnen will.»

«Es geht um den Künstler und die Tänzerin. Sie will wissen, wer sie ermordet hat und warum. Aber ich weiß es nicht. Ich schwör's.»

«Sie waren es also nicht?»

«Nein, ich war es nicht. Das weiß sie schon. Sie können sie fragen. Aber ich hab keine Ahnung, wer sie ermordet hat. Und über den Mord an Dean Starr und Koozeman weiß ich auch nichts. Ehrlich nicht.»

«Wissen Sie was, Oren? Wenn Sie mir helfen, verspreche ich Ihnen, daß sie Ihnen nichts tun darf, wenn sie zurückkommt. Abgemacht?»

«Was wollen Sie wissen?»

«Sie haben doch in der Nervenklinik eine sehr attraktive Frau getroffen, ungefähr vierzig, kurze schwarze Haare, große blaue Augen und sehr heller Teint.» Er hielt ihm das Bild hin, das Mallory auf dem Computer gezeichnet hatte.

«Ja. Wir waren befreundet.»

«Angenommen, ich würde Ihnen sagen, daß das eine berühmte Künstlerin ist, die einen anderen Namen angenommen hat, an wen würden Sie dann denken?»

«Ach, du Scheiße. Berühmte Künstler gibt's wie Sand am Meer. Wie soll man da den Überblick behalten?»

«Können Sie sich daran erinnern, wann sie die Klinik verlassen hat?»

«An dem Tag, an dem sie ihr den letzten Dollar abgeknöpft hatten. Da ging es ihr schlechter als vorher – und ich spreche jetzt nicht vom Geld. Sie war sehr stark, als sie in die Klinik kam. Es war mir ein Rätsel, was sie in der Klinik wollte. Sie hat es mir nicht verraten. Jedenfalls ist sie als starke Frau hingekommen und als schwache gegangen. Es war schlimm.»

«Und Sie waren mit ihr befreundet.»

«Sie war meine einzige Freundin. Sie fehlt mir. Ich muß immer an sie denken.»

«Haben Sie eine Ahnung, wo sie hingegangen sein könnte?»

«Nein, leider nicht.»

«Gut. Sie sind eng befreundet gewesen und haben sich ihr anvertraut. Was haben Sie ihr über die Morde erzählt?»

«Ich habe ihr die Wahrheit gesagt. Ich habe an dem Abend nur die Pizza und die Drogen vorbeigebracht.»

«Und Sie haben nie wieder von ihr gehört?»

«Doch. Sie ruft hin und wieder an, aber sie gibt mir nie ihre Nummer. Ich weiß wirklich nicht, wo sie ist.»

«Haben Sie ihr auch gesagt, daß Koozeman in die Morde verwickelt war?»

«Was? Ich lasse mir nichts anhängen. Ich habe nichts ...» Und nun trat das Weiße in seinen Augen viel zu stark hervor.

Mallory stand in der Tür. Riker erhob sich, klopfte seine Hose aus und ging zu ihr.

«Riker, Sie haben mir was versprochen», sagte Watt mit brüchiger Stimme.

«Ich hab Sie angelogen», antwortete Riker, während er die Tür schloß und ihn Mallory überließ.

Er ging zu Charles' Büro und klopfte.

«Herein.» Charles saß zusammengesackt am Schreibtisch und starrte auf die Schreibunterlage. «Das werden Sie mir nie verzeihen, stimmt's?»

«Da gibt es nichts zu verzeihen, Charles. Es freut mich, daß Sie mich herumgewirbelt haben. Das glauben Sie mir nicht?» Er setzte sich auf die Schreibtischkante, aber sein Lächeln ging ins Leere, weil Charles ihn partout nicht anschauen wollte. «Ich hab mir immer Sorgen um das Mädchen gemacht. Ich mein, mir könnt ja mal was zustoßen.» Die Kugel für trübe Tage würde sich nicht ewig weglegen lassen. «Jetzt kann ich ganz beruhigt sein. Ich weiß, daß Sie immer für Mallory dasein werden.»

Riker streckte Charles die Hand hin, aber der starrte sie nur an.

«Wollen Sie meine Hand einfach in der Luft hängen lassen?»

Charles schlug ein, aber sein Gesicht verriet, daß er noch schwer an dem knabberte, was er getan hatte – und was er vorgehabt hatte zu tun.

«Das bricht einem ja das Herz. Schluß damit, Charles. Sie sollten mich mit solchem Unsinn verschonen. Dafür habe ich Mallory.»

«Ich weiß, warum ein Kerl wie du so gut mit einem Senator bekannt ist, Oren. Er kauft Kunstwerke von dir. Das ist so ein abartiger Kunstsammler und Leichenfledderer.»

Oren Watt hatte sich wieder einigermaßen beruhigt. Mallory hatte ihn abgerichtet wie eine Laborratte: Solange er ihre Fragen beantwortete, rückte sie ihm nicht auf den Pelz.

«Das stimmt nicht ganz. Er ist kein Sammler, ihm geht's nur ums Geld. Er stellt das Anfangskapital.»

«Und nachdem er mit seinen Freunden die Preise hochgetrieben hat, sahnt er auf dem Sekundärmarkt ab.»

«Stimmt.»

«Ist das ein Kartell?»

«So durchorganisiert ist es nicht. Berman macht seine Geschäfte als Einzelperson. Er hat auch Arbeiten von Peter Ariel gekauft. Nach den Morden hat er sich damit eine goldene Nase verdient.»

«Ist er irgendwie in die Morde verwickelt?»

«Dieser Esel? Bestimmt nicht. Ich würde eher sagen, das Geld für Peter Ariels Arbeiten hat ihm den Mund wäßrig gemacht, und dann ist er in das Geschäft mit Kriminalkunst eingestiegen. Das Werk von John Wayne Gacy hat er auch gekauft und nach der Hinrichtung für sehr viel Geld abgestoßen. Und es gibt noch acht bis zehn weniger bedeutende Massenmörder, die malen. Berman kauft ganze Wagenladungen gruslige Kunstwerke und macht im Massengeschäft einen Riesengewinn. Er bekommt die Ware in Gefängnissen und Nervenheilanstalten und schlägt sie möglichst schnell wieder los.»

«Und diese Geschäfte hat Koozeman in aller Stille für ihn abgewickelt, stimmt's?»

«Wie für viele andere auch.»

«Den Namen von deinem Analytiker hab ich auch in seinem Computer gefunden», log sie. «Anscheinend sind die beiden vor ungefähr zwölf Jahren miteinander ins Geschäft gekommen.»

Oren Watt nickte. Außer Codenamen und Datumsangaben hatte sie nichts herausbekommen. Blakely hatte vermutlich eine Art Stein von Rosette besessen, mit dem er den Code knackte, aber den hatte er inzwischen sicher vernichtet.

«An Koozeman ist man auf diesem abartigen Markt wohl nicht vorbeigekommen. Dein Geständnis und den Deal mit deinem Analytiker hat auch er ausgehandelt, stimmt's?»

«Ja. Er hat mich in der Mordnacht vor der Galerie abgefangen, gleich nachdem die Polizei mich hat gehen lassen. Er hat mich in ein Taxi gesetzt, das mich zu seiner Wohnung gefahren hat. Dort haben wir uns dann alle zusammengesetzt. Er hatte Interessenten an der Hand, die Unsummen für Kunstwerke hinlegten, wenn man sie mit spektakulären Verbrechen in Verbindung bringen konnte. Es schien niemand zu stören, daß ich nicht zeichnen kann.»

«Bei Koozeman und dem Seelenklempner kann ich das noch irgendwie nachvollziehen. Aber bei einem Senator ist es schon komisch, wenn er Gewinn aus ermordeten Steuerzahlern zieht. Jedenfalls muß Senator Berman schier wahnsinnig geworden sein, als in der neuen Galerie Koozeman noch ein Mord verübt wurde.»

«Er ist ausgerastet, weil er dachte, wenn gegen Koozeman ermittelt wird, kommt alles raus. Aber zum Glück waren sehr einflußreiche Freunde des Senators auch in dieses sonderbare Geschäft eingestiegen.»

«Du meinst den jetzigen Vizegouverneur und früheren Bürgermeister von New York?»

«Richtig. Was meinen Sie, warum der kleine Mistkerl so in die Todesstrafe vernarrt ist? Jedesmal, wenn einer von diesen Mördern stirbt, schießt der Wert seines Werks in die Höhe.»

Pfarrer Brenner würde Kathy Mallory etwas ganz Besonderes bieten, um Buße zu tun für die Sünden der Nonne. Ihr konnte man sie nicht zur Last legen, weil sie wahnsinnig und somit schuldlos war, aber er hatte durch seine Blindheit Schuld auf sich geladen.

Was er in der äußerst knapp bemessenen Zeit auf die Beine gestellt hatte, war ein kleines Wunder, und ohne Ursulas Hilfe wäre es nicht geschehen. Sie hatte den ganzen Tag abtrünnige Katholiken bearbeitet, die einen Heidenrespekt vor einer wahnsinnigen Nonne mit Sendungsbewußtsein hatten.

Es sollte Pfarrer Brenners großartigste Messe werden, umrahmt von Mozarts Requiem, weil dieses Werk gerade geprobt worden war, als er sich mit seinem Anliegen an die Leiterin des frühreifen Schülerorchesters gewandt hatte. Sie war eine schlechte Katholikin mit schlechtem Gewissen, die selber hier zur Schule gegangen war. Als Pfarrer Brenner seine Bitte vortrug, hatte sie rundweg abgelehnt und alle möglichen Gründe aufgezählt, aus denen eine Aufführung des Requiems noch am selben Tag ein Ding der Unmöglichkeit war. Dann hatte die Nonne den Hörer genommen, und die gute Frau hatte schnell wieder gewußt, daß man einen schlimmen Fehler beging, wenn man sich Schwester Ursulas Wirken auf Erden in den Weg stellte.

Und so kam es, daß junge Musiker mit gründlich geschrubbten Gesichtern auf den Beginn der Messe warteten und ihre stolzen Eltern viele Kirchenbänke füllten. Wenn man bedachte, daß der Name der Verstorbenen niemandem etwas gesagt hätte, war die Totenmesse sehr gut besucht.

Die jungen Musiker mit ihren Fagotten und Bassetthörnern, Streichinstrumenten und Trompeten, Posaunen und

Pauken scharrten und trappelten vor lauter Lampenfieber mit den Füßen.

Pfarrer Brenner hatte für diesen besonderen Anlaß alle Register gezogen. Für den Gesang wurden alle begabten Stimmen aufgeboten, die jemals im Chor gesungen hatten und vom hart bedrängten Chorleiter zusammengetrommelt werden konnten.

Die Dirigentin und der Chorleiter hatten Pfarrer Brenner klipp und klar gesagt, daß es irrwitzig war, den Chor ohne vorherige Proben mit dem Orchester auftreten zu lassen, aber der Priester vertraute auf Gott und das gute Gedächtnis der Sänger. Schließlich kannten sie alle das Requiem.

Einen Bestattungsunternehmer unter den Gemeindemitgliedern hatte man dazu gebracht, den Blumenschmuck für den Altar zu besorgen. Die verschwenderische Lilien- und Orchideenpracht stammte aus einer Leichenhalle in einem Nobelviertel, wo er sie bei einem aufgebahrten Toten für ein paar Stunden ausgeborgt hatte. Da die trauernden Hinterbliebenen die Blumen bezahlt hatten, kam das einem Diebstahl sehr nahe, aber das war gar nicht so unangebracht, wenn man bedachte, daß in der ersten Reihe die Kerzendiebin saß.

Es rührte den Priester, daß Kathy einen Kassettenrecorder mitgebracht und neben sich auf die Kirchenbank gelegt hatte. Sie wollte die Totenmesse für ihre Mutter also festhalten. Bestimmt würde es sowohl Helen als auch die leibliche Mutter mit Stolz erfüllen, welche geistige Reife ihr Kind erlangt hatte.

Er dachte daran, daß der zwölfjährigen Kathy einmal speiübel gewesen war, weil sie den Meßwein aus der Schulkapelle gestohlen und ausgetrunken hatte. An jenem Tag hatte sie lange in seinem Studierzimmer gesessen, bitteren

Tee geschlürft und Stellen aus der Heiligen Schrift auswendig gelernt, weil sie nur so verhindern konnte, daß Markowitz verständigt wurde. Sonst hätte er ja erfahren, daß sein Kind keinen Alkohol vertrug.

An jenem Tag war ihm ein ganz frischer blauer Fleck in ihrem Gesicht aufgefallen, aber er hatte nicht gefragt, was passiert war. Und auch an anderen Tagen und bei anderen blauen Flecken war er mit Blindheit geschlagen gewesen. Helen Markowitz hatte das Mädchen gefragt, wo die blauen Flecken herkamen, und dann hatte sie ihm ein paar Zeilen geschickt, in denen sie darum bat, daß bei ruppigen Sportarten der Aufsichtführende in Zukunft besser auf Kathy achten sollte. Die Bitte war ihm sonderbar vorgekommen, weil in dem Mädchenpensionat keine ruppigen Sportarten betrieben wurden. An seiner Blindheit hatte es nichts geändert.

Jetzt wurde in der Kathedrale das Licht ausgeschaltet. In zwanzig Ministrantenhänden flammten Kerzen auf und gaben den weißen Blumen einen unheimlichen Schimmer, als der Priester verkündete, daß die Messe für eine Frau gehalten wurde, die brutal ermordet worden war – genau die Worte, um die Kathy gebeten hatte. Er sagte nicht, daß diese Frau ein schönes Kind hatte, denn Kathy wollte nicht erwähnt werden, aber daß er dieses Kind kannte, verlieh ihm eine Leidenschaftlichkeit, die er verloren geglaubt hatte.

Er sah Kathy an. Wie jung sie wirkte, wie wenig verändert. Als er sie zum letzten Mal als Schülerin gesehen hatte, war sie vom Hausmeister in sein Studierzimmer getragen worden. Er hatte das zierliche Mädchen am Fuß der Kellertreppe gefunden, und als er es behutsam auf die Couch legte, war es noch bewußtlos. Aber bevor der Krankenwagen eintraf, mobilisierte es noch einmal ausreichend Kräfte, mit denen es beträchtlichen Schaden anrichten konnte. Als Schwester Ursula Kathy Mallory zum letzten Mal sah, lag die alte Frau auf dem Boden, hielt sich das frisch gebrochene Bein und schrie vor Schmerz. Damals sah der Priester das Mädchen zum letzten Mal lächeln und erschrak heftig, weil ein Hauch des Bösen in diesem Lächeln lag. Im selben Augenblick merkte er, daß das Kind der Nonne nur deren eigenes Lächeln zurückgab, und dann fiel es ihm wie Schuppen von den Augen.

Hatte er nicht immer etwas geahnt?

Die jungen Musikschüler griffen zu den Instrumenten und begleiteten den Chorgesang, bauten auf den zarten, klaren Tönen eines Solisten auf: die Musik wurde lauter und erklang voller Schönheit und Kraft. Über dem Altar hing Christus an einem goldenen Kreuz und sah auf die Blumen zu seinen Füßen herab. Die Lilien und Orchideen schienen sich im flackernden Kerzenschein zu Mozarts Musik zu wiegen und gaukelten dem Auge die Auferstehung der Schnittblumen vor. «Ah», hörte man aus den Kirchenbänken, als die Musik im Kirchengewölbe verklang.

Der donnernde Applaus hatte in einer Messe eigentlich nichts zu suchen, aber Pfarrer Brenner hörte ihn gar nicht und sah weder die klatschenden Hände noch die verzückten Gesichter. Er sah nur Kathy.

Sie nickte ihm zu und brachte mit dieser schlichten Geste zum Ausdruck, daß eine Schuld beglichen worden war.

Er hoffte, daß sie warten und sich noch eine Weile mit ihm unterhalten würde, aber sie nahm ihren Kassettenrecorder, stöpselte das Mikrofon aus und trat aus der Kirchenbank. Anscheinend hatte sie Wichtigeres zu tun. Sie ging schnell in Richtung Portal, und er fragte sich, ob er sie jemals wiedersehen, ob sie je wieder mitten in der Nacht anrufen würde.

Beim Altar der heiligen Judith steckte sie im Vorbeigehen ein paar Kerzen ein.

Mallory öffnete die Tür zu Rikers Wohnung und drückte auf den Lichtschalter. Die Deckenlampe tauchte den ganzen scheußlichen Siff in helles Licht. Es sah noch viel schlimmer aus, als sie es in Erinnerung hatte. Kakerlaken suchten in Pappschachteln den Schutz der Dunkelheit oder krochen weggeworfenen Bierflaschen in den Hals. Die Essensreste, die sich im Teppich festgetreten hatten, gaben dem sprichwörtlichen Boden, von dem man essen kann, einen neuen Sinn. Ein paar weidende Kakerlaken schienen sich so überfressen zu haben, daß sie kaum noch laufen konnten. Es gab keine einzige nicht verdreckte Stelle, an der sie ihre Leinentasche abstellen konnte.

Aber ein Hotelzimmer war zu gefährlich. Sie ging quer durch den Raum zum Telefon an der Wand und griff, nach kurzem Zögern, zum Hörer, der alle Fingerabdrücke seit dem Tag der Anschaffung des Apparats trug.

Eine halbe Stunde später kam sie vom Laden um die Ecke mit den notwendigen Utensilien zurück: Putzmittel für Fenster- und Spiegelglas, für Porzellan und Armaturen, für Linoleum und Holz. Sie stellte die Tüte auf die Arbeitsplatte und entnahm ihr eine Küchenrolle, einen neuen Schwamm für den Mop, ein Paar Gummihandschuhe und eine Spraydose, die auch noch die resistentesten Kakerlakenabarten zu töten versprach.

Mit grimmiger Miene brachte sie ihr Waffenarsenal in Stellung. Sie hatte sonst durchaus keine Abneigung gegen das Putzen. Ihre Wohnung war makellos sauber, und sie achtete fast schon fanatisch darauf, daß es auch so blieb. In ihrer Kindheit hatte sie Helen am Samstagvormittag immer beim Putzen geholfen. Bei Helen, einer Hausfrau von Weltklasseformat, war schon zu Beginn des Putzrituals alles blitzblank gewesen.

Als Mallory schließlich vom Waschsalon zurückkam, war es schon spät. Sie hatte Handtücher und Bettlaken gewaschen, die sich in mehreren Monaten angesammelt haben mußten. An die Tür gelehnt, schob sie sich eine verschwitzte Strähne aus dem Gesicht. Sie war müde, aber bevor sie sich hinsetzte, mußte sie noch das Bad putzen.

Als sie, mit Eimer und Mop bewaffnet, die Tür öffnete, glühte ihr der Plastikjesus aus der Dunkelheit entgegen. Sie drehte das Nachtlicht aus der Fassung und warf es in den Wäschekorb, wo sie es nicht mehr sehen mußte.

Ein weißhaariger Mann stand allein auf der Plaza. Hinter ihm lag die Tür des Bauzauns auf dem Boden, in gesplitterte Bretter zerlegt. Er ging mit langsamen Schritten einmal um den Platz herum und musterte die gespenstischen Planen, die über den Brunnen und die Bänke gespannt waren und an der Fassade des Gebäudes hinaufkrochen wie ein weißlicher Befall.

Der Mann war Gregor Gilette, dessen Werk in einer Besprechung für seine ungeheure Musikalität gerühmt wurde. Die Kritiker hatten schon immer Mühe gehabt, passende Adjektive zur Beschreibung seiner Bauwerke zu finden. Mit Macht drängte sich ihnen «klassisch» auf, weil die Formen wie die klassische Musik dem Rhythmus des menschlichen Herzens folgten und den Bewohnern das Gefühl gaben, in völliger Harmonie mit ihrer Umgebung zu leben. Seine Bauten erinnerten jedoch nie an die klassischen Bauformen der europäischen Architektur, sondern an strömende Flüsse, majestätische Gipfel mit Adlerhorsten, feminine Formen graziöser Akte.

Als er die Mappe mit den Fotos endlich bekommen hatte, war er begeistert gewesen. Es war gut, daß Menschen diesen Raum so selbstverständlich mit Leben erfüllt hatten, als wären sie keine Fremden, sondern geladene Gäste. Darum ging es ihm bei all seinen Bauwerken. Diesem Gebäude kam jedoch eine ganz besondere Bedeutung zu. Es war sein größtes Kunstwerk, und mit ihm würde er auf dem Höhepunkt seiner Schaffenskraft seine Laufbahn beenden.

Das hatte er auch Jamie Quinn gesagt, der ihn heute abend besucht hatte. Wenn dies nicht sein letztes Werk gewesen wäre, hätte er sich vielleicht von einer eleganten Linie in Jamies Gesicht und einer Linie seines Körpers zu etwas aus Marmor inspirieren lassen. Nur Marmor wurde Jamies kühler, glatter Eleganz gerecht, die keine Risse und keine Fugen hatte, durch die Unerwünschtes eindringen könnte.

Vor einer Stunde hatte ihm sein Schwager beschrieben, was das Komitee für Kunst im öffentlichen Raum für die Plaza ausgesucht hatte. Gilette hatte seinen Ohren nicht getraut. Was für ein Tier würde so etwas tun?

Emma Sue Hollaran. Ein dummes, schwerfälliges Tier. Jamie Quinn hatte es ihm möglichst schonend beigebracht. Der auserkorene Künstler war Gillian, der Wandale.

Gilette war hergekommen, um es mit eigenen Augen zu sehen. Die Adern an den Händen traten stark hervor, als er eine Plane nach der anderen herunterriß, bis der Boden mit weißer Zeltleinwand übersät war. Er stand neben dem Brunnen, in der Mitte des Platzes, und betrachtete alles sehr genau. Und jetzt glaubte er es.

Ein fünfzehnjähriger Junge ging in der ziellosen Art des Stadtstreichers an dem Bauzaun vorbei und zog an den Riemen seines schweren Rucksacks, in dem er seine gute Jeans und seine sonstigen Habseligkeiten mit sich herumtrug.

Die Bretter auf dem Gehweg machten ihn auf das Loch im Zaun aufmerksam. Er machte einen Schritt über die Reste der Tür und schlüpfte leise durch den Zaun. Vielleicht war das ein guter Platz für ein Nachtlager, wo er vielleicht sogar bis zum Morgen durchschlafen konnte, ohne vom groben Fußtritt eines Polizisten geweckt und weggejagt zu werden. Er war krank, das Fleisch hing ihm schwer an den Knochen, er konnte sich keine Verletzungen mehr leisten. Sie heilten jetzt so langsam.

Als sich seine Augen an das blasse Mondlicht und den schwachen Lichtschein von der Straße gewöhnt hatten, trat er vorsichtig durch den hohen Marmorbogen auf den Platz. Weiter vorne stand schon jemand. Ein alter Mann mit gebeugtem Nacken. Der Junge hielt den Atem an, während sich der Alte erschöpft auf einer Bank niederließ, die mit einer Axt traktiert und mit Farbe beschmiert worden war.

Der Blick des Jungen wanderte an den Mauern hinauf, die mit primitiven Bildern von Straßenräubern und U-Bahn-Zügen bedeckt waren, mittendrin ein großer roter Klecks. Und quer über die Fassade stand: WELCOME TO THE BIG APPLE.

Auch der Brunnen war mit Farbe beschmiert; auch ihm hatte man Wunden geschlagen, in denen das Werkzeug Rostspuren hinterlassen hatte. Der Wandale war zu weit gegangen. Er hatte ein Stück des Brunnens abgeschlagen, das nun im Wasser lag wie ein abgebrochenes Glied.

Noch einmal las der Junge die Schrift an der Wand. The Big Apple. So nannte seine Mutter New York. Den großen Apfel. Und das zerstörerische Kunstwerk zeigte tatsächlich New York City. Das Haus seiner Mutter, einen Block von einer Suppenküche entfernt. Den dunklen Mann an der Ecke und seinen lockenden Singsang: «Komm, Kind, komm. Ich hab Crack und Dope. Komm, Kind, komm.» Die Blumen, die seine Mutter in der Wohnung im Erdgeschoß vor das Fenster stellte und die jedesmal noch am selben Tag gestohlen oder abgeknickt wurden.

Er konnte gar nicht schnell genug aus dieser Stadt verschwinden.

Der alte Mann kam unsicher auf die Beine. Der Junge spürte einen Rest von Autorität und versteckte sich im Schatten einer abgeknickten Esche, bis der alte Mann den Platz verlassen hatte.

Dann ging er zu dem Haufen aus Schutt und weggeworfenen Spraydosen hinüber. Er kniete sich hin, suchte sich eine rote Dose aus, sprühte probehalber ein wenig Farbe in die Luft, und dann erstarrte er.

Ein Schatten fiel auf die Wand. Er war größer als sein eigener und wurde immer größer.

Er hob den Blick und hatte das Gesicht einer alten Frau vor sich. Ohne ein Wort streckte sie die Hand nach der Spraydose aus und sagte ihm mit den Augen: *Mach keine Mätzchen, Junge. Gib her.*

Da war er wieder, dieser Blick, den er schon so oft gesehen hatte und der ihn längst reflexartig hergeben ließ, was immer er in der Hand hatte. Er reichte ihr die Spraydose und trat ein paar Schritte zurück.

Sie sah ihn schon nicht mehr und hielt die Dose nahe an das verschandelte Gemäuer. Dann drückte sie auf die Düse, ging langsam an der Fassade entlang und schrieb in riesigen krakeligen Buchstaben: «Apfel, Apfel liegt am Fluß, verursacht nur noch Überdruß.»

«Stimmt», sagte der Junge.

Gregor Gilette verließ die Bar und ging leicht schwankend durch die Straße. Er hörte nichts und sah nur den Gehweg vor seinen Schuhen, bis er einem spindeldürren Mann begegnete, an dem zerlumpte Kleider schlotterten und der mit weit ausholenden Armbewegungen auf die 57ste Straße zuschwamm.

Mit solchem Wahnsinn kam Gregor viel besser zurecht. An die verschandelte Plaza durfte er jetzt nicht denken, das war heute nacht zu gefährlich.

Er kam auf die Idee, sich nach einem Taxi umzuschauen, aber die Straße lag völlig verlassen da, und es hatte angefangen zu regnen. Er starrte auf das aufgerissene U-Bahn-Maul. Sabra und er hatten viel gemeinsam erlebt seit den Tagen, in denen sie U-Bahn gefahren waren, weil es für ein Taxi nicht reichte, in ihren jungen Jahren, in denen sie darum kämpften, hier Fuß zu fassen.

Gregor stieg die Treppe hinunter, die im Dunkeln lag, weil die Lampe kaputtgeschlagen war. Er kaufte bei dem Mann hinter der Glasscheibe eine U-Bahn-Marke und nahm kaum zur Kenntnis, daß sie fünfmal teurer war als damals. Dann ging er durch das Drehkreuz zum Bahnsteig – ein Betrunkener, der am Ende einer durchzechten Nacht langsam nüchtern wurde und auf einen Zug wartete, der nicht im Fahrplan stand.

Aus dem Lautsprecher kam eine Durchsage. Auch ein gebürtiger New Yorker verstand sie nicht Wort für Wort, wußte aber, daß es sich nur um eine Variation des immergleichen Themas handeln konnte: Ihr Zug kommt nicht mehr, und nun gehen Sie endlich.

Zwei Nachtschwärmer auf Gregors Bahnsteig kamen der Aufforderung nach und verschwanden durch zwei Drehkreuze. Auch auf dem Bahnsteig gegenüber war niemand mehr. Der Lichtkegel der einzigen Glühbirne an der Decke ließ ihn wie eine verlassene Bühne aussehen.

Gregor war hartnäckig. Er würde dableiben. Er wollte wissen, ob die Stimme gelogen hatte. Früher hatten sie jedes zweite Mal gelogen.

Mit einem Achselzucken lehnte er sich an eine Säule und dachte schwerfällig über den verdrehten Rhythmus durchzechter Nächte und verschlafener Tage nach, der einem nur das bißchen Licht und Wärme der Glühbirnen ließ. Mit der Schuhspitze schob er Kippen und Papierchen hin und her und suchte in den Linien im Staub nach einem guten Omen.

Zwischen den Gleisen sah er einen kleinen braunen Schemen vorbeisausen. Sabra hatte sich bei der ersten Ratte des Abends immer etwas gewünscht. Mit etwas unsicheren Schritten ging er zur Wand und lehnte sich an die Fliesen. Er war ziemlich betrunken.

Aber er war nicht mehr allein. Jemand sprach mit ihm. War das Sabras Stimme? Eine heisere Flüsterstimme rief seinen Namen. Woher?

Von der anderen Seite der Schienen spähte eine Frau hinter einer Säule hervor. Jetzt trat sie in den Lichtkegel der Lampe, mit großen Augen, die strahlten und doch nicht strahlten. Und jetzt verzog sie das Gesicht zu einem Lächeln, zu einer grotesken Clownsgrimasse.

Es war nicht Sabra – nur eine alte, zerlumpte Vettel, ein gespenstischer Anblick. Mit einer Hand umklammerte sie eine Teedose, die andere lag auf der Griffstange ihres Einkaufswagens.

Ein Zug fuhr zwischen ihnen durch. Er schaute in die vorbeiflitzenden Fenster der Wagen. Keine Fahrgäste. Ein Geisterzug auf dem Weg ins Depot. Als der Zug vorbeigerattert war, betrachtete er die Frau erneut. Ein armes kaputtes Ding. Wie hatte er sie für Sabra halten können?

Sein Zug in Richtung Norden kam. Er hörte ihn und sah den Scheinwerfer im Tunnel größer werden, aber bevor er einfuhr und die Frau Gregors Blick entzog, kam noch ein schrecklicher Augenblick. Sie riß den Mund auf. Die Bremsen kreischten. Ihr Arm stieß in die Luft, als wäre sie der Schiedsrichter dieses Spiels. Dann wurde sie und ihr ganzer Bahnsteig von tonnenschwerem, kreischendem Metall verdeckt.

Müde und schlagartig nüchtern stieg er ein. Er sah nicht aus dem Fenster, aber als der Zug beschleunigte, fragte er sich, ob sie in den davonhuschenden Lichtfeldern sein Gesicht zu entdecken versuchte.

Das Handy piepte. Andrew schlug die Augen auf und blickte zum dunklen Baldachin aus Regenmänteln hinauf. Es dauerte eine Weile, bis er das Handy gefunden hatte. «Hallo?»

«Diese Messe wird für eine Frau gehalten, die brutal ermordet worden ist», sagte eine Männerstimme. Während der folgenden Litanei dämmerte es Andrew, daß der Priester eine Messe für die tote Tänzerin las.

Mozartklänge und ein Geisterchor tönten aus dem magischen Handy und erfüllten seine Sinne. Er kroch auf Knien unter dem Baldachin hervor und blickte zu den matten Sternen am Himmelszelt hinauf. Und nun erklang Mozarts *Requiem* in einer Kathedrale seiner Phantasie. Mönche mit Kapuzen zogen an seinen Augen vorbei, aus ihren Kerzen wurden Fackeln, auf dem Altar war Blut, auf dem Boden war Blut, es strömte durch die Kirche, unter seinen Füßen bildeten sich Wirbel.

Aubry kroch unter der herabsausenden Axt durch den Mittelgang. Ihr Herz schlug noch wenige Sekunden. Alles war rot und pulsierte. Alle inneren Organe waren freigelegt, jedes hatte sein eigenes pulsierendes Leben, bis eins nach dem anderen starb.

Zu spät streckte er ihr die Hand hin. Ihr Gesicht bestand nur noch aus zwei dunklen Höhlen und einem Totenkopfgrinsen. Andrew spürte nicht, daß er auf Glasscherben kniete, sein Entsetzen übertönte die körperlichen Schmerzen. Tränen verschleierten seinen Blick, als er zum letzten Schrecken dieser Nacht hinaufstarrte: Der Himmel beging Selbstmord, die Sterne verloschen.

Und nun ließen ihn auch die helleren Lichter New Yorks im Stich. Er kippte ohnmächtig vornüber.

Es war nach zwei, als Riker zur Tür hereinkam, die Augen schmal wie Schlitze. Er stellte die kleine Tasche mit seinen Sachen auf den Serviertisch und setzte sich auf das Sofa im vorderen Zimmer. Das Sturmgewehr schob er unter den Schutzüberzug, um seinem Gastgeber den Anblick zu ersparen.

«Danke, Charles. Ich bin Ihnen wirklich dankbar.»

«Das tu ich doch gern.» Charles stand vor dem Wandschrank im Flur und zog ein Bettlaken und einen Bezug aus dem obersten Fach. In aller Eile kalkulierte er den Preis, den ein exzessiver Trinker und Raucher in Rikers Alter für Schlafmangel zahlen mußte. Mit verlangsamten Reflexen war zu rechnen, und außerdem ...

«Mallory hat mich abgelöst», sagte Riker. «Ich darf sechs Stunden schlafen, dann muß ich die Nachtschicht bei Andrew übernehmen.»

«Kann das nicht ein anderer machen?»

«Das ist kein Problem.»

Charles überlegte, ob er Riker zu nahe getreten war. Mallory hätte er einen solchen Vorschlag nicht gemacht. Ach, und dann war da ja noch etwas. Er klemmte sich das Bettzeug unter den Arm und suchte auf dem Kaminsims nach der Karte, die der Detective dagelassen hatte. Er gab sie Riker. «Vor etwa einer Stunde ist der Mann hier mit zwei Uniformierten aufgekreuzt. Sie haben nach Mallory gefragt.»

Riker hielt die Karte auf Armeslänge von sich. «Kinkaid? Sie haben dem Cop doch nichts erzählt, oder?»

«Natürlich nicht», erwiderte Charles, als sei es eine absurde Vorstellung, ein Gentleman wie er könnte mit der Staatsgewalt gemeinsame Sache machen. «Aber warum muß sie sich verstecken? Meinen Sie, Blakely will ihr allen Ernstes an den Kragen?»

«Jetzt nicht mehr. Er würde sie sicher liebend gerne erschießen, aber seine Waffe haben sie ihm abgenommen, als er heute nachmittag den Dienst quittiert hat. Und für einen Auftragskiller reicht das Geld nicht, das Robin Duffy ihm gelassen hat.»

«Es ist also vorbei?»

«Der Ärger mit Blakely? Ja. Jetzt hat sie nur noch den Commissioner auf dem Hals.» Riker hielt die Visitenkarte hoch. «Diesen Kinkaid hat das Präsidium geschickt. Beale will sich mit ihr über die sachgemäße Festnahme von Verdächtigen vor laufenden Kameras unterhalten. Sie war gestern der große Hit in den Abendnachrichten.»

«Aber das Schlimmste ist überstanden, und Mallory geht's gut?»

«Ihr geht's gut. Sie hat heute morgen mit Coffey telefoniert. Er ist gleich zur Sache gekommen und hat gesagt, daß sie unverschämtes Glück hat, weil Oren Watt sie nicht wegen Amtsmißbrauch anzeigt, und daß er sie auf der Stelle vom Dienst suspendiert, wenn sie sich noch so ein Ding abkneift.»

«Aber unter den Umständen ...»

«Er mußte ihr mal Bescheid stoßen. Sie tanzt ihm sonst auf der Nase herum. Ich hab ihm dazu geraten.» Riker war offensichtlich stolz darauf. «Coffey muß noch viel lernen, aber er lernt schnell. Richtig ironisch ist er geworden, als er zu ihr gesagt hat, er würde sich freuen, sie mal wieder zu einer Lagebesprechung begrüßen zu dürfen. Und da antwortet sie ihm: ‹Wozu. Die wichtigen Lagebesprechungen finden sowieso auf dem Männerklo statt.› Das hat er mir auf dem Männerklo in Peggy's Bar erzählt.»

Charles trug die Bettwäsche ins Gästezimmer. Als er ins vordere Zimmer zurückkehrte, saß sein Hausgast noch leidlich aufrecht auf der Couch, war aber fest eingeschlafen.

Vorsichtig brachte Charles Rikers Oberkörper in die Waagerechte, hob die Beine auf die Sitzkissen und zog ihm die Schuhe aus. Als er mit Kissen und Federbett fertig war, mußte er selber sagen, daß nicht einmal Rikers Mutter ihren Sohn liebevoller hätte zudecken können.

Quinn stand an dem breiten Fenster im Eßzimmer und sah den Fluß vorbeiströmen. Er hatte kein Ohr für die Chopin-Etüde im Hintergrund. Die dezenten, barocken Schläge der antiken Uhr auf dem Kaminsims erinnerten ihn daran, daß die Zeit nicht stehenblieb. Die erste Verabredung des Abends hatte er mit Gregor Gilette gehabt.

Gegen den Schmerz, den Emma Sue Hollaran ihm zugefügt hatte, konnte er nichts tun, aber er konnte etwas gegen Emma Sue tun. Er hatte versucht sie zurückzuhalten, hatte ihr sogar gedroht, aber an der Dummheit dieser Frau prallte alles ab. Sie glaubte an ihre Unbesiegbarkeit und würde solange daran glauben, bis sie zerquetscht im Räderwerk der Maschine lag, die sie selber in Gang gesetzt hatte. Zu spät für Gregor. Der Schaden war nicht mehr zu beheben. Rache war keine Patentlösung, aber etwas Besseres fiel ihm nicht ein.

Für die Verabredung mit Mallory später am Abend packte er Degen und Maske ein. Während er den schlichten weißen Fechtanzug in die Tasche legte, plante er Mallorys Zukunft wie eine Militäraktion. Ein seltsamer Feldzug, bei dem die Strategie darin bestand, den Feind in die Arme zu schließen und daran zu hindern, ihn jemals wieder zu verlassen.

Er vermied den Blick in den Spiegel über dem Kamin, als er am Reißverschluß seiner Fechttasche zog.

Andere Frauen erwarteten gar nicht erst, daß er sich etwas aus ihnen machte. Sein Blick versprach ihnen nichts. Sie kamen ohne Illusionen und gingen ohne Groll. Und immer waren es die Frauen, die *ihn* verließen. Selbst wenn ihm etwas an einer Frau lag, wenn sie ihn nicht gleichgültig ließ – seine Augen leugneten jedes Gefühl. Die Frau glaubte der ungewollten Kälte in seinem Blick, und weil sie sich dafür zu schade war, ging sie ihrer Wege.

Bei Mallory würde das anders sein. Sie brauchte keine Bestätigung von außen. Sie war wie geschaffen für den Krieg zwischen Mann und Frau. Das versprach Spannung und eine dauerhafte Herausforderung, denn sie war jung und hatte wenig Bedürfnis nach Ruhe. Heute abend würde er sie auf der Planche besiegen, und dafür würde er bezahlen müssen. Er lächelte, zumindest meinte er das. Sein Lächeln erreichte die Augen nicht, deshalb blieb es unwirklich, unglaubwürdig.

Noch nie hatte er eine Frau so sehr gewollt wie Mallory. Ob sie es wußte? Sicher nicht. Auf seine kalten Augen, die kein Gefühl preisgaben, war Verlaß. Und wenn er ihr sagte, was er für sie empfand – würde sie ihm glauben? Nein. Sein Blick strafte die Worte Lügen. Vielleicht mußte er es ihr im Dunkeln sagen.

Charles sah, wie Riker sich im Schlaf umdrehte. Es war dunkel im Zimmer geworden. Er zog an einem zierlichen Kettchen, und ein gläserner Lampenschirm mit bunten Segmenten warf einen warmen Lichtkegel. Jetzt konnte er das Zifferblatt des Weckers lesen, den er neben die Couch gestellt hatte. Um halb neun mußte Riker aufstehen, um seine Schicht auf dem Dach antreten zu können. Nur noch ein paar Minuten. Aber Riker brauchte noch Ruhe. Der Mann sah um zehn Jahre gealtert aus.

Charles beugte sich vor und schaltete vorsichtig den Wecker ab. Dann holte er einen alten Rucksack aus dem Wandschrank im Flur, packte Rikers Fernglas ein und eine Wolldecke gegen die Kälte. Und was noch? Sein Handy ließ er ihm. Womöglich brauchte er es.

Riker drehte sich im Schlaf um. Er hörte gar nicht, wie Charles die Wohnung verließ, um für ihn die Schicht auf dem Dach anzutreten.

Der Central Park ist der einzige Ort in New York, wo man nach Einbruch der Dunkelheit mit sich allein sein kann. Der Normalbürger macht jedoch keinen Gebrauch von dieser Möglichkeit. Zuweilen verirrt sich ein Tourist dorthin, der es von zu Hause gewohnt ist, daß man in einem Park ungestört umherstreifen kann. Die Reinigungskolonnen, die den Park von den Hinterlassenschaften der Touristen und Straßenräuber säubern, ziehen die Leichen dieser Leute meist schon in den frühen Morgenstunden aus dem Gebüsch.

Aber auch die Straßenräuber betreten den Park nicht ohne ein mulmiges Gefühl. Es ist bekannt, daß hier manch einer den Überblick verliert und auf seinesgleichen losgeht, was für den Betroffenen um so schmachvoller ist, als es bedeutet, daß er für einen unbedarften Touristen gehalten wurde. Es gibt zwar einen Polizeiposten mitten im Park, aber nach Einbruch der Dunkelheit läuft dort kein Polizist mehr herum.

Sabra lief dort herum.

Der Einkaufswagen schien aus massivem Blei zu sein, so mühselig zog sie ihn über die große Rasenfläche hinter sich her, auf eine dunkle Baumgruppe zu. Als sie den Weg erreicht hatte, ließ sie sich erschöpft auf eine Bank fallen. Die vielen tausend Lichter der Stadt hatten sie wie wachsame Augen auf dem Weg über den Rasen begleitet. Jetzt waren sie hinter dem Laub verschwunden. Sie saß in völliger Finsternis, die Laternen entlang des Wegs funktionierten längst nicht mehr.

Ihr Körper war müde vom Herumwandern. Am liebsten hätte sie ihn mit all seinen Schmerzen und Gebrechen einfach auf der Bank zurückgelassen und wäre ohne ihn weitergegangen. Warum tat sie es nicht? Was sie dazu brauchte, lag auf dem Einkaufswagen – das ausgediente Fleischermesser. Der Griff war alt und rissig, aber die Klinge war in Ordnung. Warum nicht? Sie hatte nicht mehr die Kraft, der Stadt standzuhalten.

Portrait einer stürzenden Frau – ein dürrer Ast schreit nicht, schlägt nicht vergeblich um sich. Aber noch war die Nacht nicht vorüber, es gab noch vieles zu erledigen. Dabei erschien es ihr beinahe unmöglich, sich von der Bank zu erheben.

Das Gewicht des nahenden Todes lastete immer schwerer auf ihr.

Die Decke der Turnhalle bestand aus hellen Milchglasscheiben, hinter denen sich lange Neonröhren verbargen. Das

Licht schien von überall und nirgends zu kommen; von den cremefarbenen Wänden reflektiert, leuchtete es den Saal bis in den letzten Winkel aus. Der hochgewachsene Mann im weißen Fechtanzug warf deshalb keinen Schatten.

Auf dem Weg zur Mitte des Parkettfußbodens knöpfte er sich den Kragen der Fechtjacke zu. Er trat über die blaue Linie, die das schmale Rechteck der Planche begrenzte – das Schlachtfeld. Alle wichtigen Lektionen des Lebens hatte Quinn auf den anderthalb mal sechs Metern der Fechtbahn gelernt. Hier hatte er über Philosophie und die Natur des Menschen ebensoviel erfahren wie über Ehre und Betrug. Und trotz seiner Goldmedaillen hatte die Fechtbahn ihn gelehrt, bescheiden zu bleiben, denn auf diesem schmalen Streifen lernte man nie aus.

Seine Maske lag auf dem Boden, als er den Degen schwang und den Hieb eines imaginären Gegners parierte. Es würde ein leichter Sieg für ihn sein, denn er kannte Mallorys Taktik. Jedes Gespräch begann sie mit einer Finte, einer Einladung, und dann traf sie mitten ins Herz. Und was war Fechten anderes als ein Gespräch zwischen zwei Degen?

Plötzlich spürte er, daß er nicht mehr allein war.

Mallory war hinter ihn getreten. Er drehte sich um, und da stand sie und sah zu ihm hoch. Gleichzeitig hatte er den verwirrenden Eindruck, daß ihre Blicke sich auf derselben Ebene begegneten.

«Wie lange sind Sie schon da?»

«Schon eine Weile.» Ihr Körper, in Blue Jeans und ein langärmeliges Trikot aus schwarzer Seide gekleidet, hob sich schlank und dunkel vor der hellen Wand ab.

«Darf ich?» Sie streckte die Hand nach seinem Degen aus, und er gab ihn ihr. Ihre schwarzen Laufschuhe machten kein Geräusch, als sie die Waffe quer durch den Saal zu einer braunen Ledertasche neben der Tür trug.

*Die Tür – wie beunruhigend.* Sie war geschlossen, und Mallory hatte einen Stuhl unter die Klinke geklemmt. Offenbar wollte sie nicht, daß sie bei ihrem Gefecht gestört wurden. Oder sie wollte keine Zeugen. Wenn sie es nur getan hatte, um ihn aus der Ruhe zu bringen, sollte es ihm recht sein.

Sie kniete nieder, öffnete die Fechttasche und nahm zwei Kavalleriesäbel heraus. Dann schob sie seinen Degen hinein und zog den Reißverschluß wieder zu. Sie kam zu ihm zurück. Den einen Säbel hielt sie an der Seite, während sie den anderen hochschwang und mit ungestümen Hieben die Luft teilte, als müßte sie sich einen Weg zu ihm bahnen. Sie hielt Quinn den Säbel hin, und er erkannte das Erbstück.

«Hat Charles Ihnen die geliehen?»

«Nein, ich hab sie ihm geklaut.»

Er prüfte die Schneide, tippte auf die Spitze. «Sie haben ganze Arbeit mit dem Wetzstein geleistet, stimmt's?»

«Ja. Scharf wie ein Rasiermesser und spitz wie eine Nadel.»

«Eine interessante Wahl, Mallory, aber zu gefährlich. Wir nehmen meine Degen. Sie zeigen einen Treffer elektronisch an.» Jetzt bemerkte er die Wölbung ihrer Fechttasche. Wenigstens hatte sie an die Maske und vielleicht sogar an Handschuhe gedacht, aber offenbar nicht an eine Jacke. «Ich habe ein Körperkabel und das ganze elektronische Zeugs. Eine Jacke und alles andere finden Sie im Umkleideraum.» Er deutete auf die Hintertür. «Da können Sie sich umziehen.»

«Danke», sagte sie und hob den Säbel, um sein Gewicht zu prüfen, «aber ich bin bereits umgezogen.»

«Mallory, das Seidentrikot ist zu dünn. Selbst mit stumpfen Waffen braucht man ein ordentliches Wams, um sich zu schützen. Ich fechte nicht mit Ihnen, bevor Sie sich nicht umgezogen haben.»

«Ich brauche keinen Schutz. Und wir fechten mit den Kavalleriesäbeln.» Sie deutete mit ihrer Waffe auf die Maske am Boden. «Setzen Sie das Ding auf. Damit wir endlich anfangen können.»

Er schüttelte ungläubig den Kopf. Was hatte sie vor?

Sie fischte mit dem Säbel nach dem Gesichtsschutz, der vor seinen Füßen lag, und hob ihn auf die Höhe seiner Hand. Quinn nahm ihn von ihrer Säbelspitze, aber nur, um ihn sich unter den Arm zu klemmen. «Ich kämpfe nicht mit diesen Säbeln. Es ist zu gefährlich.»

«Und ob Sie damit kämpfen.» Sie trat zwei Schritte zurück und nahm die *En-Garde*-Position ein.

Er lächelte. Es versprach ein wunderbarer Abend zu werden. «Nein, Mallory. Sie sind zu sehr im Nachteil, trotz Ihrer scharfen Klinge.»

«Ihre Klinge ist genauso scharf und spitz. Niemand soll sagen, Sie hätten keine faire Chance gehabt. Setzen Sie die Maske auf, Quinn. Sie werden sie brauchen.»

«Das kann nicht Ihr Ernst sein. Ich fürchte, Sie wissen gar nicht, was für Verletzungen ...»

«Oh, mit Verletzungen kenn ich mich aus.» Sie stieß den Säbel dicht vor sein Gesicht.

Er zuckte nicht mit der Wimper und fragte sich, ob er sie damit enttäuschte. «Ich kämpfe nicht, solange Sie wehrlos sind.»

«Ich bin alles andere als wehrlos.»

«Sie verstehen nicht.»

«*Ich* verstehe nicht?» Sie zerschnitt die Luft vor seinem

Gesicht. «Wenn ich will, ist das ein kostenloser Mord für mich. Sie tragen die Schutzkleidung – nicht ich. Die Risiken sind bekannt. Damit komme ich durch. Setzen Sie die verfluchte Maske auf, und nehmen Sie den Säbel hoch, oder ich besorg's Ihnen jetzt gleich.»

«Ich werde Ihnen kein Haar krümmen.»

«Ich weiß – darauf verlasse ich mich ja.» Sie ließ einen Säbelhieb folgen, diesmal in der unmißverständlichen Absicht, ihn zu verletzen.

Blitzschnell sprang er zurück, aus der Reichweite ihrer Klinge. Dann setzte er die Maske auf und hob den Säbel in *En-Garde*-Stellung. Sie drang mit ein paar schnellen, überraschenden Ausfällen auf ihn ein; die Waffe in der ausgestreckten Hand, die Spitze keine zehn Zentimeter vor seiner Brust, trieb sie ihn nach hinten. Er wich mit langen Schritten zurück, um den Abstand zu wahren. An der blauen Begrenzungslinie hielt er die Stellung, parierte ihre Ausfälle, begegnete ihren wilden Hieben mit sauberen Paraden. Stahl krachte auf Stahl.

«Sie nehmen's nicht immer so genau mit dem Sportsgeist, Quinn.» Sie ließ die Waffe sinken und trat zurück an den Rand der schmalen Fechtbahn. «Koozeman hatte keine faire Chance, oder?»

«Aubry auch nicht.»

Es war unheimlich, einer Gegnerin gegenüberzustehen, deren Gesicht nicht geschützt war. Die Maske seines Gesichts hinter dem Drahtkäfig war eine Illusion, ein Trugbild. Sie zeigte ihm ihr nacktes, wirkliches Gesicht.

Sie näherte sich ihm mit großen Schritten. «Und Sabra!» Sie führte einen Hieb zum Kopf. «Der ist es wirklich drekkig gegangen.»

Er parierte, indem er die Klinge nach oben riß. *Ver-*

*dammte Scheiße.* Ohne offensiven Stoß kam er nicht weiter. Sie focht mit der tollkühnen Energie der Jugend; was er tat, kümmerte sie gar nicht.

«Ich habe Ihre Schwester gesehen, Quinn. Ich habe mit ihr gesprochen. Sie haben ganze Arbeit geleistet, Sie Mistkerl.»

Der kleinste Treffer, und sie hätte geblutet. Die Vorstellung, sie zu verletzen, erschreckte ihn. Eine absurde Situation. Es war ein Kampf gegen den instinktiven Impuls zuzustoßen. «Ich habe versucht, meiner Schwester zu helfen.»

«Ja, natürlich.» Ein schwungvoller Stoß zum Kopf durchbrach seine Parade; die Spitze ihres Säbels bohrte sich zwei, drei Zentimeter unter Quinns Maske.

Ihre Klinge teilte das Drahtgeflecht vor seinen Augen, und er war konsterniert. Eigentlich hätte er längst auf ihre Attacken eingestellt sein müssen. Ein bißchen spät begriff er den Unterschied zwischen Spiel und richtigem Leben.

Sie wandte sich von ihm ab. Eine neue Lektion in Bescheidenheit: Sie fand nicht das geringste dabei, ihm den Rücken zuzukehren.

Dann drehte sie sich um und sah ihn an, lauernd, abwartend.

«Ich habe Sabra in die teuersten Krankenhäuser gebracht. Sie ist immer wieder davongelaufen.»

Mallory stürzte auf ihn zu, er wehrte ihre Klinge mit blitzschnellen Paraden ab. Sie ging erneut auf ihn los, er parierte auch diesen Angriff; immer wieder schlug Stahl gegen Stahl. «Sie haben Ihre Schwester in dieselbe Anstalt gesteckt wie Oren Watt.» Sie drängte ihn an die Wand. «Fanden Sie, daß das eine gute Idee war?»

«Nein, Orwelhouse war ihre Idee.» Er wich nach rechts

aus. Sie folgte ihm, setzte unerbittlich nach, nahm sich seinen Unterleib zum Ziel ihrer Attacken. «Der institutionelle Weg hat also nicht funktioniert.» Er mußte einen Stoß gegen seinen Kopf abwehren. «Daraufhin haben Sie beschlossen, Ihrer Schwester auf andere Weise zu helfen.»

Er wich zurück, um einen zweiten Ausfall gegen seinen Kopf zu parieren.

Mit Blicken, Körper und Säbel drang sie auf ihn ein – eine einzige erbarmungslose Maschine. «Sie haben Sabra mit Informationen versorgt, die Sie von mir hatten.» Sie hob den Säbel auf Hüfthöhe. Die Spitze schwebte in der Luft. Er wartete reglos ab, in welcher Richtung sie sich bewegen würde.

«Sie haben mich benutzt, um Sabras Besessenheit Nahrung zu geben.» Die Spitze von Mallorys Säbel beschrieb einen Halbkreis auf Quinns Flanke zu. Er blockierte sie mit seiner Klinge, mußte einige Male parieren, bis einer ihrer Hiebe seine Abwehr durchbrach. Sie schlitzte den gepolsterten Halsschutz unter der Maske auf. Die Wattierung quoll in Büscheln hervor. Den nächsten Angriff konnte er parieren. Sie ließ von ihm ab.

«Die arme verrückte Sabra. Sie lebt nur noch für ihre Rache, stimmt's?»

«Sie haben ja keine Ahnung, wie es gewesen ist, Mallory. Sie sind nicht dortgewesen, haben es nicht mit eigenen Augen gesehen.»

«Ich bin dortgewesen.» Sie stürzte sich auf ihn, hieb ein um das andere Mal auf seinen Kopf ein; er wehrte sich mit erhobenem Säbel gegen den Hagel von Hieben.

«Sie glauben ja gar nicht, wo ich überall gewesen bin.» Ihr nächster Streich kam flacher, und er parierte nach rechts. Sie ließ den Säbel sinken, warf ihn von der rechten in die linke Hand. Es war ein zermürbendes Spiel, wie er es noch nie gespielt hatte. Der Säbel flog zurück in die rechte Hand und schnitt ihm in die ungeschützte Flanke. Er hörte den Stoff seiner Fechtjacke aufreißen.

Schweißtropfen liefen ihm in die Augen, sie aber blieb kühl, trocken, führte unbeirrt ihre Angriffe. Sie war fünfundzwanzig Jahre jünger, reagierte schneller und agierte mit erstaunlicher Geschwindigkeit – eine Hieb- und Stichmaschine, die nicht müde zu werden schien. Er hörte das Rasseln seines Atems unter der Maske.

Plötzlich trat sie über die markierte Umrandung der Planche, verließ die definierten Grenzen des Schlachtfeldes. Er hätte es wissen müssen. Für sie gab es keine Grenzen. Das Räderwerk seines Gehirns arbeitete auf Hochtouren, um ihr eine wirksame Strategie entgegenzusetzen.

Zu spät. Der Hieb kam von der Seite, schlitzte den wattierten Latz unterhalb der Maske auf. Er spürte die Klinge nah an der Haut. Nur die dünne Stoffschicht des Stehkragens schützte seine Kehle.

«Wie oft muß ich das noch machen, bis wir zur Sache kommen?» Ihr Säbel, der eben noch locker herabgehangen hatte, war in Sekundenschnelle wieder oben, zu schnell für Quinn. Sie traf die Maske auf Höhe der Augen, und er sprang zurück, stieß gegen die Wand, das Ende aller Rückzugsmöglichkeiten.

«Dämmert Ihnen langsam, worauf ich hinauswill?» Mallory drehte sich um und ging zum anderen Ende der Fechtbahn. Er nahm seinen Platz innerhalb der Begrenzungslinie wieder ein. Über den Zwischenraum hinweg blickten sie sich an.

«Sie haben gesehen, wie ich Koozeman in der Galerie in

die Mangel genommen habe. Und dann haben Sie Ihre Vermutungen Ihrer Schwester mitgeteilt.»

Der Angriff erfolgte ohne Vorwarnung. Mit langen Schritten, wild mit dem Säbel fuchtelnd, ging sie auf ihn los, setzte an zum Stoß, nahm die Bewegung zurück, machte noch einen Ausfall und sagte: «Sie blutiger Dilettant.» Jedes Manöver, jede Attacke ging von ihr aus; ihm blieben lediglich die Abwehrbewegungen, die rettenden Schritte rückwärts.

«Sie haben so viele dumme Fehler gemacht, Quinn. Der Mörder hatte es nicht auf Aubry abgesehen. Das war ein Irrtum.» Stahl klirrte gegen Stahl, aus ihren Hieben meinte er den Rhythmus von Hammerschlägen herauszuhören.

«Woher wollen Sie wissen ...?»

Sie brach den Angriff ab und trat einen Schritt zurück. «Es ging von Anfang an um Geld.» Sie ließ den Säbel sinken. «Der Mörder wollte aus dem Tod des Künstlers Peter Ariel Kapital schlagen. Aubry ist dazugekommen, als sie gerade dabei waren, die Leiche zu zerstückeln.»

«Nein, das stimmt nicht. Ich bin hinbestellt worden, weil Aubry eines der Opfer war. Ich sollte die Leichen finden. Das war schon vor ihrem Tod so geplant!»

«Nein, Quinn. Die Mörder brauchten einen Kritiker, um den Medienrummel in Gang zu setzen. Koozeman hat der Polizei wohl nicht zugetraut, eine Leiche als Kunstwerk zu erkennen. Deshalb hat er Sie mit Aubrys Namen geködert. Aber es war nicht geplant, daß sie tatsächlich in der Galerie auftaucht. Das war ein Unfall. Etwas ist schiefgelaufen.»

Der Säbel baumelte sorglos an ihrer Seite. Dann hob sie ihn urplötzlich in Angriffsstellung. Er vergaß die vierzig Jahre Training, die ihn gelehrt hatten, auf den Angriff zu warten, wich einen Moment zu früh zurück und hob die Waffe zur Parade. Aber sie rührte sich nicht vom Fleck, ihr Säbel war schon wieder unten. Quinn ließ die Waffe sinken. Sie lächelte; ich hab dich in der Tasche, hieß dieses Lächeln.

«Kommen wir zu den Lügen, die Sie Markowitz erzählt haben. Sie sind an diesem Abend zu spät in die Galerie gekommen.»

«Ja, aber das habe ich alles erklärt.»

«Sie haben Markowitz eine Lüge aufgetischt. Mich können Sie damit nicht abspeisen.»

«Ich habe Ihrem Vater erklärt, daß das Taxi in einem Stau steckengeblieben war, weil in der Straße ein Film gedreht wurde. Ich mußte aussteigen und die U-Bahn nehmen. Und in der U-Bahn kenne ich mich nicht aus, weil ich nie ...»

«Markowitz wußte, daß Sie ihn angelogen haben. Ich habe bei seinen Papieren Kopien vom Drehplan und von den Genehmigungen der Stadtverwaltung gefunden. Es hat eine Weile gedauert, das alles herauszufinden. Der Drehort lag nicht zwischen Ihrer Wohnung und der Galerie. Mehr hat der Alte nicht gewußt, nur, daß Sie ihn angelogen haben. Er durfte die Familie nicht vernehmen, deshalb konnte er nicht wissen, daß Sabra sich an diesem Abend mit Ihrer Mutter getroffen hat. Aber ich weiß es – seit meinem Gespräch mit Aubrys Vater. Und dann fiel mir auf, daß der Drehort genau in der Mitte zwischen Ihrem Haus und dem Ihrer Mutter lag. Sie und Ihre Schwester haben das Filmteam auf dem Weg zu Ihrer Mutter gesehen. Ich weiß sogar, daß Sie mit Sabras Auto dorthin gefahren sind.»

«Sabra war nie ...»

Sie trieb ihn mit langen Ausfallschritten über die Planche, ein Hieb, ein Schnitt in den Arm. Seine Parade kam zu spät. Ungläubig starrte er auf das Blut, das ihm durch den Ärmel sickerte. Sie hatte ihn verletzt, aber er stand in Treue fest zur Bruderschaft all derer, die nicht wahrhaben wollten, daß die Frauen vielleicht doch das tödlichere Geschlecht sind. Die Verletzung war ein schwerwiegender Beweis, und doch blieb er beharrlich bei seinem Rückzugsgefecht. Sein Verstand mochte sich auflösen, der Ehrenkodex blieb intakt. Mit einem Stoß hätte er sie erledigen können, aber er würde es nicht tun.

Und das wußte sie.

«Was hat das Lügen noch für einen Sinn?» Sie ließ den Säbel sinken und schritt zum Ende der Fechtbahn. «Sie haben die Nachricht im Haus Ihrer Mutter bekommen – entweder haben Sie in der Redaktion angerufen, oder die von der Zeitung haben Sie bei Ihrer Mutter ausfindig gemacht. Dann sind Sie mit Sabra zur Galerie gefahren, und zwar in Sabras Auto. Sie sind spät dort angekommen, aber nicht spät genug, um damit zu erklären, warum es so lange gedauert hat, bis Sie die Polizei gerufen haben.»

«Das können Sie gar nicht wissen.»

«Meinen Sie? Dann sagen Sie mir, was nicht stimmt. Als Sabra sah, was sie Aubry angetan hatten, fing sie an zu schreien. Sie brauchten Zeit, um Ihre Schwester zu beruhigen und sicher aus der Galerie wegzubringen – sich einen Plan auszudenken. Vor allem mußten Sie Polizei und Presse von Sabra fernhalten. Und da haben Sie einfach beschlossen – Gentleman, der Sie nun mal sind –, daß Ihre Schwester eine Vernehmung nicht durchstehen würde. Die Geschichte mit der U-Bahn haben Sie sich einfallen lassen, um eine Erklärung dafür zu haben, warum Sie die Polizei so spät verständigt haben und warum sich kein Eintrag im

Fahrtenbuch eines Taxifahrers finden ließ. So konnte man Ihre Spur nicht ins Haus Ihrer Mutter und zu Sabra zurückverfolgen. Das war die erste Lüge.»

Sie verließ die Planche und ging um ihn herum, in großem Bogen, langsam und fast lautlos. Ein solches Manöver lernte man in keiner Schule – sie spielte mit ihm. Sein Leben lang hatte er sich innerhalb der engen Grenzen kultivierten Benehmens bewegt, wo jeder Schritt einstudiert war wie die Choreographie eines Balletts. Nichts in diesem Leben hatte ihn auf das vorbereitet, was jenseits dieser Grenzen lag. Aubrys Anblick mochte ihm den Verstand geraubt haben – gelernt hatte er daraus nichts.

Er bewegte sich mit Mallory im Kreis, um sie nicht aus den Augen zu verlieren. Alle Aggression ging von ihr aus. Sie war es, die zustieß, die den Tanz begann und wieder beendete, wenn ihr danach war. Sie hatte die Kontrolle über das Spielfeld, über das Spiel, über ihn.

Sie würde ihn besiegen – nicht mehr und nicht weniger sagte ihr Blick. Und was schlimmer war, er glaubte es sogar selber, als Mallory nun spielerisch an die Linie getänzelt kam, ohne auf seine Waffe zu achten; so gering schätzte sie ihr Risiko ein.

Mit seiner Konzentration war es vorbei. Er parierte zu spät, und ihre Klinge schnitt ihm in die Seite. Sie wich wieder zurück zur Mitte der Planche. Und dann ließ sie auch den letzten Anflug von Etikette beiseite und stürzte sich, wild mit dem Säbel fuchtelnd, auf ihn. Als sie ihn erreicht hatte, ließ sie sich auf ein Knie fallen und stach nach seinem ungeschützten Oberschenkel, einem nicht erlaubten Bereich, den sich noch keiner seiner Gegner zum Ziel gesucht hatte.

Er verfluchte sich dafür, daß er nicht darauf gefaßt gewesen war. Er hörte das Zerreißen des Stoffes, aber er wollte nicht hinsehen. Wenn sie ihn wieder geschnitten hatte, dann wäre es nicht gut für seine Moral, das Blut zu sehen. Er parierte ihren nächsten Angriff, mußte hellwach sein, um Körper und Beine zu schützen.

Sie brach den Angriff ab und zog sich – flink wie eine Katze – zum Ende der Fechtbahn zurück. Dann rückte sie wieder vor, gemächlich leise, noch immer wie auf Katzenpfoten.

Sie begann die Attacke in Zeitlupe, wie eine beiläufige Unterhaltung; ihre Klingen kreuzten sich in leichten Hieben und Paraden. Sie beschleunigte das Spiel der Säbel mit schnelleren Hieben, wurde aber nicht heftiger, nur leichte Berührungen – *du küßt meinen Säbel und ich deinen.* Schneller wurde es, immer schneller – in immer kürzeren Abständen schlug Stahl gegen Stahl. Das Tempo steigerte sich immer mehr in den atemlosen Rhythmus fleischlicher Lust, rasender Herzen …

Dann ließ Mallory jäh von ihm ab und zog sich ans Ende der Fechtbahn zurück.

Schweißperlen verwischten ihm den Blick, als sie mit tänzelnden Schritten und einer recht gewöhnlichen Eröffnung erneut auf ihn zukam. Er konnte sie leicht parieren, und das hätte ihn mißtrauisch machen müssen. Statt seine Parade mit einer Riposte zu erwidern, ließ sie die Klinge an seinem Säbel entlanggleiten, Heft stieß an Heft, die Säbelspitzen ragten nach oben, nur wenige Zentimeter trennten ihre Körper. Sie drückte fester, bis sie *corps-à-corps* standen, im verbotenen Körperkontakt mit dem Gegner.

Leise sagte sie zu ihm: «Jetzt mach ich Sie fertig, Quinn.»

Und er glaubte ihr. Er blickte ihr in die schmalen grünen Augen. Sie zog den Säbel zurück, senkte ihn. Er hatte schon verloren, bevor er spürte, wie die stählerne Spitze sich unter die Glocke seines Säbels schob. Mit elegantem Schwung wich sie zurück, die Hebelwirkung riß ihm die Waffe aus der Hand, sein Säbel segelte in hohem Bogen durch die Luft und landete scheppernd auf dem Parkett.

Einen Moment lang spiegelte sich ihr kindlicher Triumph in Haltung und Blick – dann war das Kind verschwunden. Todernst sagte sie: «Ich habe gewonnen.»

Eisiges Schweigen. Sie trat einen Schritt vor, den Säbel erhoben.

«Oh, tut mir leid», sagte er. «Für den Trefferstand war ich verantwortlich, oder? Soll ich die Schnitte zählen?» Er betrachtete die blutigen Stellen an seiner Hüfte, den Armen und an einem Bein. «Ein paar Treffer haben nur den Stoff zerrissen und sind nicht bis auf die Haut gedrungen, aber die zählen natürlich auch.»

«Ich möchte meinen Wettgewinn kassieren.»

«Wenn ich Ihnen ein Geständnis der Morde an Dean Starr und Avril Koozeman unterschreibe? Wäre das eine angemessene Bezahlung?»

«Nein. Dazu sind Sie nicht der Typ. Sie schlagen ja nicht einmal, um sich selber zu retten. Und daß Sie Ihre Schwester im Regen haben stehenlassen – nun, das zählt nicht als Gewalttat.»

«Was hätte ich tun sollen. Sie für den Rest ihres Lebens in eine geschlossene Abteilung sperren? Da wäre sie lieber tot.»

Mallory trat nah an ihn heran. «Sie wollten wohl sagen, es wäre besser, wenn sie tot wäre.» Zu spät. Er spürte, wie ihr Fuß sich hinter seinem Bein einhakte. Mit einem kurzen Stoß brachte sie ihn aus dem Gleichgewicht. Er landete auf dem Rücken. Sie setzte ihm die Säbelspitze an die Kehle. «Bezahlen Sie! Ich brauche Sabra.»

«Ich weiß nicht, wo sie steckt.»

«Lügner!» Sie zog den Säbel zurück, ein kleines Stück nur, hob die Spitze langsam vor sein Gesicht, stieß sie ihm ein paarmal durch die Maske. «Wie viele Stöße, bis ich Ihr Auge habe? Ich habe gewonnen! Lösen Sie Ihr Versprechen ein.»

«Warten Sie!» Er hob die Hand, und sie hörte auf. Er nahm die Maske ab und hielt sie ihr hin. «So geht's leichter.»

Ihre Klinge kam näher. Er bildete sich längst nicht mehr ein, sie so zu kennen, daß er ihre Handlungen vorhersehen konnte. Aber er hatte Louis Markowitz gekannt, und jetzt setzte er sein Augenlicht auf den Mann, der für ihre Erziehung verantwortlich war.

Sie hob den Säbel. «Wissen Sie, man kann auf vielerlei Arten zustechen.»

Sie trat einen Schritt zurück. «Aubry sollte nicht sterben in jener Nacht. Das geht aus den Nachrichten ganz klar hervor. Sie wußten nicht, daß jemand in der Ballettschule angerufen hatte, um Aubry etwas ausrichten zu lassen, oder?»

Er schüttelte den Kopf, und sie sprach weiter: «Das habe ich von Gregor Gilette erfahren. Sie nahmen an, daß sie Aubry bereits hatten, als die Nachricht bei Ihrer Zeitung hinterlassen wurde, stimmt's?»

Er nickte und schloß die Augen. Ihre nächsten Worte kamen von hinten.

«Gilette sagt, daß die für Aubry bestimmte Nachricht ziemlich lang war. Das hat mich auf den Gedanken gebracht, daß man Ihre Nichte an einen anderen Ort geschickt haben könnte – damit Sie sie telefonisch nicht erreichen konnten, wenn Sie die Nachricht erhielten, die Sie in die Galerie rief. Und die Sekretärin hatte Aubrys Nachricht falsch verstanden. Zu viele Instruktionen, um sie in aller Eile aufzuschreiben. Deshalb hat sie viel Zeit mit dem Entziffern der Botschaft vertan, und noch mehr Zeit mit dem Versuch, Sie ausfindig zu machen. Schließlich hat sie bei ihrer Zeitung angerufen. Inzwischen war dort eine Nachricht für Sie hinterlassen worden. Wahrscheinlich hat eine Angestellte in Ihrem Fach nachgesehen und den Termin in der Galerie bestätigt. Das ist das einzige Szenario, das zu beiden Nachrichten paßt. Schade, daß Sie Markowitz nicht Ihre Familie haben befragen lassen. Dann wäre er schon vor zwölf Jahren darauf gekommen. Ich habe bei Gregor Gilette fünf Minuten gebraucht.»

«O Gott.»

«Markowitz hat immer als erstes auf ein Geldmotiv getippt. Mein Vater war ein kluger Bulle, aber weil Aubry als das eigentliche Mordopfer erschien, wußte er nicht weiter.»

Sie war jetzt direkt neben ihm, sprach ihm ins Ohr: «Wenn er geahnt hätte, daß Aubry zufällig dort war, hätte er nach dem Mann gesucht, der von Peter Ariels Tod profitierte, jemandem mit Verbindungen zu Ihrer Familie.»

Er schlug die Augen auf und hob den Kopf. Mallory kauerte vor ihm, das Gesicht dicht an seinem.

«Alles deutet auf Koozeman hin», sagte sie. «Die Mörder säßen längst im Zuchthaus – wenn Sie meinem Vater keine Steine in den Weg gelegt hätten. Und Sabra? Sie hat sich jahrelang für nichts und wieder nichts auf den Straßen herumgetrieben.»

Sein Kopf sank zurück, und er drehte die Augen zur Decke, als wäre er tödlich getroffen. Wie sie gesagt hatte, man konnte auf vielerlei Arten zustechen.

«Nun, Quinn, ein klarer Sieg, meinen Sie nicht?»

Er nickte.

Sie setzte sich neben ihn auf den Boden und legte den Säbel aus der Hand. «Sie kennen die Verbindung zwischen den alten Morden und Dean Starr. Woher wußten Sie, daß er einer der Mörder war? Hat Sabra es Ihnen gesagt, oder haben Sie es ihr gesagt?»

«Ich habe Riker den Brief nicht geschickt.»

«Das habe ich auch nicht behauptet, Quinn. Ich weiß, wer den Brief geschickt hat. Ich weiß es schon seit einer ganzen Weile. Woher wußte Sabra, daß Dean Starr zu den Tätern gehörte?»

«Sabra läßt sich hin und wieder bei mir blicken, und dann gebe ich ihr Geld zum Leben und für eine Unterkunft. Ich habe eine Wohnung für sie gemietet – sie verliert ständig den Schlüssel. Aber manchmal ist sie einigermaßen bei Sinnen. Dann besucht sie alte Orte und Freunde von früher. Eine Zeitlang scheint sie fast sie selber zu sein. Aber nach ein paar Tagen ist sie wieder auf der Straße, auf der Suche nach ...»

«Beantworten Sie meine Frage. Woher wußte sie von Dean Starr?»

«Ich versuche gerade, Ihnen zu erklären, daß sie nicht im luftleeren Raum lebt. Sie kennt Leute in der Kunstszene. Koozeman hatte keine Ahnung, wie sehr sein Personal ihn gehaßt hat – sie haben sich ständig das Maul über ihn zerrissen. Eines Abends hat Sabra in Godd's Bar gesessen und eine Unterhaltung zwischen Galerieangestellten mitbekommen, und dabei hat sie ein paar sonderbare Dinge aufgeschnappt. Sabra meinte gehört zu haben, daß Koozeman von Starr erpreßt wird. Und da hat sie mich gebeten, Näheres darüber herauszufinden.»

«Und? Haben Sie das getan?»

«Ja. Ich habe für jeden der Jungen ein paar Hunderter lockermachen müssen. Nach Erpressung hat es sich nicht unbedingt angehört. Starr hat Koozeman unter Druck gesetzt, damit er einen erfolgreichen Künstler aus ihm machte. Mit denselben Methoden wie bei Peter Ariel. Was Koozeman dazu gesagt hat, hab ich nicht herausbekommen.»

«Und mehr haben Sie ihr nicht erzählt?»

«Mehr gab es nicht zu erzählen.»

«Sie wußten, daß sie verrückt ist. Und trotzdem haben Sie sie ihre eigenen Schlußfolgerungen ziehen lassen?»

«Immerhin hat sie die richtigen Schlußfolgerungen gezogen. Sie hat alles von mir gekriegt, was sie wollte.»

«Und dann sind Sie in die Pathologie gegangen, um sich die Überreste der Obdachlosen anzusehen, die sich am Times Square vom Dach gestürzt hat. Weil Sie glaubten, Sabra hätte zuerst Dean Starr und dann sich selbst getötet.»

Er nickte.

«Aber jetzt glauben Sie, daß Ihre Schwester beide getötet hat, stimmt's? Starr und Koozeman.»

«Wir haben nie über die Morde gesprochen.»

«Wie praktisch. Hat Ihr Anwalt Ihnen dazu geraten? Vielleicht hatten Sie Angst, als Mittäter angeklagt zu werden?»

«Mallory, ich könnte mir vorstellen, daß Sie das auch kennen, dieses Gefühl, wenn man nichts mehr zu verlieren hat. So geht es Sabra. Sie kann sich nicht darauf verlassen, daß die Polizei die Sache für sie zu Ende bringt. Man braucht sich ja nur anzuschauen, wie ...»

«Soll das heißen, sie ist noch nicht fertig? Steht noch jemand auf ihrer Liste? Sie Dreckskerl! Wer ist es? Andrew Bliss? Haben Sie ihr Bliss als Verdächtigen genannt? Ich hab Ihnen doch gesagt, dieses jämmerliche Geständnis war nur ...»

«Was macht das schon? Auf dem Dach von Bloomingdale's kann Andrew nichts passieren.»

«Sogar Ihre Mutter könnte auf das Dach klettern. Jeder kann ihm da oben an den Kragen.»

«Aber Sie lassen ihn doch überwachen, oder?»

«Ja, vom gegenüberliegenden Dach aus. Wenn sie sich ihm mit einer Waffe nähert, wird sie erschossen. Ich habe extra das großkalibrige Sturmgewehr ausgesucht. Sie hat keine Chance.»

Der Regenschauer war vorbei. Charles wischte das Fernglas sauber und sah noch einmal hinüber. Er hatte fast den Eindruck, einer religiösen Zeremonie beizuwohnen – einer Taufe oder einem Reinigungsritual. Lange hatte Andrew auf den Knien in inbrünstigem Gebet verharrt. Dann hatte er all seine Kleider abgelegt.

Jetzt stand er in einem Kreis, hielt sich eine Champagnerflasche über den Kopf und ließ sich den schäumenden Inhalt über den nackten Körper laufen. Er warf einen Blick hinauf zu der verbogenen Treppe, die vor der Tür zum Dach in die Luft ragte. Dann drehte er sich um und sah hinüber zur Falltür, dem zweiten Ausgang. Mehr als die Hälfte der Türklappe war mit Stahlträgern und großen Holzkisten verstellt. Andrew stemmte die Schulter gegen eine der Kisten, um sie zu verschieben. Ohne Erfolg. Er legte sich bäuchlings auf den Boden und hämmerte mit der Faust auf den Türgriff wie ein hungriges Kind, das ins Haus gelassen werden will. Die Tür fiel unter seinen Schlägen nach innen, und ein Rechteck aus trübem Licht wurde sichtbar.

Charles richtete das Fernglas auf die Öffnung im Dach. All das schwere Zeug, das die Tür versperrt hatte, war kein wirkliches Hindernis gewesen. Mallory hatte recht gehabt. Die ganze Zeit über hätte jeder, der wollte, an Andrew herankommen können, er hätte einfach nur die Tür von innen öffnen müssen.

Auf einer Leiter kletterte Andrew hinunter in den erleuchteten Schacht, unbekleidet, nur mit einem Mobiltelefon in der Hand.

Charles dachte an das Handy, das er neben Riker auf dem Beistelltisch liegenlassen hatte. Wie dumm. Das Ding hätte er jetzt brauchen können. Wenigstens war Andrew nicht mehr der Schnellste. Aber Charles' Haus war höher. Er würde sich beeilen müssen.

So rasch er konnte, rannte er die Treppen hinunter und lief über die Straße zu dem Notausgang, den Mallory auf ihrem Schwarzen Brett eingezeichnet hatte. Er spähte in alle Richtungen. Andrew mußte noch drinnen sein.

Beim Geräusch eines quietschenden Rades drehte er sich um, aber er war nicht schnell genug. Etwas krachte auf seinen Hinterkopf, und er stürzte in dem Augenblick auf den Gehsteig, als Andrew zum Notausgang herauskam und den Feueralarm auslöste.

Riker erwachte unter einer behaglichen Steppdecke. Er sah auf die Uhr auf dem Beistelltisch neben der Couch. Nur langsam dämmerte ihm die Erkenntnis, daß er verschlafen hatte – und daß niemand Andrew Bliss überwachte. Er fuhr hoch.

«Charles?»

Er wußte, daß er keine Antwort bekommen würde. Es war niemand außer ihm in der Wohnung.

Jetzt entdeckte er den Zettel auf dem Tischchen. Eine Nachricht von Charles. Er hatte die Schicht auf dem Dach übernommen. Aber das Gewehr lag noch immer unter der Couch und das Handy auf dem Tisch.

Charles würde nie einen guten Cop abgeben.

Riker warf die Decke ab, stopfte das mobile Telefon in die Tasche und sah sich nach seinen Schuhen um. Als die Senkel geschnürt waren, legte er einen Zahn zu, griff nach Kanone und Gewehr und stürmte zur Tür hinaus.

Die Alarmanlage von Bloomingdale's hörte nicht auf zu schrillen. Autos rollten vorbei, Fahrer riskierten einen schnellen Blick, bevor sie weiterfuhren.

«Lebt er noch?» Quinn mußte laut sprechen, um den Alarm zu übertönen.

Er kniete sich neben Mallory. Sie strich mit der Hand über Charles' Hinterkopf. Dann rollte sie den großen, bewußtlosen Mann auf den Rücken und zog vorsichtig ein Augenlid hoch. Sie schwenkte die Hand, um einen Wechsel von Licht und Schatten zu erzeugen. Schließlich nickte sie. Die Reaktionszeit der Pupillen war zufriedenstellend. «Er wird's überleben. Der Schädel ist noch ganz. Ich nehme an, sie hat ihm von hinten eine Flasche auf den Kopf gehauen.»

«Sie wissen nicht, ob es Sabra war.»

«Jedenfalls war es nicht Andrew. Der könnte nicht mal einen Teller zerdeppern – in seinem Zustand.»

Sie zog die Antenne ihres neuen Mobiltelefons heraus und tippte Rikers Nummer ein. «Riker? Mallory hier ... ja, ich bin jetzt bei ihm ... Wo bist du jetzt? ... Gut.» Sie schob die Antenne hinein und wandte sich wieder an Quinn. «Ich möchte, daß Sie bei Charles bleiben, bis Riker hier ist.»

«Wo wollen Sie hin?»

«Sabra suchen. Die Wunde ist noch frisch. Sie kann nicht weit sein.»

«Sie wissen, was passiert, wenn Sie sie festnehmen. Es wird einen gräßlichen Medienrummel geben. Lassen Sie sie in Frieden. Ich verspreche Ihnen, ich werde sie finden, und ich finde auch ein Krankenhaus für sie. Sie ist schwach und krank. Sie kann niemandem etwas Ernsthaftes antun.»

«Charles hat sie jedenfalls ordentlich eins übergezogen. Ich glaube, Sie wissen ganz genau, wozu sie fähig ist.»

«Sie wissen nicht, was meine Schwester durchgemacht hat. Sie haben keine Ahnung. Aubrys Schädel war auf der Rückseite aufgeplatzt. Das Gehirn ist durch die Knochensplitter gequollen. Ich hab gesehen, wie Sabra versucht hat, es wieder in den Schädel zu stopfen. Dann ist die Rückseite abgesprungen, und sie hatte alles in der Hand, ein Stück Schädel, das Blut und die Gehirnmasse. Sie wollte den Schädel wieder in Ordnung bringen, da hab ich sie weggezogen. Sie hat versucht, ihr totes Kind wieder heil zu machen.»

«Deshalb hat es so lange gedauert, bis Sie angerufen haben. Sie haben sie weggebracht und sind dann zurückgekommen.»

«Ja, Sie haben mit allem recht gehabt.»

«Sie glauben, daß sie Starr und Koozeman getötet hat. Und Sie haben ihr Andrew ausgeliefert. Sie haben ihr von seiner jämmerlichen kleinen Beichte auf dem Dach erzählt – alles Sünden, die er vor seinem zwölften Lebensjahr begangen hat. Aber Sabra wußte nur, daß er gebeichtet hat. Stimmt's? Wahrscheinlich ist Andrew bereits ein toter Mann. Ich werde Sabra finden, und Sie werden mich nicht daran hindern.»

Er drängte sie an die Mauer und stemmte rechts und links von ihr die Hände gegen die Wand, um sie am Weglaufen zu hindern. Die Waffe in ihrer Hand verblüffte ihn. Sie war einfach da. Er hatte gar nicht gesehen, wie Mallory sie aus dem Schulterhalfter gezogen hatte, und jetzt war sie auf sein Herz gerichtet.

«Gehen Sie aus dem Weg, Quinn!»

«Nein, Sie drücken nicht ab. Das hier ist ein anderes Spielfeld. Andere Waffen, andere Regeln. Ich bin unbewaffnet, und Sie sind Polizistin. Ich kenne Sie jetzt besser. Auch für Sie gibt es Regeln, Mallory, und die werden Sie nicht brechen. Sie haben mich nicht mit dem Säbel verstümmelt, als ich hilflos war, und genausowenig werden Sie jetzt auf mich schießen.»

Mallory schoß auf ihn.

Er war so konsterniert über den Knall und das Blut, daß er den Pistolenknauf, der ihn ins Reich der Träume schickte, gar nicht mehr spürte.

Ein nackter Mann kann ungehindert durch ganz New York City laufen. In dieser Stadt verlassen die Leute sich auf das periphere Sehen, um den tagtäglichen Gefahren aus dem Weg zu gehen. Hält eine Gestalt sich nicht in diesem Randbereich des Gesichtsfeldes auf, dann existiert sie nicht. Blickkontakt mit Verrückten muß vermieden werden, darüber sind sich alle einig. Und fällt das Auge eines New Yorkers doch einmal auf einen dieser Unglücklichen, deren Verstand sich auf Dauer verabschiedet hat, dann wird besagtes Auge es im Interesse der Unversehrtheit des übrigen Körpers unterlassen, eine Meldung an das Gehirn zu machen, solange der Verrückte im peripheren Bereich bleibt. Blickkontakt könnte den Geisteskranken herbeilocken. Blickkontakt, das bringen sie ihren Kindern bei, ist um jeden Preis zu vermeiden.

Und so konnte Andrew sämtliche Fahrspuren der breitesten Avenues überqueren, ohne daß ihm etwas passierte oder er daran gehindert wurde. Kein heimkehrender Pendler, kein Taxifahrer dachte daran, an den Straßenrand zu fahren und die Polizei zu rufen. Unbehelligt konnte Andrew seinen Weg in nördlicher Richtung fortsetzen, bekleidet lediglich mit einem etwas verdrehten Lächeln, das auf einer Seite nach oben zeigte und auf der anderen kippte.

An einer Straßenecke redeten zwei Männer in erregtem Spanisch aufeinander ein. Er ging an ihnen vorüber, und ihr Redefluß kam nicht einmal ins Stocken. Kurz vor der 70th Street kam ihm eine junge Frau entgegen, die nicht recht wußte, ob sie sich einen Cheeseburger leisten sollte oder nicht. Als er an ihr vorüber war, fand sie, daß eigentlich nichts dagegen sprach. Aus dem Feinkostgeschäft Ecke Lexington Avenue kam eine alte Frau mit voller Einkaufstasche und mußte einen Bogen um ihn machen, weil Andrew auf dem Gehsteig stehengeblieben war. Die Frau registrierte nur den Anbruch der Dunkelheit. Sie wollte zu Hause sein, bevor es wirklich gefährlich wurde.

Der nackte Mann ging weiter, von niemandem aufgehalten, geschützt durch das Prinzip, daß die Polizei nie da ist, wo man sie braucht.

Das Handy piepte. Er zog die Antenne heraus. «Hallo?»

«Hallo, Andrew.»

«Oh, Mallory.» Sie fragte ihn, wo er sei, und er sagte es ihr.

«Nehmen Sie sich vor einer Stadtstreicherin in acht, Andrew. Ich komme.»

Mallory war ihm auf den Fersen. Es blieb nicht viel Zeit für den letzten Akt der Buße. Er mußte sich beeilen.

Er überquerte die Straße.

Charles hörte den Piepton, und als er die Augen aufschlug, blickte er in die Glut der Zigarette, die Riker im Mundwinkel hing. Das flackernde Rotlicht eines Polizeiwagens beleuchtete die unmittelbare Umgebung mit kirschroten Feuerblitzen. Kein Zweifel, daß er sich nicht in seinem Bett befand, sondern der Länge nach auf Betonplatten lag. Rikers besorgtes Gesicht entspannte sich zu einem erleichterten Grinsen.

«Riker, ich glaube, Ihr Handy piept.» Charles tastete mit einer Hand seinen Hinterkopf ab, in dem ein dumpfer Schmerz pochte. Als er versuchte, sich hinzusetzen, tat es noch mehr weh. Er legte sich wieder auf den Rücken und schaute in den Himmel.

Riker sprach ins Telefon. «Ja?» Er hörte einen Moment lang zu, dann sagte er zu Charles: «Es ist Mallory.» Ins Telefon sagte er: «Nein, Charles geht's gut. Und der andere atmet auch noch ... Sicher. Kein Problem.»

Charles stützte sich auf einen Ellenbogen und blickte auf Quinns ausgestreckte Gestalt. Er faßte nach dem Handgelenk. Während er dem Kunstkritiker den Puls fühlte, fragte er sich, ob Riker es womöglich geschmacklos fand, daß er überprüfte, ob Quinn noch unter den Lebenden weilte. Oberhalb der blutenden Armwunde trug der Mann ein provisorisches Tourniquet, ein irisches Leinentaschentuch mit dem Initial M für *Markowitz*.

«Riker, haben Sie den Krankenwagen gerufen?»

«Was – wegen der kleinen Fleischwunde? Denken Sie bloß an den ganzen Papierkram. Und Mallory müßte noch mal den Idiotentest machen. Das ist so üblich, wenn ein Polizist die Waffe gebraucht. Was meinen Sie, wie viele solche Tests sie noch machen kann, bevor das Department weiß, wen es da an seinem Busen nährt?»

«Er hat ein großes Loch im Arm, und er verliert Blut.»

«Ach, ich hab schon schlimmere Schußwunden gesehen. Sie hat genau gewußt, wo sie hinzielt. Das ist der kleinstmögliche Schaden, den man mit einer Wumme wie Mallorys anrichten kann. Und ich wette zwanzig Dollar, daß sie ihm nicht mal den Schädel gebrochen hat. Schauen Sie sich die Kopfwunde an», sagte er, drehte Quinns Schädel auf die Seite und deutete auf die Platzwunde an der Schläfe, als wäre sie eine Sehenswürdigkeit. «Sehen Sie, wie oberflächlich? Sie hat ihn fachgerecht flachgelegt. Ihr alter Herr wäre zufrieden mit ihr.»

«Er ist bewußtlos, Riker. Er braucht einen Arzt, und zwar sofort.»

«Wenn wir ihn ins Krankenhaus bringen, schreiben die einen Bericht. Bei Schußverletzungen ist das obligatorisch. Da kannst du keinen Unfall mit einer Stricknadel draus machen. Und wenn er erzählt, daß ein Cop auf ihn geschossen hat, dann halten der Papierkrieg und die Presse uns wochenlang auf Trab. Das würde Quinn genausowenig gefallen wie uns. Wir müßten ihm natürlich Widerstand gegen die Staatsgewalt anhängen, allein schon, um Mallory zu schützen, aber ihre Karriere wäre trotzdem im Eimer. Krankenhaus ist keine gute Idee, Charles.»

«Er hat recht, Charles», sagte Quinn. Ohne die Augen aufzuschlagen, tastete er nach der Stelle an seinem Schädel, wo Mallory ihn mit dem Pistolenknauf geküßt hatte. «Wir kommen sicher auch ohne aus.»

«Du brauchst einen Arzt», sagte Charles.

«Aber ich kann keinen Medienrummel gebrauchen. Und an Mallory müssen wir auch denken.»

Riker streckte den Daumen nach oben. «Sie sind ein Pfundskerl, Quinn.»

Charles realisierte, daß er und Jamie Quinn wesentlich mehr Gemeinsamkeiten hatten als nur das Fechten. Mallory hatte auf ihn geschossen, und Quinn wäre lieber verblutet, als ihr in irgendeiner Weise Ungelegenheiten zu machen. Und Riker hatte recht. Mit ihrer Karriere wäre es vorbei, wenn herauskam, daß sie auf einen prominenten Kunstkritiker geschossen hatte. Weder in der Presse noch im Büro des Commissioners würde sie damit Punkte machen.

«Jamie, du mußt trotzdem in ärztliche Behandlung. Bei mir im Haus wohnt eine Ärztin, die dich zusammenflickt.» Er sah Quinn an, daß ihm wieder flau wurde und er das Bewußtsein verlor.

Riker stand auf und winkte dem uniformierten Polizisten, der an einem der Streifenwagen lehnte. «Charles. Der Junge bringt Sie überall hin. Dann kann ich Mallory also mitteilen, daß wir in dieser Sache den Dienstweg umgehen, oder?»

«Ja.»

Riker hielt das Telefon hoch. «Brauchen Sie das?»

«Ja, danke.» Charles nahm das Telefon, und Riker ging hinüber, um ein paar Worte mit dem jungen Polizisten beim Streifenwagen zu wechseln.

Quinn war unter die Lebenden zurückgekehrt; er schlug die Augen auf und stützte sich mühsam auf einen Ellenbogen. «Charles, wir müssen uns für deine Frau Doktor eine glaubhafte Geschichte ausdenken.»

«Ach, das ist kein Problem. Henrietta wird es schon verstehen.»

«Riker meint, sie ist verpflichtet, eine Schußverletzung zu melden. Sie wird kaum ihre Approbation riskieren, um sich das bißchen Papierkrieg zu ersparen.»

«Abwarten.» Charles nahm Rikers Handy und tippte eine Nummer ein. «Henrietta? Hier ist Charles... Gut, danke. Ich hab ein kleines Problem, eigentlich ist es mehr ein Notfall, mit ein bißchen Blut. Hast du deinen Arztkoffer griffbereit? ... Gut. Kann ich in ein paar Minuten vorbeikommen?»

Der Portier erkannte Andrew Bliss sofort. Und er sah auch, daß Andrew Bliss bis auf das Mobiltelefon in seiner Hand splitternackt war. Der Portier dachte darüber nach, ob er etwas unternehmen mußte. Noch eine Viertelstunde bis zum Ende seiner Schicht. Er beschloß, Mr. Bliss für das Opfer eines Überfalls zu halten, das auf schnellstem Weg den nächstbesten Freund aufsuchte, um dort etwas zum Anziehen und vielleicht etwas Trost zu bekommen.

Ja, das hatte Hand und Fuß.

Und da Mr. Bliss sein eigenes Telefon mitgebracht hatte, fühlte der Portier sich zu seiner Erleichterung jeglicher Verpflichtung enthoben, die Polizei zu verständigen. Mr. Bliss betrat den Fahrstuhl, und die Tür klappte hinter ihm zu. Das Problem des Portiers war nicht mehr zu sehen und damit gelöst.

Mit der Stadtstreicherin, die jetzt hereinkam, war das allerdings eine andere Sache. Da kannte er seine Pflicht. Blitzschnell streckte er ihr die erhobene Hand hin, um ihr den Zugang zu verwehren, ohne sie wirklich berühren zu müssen und sich dabei womöglich noch Kopfläuse einzuhandeln, die ein New Yorker mehr fürchtete als Aids. Sein zorniges Gesicht und die vorgestreckte Handfläche würden ihr die Lage ja wohl begreiflich machen. Diese Leute waren vor allem faul, nicht dumm.

Es ging alles rasend schnell. Er sah die Klinge aufblitzen,

und dann war die Hand in dem weißen Handschuh ein blutiger Fetzen aus Fleisch und zerrissenem Stoff. Die Frau ging an ihm vorbei ins Treppenhaus, während er beim Anblick des weißen Knochens seiner eigenen Hand das Bewußtsein verlor und zu Boden sank.

«Andrew, du riechst nicht gut.» Das war Emma Sue Hollarans erster Kommentar, als sie ihm die Tür öffnete. Wie ein Schlafwandler schlich er an ihr vorbei in die Wohnung. Sie wedelte mit der Hand, um den Gestank zu verscheuchen. Dann ging sie zur Verandatür. «Andrew, laß uns auf die Terrasse hinausgehen, okay?»

Er nickte und folgte ihr artig in die kühle Nachtluft. Ein dichter Wall von Topfpflanzen schirmte sie gegen neugierige Blicke aus dem gegenüberliegenden Haus ab, nur vom Nachthimmel schauten tausend leuchtende Äuglein zu ihnen herunter.

«Wir müssen beichten», sagte er, «beichten und Buße tun.»

«Dann hast du es also gewußt.»

Er legte den Kopf schräg und sah aus, als würde er von keinerlei Verstand mehr behelligt. «Natürlich hab ich es gewußt. Was hast du denn ged...?»

«Hast du mit jemandem darüber gesprochen?»

«Nein. Emma Sue, du mußt mir jetzt zuhören. Ich weiß nicht, wieviel Zeit wir noch haben. Die Beichte ist ungeheuer wichtig. Du darfst nicht mit befleckter Seele sterben.» Er wandte den Blick nach oben, und plötzlich zählten nur noch die Sterne. Die Wolken rissen auf und gaben ein größeres Stück Himmel frei, und immer mehr Sterne sahen ihnen zu.

«Nun reg dich nicht auf, Andrew. Wenn es dich glücklich macht, will ich dir gerne beichten. Aber du weißt, daß ich Dean nicht getötet hätte, wenn er nicht so gierig gewesen wäre.»

Andrew drehte den Kopf von einer Seite auf die andere, als würde das helfen. Was sagte sie? Wie konnte …

«Dean hat es bei Koozeman immer wieder auf dieselbe Tour versucht.» Sie ging zur Verandatür und drehte sich zu ihm um. «Das mit den numerierten Zetteln hat Koozeman sich ausgedacht, nicht Dean. Er hat das wohl für einen großartigen Witz gehalten. Und dann war er fassungslos, daß die Leute sie tatsächlich gekauft haben. Würdest du ein Stück zurückgehen, mein Schatz?»

Sie drückte ihn mit sanfter Gewalt näher an die Wand aus eingetopften Bäumen. «Ich wollte damit nichts zu tun haben. Viel zu riskant.»

Emma Sue bückte sich zu einem großen Keramiktopf und begann in der Topferde herumzuwühlen. «Dean, dieser kleine Drecksack, hat mir gedroht. Er war immer noch ein Junkie, und Junkies sind gefährlich. Man kann ihnen nicht über den Weg trauen. Und dann ist Koozeman dahintergekommen. Er hat den Artikel über den langen Eispickel gelesen.»

Sie zog einen Eispickel aus dem Topf und klopfte die Erde von seinem goldenen Griff. «Ein außergewöhnlich langes Exemplar, findest du nicht? Erinnerst du dich daran, Schatz?» Sie hielt es Andrew vor das teilnahmslose Gesicht. «Nein? Aber Koozeman hat sich erinnert. Er hat mich gefragt, ob ich die Mordwaffe noch manchmal zum Eiszerkleinern hernehme.»

Mit dem Saum ihres Kleides wischte sie die restliche Erde von dem Eispickel und polierte den goldenen Griff, bis er glänzte. «Und dann hat dieses Schwein Koozeman von mir verlangt, daß ich noch eine Ausstellung mit numerierten Zetteln mache. Er brauchte dringend Geld.»

Sie hielt den Eispickel in den Lichtschein, der aus der Tür fiel, und nickte zufrieden. «Ich glaube, er wollte das Land verlassen. Er hatte Angst, daß es schwierig werden könnte, diese dämlichen Zettel an den Mann zu bringen, und ich sollte für die nötige Publicity sorgen und ihm eine neue Liste mit Dummköpfen verschaffen. Du kannst mich nicht erpressen, hab ich zu ihm gesagt. Schließlich war er selbst an dem Mord beteiligt. Aber er hat mich ausgelacht. Er hat gesagt, mit der Tour wäre er bei Dean auch nicht weitergekommen. Dabei hatte Dean ihm nur damit gedroht, seine Kartei mit nekrophilen Kunden zu veröffentlichen. In meinem Fall, hat Koozeman gesagt, könnte er der Polizei sogar handfeste Beweise liefern. Und dann hat er mir in der Galerie eine Polizistin gezeigt, eine blonde Polizistin im schwarzen Seidenkleid.»

Emma Sue hielt Andrew den langen Eispickel hin. Er glotzte ihn nur an. Sie nahm seine schlaffe Hand und schloß die Finger um den Griff. «Halt mal einen Augenblick, Andrew. Ich bin gleich wieder da.»

Sie verschwand von der Terrasse und kehrte gleich darauf zurück. Andrew blickte auf die Schußwaffe in ihrer Hand und ließ den Eispickel auf die Fliesen fallen. Er rollte Emma Sue vor die Füße.

«Heb ihn auf, Schatz.» Sie stieß den Eispickel mit dem Fuß zu ihm hinüber. «Na los, heb ihn schon auf, Andrew. Du sollst eine faire Chance haben. Was meinst du, kommst du gegen eine Kugel an? Probier's doch mal.»

«Du hast Starr und Koozeman getötet?» Er sagte es langsam, als müsse er sich einem Ausländer verständlich machen.

«Ja, mein Schatz. Und es war nur eine Frage der Zeit, bis ich dich auf deinem Dach besucht hätte. Aber nun bist du ja zu mir gekommen.»

«Warum mußtest du ...? Nein, warte. Vielleicht ist es nicht richtig, wenn ich mir deine Beichte länger anhöre. Wir warten, bis sie hier ist.»

Sie hob den Lauf ihrer Waffe ein wenig an. «Bis wer hier ist, Andrew?»

«Ein Engel. Ein Engel wird dir die Beichte abnehmen. Aber während wir auf ihn warten, könnten wir zusammen beten und um Vergebung unserer Sünden bitten.» Er sank auf die Knie.

«Nein, Andrew. Es ist besser, du bleibst stehen. Polizisten können schrecklich pedantisch sein. Womöglich heißt es dann, ich hätte dich auf den Knien erschossen. Nimm den Eispickel und steh auf.»

Andrew senkte den Kopf und faltete die Hände zum Gebet.

«Na gut, dann müssen wir eben improvisieren.» Sie kniete sich vor ihn und richtete die Mündung auf seine Brust. «Die Journalisten haben das Interesse an dir verloren, stimmt's? Aber du hattest ja genug Zeit, um dir Gehör zu verschaffen. Sehr rücksichtsvoll von dir, der ganzen Welt deinen Irrtum vor Augen zu führen. Wenn sie deine Fingerabdrücke auf dem Eispickel finden, wird man mir schon glauben, daß ich in Notwehr gehandelt habe.»

«Wie kannst du das tun?» Es war keine Angst in seiner Stimme. Er war völlig ruhig. Er vertraute auf eine höhere Macht – Mallory.

«Du warst schon immer ein Feigling, Andrew. Das hat sogar Koozeman gesagt. Und jetzt bist du ein Sicherheitsrisiko. Du bist der letzte Augenzeuge.»

Mallory fand den Portier gleich hinter der Glastür, wo er auf dem Boden kauerte und sich die verletzte Hand hielt. Neben ihm kniete eine Frau mit einer Einkaufstasche. Sie starrte auf die Wunde, ohne die geringsten Anstalten zu machen, dem Mann zu helfen.

Mallory beugte sich über den Portier. «Wer hat das getan?»

Sie erhielt keine Antwort. Der Mann schien völlig gebannt von seinem eigenen Blut. Sie betrachtete die verletzte Hand genauer.

*Ein Messer. Kein Eispickel.*

Sie wandte sich an die Frau, die erst jetzt die großkalibrige Pistole in Mallorys Hand entdeckt hatte. «Haben Sie einen Krankenwagen gerufen?»

«Nein.» Die Augen der Frau weiteten sich entsetzt beim Anblick der Waffe. «Bei Notfällen verliere ich immer die Nerven.»

«Rufen Sie 911 an und sagen Sie, eine Polizistin braucht Verstärkung und einen Krankenwagen. Haben Sie verstanden?»

Die Frau nickte, und Mallory warf ihr das Mobiltelefon zu. «Richten Sie sich darauf ein, eine Weile hierzubleiben. Die Krankenwagen brauchen in dieser Stadt eine Ewigkeit.» Mallory warf einen kurzen Blick auf die Briefkästen, dann hastete sie am Fahrstuhl vorbei und lief mit langen Sätzen die Treppe hinauf.

Andrew hob das Gesicht dem Himmel entgegen. Das Sternenfeld wurde kleiner. Er sah, wie die Wolkendecke immer größer wurde. Die Mündung der Waffe hob sich. Flehend streckte er die Arme von sich, ließ den Kopf nach hinten fallen und wartete auf den Tod.

Er hörte den ersten Schuß, schloß fest die Augen, aber er spürte die Kugel nicht. Dann ein zweiter Schuß. Immer noch war er am Leben. Als er die Augen wieder öffnete, lag Emma Sue Hollaran zu seinen Füßen, die Hände schützend gegen eine finstere Kreatur erhoben. Die Spitze des Messers funkelte im Licht, der Griff steckte fest in der Faust einer in Lumpen gehüllten Frau.

Zwei blutige Löcher waren in dieser seltsamen Frau, dieser Erscheinung aus der Hölle, und kleine Ströme von Blut liefen aus ihr heraus. Also war sie von Emma Sues Kugeln getroffen worden, und die Frau hatte Emma Sue dafür ihr Messer in den Leib gestoßen. Und jetzt vermischte sich Emma Sue Hollarans Blut mit dem Blut der alten Frau, die wieder und wieder mit der Klinge zustieß. Und während der ganzen Zeit hämmerte draußen jemand gegen die Tür.

Hinter sich hörte er noch einen Schuß krachen. Er drehte sich um, sah noch das zersplitternde Türblatt, bevor die Tür aufflog. Der Racheengel Mallory mit der großen Pistole näherte sich ihm mit ausgreifenden Schritten.

Andrews Füße und Knie waren naß von Emma Sues Blut. Er blickte in die Augen eines entgeisterten Tieres mit aufgeschlitzter Kehle. Ihre Schreie waren ein Gurgeln, sie erstickte an ihrem eigenen Blut. Genau wie Aubry.

Der Engel rief: «Sabra, hören Sie auf!»

*Sabra?*

War das möglich? Ja, sie war es, diese dunkle, tierhafte Gestalt, die sich über Emma Sues Körper beugte; die Lumpen flatterten bei jedem Stoß der Klinge wic blutige Flügel. Blutverklebte Strähnen zogen sich durch Emma Sues messingblonde Locken, ringelten sich wie Schlangen bei jedem Stoß, bis von den Augen in diesem Medusenhaupt nur noch das Weiße zu sehen war.

Aller Haß dieser Welt sprach aus ihren Augen, als sie sich über Andrew beugte. Wieder hob sie die Klinge. Der Engel Mallory hob seine Waffe und rief: «Nein!»

Über Andrews kauernde Gestalt hinweg blickten sich die beiden Frauen in die Augen.

«Das verstehen Sie nicht», sagte Sabra und trat ein paar Schritte zurück.

«Das sagt jeder zu mir. Ich kann's nicht mehr hören», erwiderte Mallory. «Ich weiß, wie das ist ... Rache, rasender Zorn. Ich weiß seit vielen Jahren, wie das ist.»

Sabra blickte hinunter in Andrews trauriges Gesicht, hob das Messer. Um den Revolver, der auf ihren Kopf gerichtet war, kümmerte sie sich nicht. Sie konzentrierte sich nur auf ihr nächstes Ziel – ihn. Er beugte den Kopf. Er war bereit.

Mallory senkte die Waffe und warf sich zwischen Sabra und Andrew. Eine Hand schoß vor und packte Sabras Handgelenk. Mit einem Mal schien wortloses Einverständnis zwischen den beiden Frauen zu bestehen. Mallory lockerte den Griff um Sabras Handgelenk; die Frau trat zurück und nickte. In Anerkenntnis des Schmerzes und des gerechten Zorns der alten Frau neigte Mallory den Kopf. Sie blickte Sabra in die Augen wie in einen Spiegel, ein Blick in den Wahnsinn eines lange genährten Hasses, eines rasenden Zorns ohne Ende.

«Andrew ist kein Mörder. Glauben Sie mir, Sabra, ich weiß, wenn jemand ein Mörder ist. Das ist mein besonderes Talent. Hat Ihr Bruder Ihnen von dem Brief erzählt, den wir zusammen mit Andrews Rezension erhalten haben?»

Sie nickte, und Mallory fuhr fort: «Andrew wollte, daß die Wahrheit ans Licht kommt. Darum hat er diesen Brief geschrieben. Alle sollten es wissen. Und Sie müssen ihn leben lassen, damit er die Geschichte erzählen kann. Es ist wichtig. Die Rechnung kann endlich beglichen werden. Dafür haben Sie doch all die Jahre gelebt. Lassen Sie Andrew die Geschichte erzählen. Wie wollen Sie weiterleben, ohne sie gehört zu haben. Ich könnte es nicht.»

Sabra setzte sich auf die Fliesen der Terrasse.

Mallory sah das Blut an ihren Händen. Es war Sabras Blut, es sickerte aus den Löchern in ihrem Körper. Die Waffe in Emma Sues erstarrter Hand war nur eine 22er. Aber sie hatte gut gezielt. Was sonst als das Ende der Geschichte konnte diese Frau noch am Leben halten?

«Okay, ich glaube dir. Dr. Ramsharan ist zweifellos eine ehrenwerte Person.»

Quinn hatte immer eine echte Zuneigung zu Charles Butler empfunden. Aber er hatte früh gemerkt, daß dieser Mann in seiner eigenen Welt lebte. Auf Charles' Heimatplaneten waren die Menschen gute Nachbarn und zu allen Fremden freundlich. Die Löwen lagen friedlich neben den Lämmern, die einzigen Mißklänge in dieser Welt waren die Seufzer der frisch geschnittenen Blumen. Quinn fragte sich, wie dieser Spaziergang in Begleitung eines Mannes, dessen Blut auf den Teppichboden des Korridors tropfte, wohl in Charles' ideale Welt passen mochte.

Während sie auf den Fahrstuhl warteten, sagte Quinn: «Wir sollten uns eine Geschichte für die Ärztin zurechtlegen. Wir sagen einfach, ich hab dir meine Waffensammlung gezeigt, und dabei hat sich ein Schuß gelöst.»

«Hast du denn eine Waffensammlung?»

«Nein, aber das spielt doch ... ach ja, ich verstehe schon. Besser keine unnötigen Unwahrheiten. Gut, dann sagen wir, daß ich mit einer Waffe in der Hand auf einem Läufer ausgerutscht bin. Die meisten New Yorker haben mindestens eine Schußwaffe.»

«Und? Hast du auch eine?»

«Sicher. Jeder hat eine.»

«Ich nicht. Und die willst du mir gezeigt haben? Henrietta weiß, daß ich mir nichts aus Waffen mache. Es ist also nicht sehr wahrscheinlich, daß ...»

«Schon gut. Dann hab ich eben die Waffe aus der Schreibtischschublade genommen, um an etwas heranzukommen, was dahinter lag.»

Sie betraten den Fahrstuhl. Quinn lehnte sich gegen die Rückwand und hinterließ dort einen blutigen Fleck. Als Charles auf den Knopf für den zweiten Stock drückte, konnte man dem hochgewachsenen Mann die Sorge vom Gesicht ablesen.

Quinn schloß die Augen. Er war müde. Seine linke Hand war glitschig von dem Blut, das ihm aus dem Ärmel lief. Er schlug die Augen wieder auf, als jemand ihn sanft am Ärmel des gesunden Arms zupfte.

«Das mit dem Läufer hinter dem Schreibtisch», sagte Charles. «Komischer Platz für einen Läufer, oder? Und wenn ein Schreibtischstuhl draufsteht, kann er nicht verrutschen.»

«Gut. Dann hab ich die Waffe eben aus der Schublade eines stinknormalen Tisches genommen, vor dem ein Läufer liegt.»

«Schon etwas ungeschickt, so auf einem Läufer auszurutschen. Fuchtelst du eigentlich ständig mit deinem Schießeisen herum, wenn du zu Hause bist?»

«Ich könnte ja sagen, daß ich ein bißchen beschwipst war und nicht mit Schußwaffen umgehen kann.» Er war so müde. Er konnte keinen einzigen klaren Gedanken mehr fassen. «Und du bezeugst, daß du dabei warst und es gesehen hast. Vielleicht verzichtet sie dann auf einen Bericht. Und wenn sie trotzdem drauf besteht, kann ich immer noch versuchen, sie zu kaufen. In New York gibt es niemanden, der nicht käuflich ist. Und Mallorys Name darf auf keinen Fall genannt werden.»

Er hatte den Eindruck, als würde Charles ihm gar nicht zuhören. Der sanftmütige Riese wirkte ein wenig abwesend, als sie aus dem Fahrstuhl traten und auf die Tür zur Wohnung Nr. 3 A zugingen.

«Charles, vielleicht solltest du die Sache mir überlassen. Ich hab das Gefühl, Schwindeln ist nicht gerade deine Stärke.»

Charles lächelte freundlich, nickte und drückte auf den Klingelknopf. Als die Tür von einer schwarzhaarigen Frau in einem langen weißen Kittel geöffnet wurde, deutete er auf Quinns Arm und sagte: «Mallory hat ihn angeschossen, und wir müssen die Sache vertuschen. In Ordnung?»

«Kein Problem», sagte die Frau. «Kommt rein.»

Quinn torkelte hinein. Bevor er ohnmächtig wurde, dachte er noch, daß diese Frau von Charles Butlers Planeten stammen mußte, denn sie öffnete die Arme und fing seinen zusammenbrechenden Körper auf, und es schien sie gar nicht zu kümmern, daß der fremde Mann ihr den ganzen Kittel mit Blut verschmierte.

«Peter Ariel ist von niemandem ermordet worden», sagte Andrew, als er mit monotoner Stimme seine Geschichte begann. «Er war total stoned und zu nichts mehr zu gebrauchen. Ich war dabei, als das Ausstellungsstück ihm auf den Kopf gefallen ist. Er war auf der Stelle tot. Koozeman hatte eine Stinkwut. Die ganze Planung und die Werbekampagne, alles für die Katz. Er hatte die Karriere mit soviel Geschick lanciert, obwohl Ariel nicht einen Funken Talent hatte. Emma Sue und ich waren die Kritiker, die Peter in die Presse bringen sollten. Dean Starr war Kritiker und Herausgeber in einem. Sein Kunstmagazin ist nie was anderes gewesen als eine Starthilfe für Künstler, die bereit waren, für gute Kritiken zu bezahlen. Und auf einmal sollte alles umsonst gewesen sein. Der Künstler von seinem eigenen Werk erschlagen – er wäre zur Witzfigur der ganzen Szene geworden.

Als Emma Sue eintraf, war Dean bereits auf den Gedanken gekommen, die Sache wie einen Mord aussehen zu lassen, aus einem lächerlichen Unfall eine Sensation zu machen und auf diese Weise den Verkauf doch noch anzukurbeln. Was sollte daran Böses sein? Peter Ariel war tot. Und wir hatten einiges an Geld zusammenkratzen müssen, um alle möglichen Leute zu schmieren. Wir hatten sogar eine Zusage für einen Platz in einer Gruppenausstellung in einem öffentlichen Museum. Es war eine Rieseninvestition für uns alle.»

Er schwieg einen Moment lang; er schien den Faden verloren zu haben. Mallory berührte seine Schulter und fragte: «War es Koozemans Einfall, die Leiche zu verstümmeln und eine Skulptur daraus zu machen?»

«Ja, Koozemans Einfall ... Starr war begeistert von der Idee, und Emma Sue auch. Als Werkzeug hatten sie nur die Axt aus dem Kasten mit dem Feuerlöscher. Sie hatten unterschätzt, wie lange es dauern würde, die Leiche zu zerkleinern. Alle drei zogen sich aus und machten sich an die Arbeit. Ich hab an der Tür Wache gehalten. Es war eine Knochenarbeit, den Körper mit der kleinen Axt zu zerteilen, aber als sie einmal in Schwung gekommen waren, ging es zügig voran. Ich sollte rufen, falls etwas Unvorhergesehenes passierte – falls etwa Quinn zu früh auftauchen sollte. Hatten wir ihm da schon eine Nachricht hinterlassen? Ich weiß es nicht mehr. Falls sich jemand blicken ließ, sollte ich rufen, damit sie Zeit hatten, durch die Geheimtür in der Wand zu verschwinden. An meinen Kleidern war kein Blut. Ich sollte sagen, ich hätte die Leiche gerade entdeckt. Wir hatten an alles gedacht. An fast alles.

Ich hörte, was sie in dem Raum hinter mir machten. Es gab keine Tür, die ich schließen konnte. Die Geräusche waren genauso schrecklich wie der Gestank. Einmal hab ich mich umgedreht. Es war ein grauenhafter Anblick, wie sie sich zu dritt an der Leiche zu schaffen machten, nackt und über und über mit Blut verschmiert.

In dem Augenblick, als ich mich umdrehte, kam Aubry herein. Ich hätte schwören können, daß ich die Eingangstür abgeschlossen hatte. Aber ich hatte getrunken an dem Abend – und seitdem hab ich jeden Abend getrunken. Mit Aubry hatten wir nicht gerechnet. Wir hatten ihr eine Nachricht hinterlassen, sie nach New Jersey geschickt. Es war unglaublich, daß sie plötzlich in der Galerie stand. Darauf waren wir überhaupt nicht gefaßt. Wir hatten ihren Namen nur erwähnt, um Quinn zu ködern. Wir brauchten ihn, sein Name mußte in der Presse im Zusammenhang mit Peter Ariel auftauchen. Koozeman meinte, Quinn könne der Versuchung nicht widerstehen, einen Kommentar zu der zerstückelten Leiche als Kunstwerk abzugeben. Verstehen Sie, Koozeman war einmal ein sehr talentierter Bildhauer gewesen, und er war überzeugt, daß er hier sein größtes Kunstwerk geschaffen hatte. Und da tauchte plötzlich Aubry auf, und die ganze Sache drohte den Bach runterzugehen.

Ich hab versucht, sie zurückzuhalten, sie wieder rauszuschicken, bevor sie etwas sehen konnte. ‹Geh da nicht rein›, hab ich gesagt. Sie muß mich wohl falsch verstanden haben. Wir hatten ihr etwas von einem Notfall ausrichten lassen. Und da hat sie geglaubt, daß mit ihrem Onkel etwas passiert ist. Ich hab sie nicht halten können. Sie ist hineingelaufen. Und dann ist sie wie angewurzelt stehengeblieben. Koozeman hat sich gerade umgedreht, splitternackt und mit Peter Ariels Kopf in den Händen. Aubry wollte weglaufen. Emma Sue hat geschrien: ‹Halt sie fest!› Ich hab sie festgehalten, ich hab sogar noch versucht, es ihr zu erklären, da hat Dean Starr sie wieder hineingezerrt. Emma Sue kam bereits angelaufen. Sie hat Aubry mit der Axt auf den Kopf geschlagen.

Damit hatte niemand gerechnet. Emma Sue schlug immer wieder auf sie ein. Die anderen sind zurückgewichen, und ich habe mich weggedreht. Aubry hat geschrien, ich soll ihr helfen. Ich kannte sie, seit sie ein kleines Mädchen war. Wir waren gute Freunde. Und jetzt verblutete sie vor meinen Augen und rief mich zu Hilfe. Ich wandte mich ab. Und dann hörte ich nur noch das Gurgeln. Ich schloß die Augen. Es dauerte noch eine Ewigkeit.»

Er vergrub das Gesicht in den Händen, als müßte er das sonst alles noch einmal durchleben. «Sie ist einfach nicht gestorben. Ich hörte die Geräusche der Axt, das Scharren auf dem Boden. Sie wollte zur Tür krabbeln. Ihre Hand war nur ein paar Zentimeter von mir entfernt, als Emma Sue zum letzten Mal auf ihren Hinterkopf schlug.» Er ließ die Hände vom Gesicht fallen. «Da war es dann vorbei.»

An Sabra gewandt, sagte er: «Und dann haben die anderen einen Pakt geschlossen. Sie hingen ja alle mit drin, und es gab keinen Ausweg. Jeder hat die Axt in die Hand genommen und ihr einen Schlag verpaßt. Und dann sind sie zu mir gekommen. Sie haben mich gezwungen, die Axt zu nehmen. Starr hat meine Hände um den Griff geschlossen und die Klinge über ihre Kehle gezogen.

Sie haben mich wieder zur Tür geschickt. Quinn mußte bald kommen, aber Koozeman, dieser Verrückte, war ganz versessen auf sein Kunstwerk. Starr und Emma Sue sind gegangen. Ich bin an der Tür stehengeblieben, hab geweint und darauf gewartet, daß alles vorbei war. Als Koozeman endlich fertig war, mußte ich mir ansehen, was er mit den beiden Toten gemacht hatte.»

Andrew blickte Sabra an. «Sie haben es ja gesehen. Sie waren da. Nachdem Koozeman sich gewaschen und wieder angezogen hatte, hat er mich durch die Geheimtür in der Wand gezerrt. Sie und Ihr Bruder sind in dem Moment gekommen, als wir die Galerie verlassen haben.»

Er senkte den Kopf. «Ich weiß noch, daß Sie diesen wunderbaren bunten Mantel anhatten. Ich hab Sie gesehen, als die Tür sich schloß. Sie hatten so viel Ähnlichkeit mit Aubry. Koozeman hat Sie und Ihren Bruder durch das winzige Guckloch beobachtet. Er konnte es nicht lassen. Er wollte sehen, welche Wirkung sein Werk auf Sie hatte. Sie waren seine ersten Kritiker. Ich bin durch die Hintertür raus. Den ganzen Weg bis nach Hause bin ich gerannt.»

Er schwieg. Sabra ging hinaus auf die Terrasse, dorthin, wo die Feuerleiter über die niedrige Mauer ragte. Sie langte hinauf zu dem gebogenen Geländer der Leiter.

Mallory hob ihren Revolver. «Ich darf Sie nicht gehen lassen.»

«Weit werde ich nicht kommen, aber hier will ich nicht sterben.» Sabra hob den Kopf. «Können Sie das verstehen?»

Mallory nickte. «Aber ich kann ...»

Sabra kam noch mal zurück. Sie brachte ihren Mund nah an Mallorys Gesicht und küßte sie auf die Wange. «Doch, Sie können.» Dann ging sie wieder zum Rand der Terrasse, kletterte über die niedrige Mauer und stieg die Sprossen der Feuerleiter hinab.

Mallory trat an die Brüstung und sah ihr nach. Sabra stieg langsam hinunter. Ihr Blut verschmierte das Geländer und tropfte auf die Sprossen. Sie rutschte ab, verlor zunächst mit einem Fuß den Halt, dann mit dem anderen. Einen Moment lang hielt sie sich noch mit den Armen, dann stürzte sie hinunter; mit einem lauten Schrei fiel sie an all den dunklen Fenstern vorbei in die Tiefe. Sie landete auf einer großen Abfalltonne unten im Hof. Mit gestreckten Gliedern, den Kopf unnatürlich verdreht, blieb sie zwischen all dem Unrat liegen.

Ein Krankenwagen stand vor dem Apartmenthaus. Zwei Streifenwagen hielten mit heulenden Sirenen neben Rikers Auto, ihre wirbelnden Rotlichter sandten Botschaften der Angst zu den Neugierigen, die sich aus den Fenstern lehnten oder in Gruppen auf dem Gehsteig standen. Ein paar junge uniformierte Polizisten sprangen heraus und rannten mit gezogenen Revolvern ins Haus. Als Riker ausstieg, hörte er den Schrei. Er kam aus dem Durchgang auf der einen Seite des Hauses.

Riker lief in die schmale Lücke zwischen den Hausmauern. Eine alte Frau lag ausgestreckt auf dem Abfall, der einen der riesigen Müllbehälter bis zum Rand füllte. Er mußte sie nicht berühren, um zu wissen, daß sie tot war. Als er einen Schritt zurücktrat, sah er Mallory, die sich weit über die Mauer der Dachterrasse lehnte.

«Nein!» schrie sie, als wollte sie ihm befehlen, den Todessturz ungeschehen zu machen.

Er hielt den Atem an, als sie ihre langen Beine über die Brüstung schwang und einen Moment lang in der Luft zu hängen schien, bis sie einen Halt auf den schlüpfrigen Sprossen gefunden hatte und auf der Feuertreppe nach unten kletterte. In ihren Laufschuhen flog sie förmlich die Stufen hinab, bewegte sich flink durch das Zickzack der Eisenkonstruktion. Als sie auf einer Höhe mit dem Abfallbehälter war, landete sie auf beiden Füßen neben dem leblosen Körper der alten Frau.

«Sie ist tot», sagte Riker, als sie neben der Toten niederkniete. «Ich rufe den Leichenwagen.»

Mallory schwang sich von der Mülltonne herunter, ihre Laufschuhe klatschten hart auf den Asphalt. Sie langte über den Rand der Tonne und zog an dem Körper.

«Hör auf, Mallory. Der Leichenwagen holt sie ab.»

«Nein! Nicht so.» Sie zog Sabras Leiche über zerrissene Plastiktüten, Eierschalen und Kaffeesatz und blieb einen Moment lang mit ihr stehen, hielt die zerlumpte Last in den Armen, als hätte sie kein Gewicht. Dann legte sie die Tote langsam auf den Boden, so vorsichtig, als wolle sie ihr keinen weiteren Schmerz zufügen.

Die flackernden Rotlichter, der Verkehrslärm, das Leben auf der Straße drangen nicht bis in den Hinterhof. Hier wehte kein Wind, kein Stäubchen wirbelte hoch, als Mallory die Tote wie zum Schlaf auf den Asphalt bettete.

«Es tut mir leid», sagte sie zu der leblosen Frau, und ihre Hand strich über das Gesicht, um Sabra die Augen für immer zu schließen. Die schlaffen Arme faltete sie ihr über der Brust. «Es tut mir leid.»

Riker sah, wie Mallory die Tote versorgte, wie eine Mutter ihr schlafendes Kind. Tief in ihm ging etwas kaputt, als er mit ansehen mußte, wie die Rollen vertauscht wurden, wie das Kind sich über die Mutter beugte und ihr einen Gute-Nacht-Kuß auf die Stirn hauchte.

Dann erhob sich Mallory und kam auf ihn zu. Ihrem Gesicht war keinerlei Gefühl anzusehen, und das ängstigte ihn. Er wollte sie am Arm festhalten, aber sie schüttelte ihn ab und ging weiter, den Durchgang entlang zur Straße. Dort blieb sie noch einmal stehen, warf einen letzten Blick auf die tote Frau am Boden. Gefangen in diesem Niemandsland zwischen Leben und Tod, kannte er seinen eigenen Platz in der Welt nicht mehr. Möglich, daß er sich selbst überlebt hatte.

Das erste, was Riker an seiner Wohnung auffiel, war die frische Luft, die den Gestank nach vollgestopften Mülleimern und überquellenden Aschenbechern ersetzt hatte.

Er schaltete das Licht ein und blinzelte ungläubig. An die Farbe der Brücke konnte er sich gar nicht mehr erinnern. Keine Spur mehr von den Pizzaschachteln und alten Zeitungen, mit denen er sie vor dem Verstauben geschützt hatte. Und zum erstenmal seit zehn Jahren konnte er durch die Fensterscheiben die Lichter der Stadt erkennen. Die seit zwei Jahren verstorbene Zimmerpflanze war durch eine neue ersetzt worden.

Er ging ins Badezimmer. Alles war blitzsauber, die Armaturen blinkten, die Keramik strahlte. Er zog den Duschvorhang zurück. Die Pilzkulturen auf den Fliesen waren verschwunden.

Erstaunlich, daß sie ihre Drohung nicht wahr gemacht und den illuminierten Plastikchristus weggeworfen hatte, der ihm als Nachtlicht diente. Sie hatte ihn nur geputzt, und jetzt leuchtete er um so heller. Vielleicht meinte sie, daß er in den finsteren Stunden, wenn seine Säuferblase ihn aus dem Schlaf riß, etwas brauchte, das ihm den rechten Weg wies.

Er hatte schon geahnt, daß auch in der Küche alles blitzblank sein würde; selbst im Kühlschrank standen die Bierflaschen wie Soldaten in Reih und Glied. Er nahm eine Flasche heraus und ging ins Schlafzimmer.

Er zog die Schublade des Nachtschränkchens heraus. Alles war schön geordnet, der Schrott weggeräumt. Ganz hinten in der Schublade lag der vergilbte Umschlag mit seinem Ehering und der Revolverkugel für schlechte Tage, in die er seinen Namen graviert hatte. Er nahm den Umschlag heraus, wog ihn in der Hand und fand, daß er um ein paar Gramm leichter geworden war. Er zerknüllte das Papier in der Faust und traf nur auf den harten Widerstand des Rings.

Mallory. Sie hatte ihm die Kugel weggenommen.

Er setzte sich auf das Bett, öffnete die Flasche, steckte sich eine Zigarette an und beschloß, fürs erste weiterzuleben.

«Wann kapiert ihr Vollidioten endlich, daß ihr die Türen abschließen müßt? Wir sind in New York.»

Charles hob den Blick, als Mallory aus dem Vorraum von Henriettas Wohnung ins Zimmer trat.

*Du lieber Gott!*

Ihr Gesicht, das T-Shirt und die Ärmel des Blazers waren blutverschmiert. Er wollte aufspringen, aber sie hob die Hand. «Bleib sitzen, Charles. Es ist nicht mein Blut.» Er gehorchte.

Mallory blutverschmiert und in Bluejeans, das vertrug

sich nicht mit zarten Blumen in Kristallvasen, kleinen Figürchen und rosafarbenen Häkeldeckchen – all dem ultrafemininen Schnickschnack in Henriettas Zimmer. Mallory stellte die Fechttasche auf den Boden und kniete sich daneben, um einen der alten Säbel herauszunehmen. Er hatte sie noch nicht vermißt.

«Danke für die Leihgabe, Charles.»

*Die Leihgabe? Du hast sie geklaut.*

«Mallory!» Henrietta stand mit fassungslosem Gesicht im Flur.

«Es ist nicht mein Blut.» Mallory war es müde, jedem diese simple Tatsache erklären zu müssen.

Henrietta kam ins Zimmer und sah, wie Mallory die Säbel aus der Tasche zog. «Aha, jetzt wird mir manches klar.» Sie ging hinüber zur Couch, auf der Quinn dick verbunden unter der Decke lag und schlief.

«Hat Quinn dir nichts von unserem Säbelgefecht erzählt?»

«Nein. Ich hab ihn nach den Schnitten gefragt, während ich ihn genäht habe, aber er wollte nicht darüber reden. Ich hab ihm gesagt, daß ein paar Narben zurückbleiben werden, aber das schien ihn nicht weiter zu stören. Er schien sich beinahe darüber zu freuen. *Männer*», fügte Henrietta hinzu, als seien mit diesem einen Wort alle Unarten seines Geschlechts erklärt. Charles fragte sich, mit was für einem Wort sie Mallory zusammenfassen würde. Zweifellos müßte es ein langes Wort mit psychiatrischer Bedeutung sein.

Henrietta sah auf die Uhr und fühlte Quinn den Puls.

«Wird er es überstehen?» Ebensogut hätte Mallory Henrietta fragen können, ob es wieder regnen würde.

«Er hat viel Blut verloren», antwortete Henrietta, «aber morgen geht's ihm schon viel besser. Ich habe ihn mit Antibiotika vollgestopft und ihm ein starkes Beruhigungsmittel gegeben. Er wird mindestens sechs Stunden schlafen. Ich passe auf ihn auf.» Henrietta gab Mallory ein nasses Tuch, das eigentlich für Quinns Stirn bestimmt war.

«Danke.» Mallory erhob sich, und jetzt sah Charles, daß der Tag seinen Tribut gefordert hatte. Sie wirkte müde, als sie sich mit langsamen Bewegungen das Blut vom Gesicht wischte.

«Ich muß mich umziehen. Ich habe noch einiges zu erledigen, bevor die Nacht vorüber ist. Wenn Quinn zu sich kommt, sag ihm, daß ich dabei war, als Sabra gestorben ist. Sie hat schließlich bekommen, was sie wollte. Sag ihm das. Es ist wichtig für ihn.»

«O nein», sagte Henrietta und ließ sich in den Ohrensessel neben der Couch sinken. Charles schlug eine Hand vors Gesicht.

«Keine Angst», sagte Mallory. «Quinn wird es mit Fassung tragen. Er hat damit gerechnet.» Sie ging zu Charles' Sessel und legte einen Finger auf seine Hand, weil sie sein Gesicht sehen wollte. «Ich weiß, wieviel Sabra dir bedeutet hat. Aber diese offene Rechnung war das einzige, was sie noch am Leben hielt. Sie hat sie beglichen, und dann ist sie gestorben. Es war nicht der schlechteste Tod.»

«Warum ruhst du dich nicht ein bißchen aus? Ich mach uns einen Kaffee.» Henrietta nahm Mallory das blutige Tuch aus der Hand und machte sich auf den Weg in die Küche.

«Für mich nicht, danke», rief Mallory ihr nach. «Ich muß weg.»

*Bitte geh nicht.*

Im Flur blieb Mallory stehen, als wäre ihr noch etwas eingefallen. Sie drehte sich um und begegnete Charles' flehendem Blick.

*Bleib. Bitte geh nicht.*

Langsam kam sie zu ihm zurück, blieb vor seinem Sessel stehen, kam noch näher, bis sie zwischen seinen gespreizten Beinen stand. Sie beugte sich vor, legte auf jede der beiden Armlehnen eine weiße Hand. Näher. Er spürte ihren Atem auf der Haut, die zarte, federleichte Berührung ihres Haars, das nach einer exotischen Blume duftete, die nicht in New York City wuchs. Sie kam noch näher. Ihre Augen wurden immer größer, überschwemmten sein Blickfeld, färbten es grün. Dann drückte sie ihren Mund auf seinen, ganz sanft und zärtlich; ihre Lippen öffneten sich ihm, und sie sandte ihm eine paralysierende Ladung Elektrizität durch die Adern, überflutete seinen Körper mit prickelnder Hitze. Und jetzt, als sie sich an ihn preßte, weckte sie auch den letzten seiner Sinne – er konnte sie schmecken.

Im nächsten Moment wich sie zurück, fast ein wenig erschrocken. In ihrem Blick flackerte so etwas wie Erkennen auf – Mallory war doch noch überrumpelt worden.

Und dann richtete sie sich auf, ging schnell zur Tür und sagte: «Leb wohl, Charles.»

Er saß ganz still, hörte, wie die Tür hinter ihr ins Schloß fiel.

*Leb wohl? Nicht gute Nacht?*

Sie drückte sich präzise aus. Mallory verschwendete keine Worte.

*Leb wohl?*

Er stand auf und trat ans Fenster. Er teilte die Vorhänge und blickte hinunter auf die dunkle Straße, bis sie dort unten auftauchte, den Gehsteig überquerte, der Schatten langgezogen im Licht der Straßenlaterne. Die Stirn gegen das kühle Glas gelehnt, beobachtete er, wie sie sich in den kleinen braunen Wagen setzte und davonfuhr. Hinter sich hörte er tippelnde Schritte, dann wurde eine Tasse auf den kleinen Tisch gestellt. Ohne sich umzudrehen, sagte er zu Henrietta: «Sie kommt nicht zurück. Es ist zu Ende.»

«Was ist zu Ende, Charles? Du hast ihr doch nie gesagt, was Sache ist.»

«Wie denn? Sie hat mich für einen alten Freund der Familie gehalten. Ich hätte sie in eine peinliche Lage gebracht. Verstehst du das nicht? So etwas nennt man *Mißbrauch*.»

«Das Wort kommt in Mallorys Wortschatz nicht vor. Ich würde mir keine Sorgen um gute Manieren machen, Charles.»

«Ich kann es nicht. Ich hab Angst, sie wird ...»

«Das ist das entscheidende Wort. Die junge Frau läuft blutverschmiert durch die Gegend, und du hast *Angst* vor Mißbrauch. Wenn du mich fragst, werden gute Manieren arg überschätzt.»

Niemand hatte sie zur Kirchentür hereinkommen sehen, bis auf eine Katze, die mit einem anderen Kirchgänger hineingeschlüpft war und hinter einer Reliquie in einer dunklen Nische Schutz gesucht hatte. Jetzt stieß die Katze, die sich nur ein bißchen besser verstecken wollte, einen Kerzenhalter um und erschreckte den alten Priester in seiner Bank.

Aus dem Gebet gerissen, wandte er das bleiche, faltige Gesicht dem Gang zu. Dann erhob er sich und blieb schweigend neben einer Säule stehen. Verstohlen beobachtete er eine junge Frau mit schimmerndem goldenen Haar und dunklen Flecken auf der Hand. Sie entzündete eine Kerze für den Schutzheiligen der verlorenen Dinge.

Das Lamm war zurückgekehrt.

Seine Pantoffeln verursachten ein schlurfendes Geräusch

auf dem Steinfußboden, als er um die Säule herum ins Licht trat.

«Sie sind noch wach, Herr Pfarrer?» Sie war immer noch mit den Kerzen beschäftigt, zündete eine nach der anderen an.

«Ich muß dich noch etwas fragen. Wegen deiner Mutter ...»

«Das war alles gelogen.» Sie hob den Blick zu der Heiligenfigur über den Flämmchen.

«Ich glaube dir kein Wort.» Er berührte ihre Schulter.

Jetzt erst drehte sie ihm das Gesicht zu. Sie schüttelte seine Hand ab. «Eine andere Frau ist ermordet worden. Na und? Die Messe war jedenfalls wundervoll. Alle Achtung, Herr Pfarrer.»

«Du hast gelogen?» Er schüttelte ungläubig den Kopf. «Du hast bei einer solchen Sache gelogen? Dann ist deine eigene Mutter also ...»

«Keine Ahnung. Ich kann mich nicht an sie erinnern.»

Sie drehte sich um und ging Richtung Ausgang. Er folgte ihr, eilig, um sie einzuholen. «Lügst du mich jetzt auch an?»

Mallory bedachte den Priester mit einem Blick ihrer kalten Augen, während sie weiter auf die beiden großen Türen zuging, hinter denen die New Yorker Nacht auf sie wartete. «Wo gehst du hin?» rief der alte Mann ihr nach.

«Nach Hause.»

«Hast du die Kerzen bezahlt?» Eine knorrige, weiße Hand kam unter dem schwarzen, wollenen Schultertuch hervor und zeigte auf Mallorys sich entfernenden Rücken. «Du wirst doch nicht die Kollekte für die Armen vergessen haben, Kathy?»

«Für Sie immer noch *Mallory.*» Sie sagte es, ohne stehenzubleiben. «Nein, ich habe die Kollekte für die Armen nicht vergessen. Vermutlich werden Sie jetzt die Seriennummern der Geldscheine vergleichen wollen.» Damit verschwand sie durch die beschlagenen Eichenportale, ihre Gestalt verlor sich im Schatten, bis auf das hell schimmernde Haar, und dann hatte die Dunkelheit auch das Schimmern verschluckt.

Pfarrer Brenners Hand stand noch einen Moment in der Luft, dann ließ er sie schnell wieder unter das Schultertuch schlüpfen, als wollte er eine Seele darunter verbergen.

Charles ließ den Blick über das Haus schweifen wie ein Einbrecher auf Erkundungsgang. Den Portier beschwichtigte er mit einem Zwanzig-Dollar-Schein und einer Geschichte von einem Brief, den er unter eine Fußmatte legen wolle. Er fuhr mit dem Fahrstuhl bis ganz nach oben, kletterte durch den Notausgang auf das Dach und trat hinaus in eine klare Nacht voll glitzernder Lichter. Unten strömte der Hudson River im seidigen Mondlicht dahin. In der Luft lag ein belebender Salzgeruch.

Eine leichte Brise strich ihm übers Gesicht, als er über eine Feuerleiter zum Dach des Nachbargebäudes hinunterstieg, Relikt aus der Zeit, bevor Mallorys Mietshaus gebaut worden war und die beiden Häuser einen gemeinsamen Luftschacht bekommen hatten.

Jetzt war er auf einer Höhe mit der gegenüberliegenden Hauswand und blickte direkt in Mallorys Vorderzimmer. Ihre Wohnung war eine Festung. Nur dieses eine Fenster war nicht vergittert – die einzige Öffnung, die von außen über keine Terrasse und keine Feuerleiter zu erreichen war. Die riesige Glasfläche reichte vom Fußboden bis zur Decke.

Er zog einen Brocken Beton aus den Tiefen seiner Jakkentasche und schleuderte ihn mit aller Kraft gegen die Scheibe. Das Glas zerbarst in tausend kleine Splitter. Ein lautes Krachen, ein klingender Scherbenregen – nicht ohne Stolz blickte er in das dunkle Zimmer hinter dem Fensterrahmen, nachdem seine Augen sich an die Finsternis gewöhnt hatten. Sein Geschoß lag zwischen den Trümmerteilen eines gläsernen Beistelltisches.

*Um so besser.*

Mit wütendem Kreischen legte die Alarmanlage los.

*Noch besser.*

Als er die Leiter zum Dach hinaufstieg und sich aus dem Staub machte, kreischte es hinter ihm immer noch.

Sie würde seine Nachricht zwischen den Scherben finden, wenn sie nach Hause kam. Der Brocken war in ein Stück Papier eingewickelt und ordentlich mit einem Schuhband verschnürt. Seine Nachricht bestand aus dem einen, ein wenig abgenutzten Satz, für den ihm keine bessere Lösung eingefallen war: *Ich liebe dich.*

Hausfriedensbruch, unerlaubtes Eindringen und Beschädigung fremden Eigentums – Charles war erschöpft von der Ungeheuerlichkeit all dieser Straftaten. Langsam, die Hände in den Hosentaschen vergraben, schlich er nach Hause. Sie hatte ihm das Herz gebrochen, er hatte ihre Fensterscheibe zerbrochen. Wie du mir, so ich dir.

# • • • EPILOG

Mallory bekam Charles' Nachricht nicht mehr zu Gesicht. Sie war bereits meilenweit entfernt.

Das Fenster ihres Zugabteils war einer von hundert Lichtpunkten, die den Sternen in Helligkeit und Geschwindigkeit Konkurrenz machten. Sie raste auf stählernen Schienen davon, angetrieben von einer erbarmungslosen Maschine, deren elektrisches Zyklopenauge eine helle Schneise in die Dunkelheit schnitt.

Sie sah zum Fenster hinaus und erblickte das Gesicht einer anderen Frau in ihrem eigenen Spiegelbild, ein freundlicher Schatten, der mit ihr zusammen dahinschwebte. Zwei Koffer standen zu Mallorys Füßen, aber darin befand sich keinerlei Hinweis darauf, wie sie hieß oder woher sie kam. So, wie sie damals in diese Stadt gekommen war, nur mit ihrem Verstand, die Hände fleckig vom Blut der Mutter, so fuhr sie jetzt wieder davon, hinaus aus New York, hinein in die unendliche Weite Amerikas – in ein ganz anderes Land.

## Danksagung

Herzlichen Dank den Leuten, die meine Fragen beantwortet und mir so zuvorkommend geholfen haben:

Dianne Burke, Search & Rescue Research Associates, Tempe, Arizona (lfgy01a @ prodigy. com) für ihre Geduld und Unterstützung.

Robbin Murphy, Creative Director von artnetweb (http://artnetweb.com/artnetweb), für eine Tour durchs System.

YTNOP Music, für die Überlassung eines atmosphärischen Jean-Luc-Ponty-Instrumentalstücks.